ullstein

LEA THANNBACH, geboren 1991, wuchs in der Nähe von München auf. Sie studierte Journalistik. Neben dem Schreiben gilt ihre Leidenschaft dem Reisen in ferne Länder, wo sie oft Inspirationen für neue Geschichten findet.

Von Lea Thannbach ist in unserem Hause bereits erschienen:
Im Land der Weihnachtssterne

Lea Thannbach

Wiedersehen im Land der Weihnachtssterne

Roman

Ullstein

Besuchen Sie uns im Internet:
www.ullstein.de

MIX
Papier
FSC® C083411

Originalausgabe im Ullstein Taschenbuch
1. Auflage November 2020

Umschlaggestaltung: bürosüd° GmbH, München
Titelabbildung: Trevillion Images / © Magdalena Russocka (Frau),
www.buerosued.de (Landschaft)
Gesetzt aus der Quadraat Pro powered by pepyrus.com
Druck und Bindearbeiten: CPI books GmbH, Leck
ISBN 978-3-548-06137-5

1

Silvesternacht 2005/2006

Stella

Vom Himmel rieselten goldrote Funken, als wäre ein Stern zerplatzt. Der anschließende graue Rauch verblasste langsam am Nachthimmel über München. Jubel auf der Straße. Auf dem Gärtnerplatz, der direkt unter Stellas Fenster lag, begrüßten die Ersten schon das neue Jahr. Stella lag lang ausgestreckt auf ihrem Bett, beide Hände auf ihrem Bauch, und wartete.

Vor ihrer Tür fremde Stimmen. Lachen. Flaschenklirren. Dahinter *Feel good* von den Gorillaz. Es duftete nach dem Chili con Carne, für das Tobi mittags grob geschätzt ein ganzes, zu Hackfleisch verarbeitetes Rind in zwei Fünflitertöpfen angebraten und zusammen mit einer unvorstellbaren Menge an geschnittenen Tomaten und Zwiebeln sowie einer Palette Dosenbohnen geköchelt hatte.

Es klingelte. »Hey! Schön, dass ihr hier seid! Kommt rein!« Judiths Tonfall war anzuhören, dass sie schon einen leichten Schwips hatte.

Rund zwanzig Leute hatte ihre beste Freundin eingeladen.

Es ging gerade erst auf 22 Uhr zu, wie Stellas Wecker zeigte. Noch zwei Stunden. Und dann läge ein ganzes neues Jahr vor ihr. Dreihundertfünfundsechzig Tage ohne ihre Mutter. Und dann neue dreihundertfünfundsechzig Tage. Und das wieder und wieder und wieder. Eine Ewigkeit.

Stella stützte sich auf die Ellenbogen. Wie war es möglich, dass sie sich in ihrem WG-Zimmer einerseits zu Hause fühlte, andererseits wie eine Fremde? In diesen vier Wänden steckten so viele Erinnerungen, gute wie schlechte. Die Schneekugel auf dem Plattenspieler hatte ihr Adam zu Weihnachten geschenkt. »Sieh diese Kugel als eine Metapher«, hatte er gesagt. »Wenn mal wieder Schneegestöber in deinem Kopf herrscht, dann denk einfach an uns, die wir dich lieben. Und dann wird sich der Schnee schon lichten.«

Ihr Doppelbett erinnerte Stella an Andreas, ihren Ex-Freund. »Du solltest dir eine eigene Wohnung suchen«, hatte er oft zu ihr gesagt, wenn er in ihrem Bett gelegen hatte, die Arme unter dem Kopf verschränkt und mit zerzaustem Haar, in dem die ersten grauen Strähnen zu sehen waren.

»Aber ich wohne gern mit Judith und Tobi zusammen. Die beiden sind wie Familie für mich.«

»Aber sie sind nun mal nicht deine Familie, Stella. Früher oder später werden sie ausziehen und ein Leben ohne dich führen. Du solltest lernen, auf eigenen Beinen zu stehen.«

Andreas war auch der Ansicht gewesen, dass Stellas geblümte Bettdecke, die Lichterketten und Duftkerzen der Inbegriff eines weiblichen Stereotyps seien. Stella hatte erst eine Reise nach Kalifornien antreten müssen, um zu begreifen, wie unerträglich dieser Kerl gewesen war.

Dann war da noch das geordnete Chaos über ihrem Schreibtisch: eine Collage aus Fotos, Kinokarten, Etiketten von Weinflaschen und Postkarten, die Judith ihr aus dem Urlaub geschickt hatte. Sie wuchs stetig in alle Richtungen, reckte sich wie Zweige über den Türrahmen und zur anderen Seite hin über den Kleiderschrank. Erinnerungen an feuchtfröhliche Nächte mit Judith und Tobi, an Grillabende im Englischen Garten, an die Geburtstagsfeiern ihrer Mutter in kleiner Runde.

Zwei Fotos hoben sich von den anderen ab, denn sie waren in einen Rahmen eingefasst. Eines davon zeigte Stella umgeben von Lizzy, David, Theresa, Oscar, Mary und Adam. Ihre erste richtige Familie, die Stella vor noch nicht mal einen Monat kennengelernt hatte. Das Foto war auf dem großen Fest aufgenommen worden, das ihre Familie am Poinsettia-Day gab. Denn Stellas Urgroßvater Philipp hatte einst mithilfe seiner Ehefrau Feli und später auch seiner Kinder David, Max und Lizzy die Poinsettia, heutzutage vor allem bekannt als Weihnachtsstern, gezüchtet und zu dem gemacht, was sie heute war: nämlich ein fester Bestandteil der Weihnachtszeit.

Auf dem zweiten Foto war Inge zu sehen, Stellas wunderschöne Mutter, mit den wilden Locken, dem strahlenden Lächeln und dem Feuer in den Augen ... Nach einem Streit mit Stella war sie in ihr Auto gestiegen und davongefahren, obwohl es stark geschneit hatte und die Straßen spiegelglatt gewesen waren. Sie hatte die Kontrolle über den Wagen verloren und war bei dem Unfall ums Leben gekommen.

Die Trauer kam in Sekunden angerollt wie ein Tsunami. Inzwischen wusste Stella, wie sie sich dagegen wappnen musste. Ein- und wieder ausatmen. Ein und aus ... Wenn du jetzt weinst, dann verläuft nur deine Wimperntusche, und dann werden alle sofort wissen, dass du wieder traurig warst, und dich bemitleiden, und du vermiest ihnen den Silvesterabend. Konzentrier dich auf die Musik.

Die Backstreet Boys als Stimmungsmacher. Mochte Adam die Backstreet Boys? Wie stand er überhaupt zu Boybands?

Durch ihre Zimmertür hindurch hörte Stella Judith lachen.

Wenn man ihre Freundin mit ihren blonden Engelslocken und dem runden Mädchengesicht sah, würde man niemals meinen, dass ein so niedliches Geschöpf derart laut lachen konnte. Stella schmunzelte und schwang sich aus dem Bett. Ein Blick in den Standspiegel: Kalifornien hatte ihr ein paar Sommersprossen auf die Wangen getupft, und Lizzys Hausmannskost war es gelungen, ihr gesunde Apfelbäckchen ins Gesicht zu zaubern. Stella trug einen roten Rock mit schwarzem Taillengürtel, dazu einen schlichten schwarzen Rollkragenpullover und ihre Baseballjacke. Bis auf die Strumpfhose stammte alles aus ihrem Lieblings-Secondhandladen.

Also dann mal los. Kaum hatte sie einen Fuß über die Schwelle gesetzt, warf sich jemand gegen sie, sodass sie zurück in ihr Zimmer und gemeinsam mit Judith auf ihr Bett taumelte. »Da bist du ja! Ich hatte schon überlegt, deine Tür gewaltsam aufzubrechen!«

»Meine Tür war nicht mal abgesperrt!«, lachte Stella. »Wie viel hast du denn schon getrunken?!«

Judith, die halb auf ihr lag, machte einen Schmollmund und zuckte dann mit den Schultern. »Keine Ahnung! Aber ich weiß, dass du noch keinen einzigen Schluck vom Punsch hattest! Das holen wir schnell nach!«

Alkohol, Salzstangen und Partypizza waren auf dem Tisch verteilt, Nachos, Dips und das Chili auf dem Küchentresen.

Judith bezeichnete die Wohnung aus den 60er-Jahren als altbacken. Stella hingegen fand, dass die bonbonfarbenen Einbauschränke Charme hatten. Der himmelblaue Kühlschrank gab im Minutentakt gluckernde Geräusche von sich, was Judith fast in den Wahnsinn trieb. Stella mochte das Geräusch. Es war ihr, als würde der Kühlschrank versuchen mitzureden.

Groß geworden in einer alten Jugendstilvilla, war Stella es gewohnt, dass Geister in Gemäuern hausen konnten. Als Kind hatte sie sich sogar ausgemalt, dass eine ganze Geisterfamilie bei ihr zu Hause wohnte: Diese Familie hatte auf dem Speicher gelebt, wo es oft geknarzt hatte. Morgens war Vater-Geist gurgelnd durch die Wasserleitungen in den Heizkessel gefahren, wo er mit Murmeln gespielt hatte (zumindest hatte es danach geklungen). Mutter-Geist hatte im Kamin gesungen, wobei sie nicht gerade talentiert gewesen war, denn ihr Singen hatte schauderhaft geklungen. Die Kinder waren durchs Haus getobt, hatten mal hier den Parkettboden im Sonnenlicht zum Knistern oder dort die Tür zum Quietschen gebracht. Aber die Geister waren unvorsichtig gewesen, und so hatte ihr wildes Treiben oft dazu geführt, dass die Heizung im Winter streikte oder die rostigen Wasserleitungen Lecks hatten. »Weihnachten muss dieses Jahr leider etwas spärlicher ausfallen«, hatte ihre Mutter dann immer gesagt.

»Du isst jetzt erst mal was!« Judith lud eine extragroße Portion Chili con Carne auf einen Pappteller.

»Oh, Alex ist gerade gekommen!«, freute sich Judith. »Den musst du unbedingt kennenlernen. Er ist Pilatestrainer in meinem Fitnessstudio.« Sie winkte Alex herbei und beugte sich näher an Stella heran. »Er ist total heiß.«

Bis jetzt hatte Stella Judith gegenüber noch nicht erwähnt, dass sie rein theoretisch schon wieder vergeben war. Und zwar an Adam, der so was wie ihr Cousin, nur eben nicht mit ihr blutsverwandt war. Während Stella geduscht, Zähne geputzt und im Supermarkt eingekauft hatte, hatte sie sich alle möglichen Varianten durch den Kopf gehen lassen, wie sie Judith das mit Adam gestehen könnte. Jedes Mal war es auf dasselbe hinausgelaufen. In ihrer Vorstellung hatte Judith geseufzt, als würde ihr das, was sie nun sagen würde, leidtun, aber als führe kein Weg daran vorbei. ›Natürlich hattest du diesen Adam von Anfang an gern. Er ist ja auch ein Teil deiner Familie! Mal abgesehen davon kennst du ihn erst seit ein paar Tagen!

Ich kenne ihn seit drei Wochen!, hatte Stella in ihrer Vorstellung ihre Gefühle für Adam verteidigt. Das ist genug!

Wenn du meinst ... hatte Judith darauf entgegnet und durchklingen lassen, dass sie anderer Meinung war. Ich glaube ja, dass es so ist: Du durchlebst gerade eine sehr schwierige Phase. Ganz nebenbei hast du auch noch Andreas endlich eine Abfuhr erteilt! Natürlich sehnst du dich in diesen turbulenten Zeiten nach Halt! Und mal ehrlich: Du zählst zu den Menschen, die immer irgendwen an ihrer Seite brauchen. Du kannst nur schwer allein sein. Ich meine das nicht böse, mir würde es ja in deiner Situation vermutlich ähnlich gehen!‹

Stella hatte Angst vor diesem Gespräch. Es war ihr, als müsse sie das, was sie mit Adam hatte, schützen. Selbst wenn das bedeutete, dass sie das erste Mal Geheimnisse vor ihrer besten Freundin hatte. Dabei konnte sie Geheimnisse selbst nicht ausstehen. Immerhin hatte ihre Mutter Stella ihre komplette Vergangenheit verschwiegen, inklusive der Tatsache, dass Stella Familie in Kalifornien hatte!

»Stella studiert Gartenbau«, versuchte Judith, Stella in ihr Gespräch mit Alex einzubeziehen.

»Cool!«, sagte Alex. Er hatte genau das strahlende Lächeln, mit dem man gestresste Mütter, müde Büroangestellte oder Studenten im Lernstress nach Feierabend noch dazu motivieren konnte, beim Pilates zu schwitzen.

Tobi gesellte sich zu ihnen, legte die Arme um seine Freundin und kitzelte sie am Bauch. »Das ist die Rache dafür, weil du dich heute Morgen geweigert hast, mir Kaffee ans Bett zu bringen!«

»Dieser Tag wird auch nie kommen!«, quiekte Judith und versuchte halbherzig, sich ihm zu entwinden.

Die beiden waren so süß miteinander, dass sich in Stellas Brust eine düstere Leere bemerkbar machte.

»Machst du gern Sport?«, fragte Alex Stella. »Wir zwei könnten ja mal im Englischen Garten zusammen trainieren, wenn du willst. Wie klingt das?«

Das klang vor allem so gar nicht nach Stella, aber das sagte sie ihm nicht. Sie lehnte dankend ab und spürte prompt Judiths Ellenbogen in ihrer Seite.

Alex verstand. Betont unbeschwert wandte er sich Judith zu. »Ich zieh weiter, mein Bruder feiert heute ebenfalls eine Party. Sag Bescheid, wenn ich euch beim Umzug helfen kann.«

Judiths Augen weiteten sich vor Schreck.

»Umzug?«, fragte Stella.

Tobi ließ von seiner Freundin ab. »Du hast es ihr noch gar nicht gesagt?«

»Es hat sich einfach noch nicht der richtige Moment ergeben! Sie ist doch erst seit ein paar Tagen wieder zurück!«

»Ihr zieht aus?«, fragte Stella.

»Ja«, sagte Tobi. »Wir haben eine ziemlich gute Wohnung gefunden. Tut mir leid, dass du es so erfährst. Das war nicht der Plan.«

»Die Wohnung ist ganz neu und liegt direkt an der Fraunhoferstraße!«, schoss es aus Judith heraus, als würde das alles erklären.

»Ich wusste gar nicht, dass ihr überhaupt gesucht habt.«

»Wir haben nur die Augen offen gehalten. Dann meinte kurz vor Weihnachten eine Frau aus dem Pilateskurs, dass sie aus München fortzieht und Nachmieter für ihre Wohnung sucht. Es war ein so günstiger Zufall! Du weißt, dass ich diese Bruchbude hier nicht leiden kann und wie schwer es ist, in München eine gute Wohnung zu finden. Es tut mir so leid ... Oh Mann, schau mich nicht so an! Heute ist doch Silvester!«

Stella wusste nicht, wie sie schaute.

Alex hatte inzwischen das Weite gesucht.

»Alles gut«, hörte sie sich sagen. Irgendwie schaffte sie es tatsächlich zu lächeln. »Ich verstehe das. Ich freue mich für euch …«

»Wirklich? Du bist uns nicht böse?«

»Natürlich ist sie das! Und zu Recht!«, meinte Tobi. »Du hättest es ihr schon längst sagen sollen!«

»Sie ist noch nicht mal eine Woche hier und war total traurig!«, verteidigte sich Judith. »Wann hätte ich es ihr sagen sollen? Als sie mir erzählt hat, dass mit Andreas Schluss ist? Oder wie sehr sie ihre Familie in Kalifornien vermisst?«

»Es gab nun mal nur diese Möglichkeit. Jetzt hat sie es so erfahren müssen! Oder hättest du am liebsten gewartet, bis wir in einer Woche einfach weg sind, und ihr dann einen Brief geschrieben?«

»Ihr zieht schon in einer Woche um?«, fragte Stella.

Sie müssten schon ab Januar Miete bezahlen, sagte Tobi. Aber bei Stella würde sich nichts ändern, sagte Judith.

Doch. Stella würde neue Mitbewohner bekommen. Es würde keine spontanen Spieleabende mehr mit den beiden geben. Keine Diskussionen darüber, ob mal wieder einer von Tobis Actionfilmen dran war oder eine von Judiths Liebesschnulzen. Kein gemeinsames Büffeln für Klausuren und abendliches Junkfood-Essen.

Aber vielleicht war das ein Zeichen. Denn wenn Stella ehrlich war, konnte sie sich ohnehin kein Zimmer mehr in der Wohngemeinschaft leisten. Die alte Villa instand zu halten kam sie teuer genug.

»Es ging echt alles wahrsinnig schnell«, flehte Judith sie an, ihr zu verzeihen. »Damit haben wir selbst gar nicht gerechnet.«

»Bitte, macht euch keinen Kopf …« Stella umarmte ihre Freundin. »Ich freue mich wirklich für euch. Steht das Bier eigentlich draußen?«

Das war ein geschickter Vorwand, um sich zurückzuziehen. Auf den Balkon passten gerade mal zwei Klappstühle, auf einen davon sank Stella und atmete weißgraue Wolken in die schneidend kalte Luft. Dumpf drangen der Bass der Musik und das sonore Stimmendurcheinander durch das Glas der Balkontür.

Stellas Handy vibrierte in ihrer Jackentasche. Allein Adams Namen auf dem Display zu lesen fühlte sich an, als würde ihr die kalifornische Sonne ins Gesicht scheinen. Aber gleichzeitig schnürte sich ihre Kehle zu. So viele Kilometer lagen zwischen ihnen ...

»Hey«, hauchte sie in ihr Telefon.

»Hey! Wie geht's dir?«, fragte er.

Vereinzelt lösten sich Schneeflocken vom Himmel und trieben durch die erleuchtete Nachtluft. Sie legten sich auf die bunten Lichterketten am Balkongerüst und schmolzen dort. Ebenso schien das Auto, das unter dem Balkon über die schneebedeckte Straße schlich, sich auf einmal im Nichts aufzulösen. Jetzt hatte sie den Beweis: Adams Stimme war der Schlüssel zu einer Art Paralleluniversum, in dem es nur ihn und sie gab.

»Wie geht's dir?«, fragte er.

»Na ja ... ich ... ich hab dir doch von der Party erzählt, die meine Mitbewohner schmeißen ...«

»Ja, hast du.« Kurzes Schweigen. »Sag mal, weinst du, Stella?«

»Nein ...« Aber da war dieses verräterische Kribbeln in ihrer Nase, das sie immer spürte, wenn sie kurz davor war, in Tränen auszubrechen.

»Musst du auf dieser Party bleiben? Deine Freunde verstehen es doch bestimmt, wenn dir nicht nach Feiern zumute ist und du lieber zu Hause bist.«

Zu Hause ... Das war doch eigentlich der Ort, an dem es morgens nach viel zu starkem Kaffee duftete und abends nach Nudeln mit Pesto. Wo der alte, mit Staub bedeckte Kronleuchter vibrierte, wenn ihre Mutter Inge den Flur im ersten Stock entlanglief. Wo ihre Mutter auf dem Sofa eingeschlafen war, während der Abspann von *Tatsächlich ... Liebe* lief.

»Okay ...«, sagte Stella. »Ich rede mit Judith und Tobi.«

»Tu das. Ich ruf dich in zehn Minuten wieder an.«

»Das ist viel zu teuer ...«

»Mach dir da mal keine Sorgen.«

Judith und Tobi legten Widerspruch ein. Du kannst an Silvester doch nicht ohne uns feiern! Ist es, weil wir ausziehen? Warte doch noch eine Stunde, dann ist es zwölf, dann kannst du gleich nach Hause gehen! Judith holte sogar im Flur ihren Wintermantel. »Dann komme ich mit dir.«

Stella sagte ihr, dass sie lieber allein sein wollte. Es war Tobi, der seine Freundin darauf hinwies, dass Judith Stellas Wunsch respektieren müsse.

Über der Stadt lag eine zauberhafte Stille. Stella glaubte sogar, das leise Knistern zu hören, wenn die Schneeflocken auf die Straße und die geparkten Autos sanken und dort zu einem einzigen pulvrigen Weiß wurden. Sie lief los und erfreute sich an dem Knirschen ihrer Stiefel auf dem Schnee.

Ihr Handy vibrierte. Wie versprochen war es Adam.

»Ich mag den Winter«, sagte sie. »Alle schwärmen immer vom Sommer in München. Aber ich finde den Winter viel schöner. Ich mag den Frieden, der über allem liegt.«

Hinter zugezogenen Rüschengardinen einer Wohnung glommen abwechselnd bunte Lichter auf. Welcher Film wohl dort oben im Fernsehen lief? Zwei Wohnungen weiter sah sie durch die Balkontür ein Pärchen eng aneinandergeschmiegt tanzen.

»So wie du das sagst, klingt es ziemlich schön. Aber bestimmt ist es bei dir gerade bitterkalt, oder?« Adams Antwort ging halb in einem lauten Stimmenwirrwarr unter, als befände er sich inmitten einer Menschentraube.

»Das kann man wohl sagen«, antwortete Stella. »Wo steckst du denn gerade?« Stella erreichte die Tram-Haltestelle. Die Uhr dort zeigte kurz nach elf. Bei Adam war es jetzt erst zwei Uhr mittags. »Jedenfalls musst du nicht mit mir telefonieren, wenn du …«

»Mach dir keine Sorgen«, sagte Adam. »Bald ist bei dir Mitternacht, und ich kann mir kaum etwas Schöneres vorstellen, als deine Stimme zu hören und gemeinsam mit dir ins neue Jahr zu starten. Schöner wäre nur, dich bei mir zu haben.«

Hinter dem immer dichter werdenden Schneefall tauchten zwei runde gelbgoldene Lichter auf: Die Tram kam um die Straßenbiegung geruckelt. Außer Stella war da noch eine Gruppe Jugendlicher. Die Mädchen froren in ihren kurzen Kleidchen und dünnen Strumpfhosen, die Jungs waren überdreht, weil die Mädels so hübsch waren und sie sich dadurch offensichtlich unbesiegbar fühlten. Dann war da noch eine alte Dame mit zwei Plastiktüten auf dem Schoß, aus einer davon ragte eine Packung Katzenfutter. Stella lächelte ihr zu.

Adam erzählte ihr von Lizzy, die mit David, Theresa, Oscar und seiner Freundin Mary Silvester feierte. Und von den beiden Collies Romeo und Juliet, die sich wohl oft in Stellas Zimmer schlichen und auf ihr Bett legten. »Sie vermissen dich«, sagte er.

»Das erfindest du doch.«

»Tu ich nicht! Frag Lizzy! Sie ruft dich bestimmt um zwölf an.«

Erst stiegen die Jugendlichen aus, dann die alte Dame, die Stella einen guten Rutsch wünschte. Schließlich die Endstation. Den Weg von der Tram zu ihr nach Hause war Stella so oft gelaufen, dass sie ihn kannte wie die Linien auf ihrer Handfläche.

»Beschreib mir, was du siehst«, bat Adam sie. »Dann kann ich mir vorstellen, ich wäre bei dir.«

Stella schmunzelte. »Hmm ... Also, wir ... ich wohne in einem Randbezirk von München. Es gibt dort alles, was man braucht. Einen Supermarkt, eine Apotheke, Ärzte, Bäckereien, Cafés ... Aber gleichzeitig ist es sehr ländlich. Das heißt, im Frühling riecht es nach Dung, und man sieht oft Traktoren durch den Ort fahren.« Stella lief mitten auf der Straße, weil der Pflug all den Schnee auf den Fußgängerweg geschoben hatte. »Zur Weihnachtszeit erinnert mich dieser Ort an das kleine Dorf aus Tonhäusern, das Lizzy bei sich auf dem Flügel im Wohnzimmer aufgebaut hat. Weil alles so still ist und es aus den Fenstern golden leuchtet. Aus den Schornsteinen dampft es, und gerade kommt aus einer Dunstabzugshaube ein süßer Duft. Ich tippe auf Kaiserschmarrn. Jetzt laufe ich an einem Vorgarten vorbei, dessen Sträucher mit weißgoldenen Lichterketten verziert sind.«

Stella hatte ihre Handschuhe vergessen. Eine Hand hatte sie in die Jackentasche geschoben, aber ihre rechte, mit der sie das Handy hielt, brannte fast, weil sie so kalt war. Stella grüßte die Nachbarn, die sich mit Freunden schon auf der Straße aufgestellt hatten. Ihre Kinder tobten sich auf dem freigeschaufelten Weg zur Haustür mit Knallfröschen aus, und Stella dachte daran, wie sehr sie selbst als Kind Knallfrösche geliebt hatte.

»Ich bin jetzt da.« Das Licht der Straßenlaterne erhellte die breite Einfahrt und den Kundenparkplatz der Gärtnerei. Die Büsche und Sträucher waren unter hohem Schnee begraben und nur als sanfte Erhebungen zu deuten. Wie verloren leuchtete dort, wo im Sommer ein Blumenbeet war, eine einsame Solarlampe. Dahinter lag dunkel die Villa. Stella hörte sich sagen: »Ich bin froh, hier zu sein ...« Das hier war ihr Zuhause. Der Ort, an dem sie groß geworden war. Wo sie so viele schöne Jahre mit ihrer Mutter verbracht hatte.

»Ich wäre jetzt gern bei dir …«, sagte Adam.

»Das würde natürlich alles viel, viel besser machen.«

Vorgestern hatte Stella auf dem Grundstück zwei Stunden Schnee geschaufelt, trotzdem reichte er ihr fast schon wieder bis über die Stiefel.

»Jemand ist hier gewesen«, sagte Stella mehr zu sich selbst. »Da sind Fußspuren im Schnee …«

»Hast du eine Vermutung, wer das gewesen sein könnte?«

Vor der Haustür stand eine mit Alufolie umwickelte Auflaufform. Darauf war mit Tesafilm ein Zettel befestigt. »Ich habe dir ein bisschen Lasagne gemacht. Du bist jederzeit eingeladen, zu uns zu kommen! Fühl dich umarmt«, las Stella laut vor. »Das klingt sehr nach Mechthild.«

»Wer ist Mechthild?«

»Eine Angestellte meiner Mutter. Sie hat den Laden am Laufen gehalten, während ich in Kalifornien war. Sie ist großartig.«

Mechthild hatte vor fünf Jahren ihren Ehemann verloren. Nun lag es allein in ihrer Verantwortung, den Bauernhof zu bewirtschaften, sich von den Molkereien und den Grundstückpächtern nicht auf der Nase herumtanzen zu lassen und sich gleichzeitig um ihren siebzehnjährigen Sohn Timmy zu kümmern. Mechthild half in der Gärtnerei aus, um all die Ausgaben, die auf dem Bauernhof anfielen, decken zu können. Stella hatte unglaublich viel Respekt vor dem, was Mechthild leistete.

Stella klopfte die Stiefel ab und sperrte die Haustür auf, die sie ein paar Minuten lang offen stehen ließ, um durchzulüften. Es war kalt im Haus, deshalb behielt sie die Jacke erst mal an.

»Adam, ich sollte jetzt auflegen«, sagte sie, als sie in der Küche eine Portion Lasagne auf einen Teller lud und in die Mikrowelle stellte. »Es wird viel zu teuer für dich. Ich möchte nicht, dass du dein ganzes Wochengehalt für ein Telefonat mit mir verschwendest.«

»Mach dir deswegen keine Sorgen! Ich will unbedingt bei dir sein, wenn dein neues Jahr beginnt.«

»Ich muss Holz von draußen reinholen. Wir telefonieren einfach später noch mal, okay?«

Als Stella mit einem Korb voller Brennholz zurückkam, war es schon Viertel vor zwölf. Sie knüllte altes Zeitungspapier zusammen, richtete die Scheite darüber im Kamin auf und machte Feuer. Dann stellte sie das Radio an, um den Countdown zu hören, wenn es losging.

»Gleich ist es so weit«, sagte der Moderator. »Holt den Sekt aus dem Kühlschrank, und stellt die Gläser bereit! Nur noch fünf Minuten, dann verabschieden wir uns von dem Jahr, in dem ein Bayer Papst wurde und Deutschland mit Angela Merkel erstmals eine Frau als Bundeskanzlerin bekommen hat! Freuen wir uns auf das Jahr 2006, in dem Deutschland Gastgeber der Fußballweltmeisterschaft sein wird!«

Ihr Handy klingelte erneut, und Adams Name leuchtete auf dem Display auf. Stella lächelte. Doch gerade als sie abheben wollte, hörte sie ein merkwürdiges Geräusch. Ein leidvolles Ächzen, das überging in ein Knarzen … Eigentlich war das für Stella nicht weiter verwunderlich, denn die alte Villa gab oft ähnliche Laute von sich – doch dieses Geräusch war von draußen gekommen und hatte ziemlich unheilvoll geklungen.

»Der Countdown beginnt!«, verkündete der Moderator. »Zehn, neun, acht …«

Stella warf einen Blick nach draußen. Im schwachen Lichtkreis, der aus dem Wohnzimmer in den Garten fiel, war nichts zu erkennen.

»... sieben, sechs, fünf ...«

Erneut dieses unheimliche Ächzen ... Konnte es sein, dass es von einem der beiden Gewächshäuser kam? Immerhin lag meterhoch Schnee auf den Glasdächern! War nicht heute Morgen im Radio durchgesagt worden, dass manch ein Gebäude in der Umgebung aufgrund der aktuellen Schneelasten einsturzgefährdet war?

»... vier, drei, zwei ...«

Stella öffnete die Terrassentür. Ein leises Knacken war zu hören, als würde Glas splittern. Ein dumpfer Druck machte sich in ihrem Bauch breit. Gerade als Stella ihre Stiefel holen wollte, gab das kleinere der beiden Gewächshäuser ein so leidvolles Geräusch von sich, dass sich Stella die Nackenhaare aufstellten. Sie wandte sich um und ahnte schon, was sie in diesem Moment mit ansehen würde: Das Glasdach brach, ein großer Teil des Gewächshauses stürzte ein und begrub all die Pflanzen darin unter sich.

Das Feuerwerk ging los: Der Himmel explodierte in den buntesten Farben. Aber Stella sah nur die Trümmer dessen, was ihre Mutter aufgebaut hatte.

»Frohes neues Jahr!«, wünschte der Moderator im Radio.

Was soll das nur für ein Jahr werden?, fragte sich Stella.

Nach allem, was hinter ihr lag, war es schwer, sich vorzustellen, was nun folgen würde ...

2

2006

Stella

Stella hatte den Eindruck erwecken wollen, sie hätte alles unter Kontrolle. Die Hinterlassenschaft ihrer Mutter klären – machbar! Ein Haus und eine Gärtnerei versorgen – kein Problem! Sich darum kümmern, dass stets etwas Essbares im Kühlschrank war und sie nicht verwahrloste – sowieso!

Doch kaum hörte sie Lizzys Stimme am Telefon, brannten Tränen in ihren Augen. »Hallo, mein Liebes, wie geht es dir?«

Einatmen, ausatmen. Einatmen, ausatmen. Ein und wieder aus. Stella setzte sich auf die Eckbank neben dem Kamin, das Drehscheiben-Telefon zwischen Brust und die angewinkelten Oberschenkel gebettet, und schluckte die Tränen tapfer hinunter. »Ganz gut so weit. Was machen Romeo und Juliet?« Sie drückte sich vor dem, was eigentlich gesagt werden musste.

»Ach, die beiden!«, lachte Lizzy. »Adam war eben hier und hat mit ihnen gespielt. Jetzt bekomme ich sie kaum gebändigt!«

Adam ... Es genügte, seinen Namen zu hören, und Stellas Herz wurde warm.

Von der ersten Sekunde an, als Adam Stella am Flughafen in Kalifornien abgeholt hatte, hatte Stella ihn ins Herz geschlossen. Schon bald hatten sich die ersten Schmetterlinge in ihrem Bauch eingenistet, was Stella zunächst tunlichst zu ignorieren versucht hatte – immerhin war Adam ihr Cousin! Nur war er eben nicht mit ihr blutsverwandt. Theresa und David, Adams Großeltern, hatten ihren Sohn Oscar, Adams Vater, nämlich einst adoptiert. Richtig verwirrend und vor allem aufwühlend wurde es dann, als Stella herausfand, dass gar nicht Lizzy ihre Oma war, sondern Theresa. Theresa war die leibliche Mutter von Inge, Stellas Mutter, doch Lizzy hatte Inge offenbar großgezogen. Wie es dazu gekommen war, hatte Stella noch nicht herausgefunden, denn es schien ein sensibles Thema zwischen Lizzy und Theresa zu sein. Doch sie hatte sich fest vorgenommen, es zu erfahren. Außerdem hatte sie beschlossen, einfach zwei Omas zu haben, also Theresa und Lizzy, denn es war Lizzy gewesen, die Stella vor etwa einem Monat den Flug nach Kalifornien bezahlt und ihr von der ersten Sekunde an das Gefühl gegeben hatte, zu Hause zu sein.

Durchs Fenster sah Stella zwei Amseln und ein Rotkehlchen sich am Futterhaus tummeln, das bei dem Betrieb hin- und herbaumelte wie die Schiffsschaukeln auf dem Oktoberfest. Sie sah, wie wunderschön der Garten im Winter war, vor allem, wenn hier und da Puderzucker von den Tannenästen rieselte, wie in der zauberhaften Verfilmung von *Drei Haselnüsse für Aschenbrödel*. Sie schmunzelte, als sie sah, wie Godzilla einen dieser pudrigen Schauer abbekam und wie ein Hase durch das kalte Nass zur Terrasse hüpfte, durch all die funkelnden Diamanten hindurch, die die Sonne über den Schnee streute. Eigentlich gehörte der Kater auf Mechthilds Bauernhof, aber inzwischen war er mehr oder weniger in der alten Villa eingezogen. Stella fühlte sich in diesem Moment so reich, als wären es wirklich Diamanten, denn sie hatte Adam und Lizzy und diese wunderbare Familie in dem wunderschönen Kalifornien.

Dieser Gedanke gab ihr die Kraft zu sagen, was sie zu sagen

hatte: »Eines der Gewächshäuser ist unter der Schneelast eingestürzt.«

»Oh«, erwiderte Lizzy. Und dann: »Nun ja, es war eigentlich fast zu erwarten. Die Gärtnerei ist schon alt. Aber bestimmt war der Anblick für dich ein Schock! Ach, Liebes, könnte ich nur bei dir sein und dich trösten!«

»Es ist nur ...« Stellas Stimme stockte. Einatmen, ausatmen ... »Meine Mutter hat all das hier aufgebaut ... Ich muss Arbeiter organisieren, die das Gewächshaus wieder richten, ich muss ...«

»Du musst dich um gar nichts kümmern. Das übernehmen David und ich. Versprochen. Ich wünschte, ich könnte dich in den Arm nehmen, aber ...«

... aber zwischen uns liegen grob geschätzte zehntausend Kilometer Luftlinie. Etwa siebenhundert Kubikmeter Pazifikwasser. Zwölf Stunden Flugzeit. Stella zog den Ärmel ihres Kapuzenpullovers über die Hand und wischte damit über ihr salziges Gesicht. Ein paar Tränen waren eben doch geflossen.

»Warst du denn heute schon bei der Post?« Lizzys Stimme war sanft, als würde sie Stella über die Wange streichen.

Mechthild hatte heute Morgen für Stella die Briefe und die Zeitung hereingeholt.

In die eine Hand nahm Stella das Telefon, in die andere das Kabel, das lang genug war, um die Kommode im Flur zu erreichen, wo Mechthild die Post abgelegt hatte. Den Hörer hatte sie zwischen Ohr und Schulter geklemmt. »Sind doch eh wieder nur Rechnungen und Briefe von irgendeiner Behörde und Dokumente für die Hinterlassenschaft und ...«

Und ein großer Umschlag, auf dem in dicken Lettern »California, USA« stand. Es war ein schöner Umschlag, aus gutem, festem Papier, handgeschöpft und mit kunstvollen Aquarell-Poinsettien darauf gedruckt. Stella öffnete den Umschlag so vorsichtig, als sei etwas Zerbrechliches darin. »Ein Fotokalender!«, rief sie schließlich.

»Das ist mein Geschenk für dich fürs neue Jahr. Ich habe Fotos von früher durchgesehen und Abzüge davon für dich machen lassen. Du hast dich doch so sehr für die Geschichte unserer Weihnachtsstern-Ranch interessiert.«

Der Januar hielt ein altes Familienfoto für Stella bereit: Sämtliche zu dieser Zeit lebenden Mitglieder der Familie Licht, die die Weihnachtsstern-Ranch im Jahre 1912 gegründet hatte, hatten sich stolz vor der Ranch aufgestellt, im Hintergrund erstreckten sich schwarz-weiße Poinsettiafelder.

»Dezember 1940«, las Stella vor.

»Verrückt, wie die Zeit vergeht«, seufzte Lizzy und lachte leise. »Gestern erst war ich zwanzig Jahre alt, und heute bin ich eine alte Frau. Kannst du das glauben? Ich erinnere mich noch gut an dieses Jahr. Die Depressionszeit war weitgehend überstanden, und die Leute gaben wieder leichter Geld aus. Es war das erste Jahr, in dem der Verkauf der Weihnachtssterne echten Gewinn brachte. Auch andere Züchter hatten sich an Weihnachtssternen versucht – aber niemandem gelang es, die Poinsettien so üppig und prächtig zu züchten wie Philipp Licht, meinem Vater und deinem Urgroßvater. Händler aus ganz Amerika kauften bei ihm und meiner Mutter Feli ein.«

Am linken Rand des Fotos war Philipp zu sehen. Er hatte seinen Cowboyhut abgenommen und hielt sich mit beiden Händen an ihm fest. Sein Haar war leicht platt gedrückt, weil er sich laut Lizzy sonst nur in der Kirche und im Bett dazu durchringen konnte, den Hut abzusetzen. ›Wenn du ihn für das Foto nicht abnimmst, dann schneide ich dir nachts heimlich die Krempen ab!‹, hatte seine Frau Feli ihm gedroht, wie Lizzy lachend erzählte.

Philipps dezentes Lächeln machte Feli mit ihrem Strahlen, das über das gesamte Gesicht reichte, allemal wett. Sie war wunderschön.

In dem großen Umschlag fand Stella noch eine Gewürzmischung für eine Tasse heiße Schokolade.

»Die machst du dir jetzt, Liebes.« Laut Lizzy war so ziemlich alles mit einer heißen Schokolade zu kurieren. Schnupfen? Heiße Schokolade mit etwas Ingwer. Periodenkrämpfe? Heiße Schokolade mit Zimt und Kardamom. Traurigkeit? Heiße Schokolade mit Vanille und einer riesigen Portion Sahne. Stella ertappte sich dabei, dass sie sich wünschte, Lizzy wäre hier und würde ihr den Kakao zubereiten.

Sie dankte Lizzy für das schöne Geschenk, und dann legten sie auf, um die Kosten des Telefonats nicht zu sehr in die Höhe zu treiben. Stella sehnte sich nach den Songs auf der CD, die Adam ihr zum Abschied gebrannt hatte, wie anderen Leuten nach Süßem war. Wahrscheinlich war es nur Einbildung, aber es atmete sich leichter, als *I Say A Little Prayer* von Aretha Franklin erklang und sich im Haus der Duft von Schokolade und Zimt ausbreitete. Immer wieder kam Stella das alte Familienfoto in den Sinn. Etwas daran ließ sie nicht mehr los.

Die Tasse mit heißer Schokolade in beiden Händen, setzte sie sich auf die Eckbank in der Küche und rätselte, was ihr an diesem Foto keine Ruhe ließ. Neben Feli, Philipp und Lizzy waren darauf noch zwei junge Männer zu sehen: Lizzys Brüder Max und David. David hatte ein sehr fein geschnittenes hübsches Gesicht mit einem klaren, eindringlichen Blick. Es schien, als würde er der Kamera nicht ganz über den Weg trauen. »Er war ein sehr zurückhaltender, dezenter Junge«, hatte Lizzy erzählt. »Anstatt sich wie Max nachts herumzutreiben, hat er sich selbst das Klavierspielen beigebracht. Schon damals, mit 22 Jahren, sprach er fließend Deutsch, Französisch und Spanisch. Sein Traum war es immer, irgendwann einmal nach Deutschland auszuwandern, um mehr über unsere Wurzeln zu erfahren.«

Der junge Mann neben David hatte eine gewisse Ähnlichkeit mit ihm, die jedoch erst auf den zweiten Blick auszumachen war: Er war groß und stattlich gebaut und hatte langes Haar, das er zu einem lockeren Pferdeschwanz gebunden trug. Sein Blick hatte etwas Verwegenes, geradezu Herausforderndes.

»Das muss Max sein, oder? Davids Zwillingsbruder, den ich noch nicht kennengelernt habe«, hatte Stella gesagt in der Hoffnung, Lizzy würde von ihm erzählen.

»Ja«, war alles gewesen, was Lizzy darauf erwidert hatte.

Warum hatte die Familie mit ihm gebrochen?

Am meisten jedoch zog Lizzy Stellas Aufmerksamkeit auf sich. Ihr Blick war tiefgründig. Aber da war noch etwas anderes an ihr, das Stella nicht losließ. Es war, als schwebte eine Frage in der Luft, deren Antwort sie sehnsüchtig erwartete. Der Blick der 20-jährigen Lizzy war auf etwas gerichtet, das auf dem Foto nicht zu sehen war.

Da fiel Stella auf, dass der rechte Rand des Fotos leicht aufgeraut zu sein schien. Offenbar hatte jemand einen Teil des Fotos abgeschnitten, und die raue Kante war auch auf der Kopie zu sehen.

»Wen hast du so intensiv angeschaut, Lizzy?«, murmelte Stella.

Doch die Frage lautete wohl eher: Wen hatte man aus der Erinnerung löschen wollen?

3

1940

Lizzy

Die Weihnachtszeit hat ihren ganz speziellen Zauber, dachte Lizzy, als sie unter dem mit Tannzweigen und blinkenden Lichtern geschmückten Bogen stand, der sich über die Straße im Herzen von Los Angeles von Dach zu Dach spannte. Dieser Zauber wirft uns auf uns selbst zurück, auf unsere Erinnerungen, Wünsche, Sehnsüchte, auf unsere kindliche Seele, die noch immer mit großen Augen und vor Aufregung schlagendem Herzen vor der verschlossenen Tür steht und lauscht, um vielleicht ein himmlisches Flügelschlagen, das Rascheln von Geschenkpapier oder auch nur ein Flüstern zu hören. Weihnachten ... das waren brennende Kerzen, Papiersterne an Fenstern, der Duft von Zimt und Nelken, Lebkuchen und Zuckerstangen, bis der Bauch schmerzt, und Gutenachtgeschichten über Santa Claus auf seinem von Rentieren gezogenen Schlitten.

Obwohl Lizzy zwanzig Jahre alt war, ließ sie sich doch jedes Jahr aufs Neue von der Weihnachtszeit verzaubern. Ihr Herz schien das Funkeln der Lichterketten, der rot glänzenden Weihnachtskugeln und des goldenen Lamettas regelrecht aufzusaugen.

Langsam drang das Flirren der Leuchtreklame zu ihr durch, das Knistern der Backkastanien, die ein älterer Herr neben der Bushaltestelle verkaufte, das aufgeregte Plaudern und Lachen einer Schülerschar, die an Lizzy vorbeizog, und schließlich das Brummen von Motoren, das Plätschern von Wasser, das eine Frau aus einem Eimer in den Abfluss goss, das Rufen eines Zeitungsjungen. Es war sieben Uhr morgens, Los Angeles war erwacht.

Ein Motorrad hupte und scheuchte Lizzy von der Straße.

»Lizzy! Was machst du denn? Träumst du?«, neckte ihre Mutter Feli sie. Sie war gerade dabei, die Plane über der Ladefläche des Trucks, der am Straßenrand parkte, aufzudecken. Darunter kam eine rote Fläche zum Vorschein: unzählige Weihnachtssterne, die sie bei Sonnenaufgang geschnitten und in feuchtes Papier geschlungen hatten.

Zwei Männer drehten sich nach ihrer Mutter um. Sie war ein ganz besonderer Anblick, wie sie in ihrem geblümten Kleid einen Strauß aus Weihnachtssternen von Moudys Ladefläche in ihre Arme sortierte. Moudy – so hatte Lizzys älterer Bruder Max den rostigen Truck getauft. »Komm schon, Moudy«, hatte er den schwarzen Ford eines Tages angefeuert und auf das Armaturenbrett geklopft, als sein Zwillingsbruder David, Lizzy und er das uralte, träge Ungeheuer einen Berg hinaufgetrieben hatten.

»Moudy?« Lizzy hatte die Lippen gekräuselt.

»Ja, oder fällt dir was Besseres ein?«

»Moudy ist ein Jungenname. Was, wenn der Truck weiblich ist?«

»David, ist der Truck deiner Meinung nach weiblich?«

David war sowieso immer Max' Meinung, also hieß der Truck seit diesem Tag Moudy.

»Komm, hilf mir, ein paar hübsche Zweige auszusuchen.« Feli strahlte wie der rosagoldene Morgenhimmel, dem die hohen Dächer von Los Angeles entgegenstrebten.

Lizzy setzte sich in Bewegung. Aus einer Bäckerei, die gerade erst ein Schild mit der Aufschrift »Geöffnet« herausgehängt hatte, streifte sie der Duft von Zimt, Marzipan und frisch aufgebrühtem Kaffee. Ihr Magen knurrte. Ohne Frühstück waren sie aufgebrochen, um die Blumenhandlungen, Cafés und Restaurants in Los Angeles so früh wie möglich mit Weihnachtssternen zu beliefern.

Im Vorbeigehen streifte Lizzys Blick die Modelleisenbahnen, Steiff-Teddys und seidenen Haarschleifen, die in einem Schaufenster ausgestellt waren, und blieb an dem Porzellan mit Weihnachtsmotiven hängen. Auf einmal war Lizzy wieder sechs Jahre alt, trug ihr lavendelblaues Lieblingskleid und hatte ihr Haar mit Bändern zurückgebunden. Die warme Hand ihrer Mutter umschloss die ihre.

»Nächstes Jahr, Liebes«, sagte sie wie auch schon die Jahre zuvor. »Dieses Jahr müssen wir noch sparen, aber nächstes Jahr werden die Geschenke zu Weihnachten etwas üppiger ausfallen, das verspreche ich dir.«

Viel Geld hatten sie nie gehabt, und trotzdem hatte Lizzy in ihrer Kindheit nie etwas vermisst.

»Puh«, sagte ihre Mutter jetzt und befühlte mit dem Handrücken ihre Wangen. »Es ist noch nicht mal acht Uhr morgens und schon ungewöhnlich heiß für diese Jahreszeit. An solchen Tagen träume ich vom meterhohen Schnee in Bayern.«

Feli hatte oft von der traumhaft schönen Winterlandschaft in Bayern geschwärmt, von Schlittenfahrten und langen Eiszapfen, die von Regenrinnen herabwuchsen. Lizzy hatte Schnee noch nie gesehen, aber sie stellte ihn sich wundervoll vor. Vor allem an derart trockenen, warmen Tagen wie heute.

»Wir müssen uns beeilen«, trieb ihre Mutter sie an. »Sonst kommst du noch zu spät zu deinem Termin im Charisma.«

Das Charisma war ein exquisites Restaurant, in dem man, wenn man Glück hatte, den ein oder anderen Filmstar antreffen konnte. »Früher bin ich oft mit deiner Oma hier gewesen«, erzählte ihre Mutter jedes Mal, wenn sie die Flügeltür aus buntem Glas aufschob und den mit noblen Jugendstilmöbeln eingerichteten Essbereich betraten. Dann seufzte sie, wie nur Erwachsene seufzen konnten, die auf vergangene Zeiten zurückblickten. Heute jedoch würde nicht ihre Mutter den Termin in dem Restaurant übernehmen, sondern Lizzy.

»Ach, Mama! Warum kannst nicht du das mit dem Geschäftsführer klären?«

Seit Lizzy denken konnte, hatten ihre Eltern die Cafés und Restaurants in Los Angeles und San Diego mit Poinsettien beliefert, ohne auch nur einen Cent dafür zu verlangen. Das war kostenlose Werbung für die Ranch gewesen. Vor zwanzig Jahren hatte ja noch niemand die Weihnachtssterne gekannt. Dann war die Depressionszeit gekommen, und kaum einer hatte Geld für Blumen übriggehabt.

»Wir werden die Cafés und Restaurants trotzdem noch kostenlos beliefern«, hatte Philipp beschlossen. »In diesen Zeiten sollen die Leute etwas haben, an dem sie sich erfreuen können.«

Die Depressionsjahre waren inzwischen vorbei, es ging aufwärts mit der Wirtschaft, und ihre Mutter war der Ansicht, dass die Café- und Restaurantbesitzer nun für die Blumendekoration bezahlen sollten.

»Du schaffst das schon, mach dir keine Sorgen«, versuchte Feli ihre Tochter aufzumuntern. »Und nicht vergessen: Immer schön lächeln!«

»Es ist sieben Uhr morgens, und ich habe Hunger …«

»Lizzy, du hast so ein schönes Lächeln!«

Lizzy fletschte demonstrativ die Zähne. »Außerdem mache ich mir keine Sorgen. Ich finde nur, dass du das mit den Besitzern ausdiskutieren solltest. Die Leute liegen dir zu Füßen.«

Zwar hörte Lizzy oft, wie ähnlich sie ihrer Mutter war, und das mochte auch stimmen. Sie hatte das gleiche kupferfarbene, leicht gewellte Haar, die gleiche Stupsnase mit den dezenten Sommersprossen und die gleiche zierliche Gestalt. Aber hübsch war sie deshalb nicht, wie sie fand. Denn zum Hübschsein gehörte auch Ausstrahlung, die ihre Mutter besaß, die Lizzy jedoch fehlte. Aber das war ihr nicht weiter wichtig.

»Mr Santiago wird auch dir zu Füßen liegen, da bin ich mir ganz sicher. Zumindest, wenn du ihm ein Lächeln schenkst und nicht so finster dreinblickst! Außerdem wolltest du dich doch mehr ins Geschäft einbringen!«

Lizzy hatte da eher an körperliche Arbeit gedacht. Den Feldboden pflügen, Wurzeln einsetzen, größere Steine aus der Erde lesen, das Scheunendach decken oder von ihr aus auch die Blumentöpfe schrubben, in denen ihr Vater bisher vergeblich versuchte, Weihnachtssterne zu ziehen.

»Lizzy, dafür bist du doch viel zu schlau!«, schimpfte ihre Mutter.

Das sagte die Richtige. Ihre Mutter hatte einst Medizin studiert. Und wofür? Dafür, dass sie ihre Zeit nun mit Wäschewaschen, Kochen und Feldarbeit verbrachte.

»Und du predigst doch immer, es müsse sich etwas verändern«, hörte Lizzy ihre Mutter nun sagen. »Jetzt hast du die Chance, eine Veränderung für unsere Weihnachtsstern-Ranch zu bewirken!«

»Die Rede war von Veränderungen in der Gesellschaft, der Wirtschaft, der Politik!«, ereiferte sich Lizzy. »Ich rede nicht vom Verkauf der Weihnachtssterne!«

Ihre Mutter zog die Augenbrauen hoch. »Bevor du losziehst, um die Welt umzukrempeln, kannst du vielleicht bitte noch diese eine Verhandlung führen. Sozusagen zum Aufwärmen!«

»Du nimmst mich nicht ernst!«

»Oh doch, das tue ich. Du hast große Ideale, das ist wunderbar. Aber wenn du wirklich etwas verändern willst, kannst du dich nicht immer im Hinterstübchen verstecken! Schau, all diese Frauen, über die Zeitungsartikel in deinem Zimmer an der Wand hängen – Emma Goldman oder Rosa Luxemburg –, die sind auf die Straße gegangen und haben sich gezeigt! Sie hatten keine Angst vor Konfrontationen.«

»Ich habe keine Angst. Und ich verstecke mich auch nicht!«

»Und die Flugschriften, die du verteilt hast? Heimlich? Mitten in der Nacht?«

»Das war … das …« Lizzy ballte ihre Hände zu Fäusten. Ebenso ballten sich all die aufgebrachten Rechtfertigungen in ihrer Kehle, und am Ende brachte sie kein Wort mehr heraus.

Ja, sie hatte mitten in der Nacht Flugschriften verteilt. Flugschriften, die darauf aufmerksam machen sollten, dass noch immer kaum Frauen an der Universität von Los Angeles unterrichteten und keine einzige Frau einen Sitz im Vorstand innehatte. Sah man Frauen in der Universität arbeiten, dann putzten sie entweder oder gaben Essen in der Mensa aus, und das für einen Hungerlohn, wie Lizzy von Ruth Berger, der ältesten Putzkraft, erfahren hatte. Das war, wie Lizzy fand, ein erschreckender Missstand. Sie hatte die Flugschriften in Vorlesungssäle gelegt, an Wände gehängt und in der Mensa verteilt. An der Tür des Büros eines sehr angesehenen Professors der Soziologie hatte sie dann der Hausmeister ertappt, der wohl das Licht ihrer Taschenlampe gesehen haben musste. Lizzy war glimpflich davongekommen. Man hatte sie für ein halbes Jahr von der Universität verwiesen und ihr den Schlüssel für das Hauptgebäude, den sie als Leiterin des Debattierklubs besaß, abgenommen. Lizzy versuchte, das Positive daran zu sehen: Nun hatte sie Zeit, ihrer Familie auf der Ranch unter die Arme zu greifen. Und das nutzte ihre Mutter sogleich schamlos aus.

»Na los, meine sture Lizzy! Zeig mir, was in dir steckt!«

Lizzy stöhnte. Wenn ihre Mutter etwas wollte, war jeglicher Widerstand zwecklos.

Fünf Minuten später saß Lizzy im Büro von Mr Santiago junior, dem Besitzer des Charisma. Er führte das Restaurant in der zweiten Generation. Bestimmt war er für viele junge Damen der Grund, das Charisma zu besuchen. Zugegeben, er sah nicht schlecht aus, wenn man auf den Typ Mann stand, der sich nur im Anzug wohlfühlte. Seine ersten Sätze waren gewesen: »Nenn mich doch einfach Jerome« und »Wir sind ja beide noch recht jung, ich bin auch erst fünfundzwanzig«.

Lizzys Lächeln fühlte sich an, als würde sie eine Grimasse schneiden. Aber sie gab sich Mühe. Musste sie auch, weil Jerome sie nämlich mit einem Strauß Rosen begrüßt hatte. Umso unangenehmer war es gewesen, als sie ihm unterbreitet hatte, dass ihre Eltern von nun an die Poinsettien nur gegen Bezahlung an das Charisma liefern würden.

»Lizzy, ich bin etwas verwirrt«, sagte Jerome, lehnte sich in seinem Stuhl zurück und strich über sein glatt rasiertes Kinn. »Bisher hat unsere Absprache doch ausgezeichnet funktioniert. Wenn die Leute bei uns eure Weihnachtssterne sehen, ist das kostenlose Werbung für euch. Das war doch eine erstklassige Win-win-Situation, du verstehst?«

Lizzy wollte etwas erwidern, doch Jerome hob die Hand und brachte sie zum Verstummen. »Verzeih mir meine Direktheit, Lizzy, aber dein Vater scheint einen besonders ausgeprägten Sinn für Schönheit zu haben. Kein anderer Züchter hat derart schöne Weihnachtssterne wie dein Vater. Und dann sehe ich mir dich und deine Mutter an und muss feststellen, dass dein Vater sich allgemein sehr glücklich schätzen kann, du verstehst?«

Dieses Kompliment war einstudiert und mindestens genauso schmalzig wie Jeromes mit Pomade in Form gebrachte Haare. »Ja, ich denke, ich verstehe. Und danke ...«

Es ging Lizzy nicht in den Kopf: Wie konnte Jerome sich ernsthaft für sie interessieren? Männer mochten Frauen in hübschen Kleidern, mit entzückenden Locken und verführerisch bemalten Lippen. Lizzy trug einen Hosenanzug und hatte, wie Max sie einmal geneckt hatte, stets ein Glimmen in den Augen, als würde sie nur auf eine Gelegenheit warten, ihr Schwert zu zücken und ihr Gegenüber zu einem Duell herauszufordern. »Zieh doch ein Kleid an. Du hast so hübsche Kleider in deinem Schrank hängen!«, hatte ihre Mutter sie heute Morgen noch angefleht, woraufhin Lizzy entgegnet hatte: »In Kleidern muss man die Beine übereinanderschlagen. Und in Kleidern kann man auch nicht rennen.«

»Wie auch immer ... Es stimmt, dass sich schon einige Züchter an den Weihnachtssternen versucht haben, aber es gelingt ihnen nicht, sie derart prächtig zu ziehen, wie mein Vater es kann. Er investiert nun mal auch sehr viel Arbeit in die Poinsettia-Zucht.«

Nie gab ihr Vater sich zufrieden. Der Stiel ist zu hoch, zu dünn, zu verzweigt, die Blätter sind zu hell, zu lang, zu wenig. In einer der beiden Scheunen hatte er sich eine Art Labor eingerichtet und darin mehrere Versuchsreihen gestartet. Mit verschiedenen Zusätzen hatte er experimentiert sowie der Licht- oder Wärmeeinstrahlung. Das verstand Lizzy ja noch. Hantierte er jedoch mit Wörtern wie Phosphor oder Molybdän am Abendessenstisch, verstand Lizzy nur Bahnhof. Sie und ihre Mutter tauschten dann vielsagende Blicke und konnten sich ein Schmunzeln nicht verkneifen, woraufhin ihr Vater grummelte: »Jetzt wisst ihr, wie ich mich fühle, wenn ihr über Hüte oder Seidenstrümpfe sprecht.« Und dann fügte er meist noch hinzu: »David versteht, wovon ich rede.«

David studierte ja auch Biologie im sechsten Semester. Er war der ganze Stolz ihres Vaters.

Ihr Vater hatte einen Traum. So wie andere Menschen davon träumten, über die Weltmeere zu segeln oder in einem Heißluftballon mitzufliegen, träumte er davon, dass die Poinsettia wie Plätzchen und geschmückte Tannenbäume nicht mehr aus der Weihnachtszeit wegzudenken war. »Stell dir vor, die Poinsettia würde die Menschen nicht nur ein paar Tage als Schnittblume erfreuen, sondern die ganze Weihnachtszeit über – als Topfpflanze!« Genau daran hatte er die letzten Jahre gemeinsam mit David geforscht.

Sie würden sehen, was dieses Jahr brachte. Noch hatten sich die Blätter der Versuchspflanzen nicht rot verfärbt, wie schon die letzten Jahre. Auch wenn die Pflanzen gesund und kräftig aussahen, so schien es, als wären sie durch den Topf um ihre Wurzeln in einen Schönheitsschlaf verfallen, aus dem sie nicht erwachen wollten.

Lizzy begann zu schwitzen. »Mein Vater investiert wirklich sehr viel Zeit und Liebe in seine Arbeit und …«, setzte sie an, doch Jerome unterbrach sie erneut.

»Weißt du, Lizzy, unser Land hat die letzten Jahre über sehr stark gelitten. Die Weltwirtschaftskrise hat vielen Amerikanern den letzten Cent aus den Taschen gezogen. Die Arbeitslosenquote liegt bei zwanzig Prozent. Wir alle müssen sparen, verstehst du?«

Lizzy konnte es nicht ertragen, wenn Männer ihr die Welt erklärten. »Sie liegt bei fünfzehn Prozent«, verbesserte Lizzy ihn trocken. »Vor fünf Jahren lag sie bei zwanzig Prozent. Und ja, ich verstehe. Ich studiere Politikwissenschaften.«

Jerome zog die Augenbrauen hoch. »Heiliger Bimbam! Ein sehr anspruchsvolles Studium!«

»Das ist es. Aber es macht mir große Freunde.«

»Interessant. Und was willst du mit diesem Studium anfangen?«

»Das wird sich zeigen. Es ist nicht gerade leicht, als Frau Arbeit zu finden.«

Jerome nickte verständnisvoll. »Du bist ja auch noch jung. Vielleicht wäre ein Praktikum erst einmal ...«

»Allein eine Praktikumsstelle zu ergattern ist schon ein Ding der Unmöglichkeit! Und das, obwohl ich im letzten Semester Beste meines Jahrgangs war!«

»Bei wie vielen Stellen hast du dich denn beworben?«

»Na ja, irgendwann habe ich aufgehört zu zählen. Ein Chef schickte mich gleich ins Schreibbüro, er würde dringend ein junges Ding suchen, das die Post sortiert. Ein anderer meinte, dass Politik in den Umkleiden der Männerklubs gemacht würde, also war ich leider aus dem Rennen.«

Jerome lachte. Dabei war Lizzy noch gar nicht in Fahrt.

»Letzte Woche musste ich mir anhören, dass eine Frau mit derart guten Noten ein Schreck für Männer sei, und das wiederum würde nur dem Betriebsklima schaden. Zu guter Letzt wurde ich gefragt, wann ich gedenke, schwanger zu werden.«

»Das muss sehr anstrengend und frustrierend für dich sein.«

»Ist es.«

»Umso wichtiger, dass du den heutigen Tag einmal genießt! Es ist noch früh, vielleicht sollten wir erst einmal ein kleines Frühstück zu uns nehmen. Auf der Speisekarte unseres Restaurants stehen heute zum Brunch Rühreier mit Trüffeln und hausgebeizter Lachs. Wie klingt das?«

Das klang ungemein verführerisch, und Lizzy täuschte schnell ein Hüsteln vor, damit Jerome ihren Magen nicht jubeln hörte. »Das klingt wirklich verlockend, aber …«

»Das an unser Restaurant angeschlossene Hotel bietet auch eine kleine Boutique, einen Friseursalon und einen Spa-Bereich für Gesichtsbehandlungen. Alles, was ein Frauenherz begehrt! Vielleicht möchtest du dich heute mal verwöhnen lassen, und dann klären wir das Geschäftliche bei einem netten Abendessen?«

Lizzy dämmerte, dass kein Wort von dem, was sie gerade versucht hatte zu erklären, zu Jerome durchgedrungen war. »Nein. Danke. Ich würde gern hier und jetzt über den Preis der Weihnachtssterne verhandeln.«

Jerome seufzte und erhob sich von seinem Stuhl, um sich vor Lizzy auf die Kante des Schreibtischs zu setzen und ihr einen Blick zu schenken, als würde ihm das, was er gleich sagen würde, leidtun. »Lizzy, hör mal, du imponierst mir. Aber ich befürchte, dass du recht emotional an die Sache herangehst und nicht mit der nötigen Sachlichkeit eines Geschäftsmannes. Wie du eben selbst gesagt hast, ist der Vertrieb der Weihnachtssterne die Angelegenheit deines Vaters. Vielleicht ist es besser, wenn ich noch einmal mit ihm spreche, ehe wir zwei eine unkluge Entscheidung treffen. Gegen ein Abendessen mit dir wäre aber weiterhin nichts einzuwenden.«

»Du hast es geahnt, nicht wahr? Du hast geahnt, dass er mich zum Essen ausführen will!«

Geschickt fädelte ihre Mutter Moudy in den erwachten Verkehr von Los Angeles ein. Lizzy hatte sie schon immer dafür bewundert, dass sie das rostige Ungetüm mit der Trägheit eines Dampfschiffs steuern konnte.

»Natürlich!«, antwortete Feli ruhig. »Das letzte Mal, als wir bei ihm waren, hat er kaum die Augen von dir lassen können. Ich dachte, vielleicht würdet ihr euch gut leiden können, er ist ja auch nicht unattraktiv und ...«

Lizzy schoss ihrer Mutter einen bösen Blick zu, und Feli verstand, dass es besser war, den Satz nicht zu Ende zu bringen. Doch schon holte sie wieder Luft, verkniff es sich und sagte dann: »Ich dachte, es würde dir guttun, dich einmal von einem netten Mann ausführen zu lassen.«

»Ist das dein Ernst? Es würde mir guttun? Oh Mama, das ist komplett gegen meine Prinzipien! Erstens ist Jerome Santiago ein Macho, wie er im Buche steht. Und zweitens finde ich es bizarr, wie viele junge Mädchen ihre einzige Erfüllung darin sehen, auf ein romantisches Date ausgeführt zu werden und schnellstmöglich den Partner ihres Lebens zu finden! Was ist mit Kate Diver, die einunddreißig und unverheiratet ist und nicht einmal einen Freund hat und, weil sie kaum Geld verdient, noch bei ihren Eltern lebt – die Leute in Encinitas spotten über sie! Sie sagen, das wäre ein Zeichen dafür, dass mit Kate etwas nicht stimmt. Aber ich finde, sie ist eine hübsche und kluge Frau! In unserer Gesellschaft liegt dieser riesige Druck auf Frauen, dass sie auf jeden Fall verheiratet sein müssen, bevor sie dreißig sind, und am besten haben sie auch schon ein hübsches Zuhause und zwei Kinder. Wenn sie das nicht geschafft haben, brechen sie in Panik aus und fragen sich, was sie falsch gemacht haben. Dabei ist das eine Chance! Eine Chance, sich selbst besser kennenzulernen! Und wer weiß, vielleicht kommt irgendwann der Richtige, aber wenn nicht, dann ist das auch in Ordnung. Es gibt kein Gesetz, das besagt, eine nicht verheiratete Frau sei eine gescheiterte Frau!« Lizzy musste Luft holen.

»Okay«, sagte ihre Mutter und konnte sich ein dezentes Grinsen nicht verkneifen. »Es war einen Versuch wert. Früher warst du offen und hast ständig gelacht und ...«

»Ja, das war halt eben früher!« Dampf an ihrer Mutter abzulassen war leichter, als zu zeigen, wie sehr die Erinnerung an jenes Früher, als Miguel noch bei ihr gewesen war, Lizzy nach wie vor schmerzte. »Schämst du dich etwa für mich?«

»Auf so einen Unsinn lasse ich mich gar nicht ein«, erwiderte ihre Mutter nun ebenfalls wütend. »Aber ich befürchte, dass du inzwischen eine so dicke Mauer um dich herum hochgezogen hast, dass du darüber dein Herz vergisst.«

»Selbst wenn, ich habe ohnehin nicht vor zu heiraten. Und ich will auch nicht weiter darüber reden!« Lizzys Kehle brannte. Sie kurbelte das Fenster herunter, und trockene, heiße Luft strömte herein.

»Und das mit Tom ...«

»Wie oft soll ich es noch sagen? Tom ist nicht mein Freund, und ich habe auch nicht vor, dass er es wird!«

»Aber er umwirbt dich, das bemerkt ja sogar dein Vater. Nicht, dass du ...«

»Halt an! Ich laufe den Rest des Weges!«

»Ach, sei nicht lächerlich! Das sind noch immer sechzig Meilen!«

»Ist mir egal! Ich laufe!«

»Als ob ich das zulassen würde.« Ihre Mutter trat aufs Gas.

»Warum musst du immer so stur sein?«, schimpfte Lizzy.

So ging es noch eine Weile hin und her, bis das Leuchtschild mit der Aufschrift *Heute Pancakes mit Ahornsirup* vor ihnen auftauchte, das über dem Schnellimbiss neben der Tankstelle blinkte. Da stimmten sie beide im Chor an: »Oh mein Gott, Pancakes! Mein Hunger bringt mich gleich noch um ... Wir haben auch noch nichts gefrühstückt ...«

Feli setzte den Blinker, und vergessen war der Streit zwischen Mutter und Tochter.

»Es ist unfassbar heiß«, stöhnte Lizzy, als sie gegen Mittag kurz vor Encinitas waren.

Eine Biene kam in den Wagen geflogen und brummte an der Windschutzscheibe herum.

»Die Leute sagen, diese ungewöhnliche Hitze käme von den Teufelswinden«, sagte ihre Mutter und wich einer Klapperschlange aus, die über die Straße kroch.

Lizzy hatte die Unterarme auf den Fensterrahmen des Trucks gelegt und das Kinn darauf abgelegt. Sie dachte an den Mittagsschlaf, den sie halten würde, wenn sie zu Hause wären. Die Luft war so trocken, dass sie husten musste. Der Staub kratzte in den Augen. Und es roch ungut ... So wie es roch, wenn ihr Vater an kalten Regentagen den Ofen einheizte, es aber immer schaffte, erst einmal das ganze Haus auszuräuchern. Hastig kurbelte sie das Fenster hoch. Hinter dem Hügel stieg eine Rauchsäule in den Himmel auf. Das war auf den ersten Blick nichts Ungewöhnliches. Es kam immer wieder vor, dass Farmer unliebsame Sträucher oder auch ganze Felder nach dem Sommer kontrolliert abbrannten, denn Asche war ein guter Dünger.

»Was soll das denn jetzt?«, schimpfte Feli.

Ein Feuerwehrmann stand mitten auf der Straße und hielt ein Stoppschild in die Höhe. Sage und schreibe fünfzig Meter vor dem Feldweg, dem sie bis hinter den Hügel hätten folgen müssen, und dann wäre Lizzys Bett in greifbarer Nähe gewesen. Mit großen Schritten kam der Feuerwehrmann auf den Truck zu.

»Was ist denn hier los?«, fragte ihre Mutter.

»Ich kenne Sie doch, Sie sind Frau Licht«, sagte der Feuerwehrmann. »Ich habe schlechte Nachrichten.« Er hatte diesen ganz bestimmten Tonfall ... Ein Tonfall, der Lizzys mit Pancakes gefüllten Magen krampfen ließ. »Ein Feuer ist ausgebrochen. Wir tun, was wir können.«

»Feuer?«, wiederholte Lizzy, die nichts von dem, was der Feuerwehrmann gesagt hatte, wirklich verstanden hatte.

»Ja«, sagte er. »An einem Ihrer Weihnachtssternfelder. Die Teufelswinde fachen die Flammen weiter an und erschweren unsere Arbeit.«

»Aber Sie bekommen das Feuer doch in den Griff, oder?«

Der Feuerwehrmann beugte sich tiefer hinab, um zu sehen, wer derart unbedarfte Fragen vom Beifahrersitz aus stellte. »Das kann niemand sagen, Miss.«

»Wo ist meine Familie ...?« Feli legte eine zitternde Hand auf den Mund.

»Ihr Mann und Ihr Sohn helfen bei den Löscharbeiten.«

Lizzy spürte, dass ihr leicht schwindelte. »Und ... Und was ist mit unserer Ranch?« Die Vorstellung, dass die Feuerwehr den Brand nicht unter Kontrolle bekäme und sie vielleicht alles, was sie besaßen, verlieren würden, war absurd. Schlichtweg nicht denkbar.

Der Feuerwehrmann zuckte mit den Schultern, als läge das nicht in seiner Macht. »Bis jetzt konnten wir die Flammen in Schach halten. Und es sieht so aus, als würde der Wind drehen. Trotzdem kann ich Sie noch nicht nach Hause lassen.«

»Ich möchte zu meiner Familie, wir müssen ihnen helfen!« Feli umfasste mit beiden Händen das Lenkrad, als wäre sie kurz davor, Gas zu geben und die notdürftige Absperrung aus einem roten Plastikband zu durchbrechen.

»Das geht nicht. Biegen Sie ab, und fahren Sie nach Encinitas. Warten Sie dort.«

»Aber ...«

»Hören Sie, es ist zu gefährlich. Meine Leute passen schon auf Ihre Familie auf. Es wird ihr nichts passieren. Solange ich keine gegenteilige Weisung habe, kann ich Sie nicht durchlassen.«

Lizzy blickte geradeaus durch die Frontscheibe auf die schwarze Rauchsäule, die vielleicht gerade in diesem Moment ihre geliebten Sammeltassen, ihre Bücher, ihre Kleidung, ihr Zuhause verschlang.

Sie stellte die einzige Frage, die ihr noch in den Sinn kam: »Aber was ist denn mit den Weihnachtssternen? Es ist doch bald Weihnachten …«

4

1940

David

Das Feuer sei besiegt, rief einer der Feuerwehrmänner. »Sieht so aus, als könnten wir abrücken!«

Rauch stieg von den verbrannten Feldern auf, erschwerte das Atmen und ließ Davids Augen tränen. Von dem, was der Traum seines Vaters gewesen war, war größtenteils nicht mehr übrig als schwarze Asche.

David ließ den Eimer mit Wasser sinken. Er war so erschöpft, dass er sich kaum noch auf den Beinen halten konnte. Unter dem mit Staub verklebten Gesicht stachen seine blassblauen Augen hervor, sein Blick irrlichterte umher, suchte nach etwas, an dem er sich festhalten konnte: Das Feld auf der dem Meer zugewandten Seite hatte es nicht erwischt. Doch die zwei größten Felder hatten sie verloren.

Ein heftiges Husten brach aus ihm hervor, ihm wurde übel. Er stützte sich auf den Knien ab.

Einer der Feuerwehrmänner klopfte ihm auf den Rücken. »Geh nach Hause. Schade um die schönen Weihnachtssterne. Aber du hast dich wacker geschlagen.«

Das stimmte nicht. Zwar hatte David versucht, einen kühlen Kopf zu bewahren: »Binde dir ein feuchtes Tuch vor Nase und Mund. Stell die Bewässerungsanlagen an. Schau, dass die Pferde in Sicherheit sind.« Aber in Wahrheit hatte er sich nur so weit wie möglich vom Feuer ferngehalten, das sich an den hohen Pflanzen hinaufgezüngelt und sie nach und nach zu Boden gezwungen hatte. Er hatte den Kampf den Feuerwehrmännern und der Bewässerungsanlage überlassen, auch wenn Letztere das Feuer eher zärtlich benetzt als wirklich aufgehalten hatte. Sein Vater hingegen hatte Eimer mit Wasser geschleppt, war den Flammen direkt gegenübergetreten. Wäre Max hier gewesen, hätte auch er keine Angst gehabt.

David sah den Feuerwehrmännern dabei zu, wie sie ihr Löschfahrzeug erklommen und den Feldweg hinab verschwanden.

Es ging ihm einfach nicht in den Kopf ... Alles verloren ... all die harte Arbeit der letzten Wochen, Monate, Jahre ... einfach ausgelöscht. Nie würde er den Anblick der Flammen vergessen, wie sie sich durch das Feld fraßen, von einer Pflanze zur nächsten sprangen, Kraft sammelten und sich aufbäumten. Nie zuvor hatte er solche Angst gehabt.

Sein Vater saß auf der obersten Treppenstufe der Veranda. Den Hut hatte er abgezogen und hielt ihn in beiden Händen. Als er David auf sich zukommen sah, wischte er sich mit dem Handrücken über das Gesicht. Zurück blieb eine feuchte rußschwarze Spur. Staub hatte sich in der Falte auf seiner Stirn verfangen.

»Die Ranch hat nichts abbekommen, wir hatten Glück«, versuchte David, ihn aufzumuntern. »Und Asche ist ein guter Dünger. Nächstes Jahr werden die Weihnachtssterne noch viel prächtiger sein.«

Sein Vater nickte. »Du warst großartig. Ich danke dir.«

»Ich habe doch kaum geholfen. Die Helden sind die Feuerwehrmänner und du.«

»Ein Held zeichnet sich nicht dadurch aus, dass er sich in Gefahr begibt. Ein wahrer Held beweist Verstand, und das hast du getan. Du bist ein kluger Kopf.«

Moudy kam angefahren. Kaum standen alle vier Reifen, war Feli schon aus dem Wagen gesprungen und bei ihnen. »Wie geht es euch? Seid ihr verletzt?«

»Uns geht es gut«, antwortete David.

Lizzy hielt sich an der offenen Wagentür fest. Sie blickte auf die schwarzen rauchenden Felder. Feli sank neben ihrem Mann auf die Stufen, legte die Arme um ihn und bettete seinen Kopf auf ihre Schulter.

»Die Weihnachtssterne ...«, sagte Philipp. »Bis auf ein Feld ist alles zerstört. Wovon sollen wir denn jetzt leben?«

»Wir schaffen das schon. Mach dir keine Sorgen. Wir haben bisher immer alles geschafft. Wir sind eine Familie, wir halten zusammen. Morgen setzen wir uns hin und überlegen, was wir tun.«

»Sie gehen von Brandstiftung aus«, sagte Philipp.

»Aber wer sollte so etwas tun?«, fragte Lizzy empört.

Philipp sah Lizzy an, als warte er darauf, dass bei ihr der Groschen fiel.

»Etwa einer der anderen Züchter?«

»Das liegt zumindest nahe«, antwortete David. »Wir haben uns mit unseren Weihnachtssternen eine Monopolstellung erarbeitet. Die Neider sind zahlreich.«

Zweimal hatte man ihrem Vater Geld dafür angeboten, dass er seine »geheime Formel« preisgab. Die geheime Formel – das war eine Schritt-für-Schritt-Anleitung für Weihnachtsstern-Aufzuchtprogramme, die unterschiedliche Ergebnisse erzielten. Die Formel erklärte nicht nur, wann und wie oft Poinsettien geschnitten werden mussten, wie viel Licht und Wärme sie benötigten oder wie viel Zink, Calcium und Sulfur dem Dünger beizusetzen war, sondern hielt auch einige Tipps parat wie beispielsweise das zarte

Benetzen der Blätter mithilfe einer Sprühflasche. Einmal war sogar jemand ins Labor, in dem Philipp forschte, eingebrochen. Doch er war schlau und nahm seine Aufzeichnungen jeden Abend mit ins Haus.

»Es werden gewaltige Kosten auf uns zukommen«, sagte Philipp, und seine Augen wanderten hin und her, als würde er eine unsichtbare Liste ablesen. »Allein die ganze Arbeit, die Felder wieder herzurichten und neu zu bepflanzen. Und die Bewässerungsanlage ist kaputt. Wir müssen die Arbeiter ordentlich entlohnen, sie sind doch darauf angewiesen ...«

»Ich kann vielleicht im Kramerladen arbeiten«, schlug Lizzy vor. »Oder Putzen gehen ...«

»Und ich kann abends nach der Uni in Restaurants als Klavierspieler arbeiten«, bot sich David an. »Das macht mir nichts aus. Du weißt, wie gern ich Klavier spiele.«

»Nein, dich brauche ich an meiner Seite, David«, antwortete Philipp seinem Sohn. Und dann sprach er noch etwas aus, was er wohl nur hatte denken wollen: »Ich bin froh, dass Lizzy mit Tom eine so gute Partie gemacht hat. Wenigstens ist sie abgesichert.«

Es gab so viel, das David liebte.

Er liebte Musik. Sie war für ihn hörbar gemachte Poesie. Die Melodien, die er dem Piano entlockte, warfen ihn auf sich selbst zurück und ließen ihn hören, wie er sich fühlte, mal fröhlich, mal beschwingt, mal traurig, mal einsam, mal entspannt.

Er liebte Malerei, die etwas in ihm zum Schwingen brachte.

Er liebte Literatur, liebte gutes Essen, liebte Sonnenaufgänge, den Duft der Orangen- und Zitronenhaine, Schlaglöcher-freie Straßen, liebte es nachzudenken, zu träumen, unsichtbar zu sein und dabei andere Menschen zu beobachten.

Er liebte Blumen. Ihre stille Anmut, ihre natürliche Schönheit, ihre Unverdorbenheit und Kunst, einen Raum aufzuwerten.

Er liebte Frauen, die so viel mit Blumen gemein hatten: die stille Anmut, die natürliche Schönheit, Unverdorbenheit und ihre Kunst, einen Raum aufzuwerten.

»Deinen grünen Daumen hast du von mir geerbt«, sagte sein Vater oft voller Stolz zu ihm, als würde er es zum ersten und nicht zum hundertsten Mal sagen. David konnte gut mit Pflanzen umgehen, das stimmte. Zumindest besser als mit Frauen. Frauen verunsicherten ihn. Lächelten sie ihn an, hatte er stets das Gefühl, belächelt zu werden. Lächelten sie nicht, hatte er das Gefühl, sie könnten ihn nicht leiden oder empfänden seine Gesellschaft als langweilig.

Sein Vater ging fest davon aus, dass David nach Beendigung seines Biologiestudiums die Weihnachtsstern-Ranch übernehmen würde. Ob David das ebenfalls wollte, wusste er nicht. Das Leben erschien ihm wie ein pointillistisches Gemälde, voller bunter Tupfen, und David sah vor lauter Tupfen das Gemälde nicht mehr.

Die Sonne senkte sich langsam herab, alle waren auf den Feldern, es war vollkommen ruhig im Haus. Nur er und das Klavier. Während seine Finger wie von selbst über die Tasten wanderten, fiel sein Blick durch das Fenster nach draußen auf eines der Felder. Sofort verschwand die Inspiration, das befreiende Gefühl. Seine Finger ruhten regungslos auf den Tasten. Dort, wo gestern noch prächtige Weihnachtssterne rot geleuchtet hatten, standen nun schwarze Blumenreste. Die Zweige zitterten im Wind, als könnten sie den Anblick der verwelkten Blätter am Boden selbst nicht ertragen.

»Wie schön du spielst«, sagte eine honigweiche Mädchenstimme hinter David.

Erschrocken fuhr David herum.

Theresa hatte ihr hellblondes Haar zu einem Zopf geflochten, der ihren Kopf wie ein Heiligenschein umrahmte. Ihr blütenweißes Kleid hob sich in der Dämmerstimmung im Haus ab wie ein Licht in der Nacht. Sie hielt einen Korb mit Blumen darin, die dieselbe rosa Farbe hatten wie der Hauch auf ihren Wangen. Sie war auf eine Weise zart, dass man fürchtete, sie zu berühren. Am Ende würde sie zerbrechen und mit ihr die ganze Welt.

David schwieg.

»Ich mochte das Stück. Von wem ist es?«

»Ich habe es selbst komponiert«, entgegnete er und erinnerte sich daran zu blinzeln.

»Jetzt gerade?«

Theresa lächelte, und David nickte ernst.

»Lass uns zusammen etwas komponieren«, schlug Theresa vor, stellte ihren Korb ab und setzte sich neben ihn auf den breiten Stuhl. David machte ihr etwas Platz, sie rückte nach, und David wollte erneut Platz machen, doch da umfing ihn ein Hauch ihres blumig-süßen Parfüms, und er blieb, wo er war. Sie legte ihre langen, schlanken Finger auf die Tasten und sah ihn an. Ihre Augen hatten die Farbe eines grün schimmernden Sees. Eigentlich hell, doch je tiefer man hineinblickte, desto dunkler wurden sie. Sie richtete den Blick auf die Tasten und begann zu spielen.

Theresa spielte mittelmäßig, aber dafür mit sehr viel Hingabe. Als sie eine Pause machte, hieß das wohl, dass er an der Reihe war. Er spielte besser als sie, versuchte aber, es nicht allzu sehr zu zeigen. Nach einer Weile stieg sie ein, und eine Melodie entstand, wenn auch eine chaotische. Theresa lachte, und weil sie lachte, lachte auch David. Es war ein schöner Moment, und David entspannte sich langsam, sodass er nicht hörte, wie jemand zu ihnen in die Wohnstube kam.

»Na, ihr beiden Turteltauben!«, sagte Lizzy. »Störe ich?«

Blut schoss in seinen Kopf.

»Du doch nicht«, erwiderte Theresa. »Ich war auf dem Weg in die Kirche, um dort Blumen auf den Altar zu legen, und dachte, ich schaue kurz bei euch vorbei. Wie geht es euch nach diesem Schrecken?«

»Na ja ... Ein Glück, dass niemandem etwas passiert ist. Kaum auszudenken, dass David und Papa dem Feuer so nah waren.«

Theresas Augen wurden groß, sie schienen David neu zu erfassen. David wuchs unter ihrer Ehrfurcht und fiel in sich zusammen, als ihr Interesse im nächsten Augenblick schon wieder versiegte. »Außerdem habe ich etwas im Ort aufgeschnappt, das dich vermutlich interessieren dürfte.« Theresa lief zu Lizzy und nahm ihre Hände.

Natürlich wollte Lizzy sofort wissen, um welche Neuigkeiten es sich handelte, aber Theresa bestand darauf, es ihr unter vier Augen zu sagen.

Würde David ein Buch über Theresa schreiben, trüge es den Titel »Das Mädchen aus anderen Sphären«. Einen Roman gäben ihre faszinierende Art und ihre Geschichte leicht her. Auch ihre Eltern waren wie Davids und Lizzys Familie vor dem Ersten Weltkrieg eingewandert, nur stammten sie aus der Schweiz. Doch dann hatte ein Schlangenbiss Theresas Mutter aus dem Leben gerissen. Theresa war damals vier Jahre alt gewesen. Nach diesem grausamen Schicksalsschlag war ihr Vater mit den Kindern in die Schweiz zurückgekehrt, um zwei Jahre später endgültig nach Encinitas zu ziehen und dort sein Geschäft auszubauen. Er verkaufte landwirtschaftliche Gerätschaften und machte seit einigen Jahren außerordentlich hohe Gewinne.

»Wo ist Max?«, fragte Theresa.

»Der ist wieder unterwegs«, seufzte Lizzy. »Keine Ahnung, wo er gerade genau steckt. Er verdient sich ein bisschen was dazu, indem er auf einem Berg Schafe hütet.«

Das Wiehern eines Pferdes ließ sie alle herumfahren. Hufe schlugen auf den trockenen Boden der Einfahrt und wirbelten Staub auf. Geschickt brachte der Reiter das Pferd zum Stehen und sprang im selben Zug von dessen Rücken.

»Wenn man vom Teufel spricht«, meinte Lizzy.

»Da ist er«, hauchte Theresa.

Schon waren sie alle drei aus dem Haus, um Davids Zwillingsbruder zu begrüßen. Manche Leute behaupteten, dass sie sich ähnlich sahen, aber David war anderer Meinung. Während er schmal gebaut war, ließ Max' muskulöser Körper die Herzen der Mädchen in Encinitas höherschlagen. Davids Haar war kurz und hellbraun. Max hatte langes dunkelbraunes Haar, das er meist zu einem lockeren Pferdeschwanz gebunden trug. Max wusste, wie man Bäume fällte und Reifen wechselte. David konnte Mozart auswendig auf dem Klavier spielen und Gedichte von Rilke zitieren. Die meisten jungen Mädchen aus dem Ort himmelten Max an, über David wussten sie gerade mal, dass er existierte.

Max' Gang war langsam und geschmeidig wie der eines Raubtiers. Er band sein Pferd an der Veranda an und zwinkerte Lizzy und Theresa zu. »Na, ihr beiden?«, sagte er und schenkte ihnen ein schiefes Lächeln, wobei er nur Theresa ansah, und das auf eine Weise, die sie erröten ließ.

»Setz wenigstens den Hut ab, wenn du junge Damen begrüßt«, sagte David.

»Damen? Mehrzahl? Ich sehe hier nur eine, und zwar Theresa. Diese kleine Kratzbürste hier ist nämlich gewiss keine Dame«, neckte er Lizzy, hob sie hoch und drehte sich mit ihr. Lizzy quietschte und tat so, als würde sie sich wehren.

Ihre Eltern kamen vom Feld angeritten, Feli saß hinter ihrem

Mann und hielt sich an ihm fest. »Max, na endlich! Ich habe mir schon Sorgen gemacht! Du warst lange fort! Fast zwei Wochen!«, sagte sie und stieg hastig ab.

»Ich habe dir doch schon hundertmal gesagt, dass du dich nicht um mich sorgen musst! Ich bin es wohl eher, der sich um euch Sorgen machen muss. Ich habe von dem Feuer gehört und kam so schnell ich konnte nach Hause.«

»Wir hätten dich hier gut gebrauchen können«, sagte Philipp.

»Es tut mir leid, dass ich nicht hier war. Aber ich kann nicht hellsehen. Ich wollte Geld verdienen, um ...«

»Das kannst du auch hier. Du musst nicht immer so weit fort.«

»Keinen Streit!«, ging Feli dazwischen. »Wie siehst du überhaupt aus!«

Max war unrasiert und hatte eine Wunde an der Stirn. Das Blut war bereits getrocknet. Auch sein Hemd war blutgesprenkelt. Er ließ es zu, dass seine Mutter seine Stirn befühlte. »Du hast Glück, die Wunde muss nicht genäht werden. Recht würde es dir aber geschehen! Ich werde sie dir gleich drinnen desinfizieren. Hat wenigstens der andere auch etwas abbekommen?«

»Hat er, keine Sorge.« Max grinste.

»Immer gleich die Fäuste zu schwingen ist kein Zeichen von Stärke«, belehrte sein Vater ihn. »Im Gegenteil. Es ist ...«

» ... ein Zeichen von Schwäche«, vollendete Max den Satz und rollte mit den Augen. »Soll ich mir lieber von anderen auf der Nase herumtanzen lassen? Außerdem habe ich es für Miguel getan. So ein Idiot hat gemeint, ihn mit Witzen über Mexikaner beleidigen zu müssen.«

»Miguel«, wisperte Lizzy. »Heißt das ... er ist wieder hier?«

»Das war es, was ich dir erzählen wollte«, mischte sich nun auch Theresa ein.

»Miguel ...«, sagte Lizzy noch einmal.

»Seit gestern ist er wieder hier«, bestätigte Max. »Wir sind uns in San Diego am Bahnhof zufällig über den Weg gelaufen. Mann, habe ich einen Hunger! Seit gestern Abend habe ich nichts mehr gegessen!«

»Wir könnten wohl alle etwas im Magen vertragen«, sagte Feli und verschwand im Haus, um sich ans Kochen zu machen.

Der Abend rückte rasch vor, und die Sonne bekam eine satte tiefrote Farbe. Die ersten Fischerboote kehrten vom kupferfarbenen Meer nach Hause zurück. Die Hühner lagen im heißen Staub und plusterten ihre Federn auf, die Katze räkelte sich auf dem warmen Holz der Bank vor der Scheune und putzte ihr dreifarbiges Glücksfell. Der Duft von gebratenem Fleisch erfüllte die Luft und ließ David das Wasser im Mund zusammenlaufen. Max striegelte Othello, sein Pferd, und David saß daneben auf dem Geländer der Veranda und sah dabei zu, wie sein Bruder mit der Bürste über das glänzende Fell fuhr, unter dem die Muskeln des kräftigen Tieres zuckten. Pferde waren seiner Ansicht nach wunderschön, aber er empfand sie als unberechenbar, seit eines ihn abgeworfen hatte, als er noch ein kleiner Junge gewesen war. Lizzy und Theresa spielten im Hof Federball.

Als Othello laut schnaubend einen Schritt nach vorne machte, zuckte David zusammen und konnte sich gerade noch am Geländer festhalten.

»Du bist mir ein Cowboy!«, lachte Max, und David schämte sich, weil die Mädchen sogleich guckten.

Es war offensichtlich, dass Lizzy das Spiel ernster nahm als Theresa, die nur halbherzig rannte. Dafür waren die Bewegungen elegant und geschmeidig.

Theresa schien zu spüren, dass David sie beobachtete. Sie lächelte wissend.

Wie von fern hörte David Max fragen: »Stehst du auf sie?«

David zuckte mit den Schultern, als hätte er darüber noch nie nachgedacht. »Sie ist so schön, dass es mir fast Angst macht. Sie ist so ... ganz anders.«

Sie sahen beide zu Theresa.

»Sie ist sehr hübsch, das stimmt, aber mach nicht den Fehler, sie wie eine Göttin zu verehren. Sie ist doch auch nur ein Mädchen.«

»Kein Mädchen dieser Welt ist nur ein Mädchen. Sie alle sind von diesem Geheimnis umgeben, das ein Mann nie durchschauen wird.«

Vorsichtig entwirrte Max Othellos Mähne. »Du solltest nicht immer so viel grübeln.«

»Ich weiß einfach nicht, was in Theresa vorgeht. Wie sie denkt ...«

»Leg sie flach, dann findest du es vielleicht raus.«

David lächelte verschämt. Er hatte kaum Erfahrung mit Mädchen. Meistens hielt er sich von ihnen fern. Nicht, weil er nicht interessiert war, er fand nur nie den richtigen Anfang. Die meisten Mädchen verstanden seine Schüchternheit nicht und legten sie als Arroganz aus.

»Nein«, sagte er schließlich. »Sie ist Lizzys beste Freundin.«

»Eben«, erwiderte Max und grinste. »Es ist quasi unsere Pflicht. Es wäre eine Schande, wenn keiner von uns beiden diesen Vorteil nutzen würde.«

David lachte dezent. »Tut gut, dass du wieder hier bist«, sagte er. »Wir haben dich vermisst.«

So unterschiedlich sie sein mochten, so war Max dennoch Davids zweite Hälfte. Er fühlte sich unvollständig ohne ihn. Seine größte Angst war, dass irgendetwas, eine Laune des Schicksals oder ein schreckliches Missverständnis, die Verbindung zwischen ihnen kappen würde.

Max setzte sich neben ihn, zog aus seiner Hosentasche Tabak und Papier und rollte sich eine Zigarette. »Keine Sorge, Bruderherz. Früher oder später komme ich doch immer wieder nach Hause zurück.«

5

1940

Lizzy

Eine von Lizzys Freizeitaktivitäten war es, im Gemeinschaftshaus auszuhelfen. Das Gemeinschaftshaus war für Leute wie Mick Shepard gedacht, dem die Depressionszeit den letzten Cent aus der Tasche gequetscht hatte, oder für Susi Miller, die ihren Mann verloren hatte und nur mit Mühe und Not ihre drei Kinder ernährt bekam, oder Rick Joad, der aus Oklahoma nach Kalifornien gekommen war in der Hoffnung, hier Arbeit zu finden, um letztendlich festzustellen, dass er einer von Tausenden war, die diese Hoffnung teilten. »Okie« nannten ihn einige Kalifornier voller Verachtung, die eigentlich nur Angst war. Denn von den miserablen Löhnen, die man den Wanderarbeitern zahlte, konnten diese kaum leben, weshalb sie sich immer öfter zu Gewerkschaften organisierten. Zeitungen und Polizei sprachen unheilvoll von einer Art »Roten Armee« und schürten damit nur noch mehr Angst und Hass. Mit den Ausländern verhielt es sich ähnlich, vor allem mit Japanern und Mexikanern, die teils nun schon in der zweiten oder dritten Generation in Kalifornien lebten und trotzdem noch immer von einigen als Fremdkörper und nicht als Teil der Gemeinschaft angesehen wurden. Sogar im örtlichen Pub wurde Arbeitern aus Mexiko der Zugang verwehrt.

Vor etwa zehn Jahren hatte Lizzys Mutter beschlossen, dass

man diesen Menschen helfen musste, und hatte gemeinsam mit ihrer guten Freundin Katuso, die selbst einst mit ihren Eltern aus Japan eingewandert war, das Gemeinschaftshaus gegründet.

Einmal im Monat fand das »Bake a cake for God's sake« statt – also das Kuchenbacken für Gottes Segen –, eine Art gemeinschaftlicher Kaffeeklatsch mit dem Ziel, die Gemeinschaft zu stärken. Eines dieser Treffen fand heute statt. Mehrmals hatte Lizzy sich dafür umgezogen. Erst das cremefarbene Rüschenkleid, das zu brav aussah, dann das rot gepunktete, aber da war der Ausschnitt zu tief. Sie wollte schlicht aussehen, als hätte sie sich keine besondere Mühe gegeben, aber gleichzeitig umwerfend. ›Was, du auch hier? Damit habe ich gar nicht gerechnet‹, sollte ihre Kleiderwahl ausdrücken. Schließlich hatte sie sich für ein cremefarbenes Kleid mit Schulterpolstern, einem weit geschnittenen Rock und Blumenmustern entschieden, das eine gute Figur zauberte.

»Uuund?«, fragte ihre Mutter, als sie den Feldweg in den Ort hinabliefen, und zog dabei dieses kleine Wort lang wie Kaugummi. Sie hatten Kaffee gekocht und Honigkuchen gebacken, der in ein Tuch eingewickelt und noch warm in Lizzys Armen lag.

»Was meinst du?« Lizzy spielte die Ahnungslose.

»Hoffst du, Miguel im Gemeinschaftshaus anzutreffen?«

»Miguel? Stimmt, vielleicht ist er da.«

Lizzy rechnete fest damit, dass Miguel anwesend sein würde. Immerhin nahm seine gesamte Familie jede Woche am Kaffeeklatsch teil. Da würde doch auch er sich blicken lassen. Und er wusste, dass das »Bake a cake for God's sake«-Event von Lizzy und ihrer Mutter organisiert wurde …

Encinitas hielt Mittagsschlaf. Die Straße war leer. Die meisten Fensterläden waren verschlossen, damit die Sonne die Räume nicht zu sehr aufheizte. Nur der Tischler hatte seine Türen weit geöffnet, damit die Dämpfe von Leinöl und der Staub, der beim Sägen anfiel, nach draußen entweichen konnten.

»Bestimmt ist er dort«, sagte Feli. »Ihr habt euch lange nicht gesehen. Er will dir doch gewiss Hallo sagen.«

»Das wäre nett.«

Am liebsten wäre es Lizzy, Miguel würde sich vom Gemeinschaftshaus fernhalten. Er konnte ihr gestohlen bleiben! Und hübsch hatte sie sich nur gemacht, damit er sich nicht einbildete, sie hätte unter seinem plötzlichen Verschwinden damals gelitten! Ach, die letzten zwei Jahre waren wie im Flug vergangen!

»Er war mir immer ein guter Freund«, fuhr Lizzy fort. »Bis er … egal.«

»Euch verbindet mehr als nur Freundschaft, das weißt du. Mehr, als dich und Tom verbindet. Miguel hat dich sehr gerngehabt.«

Hätte er sie wirklich gerngehabt, wäre er nicht gegangen, ohne sich von ihr zu verabschieden. Einen Brief hatte er ihr geschrieben, ein paar Worte nur, wie leid es ihm tat, er hätte keine andere Wahl …

Ihre Mutter lächelte sie mitleidig an, als wüsste sie genau, was in Lizzys Kopf vorging. »Bleib mal stehen«, sagte sie, stellte die Thermoskanne mit Kaffee auf den Boden und begann, Lizzys Haar, das zu einem Pferdeschwanz zusammengebunden war, zu einem französischen Zopf zu flechten. »Jedenfalls siehst du sehr hübsch aus.«

Ein riesiger Truck erschreckte ein paar Hühner am Ortseingang, die gackernd auseinanderstoben. Lizzy war nicht sicher, ob dieses laute Monstrum mit den gigantischen Reifen und dem dicken Auspuffrohr schon als Kleinlaster durchging. Es gab nur eine Familie in Encinitas, die sich dieses nigelnagelneue Gefährt leisten, es jedoch abgesehen von ein paar Einkäufen hier und da eigentlich nicht gebrauchen konnte. Und es gab nur einen Mann in Encinitas, der sich penibelst an die Geschwindigkeitsbegrenzung hielt: Tom Lilienthal junior.

Tom war ein Mann von der besten Sorte – groß, gut gebaut, zielstrebig, smart und spendabel. Er überließ nichts dem Zufall, nicht mal sein Haar, denn es war stets ordentlich gescheitelt und mit Pomade in Form gebracht. Sein Vater, Thomas Lilienthal senior, führte die Liste der reichsten Bürger rund um Encinitas an. Auf der Liste der reichsten Bürger ganz Kaliforniens befand er sich immerhin noch unter den ersten dreißig, wie Tom junior hin und wieder beiläufig erwähnte. Mr Lilienthal wusste, wie man Geld und Einfluss vermehrte. Encinitas gehörte ihm etwa zur Hälfte: Er verpachtete Land, vermietete Häuser und Geräteschuppen und verlieh landwirtschaftliche Gerätschaften. Erst letzte Woche hatte Lizzy erfahren, dass sogar die Renovierungsarbeiten am Kirchturm, der bei einem Sturm vor einem Jahr schwer beschädigt worden war, von ihm finanziert wurden. Damit gehörte ihm nun auch der Kirchturm auf gewisse Weise. Nicht zu vergessen das Gemeinschaftshaus, das er hatte errichten lassen, nachdem er von den Plänen ihrer Mutter gehört hatte. Sosehr Lizzys Mutter die Unterstützung zu schätzen gewusst hatte, so sehr hatte sie sich dagegen gesträubt, das Gemeinschaftshaus »Lilienthal-Haus« zu nennen, wie er es erbeten hatte. »Wenn es den Namen eines Einzelnen trüge, dann wäre es doch kein Gemeinschaftshaus mehr, nicht wahr?«, hatte sie gesagt und ihr bezauberndes Lächeln eingesetzt. Darauf hatte selbst Mr Lilienthal nichts mehr zu erwidern gewusst.

Tom hielt die Geschwindigkeit des Chevrolet Trucks, bis er auf ihrer Höhe war, und brachte den Wagen schließlich abrupt zum Stehen, als würde er dessen Bremskraft beweisen wollen. Feli wedelte sich den Staub aus dem Gesicht. Lizzy blinzelte.

»Ich war wohl schneller als ihr«, freute sich Tom und zwinkerte den Damen zu, Gewinnerlächeln inklusive. »Steigt ein! Ich fahre euch den Rest des Weges.«

»Danke, Tom, das ist nett von dir, aber nicht nötig«, erwiderte Feli höflich. »Es sind keine zweihundert Meter mehr.«

»Keine Widerrede!« Er beugte sich über den Beifahrersitz und stieß die Tür auf. Eigentlich wäre Lizzy lieber noch ein paar Meter gelaufen, denn ihr Herz schlug verräterisch schnell, und das nicht erst, seit Tom anwesend war.

Sie ergab sich. Es machte ohnehin keinen Sinn, mit Tom zu diskutieren. Entscheidender war jedoch, dass sie Tom kannte und wusste, dass er sie gern fuhr und enttäuscht sein würde, wenn sie seine Hilfe nicht annahmen.

»Wie sieht es denn aus, wenn meine Freundin und ihre Mutter zu Fuß laufen?«, meinte er und verfolgte zufrieden, wie Lizzy auf die Rückbank rutschte.

»Du hast eine Freundin? Davon weiß ich ja gar nichts«, erwiderte Lizzy.

Vor ein paar Wochen hatte Lizzy eine Liste angefertigt, um sich darüber klar zu werden, was das zwischen Tom und ihr genau war, wie man es definieren konnte. Auf jener Liste stand geschrieben: Er schickt mir an Feiertagen Blumen. Er bezahlt für mich, wenn ich auf Festen Getränke oder Essen bestelle. Er hat mir zum Geburtstag eine Perlenkette geschenkt. Zweimal hat er meine Hand gehalten. Das erste Mal, als der älteste der drei Baker-Brüder sie zum Tanzen auffordern wollte. Tom hatte Lizzys Hand ergriffen und an ihrer Stelle geantwortet: »Der nächste Tanz ist für mich reserviert.« Das zweite Mal hatte er ihre Hand gehalten, als er sie eines Nachts von einer Feier nach Hause begleitet hatte. Im schwachen Licht der Terrassenlampe hatte er ihr gegenübergestanden, hatte sie lange angesehen, ohne etwas zu sagen, und

Lizzy hatte noch gedacht: Jetzt küsst er mich gleich! Aber er hatte nur mit belegter Stimme gesagt: »Danke, dass ich dich nach Hause begleiten durfte.« Dann war er gegangen. Und Lizzy hatte nicht gewusst, ob sie enttäuscht oder erleichtert war.

Lizzy konnte seine Muskeln unter seinem weißen Hemd spielen sehen, als er in den ersten Gang schaltete. Seine Anzughose spannte an den starken Oberschenkeln. Er war ein nahezu angsteinflößend kräftiger Mann. Ihre Mutter, die auf dem Beifahrersitz saß, hielt ihren Strohhut fest, an dem der durch die offenen Fenster hereinströmende Fahrtwind zupfte.

»Hat dein Vater schon kalkuliert, ob ihr nach dem Brand über die Runden kommt?«, wollte Tom wissen.

Er und David hätten sich sogleich an die Rechnungsbücher gesetzt, erwiderte Lizzy. »Natürlich müssen wir sparen, aber wir schaffen das schon. Wir helfen alle zusammen. Ich werde mir eine Arbeit suchen, solange ich von meinem Studium ausgeschlossen bin.«

»Das kommt nicht infrage! Mein Vater wird euch finanziell unter die Arme greifen.«

»Dein Vater hat uns letztes Jahr schon den Traktor wesentlich günstiger verkauft und den Anhänger dazu geschenkt.«

Das war Mr Lilienthals eigentliches Geschäft: Er verkaufte landwirtschaftliche Geräte. Die richtig großen, schweren Geräte, die ganze Felder innerhalb weniger Stunden abernteten.

»Wenn du schon arbeiten willst, dann solltest du zumindest für meinen Vater als Schreibkraft arbeiten«, beharrte Tom. »Er bezahlt sehr gut.«

»Ich weiß das zu schätzen und denke darüber nach.«

»Nicht der Rede wert! Ich überlege übrigens, mich als Mitglied für die Stadtverwaltung zu bewerben«, sagte er und stieg auf die Bremse.

Sie hatten das Gemeinschaftshaus erreicht. Zwei junge Mädchen, die vor der massiven Eingangstür aus Eichenholz auf jemanden zu warten schienen, bewunderten mit großen Augen Wagen und Besitzer, der Notiz davon nahm, vor allem jedoch auf Lizzys Reaktion wartete. »Was würdest du davon halten?«

»Ich werde viel davon halten, wenn du in unserer schönen, aber konservativen Stadt mal für frischen Wind sorgst.« Sie zwinkerte ihm zu und kletterte aus dem Truck.

Selbst nach einigem Grübeln und Kopfzerbrechen fiel es Lizzy noch immer schwer einzuschätzen, wie sie zu Tom stand. Sie wollte doch gar keine Beziehung oder gar einen Ehemann! Noch nicht zumindest. Was sie jedoch sicher wollte, waren Kinder, am liebsten drei Stück, die sie schimpfen würde, wenn sie mit schmutzigen Händen am Esstisch saßen, mit denen sie Hausaufgaben machte und denen sie abends aus Märchenbüchern vorlas. Doch dafür brauchte man wohl oder übel einen Mann. Und sie wäre schon ziemlich dumm, einen Mann wie Tom, der noch dazu Theresas Bruder war, also der Bruder ihrer besten Freundin, zu verschmähen. Ewig ließ er sich gewiss nicht hinhalten. Außerdem: Waren sie nicht schon so gut wie zusammen? Eigentlich fehlte nur das Küssen und ... tja, andere Dinge, die man eben so tat, wenn man frisch verliebt war und die Finger nicht voneinander lassen konnte. Was Lizzy wiederum zu der Frage führte: Fühlte sie sich zu Tom hingezogen? Manchmal. Glaubte sie zumindest. Oder war es doch nur der Wein gewesen, der sie mit diesem leichten Prickeln erfüllt hatte?

Wie auch immer, irgendwie war das mit Tom wie eine Einbahnstraße – früher oder später würde es unweigerlich auf ihn hinauslaufen, und wenn sie doch umkehren wollte, müsste sie schon das Gesetz brechen.

Tom rief noch: »Die Damen, es war mir eine Ehre, Sie fahren zu dürfen!« Dann fuhr er davon.

»Ich glaube, du bist einer der wenigen Menschen, für deren Meinung Tom sich interessiert«, bemerkte Lizzys Mutter. Ob es ein Kompliment für sie oder eine Kritik an Tom sein sollte, konnte Lizzy nicht heraushören.

»Geh schon mal rein, ich komme gleich nach«, sagte Lizzy.

Sie stand noch immer an Ort und Stelle, als sich der Staub, den die Reifen des Trucks aufgewirbelt hatten, hinabsenkte. Ihr Herz schlug ihr bis zum Hals. Allein die Vorstellung, durch diese Tür zu gehen ... Diese Tür, hinter der sie vielleicht auf Miguel treffen würde. Mit seinem langen schwarzen Haar, der kaffeebraunen Haut und diesem strahlend weißen Lächeln, das schön war wie ein Sonnenaufgang. Bestimmt würde sie kein Wort herausbringen. Oder schlimmer noch: Sie würde sinnfreies Zeug stammeln! Oder sie würden ein oberflächliches Gespräch führen, das schmerzte, denn es würde Lizzy vor Augen führen, dass sie sich voneinander entfernt hatten ... ›Schön, dass du wieder hier bist. Wie geht es dir? Ja, diese trockenen Winde machen uns allen zu schaffen.‹

Doch all die Sorgen waren umsonst. So wie die Zeit vor ihrem Spiegel umsonst gewesen war, das Parfüm an ihrem Hals, der dezente Lippenstift, das Haarflechten ... Denn Miguel war nicht hier. Dafür jedoch wie gewöhnlich seine Familie: seine Mutter, eine kleine Frau mit runden Hüften. Seine Schwester, die den klangvollen Namen Esperanza trug. Und seine Großmutter, deren scharfer Blick Lizzy stets einschüchterte.

Lizzy erlaubte es sich nicht, enttäuscht zu sein. Sie straffte die Schultern, deckte die Tische, schenkte Kaffee aus und verteilte Kuchen, und das alles so flink und fröhlich, als gäbe es keinen

Grund, Trübsinn zu blasen. Zwei Jahre lang hatte sie es ohne Miguel ausgehalten. Eigentlich vermisste sie ihn kaum noch.

Doch warum lag dann der eigentlich so lockerleichte Honigkuchen wie ein Stein in ihrem Magen?

Als Philipp nach dem Abendessen fragte, wer von seinen Kindern sich bereit erkläre, das Scheunentor abzuschließen und die Kette vorzuhängen, meldete Lizzy sich freiwillig. Hauptsache, den Kopf freibekommen und den forschenden Blicken ihrer Mutter entgehen.

Nichts hatte auf Lizzy eine derart beruhigende Wirkung wie die Weihnachtssterne im Licht der untergehenden Sonne. Dem Himmel sei Dank, es war wenigstens ein Feld vom Feuer verschont geblieben. Das Abendlicht hauchte einen rötlichen Schein über die Erde. Die sanfte Stimmung erschien Lizzy wie ein Zauber, der Leben in die menschenhohen Weihnachtssterne flößte.

»In den Feldern hausen gute Geister«, hatte Guyapi, der einstige indianische Heiler von Encinitas und Miguels Großvater, ihr vor langer Zeit erzählt. »Sie wachen über euch.« Kurz darauf war er an Altersschwäche gestorben.

Damals war Lizzy noch ein kleines Kind gewesen, hatte die Geister gespürt und mit ihnen gespielt. Auch jetzt noch hörte sie ihr leises Flüstern und das Rascheln, wenn sie zwischen den Zweigen hindurchhuschten. Sie streiften Lizzys Ellenbogen, denn sie hatte die Ärmel ihrer Bluse hochgeschlagen, kitzelten sie an den Wangen, drückten sie sanft in den Rücken und umtanzten sie. Lizzy atmete tief den würzigen Duft der warmen Erde ein und summte leise ein Lied, das sie nicht aus dem Kopf bekam, während ihre Fingerspitzen die samtigen roten Blätter betasteten. Zwischen all den dicht wachsenden hohen Pflanzen fühlte sie sich geborgen.

Auf einmal prickelte ihr Nacken. Es war ihr, als spürte sie einen Blick auf sich ruhen. Es gab nur einen Menschen, der sich lautlos wie eine Katze anschleichen konnte.

»Miguel ...«, hauchte Lizzy.

Zwei blühende Weihnachtssterne wurden auseinandergeschoben, öffneten sich wie ein roter Theatervorhang. »Señorita«, sagte diese warme, freundliche und doch männliche Stimme, mit der sie aufgewachsen war. Die ihr Geistergeschichten ins Ohr geflüstert, bei der Arbeit auf den Feldern für sie gesungen hatte ... und die sie vor zwei Jahren ganz anders gehört hatte als je zuvor, als Miguel an ihrer Schulter geweint hatte. »Du hast mich erwischt.«

Lizzy fasste sich und fand die Kraft, sich Miguel zuzuwenden. »Ich hörte bereits, du seist wieder hier.« Sie konnte den Vorwurf in ihrer Stimme nicht verbergen.

»Freust du dich denn wenigstens ein kleines bisschen, mich wiederzusehen?«, fragte er scherzhaft, doch sie hörte heraus, dass er Angst vor der Antwort hatte.

Wusste er denn wirklich nicht, dass Lizzy nun, wo er vor ihr stand, das Gefühl hatte, komplett zu sein?

Du hast dich verändert, Miguel, siehst jetzt anders aus, warf sie ihm in Gedanken vor. Was fällt dir ein, dein wunderschönes langes ebenholzschwarzes Haar einfach so abzuschneiden? Die Abendsonne brach sich in den Spitzen, die sich neckisch aufrichteten. Er war ein ganzer Mann geworden mit seinen breiten Schultern, die nach Jahren harter Arbeit aussahen. Aber jemand, der bereits als kleiner Junge am Straßenrand von Encinitas Schuhe geputzt hatte, um für seine Familie Geld zu verdienen, der als Jugendlicher wusste, wie man Autos reparierte, und seine kleine Schwester jeden Tag zur Schule gebracht und wieder von dort abgeholt hatte, damit die anderen Kinder es nicht wagten, sie zu hänseln, der war in ihren Augen schon immer ein ganzer Mann gewesen.

»Es tut so gut, dich wiederzusehen«, sagte er.

Sie holte Luft. »Du hättest dich vorher anmelden sollen, dann hättest du mit uns zu Abend essen können.«

»Ich wollte erst einmal nur dich sehen. Wie ist es dir ergangen?«

Sein Anblick wirbelte all den Schmerz auf, der sich innerhalb der letzten zwei Jahre in ihrem Herz verhärtet hatte. »Wie es mir ergangen ist? Du bist einfach so aus meinem Leben verschwunden! Von einem Tag auf den anderen warst du weg und hast geglaubt, dein Abschiedsbrief würde alles erklären. Willst du wirklich wissen, wie es mir ergangen ist? Wie oft bin ich zu unserer Stelle an den Klippen gegangen in der Hoffnung, dass du dort bist! Ich habe mich auf jeden Brief gestürzt, den der Postbote gebracht hat, weil ich dachte, er könnte vielleicht von dir sein! Aber es kam nichts ... Und jetzt stehst du auf einmal hier vor mir und fragst mich, wie es mir ergangen ist ... Weißt du was, Miguel, inzwischen geht es mir gut!«

»Es tut mir leid ... Du weißt, weshalb ich fortmusste ...«

Vor zwei Jahren war Miguels Vater spätabends, als er vom Fischen gekommen war und mit dem Boot am Hafen angelegt hatte, niedergestochen worden. Der Täter war nie gefunden worden. Und das hatte Miguel nicht ertragen.

Tränen brannten in Lizzys Augen, die sie ihm nicht gönnte, deshalb wandte sie sich um und rannte so schnell sie konnte zwischen den Weihnachtssternen hindurch. Doch Miguel war schneller. Seine Hand schloss sich um ihren Unterarm. Er hielt sie fest.

»Warum bist du hier?«, wisperte sie. Sie bestand nur aus Herzschlag.

»Ich wollte dich sehen.«

»Ich meine, warum bist du zurückgekommen?«

»Ich habe meine Familie vermisst. Mein Zuhause. Ich habe dich vermisst ... Glaubst du, du kannst mir irgendwann verzeihen?«

»Ich weiß es nicht ...«, hörte sie sich antworten.

Die beruhigende Brandung unter, die silberne Mondsichel über und der Zauber des Abends zwischen ihnen – all das ließ Lizzy weich werden, als sie Miguel ansah. Das hier lief falsch, ganz falsch.

Und auf einmal platzte es aus ihr heraus: »Ich bin mit Tom so gut wie zusammen.« Sie wollte ihn verletzen, wollte ihm wehtun, so wie er ihr wehgetan hatte.

Miguel blickte zu Boden. »Mit Tom. Freut mich für dich.«

»Du klingst aber nicht danach.«

»Er wirkt mir nicht wie jemand, der zu großen Gefühlen fähig ist.«

»Du kennst ihn nicht. Würdest du ihn kennen, würdest du ihn mögen.«

Miguel machte ein Gesicht, das ausdrückte, wie sehr er das bezweifelte. »Hast du nicht früher immer gesagt, die einzige Beziehung, die du führen willst, sei die mit dir selbst?«

»Das will ich auch noch. Aber das Leben sieht gewisse Regeln vor.«

»Regeln? Ich hätte nicht gedacht, dass dieses Wort mal über deine Lippen kommen wird. Liebst du ihn denn überhaupt?«

»Das geht dich nichts an. Nicht mehr ... Und jetzt lass mich gehen!« Sie riss sich von ihm los.

»Dann geh, aber stell dich darauf ein, dass du mich morgen schon wiedersiehst. Ich arbeite für deinen Vater. Wir müssen die abgebrannten Weihnachtssternfelder räumen. Und damit arbeite ich wohl auch mit dir zusammen.«

Er schaute sie an. Nein, den letzten zwei Jahren war es nicht gelungen, das, was zwischen ihnen gewesen war, auszulöschen. Lizzy war zu schlau, um sich etwas vorzumachen. Dieses Gefühl in ihrem Bauch war wie der Trieb einer Pflanze, die eine Blüte versprach – nur welche Blüte es sein würde, das wusste sie noch nicht.

6

2006

Stella

Stella fuhr aus dem Schlaf hoch. Dabei katapultierte sie Godzilla von ihrer Brust. Der Kater fauchte zornig und verkrümelte sich aus dem Zimmer. Wie blind tastete Stella nach dem Wecker auf ihrem Nachttisch, aber da war nur Luft. Sie blinzelte und stellte fest, dass sie gar nicht in ihrem Bett lag. Sie war mal wieder auf dem Sofa im Wohnzimmer eingeschlafen. Ihr Nacken war ganz steif, weil sie mit dem Kopf auf der Armlehne gelegen hatte. Noch immer trug sie Jogginghose und Shirt. Sie hatte den Fotokalender, den Lizzy ihr geschickt hatte, noch einmal durchgeblättert und nach einer Antwort gesucht. Eine Antwort auf die Frage, was auf dem Teil des Fotos zu sehen war, der offensichtlich abgetrennt worden war.

Ein leises Kratzen war zu hören. Es kam von der Stereoanlage, genauer gesagt von Adams CD, die er Stella zum Abschied geschenkt hatte. Stella hatte sie gestern Abend gehört, hatte auf Pause gedrückt, als sie Adam durch seine Musik zu sehr vermisst hatte, und war dann wohl auf dem Sofa eingeschlafen. Die CD drehte und drehte und drehte sich und wartete darauf, dass Stella erneut »Play« drückte.

Sie überlegte, was es zu tun gab. Frühstück machen. Essen. Ach ja, einen Masterplan entwickeln, um schnellstmöglich an

Geld zu kommen, um das eingestürzte Gewächshaus reparieren zu lassen. ›Wir könnten eine Bank ausrauben, hörte sie Adam in ihrer Vorstellung scherzen. So Bonnie-und-Clyde-mäßig.‹

Es klingelte an der Haustür. Bestimmt war es Mechthild, die Essen vorbeibrachte. Mechthild war wirklich super. Ein bisschen zu super vielleicht, denn all die Aufläufe, Buttermilchwaffeln oder Plätzchen konnte Stella allein gar nicht bezwingen. Sie erhob sich vom Sofa, streckte ihre schmerzenden Glieder, stellte die Stereoanlage aus und schlurfte erschöpft von der Nacht zur Tür. »Mechthild, du musst wirklich nicht jeden Tag ... Oh.«

»Einen wunderschönen guten Morgen!«

Das war nicht Mechthild. Vor Stella stand der wohl attraktivste Kerl, der ihr je begegnet war. Mit seinem feinen Gesicht, dem Schlafzimmerblick, der groß gewachsenen, athletischen Figur und seinem außerordentlich erlesenen Sinn für Mode gehörte er kaum in dieses verschlafene Nest am Rande von München, sondern viel eher auf den Laufsteg in Mailand. Und zwar für Armani.

Stella wurde sich ihrer zerzausten Haare und ihres Shirts überdeutlich bewusst. Darauf abgebildet waren drei Katzen, die Urlaub am Strand genossen: Eine trug Sonnenbrille, die andere spannte einen Sonnenschirm auf, und die dritte hatte einen Rettungsring um den Hals.

Ihre Wangen waren heiß geworden. » ... Morgen. Wie kann ich dir ... Ihnen helfen?«

Mr Armani lächelte. Oh Mann, das war mal ein Augenaufschlag. »Wir können uns ruhig duzen. Ich bin Elliott.« Elliott streckte ihr die Hand hin, die sie ergriff und schüttelte.

Er bemerkte ihren Blick, der misstrauisch an dem Ordner hängen geblieben war, der unter seinem rechten Arm klemmte. »Ich bin wegen dieses Schmuckstücks hier«, sagte er und tätschelte mit der flachen Hand zweimal den Türrahmen.

Stella stand auf der Leitung. »Wegen der Tür?«

»Wegen der Villa. Ich soll den Wert überprüfen«, erklärte er.

Ob er von der Versicherung komme, wollte Stella wissen.

»Nein, Lizzy hat mich geschickt. Hat sie dir nichts gesagt?«

Nein, hatte Lizzy nicht ... »Ich verstehe nicht ganz: Warum will Lizzy, dass der Wert der Villa geschätzt wird?«

»Na, um herauszufinden, wie viel sie bei einem Verkauf bekommen würde.«

Es war Stella, als hätte ihr jemand in den Bauch getreten. »Verkauf ...?«

Elliott hielt sie entweder für sehr labil oder sehr schwer von Begriff, denn er sprach langsam und vorsichtig mit ihr. »Jedenfalls müsste ich mich für eine Schätzung im Haus umsehen. Dürfte ich reinkommen?«

Stella gehorchte und trat beiseite.

Erst als er schon in der Küche war, fiel Stella ein, dass er auch ein Einbrecher sein könnte. Man hörte doch immer wieder, welch raffinierter Tricks sie sich bedienten. Und dieses Exemplar hier war ganz besonders raffiniert, denn es hatte vorab herausgefunden, dass die Villa unter anderem Lizzy gehörte! Ihre Oma würde doch niemals einfach so einen Makler vorbeischicken! Aber zogen Einbrecher höflich die Schuhe aus und baten um Pantoffeln? Wohl eher nicht.

Bedeutete das also, dass Lizzy tatsächlich plante, die Villa zu verkaufen? Das Zuhause ihrer verstorbenen Tochter? Das Zuhause ihrer Enkelin? Der Ort, wo Stella groß geworden war, wo ihre Wurzeln lagen, die einzigen richtigen Wurzeln, die sie hatte?

Elliott war gerade dabei, den Kachelofen genau zu studieren, als Stella in die Küche schlich und das Schnurtelefon an sich drückte. Er bemerkte sie trotzdem. Und er war schlau, denn er sagte: »Richte Lizzy liebe Grüße von mir aus.«

Die Schnur reichte nur bis in den Flur, wo Stella Lizzys Nummer wählte und dabei immer wieder verstohlene Blicke in die Küche warf. In Kalifornien war es etwa Mitternacht, aber Lizzy ging spät ins Bett. Mit etwas Glück war sie also noch wach.

Sie war nicht nur wach, sie war in Feierlaune. »Stella, Schätzchen, wie schön, dass du anrufst! Wir haben gerade eine neue Runde Eierpunsch ausgeschenkt!«

Gehörte diese vertraute, warme Stimme, die Stella in Kalifornien getröstet hatte, wirklich zu derselben Person, die einen Makler angerufen hatte, um Stellas Zuhause zu verkaufen?

Im Hintergrund war fröhlicher Lärm zu hören. Groovige Jazzmusik und ein Geräusch, als würden Würfel rollen. »Wir haben beim Monopoly total die Zeit vergessen!«, lachte Lizzy.

Nein ... Bestimmt war alles nur ein dummes Missverständnis.

Im Hintergrund hörte sie Adam. »Ist das Stella? Lizzy, sag schon, ist das Stella?«

»Ja, Adam, es ist Stella. Ich stelle mal auf Lautsprecher, dann kannst du mithören. David ist auch hier.« Lizzy kicherte wie ein junges Mädchen, während David dazwischenrief: »Grüß dich, Stella! Na, ist es ordentlich kalt in Bayern?«

Vor ihrem inneren Auge sah sie die drei mit Eierpunsch anstoßen, während Stella sich fühlte, als wäre ein Schneeschauer über ihr niedergegangen. Sie kam gleich zur Sache: »Ein Makler schaut sich gerade bei mir zu Hause um. Ihr denkt darüber nach, die Villa zu verkaufen?«

»Oh.« Nach einem Moment der Stille folgte leises, unverständliches Gemurmel. Schließlich, wie der Richter, der das Urteil verkündet, sagte David: »Darüber denken wir nach, ja. Das Gebäude ist nun mal sehr alt, es stehen ziemlich viele Reparaturen an. Und nun ist auch noch die Gärtnerei schwer beschädigt.«

»Es tut mir leid, dass du es so erfahren musstest«, rief Lizzy so laut ins Telefon, dass Stella den Hörer von ihrem Ohr weghielt.

»Nur weil jetzt auf Lautsprecher gestellt wurde, musst du nicht lauter reden«, erklärte Adam geduldig.

»Oh, okay. Nun ja, ich dachte nicht, dass Elliott so schnell sein würde ...«

»Elliott?« Adam klang, als hätte man nun ihm in den Bauch getreten. »Sprechen wir von dem Elliott?«

David schien nicht besonders glücklich zu sein, dieses Thema zu so später Stunde klären zu müssen, während sein Eierpunsch langsam kalt wurde. »Ja, der Elliott. Umso besser, wenn der Junge schnell ist. Wir sollten realistisch bleiben. Es wäre ein finanzieller Irrsinn, die Villa zu behalten. Zumal Stella nicht einmal weiß, ob sie in Bayern bleiben möchte.«

»Das kann man auch sanfter sagen!«, tadelte Lizzy ihren Bruder und fügte dann vermittelnd hinzu: »Wir denken nur darüber nach. Noch ist nichts entschieden.«

Was wurde das? So eine Art Good-Cop-Bad-Cop-Ding?

Stella spürte, wie ihre Beine zu zittern begannen, deshalb lehnte sie sich mit dem Rücken gegen die Wand. »Doch. Ich möchte in Bayern bleiben.«

Lizzy schien aus allen Wolken zu fallen. Als wäre sie davon ausgegangen, dass Stella schon am Packen war und morgen ins Flugzeug steigen würde. »Aber du wolltest doch vielleicht zu uns nach Kalifornien ziehen!«

»Ich dachte, Elliott würde in London oder Singapur leben oder wo auch immer ...«, murmelte Adam.

»Vor zwei Monaten ist er nach München gezogen«, erklärte Lizzy. »Sein Stiefvater besitzt eine Immobilienkette, die Filialen in der ganzen Welt hat. Und Elliott unterstützt das Münchner Büro. Ein schöner Zufall, nicht wahr?«

»Total schön.«

»Ich … ich könnte die Kosten für die Reparaturen nach und nach bei euch abbezahlen.« Stellas Stimme war belegt.

»Es ist noch nichts beschlossen. Wir müssen uns nicht unnötig aufregen«, sagte David.

»Ich könnte einen Job annehmen, ich könnte tagsüber in der Gärtnerei arbeiten und nachts vielleicht in einem Krankenhaus, die suchen doch immer …«

»Stella. Wir reden hier von sehr hohen Kosten.« David sprach eindringlich, nachdem er wohl zu dem Schluss gekommen war, dass Stella der wohl unbedarfteste Mensch auf Erden war.

»Schätzchen, wir werden nichts tun, was schlecht für dich ist oder dich traurig macht.«

Stella sah zu Elliott, der eifrig Notizen in seinen Aktenordner machte, sah hinaus in den winterlichen Garten, sah den bonbonrosa gefärbten Himmel, die Tierspuren im Schnee, den Nachbarn, der die Lichterketten an seinem Haus einschaltete. Alles, was ihr noch dazu einfiel, war: »Das neue Jahr hat doch gerade erst begonnen …«

»So, David, wir zwei lassen die Kinder jetzt mal ungestört telefonieren«, beschloss Lizzy. »Die Armen sind so weit voneinander entfernt. Bestimmt haben sie sich viel zu erzählen.« Und an Stella gerichtet, fügte sie noch hinzu: »Morgen sieht alles wieder viel besser aus.«

Lizzy meinte es nur gut, aber solche Sprüche halfen Stella in diesem Moment auch nicht weiter.

»Tut mir leid. Das ist irgendwie dumm gelaufen«, sagte Adam, als sie allein waren.

Dumm gelaufen? Dumm gelaufen war, wenn man sich den Fuß beim Joggen verstauchte oder sich beim Thailänder eine Lebensmittelvergiftung holte.

»Wusstest du von der Überlegung, die Villa zu verkaufen?«, fragte Stella.

»Ja. Aber ich dachte, Lizzy soll es dir sagen.«

»Und wie stehst du dazu?«

»Ich … Ich verstehe sowohl dich als auch David.«

Das war typisch Adam. Nur keine Partei beziehen. Es immer allen recht machen. Stella schloss die Augen.

Als würde das irgendetwas besser machen, fügte Adam hinzu: »Elliott ist in Ordnung. Du wirst ihn mögen.«

»Na, wenn du das sagst. Wer ist er denn überhaupt?«

»Er ist der Sohn von einem Freund der Familie.« Adam gähnte. »Du, hör mal, Stella, ich muss morgen früh raus, eigentlich wollte ich schon längst im Bett sein. Aber Lizzy und David sind gnadenlos, wenn es um Monopoly geht.«

»Morgen ist doch Samstag«, sagte sie und schluckte eine Träne hinunter.

»Ja, schon, aber ich fahre übermorgen nach Mexiko und muss noch einiges dafür vorbereiten. In der Nähe von Tijuana ist eine Zweigstelle des Gemeinschaftshauses – der Hilfsverein, den deine Urgroßmutter Feli gegründet hat.« Kurz schwiegen sie beide. Dann sagte Adam: »Ich vermisse dich.«

»Ich vermisse dich auch«, sagte Stella.

Sie legten auf, und Stella starrte auf das schweigende Telefon. Sie fühlte sich sehr einsam. Nicht die Art von Einsamkeit, bei der man mit jemandem Kaffee trinken geht und sich danach wieder gut fühlt. Nein, das hier war eine schreckliche Art der Einsamkeit, gemischt mit Angst, Traurigkeit und tiefer Müdigkeit.

Einatmen, ausatmen, ein und aus …

»Alles gut?« Elliott war neben ihr im Flur aufgetaucht.

»Alles bestens«, entgegnete sie und schenkte ihm ein zuckersüßes Lächeln. Sie würde gewiss nicht kampflos aufgeben.

Nachdem Elliott mit seinen schnieken Lederschuhen über den zugeschneiten Weg zu seinem sportlichen BMW geschlittert war, nicht ohne seine Visitenkarte hinterlassen zu haben, war das Einzige, das Stellas Laune an diesem späten Nachmittag noch heben konnte, eine riesige Portion Grießbrei mit Zimt und Zucker und ein paar von Mechthilds in Rum eingelegten Pflaumen. Während Stella im Topf rührte, fiel ihr Blick auf den Kalender, den Lizzy ihr geschenkt hatte. Der Februar lag aufgeschlagen da und zeigte ein Foto, das am Strand geknipst worden war. Theresa und Lizzy posierten im Badeanzug auf ihren Strandmatten, Max kniete zwischen ihnen mit einem Ball in den Händen. David stand dahinter und wirkte recht verlegen, vor allem im Vergleich zu dem stattlichen und selbstbewussten Mann neben ihm: Tom, Lizzys Ex-Mann, wie ihre Oma ihr am Telefon erzählt hatte. Von Lizzys Komm-lass-uns-Pferde-stehlen-Ausstrahlung hatte er wenig, eher was von ›Stallknecht, sorg dafür, dass niemand meine reinrassigen Edelpferde stiehlt.‹

Es war ein schönes Foto, das von einem fröhlichen Tag erzählte.

Nur eines verriet es nicht: Wer hatte das Foto aufgenommen?

7

1940

Lizzy

»Wie wär's mal wieder mit einem Tag am Strand?«, fragte Max am Sonntag nach der Predigt in die Runde, die sich aus David, Lizzy sowie Tom und Theresa zusammensetzte. Die fünf hatten sich auf dem Vorplatz der Kirche versammelt.

»Im Dezember?«, meinte David.

»Das Wasser des Pazifiks ist das ganze Jahr über frisch. Sei nicht so ein Weichei!«

»Das wäre ganz wunderbar! Oh bitte, lasst uns den Tag am Strand verbringen!«, bettelte Theresa auf reizende Weise aufdringlich, wobei ihre langen Wimpern flatterten.

Max neckte Tom: »Und du? Hast du noch die Zeit für uns, Herr Stadtverwalter in spe?«

In den letzten Tagen war es alles andere als leicht gewesen, Tom zu Gesicht zu bekommen. Nicht, dass Lizzy für gewöhnlich viel mit ihm unternahm, aber sie liefen sich zumindest hin und wieder über den Weg, wenn Lizzy Theresa zu Hause besuchte. Tom hatte sich tatsächlich vorgenommen, Mitglied der Stadtverwaltung zu werden, und wenn er etwas anvisiert hatte, dann setzte er alles daran, sein Ziel zu erreichen. Lizzy bewunderte ihn für seine Beharrlichkeit und sein Engagement, doch bezweifelte sie insgeheim, dass er der Richtige für den Posten war. Tom war in einer Villa im schönsten Viertel von Encinitas groß geworden, umsorgt von einem Kindermädchen, das ihm jeden Wunsch von den Lippen abgelesen hatte. Er wusste nicht, wie es war, von Ort zu Ort zu ziehen in der Hoffnung, irgendwo für einen Hungerlohn Baumwolle pflücken zu dürfen.

Tom eilte von einem Termin zum nächsten, winkend und lächelnd, und ließ sich von Kameras ablichten. Er war zu dem wohl begehrtesten Junggesellen in ganz Encinitas aufgestiegen, stets umgeben von einer Wolke frisch frisierter, parfümierter und heiratswilliger Damen. Letzte Woche hatte er eine Anzeige in der Zeitung aufgegeben, er suche nach einer Sekretärin. Bis auf die Straße hatte die Schlange gereicht, schnatternd wie ein Haufen Gänse.

»Ein, zwei Stunden kann ich mir heute freinehmen.« Tom zwinkerte Lizzy zu.

Eine halbe Stunde später kletterte Lizzy hinter ihren zwei Brüdern die Stiegen zur Bucht hinab, vorbei an Agaven, Dornblumen und Wermutkraut. Die schmalen Bretter waren erst vor wenigen Wochen ersetzt worden und dufteten aromatisch nach Harz. Lizzy liebte das Geräusch ihrer Sandalen, die gegen ihre Fersen schlugen, den Geruch von Sonnencreme und das leise Fauchen, als Max am Strand den Gummiball aufblies. Sie liebte sogar den leichten Wind, der immer wieder die Ecken ihrer Strandmatte umbog, Sandkörner in ihr Gesicht rieseln ließ und die fernen Stimmen der Hafenarbeiter mit sich trug.

Ansonsten lagen Strand und Bucht still da, kein Wunder, denn auf den Palmblättern trocknete noch der nächtliche Regen. Am Horizont zogen Handelsschiffe entlang. Erst nach etwa einer Stunde nahm das Autobrummen entlang der gewundenen Straße zu, die Encinitas zu einer Seite mit Carlsbad sowie in südlicher Richtung mit Solana Beach und schließlich San Diego verband.

Im Dezember war nie viel los am Strand. Erst gegen zwölf Uhr gesellten sich ein paar Familien zu ihnen und breiteten Picknickdecken aus. Kinder ließen Drachen am Ufer steigen und jauchzten vor Freude. Ins kalte Wasser wagte sich abgesehen von einem Surfer niemand.

Lizzy staunte über die Ausrüstung, die Tom für seine Schwester und sich an den Stand getragen hatte: zwei Sonnenschirme, die einen Baldachin formten, zwei Liegestühle, eine Kühltasche mit geschnittenem Obst und Sandwiches darin, mehrere Zeitschriften sowie einen aufblasbaren Gummiball.

Das Glöckchen des Eiswagens bimmelte am Hafen, und Theresa rief: »Wer zuerst beim Eismann ist!«

Als hätten sie nur darauf gewartet, von ihr herausgefordert zu werden, sprangen David und Max auf.

»Wartet!«, rief Lizzy, aber Theresa ließ ihr keine Wahl, es müsse ja jemand bei ihren Sachen bleiben. Eine Begründung, die nicht wirklich Sinn machte, da Tom ja ebenfalls anwesend war.

Tom und Lizzy lachten, als Theresa ein Rad schlug und ihr der Sonnenhut dabei vom Kopf fiel. Sie füllten das Schweigen mit Sätzen wie ›Der diesjährige Dezember ist wirklich außerordentlich warm‹ und ›Kaum vorstellbar, dass wir hier so friedlich sitzen, während die halbe Welt Krieg führt‹. Kurz sprachen sie über Lizzys Verweis von der Universität und ihr Studium im Allgemeinen.

»So gern ich zur Universität gehe, so erschütternd finde ich es zu sehen, dass noch immer wesentlich mehr Männer als Frauen studieren«, sagte Lizzy.

»Tja«, war alles, was Tom darauf erwiderte. Er drehte den Sonnenschirm so, dass er einen Sonnenfleck verscheuchte, der auf Lizzys Unterschenkel gefallen war.

David brachte nicht nur Zitroneneis mit, das bereits schmolz und an der Waffel hinablief, sondern auch Miguel, den er am

Hafen getroffen hatte. Tom, der sich eine neue Kamera geleistet hatte, bat ihn, ein Foto von ihnen zu machen, und es tat Lizzy leid, dass man Miguel auf diese Weise von der Aufnahme ausschloss, als würde er nicht zur Gruppe dazugehören. Ein ganz eigenes Gefühl erfüllte Lizzy in seiner Gegenwart, ein Gefühl der Unsicherheit und Sicherheit zugleich. Während der Arbeit auf den Weihnachtssternfeldern sprachen sie nur das Nötigste miteinander. Sie vermisste es, unbeschwert mit ihm herumzualbern. In seiner Nähe hatte sie sich immer ganz wie sie selbst gefühlt.

Ein paarmal trafen sich ihre Blicke, und Miguel schien stumm zu fragen, ob sie ihm verziehen hatte, vor zwei Jahren ohne ein Wort des Abschieds verschwunden zu sein. Dann sah Lizzy schnell weg.

Theresa, die wusste, wie man sich vor Männern inszenierte, hob den Saum ihres Kleides ein Stück an und sagte dann: »Weggucken, die Herren!« In einer anmutigen Bewegung schlüpfte sie aus ihrem Kleid. Darunter trug sie einen leuchtend roten Badeanzug. Max, der einen Blick riskiert hatte, erntete einen sanften Klaps auf die Schulter.

»Lizzy, ist es dir nicht zu warm mit all dem Stoff an dir?« Theresa fächerte sich mit ihrem Sonnenhut Luft zu und sank wie eine Feder auf ihren Liegestuhl zurück.

»Nein, bis jetzt ist es angenehm«, sagte Lizzy schnell.

Die Wahrheit war: Neben Theresa fühlte Lizzy sich wie ein Elefant im Porzellanladen. Dabei war sie so stolz auf ihren blau gestreiften Badeanzug gewesen, den sie sich von ihrem Ersparten geleistet hatte.

Als die Sonne eine halbe Stunde später im Zenit stand, schlug Max vor, ins Wasser zu gehen. Es sei viel zu kalt, beschwerte sich David, aber Max meinte, das würde es doch nur umso reizvoller machen. Tom verzog das Gesicht, wollte aber auch nicht als Spielverderber dastehen. Als Letzter erhob sich Miguel und flüsterte Lizzy im selben Zug etwas ins Ohr.

Theresa und Lizzy sahen den Männern dabei zu, wie sie sich mit zügigen und kräftigen Kraulbewegungen den Wellen entgegenwarfen.

»Was hat Miguel dir ins Ohr geflüstert?«, wollte Theresa wissen, als sich die Männer in der Ferne auf ein im Meeresboden verankertes Floß stemmten.

»Nichts Wichtiges«, erwiderte Lizzy, die ganz aufgewühlt war. Sie erhob sich und zog sich ihr Kleid über den Kopf.

›Du siehst wunderschön aus, hatte Miguel gesagt, vergiss das nicht.‹

»Glaubst du, er ist in dich verliebt?«, fragte Theresa, als hätte sie Lizzys Gedanken gelesen.

»Nein, sicher nicht«, sagte Lizzy schnell.

»Bist du in ihn verliebt?«

»Nein«, presste Lizzy hervor.

Theresa seufzte. »Ich wäre gern verliebt. Ich mag es, verliebt zu sein. Dann ist das Leben so viel leichter, und alles leuchtet in bunten Farben und duftet süß nach Rosen.«

Lizzy musste lachen.

»Und Tom?«, fragte Theresa. »Hast du ihn denn lieb, ein kleines bisschen nur?«

»Schon. Natürlich. Aber es wäre schon etwas anderes, wenn er ab und zu mit mir sprechen würde. Er ist nicht unfreundlich, aber er sagt kaum ein Wort zu mir. Jedenfalls nichts von Bedeutung.«

»Hinter seiner kühlen Zurückhaltung verbirgt sich Gefühl«, meinte Theresa.

»Ich wünschte, er würde sein Gefühl nicht verbergen. Dazu gibt es keinen Grund.«

»Er hat dich wirklich sehr gern«, sagte Theresa.

Bei all den Mädchen, die für ihn schwärmten, war es Lizzy ein Rätsel, weshalb Tom sich ausgerechnet für sie interessieren sollte. Theresa sagte, ihr Bruder würde Lizzy für ihr ehrenamtliches Engagement und ihre Bescheidenheit bewundern. »Geh nicht so streng mit ihm ins Gericht. Und was die Gespräche mit ihm betrifft: Was habt ihr schon groß zu besprechen?«

»Natürlich, du hast recht. Wie dumm von mir anzunehmen, ich könnte mich mit dem Mann unterhalten, den ich vielleicht heiraten werde.« Die Worte waren recht scharf aus ihr hervorgeplatzt, und sie befürchtete, dass Theresa sich angegriffen fühlte.

Doch als Lizzy zu ihrer Freundin sah, grinste diese zufrieden. »Du hast es gesagt: Du wirst ihn vielleicht heiraten! Dann sind wir fast wie richtige Schwestern!«

Sie wateten das Ufer entlang und sammelten Muscheln. »Komm, lass uns zu den Jungs schwimmen«, sagte Theresa auf einmal.

»Bist du verrückt? Wir werden erfrieren!«

»Ach was! Das Wasser hat gewiss vierzehn Grad! Und ist es nicht viel lustiger mit den Jungs?« Theresa hatte ihre Eiswaffel mitgenommen, die sie in kleine Stücke brach und an die gierigen Möwen verfütterte. »Tom freut sich, wenn du in seiner Nähe bist! Bestimmt wird er ganz rote Ohren bekommen, wenn er dich in deinem Badeanzug sieht! Wie ich dich um deinen vollen Busen beneide!«

Die beiden Freundinnen wateten tiefer ins Wasser, jammerten über die Kälte, spürten den zunehmenden Widerstand und ließen sich schließlich in die flachen Wellen gleiten. Während Theresa so schnell schwamm, wie sie nur konnte, genoss Lizzy das belebende Prickeln auf ihrer Haut. Die leichte Strömung zog zärtlich an ihrem Körper, sie drehte sich und trieb eine Weile lang auf dem

Rücken, während sich Theresa von Max bereits auf das Floß ziehen ließ.

Eifriges Leben herrschte nun unter der Ansammlung von bunten Schirmen am Strand.

Miguel war wohl gerade dabei gewesen, von den vergangenen zwei Jahren zu erzählen, als Lizzy das Floß erklomm. Sie ärgerte sich, nicht schon früher zum Floß geschwommen zu sein. Sie brannte darauf zu erfahren, wo er gewesen war, was er erlebt hatte ... Gleichzeitig bemühte sie sich darum, so zu tun, als interessiere sie das alles nur mäßig. Es tat weh, ihm zuzuhören, denn all diese Dinge hatte Miguel ohne sie erlebt.

David fragte Tom nach dessen Wahlversprechen, und Tom begann eifrig zu referieren. Er sprach klar und deutlich und ohne sich ein einziges Mal zu verhaspeln, als würde er seinen Vortrag von einem unsichtbaren Blatt ablesen. Es sei von äußerster Notwendigkeit, die Straßen um Encinitas auszubauen. Der Handel müsse vorangetrieben werden, die Bahnschienen erweitert ...

Schweigend betrachtete Lizzy Miguel. Die Wasserperlen auf seiner goldbraunen Haut, über die sich eine leichte Gänsehaut zog. Darunter das Spiel seiner Muskeln bei der kleinsten Bewegung. Den leichten Flaum auf Armen, Beinen und unterhalb des Bauchnabels. Was nur hatte sich verändert? Diese Dinge hatten sie doch früher kaltgelassen, ja sie hatte sie erst gar nicht bemerkt!

Da hörte sie Theresa neben sich sagen: »Lizzy, Tom spricht mit dir!«

»Entschuldige, Tom, was meintest du?«

»Ich kenne doch diese zwei Falten zwischen deinen Augenbrauen. Was liegt dir auf der Zunge? Was denkst du über mein Wahlversprechen?«

»Nichts, es ist nur ...« Sämtliche Augen waren interessiert auf sie gerichtet. »Was ist mit den Feldarbeitern, die kaum genug

Lohn erhalten, um davon zu leben? Die haben nichts vom Ausbau der Straßen.«

»Die sollen froh sein, dass sie überhaupt Arbeit haben. Dort draußen stehen genug arme Schlucker rum, die für einen Kaffee arbeiten würden. Jeder, der sich beschwert, ist ein Kommunist.«

»Das hat doch nichts mit Kommunismus zu tun! Es ist schlichtweg unfair, wenn man kaum mehr als einen Dollar pro Stunde verdient und irgendein Kerl im Anzug macht für sich selbst zwei Dollar daraus.«

»Du willst also, dass ich diese Unruhestifter unterstütze?«

»Die Streiks und Ausschreitungen werden immer schlimmer, wenn sich nicht endlich etwas ändert. Es ist auch nicht rechtens, dass Ausländer noch immer diskriminiert werden. Sie leben in unwürdigen Verhältnissen! Der Großteil der Gefängnisinsassen sind Wanderarbeiter oder Ausländer, das heißt doch was!«

»Ja, es heißt, dass genau diese Leute zu Verbrechen neigen! Und so schlimm sind die Verhältnisse, in denen sie leben, weiß Gott nicht!«

»Woher willst du das wissen?«, fragte Miguel. »Warst du jemals schon mal bei uns im Reservat? Weißt du überhaupt, worüber du sprichst?«

Nein, dort sei Tom noch nicht gewesen, aber dennoch ...

»Dann lade ich dich hiermit herzlich ein«, sagte Miguel. »Wie wäre es mit einem gemeinsamen Abendessen? Im Reservat. Wir sechs. Dann kannst du dir ein Bild von uns Verbrechern machen.«

Und ehe Tom etwas darauf erwidern konnte, klatschte Theresa vor Begeisterung in die Hände. »Das wäre ganz wundervoll! Oh Tom, bitte lass uns das machen!«

8

1940

Theresa

Es hatte in der Nacht zuvor stark geregnet, und der Boden des Reservats war aufgeweicht. Pferde, Esel, Kühe und Hühner liefen frei herum und waren schlammbespritzt, ebenso die Kinder. Ein zerzauster Hund schleppte sich über den Platz, setzte sich, um sich mit dem Bein am Kopf zu kratzen, wurde jedoch von einer rundlichen Mexikanerin von den Hütten fortgejagt. Vor einem alten Campingwagen saß eine Frau auf einem Baumstamm und stillte ein Neugeborenes. Ein frisch gehäuteter Tierkörper hing zum Ausbluten hinter dem Wagen, davor brummte ein Generator.

Selten hatte Theresa sich so wach, so lebendig gefühlt.

Schon bald waren sie von einer Horde Kinder umringt, von denen ein kleiner Junge mit Federn im Haar neugierig Theresas Arm anstupste, als wollte er wissen, wie sich ihre Haut anfühlte. Der Junge sagte etwas, woraufhin Theresa hilflos den Kopf schüttelte, denn sie verstand kein Wort. Miguel erwiderte etwas in der fremden klangvollen Sprache, und das erste Mal bemerkte Theresa, wie schön seine Gesichtszüge, seine dunkle Haut und die schwarzen Haare waren. Er packte den Jungen und setzte ihn sich auf die Schultern.

»Ganz schön anders hier, nicht wahr?«, sagte Miguel.

»Das ist wahr«, erwiderte sie, und ihre Augen irrlichterten gierig umher. »Ich habe schon so viele Länder kennengelernt und Städte bereist, aber so etwas habe ich noch nie gesehen.«

An einigen der Holzhütten hingen Kunstwerke, die sich sanft klingend im Wind bewegten, wie ein Mobile über einer Kinderwiege.

»Das sind Traumfänger«, erklärte Miguel. »Sie fangen deine Albträume auf, und du schläfst besser.«

»Dann brauche ich einen solchen Traumfänger«, erwiderte Theresa, streckte die Hand aus, um einen zu berühren, und zog sie dann doch zurück. »Ich habe oft nachts Albträume.«

Sie spürte Davids Blick auf sich. »Komm«, sagte er, und seine sanfte, niemals laute Stimme versprach, für sie zu sorgen – eine Rücksicht, der Theresa schon lange nicht mehr begegnet war. »Ich führe dich herum, wenn du magst.«

Ihr glückliches Lachen hieß das Angebot willkommen. »Kommst du, Tom?«

Ihrem Bruder waren die schmutzigen Kinder, die frei laufenden Tiere, die sich die Fliegen aus den Augen blinzelten, der scharfe Geruch der fremden Gewürze am Grillfeuer, die Geschwätzigkeit der Leute und ihre lauten Stimmen, hier und da unterbrochen von spanischer Musik, nicht geheuer – ja, allgemein die Lebendigkeit verunsicherte ihn. Wie Suchscheinwerfer glitt sein Blick ununterbrochen von links nach rechts über den Platz. Theresa konnte ihm ansehen, dass es ihm widerstrebte, sich tiefer in dieses laute, bunte Durcheinander vorzuwagen.

»Wartet auf mich«, sagte er, als Theresa eine junge Katze auf die Arme nahm und streichelte, und Theresa lächelte, denn genau diese Reaktion hatte sie beabsichtigt. In der Familie Lilienthal herrschte das eiserne, wenn auch unausgesprochene Gesetz, dass entweder ihr Bruder oder ihr Vater stets ein Auge auf Theresa hatten, und Theresa mochte das Gefühl, behütet zu werden.

»Und Max? Wo ist Max?«, fragte Theresa, die gern ein Gefolge um sich herum hatte.

»Er wollte Esperanza begrüßen«, meinte David.

Esperanza war Miguels kleine Schwester. Sie arbeitete als Hausmädchen bei den Lilienthals, deshalb kannte Theresa sie recht gut. Landläufig konnte man sie wohl als hübsch bezeichnen. Mit ihrem vollen, sehr weichen Mund hatte der liebe Gott als ihr Bildhauer alles auf eine Karte gesetzt.

»Gut, warten wir nicht auf ihn«, sagte Theresa, die eine gewisse Eifersucht verspürte.

Theresa war bereits aufgefallen, dass Miguel und Lizzy, die einst so eng gewesen waren, kaum ein Wort wechselten. Dafür jedoch eine Vielzahl an Blicken, fragende Blicke, ängstliche Blicke, sehnsuchtsvolle Blicke. Umso genauer lauschte Theresa, als Miguel ihr gegenseitiges Schweigen brach. »Es wird Zeit, dass meine Familie dich kennenlernt.«

Lizzy sah zu ihm auf. Ihre Augen waren ganz groß geworden. »Gern. Natürlich.«

So trennten sie sich erst einmal, Lizzy ging mit Miguel, Max war bei Esperanza, und Theresa ließ sich mit Tom von David herumführen. Eine halbe Stunde später fanden sie wieder auf dem Platz zusammen. Bis zum Abendessen dauerte es noch ein wenig. »Lust auf ein kleines Spielchen?«, fragte Miguel. Er drehte einen Fußball auf der Spitze seines Zeigefingers.

»Nichts lieber als das«, entgegnete Tom, krempelte die Ärmel seines weißen Hemdes hoch und sah sich um, als hoffe er, dass irgendwo die Presse lauerte und Fotos davon schoss, wie er sich nicht dafür zu schade war, mit armen mexikanischen Kindern im Matsch zu toben.

Das Spiel war dreckig, laut und wild – und Theresa liebte es. Sie liebte die Lieder, die die mexikanischen Frauen sangen, während sie die Wäsche in mit Seifenwasser gefüllten Zubern schrubbten. Sie liebte die Schwüle des Nachmittags, denn sie führte dazu, dass Max und Miguel ihre Hemden abstreiften. Liebte die Kraft und Anmut ihrer Bewegungen und den glänzenden Schweiß, der ihre Muskeln schon bald überzog. Gänzlich gingen die Männer in ihrem Spiel auf, nahmen von den Frauen keine Notiz mehr. Die Bewegungen waren hart, schnell, unerbittlich.

»Wer als Erster am Fluss ist!«, rief Max auf einmal und rannte davon, gefolgt von Miguel und – zu aller Überraschung – auch gefolgt von Theresa, auf die das Feuer übergesprungen war und die wiederum Lizzy an der Hand packte. Die beiden Mädchen kicherten, rannten, kicherten, rannten, bis sie ganz außer Atem waren. Doch jäh blieben sie stehen, nämlich als Max, kurz bevor er den Fluss erreichte und noch halb im Rennen, sein Hemd in einer einzigen stürmischen Bewegung über den Kopf zog und sich dann auch seiner Hose sowie Unterhose entledigte. Splitterfasernackt sprang er ins Wasser. Miguel lachte, schüttelte den Kopf über so viel Verrücktheit und tat es ihm gleich.

Im leuchtenden wirbelnden Azurblau bespritzten die beiden Männer sich gegenseitig mit Wasser. Das erste Mal in ihrem Leben sah Theresa nackte Männerkörper: Körper von natürlicher Anmut und Schönheit, edel und kraftvoll gestaltet. Ein zarter Flaum kräuselte sich auf Miguels Brust, seinem Bauch und den Schenkeln; Max' Oberkörper war glatt und eben wie der einer Marmorfigur. Theresas Sinne reagierten auf derart heftige Weise, dass ihr leicht schwindelte.

»Komm«, sagte Lizzy noch immer außer Atem und nahm Theresa an der Hand. Auch ihre Wangen waren gerötet, ob vom Rennen oder vom Anblick war nur zu vermuten. »Lassen wir die beiden.«

Als sie sich umwandten, sahen sie, dass auch Esperanza ihnen gefolgt war. Das junge Mädchen hatte die Schuhe bereits ausgezogen und wollte gerade ihr Kleid über den Kopf streifen, als Lizzy sagte: »Lieber nicht, Esperanza.«

Und als wäre Theresa schon ganz besonders erwachsen, fügte sie hinzu: »Du bist noch zu jung, um so etwas zu sehen.«

Beim Abendessen stürzte sich Theresa mit Heißhunger auf die gefüllten Teigtaschen, die in Schweineschmalz gebraten worden waren und mit den Händen gegessen wurden. Sie saßen auf Hockern um ein Feuer. Das Essen ließ Theresa ganz warm werden, sie streifte ihr Seidentuch vom Hals und bemerkte nicht, wie es hinter ihr zu Boden fiel.

Miguels Mutter hob es auf und klopfte den Dreck ab. »Das schöne Tuch! Es ist so hübsch!«

»Ich schenke es Ihnen«, erwiderte Theresa.

»Nein, kommt nicht infrage …«, weigerte Miguels Mutter sich, aber Theresas Lächeln glühte mindestens genauso wie das Feuer und der Sonnenuntergang über dem Meer. »Dieser Tag hier war wie ein Traum, ich würde mich gern erkenntlich zeigen.«

»Es freut mich, dass du dich wohlgefühlt hast«, sagte Miguel. »Auch wenn die Leute in Encinitas uns für Ausländer halten – ich bin hier groß geworden, hier ist mein Zuhause.«

Woraufhin er und Lizzy einen Blick austauschten, der offen darlegte, wie viel die beiden miteinander verband.

Als sie sich später auf den Weg nach Hause machten, sagte Tom, der ganz ernst geworden war, auf einmal zu Lizzy: »Ich würde dir gern ein Angebot unterbreiten. Meine Sekretärin ist eine Katastrophe. Von deinem Geist und Esprit bin ich hingegen überzeugt. Wie wäre es, wenn du für mich arbeitest? Natürlich gegen eine großzügige Entlohnung.«

»Als Sekretärin?«

»Aus deinem Munde klingt eine solche Stelle despektierlich.

Du könntest gemeinsam mit mir meine Reden verfassen und hättest dadurch auch einen gewissen Einfluss. Reizt diese Aussicht dich mehr? Dann müsstest du zumindest nicht mehr heimlich Flugblätter verteilen.« Er schenkte ihr ein Zwinkern.

»Wir können es ja mal versuchen«, erwiderte Lizzy.

Der nächtliche Sternenhimmel schimmerte über ihnen. Max schlenderte neben Theresa her, die Hände in die Taschen seiner Jeans geschoben. Das silberne Mondlicht, das auf sie herabfiel, stand ihm gut, denn es hob seine markanten Züge hervor. »Das war nett von dir, dass du Miguels Mutter das Tuch geschenkt hast«, sagte er.

»Nicht der Rede wert«, erwiderte Theresa. »Ich mochte es ohnehin nicht sonderlich.«

»Warum hast du es dann getragen?«

»Mein Vater hat es mir geschenkt. Er mag es, wenn ich Tücher trage. Er sagt, ein richtiges Fräulein braucht ein Seidentuch. Deine Mutter trägt keines, dabei ist sie in meinen Augen eine richtige Dame.«

»Du hast sie noch nicht schimpfen hören.«

»Ich finde sie großartig. Sie ist stark, mutig, schlau und wunderschön. Ich glaube, ich bin ein bisschen in sie verliebt.«

»Vermisst du deine Mutter?«, fragte Max.

»Sehr. Jeden Tag.«

Etwas veränderte sich in Max' Blick, er wurde weich. Sie hatte ihn berührt mit den Gefühlen, die sie ihm anvertraut hatte, und einen Moment lang hoffte Theresa, es würde ihn dazu bewegen, hinter den anderen zurückzufallen, um ihr ihren ersten Kuss zu schenken.

Stattdessen blieb er stehen und sagte: »Hier trennen sich unsere Wege.«

»Aber gehst du denn nicht nach Hause?«

»Nein. Nicht heute Nacht.«

»Kommt ihr?«, rief David, der auf sie gewartet hatte, und Theresa schloss zu ihm auf. Nach ein paar Schritten blickte sie sich um und sah, dass Max zum Reservat zurückkehrte. Sie ahnte, zu wem.

9

2006

Stella

Stella putzte. Noch immer in Schlafshorts und Shirt, klopfte sie die Teppiche aus, entstaubte die Heizungen und wischte den Boden feucht auf. *Can't Buy Me Love* von den Beatles ging schnurstracks in Knie und Hüfte, und ehe Stella sich's versah, wirbelte sie mit dem Wischmopp durch den Flur, hüpfte und drehte sich und sang aus Leibeskräften, bis sie schwitzte und ganz außer Atem war. «Cause I don't care too much for money. Money can't buy me love.«

Da entdeckte sie den Mann. Er stand mitten auf dem Grundstück und sah sich in aller Seelenruhe um. Kein Zweifel – ein weiterer Makler! Ein ganz besonders dreister noch dazu! Wer sollte sich sonst mit einem schmalen Koffer in der Hand in ihrem Garten umsehen?

In Windeseile schlüpfte Stella in ihre Winterstiefel und ihren Mantel. Den Wischmopp wie eine Lanze erhoben, stürmte sie aus dem Haus, hinein in den hohen Schnee. Umso besser, wenn sie aussah wie eine Verrückte. »Hey! Sie da!«, rief sie. »Was machen Sie auf meinem Grundstück? Das ist Hausfriedensbruch!«

In aller Seelenruhe stellte der Mann seinen Koffer ab. Er zeigte nicht die leiseste Spur eines schlechten Gewissens. Da erst bemerkte Stella, dass der Mann gewiss schon über siebzig war. Sein

Alter war schwer zu schätzen. Einerseits sah er mit seiner mit Lammfell gefütterten Lederjacke, den Jeans und den robusten Stiefeln für einen Mann fortgeschrittenen Alters ziemlich lässig aus. Andererseits war sein Blick sehr müde, als hätte er schon einiges im Leben gesehen und erlebt.

»Dein Grundstück?«, fragte er.

Stella war verunsichert, aber das versuchte sie zu überspielen, indem sie den freien Arm in die Taille stemmte und sich größer machte. »Ja. Mein Grundstück.«

»Interessant.« Der Mann nahm sie nicht ernst. Er belächelte sie ja sogar! »So, wie du gerade auf mich zugestürmt bist, hätte ich glatt meinen können, du seist deine Mutter. Nur mit kurzen Haaren.«

Stella wich erschrocken zurück. »Wer sind Sie?«

»Mein Name ist Max Licht. Vielleicht hast du schon von mir gehört.«

Max. Davids Zwillingsbruder. Mit dem weder Lizzy noch David etwas zu tun haben wollten.

»Und was willst du hier?«, fragte Stella nun etwas kleinlauter.

»Was ich hier will?!« Er lachte. »Das ist ebenso mein Zuhause wie deines. Meine Eltern haben die Villa an David, Lizzy und mich vererbt. Sie gehört also uns allen.«

Das gefiel Stella gar nicht.

»Lass uns reingehen, du verkühlst dich noch«, sagte Max und atmete schwer. »Ich vertrage die Kälte nicht. An Tagen wie diesen vermisse ich die kalifornische Sonne mehr denn je.«

Erst jetzt erinnerte Stella sich daran, dass sie nur Schlafshorts trug. Ihre Beine waren eiskalt. »Ich würde mich wohler fühlen, wenn du mir vorher sagst, was der Grund für deinen plötzlichen Besuch ist.«

»Nach was sieht das wohl aus?« Max hob seinen Koffer wieder an. »Ich will hier einziehen.«

Es war nun schon das zweite Mal in einer Woche, dass Stella sich mit dem Telefon in den Flur verkroch, während sich ein mehr oder weniger fremder Mann seelenruhig in der Küche umsah. Sie versuchte, Adam zu erreichen, weil Adam ihr Anker war, aber er hob nicht ab.

»Bitte, Lizzy, sei wenigstens du zu Hause …«, flüsterte sie zu sich selbst und verfluchte in Gedanken das alte Drehscheibentelefon, denn damit war es weder möglich, schnell zu wählen, noch, leise zu wählen.

»Hebt niemand ab?«, rief Max und fand sich offenbar ziemlich lustig.

Fast schon hätte Stella aufgelegt, da meldete Lizzy sich endlich: »Stella, Schätzchen, entschuldige! Ich war gerade mit Theresa im Garten und …«

»Max ist hier«, fiel Stella ihr ins Wort.

Ebenjener fühlte sich schon ganz wie zu Hause. Er wärmte sich die Hände am Kachelofen, nahm sich eines von Mechthilds Vanillekipferln und hob den Deckel des Brotkorbs an. »Mein liebes Schwesterherz wird mich nicht sprechen wollen«, rief er. »Du verschwendest deine Zeit.«

Stella war ganz mulmig zumute. Was, wenn Max von ihr verlangte auszuziehen? Aber nein. Das würden Lizzy und David niemals zulassen. Aber andererseits wollten sie die Villa ja auch loswerden. War Max deshalb hier?

»Was?«, entfuhr es Lizzy. Es folgte ein Moment der Stille. »Max ist bei dir? Hat er gesagt, was er will?«

»Nein, noch nicht.«

»Versuch, es aus ihm herauszubekommen. Das Ganze ist mir nicht geheuer.«

Na wunderbar. »Kannst du das nicht mit ihm klären? Er ist doch dein Bruder, und ich kenne ihn gar nicht.«

»Ich ... ich kann nicht ... Ich muss erst einmal sacken lassen, dass er aufgetaucht ist. Ich habe ihn seit über vierzig Jahren nicht gesehen! Mach dir keine Sorgen.«

Sich keine Sorgen zu machen erschien Stella ein Ding der Unmöglichkeit, und das wollte sie Lizzy auch gerade sagen, da rief Max: »Sie will mich nicht sprechen? Ha! Wusste ich es doch!«

»Willst du mir nicht sagen, was damals zwischen euch vorgefallen ist? Dann würde es mir vielleicht leichter fallen, mir keine Sorgen zu machen.«

»Das ist eine lange Geschichte. Aber so bald wie möglich erzähle ich sie dir. Versprochen.«

Damit musste Stella sich wohl zufriedengeben. »Weißt du, wo Adam steckt?«, wechselte sie das Thema und brachte mehr Distanz zwischen sich und Max, bis das Telefonkabel gespannt war. »Ich habe ihn nicht erreicht.«

»Ihm geht es gut, mach dir keine Sorgen. Vermutlich ist ihm die Situation etwas unangenehm.«

Stella runzelte die Stirn. »Was genau ist ihm unangenehm?«

»Na ja, das mit Amber. Das ist ja eigentlich definitiv vorbei. Trotzdem war ich ein wenig entrüstet, als er mir erzählt hat, dass sie ihn nach Mexiko begleitet.«

»Was?«, brachte Stella nach ein paar Atemzügen hervor.

»Hat er dir das nicht gesagt? Er ist heute Morgen ganz in der Früh nach Mexiko gefahren. Mit Amber.«

»Nach Mexiko. Mit Amber.«

»Ja ... dort ist eine Zweigstelle der Hilfsorganisation, die meine Mutter vor vielen Jahren gegründet hat. Adam fährt einmal im Jahr dorthin, um nach dem Rechten zu sehen. Und Amber ist mitgefahren. Ich fand das auch nicht gut und habe ihm dafür die Leviten gelesen, aber er meinte, Amber sei die Einzige, die Zeit hätte, und die Strecke sei zu weit, um sie allein zu fahren. Und immerhin ist Amber die Spendenbeauftragte der Organisation! Oh nein, jetzt habe ich wohl etwas ausgeplappert. Das wollte ich nicht! Bestimmt hat er nur vergessen, dir davon zu erzählen! Ruf ihn am besten selbst an. Es wird sich alles aufklären!«

Stella stellte die einzige Frage, die ihr in diesem Moment noch einfiel: »Was zur Hölle ist eine Spendenbeauftragte?«

Am Abend desselben Tages rief Theresa an. »David ist nicht hier. Er ist bei Lizzy«, sagte sie mit gesenkter Stimme, als dürfe niemand von ihrem Gespräch erfahren. »Ich habe mitbekommen, was passiert ist. Mach dir keine Sorgen, Liebes, Max hat im Grunde ein gutes Herz.«

Stella witterte eine Chance. »Kannst du mir nicht einfach sagen, was vorgefallen ist?«

»Nun ja, es ist eine heikle Geschichte. Ich befürchte, ich muss etwas weiter ausholen, damit du nachvollziehen kannst, wie es so weit kommen konnte. Sonst bekommst du am Ende ein ganz schreckliches Bild von uns. Wir haben alle unseren Teil dazu beigetragen, die einen mehr, die anderen weniger. Es waren ja auch ganz andere Zeiten damals.«

»Glaub mir, ich weiß es schon zu schätzen, wenn jemand einfach mal den Anfang macht. Lizzy hat mir bisher nur erzählt, wie eng du und dein Bruder mit den Licht-Kindern gewesen seid.«

»Das stimmt. Weißt du, ich habe die Licht-Familie schon immer wie verrückt geliebt. Ich wollte unbedingt Teil von ihr sein.«

Stella musste an das Dezember-Foto in dem Kalender denken, den Lizzy ihr geschickt hatte. Es war auf dem Fest des Poinsettia-

Day 1940 aufgenommen worden und zeigte die drei Licht-Geschwister – und Theresa, die wie ein viertes Kind zwischen David, Max und Lizzy stand. Sie erzählte Theresa von dem Foto.

»Oh, an diesen Abend erinnere ich mich noch gut! Es war ein so wunderschönes Fest! Das schönste, das die Familie bisher gefeiert hatte. Trotz des Brands hatte sich in diesem Jahr alles zum Guten gewendet, denn deinem Urgroßvater und David war endlich gelungen, woran sie so lange gearbeitet hatten: Die Poinsettia war in einem Topf herangewachsen und sogar noch kräftiger und schöner als die Pflanzen auf dem Feld. Manchmal frage ich mich, wann alles begonnen hat, aus den Fugen zu geraten. Ich glaube, es war an jenem Abend. Es lag so viel Emotion in der Luft, so viel Spannung. Eine Nacht, die wie dafür gemacht war, alles durcheinanderzubringen …«

10

1940

Theresa

Der Boden der abgebrannten Felder war schwarz. Verkohlte Überreste der Weihnachtssterne zitterten im Wind, der teils noch immer Asche mit sich trug. Der Anblick zog einem das Herz zusammen, und noch schmerzhafter war es zu sehen, wie Philipp Licht am Rand eines Feldes seinen Hut abzog, als stünde er vor einem Grab.

Als er jedoch am Morgen des elften Dezember seinen täglichen Kontrollritt über das Grundstück antrat, hätte er wohl nicht mit dem Wunder gerechnet, das ihn erwartete. Als er die Scheunentür seines Labors aufschob und in den Duft von Erde, Pflanzen, Feuchtigkeit und Dünger trat, war er kurz geblendet von der Morgensonne, die noch schräg am Himmel stand und durch die Fenster ins Labor fiel. Er staunte über das kräftige Rot des Sonnenlichts, ehe ihm bewusst wurde, dass es die Weihnachtssterne waren, die ihn so herrlich anstrahlten. Noch nie hatte Herr Licht es erlebt, dass Poinsettien über Nacht einen derartigen Schub taten, deshalb kam ihm kurz der Gedanke, jemand spiele ihm einen Streich. Er befühlte die Blätter, ob ein Strolch sie mit Farbe bemalt hatte – aber nein, alles war ganz natürlich.

Wie lange hatte er Jahr für Jahr Poinsettien in Töpfen mühsam herangezogen, gehätschelt und gepflegt! Er hatte mit ihnen geredet und sogar David gebeten, ihnen etwas auf der Geige vorzuspielen! Trotz all der Mühe hatten sie stets kränklich gewirkt: Die Stiele waren zu dünn, der Blattwuchs zu spärlich, das Rot zu blass gewesen.

Als wäre der Teufel hinter ihm los, rannte er zurück zur Ranch. Die Hühner, die in der Morgensonne gedöst hatten, stoben auseinander. Er sprang die Stufen der Veranda hinauf und platzte in die Küche, sodass seine Frau Feli, die gerade Kaffeepulver in einen Filter häufte, vor Schreck zusammenfuhr und ein Teil auf den Boden rieselte. »Herrgott noch mal, Philipp! Und nicht mit dreckigen Stiefeln ins Haus, das habe ich dir schon hundertmal ...«

»Es hat funktioniert! Die Weihnachtssterne! Die Topfpflanzen! Die Blätter haben sich rot gefärbt! Und sie strotzen nur so vor Gesundheit! Es ist also doch möglich, die Poinsettia als Topfpflanze zu ziehen! Die jahrelange Arbeit war nicht umsonst!«

Frau Licht legte die Hände vor den Mund, sprachlos vor Glück. Ihrem Mann, ihrem stolzen Cowboy, wie sie ihn immer nannte, war etwas geglückt, was noch niemandem zuvor gelungen war! Sie eilte zu ihm, küsste und umarmte ihn und küsste ihn wieder. Ab jetzt würde es wieder bergauf gehen.

»Morgen feiern wir ohnehin den Poinsettia-Day!«, rief Herr Licht aus. »Das diesjährige Fest soll noch größer werden als alle Feste, die wir zuvor gefeiert haben!«

Am folgenden Tag, am zwölften Dezember, saß Theresa an ihrem Schminktisch und bereitete sich für das Fest vor. Es war eine zauberhafte Nacht. Der angenehme Wind tanzte mit den weißen Seidenvorhängen an ihrer Balkontür. Ein paar Nachtfalter umschwirrten die Stehlampe. Theresa mochte das Geräusch ihrer schnellen Flügelschläge.

Ihr Blick fiel auf das Foto auf der Fensterbank, auf dem die drei

Licht-Geschwister und sie abgebildet waren. Manchmal, wenn sie das Foto betrachtete, hatte sie das Gefühl, ihre Familie anzusehen, aber nur kurz, und dann wurde sie traurig, weil es ihr ihrem Vater und Bruder gegenüber leidtat, so zu empfinden.

Sie puderte sich die Nase, tupfte etwas Parfüm auf Handgelenke und Hals und einen Hauch von dem erdbeerfarbenen Balsam auf die Lippen, den ihr Vater ihr vor zwei Wochen aus Paris mitgebracht hatte. Noch trug sie nur ein Unterkleid aus zarter cremefarbener Seide, die sich wundervoll auf ihrer Haut anfühlte. Möglichst lange wollte sie so bleiben, so frei und unbeschwert, ehe sie das eng geschnittene Kleid mit schwerem Perlenbesatz anziehen musste. Sie hatte vor, besonders hübsch auszusehen.

Mit der Freiheit war es nun aber vorbei, denn Esperanza klopfte an die Tür von Theresas Zimmer, um ihr beim Ankleiden behilflich zu sein. Seit einem halben Jahr arbeitete Miguels kleine Schwester als Dienstmädchen in der Villa, was Theresa sehr genoss, denn wenn sie ihr von den feinen Bällen in Los Angeles, den Wolkenkratzern New Yorks, den nach Lavendel duftenden Seifen der Provence oder den leuchtenden Lippenstiften der italienischen Damen erzählte, bekam das junge Mädchen stets ganz große Augen, als hätte sie nie etwas Faszinierenderes gehört. Manchmal neigte Theresa deshalb zur Übertreibung und vergaß bei ihren Ausschweifungen für einen kurzen Augenblick sogar, dass all die Bälle und Fernreisen nur einen winzigen Teil ihres Lebens ausmachten und sie oft abends allein in ihrem Zimmer saß, nichts mit sich anzufangen wusste und sich schließlich früh schlafen legte, um den Tag schneller zu beenden. Doch wenn Esperanza sagte: »Ach, wäre ich nur auch ein solch vornehmes Fräulein wie Sie!«, dann ging es Theresa gut.

»Hoffentlich wird er wenigstens einmal mit mir tanzen«,

schwärmte Esperanza. Sie sprach von Max. »Vielleicht sollte ich ihn einfach um einen Tanz bitten ...«

»Nein, das macht ein junges, vornehmes Fräulein nicht. Ein junges, vornehmes Fräulein wartet darauf, dass der Mann die Regie übernimmt und sie auffordert«, belehrte Theresa sie, während Esperanza ihr in die langen Ärmel des Kleides half.

»Eigentlich kann es mir ohnehin gleichgültig sein, denn für Max ... Ich weiß nicht, was ich für ihn bin ...«

Theresa dachte daran, wie Max nachts zu Esperanza zurückgekehrt war. Brennende Eifersucht stieg in ihr auf. »Ein kleines Mädchen bist du für ihn.«

»Ich bin kein kleines Mädchen mehr«, entgegnete Esperanza. »Und wenn er das glaubt, dann werde ich ihm schon noch das Gegenteil beweisen.«

Theresa war so weit. Trotz der hohen Absätze ihrer Sandaletten schwebte sie die Treppe hinab, an deren Fuß ihr Vater sie mit offenen Armen empfing.

»Du bist eine solche Schönheit, wie deine Mutter einst war«, sagte er und schien nicht zu merken, mit welch unterschiedlichen Gefühlen dieser Satz Theresa erfüllte: Einerseits freute sie sich, denn ihre Mutter war wahrhaftig eine Erscheinung gewesen, und es war wundervoll, dass etwas von ihr in Theresa fortlebte. Andererseits machte es sie traurig, denn es erinnerte sie daran, dass ihre Mutter nicht hier war. Und je mehr jemand sie mit ihrer Mutter verglich, desto mehr fühlte sich Theresa in deren Rolle gedrängt, und das machte ihr Angst.

Theresa küsste ihren Vater auf die Wange und hakte sich bei ihm ein. Er führte sie die drei Marmorstufen hinab, den Kiesweg entlang zum Taxi, das vor dem schmiedeeisernen Eingangstor wartete. Tom, herausgeputzt mit seinem besten Anzug, kam als Letzter mit zwei üppigen, in Papier gewickelten Blumensträußen sowie zwei Flaschen Champagner in den Händen. Sobald er saß, ging es los.

»Nehmen wir Esperanza denn nicht mit?«, wunderte sich Theresa. »Sie will doch gewiss auch zum Fest!«

»Sie gehört nicht zu uns«, antwortete ihr Vater.

»Aber wäre es nicht nett von uns, sie dennoch …«

»Übrigens, Tom …«, fiel ihr Vater ihr ins Wort, » …wie läuft es mit der Politik?«

»Optimal. Lizzy unterstützt mich beim Schreiben meiner Reden«, erwiderte Tom.

»Das freut mich zu hören. Du hast gute Chancen, die Leute schätzen dich sehr. Und dem Geschäft ist es gewiss auch zuträglich.«

Der Chauffeur folgte dem Feldweg und der Reihe brennender Fackeln, die die Einfahrt der Weihnachtsstern-Ranch säumten, und hielt schließlich unter einer Lichterkette.

David balancierte auf einer Leiter und brachte ein großes, von Lizzy und ihrer Mutter selbst gestaltetes Plakat mit der Aufschrift *Happy Poinsettia-Day* an der Regenrinne an. Er stieg die Sprossen hinab, schüttelte ihrem Vater die Hand und sagte zu Theresa: »Du bist eine Augenweide.«

Theresa erblühte durch das Kompliment, drehte sich auf den Absätzen ihrer Sandaletten um und ließ den Blick über die üppigen Weihnachtsstern-Sträuße, die roten und weißen Kerzen, das polierte Besteck und die Strohsterne an den Fenstern wandern. Duftlampen mit ätherischen Ölen hielten die Mücken fern.

Feli Licht kam heraus, um sie zu begrüßen, und nahm dankend einen der beiden Blumensträuße von Tom entgegen. Selbst mit ihrer Schürze und vom Kochen geröteten Wangen sah sie wunderschön aus, vielleicht sogar noch schöner als sonst, denn sie sprühte vor Stolz und Vorfreude auf das Fest.

»Wo finde ich denn Ihre Tochter?«, fragte Tom vorsichtig und hielt den zweiten Blumenstrauß in die Höhe.

»Vielleicht in der Scheune, um nach einem Verlängerungskabel zu suchen, vielleicht aber auch in ihrem Zimmer«, antwortete Frau Licht und war dann wieder damit beschäftigt, die Zügel in die Hand zu nehmen, damit das Fest eines der schönsten werden würde, die Encinitas je gesehen hatte. »David, ich hatte dir doch gesagt, du sollst das Spanferkel über dem Feuer drehen!«

»Ich kann nicht alles gleichzeitig machen«, gab der zurück. »Max kann sich doch auch um etwas kümmern!«

Tom stiefelte eifrig in Richtung Scheune davon.

Theresa folgte Frau Licht in die Küche, wo die letzten Vorbereitungen getroffen wurden. Frau Lichts Freundin Katuso war ebenfalls anwesend und bewies ihr hausfrauliches Geschick damit, innerhalb kürzester Zeit drei große Zwiebeln in winzige Würfel zu schneiden. Bestimmt würden ihre Hände den ganzen Abend nach Zwiebeln riechen, dachte Theresa und hoffte, keine solche Arbeit aufgetragen zu bekommen. Die Luft in der Küche war dampfig heiß, weshalb Frau Licht die Ärmel hochgekrempelt hatte. Theresa fühlte sich wie ein Fremdkörper, aber die Frauen hatten sich in der Küche zu versammeln, während die Männer draußen das Spanferkel drehten, und so blieb sie. Sie bewunderte die Ausrüstung, die sich in der Küche ansammelte: die Pfannen, die an der Wand hingen, die Kartoffel- und Saftpressen, die Steingusstöpfe, die Vielzahl an verschiedensten Gewürzen, Ölen und Mehlarten sowie die darüber gereihten Kochbücher.

»Faszinierend«, staunte Theresa. »Ich wüsste mit nichts davon etwas anzufangen.«

»Da wächst man rein«, beruhigte Frau Licht sie, während sie in einem Topf rührte und gleichzeitig einen Blick in den Ofen warf, in dem ein Brot goldbraun buk.

Lizzy, die in diesem Moment einen schweren Korb mit Feuerholz hereinschleppte, fügte hinzu: »Muss man aber auch nicht.«

»Was sagst du?«, fragte Theresa.

»Ich sage, keine Frau der Welt hat die Pflicht, in die Rolle der Hausfrau hineinzuwachsen.«

»Meine Tochter schämt sich für mich, musst du wissen«, kommentierte Frau Licht. »Sie meint, ich sollte lieber mein Medizinstudium wieder aufnehmen, um danach als Ärztin zu arbeiten. Nur frage ich mich, wer dann dafür sorgt, dass mittags etwas Warmes auf dem Tisch steht oder dass eure Wäsche sauber ist?«

»Wir könnten uns eine Putzfrau leisten.«

»Ach ja? Von welchem Geld?«

Theresa war fasziniert von dem festen Gewebe dieser familiären Beziehung, von der Dynamik zwischen Mutter und Tochter, die oft vor Spannung knisterte, weil sie zu viel Zeit miteinander verbrachten. Theresa sah ihren Bruder und ihren Vater meist nur für eine Stunde zum Abendessen. Sie hatten gar keine Zeit, um zu streiten. Theresa fragte sich, welche Diskussionen sie wohl mit ihrer Mutter führen würde, wäre sie noch am Leben.

Sie trugen zahlreiche Tabletts hinaus: gefüllte Eier, Kroketten, geröstetes Brot, Kartoffelsalat, Lauchquark sowie einen großen Topf mit Kürbissuppe. Doch jedes Mal, wenn sie sich in die Küche zurückzogen, wurde die Diskussion fortgesetzt. Frau Licht hätte genug Arbeit mit dem Gemeinschaftshaus. Das wäre ja auch großartig, aber hätte sie nicht Ärztin werden wollen? Träume können sich ändern …

Doch dann schaltete Theresa sich ein: »Niemals könnte ein Hausmädchen das ersetzen, was eine Mutter leistet. Kein Brot, keine Butterwaffeln, nicht mal der Kaffee würde so gut schmecken wie von einer Mutter gemacht.«

Sowohl Frau Licht als auch Lizzy schwiegen beide leicht betreten. Aber Theresa war noch nicht fertig: »Natürlich hätte deine Mutter auch an sich selbst denken und ihr Medizinstudium beenden können, aber es war ihr wichtiger, für ihre Familie da zu sein. Du magst ihr das als Schwäche auslegen, aber indem sie sich selbst hintanstellt, beweist sie wahre Stärke. Meiner Ansicht nach gibt es nichts Heiligeres als eine Familie, aber jemand muss dafür sorgen, dass diese Familie zusammenhält, und das tut deine Mutter.«

»Danke, Theresa«, sagte Frau Licht nach einem Moment der Sprachlosigkeit. »Deine Worte berühren mich sehr.«

»Wenn ihr meint«, fauchte Lizzy und verschwand aus der Küche.

»Nimm's ihr nicht übel. Sie ist schon den ganzen Tag gereizt«, versuchte Frau Licht Theresa zu beruhigen. »Miguel hat abgesagt.«

Trotzdem befürchtete Theresa, ihre Freundin verärgert zu haben.

Sie wollte sich bei ihr entschuldigen und machte sich auf in den ersten Stock, wo Lizzys Zimmer lag. »Du dummes, dummes Ding!«, schalt sie sich selbst auf der Treppe und spürte, wie die Tränen in ihre Augen stiegen.

Lizzys Zimmer lag am Ende des Flurs, auf halbem Weg das Badezimmer, aus dem ein dünner Lichtstrahl fiel. Also wähnte sie ihre beste Freundin dort und trat ohne weiter nachzudenken ein. »Ich muss mich entschuldigen ... Ich ...«

Theresa brach ab, als sie erkannte, dass es nicht Lizzy war, die vor ihr stand. Es war Max. Sie brachte kein Wort mehr hervor. Max' Oberkörper war nackt. Sein Hemd hing auf dem Badewannenrand. Max strahlte etwas aus, an dem man sich berauschen konnte wie an Champagner.

Er war dabei, sich zu rasieren. Als er über das Spiegelbild erkannte, wer ihn aufsuchte, hielt er kurz inne und zog dann, als interessiere ihn Theresa nicht weiter, das Rasiermesser durch den weißen Schaum auf seiner Wange.

Als er die Klinge im Wasser auswusch, das er ins Waschbecken eingelassen hatte, und Theresa noch immer nichts gesagt hatte, stellte er fest, wie blass sie war. »Ist etwas vorgefallen?«, fragte er sie. Dabei sah er sie auf eine Weise an, als würde er Theresa ein Geheimnis anvertrauen: nämlich, dass er auch eine fürsorgliche Seite hatte, die er sonst gut zu verbergen wusste, die er nur ihr offenbarte, die nur sie fähig war zu erkennen.

»Ich ...«, setzte sie an, drückte die Tür hinter sich zu und lehnte sich mit dem Rücken dagegen. »Ich befürchte nur, ich bin zu nichts zu gebrauchen ...« Sie lachte bitter auf. »In der Küche war ich nur im Weg.«

»Das bildest du dir ein«, sagte Max.

Theresa hatte gehofft, dass er sie umarmen würde. Ihr Ehrgeiz war geweckt, und sie suchte nun nach anderen Wegen, seine Aufmerksamkeit auf sich zu ziehen. Die Abendsonne stand schräg, fiel durch das Fenster hindurch und reflektierte in den Pailletten ihres Kleides. Lichtpunkte tanzten wie Glühwürmchen im Raum. Theresa bewegte den Körper hin und her und bewunderte das goldsilberne Funkeln um Max.

»Du solltest dir eine Beschäftigung suchen«, sagte er auf einmal. »Ein Hobby. Oder eine Arbeit.«

»Eine Arbeit? Daddy sagt, ich werde nie arbeiten müssen. Er sagt, ich sei hübsch und würde gewiss eine gute Partie machen.« Sie sagte das mit einem gewissen Stolz, als wäre dies das Beste, was sie zu ihrem Vorteil hervorbringen könnte.

»Wenn dein Vater das sagt ...«

»Und du? Was sagst du?«

Max fuhr mit dem Rasiermesser über seine schaumbedeckte

Kehle, wusch es erneut im Wasser aus und sagte dann zu der Theresa im Spiegel: »Ich würde dir wünschen, dass du aus Liebe heiratest und nicht nur um des Geldes willen.«

»Liebe«, seufzte sie und wiederholte das Wort flüsternd noch ein paarmal, als müsse sie ausprobieren, ob es ihr stand. Ja, sie mochte es wie das Funkeln ihres Kleides. »Liebe, Liebe, Liebe ... Das wäre schön. Aber die Ehe ist nun mal eine ökonomische Angelegenheit, in diesem Punkt stimmen mein Vater und Lizzy unbeabsichtigterweise überein. Ich bin nur eine Frau und habe kein Geld, und selbst wenn, dann würde es meinem Mann gehören. Und hätten wir ein Kind, so würde auch das Kind ihm gehören. Eine Ehe muss demnach weise geschlossen werden und nicht nach einer Laune des Herzens.«

»Und sagst du auch mal, was du denkst, oder wiederholst du nur immer die Meinungen anderer?«, fragte Max und bedachte sie mit einem durchdringenden Blick.

»Ich denke ...«, begann Theresa vorsichtig. » ... wir haben einen gewissen Einfluss darauf, wen wir lieben. Die Liebe ist nichts, was einfach passiert. Oder?«

Max reagierte nicht. Hatte sie erneut etwas Dummes gesagt? Fand er sie albern? Theresa machte einen Schritt auf ihn zu, dann noch einen. Sie war hellwach, ihre Sinne geschärft. Sie nahm die Wärme seines nackten Oberkörpers wahr, den Duft seiner Haut ... Ihre Blicke hielten einander fest, als sie ihm das Rasiermesser aus der Hand nahm. Sie säuberte es im inzwischen gräulichen Wasser und zog es dann langsam und vorsichtig über seine Wange. Der Anblick, wie die scharfe Klinge über seine Haut glitt, faszinierte und erregte sie. Sanft legte sie eine Hand unter sein Kinn und drehte sein Gesicht ein wenig. Sie spürte seinen warmen Atem. Wie er sie so ansah, so verunsichert, wirkte er jünger als sonst.

Auf einmal, als wäre er über sich selbst erschrocken, riss er den Blick von ihr los, nahm das Handtuch vom Haken und wischte sich damit den restlichen Schaum aus dem Gesicht. »David hat dich sehr gern.«

»Ja …«, sagte sie. »Ich habe ihn auch sehr gern.«

Sie steigerte sich hinein. »Aber was heißt das denn? Woher weiß ich, dass es Liebe ist? Ich fühle manchmal so viel, dass ich ganz durcheinanderkomme und nicht mehr weiß, was ich überhaupt fühle.«

»Ich bin in diesen Dingen kein Experte, Theresa. Vermutlich solltest du eher mit David darüber sprechen.«

»Aber was fühlst du?«, wagte Theresa einen letzten Versuch.

Max holte Luft und sagte: »Bestimmt sind schon ein paar Gäste eingetroffen. Du solltest wieder hinabgehen …«

Sie merkte, wie nah sie ihm gekommen war, und deshalb fühlten sich seine Worte umso mehr an, als hätte er sie von sich gestoßen. War denn ein kleiner Kuss so viel verlangt?

Und weil Theresa sehr gut darin war zu tun, was man ihr sagte, ging sie hinab, doch zog sie die Tür etwas zu fest hinter sich zu, sodass sie mit einem lauten Knall ins Schloss fiel.

• • •

Max

Nachdem Theresa gegangen war, stand Max regungslos da, verwirrt, ja fast schon erschrocken über das Gefühl, das ihre Nähe in ihm ausgelöst hatte. Es war ihm, als würde sein Herz erzittern.

Schon vom ersten Tag an, als Herr Lilienthal an ihrer Haustür geklopft und sich und seine zwei Kinder vorgestellt hatte, da hatte Max nur Theresa ansehen können, die ihm mit der Schleife im Haar, der Porzellanhaut und den weißen Lackschuhen wie ein kostbares Schmuckstück in dieser einfachen, rustikalen Welt erschienen war. Und er ... er war ein Junge gewesen, der ständig schlechte Noten nach Hause brachte und der nichts weiter konnte, als Unfug auszuhecken.

David hingegen hatte sich stets vorbildlich verhalten. Er und Theresa waren wie füreinander gemacht.

• • •

Lizzy

Lizzy zuckte zusammen, als eine Tür zugeschlagen wurde. »Mist«, fluchte sie, denn sie war mit dem Kajalstift abgerutscht und hatte nun einen schiefen Strich am unteren Wimpernrand. Wunderbar! Da versuchte sie, sich einmal zu schminken, und prompt ging etwas schief.

Auch ihr war danach zumute, mit Türen zu knallen. Miguel würde nicht kommen. Er musste irgendwo bis Mitternacht aushelfen, hatte er zu ihrer Mutter gesagt. Dringend Geld für seine Familie verdienen. Das war ja verständlich, und trotzdem verdarb es Lizzy den Abend. Sie hatte die Hoffnung gehabt, dass es wie früher sein würde, wo sie auf dem Poinsettia-Fest miteinander getanzt und herumgeblödelt hatten und in den allerersten Morgenstunden zum Strand hinabgestiegen waren, um von dort die Sterne zu bewundern, die langsam verblassten. Über alles hatten sie reden können, alles ...

Lizzy befeuchtete ein Papiertuch mit etwas Rosenwasser, das Theresa ihr vor einem Jahr aus Paris mitgebracht hatte, und versuchte, den Patzer zu entfernen. Sie probierte ein Lächeln in dem kleinen runden Spiegel aus – der einzige Spiegel, den sie besaß und den sie auf einem Stapel Bücher inmitten des Wirrwarrs von Notizblättern auf ihrem Schreibtisch platziert hatte. Lizzy war unzufrieden mit sich. Würde etwas Lippenstift helfen? Rouge? Doch sie hörte schon ihre zwei Brüder scherzen: Für wen haben wir uns denn so hübsch gemacht? Für Tom? Es war nicht leicht mit zwei älteren Brüdern. Noch dazu mit Zwillingen!

Lizzy lehnte sich ihrem Spiegel entgegen und konzentrierte sich darauf, einen ordentlichen Lidstrich zu ziehen. Deshalb nahm sie nur peripher wahr, dass die Treppenstufen knarzten. Als es unerwartet an ihrer Tür klopfte, erschrak sie erneut. »Das ist doch zum Verrecken!«, fluchte sie, denn nun sah ihr Lidstrich aus, als hätte ihn ein Esel mit dem Maul gezogen.

»Na, so redet aber kein anständiges Fräulein«, lachte Tom.

Helle Röte schoss Lizzy in die Wangen, als sie über dem Spiegel sah, dass er hinter ihr stand. Sie machte ein zerknirschtes Gesicht. »Das hat mir meine Großmutter auch schon immer gesagt, aber es platzt einfach so aus mir heraus!«

Es war das erste Mal, dass Tom Lizzy in ihrem Zimmer aufsuchte. Natürlich genau dann, wenn sie Lockenwickler im Haar hatte und einen alten Morgenmantel trug! Gab es für solche Situationen eine Art Naturgesetz?

Tom schien belustigt zu sein. Er musste den Kopf etwas einziehen, als er durch den niedrigen Türrahmen trat. »Entschuldige mein unangemeldetes Eindringen. Störe ich? Ich will dich nicht stören«, sagte er und erinnerte sich daran, dass ein Gentleman den Hut abzog. In der anderen Hand hielt er einen üppigen Blumenstrauß.

»Nun ja …«, antwortete Lizzy und hatte es eilig, sich erneut dem Spiegel zuzuwenden, damit Tom ihren verkorksten Lidstrich nicht sah.

»Ich halte dich auch nicht lange auf.«

Lizzy drückte die Brust raus, streckte den Rücken durch und hielt die Beine in einem ordentlichen Neunzig-Grad-Winkel. Das hatte sie von Theresa gelernt. »Setz dich doch.« Mit einer eleganten Bewegung ihrer Hand – zumindest hoffte Lizzy, dass sie elegant wirkte – wies sie auf den Stuhl neben ihrem Schminktisch.

Tom zögerte. Immerhin trug Lizzy nur ein Unterkleid und einen Morgenmantel darüber.

Sein Anzug saß perfekt, die frisch gewichsten Schuhe und die Rolex an seinem Handgelenk glänzten im Licht der Deckenlampe. Seine Anwesenheit führte Lizzy vor Augen, wie schlicht ihr Zimmer war. An Dekoration gab es nichts bis auf ihre geliebten Sammeltassen. Ein paar reihten sich auf der Fensterbank, doch die besonders schönen Modelle bewahrte Lizzy in einem schmalen Glasschrank auf. Lizzy liebte die filigranen Verzierungen auf dem Porzellan, die Goldränder, Schnörkel, zarten Vögel und Blüten. Daneben stand das Regal mit all ihren Büchern, dann noch das Bett, darüber ein paar Zeitungsartikel über inspirierende Frauen an der Wand – das war's.

»Die ersten Gäste sind bereits gekommen«, berichtete Tom und setzte sich, um gleich wieder aufzuspringen. »Ich bin eigentlich aus einem bestimmten Grund hier.«

Lizzy spürte einen leichten Druck im Bauch. »Und weshalb?«

Sie wusste nichts mit ihren Händen anzufangen, also puderte sie sich die Nase und gab sich große Mühe dabei, so auszusehen, als hätte sie sehr viel Ahnung von dem, was sie da tat. Die Sache mit dem Lidstrich ließ sie nun lieber sein.

In einer wie perfekt choreografierten Handlungsreihenfolge zog Tom eine Schachtel aus der Innentasche seines Jacketts, ließ diese aufschnappen und präsentierte Lizzy eine Perlenkette. »Für dich.«

»Oh«, sagte Lizzy, legte eine Hand auf ihr bloßes Brustbein und erhob sich, um sich sogleich wieder zu setzen. »Ich habe doch noch gar nicht Geburtstag!«

»Es ist nur eine kleine Aufmerksamkeit zur Feier des Tages. Gefällt sie dir?«

Noch größere Perlen hatte es wohl nicht gegeben. Die Kette war protzig und überhaupt nicht nach Lizzys Geschmack. Sie lächelte ausweichend. »Das ist sehr lieb von dir. Aber mein Vater hat doch das Wunder vollbracht, nicht ich!«

Sie lachten beide unbeholfen.

»Soll ich dir helfen, sie anzulegen?«, fragte Tom.

Lizzy nickte widerstrebend. Toms Finger waren für den zarten Verschluss zu groß, deshalb brauchte er mehrere Anläufe, ehe sie sicher um Lizzys Hals lag. Tom atmete schwer aus, als hätte er zuvor die Luft angehalten. »Die Kette hebt deine Schönheit nur hervor.«

Lizzy bedankte sich erneut und fragte sich, was Miguel wohl zu dieser Kette sagen würde.

»Ein für meinen Vater wichtiger Geschäftsmann ist ebenfalls anwesend«, verkündete Tom und warf sich in die Brust. »Er hat seine Fabrik für Landwirtschaftsgeräte umstrukturiert und stellt nun Waffen her. Mein Vater denkt darüber nach, in die Waffenindustrie zu investieren. Sollte Amerika am Ende doch noch in den Krieg einsteigen, ist das gewiss ein profitables Geschäft.«

Nun, wo es um das Geschäft ging, war Tom wieder ganz in seinem Element. Mit einem Mal erschien er Lizzy zu groß für ihr kleines, schlichtes Zimmer. Sie war erleichtert, als er sagte, er würde ihr nun ihre Ruhe lassen und sich zu den anderen Gästen hinabbegeben.

Weder die flotte Musik von Geige, Fidel, Gitarre und Bass noch das wirklich unglaublich leckere Essen oder die Komplimente, die sie bekam, konnten Lizzys Stimmung heben. Gegen Mitternacht war das erste Bierfass bereits geleert. Von den Salaten, Pasteten und dem Brot waren nur noch Reste übrig. Es wurde gesungen, geklatscht, getanzt. Bloß Lizzy saß steif am Tisch und beobachtete mit vor der Brust verschränkten Armen die Tanzenden. Es war ihr, als gäbe es für sie nur noch zwei Möglichkeiten: direkt ins Bett zu gehen oder sich mit Bowle zu betrinken. Ihrem Vater zuliebe gab sie sich Mühe, hin und wieder zu lächeln und so zu tun, als hätte sie den Spaß ihres Lebens. Warum glaubten so viele Leute, Lizzys Laune würde sich bessern, wenn man »Guck nicht so finster« oder »Lach doch mal, Mädchen« zu ihr sagte?

Zu ihrem allergrößten Leidwesen saß sie auch noch neben dem alten Willy, dessen Farm gepfändet worden war und der seinen Frust in Alkohol ertränkte. »Mein Großvater ist als Erster auf dieses Land gekommen! Er musste die Indianer fortjagen und töten. Und jetzt nehmen die Schweine mir mein Land weg!«

Ob sie gern tanzen würde, fragte Tom sie.

»Ich dachte, du tanzt nicht gern«, antwortete Lizzy, während Willy ungestört weiterredete.

»Für dich würde ich eine Ausnahme machen.«

»Nein, schon in Ordnung. Gerade ist mir nicht nach Tanzen. Aber danke.«

Sie hatte das Gefühl, Tom anbieten zu müssen, sich neben sie zu setzen – immerhin hatte er ihr eine ziemlich teure Perlenkette geschenkt. Zum Glück war David aufmerksam und sensibel genug, die Situation zu erfassen. »Tom«, sagte er, »würdest du mir helfen, das zweite Bierfass zu holen?«

Just in diesem Moment, wie eine Erscheinung, schlenderte Miguel die erleuchtete Einfahrt hinauf.

»Na, sieh mal einer an, wer da auf einmal bis über beide Ohren strahlt«, neckte ihr Vater Lizzy, der gerade ihre Mutter an der Hand von der Tanzfläche zu ihren Plätzen führte. Beide waren sie leicht außer Atem.

»Sehr witzig! Sorg du lieber dafür, dass deine Rede gut wird.«

Wie von unsichtbaren Fäden bewegt, erhob sich Lizzy von der Bank, den Blick immerfort auf Miguel gerichtet, ihr Fixpunkt unter all den Tanzenden und Herumstehenden. Sie bahnte sich einen Weg zu ihm – bis sie ihm auf einmal gegenüberstand.

»Da bist du ja«, flüsterte sie. Es war herauszuhören, wie sehr sie sich freute.

Miguel zog sie in seine Arme. Wie warm, wie vertraut dieser Körper ihr war. Sie spürte Blicke in ihrem Rücken und Miguel wohl ebenfalls, denn schnell brachte er wieder etwas Distanz zwischen sie.

»Ein bisschen was vom Essen ist noch übrig«, erklärte Lizzy aufgeregt. »Hätte ich gewusst, dass du doch kommst, hätte ich dir etwas auf die Seite getan ...«

»Mach dir keine Sorgen, ich werde schon satt.«

Miguel zog sich erst einmal zu seiner Familie zurück, die recht unscheinbar am Rand des Festes mit Katuso und ihrer Familie an einem Tisch saß.

Es war Lizzy, als schlüge ihr Herz nun in einem völlig neuen Rhythmus. Fasziniert beobachtete sie von der Veranda aus die tanzenden Paare. Ihr Körper bewegte sich hin und her, denn sie mochte das Gefühl, wenn ihr Kleid um ihre Knie schwang. Nun war sie froh, dass ihre Mutter sie noch überredet hatte, ihr hübsches blau-weiß kariertes Baumwollkleid mit dem breiten Hüftgürtel zu tragen und nicht den Hosenanzug.

Nachdem Miguel gegessen hatte, war er kaum von der Tanzfläche zu bekommen, und weil er tanzte, tanzte auch Lizzy. Erst mit ihrem Vater, dann mit ihren beiden Brüdern, die jeweils einen leichten Klaps auf den Oberarm ernteten, weil sie sich beide zierten. Gerade tanzte Miguel mit Lucía Morales, einer kleinen, sehr hübschen Mexikanerin aus dem Reservat, und Lizzy spürte einen leichten Stich im Bauch, was sie darauf schob, dass sie Lucía nicht mochte, weil diese einem immer nach dem Mund redete.

Tom positionierte sich neben Lizzy. »Nun hast du ja doch getanzt.«

Lizzy zuckte mit den Schultern. »Auf einmal war mir danach.«

Tom trank den Rest seiner Fruchtbowle. »Hast du meine Schwester gesehen? Ich kann sie nirgends finden.«

»Beim Essen war sie doch noch da.«

»Vermutlich hilft sie den Frauen beim Abwasch«, meinte Tom, und Lizzy stimmte ihm zu, obwohl sie das bezweifelte.

David gesellte sich zu ihnen, und Tom bot sich an, ihnen frische Getränke zu holen. »Mein Vater und ich hatten zwei Flaschen Champagner mitgebracht. Jetzt ist ein guter Zeitpunkt, eine davon zu öffnen.«

David blickte Tom nach, bis dieser in der Ranch verschwunden war, und nickte dann zu Miguel, der inzwischen schon das zweite Lied mit Lucía tanzte. »Er hat sich verändert, nicht wahr?«, sagte David zu Lizzy und sah sie fragend an.

»Wer?«, hauchte Lizzy.

»Miguel.«

Lizzy spürte, dass David sie genau betrachtete, als würde er versuchen, jede kleinste Regung ihres Gesichts zu lesen. Darin war er sehr gut, und Lizzy gab sich Mühe, ein möglichst neutrales Gesicht zu machen. »Es hat mir sehr wehgetan, dich die letzten zwei Jahre so leiden zu sehen.«

»Ich habe nicht gelitten, ich war nur ... Ich habe es nicht verstanden.«

»Ach, Lizzy, du bist zu schlau, um dir etwas vorzumachen. Dein Herz war gebrochen.«

Lizzy hielt sich an den Oberarmen fest, als würde ihre sonst so harte Rüstung auseinanderfallen.

»Darf ich noch eine Weisheit von mir geben, die du vermutlich nicht hören willst?«, fragte David.

»Nein.«

»Ich mache es aber trotzdem. Ich glaube, es war gut für euch beide, dass Miguel fortgegangen ist. Du hast selbst immer gesagt, er sei dein dritter Bruder. Aber ich glaube, dass da mehr zwischen euch war, auch wenn ihr es beide nicht wahrhaben wolltet. Indem Miguel gegangen ist, konntet ihr etwas Distanz zueinander gewinnen – und manchmal braucht man Distanz, um einander zu vermissen und dadurch zu begreifen, wie gern man sich hat. Oder um einander mit neuen Augen zu sehen.«

Zwei Atemzüge lang schaffte Lizzy es noch, stark zu bleiben. Dann fiel ihre Beherrschung in sich zusammen wie ein Kartenhaus, und sie legte den Kopf an Davids Schulter. »Warum musst du nur so aufmerksam sein?«, murmelte sie in sein Hemd hinein.

»Ich bin dein Bruder, ich sorge mich um dich«, sagte er, küsste sie auf ihr Haar und ließ sie dann allein.

Lizzys Blick folgte David, der in dem bunten Wirrwarr all der Gäste verschwand, blieb kurz an Max hängen, der widerwillig von Esperanza auf die Tanzfläche gezogen wurde, und fand dann wieder zu Miguel, der zu einem frisch begonnenen Lied in die Hände klatschte, lachte und so viel Lebensfreude versprühte, dass Lizzy sich ein Herz fasste. Sie ging auf ihn zu.

»Willst du mit mir tanzen?«, fragte sie Miguel just in dem Moment, in dem Tom mit der versprochenen Flasche Champagner zurückkam.

»Ich weiß nicht, ob das eine gute Idee ist. Die Leute ...«

»Ist doch egal, was die Leute reden. Also? Oder hast du Angst, dich vor mir zu blamieren?«

»Nicht frech werden, Señorita.«

Miguel legte seine Hand auf ihren Rücken. Ihm so nah zu sein brachte Lizzy durcheinander. Warum nur? Wie oft waren sie als Kinder nebeneinander im hohen Gras gelegen, Arm an Arm. Wie oft hatte Miguel sie warm gehalten, wenn er ihr abends am Strand Sternbilder erklärt hatte? Sein Körper war ihr vertraut, als gehöre er fest zu ihr, und gleichzeitig fühlte er sich fremd an. Aufregend fremd.

Um sie zu necken, drehte Miguel sie wieder und wieder und wieder, bis ihr schwindelig wurde und sie in seine Arme taumelte. Sie lachte laut. Wollte mehr davon. Vergessen waren all die Leute um sie herum, die sich vermutlich das Maul zerrissen, weil Lizzy einem Mann aus dem Reservat so nah war. Die Hitze, die von Miguels Körper ausging, übertrug sich auf sie. Sie ließ sich in seine Arme zurückfallen. Miguel hielt sie, zog sie wieder an sich, und ihre Lippen waren sich auf einmal so nah, dass sie eine Ahnung davon bekam, wie er schmeckte. Ihr Körper war wie aus Wachs, und Miguel formte sie. Lizzy fühlte sich weiblich und begehrenswert, wie losgelöst von dieser Welt, als würde sie schweben.

Das Lied endete, sie hörte ihn atmen, hörte sich atmen, spürte seinen Herzschlag, ihren Herzschlag, seine Hitze, ihre Hitze. Widerstrebend lösten sich ihre Körper voneinander. Ihre Knie waren ganz weich. Wie sollte sie das Gefühl, das Miguel in ihr ausgelöst hatte, je vergessen?

»Miguel! Déjala!« Seine Großmutter stemmte sich mithilfe ihres Gehstocks auf die Beine. Ein spanischer Wortschwall rauschte wie ein gewaltiger Wasserfall aus ihrem Mund. Irgendetwas mit Hoffnung und Arbeit und arm – mehr gab Lizzys mickriges Spanisch, das Miguel ihr einst als Junge beigebracht hatte, nicht her. Miguels Mutter eilte herbei, um zu schlichten und beruhigend auf die Großmutter einzureden.

»Was sagt sie?«, wollte Lizzy wissen.

Miguels Hand legte sich um Lizzys Unterarm, sein Griff wurde fest, und ein Hauch von ›Lass uns von hier verschwinden‹ lag in der Luft. Es war faszinierend, welche Kraft von seinem Blick ausging, mit dem er seiner Großmutter standhielt.

»Sag schon, Miguel!«, drängte Lizzy ihn.

Widerstrebend ließ Miguel von Lizzy ab. »Nicht so wichtig.«

Er ließ sie stehen, bahnte sich einen Weg durch die Tanzenden hindurch. Mit seinen langen Beinen war er viel schneller als Lizzy. Charlie von der Baumwollfarm sprang angeheitert in ihren Weg, wollte mit ihr tanzen, doch sie entwand sich seinen Händen. Kurz glaubte sie, Miguel verloren zu haben, da entdeckte sie seine dunkle Silhouette am Ende des Lichtkegels, den die Fackeln den Feldweg hinabwarfen.

Zwei Jahre lang war Miguel verschwunden gewesen. Lizzy würde sicher nicht zulassen, dass er ihr erneut wehtat. Sie rannte Miguel nach, stellte sich ihm in den Weg und funkelte ihn zornig an. »Sprich mit mir!«

Miguel schien einen inneren Kampf zu führen. Schließlich sagte er: »Großmutter meint, dass du zu gut für mich bist.«

»Was?! So ein Unsinn!«

Miguel wich ihrem Blick aus. »Sie hat recht. Ich muss dankbar dafür sein, bei deinem Vater eine Anstellung zu haben. Ich lebe im Reservat und …«

»Du weißt, wie wichtig du mir bist!«, fiel Lizzy ihm ins Wort. »Das weißt du doch, oder?!«

Miguel nickte schwach. Wie um sie zu trösten, strich er Lizzy eine Haarsträhne hinters Ohr. Er wollte auch etwas sagen, doch da knirschte hinter ihr der Boden.

»Gibt's Probleme?«, fragte Tom, der sich ihnen unbemerkt genähert hatte.

Lizzys Lächeln war falsch, aber es sollte Tom beruhigen. »Es ist alles gut, Tom. Danke. Geh wieder zum Fest zurück.«

Als sie sich wieder umwandte, war Miguel in der Nacht verschwunden. Nur noch seine Schritte waren zu hören.

Sie drehte sich zurück zu Tom. Er wich ihrem Blick aus und betrachtete die Flasche Champagner in seiner Hand, als sähe er sie zum ersten Mal. »Ich befürchte, der ist inzwischen warm.«

»Das tut mir leid. Wir stellen ihn einfach wieder in den Eisschrank und dann …«

»Lizzy«, fiel Tom ihr ins Wort. »Ich kann nicht zulassen, dass der Mexikaner dich unglücklich macht.«

»Er macht mich nicht unglücklich. Wir hatten nur eine kleine Meinungsverschiedenheit. Das kommt vor unter Freunden.«

»Mag sein«, sagte Tom. »Dennoch sollte er vorsichtig sein. Du weißt ja, die Leute sind immer nervös, wenn's um Ausländer geht. Ein falsches Wort, eine falsche Geste, und er sitzt schneller im Bus nach Mexiko, als ihm lieb ist. Oder gar im Gefängnis. Ich sage das nur, weil ich es gut mit ihm meine.«

Lizzy lag in diesem Moment einiges auf der Zunge: Dass Tom schon genauso daherredete wie die ganzen starrköpfigen Idioten, die nicht über den Tellerrand blickten und die sie so satthatte. Dass er nur eifersüchtig war und wie weh es ihr tat, dass alle in Miguel immer nur den Ausländer sahen, wo er doch in Kalifornien geboren war … Im selben Augenblick hörte sie, wie die Musik verstummte. Die Rede ihres Vaters begann.

»Liebe Freunde!«, setzte Philipp an. »Es verlangt einem viel Kraft ab, etwas ein ums andere Mal zu versuchen, zu scheitern, nicht aufzugeben und es erneut zu versuchen. Doch nun ist uns endlich etwas gelungen, was ich schon fast für unmöglich gehalten habe: Im kommenden Jahr wird die Poinsettia die Weihnachtszeit nicht nur verschönern, sondern auch als Topfpflanze bis nach Neujahr nichts an ihrer Schönheit einbüßen! Es erscheint mir, als hätte ich ein Wildpferd gebändigt. Aber wenn ich es recht bedenke, dann ist mir etwas Ähnliches schon einmal gelungen.« Er prostete seiner Frau zu, woraufhin die Gäste lachten.

»Ohne die Hilfe meines Sohnes David wäre mir dieses Wunder niemals gelungen«, fuhr er fort.

Lizzy suchte ihren Bruder unter all den Leuten und fand ihn vor der Ranch. Ihm war anzusehen, wie unbehaglich er sich dabei fühlte, ins Rampenlicht gestellt zu werden. Er hielt sich mit einer Hand am Oberarm fest, sein Lächeln wirkte unecht und steif.

»Ich bin ihm unendlich dankbar für seine Unterstützung, bin beeindruckt von seinem Wissen über Pflanzen und stolz, ihm irgendwann das Unternehmen zu übergeben. Trinken wir auf meinen Sohn und auf eine glänzende Zukunft!«

Gläser wurden erhoben, Applaus setzte ein, die Musik spielte auf. Max zog aus seiner Hemdtasche ein Päckchen Tabak und drehte sich eine Zigarette. David war verschwunden.

• • •

David

David konnte Menschenmengen nicht wirklich gut leiden. Er fühlte sich in ihnen einsam. Keiner der anwesenden Gäste hörte ihm richtig zu. Sie sagten Dinge wie: »Dein Vater freut sich bestimmt, dass du in seine Fußstapfen treten willst«, oder: »So ein schneidiger Kerl wie du hat doch bestimmt eine Freundin.« David lächelte jedes Mal freundlich und verteilte vorgefertigte Antworten wie »Bis dahin haben wir sicher noch einige Ernten hinter uns gebracht« oder »Ich will mich noch nicht festlegen«.

Er hatte das Gefühl, ein Schauspieler zu sein. Er schlüpfte in die Rolle des artigen, klugen Sohnes, ganz der Vater. So viele Leute klopften ihm auf die Schulter, und jedes Mal wurde er ein bisschen kleiner. Jedes ›Bist ein guter Junge‹ zog die Schlinge um seinen Hals fester.

Er sollte dankbar sein. Er liebte die Ranch und die Arbeit mit den Pflanzen. Was also war sein Problem?

Unter einem umgedrehten Blumenkübel hatte David Zigaretten und ein Feuerzeug versteckt. Er zog sich an seinen geheimen Ort zurück – das war die Heukammer unter dem Scheunendach, zu der eine Holzleiter hinaufführte. Dort war ein kleines Fenster, von dem aus man das Meer überblicken konnte. Himmel und Meer gingen ineinander über, ein einheitliches Schwarz, in dessen Mitte ein einsames Licht auszumachen war. Welchen Hafen das Schiff wohl ansteuerte? David fischte eine Zigarette aus der Packung, zündete sie an und nahm einen tiefen Zug.

Die Leiter knarzte, man hatte ihn gefunden. Hastig drückte er die Zigarette aus und wollte die Packung verstecken. Dabei stieß er ungeschickt gegen einen Blumenkübel, der vom Fensterrahmen flog und draußen auf dem Boden zerbrach. »Mist«, flüsterte er.

»Wusste ich doch, dass du dich hierhin zurückgezogen hast.« Seine Mutter erklomm die letzte Sprosse und trat zu ihm ans Fenster. »Schöner Platz hier oben.«

David schwieg.

»Ich wusste nicht, dass du rauchst«, sagte Feli. Es klang nicht anklagend, eher überrascht.

Und trotzdem rechtfertigte David sich, als hätte seine Mutter ihm mit einem Monat Abwaschdienst gedroht. »Eigentlich rauche ich nicht. Nur hin und wieder. Ehrlich.«

»Nur Zigaretten, klar?« Sie versuchte, streng zu klingen. »Fang nicht mit anderem Mist an.«

Als ob er jemals zu diesen draufgängerischen Typen gehören würde, die am Wochenende gemeinsam nach Los Angeles fuhren, um dort zu feiern, als gäbe es kein Morgen mehr! Er biss die Zähne zusammen. »Versprochen.«

»Das war's?« Feli verschränkte die Arme vor der Brust und sah ihn herausfordernd an.

»Tut mir leid. Ich weiß, Vater hält nichts vom Rauchen ... Bitte sag ihm nichts ... «

»Das meine ich nicht! Völlig kampflos gibst du klein bei, obwohl du nur eine einzige Zigarette geraucht hast und dein Bruder im selben Moment wahrscheinlich demonstrativ vor eurem Vater eine ganze Schachtel qualmt!«

David begriff nicht, was sie von ihm wollte. »Ähm ...«

Seine Mutter fuhr fort. »Du bist so lieb und brav, David, und hast absolut nichts zu verbergen. Aber um wenigstens das Gefühl zu haben, auch du würdest was Verbotenes tun, versteckst du dich, um zu rauchen.«

David schob die Hände in die Taschen seiner Jeans. »Ich verstecke mich nicht, ich ziehe mich nur zurück.«

Seine Mutter seufzte geduldig, stützte sich am breiten Fensterrahmen ab und lehnte sich mit dem Rücken gegen das Holz. »Gib mir mal einen Zug.«

Unsicher, ob hier irgendwo eine Falle lauerte, ließ David eine neue Zigarette aus der Packung gleiten, entfachte ein Streichholz und hielt es an die Zigarettenspitze. Feli nahm den ersten Zug, hustete und schüttelte den Kopf. »Ich habe nie verstanden, was die Leute daran finden.«

Sie gab David die Zigarette zurück und sah dann zum vollen Mond auf, als würde sich in dem silbernen Kreis ein Film abspielen, den nur sie sehen konnte. »Mein Vater hat gern geraucht und so wie du dabei die Ruhe der Nacht genossen. Du erinnerst mich manchmal an ihn. An seinen sensiblen, zurückhaltenden Charakter.«

»Es ist schade, dass er und Großmutter so früh verstorben sind und wir nicht mehr von ihnen gehabt haben.«

»Ja, das ist es. Was ich am meisten an meinem Vater mochte, war, dass er immer die richtigen Worte gefunden hat. Ich wünschte, ich hätte dasselbe Talent.«

»Versuch es doch einfach«, sagte David.

»Du nimmst so pflichtschuldig deinen Platz auf der Ranch ein, aber manchmal frage ich mich, ob du das überhaupt möchtest. Wenn nicht, dann würden wir das verstehen. Als Philipp in deinem Alter war, hätte er die Molkerei seines Vaters übernehmen sollen, aber er hat sich dafür entschieden, für seinen Traum, Blumen zu züchten, zu kämpfen.«

»Ich befürchte, ich weiß gar nicht, was ich will ...«

Feli strich ihm über den Kopf und ließ ihre Hand auf seiner Wange ruhen. »Du bist jung und hast noch die Chance, dich auszuprobieren und herauszufinden, was du dir für dein Leben wünschst. Nutze diese Zeit, denn irgendwann ist sie vergangen, und du blickst zurück und wunderst dich, wie du all diese Abenteuer verpassen konntest. Heimlich auf dem Scheunendach zu rauchen genügt nicht, um sich selbst auszutesten, David. Sammle Erfahrungen! Geh auf Reisen, oder schlag dir wie die anderen Jungs die Nächte um die Ohren, trink zu viel und verführe Mädchen! Ich will nicht, dass du später mal von all diesen Dingen träumst und dir wünschst, du hättest es damals doch nur gewagt.«

Seine Ohren waren heiß geworden. »Das ist nicht so einfach«, murmelte er.

»Doch, ist es. Sieh dir deinen Bruder an.«

»Max ist ein Draufgänger.«

»Na und? Max macht das, wonach ihm ist!« Seine Mutter beobachtete ihn aufmerksam. »Oder gibt es ein ganz spezielles Mädchen, das dir gefällt?«

»Ja, vielleicht …« Jetzt glühte Davids ganzes Gesicht.

»Dann sag es ihr! Was hast du zu verlieren?«

Mein Leben, dachte David. Theresa still und leise anzuhimmeln war noch viel schöner, als ein Kunstwerk zu betrachten. Wenn er ihr seine Gefühle gestand und sie ihn daraufhin mied, was hätte er dann noch? Lieber also den Rest seines Lebens schweigen, dafür aber die Möglichkeit haben, sie auf ewig zu bewundern.

»Glaub mir, die Zeit vergeht erschreckend schnell, und das Leben nimmt die überraschendsten Wendungen. Und auf einmal bist du vierzig Jahre alt und blickst auf einen Körper herab, der für alles bereit gewesen wäre, es aber nicht mehr ist. Du bist nur einmal jung.«

David verzog das Gesicht und sah zum Mond hinauf.

»Das ist die Wahrheit, David, auch wenn sie hart klingt. In dir steckt ein Künstler. Und ein Künstler ist die Summe seiner Erfahrungen. Mach welche!«

David lächelte schüchtern und drückte die Zigarette auf dem Fensterbrett aus. Sie kletterten die Leiter hinab und traten draußen in den Lichtkegel, der von der Feier herüberfiel. David sah Theresa allein auf der Veranda stehen. Sie blickte auf das fröhliche Beisammensein wie auf ein zauberhaftes Feuerwerk. David ging auf sie zu, und als er neben ihr stehen blieb, geschah etwas, das er nicht für möglich gehalten hätte: Ihr Gesicht erhellte sich noch mehr.

»Ist diese Nacht nicht wunderschön?«, sagte Theresa mit einer Stimme, die wie hörbar gemachtes Mondlicht klang. Sie war nicht von dieser Welt.

»Das ist sie«, antwortete er und legte wie sie beide Hände auf das Geländer.

»Dein Vater hat in seiner Rede gesagt, dass es auch dir zu verdanken sei, dass die Weihnachtssterne nun in Töpfen wachsen. Wie wundervoll das ist! Bestimmt bist du sehr stolz.«

»Er hat übertrieben.«

»Das glaube ich nicht. Du bist so klug und tüchtig.«

Theresas Kompliment brachte David in Verlegenheit.

»Zeigst du mir deine Werkstatt?«, sagte Theresa plötzlich, und ihre Augen waren groß und glänzend wie die eines Kindes an Weihnachten.

»Es gibt dort nichts zu sehen bis auf Töpfe, Erde und ein paar Pflanzen. Du würdest dich langweilen ...«

»Gewiss nicht! Oh bitte, David!«, bettelte sie und legte ihre Hand auf seinen Unterarm. Als sie sich ihm zuwandte, schienen die Pailletten ihres Kleides zu vibrieren. Wie konnte David bei ihrem Anblick Nein sagen?

Er führte sie zur Scheune, schob den Riegel beiseite und öffnete das Tor. Im Inneren entfachte er das Licht einer Gaslampe, und Theresa trat näher an ihn heran. David dachte noch daran, dass er das Tor besser schließen sollte, doch da hatte sie ihn schon an der Hand genommen und zog ihn tiefer in die Werkstatt hinein. Es war so, wie er gesagt hatte: Außer Säcken mit Erde, Töpfen, Dünger, Schubkarren und Schaufeln gab es nichts zu sehen, und trotzdem war Theresa fasziniert und schaffte es, dass Davids Brust vor Stolz anschwoll.

»Dir ist etwas gelungen, das viele Leute sehr glücklich machen wird!«, schwärmte Theresa. »Endlich halten die Weihnachtssterne nicht nur ein paar Tage, sondern bis Silvester und noch länger! Das ist wundervoll!«

Ihr Gesicht, das wie Gold und Elfenbein im Licht der Lampe funkelte, barg eine Verheißung: Es versprach Hingabe, reine, pure, bedingungslose Hingabe, wie David sie nur aus der Musik kannte.

»Du wirkst so ruhig und ausgeglichen wie ein Fels in der Brandung«, sagte Theresa. »Als könnte das Leben noch so meterhohe Wellen gegen dich werfen – du bleibst bestehen.«

Das wirke nur so, sagte David.

»Nein, an dir kann man sich festhalten, wenn man in Seenot geraten ist. Manchmal macht mir das Leben Angst. Manchmal habe ich das Gefühl, einfach nur zu treiben, ganz und gar sinnlos ... Tut mir leid, ich rede Unsinn ...«

»Nein, ich denke, ich verstehe dich gut.«

Da huschte ein kleines Lächeln über ihre Lippen. »Du verstehst so viel. Du verstehst alles.«

Eine Wolke am Himmel öffnete sich wie ein Vorhang, und der Mond schickte sein zauberhaftes Silberlicht durch das Fenster hinein und übergoss Theresa. David streckte eine Hand aus, und erst als sie auf Theresas Wange lag, begriff er, was er da gerade getan hatte.

Auf einmal kam sie auf ihn zu und küsste ihn. Es war nur eine kurze Berührung ihrer Lippen. Ein flüchtiges Testen.

Sie sah ihn fragend an. David wusste überhaupt nichts mehr. Er wusste nicht, wie er zu dem Kuss stand. Wusste nicht, wie er sich verhalten sollte. Wusste nicht mehr, wie er in diese Situation geraten war oder wie sein Name lautete.

Theresa küsste ihn erneut. Diesmal ließ sie sich mehr Zeit, und er dachte, dass sie sich wohl selbst überrascht hatte.

Sie wich zurück. »Hab ich das gut gemacht?«

»Ich denke schon.«

»Das ist nämlich mein erster Kuss.«

Das rührte David sehr, und er streichelte ihr liebliches Gesicht. »Dann soll er etwas ganz Besonderes sein.« Zärtlich liebkoste er mit seinen Lippen die ihren. Nach einer Weile wagte er sich weiter vor und öffnete sie mit seiner Zunge. Da ging ein

Ruck durch Theresa, und sie schmolz in seinen Armen. David hielt sie noch fester, und sie seufzte unter seinem Kuss. Ihre völlige Hingabe erregte ihn, und ein ganz neues, erhebendes Gefühl durchströmte David, das mit dem Gefühl von Macht verwandt sein musste. Er erschrak und trat einen Schritt zurück.

»Das war sehr schön«, hauchte Theresa mit noch immer geschlossenen Augen und leicht gespitzten Lippen, als würde sie auf eine Wiederholung hoffen.

»Theresa! Was tust du da! Wir suchen dich schon überall!« Die Stimme gehörte zu Tom, der sich breitbeinig im Eingang der Scheune positioniert hatte, die Arme in die Hüfte gestemmt.

»Tom! Ich ... ich komme gleich«, erwiderte Theresa.

Tom rührte sich nicht vom Fleck.

»Noch eine Sekunde! Bitte!«, flehte sie.

Da ging Tom, jedoch nicht, ohne David mit einem letzten langen Blick zu quälen.

Das erhebende Gefühl, das David gerade noch verspürt hatte, wich einem neuen Gefühl: dem, sein eigenes Schicksal besiegelt zu haben.

11

2006

Stella

Adam ging nicht an sein Handy. Zweimal hatte Stella es schon probiert. Aber waren nicht bekanntlich aller guten Dinge drei? Stella drückte auf Wahlwiederholung. Es klingelte ein paarmal, dann setzte *Telephone Line* vom Electric Light Orchestra ein:

Okay, so no one's answering
Well, can't you just let it ring a little longer
Longer, longer oh, I'll just sit tight
Through shadows of the night
Let it ring forever more, oh ...

Gleich würde Adams melodische Stimme sagen: »Da hört ihr's!« – wie auch schon die beiden Male zuvor. Fehlanzeige. Diesmal wurde abgenommen. Aber es war nicht Adam.

»Hey, hier spricht Amber!«, zwitscherte Amber wie ein Vogel an einem sonnigen Frühlingsmorgen.

»Hey. Und hier spricht Stella«, äffte Stella ihren süßlichen Tonfall nach. Sie lag auf ihrem Bett und rollte das Telefonkabel um ihren Zeigefinger. »Kann ich meinen Freund sprechen?«

»Oh«, sagte Amber. »Adam fährt gerade Auto.«

»Amber, lass den Mist! Gib mir mein Handy!«, war Adams

Stimme zu hören. Es folgte ein Rascheln. »Hey, Stella …« Ihm war sein schlechtes Gewissen anzuhören.

»Hey, Adam.«

»Das ist jetzt ziemlich doof gelaufen. Bitte sei nicht böse auf mich.«

»Hättest du mir davon erzählt, dann würde ich es jetzt vielleicht nicht so seltsam finden, dass du mit deiner Ex-Freundin für ein paar Tage nach Mexiko fährst.« Stella versuchte, ruhig und vernünftig zu sein. Aber das war verdammt schwer. Sie war ein gebranntes Kind. »Was läuft da für ein Lied im Hintergrund? Ist das *Here Comes The Sun*? Das ist unser Lied, Adam!«

Schon war die Musik aus. »Hör mal, ich wollte es dir wirklich sagen, aber du hast so viel um die Ohren, und ich wollte dich nicht zusätzlich belasten …«

»Dieses ›Ich wollte es dir wirklich sagen‹ kenne ich schon von Andreas.«

»Vergleich mich bitte nicht mit dem Typ!«

Jetzt wurde Stella wirklich wütend. »Und weißt du, was ich noch von meinem Ex-Freund kenne? Dass er einfach nicht von seiner Frau losgekommen ist, obwohl er immer wieder gesagt hat, er würde sich von ihr trennen.«

»Das hier ist wirklich anders. Amber ist nun mal die Spendenbeauftragte …«

»Ich hab verdammt noch mal keine Ahnung, was eine Spendenbeauftragte macht! Und es ist mir auch egal!«

Stella legte auf.

Um sich abzulenken, hielt sie den Fotokalender über sich, den Lizzy ihr geschenkt hatte. Theresa hatte angedeutet, dass Lizzy in ihren besten Freund Miguel verliebt gewesen war. Hatte man ihn von dem Foto abgetrennt? Aber weshalb? Stella blätterte weiter zum März, zu ihrem Lieblingsfoto: Es zeigte ihre Mutter. Stella fuhr mit dem Finger über ihre wilden Locken, über ihr Julia-Roberts-Lächeln und die lebensfroh funkelnden Augen. Warum hatte Stella nicht mehr von ihrer Stärke? Und wenn sie schon dabei war, auch etwas von ihrer Ausstrahlung? Und ihrer Schönheit?

Es klopfte. »Herein«, seufzte sie.

»Störe ich? Im Fernsehen läuft *Harry & Sally*, und ich habe Nachos mit Käse-Dip gekauft. Deine Mutter war süchtig nach dem Zeug ... Möchtest du mir vielleicht Gesellschaft leisten?«, fragte Max.

Stella wusste nicht, was sie dazu sagen sollte.

»Ich weiß nicht, was Lizzy über mich erzählt hat ...«, fuhr Max fort.

»Gar nichts. Diese Familie erzählt nie etwas. Alle haben ihre Geheimnisse.« Sie rollte sich auf den Bauch.

»Das kann ich leider nur bestätigen.«

Sie schwiegen beide.

»Der Tod deiner Mutter hat mich tief getroffen«, sagte Max auf einmal. »Mein herzliches Beileid.«

»Danke.« Immerhin legte er nun so etwas wie Anstand an den Tag.

»Ich vermute mal, dass meine Geschwister dir erzählt haben, ich sei der böse Bruder, nicht wahr?«

Stella versuchte, mit den Schultern zu zucken, was nur mäßig funktionierte, wenn man sich mit den Unterarmen auf dem Bett aufstützte.

»Trotzdem hoffe ich, dass du mir die Chance gibst, dir auch meine Sicht der Dinge zu schildern«, sagte er. »Deine Mutter stand auf meiner Seite.«

»Ist das die Wahrheit, oder denkst du dir das gerade aus?«

»Es ist die Wahrheit. Immerhin haben wir lange zusammen in dieser Villa gelebt.«

Das hörte Stella zum ersten Mal. »Du könntest alles behaupten …«, sagte sie zögerlich.

»Deine Mutter brauchte Hilfe. Sie hatte kein Geld und war völlig durcheinander. Ich habe mich ihrer angenommen.«

Stella zögerte. Blickte auf das Foto hinab. In den Augen ihrer Mutter fand Stella die Kraft, die Frage zu stellen, die ihr auf der Seele lag: »Kanntest du … kanntest du dann vielleicht auch meinen Vater?«

Max sah sie lange an. Sein Gesicht war nicht zu lesen. Dieser Mann wusste, was ein Pokerface war. »Ja«, sagte er schließlich. »Kannte ich.«

12

1963

Inge

Es war einer dieser Tage: Die Luft über dem Asphalt flirrte vor Hitze. Die Papiertüte inmitten des so gut wie leeren Parkplatzes vor dem Ollywood richtete sich sehnsüchtig auf, wann immer ein kleines Lüftchen sie streifte. Ein Schweißtropfen lief Inges Hals hinab und verschwand in ihrem Dekolleté. Die Klebeschrift an den Schaufenstern – »Die heißesten Fritten in ganz Los Angeles!« – wellte sich an den Rändern.

Das Ollywood lag an der San Tomas Avenue, wo die heruntergekommenen Häuserfassaden dringend einen frischen Anstrich hätten gebrauchen können. Trotzdem war es kein schlechtes Viertel, vor allem an Tagen wie heute, wo das Auf und Ab kleiner, steiler Hügel in einem samtigen Dunst lag. Außerdem mochte Inge die Leute hier: die Mexikaner, die das Viertel mit ihrer lauten spanischen Musik mit Leben erfüllten.

Olly war der Besitzer des Ollywood. Er war recht attraktiv, wenn man sich zu kleinen Männern hingezogen fühlte, die einem Komplimente aus dem Lehrbuch machten und charakterstarke Nasen hatten. Einmal hatte er Inge gefragt, ob sie mit ihm ausgehen wolle, aber sie hatte mit ausweichender Begeisterung reagiert. Nun hatte Olly was mit Inges Kollegin Penny am Laufen, und das schon seit ein paar Wochen.

Penny summte leise zu *Can't buy me love* von den Beatles mit, das im Radio lief, während sie ihre langen Fingernägel feilte. Hin und wieder blätterte sie in ihrer *Cosmopolitan*. Bis auf einen Gast war das Fast-Food-Restaurant leer. Die Nachmittagsträgheit hatte sich über den Laden gelegt, was teils an der Hitze lag, teils am einschläfernden Surren des Ventilators, am leisen Schaben der Nagelfeile, am schweren Duft nach frittierten Pommes und gebratenem Burgerfleisch, der aus der Küche drang …

»Ich beneide dich um dein Selbstbewusstsein«, sagte Penny zu Inge. Sie sagte oft so etwas. »Ich beneide dich um deine wilden Locken«, sagte sie und ließ sich am nächsten Tag beim Friseur eine Dauerwelle machen. »Ich beneide dich um deine schlanke Taille«, und am nächsten Tag war sie auf Diät. »Ich wäre auch gern so selbstbewusst«, fuhr sie fort. »Da stehen die Männer drauf. Hast du eigentlich den Typen von letzter Woche wiedergesehen? Eric?«

Inge, die gerade dabei war, die Serviettenspender aufzufüllen, setzte einen Blick auf, als könnte sie sich schon gar nicht mehr richtig an den armen Kerl erinnern. »Ach, der … Ich hatte ihm von vornherein gesagt, dass ich nichts Festes will.«

Die Sache war die: Eric existierte nicht. Inge hatte ihn erfunden. Die Wahrheit war nämlich, dass Inge mit ihren siebzehn Jahren noch Jungfrau war. Das jedoch ahnte niemand, denn offiziell verkörperte Inge das Bild einer jugendlichen Femme fatale. Ihre wilden rotbraunen Locken, ihr großer, schlanker und doch weiblicher Körper und ihr breites, lautes, ansteckendes Lachen täuschten. Mit fünfzehn hatte sie das erste Mal vor ihren Freundinnen behauptet, einen Freund zu haben. Mit sechzehn folgte die Lüge, keine Jungfrau mehr zu sein. Einfach nur, um dazuzugehören. Irgendwann hatten sich ihre Geschichten verselbstständigt. Es war hinzugedichtet und übertrieben worden, aber das störte Inge nicht. Ihre vorgetäuschte Erfahrung machte sie begehrenswert. Einige der jungen Kerle kamen nur hierher, um ein Date mit ihr zu erbetteln. Inge ließ sie allesamt abblitzen. Und das wiederum macht sie noch begehrenswerter. Sie flirtete gern, aber nur so lange, bis sie die gewünschte Bestätigung bekommen hatte.

Ihre Mutter wollte nicht, dass Inge in einem Lokal wie diesem arbeitete. Aber hier bekam Inge gutes Trinkgeld und ihr Gehalt jeden Abend bar ausgezahlt. Ihre Mutter konnte auch nicht nachvollziehen, warum Inge sich in der Schule nicht mehr anstrengte. Oder warum sie in keinem einzigen Verein war. »Vielleicht bin ich's ja«, entgegnete Inge dann trotzig. »Und du bekommst es nur nicht mit, weil du so gut wie nie zu Hause bist, sondern immer nur arbeitest.«

Inge mochte das Gefühl, unabhängig zu sein. Und würde sie im Geschäft ihres Vaters arbeiten, würde der ihr ohnehin nur den ganzen Tag vorhalten, was sie alles falsch machte. Mal abgesehen davon, dass landwirtschaftliche Gerätschaften Inge kein bisschen interessierten. Ihre Mutter weinte oft wegen ihm, glaubte aber, dass Inge es nicht mitbekam. Es war nicht so, dass ihre Eltern viel stritten, diese Zeiten waren vorbei. Sie nahmen sich einfach nicht mehr wahr; waren wie zwei Planeten, die einander umkreisten, sich jedoch nie berührten. Ihr Vater begann noch vor Sonnenaufgang zu arbeiten und war zum Abendessen zu Hause. Ihre Mutter war Langschläferin und kam meist erst von der Arbeit, wenn ihr Mann und Inge bereits im Bett waren.

Penny war inzwischen dazu übergegangen, ihre Nägel pink zu lackieren. »Du bist so tough«, seufzte sie und blätterte umständlich aufgrund des noch feuchten Nagellacks die Seite in ihrer Zeitschrift um. »Ich hätte so gern einen festen Freund. Am liebsten einen wie den hier ...« Sie deutete auf das Foto eines Schauspielers. »Gott, ist der eine Sahneschnitte!«

Inge sah nur flüchtig hin, und das, was sie sah, war wie ein schlechter Witz: Über zwei Seiten war ein Kerl auf einem Motorrad abgebildet, nur in Achselshirt und zerschlissenen Jeans. »So jemand existiert nicht«, holte sie ihre Freundin auf den Boden der Tatsachen zurück.

Das Schnurren eines Motorrads ließ Inge von ihrer Arbeit aufsehen. Eine Harley-Davidson war vorgefahren.

»Wer weiß, vielleicht ja doch?«, meinte Penny und grinste.

Der Harley-Fahrer zog den Helm ab und sah sich auf dem Parkplatz um. Inge nahm zunächst an, die Stickerei auf dem Rücken seiner Jeansjacke würde eine Schlange zeigen, dann jedoch erkannte sie einen japanischen Drachen.

»Mein Nagellack muss trocknen«, sagte Penny und pustete demonstrativ auf ihre Nägel, wobei sie ihr Gewicht auf dem Hocker erst auf den einen, dann auf den anderen Oberschenkel verlagerte, wie ein Vogel, der es sich in seinem Nest bequem macht.

Inge kannte diese Sorte von Männern gut: Sie glaubten, das satte Schnurren des Motors und der Glanz des frisch polierten Lacks würden sämtliche Frauenherzen schneller schlagen lassen, deshalb feuerten sie platte Macho-Sprüche wie aus einem Maschinengewehr ab.

Das Glöckchen an der Tür bimmelte, und Inge konzentrierte sich auf das Füllen des Serviettenspenders. Die weiche Sohle von robusten Lederstiefeln knarzte leise, als der Harley-Fahrer das Restaurant betrat. Auf halbem Weg zwischen Eingang und Tresen blieb er stehen. Inge nahm wahr, dass sich mit ihm etwas im Raum verändert hatte. Wie bei einem Radio, das man auf eine andere Frequenz gestellt hatte. Sie sah vom Serviettenspender auf.

Der Kerl war jung, noch keine fünfundzwanzig Jahre alt. Und er sah Inge an, als würden sie sich kennen. Seine Mundwinkel hoben sich zu einem charmanten schiefen Grinsen. »Hey«, sagte er auf eine Weise, als hätte er eine Frage gestellt.

»Hey«, erwiderte Inge.

»Freie Platzwahl?«

Sie nickte und spürte, wie sie dabei errötete.

Ihre Reaktion auf ihn vertiefte die Grübchen in seinen Wangen. Er wandte sich ab, und Inge ertappte sich dabei, ihm auf den knackigen Hintern zu gucken, als er zum nächstbesten Tisch am Fenster steuerte. Seine Jeans waren ausgewaschen und an den Knien sowie am Saum abgewetzt.

»Oh Mann, sieht der gut aus«, flüsterte Penny.

»Er gehört dir«, erwiderte Inge.

»Ich kann nicht! Meine Fingernägel!« Sie biss die Zähne voller Verzweiflung aufeinander. »Außerdem bekomme ich bei dem kein Wort raus! Geh du!«

Also brachte Inge ihm die Karte. Auch sie war nervös, versuchte aber, es sich nicht anmerken zu lassen. Der Typ legte die Karte auf dem Tisch ab, ohne sie auch nur überflogen zu haben, denn es war Inge, die er aufmerksam studierte. »Was würdest du mir denn empfehlen?«

Um einen möglichst trockenen Tonfall bemüht, entgegnete Inge: »Die frittierten Garnelen sind heute unser Spezialangebot.«

Da waren sie wieder, die Grübchen. Was amüsierte ihn so? Lachte er sie aus? »Okay, und wie sind die frittierten Garnelen so?«

»Gut.« Inge zuckte mit den Schultern. Er verunsicherte sie.

»Verstehe«, sagte er und meinte damit wohl, dass er ihre abweisende Art zu deuten wusste. »Ich nehme einen Burger. Und dazu eine heiße Schokolade.«

Inge fand die Kombination ziemlich bizarr, aber es ging sie auch nichts an. Sie war erleichtert, gehen zu können, denn dann konnte sie endlich wieder normal atmen. Was war nur los mit ihr? Klar, dieser Kerl sah gut aus. Ziemlich gut sogar. Er hatte eines dieser Gesichter, die man gern länger betrachtete, weil sie so viel zu bieten hatten. Markante Züge, die Geschichten erzählten. Augen, die Tiefe hatten. Schön geschwungene Lippen, die Inges Fantasie beflügelten. Und wildes Haar, das Abenteuer versprach.

Eine Stunde später war der Harley-Fahrer noch immer da. Wieder und wieder spürte sie seinen Blick auf sich. Spürte, wie verschwitzt sie war. Wie müde sie aussehen musste. Und all die Flecken auf ihrem rot-weiß gestreiften Kostüm mit dem Stehkragen und der lächerlichen Rüschenschürze. Bestimmt roch sie nach Frittierfett.

Es ging auf Feierabend zu, eine Stunde hatte er noch, ehe sie ihn rauswerfen würden. Er las in ein paar zerknitterten Blättern. Hin und wieder kritzelte er etwas mit einem Bleistift darauf oder richtete den Blick auf das Licht der späten Abendsonne, das zwischen den hohen Türmen von Los Angeles hindurchbrach. Der Poet bei der Arbeit. Inge gab sich Mühe, sein Getue albern zu finden, aber wenn sie ehrlich zu sich selbst war, wusste sie, dass sie es ziemlich attraktiv fand.

Penny wuchtete ein mit schmutzigem Geschirr beladenes Tablett auf den Tresen. »Irgendwie kommt mir sein Gesicht bekannt vor«, murmelte sie.

Inge spielte die Desinteressierte. »Von wem sprichst du?«

»Von dem heißen Kerl am Fenster natürlich! Ich komme nur noch nicht darauf, woher ich ihn kenne …«

»Keine Ahnung, wahrscheinlich arbeitet er irgendwo in der Nähe. Vielleicht auf einer der Baustellen.«

»Mit dem Gesicht? Wohl kaum.«

Inge beschloss, nicht weiter darauf einzugehen. »Ich bringe den Müll raus.«

Die Müllsäcke waren reichlich schwer. Vor allem beim letzten mühte Inge sich ab, ihn in die große Tonne zu wuchten, immerhin war er voller leerer Flaschen – doch auf einmal ging es ganz leicht, denn zwei helfende Hände griffen nach dem Müllsack und warfen ihn in den Container.

Es war der Harley-Typ. Er sah sie an und lächelte.

»Danke«, sagte Inge.

»Gern geschehen. Du kannst es wiedergutmachen, indem ich dich zum Essen ausführen darf.«

»Kommt nicht infrage.«

»Wieso nicht?«

»Könnte an deinem Geschmack liegen – Burger mit heißer Schokolade? Ist das dein Ernst?«

»Ist es. Noch nie Pommes mit Ketchup gegessen? Süß und salzig ist sogar ziemlich lecker. Die Kombi erinnert mich irgendwie an dich.«

Schon wieder schoss Inge das Blut in die Wangen.

»Also? Darf ich dich zum Essen ausführen?«

»Ich habe einen Freund.«

»Ist das so?« Er lachte. »Ich befürchte, ich habe dich durchschaut.«

Die Situation war reichlich bedenklich. Der Hinterhof war zu drei Seiten von Gemäuer umfasst, also eng und dunkel. Inge hielt seinen Blick auf eine ›Auf deine Einschätzung lege ich keinen Wert‹-Weise. »Du solltest von hier verschwinden. Wenn Olly dich sieht, gibt's Ärger. Unbefugte dürfen den Hinterhof nicht betreten.« Auch das war gelogen. Sie wandte sich um, wollte wieder nach drinnen.

»Also?«, rief er ihr nach.

»Ich gehe nicht mit Fremden essen.«

»Ich bin kein Fremder. Ich kenne dich schon ziemlich lange.«

Nun war sie es, die lachte. »Und woher bitte willst du mich kennen?«

»Das erzähle ich dir, wenn du mit mir essen gehst.«

Da Inge schwieg, fuhr er fort.

»Außerdem weiß ich etwas über dich. Als ich das letzte Mal hier war, hattet ihr den Laden gerade zugemacht. Da habe ich dich beobachtet, wie du nach Feierabend dem Bettler ums Eck Essen gebracht hast. Er kennt deinen Namen, also machst du das wohl öfters. Du tust also nur so tough. Eigentlich steckt in dir eine sensible Seele.«

Jeden anderen Typen hätte Inge als Stalker beschimpft und damit gedroht, die Polizei zu rufen. Nicht bei ihm. Natürlich mochte es daran liegen, dass er ziemlich sexy war – aber da war noch mehr. Es war Inge, als wäre er ein Ritter aus einem Märchen, der die schwere Prüfung bestanden hatte, um das Herz der Prinzessin zu gewinnen.

»Also?«, fragte er.

»Die Antwort lautet ... nein.«

»Was, wenn wir füreinander bestimmt sind?«, versuchte er sie zu überzeugen.

»Wenn wir wirklich füreinander bestimmt sind«, sagte Inge und lächelte abenteuerlich, »dann wird das Schicksal schon dafür sorgen, dass wir uns wieder über den Weg laufen. Und zwar nicht in einem dunklen, schmutzigen Hinterhof. Lassen wir's drauf ankommen.«

Damit ging sie.

»Oh mein Gott«, sagte Penny, als Inge zurückkam. »Ich glaub's nicht! Wusste ich doch, dass ich sein Gesicht kenne!«

»Was denn?«, fragte Inge, deren Herz noch immer wie verrückt in ihrer Brust trommelte.

Kommentarlos schob Penny Inge die *Cosmopolitan* zu, die noch immer auf der Doppelseite mit dem Typen auf dem Motorrad aufgeschlagen war. ›Franc Hammer ist wieder Single!‹ lautete die Überschrift.

Es war nicht irgendein Motorrad, es war eine Harley-Davidson. Und darauf saß niemand anderer als der junge Kerl von gerade eben: der Poet und Knackhintern, Mr Süß-Salzig. Ihr Ritter.

13

1941

Theresa

Nach dem Poinsettia-Day hatte Theresa sich eingebildet, in David verliebt zu sein. Aber die Schmetterlinge in ihrem Bauch waren bald davongeflattert gewesen, denn seit jenem Abend hatte sie ihn kaum zu Gesicht bekommen. Höchstens für ein, zwei Minuten nach der Kirche.

»David hat zurzeit ziemlich viel um die Ohren«, hatte Lizzy erzählt, als Theresa einmal vorsichtig nach ihm gefragt hatte. Sein Studium, all die Arbeit auf der Ranch, und dann hätte er wohl noch ein besonderes Projekt mit seinem Vater begonnen ... Trotzdem: Hätte er Interesse an Theresa, dann würde er doch wohl ein, zwei Stunden für einen Kaffee erübrigen können, oder etwa nicht? Jedenfalls hatte Theresa Lizzy nichts von dem Kuss erzählt. Ihr Stolz war zu sehr gekränkt. Eine Zeit lang war sie sogar richtig wütend auf David. Gut, dann eben nicht! Du wirst schon sehen, was du verpasst! Doch dann machte es sie nur noch müde, an ihn zu denken.

Die bittere Wahrheit war, dass dieses das erste Jahr war, in dem Theresa keinen einzigen Blumenstrauß zum Valentinstag geschenkt bekommen hatte. Sie ließ sich nicht anmerken, wie sehr sie sich darüber wunderte. Noch immer war sie hübsch und schlank. Für gewöhnlich wurde der erste Strauß bereits heimlich des Nachts vor die Haustür gelegt, der zweite ein paar Stunden später zum Frühstück abgegeben. Dieses Jahr hatte es zwar auch zum Frühstück geläutet, aber es war nur ein Mann gewesen, der nach Arbeit gesucht hatte.

Theresa setzte sich auf die Bank im Vorgarten und blätterte in einem Buch, doch ihre Aufmerksamkeit galt der Straße. Wann immer sich ein Auto näherte, schlug ihr Herz schneller und setzte einen Schlag aus, wenn der Wagen vorbeifuhr.

»War denn wirklich niemand für mich da?«, fragte sie Esperanza, als diese das Abendessen auf der Terrasse servierte. Bedauerndes Kopfschütteln. Ihr Vater blickte von seiner Zeitung auf und bedachte Theresa mit einem langen Blick, als wäre sie ein Auktionsgegenstand, dessen Wert er bemaß.

Theresas Stimmung war getrübt. Nicht einmal ihr Lieblingslied *Lover Man* von Billy Holiday, das leise im Radio lief, konnte sie erheitern.

Someday we'll meet, and you'll dry all my tears.
Then whisper sweet little things in my ear
Hugging and a kissing. Oh, what we've been missing!
Lover man, oh, where can you be ...

Das Lied wurde für die Nachrichten unterbrochen, woraufhin ihr Vater sagte: »Nicht mehr lang, und Amerika wird in den Krieg mit reingezogen. Dann werden auch hier unzählige junge Männer für ihr Vaterland kämpfen.«

Dieser Satz wirkte wie ein Echo auf Theresa nach. Was, wenn sich wirklich der Krieg alle jungen, gesunden Männer einverleiben würde? Was würde dann aus ihr und ihrem Traum von einer heilen Familie werden?

Tom trat zu ihnen auf die Terrasse, setzte sich an den Tisch und breitete seine Serviette auf dem Schoß aus.

»Und hast du Lizzy etwas Schönes zum Valentinstag geschenkt?«, fragte Theresa ihren Bruder.

»Das erschien mir zu ...«

» ... zu romantisch?«, neckte sie ihn.

» ... zu aufdringlich. Ich hatte ihr erst zum Poinsettia-Day ein großzügiges Geschenk gemacht. Wir sind kein Paar«, konterte er scharf, als fühle er sich angegriffen. »Noch nicht.«

»Na, dann halt dich besser ran! Am Ende schnappt sie dir noch jemand vor der Nase weg.«

Beim Essen schwieg Theresa die meiste Zeit über, denn es ging um Geschäftliches, und da hatte sie nichts zu sagen. Als sie ihr Besteck ordentlich auf dem Teller ablegte und auf ihr Zimmer gehen wollte, sagte ihr Vater: »Mein Kleines, bleib noch einen Moment, ich würde dich gern sprechen.«

»Um was geht es denn, Daddy?« Theresa wollte nichts einfallen, was sie falsch gemacht haben könnte.

Ihr Vater faltete seine Stoffserviette. »Tom hat mir etwas anvertraut. Etwas, das auf der Feier des Poinsettia-Day vorgefallen ist.«

Panisch sah Theresa zu ihrem Bruder. Er hatte doch wohl nicht ...

»Dieser Licht-Junge ... David ... und du ... Es scheint, als hättet ihr eine gewisse Verbindung?«

Es war Theresa unmöglich, ihrem Vater in die Augen zu sehen, deshalb hielt sie den Blick auf den Teller gesenkt. »Nein ... Wir mögen uns natürlich, aber ...«

»David ist ausgesprochen anständig«, meinte Tom. »Im Gegensatz zu seinem Zwilling Max ist er ein ordentlicher und kluger Bursche.«

Ihr Vater nickte schwer. »Ich könnte ihn mir gut an deiner Seite vorstellen. Und du wärst für David ein Hauptgewinn.«

Nun sah Theresa doch zu ihrem Vater auf. »Hat er denn Andeutungen gemacht?«

»Nicht direkt, aber das ließe sich gewiss in die Wege leiten.«

»Liebt er mich denn?« Sie war erblüht.

Ihr Vater lächelte. »Wie sollte er dich nicht lieben, mein Kind?«

Die Woche verging, und Theresa hatte sich mit der Aussicht, bald zu heiraten, angefreundet, auch wenn David noch nichts von den Plänen, die geschmiedet wurden, ahnte.

Eines Nachmittags lud ihr Bruder ein paar seiner Freunde nach Hause ein, um Zigarren zu rauchen und Whiskey zu trinken. Jedes Mal, wenn es an der Tür klingelte, rief Theresa: »Ich gehe schon!«, und tänzelte durch den Marmorflur zur Haustür. Sie wusste, dass Tom auch David eingeladen hatte. Er war einer der letzten Gäste, die eintrafen.

»Wie schön, dich zu sehen!«, jubelte sie. »Komm rein.«

David schwieg. Ihm schien leicht unbehaglich zumute zu sein. Er hatte etwas von einem Tier, das sich in einer fremden Umgebung befand und erst alles beschnuppern musste. Kein Wunder, es war das erste Mal, dass Tom ihn zu einem seiner Männerabende eingeladen hatte. Bestimmt wunderte er sich, was der Grund dafür war. Es war überhaupt auch das erste Mal, dass David bei Theresa zu Hause war, und der mächtige Deckenlüster sowie die geschwungene Zwillingstreppe, die den schneeweißen Marmorboden umrahmte, konnten einschüchternd wirken.

Die Veranda wurde vom Licht erhellt, das durch die offenen Terrassentüren schien, ausgenommen dort, wo Schatten der hohen Büsche und der efeubewachsenen Mauer mehr und mehr über das Grundstück schmolzen, je tiefer die Sonne sank.

David mischte sich unter die bereits anwesenden Freunde von Tom. Theresa sank wie eine Feder in die breite Schaukel mit den weichen, weißen Polstern. Tom hatte ihr erlaubt, am heutigen Abend teilzunehmen. Sie war ganz aufgeregt, weil so viele Männer anwesend waren. Und sie alle wollten mit ihr reden und sie mit Weisheiten und Weltanschauungen beladen – nur David nicht. Er vermied jeden Blickkontakt. Den Diskussionen hörte er aufmerksam zu, wobei er sich über vieles, das gesagt wurde, zu wundern schien. Er passte überhaupt nicht zwischen diese aalglatten Mannsbilder, die alle nur von Geld und Erfolg sprachen und von denen einer lauter war als der andere. David sprach gern über Philosophie, Musik und Malerei. Auch Max würde nicht hierherpassen mit seinem deftigen Humor und seinem cowboyhaften Benehmen. Theresa empfand so etwas wie Stolz für die beiden Licht-Brüder.

Davids Blick war auf einen Busch am Grundstücksrand gefallen. Niemand nahm Notiz davon, als er sich erhob, um den Busch genau unter die Lupe zu nehmen. Als Theresa sich hingegen erhob, sprangen sämtliche Gentlemen gleichzeitig von ihrem Platz auf und schienen auf Anweisung zu warten, bis Theresa verlegen sagte, sie sollten sich doch bitte wieder setzen, sie wolle sich nur kurz die Beine vertreten.

»Was ist das für ein Busch?«, fragte sie David, der herumfuhr, als habe sie ihn aus einem Traum gerissen.

»Adolphia californica.« Mehr sagte er nicht.

Wann Max wieder nach Hause komme, fragte sie. Er hütete mal wieder Schafe auf einem Berg und war nun schon seit einem Monat von zu Hause fort.

Das wisse man nie, antwortete David. »Hoffentlich bald. Wir vermissen ihn.«

»Ja, das tun wir«, erwiderte Theresa.

Sie sah ihn an. Nur selten genehmigte sein Gesichtsausdruck sich kurze Ausflüge ins Belustigte oder gar Spöttische. Doch wenn David sich schämte, war sein Gesicht wie ein offenes Buch: Er bekam ganz rote Wangen und Ohren und wusste nicht, worauf er den Blick richten sollte. Theresa mochte es, ihn anzusehen, denn er hatte ein sehr hübsches Gesicht mit feinen Zügen, großen Augen und langen Wimpern. Einige Mädchen im Ort fanden ihn außerordentlich hübsch, legten ihm seine kühle Zurückhaltung jedoch als Arroganz aus – dabei kannte Theresa niemanden, der so bescheiden war wie David.

»In letzter Zeit haben wir nicht viel gesprochen«, sagte sie.

»Seit dem Poinsettia-Day«, fügte er leise hinzu.

»Das stimmt«, erwiderte sie und deutete mit einer Handbewegung auf die Veranda-Schaukel, die lauschig und dunkel unter einer Rosenarkade stand. »Wollen wir uns setzen?«

Als sie nebeneinandersaßen, ließ Theresa die Beine baumeln und bewegte den Oberkörper zu einem Rhythmus – den ganzen Tag schon war ihr ein Lied im Ohr gewesen, ein schnelles, feuriges Lied von einer leidenschaftlichen Liebe. Sie rückte weiter nach vorne, bis ihre Füße den Boden berührten und sie die Schaukel leicht anstoßen konnte. Ihre Wangen prickelten von der angenehm frischen Nachtluft.

»Ich wusste wohl nicht, wie ich mich dir gegenüber verhalten soll«, gestand David auf einmal.

»Ganz einfach: wie immer«, erwiderte sie.

»Ja, ganz einfach …«, wiederholte er und lächelte. »Das habe ich wohl vergessen.«

»Die Leute sagen, wir würden gut zueinanderpassen«, tastete sie sich vor. »Viele sagen das.«

David nickte. »Vermutlich, weil wir miteinander groß geworden sind und uns deshalb ähnlicher sind, als wir ahnen.«

Er weigerte sich zu verstehen, worauf sie hinauswollte. Einen Augenblick lang kam ihr der verzweifelte Gedanke, ihm zu sagen, wie reich sie war, dass so gut wie alles, was in Encinitas von Bedeutung war, ihrem Vater gehörte, ja sogar der Kirchturm!

»Machst du dir denn etwas aus mir?«, fragte sie ihn.

»Natürlich mache ich mir etwas aus dir. Du hast ja keine Ahnung wie sehr ...«

Theresa sah eine Rose, die sie am Vormittag abgeschnitten und dann übersehen hatte. Sie las sie vom Boden auf und reichte sie David. »Dann heirate mich«, sagte sie.

David brachte kein Wort hervor. Das Wasserblau seiner Augen glänzte vor Unsicherheit.

»Also?«

»Ich verstehe nicht ... Wie kann jemand wie du jemanden wie mich ...?«

»Weil ich glaube, dass du gut für mich bist«, antwortete sie.

Nach kurzem Zögern nahm David die Rose an. Und damit war für Theresa die Sache fix.

• • •

Max

Einen Tag später kehrte Max aus der Sierra Nevada nach Hause zurück. Sein Vorgesetzter hatte ihn gefragt, ob er sich vorstellen könnte, noch etwas länger in den Bergen zu bleiben, um Schafe zu hüten. Aber wenn die Luft blass wurde, selbst Kiesel bleistiftlange Schatten warfen und die Kiefern zusammenrückten zu Scheiben kostbaren Malachits, da dachte er an die Farbe von Theresas Augen. Wenn ein leichter Wind aufkam und ihn im Nacken streifte, dachte er an ihre Berührungen, die kaum wahr waren, so zart waren sie. Und in den langen, kalten Nächten, wenn Max lang ausgestreckt auf einer Wolldecke lag und die Schafe bewachte, den blühenden Sternenhimmel über sich, wenn es bitterkalt geworden war und er trotz seiner mit Schafswolle gefütterten Lederjacke fror, da wärmte er sich an der Erinnerung an sie. Dann wanderten seine Gedanken weiter, und er stellte sich vor, wie er ihr das seidene Nachtkleid vom Elfenkörper streifte, wie sie nackt vor ihm lag und vor Begehren erzitterte. Er sah das Lagerfeuer vor sich und dachte an das Feuer, das er in ihr entfachen wollte. Ein paarmal jagte er einen Kojoten mit einem Warnschuss davon. Ja, selbst da dachte er an Theresa! Er war der geborene Jäger. Aber Theresa hatte ihn zur Beute gemacht. So lag er da, die Arme unter dem Kopf verschränkt, und spürte eine ungewohnte Wärme ums Herz. Er fühlte sich stark und sicher und gleichzeitig ungemein verletzlich.

»Jetzt hat's dich doch richtig erwischt«, wunderte er sich über sich selbst und lachte.

Hatte er es nicht kommen sehen?

Aber auf dem Poinsettia-Ball, als sie auf einmal wie eine Erscheinung bei ihm im Badezimmer gestanden hatte, da hatte Max in Theresas Augen gesehen, dass sie ihn wollte ... Auch er würde sie glücklich machen können, selbst wenn er sein letztes Hemd dafür geben müsste!

Im Galopp erreichte er die Ranch, schwang sich vom Sattel und umarmte voller Euphorie seine Mutter, die die Hufschläge gehört hatte und nach draußen geeilt war. »Es duftet so gut nach Essen, dass einem das Wasser im Mund zusammenläuft!«, schwärmte er.

»Das hättest du jeden Tag haben können, aber du musst ja immerzu fort«, bemerkte sein Vater, der im Schaukelstuhl auf der Veranda Zeitung las.

Früher hätte Max darauf entgegnet: ›Irgendwie muss ich doch Geld verdienen.‹ Aber inzwischen war er es leid und schwieg.

Philipp legte die Zeitung beiseite und erhob sich, um seinen Sohn zu umarmen. »Schön, dass du wieder da bist.«

»Du kommst genau zum rechten Zeitpunkt!«, freute sich seine Mutter. »Das Abendessen ist in ein paar Minuten fertig.«

Max wollte zu Theresa, wollte ihr sogleich sagen, was er fühlte. Doch da winkte seine Mutter dem Truck zu, der in die Einfahrt fuhr. »Wie schön, dein Bruder kommt gerade von den Feldern nach Hause! Dann sind wir endlich wieder alle zum Abendessen beisammen!«

Lizzy brachte einen Korb mit Brot nach draußen, entdeckte Max und warf sich in seine Arme. Er hob sie hoch und drehte sich mit ihr. »Du wirst kaum glauben, was gestern passiert ist!«, rief sie begeistert aus.

»Da bin ich aber mal gespannt! Schieß los!«

»Nein, David soll es dir selbst sagen.«

Max' Rücken schmerzte vom langen Ritt, und seine Hände waren schwielig und dreckig, und doch war ihm die Welt noch nie schöner erschienen: das kupferfarbene Abendmeer, die goldenen Pollen in der Luft, die flirrenden sanften Linien der Orangen- und Zitronenfelder in der Ferne. Aus alldem zog er Kraft. Gleich nach dem Abendbrot würde er losreiten, um Theresa aufzusuchen!

Mit geröteten Wangen, großen, aufgeregten Augen und leicht zerzaustem Haar kam David die drei Stufen der Veranda hinauf. Er wirkte wie jemand, der bei einem Marathon als Erster durchs Ziel gerannt war und es selbst noch nicht fassen konnte. Selten hatte Max seinen Bruder so erlebt.

»Hallo, kleiner Bruder!« Er legte einen Arm um Davids Schultern. »Ich hab gehört, du hast große Neuigkeiten?«

»Sag's ihm!«, drängte Lizzy.

David sah Max an, holte Luft und lächelte. »Ich habe mich verlobt.«

»Was?!« Max lachte vor Freude. »Da ist man mal einen Monat nicht zu Hause … Sag schon, wer ist die Glückliche?«

»Theresa«, antwortete David.

»Wer?«

»Theresa!«, wiederholte Lizzy und hüpfte vor Freude.

»Theresa«, wiederholte auch Max. Nach und nach sickerte die Neuigkeit zu ihm durch und ließ sein Blut gefrieren. »Das ist … das ist wundervoll. Du hast sie gefragt?«

»Na ja, ich würde eher sagen, sie hat mich gefragt!«

»Sie hat dich gefragt?«

»Ja! Ich konnte es selbst kaum glauben!«

»Wir haben alle schon immer gewusst, dass ihr zusammengehört!«, rief Lizzy aus.

»Freust du dich denn für mich?«

Max musste vorsichtig sein, sein Bruder war aufmerksam, durchschaute Menschen schnell. »Ob ich mich für dich freue? Natürlich! Was ist das für eine Frage!«

»Ich hatte Sorge, weil ich … Ich dachte, na, vielleicht magst du sie auch.«

»Ach, David …« Max umarmte seinen Bruder. Blickte zu den Feldern. In seinen Augen spiegelten sich die verbrannten Weihnachtssterne.

14

1941

Theresa

Theresa schien es kaum erwarten zu können. Innerhalb von einem Monat organisierte sie mit Lizzys Hilfe die Hochzeitsfeier. Alles in Max drängte ihn, erneut fortzureiten, einen neuen Job anzunehmen, irgendeinen, sei es auch am anderen Ende von Amerika. Aber wie ein Tier, auf das ein Auto zurast, war er auf der Ranch erstarrt, ließ sich in einem Laden für Männerkleidung von seiner Mutter einen Anzug aufdrängen und hörte zu, wenn sein Bruder ihm von dem Tanzkurs erzählte, den er mit Theresa für die Hochzeitsfeier machte. Als Lizzy ihm von dem Kleid vorschwärmte, das sie mit Theresa gefunden hatte, verknotete sich sein Magen. Sie sprach von weißem Crêpe de Chine mit Smokverzierung, Chiffon und Spitze.

Max verstand nichts von dem, was Lizzy sagte, aber als der große Tag gekommen war und ihr Vater Theresa zum Altar führte, verschlug es ihm die Sprache, so schön war sie. Die lange Schleppe des Kleides wurde von zwei Mädchen getragen, als sie den Gang entlangschritt. Ihr hochgestecktes Haar war mit Hunderten von Perlen verziert. Ihr Gesicht wirkte unter dem durchscheinenden Schleier wie von einem zauberhaften Nebel verborgen, der sich lichtete, als David den Schleier anhob und ein Strahlen offenbarte, das schön war wie Sonnenstrahlen auf einer Frühlingswiese. David küsste sie.

Der Anblick sprengte Max fast die Brust. Er hielt es nicht länger aus, sprang von seinem Platz auf und verließ unter verwirrten Blicken die Kirche. Er würde einfach behaupten, er hätte beim Junggesellenabschied zu viel getrunken und ihm wäre übel geworden.

Der Frühling war da. Das Klima war angenehm mild und der winterliche Nebel gewichen, sodass man die Schwalben nisten sehen konnte. Überall blühten Blumen.

Theresa hatte sich eine Hochzeitsfeier am Strand gewünscht. Weiße Pavillons und lange Tische mit bonbonfarbenem Blumenschmuck waren auf dem hellbraunen Sand aufgestellt worden. Ständig betonte irgendein Gast, dies sei die schönste Hochzeit, die jemals in Encinitas gefeiert worden wäre.

Max hielt sich an seinem Bier fest, das vierte inzwischen, und er spürte den Alkohol in seinem Blut kreisen. Alle waren sehr fein gekleidet, und selbst sein Vater hatte an diesem Tag auf seinen Cowboyhut verzichtet. Man hatte mit Brettern eine Tanzfläche gebaut und eine Band an den Strand geschafft, die dezente klassische Musik spielte. Max fühlte sich fehl am Platz. Ob alles in Ordnung sei, fragte ihn seine Mutter, aber er erwiderte nur, es wäre seltsam, seinen Bruder verheiratet zu wissen. Er schaffte es zu lächeln.

Inzwischen war es Nacht. Schon wieder eine Rede. Dem Brautpaar alles Gute! Auf eine kinderreiche Ehe! Auf Zusammenhalt, in guten wie in schlechten Tagen!

Die Band stimmte ein neues Stück an. David plauderte mit einem älteren Ehepaar an der Bar. Tom und Herr Lilienthal knüpften neue Geschäftskontakte. Lizzy tanzte mit ihrem Vater. Niemand bemerkte, wie Theresa sich von ihrem Stuhl erhob und den

Lichtkreis der Fackeln verließ. Unter dem langen Kleid sah man ihre Füße nicht. Sie schien über den Sand zu schweben, bis nur noch das Glitzern ihres Schmucks und ihrer weißen Seidenhandschuhe zu sehen war, und schon bald nicht einmal mehr das. Sie ging ihn nichts mehr an, mahnte Max sich, und trotzdem konnte er nicht anders, als ihr zu folgen. Er fand sie auf einem herabgestürzten Felsen sitzend, die weißen Handschuhe lagen auf ihrem Schoß. Das silberne Mondlicht sog jede Farbe aus ihren Wangen.

»Ich wollte sehen, ob es dir gut geht«, sagte Max.

»Ich bin sehr glücklich«, erwiderte sie, doch es klang wie auswendig gelernt.

Eine Sternschnuppe huschte über den Himmel, eine von vielen in jener Nacht.

»Darf ich mich neben dich setzen?«, fragte Max.

Sie machte ihm Platz und blickte geradeaus auf das Meer hinaus. Sie schwiegen lange. Auf einmal holte sie tief Luft, und Max glaubte schon, sie würde sich erheben und zur Feier zurückgehen, da sagte sie: »Meine Mutter ist nicht von einer Schlange gebissen worden. Sie hat sich das Leben genommen. Sie war traurig darüber, dass mein Vater so viel auf Reisen und sie so viel allein war. Sie hat die Einsamkeit nicht ertragen.«

Einen kurzen Moment war Max sprachlos. »Aber ...«

»Mein Vater sagt nicht die Wahrheit. Er hat auch zu uns Kindern gesagt, dass es ein Schlangenbiss war, der sie tötete. Ich weiß es ...«, wisperte sie mit großen ängstlichen Augen. »Sie hat Tom und mich noch umarmt, aber sie war ganz seltsam dabei und hat sich angefühlt wie Luft ... Ich bin ihr gefolgt ...« Theresas Blick huschte hin und her, die Erinnerung spielte die Szenen vor ihrem inneren Auge ab. »Ich habe gesehen, wie sie zwei schwere Steine in ihre Jackentasche gesteckt hat, erst einen, dann den anderen, und ins Meer gegangen ist, und ... und plötzlich drehte sie sich noch einmal um, als hätte sie gewusst, dass ich ihr gefolgt bin ... Und dann tauchte sie unter und kam nicht mehr aus dem Wasser heraus.«

Sie schwiegen eine Weile. Auf einmal sah Theresa ihn an – den neuen Anzug, die frisch gewichsten Schuhe, seine von der Arbeit rauen Hände, seine Augen, seinen Mund.

»Hör auf damit«, sagte er.

»Mit was?«, fragte Theresa.

»Mich so anzusehen.«

»Wie sehe ich dich denn an?«

»Na, genau so.«

Theresa schlüpfte aus ihren hohen Schuhen und grub die nackten Füße in den Sand. »Gibt es denn jemanden, den du gernhast?«

Wie sie das meine, fragte er zurück.

»Na, bestimmt hast du eine Liebste, oder?«

»Du kennst mich, so etwas liegt mir nicht.«

»Ach, wir alle sehnen uns in unserem tiefsten Inneren nach Wärme und Geborgenheit. Gibt es kein Mädchen, dem dein Herz gehört? Esperanza vielleicht?«

»Nein, Esperanza bedeutet mir nichts auf diese Weise. Aber es gibt eine Frau, an die ich oft denke.«

»Wie wundervoll!«, erwiderte sie. »Hast du ihr schon gesagt, dass du sie gernhast?«

»Nein. Das ist nicht so leicht. Eigentlich ist es ganz und gar unmöglich."

»Aber warum?«

War sie wirklich so naiv? Max lachte bitter und unsicher, wurde ernst, schüttelte den Kopf, lachte wieder und sagte dann: »Sie ist seit heute die Frau meines Bruders.«

Da stand seine Antwort zwischen ihnen, nicht mehr nur ein

Entgegenkommen, sondern ein gewaltiger Schritt nach vorn, näher konnte er nicht an sie herantreten, ohne die Grenze zu überschreiten.

»Schon gut …«, schob er schnell hinterher. »Ich hätte das niemals aussprechen dürfen. Vergiss dieses Gespräch einfach. Es tut mir leid.«

»Es soll dir nicht leidtun.« Theresa legte ihre Hand auf seine. »Ich habe dich lieb, Max. Ehrlich.«

Max lächelte traurig. »Ich denke, es ist besser, wenn ich jetzt gehe … Dieses Gespräch bleibt unser kleines Geheimnis, oder?«

Sie fasste sich mit beiden Händen ans Herz. »Ja. Für immer. Nun sollten wir beide zurückkehren. Die Gäste warten auf mich, und deine Familie, die nun auch meine ist …«

Als Max später mit ansehen musste, wie Theresa ihre kleine Hand in Davids schob und mit glänzenden Augen zu ihm aufsah, als könne nur er sie von den Dämonen ihrer Vergangenheit befreien, da wusste Max, dass er nicht länger in Encinitas bleiben konnte. Es war falsch, einfach so zu verschwinden, wo er doch mit seinem Bruder feiern, mit ihm anstoßen und ihm Glück wünschen sollte. Und trotzdem eilte er wie vom Teufel besessen zur Ranch, rechnete nach, wie viel Zeit ihm etwa blieb, um ein paar Sachen einzupacken und zu verschwinden, ehe seine Familie in aller Glückseligkeit nach Hause kam. Er stopfte das Nötigste in eine Tasche: Unterwäsche, Zahnbürste und Rasiermesser. Viel war nicht mehr von dem Geld übrig, was er beim Schafstreiben verdient hatte, aber es musste reichen.

Gerade als er seine Tasche am Sattel befestigte, wurde die Stalltür aufgeschoben. Sein Vater zeichnete sich im schwachen Schein der Gaslampe ab. »Du willst einfach so verschwinden? An der Hochzeit deines Bruders?

»Du verstehst das nicht.«

»Dann erkläre es mir!«

Wie sollte Max seinem Vater erklären, dass das Wissen darum, dass Theresa ihn nicht liebte, ihn innerlich verbluten ließ? Er schämte sich für seine Gefühle, dafür, dass er es so weit hatte kommen lassen …

»Ich kann nicht …«

»Reiß dich zusammen«, redete sein Vater auf ihn ein, und Max sah so etwas wie Furcht in seinen Augen. »Du bist sein Bruder! Bitte, Max, geh jetzt nicht!«

»Es tut mir leid, Vater.« Max schwang sich auf sein Pferd und ritt in die Dunkelheit.

• • •

David

David zitterte leicht. Eine Nachwehe von dem Schock. Er zitterte vor Wut. Oder nein. War es Angst?

Schlimmer: Es war Scham.

Er schämte sich, weil er nicht eher begriffen hatte, was passierte.

Und er war enttäuscht von sich selbst, weil er sich, ohne etwas zu unternehmen, zurückgezogen hatte. Wie ein Hund hatte er den Schwanz eingezogen. Er hatte sich setzen müssen, saß nun an dem ihm zugewiesenen Platz neben Theresas Vater, der im Takt der beschwingten Musik klatschte. Er war nicht in der Lage, einen klaren Gedanken zu fassen.

»David, du bist ja weiß wie die Wand! Ist etwas passiert?«, fragte ihn Lizzy, die gerade mit Tom von der Tanzfläche kam.

David verneinte. Er zwang sich zu lächeln.

War denn etwas passiert? Hatte er sich am Ende nur alles eingebildet?

Nein, so wie Theresa Max angesehen hatte, an seinen Lippen hing, ihm den Kopf zugeneigt, ihr Blick ganz zutraulich – das war die Kunst des Körpers. Die Kunst des Körpers zu flirten.

David hatte es geahnt. Wie sollte sich ein Mann wie Max eine Frau wie Theresa entgehen lassen und andersherum? Sein Unterbewusstsein hatte sie heimlich gesammelt, die Beweise: Theresas lautes Lachen, wenn Max einen Witz riss. Wie oft sie nach ihm gefragt hatte.

Nur die Ruhe. Vielleicht täuschst du dich.

Nein, es war eindeutig gewesen: ›Sie ist seit heute die Frau meines Bruders.‹

Man durfte nicht unterschätzen, wie viel Angst David schon immer gehabt hatte. Er hatte Angst vor Theresas Schönheit gehabt, vor ihrer Perfektion, davor, nicht gut genug für sie zu sein, sie zu enttäuschen, ihr nicht das bieten zu können, was sie verdiente.

Und man durfte nicht unterschätzen, wie viel Angst David nun hatte. ›Was, wenn Theresa dich niemals wollte? Warum sollte sie jemanden wie dich wollen? Wie willst du jemals mit Max mithalten können?‹

Viel wichtiger war jedoch die Frage, die er sich kaum zu stellen traute. Warum er sich schämte, aber nicht eifersüchtig war. Liebte er Theresa nicht? Oder war es die Liebe zu seinem Bruder, die es ihm gebot, sich zurückzustellen? Sein schlechtes Gewissen? Hatte er Max Theresa weggenommen?

15

2006

Stella

Der Wecker klingelte. Wie spät war es? Draußen war es noch stockdunkel. Ihr Laptop lag noch immer aufgeklappt neben Stella auf dem Bett. Der Bildschirmschoner hatte sich eingeschaltet. »6:00 Uhr« glitt in dicken Lettern auf dem Monitor von links nach rechts und von oben nach unten, ebenso Fotos von Stella mit Freunden, hauptsächlich Judith und Tobi, denn wirklich viele Freunde hatte Stella nicht.

Die halbe Nacht hatte Stella das Internet nach Informationen über ihren vermeintlichen Vater durchforstet. Ihr Vater, der offenbar niemand Geringerer war als Franc Hammer. Franc Hammer! Filmstar und Frauenschwarm! Auf den meisten Fotos posierte er mit James-Dean-Blick, zerzausten Haaren und Zigarette zwischen den Lippen. Er war unfassbar attraktiv.

»Du versuchst mir also allen Ernstes weiszumachen, dass Franc Hammer mein Vater ist«, hatte Stella Max gegenüber ihre Zweifel ausgedrückt, nachdem er ihr das erste Aufeinandertreffen von Franc und ihrer Mutter geschildert hatte. Vor seinen Augen hatte sie das Internet angeschmissen und nach Franc durchforstet.

Stellas Blick war zurück zum Laptop gewandert – genauer gesagt zu dem naturcoolen Kerl, der auf einer Harley-Davidson posierte. »Unmöglich. Du lügst. Da könntest du ja gleich behaupten, Brad Pitt wäre Meister Yodas Vater!« Zugegeben, der Vergleich war ziemlich mies, aber auf die Schnelle war Stella nichts Besseres eingefallen. Auch Max verzog leicht das Gesicht.

Man fand nur wenige oberflächliche Informationen über Franc Hammer. Er war in Los Angeles geboren und aufgewachsen. Im Alter von einundzwanzig hatte er mit seiner Rolle des Bryan im Film *Adrenalin* seinen Durchbruch gehabt. Eine Rolle, die ihm dem Anschein nach auf den Leib geschrieben war: Bryan ist ein Draufgänger, der nachts an illegalen Motorradrennen teilnimmt. Eines Tages taucht zufällig in seiner Werkstatt die wunderschöne, tugendhafte Caroline auf, die eine Autopanne erlitten hat. Bryan hilft ihr, und die beiden verlieben sich sofort ineinander. Caroline kann es aber nicht ertragen, dass Bryan sich des Nachts in so große Gefahr begibt; Bryan hingegen kann nicht widerstehen, Rennen zu fahren, und so weiter und so fort ... 1965, im Alter von 26 Jahren, war Franc dank der Hauptrolle, die er in einer amerikanisch-französischen Coproduktion gespielt hatte, ein international anerkannter Schauspieler.

Der letzte Absatz ließ Stella aufmerksam werden: 1982 tauchte Franc unter. Er erschien auf keiner weiteren Filmpremiere oder Preisverleihung. Man sah oder hörte nie wieder von ihm. Viele Gerüchte kursierten im Lauf der Zeit und füllten mehrere Jahre lang die Seiten der Klatschpresse: Er hätte sich auf eine einsame Insel in der Karibik zurückgezogen. Er hätte ein Drogenproblem gehabt und wäre in einer Suchtanstalt. Er wäre an einer schweren Krankheit gestorben. Er wäre bei einem illegalen Autorennen verunglückt. Seine Eltern gaben keinerlei Auskunft.

6:05 Uhr. Ein Foto von Stella mit ihrer Mutter wanderte über den Bildschirm. Es war im Sommer von Mechthild aufgenommen worden. Sie hatten beide ein Eis in der Hand und ließen die jeweils andere probieren – nur hatte ihre Mutter es lustig gefunden, Stellas Nase mit Eis zu bekleckern, weshalb Stella eine Grimasse schnitt und ihre Mutter ihr unwiderstehliches lautes Lachen gelacht hatte. Natürlich, wenn jemand mit Franc Hammer zusammen gewesen war, dann ja wohl ihre Mutter, deren Ausstrahlung kein Mann hatte widerstehen können. »Respekt, Mama«, sagte Stella leise zu sich selbst.

Sechs Uhr war eine widerliche Zeit, aber Stella musste endlich einmal anfangen, ihre inzwischen gefühlt zehnseitige To-do-Liste abzuarbeiten. Sie musste ihr Zimmer in der WG kündigen. Sie musste das Beerdigungsinstitut bezahlen. Sie musste sich dringend einen Überblick über die Finanzbücher der Gärtnerei verschaffen. Vor allem, da sie noch immer nicht wusste, was Max von ihr wollte. Sollte er vorhaben, sie aus der Villa zu vertreiben, konnte er sich jedenfalls warm anziehen, dachte sie, klappte ihren Laptop zu und schwang sich aus dem Bett.

Eingepackt in ihre dickste Daunenjacke, machte sich Stella auf zur Gärtnerei. Immerhin war es in der unbeschädigten Blumenhalle einigermaßen warm, wärmer als im Büro ihrer Mutter, deshalb suchte Stella sich einen Platz zwischen Hornveilchen und Heidekraut und nutzte einen der langen Tische als Ablage für die Aktenordner. Eine Stunde lang wälzte Stella das Finanzbuch, ehe ihr Kopf zu schwer wurde, nach vorne fiel und sie mit der Stirn auf die Einträge hämmerte. Ihre Mutter war eine Chaotin gewesen!

Es war nicht sonderlich vertrauenerweckend, wenn A. auf einer der Rechnungen die Einkaufsliste für Stollen gekritzelt und diese wiederum B. mit Schokolade bekleckert war und C. Abkürzungen verwendet worden waren, die ihre Mutter dem Anschein nach selbst nicht mehr verstanden hatte, denn hinter einigen prangten dicke Fragezeichen. Abgesehen davon musste Stella sich Gedanken darüber machen, eine zusätzliche Arbeitskraft einzustellen, wenn sie die Gärtnerei wirklich weiterführen wollte. Wie sollte Stella auf Dauer ihr Gartenbau-Studium stemmen und abends nach der Uni noch Zeit finden, Blumen zu gießen oder sich um die Rechnungen zu kümmern? Auf Mechthild war zwar immer Verlass, doch für eine Person allein war die Arbeit zu viel.

Stella brauchte dringend eine Pause. Es zog sie zum Friedhof, ans Grab ihrer Mutter. »Warum hast du mich alleingelassen?«, fragte sie leise und spürte Tränen aufsteigen. »Ich schaffe das alles doch nicht allein …«

Stella tauschte die ausgebrannte Grabkerze gegen eine neue aus und warf die alte in den Mülleimer hinter der Kirche. Als sie zurückkam, stand eine groß gewachsene Gestalt in Lederjacke am Grab. Max. Sein Körper bebte. Weinte er? Er hatte schon angedeutet, ihre Mutter gut gekannt zu haben – aber so gut?

Stella wich hinter die efeubewachsene Kirchenmauer zurück und beobachtete, wie Max seine Lederhandschuhe auszog und schwerfällig in die Knie ging, um mit der bloßen Hand den Schnee vom Marmor zu schieben, der das Grab umfasste. Erst als er das schmiedeeiserne Tor hinter sich zuzog und Stella wieder allein auf dem Friedhof war, wagte sie sich aus ihrem Versteck.

Inzwischen war es bereits nach neun Uhr morgens, und ihr Magen knurrte auffordernd, als sie die Fäustlinge von den Händen und den Haustürschlüssel aus der Jackentasche zog. Ihre Wangen brannten vor Kälte. Die Fensterscheibe beschlug, als sie am Türrahmen den Schnee von ihren Stiefeln klopfte, sich räusperte und schniefte – ›Hallo, ich bin zu Hause‹, sollte das heißen für den Fall, dass auch Max schon zurückgekehrt war. Der Duft von frisch aufgebrühtem Kaffee dampfte nach draußen. Dazu mischte sich die verführerische Note von geschmolzener Butter und karamellisiertem Zucker … Und eine Frauenstimme. Stellas Magen zog sich zusammen. Fühlte Max sich bereits so heimisch, dass er Freunde von sich zum Frühstück einlud und sich damit Stellas Zuhause langsam, aber sicher einverleibte?

Nein, diese freundliche, helle Stimme sang im Kirchenchor den hohen Sopran und spendete im Hospizverein der Ortschaft ehrenamtlich Trost. »Ach, die Grippewelle geht in der Förderschule um, deshalb begleitet Timmy mich heute zur Arbeit in der Gärtnerei. Wir zwei machen uns einen wundervollen Mutter-Sohn-Tag, nicht wahr, Timmy-Schatz?«, sagte Mechthild.

»Das, was Sie mir eben erzählt haben, schockiert mich. Ich habe mir bisher einfach wohl noch nie Gedanken darüber gemacht, wie sehr es Menschen mit Behinderung erschwert wird, Teil unserer Gesellschaft zu sein«, erwiderte Max.

»Ach, wie recht Sie haben! Ganz genau so ist es. Es macht mich einfach nur traurig, dass es an Angeboten wie Sportgruppen für Behinderte oder barrierefreien Schulen mangelt. Das Traurigste ist aber doch, dass sich daran auch nichts ändern wird, nicht, solange unser Gesetz Menschen wie meinem Timmy keine aktive Teilhabe am Alltag gewährt. Das müssen Sie sich mal vorstellen! Timmy gilt vor dem Gesetz nicht als gleichberechtigter Mensch!«

Stella konnte hören, dass Mechthild sich bemühte, die Tränen zurückzuhalten. Kein Wunder. Timmy war geistig völlig fit und hatte dennoch keine Chance, das Leben eines normalen Teenagers zu führen. Er war acht Wochen zu früh auf die Welt gekommen, hatte sich im Krankenhaus eine Infektion eingefangen und war deshalb querschnittsgelähmt. Auch sein Gehör war beeinträchtigt.

»Entschuldigen Sie, ich will Ihnen nicht zu nahe treten, aber ich stelle es mir sehr schwer vor, als Alleinerziehende eines …«

» … eines behinderten Kindes«, ergänzte Timmy. »Schon in Ordnung.«

» … eines behinderten Kindes einen Bauernhof zu führen und nebenbei auch noch arbeiten zu gehen.«

»Herrje, da sagen Sie was!« Mechthild seufzte. Sie seufzte ziemlich viel. »Um ehrlich zu sein, weiß ich nicht, wie lange ich den Bauernhof noch stemmen kann. Ich liebe die Arbeit auf dem Hof, so ist es nicht, und ich danke Gott für dieses wunderschöne Zuhause. Aber an manchen Tagen ist es schon sehr viel. Und jeden Tag trudeln Rechnungen ein! Aber Timmy und ich fühlen uns wohl auf dem Hof, es ist wirklich ein Geschenk. Ich darf mich gar nicht beschweren. Und wo sollten wir sonst hin? In eine kleine Wohnung in der Stadt? Das ist nichts für Timmy-Schatz und mich … Haben Sie Kinder?«

»Ich … Ja …«

Mechthild verstand, dass Max nicht weiter darüber sprechen wollte.

Niemand außer Timmy hatte die Silbersprenkel wahrgenommen, die von den Pailletten auf Stellas Pullover auf den Boden im Flur reflektierten.

»Es schneit Licht im Flur – was hat das zu bedeuten?«, sagte er mit der Stimme von Sherlock Holmes. »Ich tippe darauf, dass sich dort ein junges Fräulein versteckt.« Er fuhr mit seinem Rollstuhl zum Türrahmen, beugte sich vor und ertappte Stella auf frischer Tat. »Wäre ich gemein, würde ich sagen, du hast auch schon mal besser ausgesehen. Aber zum Glück bin ich nett.«

Stella grinste. »Hey, Timmy.«

»Möge die Macht mit dir sein«, schoss es prompt aus ihm heraus.

»Das ist leicht. *Star Wars*«, erwiderte Stella.

»Bis du nicht anfängst, an dich zu glauben, hast du kein Leben.«

»Schon schwerer. Rocky Balboa?«

»Nicht schlecht.«

Das war so ein Ding zwischen Timmy und ihr: Er zitierte Sprüche aus Blockbustern, und Stella musste raten, aus welchem Film das Zitat stammte.

Leicht beschämt, beim Lauschen ertappt worden zu sein, trat Stella in die Küche und hob zum Gruß die Hand. »Hey, Mechthild. Alles klar bei euch?«

»Bestens. Alles in bester Ordnung, Sternchen.« Mechthilds Umarmungen waren lang und sehr herzlich. Ein klein wenig erinnerte Mechthild Stella an eine schrullige Waldhexe, was vermutlich daran lag, dass sie eine graue Sturmmähne hatte und immer etwas aus Filz trug. Heute waren es eine tannengrüne Filzweste und pinke Filzstulpen.

»Ich habe dir Milch mitgebracht. Und gestern hatten wir abends Nudelauflauf, da habe ich dir auch was in eine Tupperdose gepackt. Ach, hätte ich nur gewusst, dass du Besuch hast, da hätte ich eine Portion mehr gemacht! Ich laufe gleich noch mal los und hole ein paar eingelegte Birnen, die könnt ihr zwei dazu essen!«

»Danke, Mechthild, aber deine Portionen langen ohnehin für eine Fußballmannschaft.«

Es roch angebrannt. Synchron blickten sie alle zum Herd, wo es aus einer Pfanne heraus rauchte.

»Mist, der Pfannkuchen!«, fluchte Max und lud den angebrannten Pfannkuchen auf einen Teller. Er trug die rot gepunktete Schürze ihrer Mutter.

Zu Stellas und Timmys Leidwesen lehnte Mechthild das Angebot, mit ihnen zu frühstücken, ab. »Ach, wie lieb von euch, aber die Arbeit wartet nicht! Komm, Timmy-Schatz, wir ziehen uns zurück. Die beiden haben sicher viel zu besprechen.«

»Mum, nenn mich nicht immer Timmy-Schatz! Ich bin siebzehn Jahre alt!«

Als sie allein waren, schnitt Max ein dickes Stück Butter in die Pfanne. Jep, definitiv Lizzys Bruder. Wie sollte sie sich ihm gegenüber verhalten? Sollte sie ihn einfach mit Fragen löchern? Unsicher zog sie die Ärmel ihres Pullovers über die Hände, verfolgte, wie er Teig in die Pfanne goss, holte Luft, um etwas sagen, sagte dann doch nichts und wollte gerade auf dem Absatz kehrtmachen, als Max ihr Unbehagen zu spüren schien und das Schweigen brach. »Deine Mutter und ich haben jeden Sonntag Pfannkuchen zum Frühstück gemacht. Schau, was ich da gelernt habe ...« Er machte eine ruckartige Bewegung mit der Pfanne, sodass der Pfannkuchen hochflog, sich drehte und wieder sicher in der geschmolzenen Butter landete.

»Cool.« Stella schenkte ihm ein Lächeln.

»Ich dachte mir, du hast vielleicht Hunger«, sagte Max und wirkte auf einmal ganz klein. »Pfannkuchen sind leider das Einzige, was ich kann. Dosen öffnen kann ich noch gut. Hast du denn Hunger?«

Wie auf Kommando knurrte ihr Magen. Verräter. »Ein klein wenig vielleicht ...«

Man musste Stella zugutehalten, dass sie kurz zögerte, mit Max zu frühstücken. Immerhin wusste sie noch nicht, weshalb er wirklich hier war und was zwischen ihm und seinen Geschwistern vorgefallen war. Aber konnte jemand, der am Grab ihrer Mutter weinte, ein schlechter Mensch sein? Und hatte nicht jeder eine Chance verdient, vor allem, wenn er mit Pfannkuchen, Marmelade und Kaffee vor einem stand? Außerdem war es ziemlich schwer, einen alten Mann, dessen Hände stets leicht zitterten und dessen Augen so viel gesehen zu haben schienen, nicht gernzuhaben.

Max platzierte den Teller mit Pfannkuchen auf dem Tisch. Sie setzten sich.

»Stella«, begann Max auf einmal. »Ich würde es großartig finden, wenn du mir eine Chance geben würdest, dir zu beweisen, dass ich kein schlechter Kerl bin. Wir zwei sitzen im selben Boot. Du willst die Villa behalten, ich will die Villa behalten.«

»Ich denke nicht, dass ich in dieser Angelegenheit ein Mitspracherecht habe. David und Lizzy haben schon einen Makler beauftragt. Dieser Elliott war bereits hier und ...«

»Elliott?«, unterbrach Max sie, legte den Kopf in den Nacken und lachte laut. »Stella, bitte! Elliott ist ein kleiner Junge! Und du bist eine Frau, eine sehr hübsche noch dazu! Den kannst du doch um den Finger wickeln! Führe ihn bereitwillig durch die Villa und zeig ihm, was alles kaputt oder reparaturbedürftig ist, dann kann er den Verkaufspreis für die Villa nicht allzu hoch ansetzen. In dem Fall werden meine Geschwister wohl kaum verkaufen. So einfach ist das.«

»Ich fühle mich schlecht dabei. Als würde ich die beiden hintergehen.«

»Du wehrst dich doch nur.«

»David und Lizzy scheinen aber überzeugt zu sein, dass es das Beste ist, die Villa zu verkaufen. Und die ganzen Reparaturen? Wie soll ich das alles bezahlen? Ich kann nicht von Lizzy und David verlangen, dass sie die Kosten übernehmen.«

»Ich könnte die Kosten übernehmen und meinen Teil der Villa auf dich überschreiben.«

Stella hob den Blick. »Warum solltest du das tun?«

»Die Villa ist für mich mit vielen Erinnerungen verbunden. Und im Alter, wenn es auf das Ende zugeht, wird man wohl melancholisch.«

Warum mussten alte Leute so oft Anspielungen auf ihren Tod machen?

Sie schenkte sich Kaffee ein, schwenkte ihn in ihrer Tasse und straffte sich. Sie hoffte, dass diese Reihenfolge einigermaßen eindrucksvoll war. »Das machst du doch nicht einfach so. Was willst du dafür im Gegenzug?«

»Es gibt da tatsächlich etwas, das du für mich tun könntest …«, sagte Max. »Ich habe nur einen einzigen Wunsch fürs neue Jahr. Aber den zu erfüllen wird nicht leicht werden.«

Was das sein solle, fragte Stella.

»Sorg dafür, dass meine Geschwister mir verzeihen.«

Da bemerkte Stella, wie erschöpft und traurig Max aussah. Ein einsamer, alter Mann.

Sie verfolgte, wie er seinen Pfannkuchen mit Marmelade bestrich, zusammenrollte und hineinbiss. Genauso, wie ihre Mutter es immer getan hatte. »Warum bittest du sie nicht selbst um Verzeihung?«

»Du hast gemerkt, wie meine Geschwister auf mich reagieren. Es ist auch nicht so, dass ich es nie versucht habe. Als ich das letzte Mal mit David telefoniert habe, hat er mir an den Kopf geworfen, ich hätte die Familie zerstört, und dann einfach aufgelegt. Aber ich glaube, du kannst ihn und Lizzy dazu bewegen, mir eine zweite Chance zu geben. Du bist Inges Kind, sie werden dir zuhören.« Max biss von seinem Pfannkuchen ab und leckte sich Butter und Marmelade von den Lippen.

»Dann sag mir, was vorgefallen ist.«

Max atmete lang und schwer aus und nickte schließlich. »Also gut. Ich erzähle es dir. Und jetzt iss deinen Pfannkuchen, sonst wird er kalt.«

Stella sah auf ihren Teller hinab, damit Max nicht bemerkte, dass seine unerwartete Fürsorge Stella ein kleines Lächeln auf die Lippen gezaubert hatte. Sie bestrich ihren Pfannkuchen mit Marmelade, rollte ihn, biss hinein und konnte dann doch ein Kichern nicht mehr zurückhalten, als ihr halbes Gesicht voll mit Butter und Mechthilds Kürbis-Zimt-Gelee war.

Kurz lachte Max mit ihr, doch dann richtete sich sein Blick nach innen, und es war, als wäre er gar nicht mehr wirklich anwesend, als wäre er zurückgekehrt nach Encinitas, seinem Zuhause, dem er seit so vielen Jahren den Rücken gekehrt hatte. »Der Grund, warum meine Geschwister nichts mehr mit mir zu tun haben wollen, ist, dass ich ein Arschloch bin. Ein selbstsüchtiges, unüberlegtes Arschloch ... Ich habe die Frau meines Bruders geliebt. Ich habe dagegen angekämpft, ehrlich, aber verdammt, ich war so schrecklich verliebt in diese Frau ...«

16

1941

Theresa

Am siebten Dezember half Theresa Lizzy und deren Mutter dabei, Weihnachtssterne in San Diego auszuliefern. Vielmehr war es Frau Licht, die die Poinsettien, nun überwiegend im Topf, in die Cafés und Restaurants trug, denn Theresa und Lizzy hatten sich fast drei Wochen lang nicht gesehen und plauderten, als wären es Jahre gewesen. Mit einem geduldigen Schmunzeln nahm Frau Licht diese Arbeitsteilung hin.

Inzwischen hatte Lizzy ihr Studium wieder aufgenommen und hatte einiges zu tun. Max war nach fast einem halben Jahr, in dem er auf einem Berg Schafe gehütet hatte, wieder heimgekehrt und war laut Lizzy verändert. Er wirkte unruhig, wie ein wildes Tier, das man eingesperrt hatte, trank mehr als sonst und stritt deshalb oft mit seinem Vater. Seit der Hochzeitsnacht, in der Max ihr seine Gefühle gestanden hatte, hatte Theresa ihn nicht mehr gesehen.

Nach dem großen Tag hatten David und Theresa eine Villa am Rande von Encinitas bezogen, die ihr Vater gekauft hatte. Lizzy wollte alles wissen über die Pflichten und den Alltag einer Ehefrau und wie sich Theresa in ihrer neuen Rolle gefalle. »Es ist wundervoll, verheiratet zu sein«, schwärmte Theresa. »Manchmal fürchte ich, dass mir all die Verpflichtungen über den Kopf wachsen, aber ich selbst wachse daran.«

»Woher wusstest du eigentlich, dass mein Bruder der Richtige für dich ist?«, fragte Lizzy.

»Wie meinst du das?«

»Na, wann war der Tag, an dem du gemerkt hast, dass du ohne ihn nicht sein kannst?«

Theresa verstand noch immer nicht.

»Der Tag, an dem du gemerkt hast, dass dein Herz in seiner Gegenwart schneller schlägt. Dass dein Kopf aussetzt.«

»Ich weiß nicht … Vielleicht war das der Tag, an dem wir auf dem Gelände Räuber und Prinzessin gespielt haben und auf einmal die Schlange vor mir war, David sie am Schwanz gepackt und von mir fortgeschleudert hat.«

»Das war nicht David, das war Max. Das weiß ich noch ganz genau.«

»Oh. Dann war es … Meine Gefühle zu ihm sind wohl mit der Zeit entstanden. Wir kennen uns, seit wir Kinder sind.«

»Kann man das denn? Jemanden mit der Zeit lieben lernen?«, fragte Lizzy.

»Ich glaube, wenn man jemanden kennt, so richtig gut kennt und alles von ihm weiß, kann man gar nicht anders, als ihn zu lieben.«

Darüber dachte Lizzy eine Weile lang nach. »Und …« Lizzy warf einen Blick über die Schulter, ob ihre Mutter in der Nähe war. »Und dein erstes Mal?«

»Du bist ja heute neugierig!«

»Du bist die einzige Freundin, die ich danach fragen kann. Also? Ist es so, wie man hört? Ein Erzittern?«

»Lizzy!«

»Eine Explosion?«

»Ich …«

»Wo bleibt ihr denn?«, rief Frau Licht, denn sie waren vor dem Café angekommen.

»Geh schon mal vor, wir kommen gleich nach«, antwortete Lizzy.

»Dein Bruder ...«, setzte Theresa an. »Er behandelt mich mit sehr viel Respekt.«

»Was soll denn das heißen?«

»Na ja, ein paarmal haben wir schon miteinander geschlafen, aber das ist schon eine Weile her. David sagt, er will mich zu nichts drängen ...«

»Das ist sehr ... vernünftig.«

»Nun ja. Der Vernünftige liebt weniger«, murmelte Theresa gedankenversunken. »Wir sind ja auch noch nicht allzu lang verheiratet ...«

»Eben deshalb! Ist die Leidenschaft nicht zu Beginn einer Ehe am stärksten? Mal ganz ehrlich, Theresa, findest du es nicht seltsam, dass ihr innerhalb von neun Monaten ...« Sie senkte die Stimme. » ... kaum miteinander geschlafen habt?«

Theresa seufzte. Sie hatte schon alles versucht: Sie hatte sich abends, auf dem Bett sitzend, langsam ihre Strümpfe von den Beinen gerollt. Sie hatte sich in Los Angeles rote Reizwäsche gekauft. »Sogar einen Kuchen habe ich ihm gebacken! Damit er weiß, dass ich ihn lieb habe!«

Lizzy verzog das Gesicht. »Weiß er das denn sonst nicht?«

Theresa zuckte mit den Schultern.

»Willst du es denn überhaupt? Willst du mit ihm schlafen?«

Sie standen nun vor dem Café. Theresa hielt sich an ihrer Handtasche fest. »Ich ... ich würde gern wissen, wie sich Leidenschaft anfühlt ...«

Frau Licht stand wie angewurzelt im Eingangsbereich des Cafés, den Weihnachtsstern noch immer in den Armen. Kurz befürchtete Theresa, sie hätte ihr Gespräch mit Lizzy gehört.

»Was …«, setzte Lizzy an, aber Frau Licht wies ihre Tochter an, still zu sein. Der Kellner stellte das Radio lauter, sodass alle hören konnten, was der Moderator verkündete: »We interrupt this program to bring you a special news bulletin. Die Japaner haben Pearl Harbor, Hawaii, per Luftwaffe attackiert. Präsident Roosevelt hat dies gerade bekannt gegeben.«

• • •

David

Wenn David abends von der Arbeit nach Hause kam, verkroch er sich meist sogleich in sein Arbeitszimmer, öffnete die Fensterläden, die gegen die Mittagshitze geschlossen gewesen waren, und machte sich an sein Werk. Er stürzte sich ins Aufzeichnen sämtlicher Erfahrungen, Hinweise und Ratschläge zur Zucht von Weihnachtssternen. Aus der Unordnung all der Notizblätter, die sich auf der Fensterbank stapelten, sollte mit der Hilfe seines Vaters ein Ratgeber für zukünftige Nachkommen entstehen. Selbstverständlich unter strengster Geheimhaltung. Absolut niemand durfte davon erfahren, denn die Familie hatte sich ein Monopol auf dem Markt erarbeitet, und einige Züchter gierten nach dem Rezept, durch das die Weihnachtssterne der Licht-Ranch zu den schönsten weit und breit wurden. Wie ernst es den Leuten war, hatten sie bereits bewiesen. Zum Glück war von den Spuren des Feuers nun, ein Jahr später, kaum noch etwas zu sehen, und die Weihnachtssterne wuchsen und gediehen aufs Prächtigste.

Indem David sich so sehr in die Arbeit stürzte, vermied er, sich mit dem auseinanderzusetzen, was er auf seinem Hochzeitsfest belauscht hatte: nämlich, dass sein Bruder Theresa liebte und

Theresa seinen Bruder. Er stellte sich vor, wie erfüllt die Beziehung der beiden wohl wäre. Morgens, wenn Theresa sich ihren Seidenmantel überzog, würde Max die Bänder wieder öffnen und sagen: »Komm zurück ins Bett.« Und Theresa würde sich gespielt zieren, weil sie wusste, dass Max sie dann einfach hochhob und auf die weichen Kissen legte, wo er sie mit Küssen bedeckte.

David konnte kaum noch schlafen. Wälzte sich meist nachts in seinem Bett nur hin und her.

Er spürte, dass durch seine Ruhelosigkeit in jener Nacht auch Theresa nicht schlafen konnte, nahm seine Decke und wollte das Schlafzimmer leise verlassen.

Theresa wandte sich ihm zu. Ein dünner Strahl Mondlicht fiel auf ihr elfenhaftes Gesicht, das so unendlich traurig war. »Warum kannst du mich nicht lieben?«, flüsterte sie.

»Das tue ich doch«, erwiderte er nach einem Moment der Stille. »Und weil ich es tue, lasse ich dir deine Freiheit. Ich glaube ... ich würde es verstehen, wenn du deine Entscheidung, mich zu heiraten, bereust, weil ... weil du eigentlich Gefühle für meinen Bruder hegst.«

»Was redest du da?«

»Jedenfalls lasse ich dir die Freiheit zu entscheiden, was du willst«, antwortete er bloß.

Theresa sah ihn mit großen Augen an, als wäre dies das erste Mal, dass etwas Derartiges von ihr verlangt wurde.

17

1942

Lizzy

Der Kranz aus Mistelzweigen, der an der Tür hing, schwang einmal von rechts nach links, als Tom in sein Arbeitszimmer platzte, als hätte er keine Zeit zu verlieren. Er trug einen perfekt sitzenden Anzug, den dritten in Folge, und wollte von Lizzy wissen, welches Modell ihn wie den nächsten Stadtverwalter von Encinitas aussehen ließ. In ein paar Tagen würde er seine letzte große Rede halten, bevor die Wahlen anstanden. Endlich, nach über einem Jahr harter Wahlkampfarbeit. Das Grau des Anzugs unterstreiche seine Augen, sagte Lizzy, nur die Golduhr solle er ablegen, wenn er die ärmere Wählerschicht nicht vergraulen wolle.

»Wie recht du hast. Und welches Glück ich habe, dass du hier bist.«

Tom missfiel es, als Lizzy erwiderte, sie greife ihm gern unter die Arme. »Das klingt, als hätte ich eine Stütze nötig«, entgegnete er, als er sich die Manschettenknöpfe anlegte. »Ich würde bevorzugen, dass du mir zur Seite stehst. Das schmeichelt auch dir, findest du nicht auch? Es macht uns irgendwie … ebenbürtig.«

»Das sind wir doch auch.«

»Nun, das stimmt wohl weder in der Theorie noch in der Praxis«, entgegnete Tom.

»Solange sich niemand dafür einsetzt.«

»Und das willst ausgerechnet du sein?«

Lizzy reckte ihr Kinn. »Warum nicht?«

Tom wollte etwas erwidern, hielt es dann jedoch für besser zu schweigen. Er wandte sich seiner Krawatte zu. Lizzy erhob sich von der Fensterbank und löste den schiefen Knoten. Es erfüllte sie mit leichtem Unbehagen, Tom so nahe zu sein, nah genug, um einander zu küssen. Doch Tom schien das nicht zu bemerken.

»Lizzy, in dir schlummert etwas Aufsässiges«, sagte er auf einmal. »Das ist gefährlich für ein junges Ding.«

Er las wohl in ihrem Blick, dass seine Aussage ihr sauer aufstieß, und fügte hinzu: »Ich mache mir nur Sorgen um dich. Ich will nicht, dass dir etwas zustößt oder du enttäuscht wirst.«

»Also besser auf ewig stillhalten und zusehen, wie alles beim Alten bleibt? Lieber aus Angst schweigen?«

Darüber dachte er nach. Schließlich sagte er: »Auf den richtigen Zeitpunkt warten.«

»Den erkennt man doch erst, wenn es schon zu spät ist.«

»Würdest du mich denn wählen?«, fragte er plötzlich.

»Wenn du dich mehr für eine anständige Entlohnung der Feldarbeiter einsetzt und es schaffst, die Ausländer ...«

»Das meine ich nicht«, unterbrach Tom sie. »Würdest du mich wählen?«

Lizzys Mund öffnete sich, aber es kam kein Laut hervor. Ihr Hals war wie zugeschnürt. Also nahm Tom ihre Hand. »Du und ich, wir sind ein gutes Team. Es wäre doch nur sinnvoll, wenn wir uns zusammentun.«

»Bitte nicht, Tom ...«

Doch er sprach es aus: »Willst du mich heiraten, Lizzy?«

Lizzy war wie ein Tier, auf das ein Auto zuraste: unfähig zu reagieren. Sie dachte an den vergangenen Abend, als sie ihn gefragt hatte, ob sie ihn zu seiner großen Rede begleiten solle.

»Nein. Ich meine, warum solltest du?«, hatte er erwidert.

»Ja, warum sollte ich …«, hatte sie leise zu sich selbst gesagt, weil ihr der Mut gefehlt hatte, ihn darauf hinzuweisen, dass sie es gewesen war, die seine Rede verfasst hatte. Es waren ihre Gedanken, ihre Ideen, ihr Herzblut, das hineingeflossen war. Sie waren kein Team. Er hatte es eben selbst gesagt: In seinen Augen war Lizzy ihm nicht ebenbürtig.

»Tom, du bist ein toller Mann, aber ich kann dir nicht die Frau sein, die du verdienst! Ich kann nicht mal kochen! Ich weiß nicht, wie man strickt, und die Vorstellung, einmal pro Woche mit anderen Ehefrauen Kaffee zu trinken …« Lizzy tat so, als würde sie keine Luft mehr bekommen.

»Du würdest in diese Aufgabe hineinwachsen.«

»Wir beide wären ein Desaster! Wir passen doch nicht einmal besonders gut zusammen. Wir sind beide furchtbar dickköpfig … Früher oder später würden wir uns gegenseitig umbringen!«

»Ich würde mich für dich ändern …«

»Ich will nicht, dass du dich für mich änderst!«

»Aber alle erwarten von uns, dass wir heiraten! Deine Eltern, mein Vater, Theresa …«

»Ich glaube nicht, dass ich jemals heiraten werde, Tom. Ich liebe meine Freiheit. Zu sehr, um sie jemals aufzugeben und mich zu binden.«

»Du täuschst dich. Irgendwann wirst du heiraten, weil das nun mal der Lauf der Dinge ist. Und selbst wenn du diesen Mann liebst, so wird diese Liebe schnell verfliegen, wenn du dich nicht vorausschauend entschieden hast. Du willst doch etwas in deinem Leben erreichen, Lizzy. Mit mir an deiner Seite kannst du das. Ich habe Einfluss, also sei vernünftig, und triff deine Entscheidung weise.«

»Ich …«

»Oder ist es wegen dieses Mexikaners?«

Sie dachte daran, wie Miguels Knie das ihre am vergangenen Tag berührt hatte, als sie beim Scheuern der Töpfe nebeneinandergesessen hatten. Aus Versehen? Wie auch immer, Lizzy hatte ihres zurückgezogen, aus Schreck über die plötzliche Berührung. Als ihr klar geworden war, wie sehr sie diesen plötzlichen Ruck, der durch ihren Körper gegangen war, genoss, hatte sie das seine mit ihrem Knie berührt. Eine Berührung wie zufällig. Als wäre sie ganz auf die Arbeit konzentriert, hatte sie den Topf geschrubbt und gar nicht mehr gespürt, wie kalt das Wasser war, denn ihr war ganz warm geworden, ja mit jeder Sekunde, die verstrich, war ihr wärmer geworden, bis sie sogar leicht zu schwitzen anfing. Und als Miguel sein Knie nicht weggezogen hatte, hatte sie den Druck verstärkt, und die Berührung war zu einer Frage geworden: ›Darf ich das? Und wenn ja, was macht das mit uns?‹ Noch nie hatte sie so viel Mut besessen wie in diesem Moment.

Und Miguel hatte den Druck erwidert.

Ihr war fast übel geworden vor Aufregung und Glück, wie wenn man an Weihnachten viel zu viele Plätzchen nascht und doch nicht aufhören kann, obwohl man weiß, dass man es vielleicht bereuen wird.

Dann auf einmal hatte Miguel sein Bein fortgezogen. Weg war das Hochgefühl gewesen, denn sein Blick war fast wütend gewesen. War Lizzy zu weit gegangen? Hatte sie sich seine Zuneigung nur eingebildet?

Lange hatten sie sich in die Augen gesehen, bis Lizzy begriffen hatte: Miguel war wütend auf sich selbst gewesen. Sein Blick hatte gesagt: Fast hätte ich die Beherrschung verloren. Fast hätte ich mich nicht zurückhalten können.

Ja, Tom, natürlich ist es wegen Miguel.

Aber das sagte sie ihm nicht. Sie log, obwohl sie Lügen verabscheute. »Miguel hat damit nichts zu tun.«

Tom nickte, doch in seinem kalten Blick konnte sie lesen, dass er ihr nicht glaubte.

18

1942

Lizzy

Es war ein Morgen wie auf einer Postkarte. Die Berge zu beiden Seiten des großen Tals lagen in silbrigem taufrischen Dunst. Ein sanfter, flüsternder Wind kam in leisen Stößen aus Südwesten und trug den Duft der erwachenden Natur zu ihnen.

Miguel half Lizzy dabei, die letzten Weihnachtssterne zu schneiden, ehe die Pflanzen in ihren wohlverdienten Frühjahrsschlaf gingen, um zum Ende des Jahres wieder vor Schönheit und Pracht zu erstrahlen. Lizzy zeigte ihm, was er zu tun hatte, aber ihr Nacken prickelte, weil er eigentlich nur sie ansah.

»Konzentrier dich«, sagte Lizzy und klemmte sich eine Haarsträhne hinters Ohr.

»Ich mag es, wenn du diesen lehrerhaften Ton aufsetzt«, neckte er sie.

Das Prickeln breitete sich in ihr aus und erfasste ihren ganzen Körper. Inzwischen war es wieder zur Gewohnheit geworden, dass sie sich berührten, wie früher, als sie beste Freunde, Bruder und Schwester gewesen waren. Aber die Berührungen hatten sich verändert. Es waren die Berührungen von Menschen geworden, die sich heimlich danach sehnten, den Körper des anderen zu erforschen, ihm näher als nur nah zu sein.

»Wir kommen so nicht weiter, Miguel!«

»Aye, aye, Señorita!« Miguel salutierte. »Wie lange willst du eigentlich noch neben deinem Studium als Toms Sekretärin arbeiten? Wird das nicht auf die Dauer zu viel?«

»Das geht schon. Außerdem bin ich nicht seine Sekretärin«, erwiderte Lizzy. »Ich bin ... egal. Es läuft gut.«

»Du klingst nicht gerade begeistert.«

Seit Tom Lizzy den Antrag gemacht hatte, hatte sie ihn nicht mehr gesehen. Er hatte ihr versprochen, dass sich nichts an ihrer Freundschaft ändern würde, nur dachte Lizzy, dass sie niemals wirklich miteinander befreundet gewesen waren. Nun, da sie ihn zurückgewiesen hatte, blieb nicht mehr viel zwischen ihnen übrig, und das schien auch Tom zu spüren.

Auf einmal knatterte und rumpelte es. Synchron blickten Miguel und Lizzy zur Ranch, auf deren Grundstück eine uralte Rostlaube quietschend zum Stehen kam. Ehe der Motor erstarb, knallte es laut, und eine Wolke schwarz-grauen Rauches qualmte aus dem Auspuff. Dieser schon mehrmals tot geglaubte und doch immer wieder zum Leben erweckte Dodge gehörte Haruto Jokanashi, Katusos Ehemann.

Ein Teil von Lizzy wollte mit Miguel auf dem Feld bleiben, wo sie allein waren, nur er und sie, und wo Lizzy sich manchmal erlaubte, mit ihm zu flirten, ein kleines bisschen nur, und wenn sie zu weit ging, über sich selbst erschrak, errötete und sich wie eine Schildkröte in ihren Panzer zurückzog, um schließlich doch wieder langsam hervorzukommen. Ein anderer Teil wunderte sich, was Harutos Besuch bedeutete.

»Komm, lass uns nachsehen«, sagte sie zu Miguel. »Vielleicht haben wir Glück, und es gibt Kaffee und Kuchen.«

Doch aus dem Wagen stieg nicht Katusos Ehemann, sondern sie selbst. Sie weinte bitterlich.

»Ich habe nicht viel Zeit ...« Katuso wischte sich die Tränen aus dem Gesicht. »Bei uns waren Männer vom FBI. Sie haben alles durchsucht. Alles! Selbst meine Strümpfe!«

»Jetzt beruhige dich erst mal«, sagte Lizzys Mutter und zog Katuso auffordernd einen Stuhl zurück.

»Sie sagen, wir wären potenziell gefährliche Ausländer. Haruto und meinen Schwiegersohn haben sie gestern Abend abgeholt. Weiß der liebe Gott, wohin sie die beiden gebracht haben!«

»Aber das FBI kann doch nicht einfach so unschuldige Menschen mitnehmen!«, mischte Lizzy sich ein.

»Haruto ist in Little Tokio in Los Angeles in einem japanischen Verein, der hin und wieder Versammlungen organisiert. Die Regierung geht wohl davon aus, dass die Japaner diese Versammlungen nutzen, um Anschläge zu planen. Es heißt, wir kommen alle in Lager! Ich wollte euch da nicht mit reinziehen, aber ich weiß nicht mehr weiter …«

Max stand auf dem Lastwagen-Aufsatz und nagelte Bretter auf die Seitenwände. Sein Kopf war tief über die Arbeit gebeugt, als ihre Mutter ihn zu sich rief. »Geh und hol deinen Vater. Er ist mit David im Labor.«

»In Los Angeles haben sie nachts die Scheiben von japanischen Restaurants zertrümmert und Läden verwüstet und ausgeraubt.« Die Worte kamen stockend, da Katuso am ganzen Körper zitterte. »Das FBI hat zu uns gesagt, dass wir enteignet und schon morgen all unsere Sachen geholt werden. Übermorgen sollen wir uns am Bahnhof einfinden, von dort aus bringen sie uns mit von der Armee organisierten Sondertransporten in Lager.«

»Wer hat das veranlasst?«, fragte Lizzy.

»Die Regierung Roosevelt. Wegen des Angriffs auf Pearl Harbor. Aber ich habe den Großteil meines Lebens in Amerika verbracht!«

»Was sind das für Lager?« Ein eisiger Schauer lief Lizzys Rücken hinab. Sie hatte schreckliche Dinge über Lager in Deutschland gehört, in die Menschen gesteckt wurden, die in Hitlers Regime unerwünscht waren.

»Ich weiß nicht ... Internierungslager ... Eine sogenannte Kriegs-Umsiedelungsbehörde steckt dahinter. Was sollen wir denn jetzt tun?«

Ihre Mutter dachte angestrengt nach. »Wir machen es folgendermaßen«, sagte sie schließlich. »Bis Klarheit herrscht, stellt ihr eure Gerätschaften in unseren Scheunen unter. Wenn uns jemand fragt, behaupten wir, es wären unsere. Sobald alles wieder beim Alten ist, holt ihr euren Besitz ab.«

Max erklärte sich sofort bereit zu helfen. Angst vor dem Gesetz hatte er noch nie gehabt. Auch Lizzy und Miguel waren nicht davon abzubringen. Nur David schwieg.

»Und was ist mit dir, David?«, hörte Lizzy sich leise fragen.

Er konnte ihr nicht in die Augen sehen. »Ich muss an meine Familie denken.«

Lizzy verstand ihn. Oder vielmehr redete sie sich ein, ihren Bruder zu verstehen. Er war verheiratet und trug Verantwortung – nicht nur für Theresa, sondern auch für seinen Schwiegervater und Tom. Würde herauskommen, dass er einer japanischen Familie geholfen hatte, gegen das Gesetz zu verstoßen, hätte Tom keine Chance auf einen Sitz in der Stadtverwaltung. Vielleicht würde David sogar ins Gefängnis kommen.

Als es bereits tiefe Nacht war, ging es los. Die kleine Baumwollfarm, die Haruto bewirtschaftete, lag zum Glück ein gutes Stück außerhalb von Encinitas, und dennoch fuhren sie Moudy in Schrittgeschwindigkeit, damit der Motor nicht zu laut dröhnte und man auf sie aufmerksam wurde. Motorsäge, Werkzeugkästen, Ersatzreifen, sogar ein Moped – alles wurde auf der Ladefläche zur Licht-Ranch transportiert. Katuso saß auf dem Beifahrersitz, ein

Kästchen mit ihrem wenigen Schmuck auf dem Schoß, den sie auf dem Licht-Grundstück vergraben würden. Max fuhr den Traktor inklusive Anhänger, auf dem, eingepackt in Decken, Katusos Tochter Yuna sowie deren zwei Kinder saßen, die die Augen kaum offen halten konnten.

Gerade als sie die Scheune verriegelten, in der all der Besitz der Familie Jokanashi verstaut war, ging die Sonne auf.

»Jetzt gibt's für alle ein kräftiges Frühstück!«, rief ihre Mutter voller Enthusiasmus aus, bemüht, gute Laune und Energie zu verbreiten. »Das haben wir uns verdient!« Sie kniete sich vor die beiden Kinder. »Habt ihr Lust auf eine heiße Schokolade?«

Die beiden nickten schüchtern.

Bald schon duftete es nach frisch aufgebrühtem Kaffee, geröstetem Brot und Spiegeleiern mit Speck, und sie alle scharten sich mit knurrenden Mägen um den runden Tisch. Da kam ein Wagen die Einfahrt hinaufgefahren, den ein jeder im Ort kannte: Der Ford von Sheriff Sawyer.

»Was kann der Sheriff von uns wollen?«, sprach ihre Mutter aus, was alle dachten.

Lizzy glaubte, sämtliche Herzen am Tisch schlagen zu hören.

Als hätte er alle Zeit der Welt, stieg Sawyer aus seinem Wagen und ließ den Blick über das Grundstück schweifen. »Hier scheint es eine kleine Versammlung zu geben«, sagte er und spuckte auf den Boden.

»Lediglich ein gemeinsames Frühstück«, erwiderte ihre Mutter betont freundlich. »Darf ich Ihnen einen Kaffee anbieten, Sheriff?«

»Nein, danke.« Sawyer lächelte und entblößte dabei eine Reihe kleiner, recht scharfer Zähne. »Ziemlich ausländerfreundlich hier …«, sagte der Sheriff, legte den Kopf schief und wandte sich an Katuso. »Bei euch war ich gerade. Ich wollte euch sicherheitshalber auf eure Pflicht aufmerksam machen, euch übermorgen am Bahnhof einzufinden, aber euer Hof war wie ausgestorben.« Wie eine Schlange, die sich langsam anpirschte, kam Sheriff Sawyer auf sie zu. »Es erschien mir bei euch recht … sagen wir mal: leer? Ich habe mich gefragt, wo all eure Gerätschaften hingekommen sind.«

Katuso hob ängstlich den Blick. »Wir haben nie viel besessen. Das Wenige, das uns gehörte, haben wir vor Kurzem verkauft.«

»Ach ja? Ist das so? Was würde passieren, wenn ich einen Blick in die Scheune dort drüben werfe?«

Ihr Vater sprach klar und geduldig, wie jemand, der sich sicher war, dass sich schon bald alles zum Allgemeinwohl aufklären würde. »Sheriff Sawyer, tun Sie, was Ihnen notwendig erscheint. Wir werden hier solange frühstücken und dann alle an unsere Arbeit gehen.«

Lizzy wurde übel vor Angst. Was sollte sie tun? Was würde aus Katuso und ihrer Familie werden, wenn der Sheriff die versteckten Gerätschaften fände? Wie sie ihren Vater kannte, würde er die alleinige Schuld auf sich nehmen, um seine Familie zu schützen. Man würde ihn der Mittäterschaft anklagen und ihn hinter Gitter stecken!

»Nur zu.« Ihr Vater schenkte sich Kaffee nach, fügte einen Schuss Sahne hinzu und rührte einen Würfel Zucker hinein. »Sagen Sie Bescheid, wenn Sie fertig sind, dann bekommen Sie eine Tasse Kaffee.«

Der Sheriff machte einen Schritt auf die Scheune zu, und ihr Vater setzte sich wieder und nahm eine Scheibe Brot. »Nicht, dass der Speck noch kalt wird. Kalter Speck schmeckt nicht.« Er blickte in die Runde, als würde er sich wundern, wie still alle waren.

Ihr Vater spielte den Ahnungslosen derart überzeugend, dass

selbst Lizzy nicht mehr sicher war, ob sie heute Nacht nicht einfach nur schlecht geträumt hatte.

Dem Sheriff war anzusehen, dass er hin- und hergerissen war. Einerseits drängte es ihn danach, einen Blick in die Scheune zu werfen in der Hoffnung, sie alle zu überführen. Andererseits war er unsicher geworden und wollte sich nicht die Blöße geben, sollte er tatsächlich im Unrecht sein. »Also gut«, sagte er mit zusammengebissenen Zähnen.

Lizzy hätte laut lachen können vor Erleichterung. Unter dem Tisch hatten sich ihre Finger mit Miguels verschränkt, und sie spürte, dass er sich an ihr festhielt.

»Aber es besteht Fluchtgefahr, denn ganz offensichtlich haben diese Japaner hier heimlich ihre Sachen zusammengepackt.«

»Ich verspreche Ihnen, Sheriff, dass dies nicht der Fall ist«, beschwor Katuso. »Wir sind anständige Bürger ...«

»Bürger!«, rief der Sheriff aus. »Ihr seid keine Bürger! Ihr seid nicht mal Amerikaner! Übermorgen kommt ihr ins Lager. Und damit ihr mir nicht bis dahin abhaut, nehme ich die zwei Kinder schon jetzt mit. Sozusagen als Garantie. Kommt her, ihr beiden ...« Er streckte die Hand aus und lächelte, doch sein Lächeln glich eher einem Zähnefletschen.

Die beiden Kleinen, die eben noch so glücklich über die heiße Schokolade gewesen waren, blickten verunsichert zu ihrer Mutter auf.

»Was? Was soll das?« Yuna war panisch. Sie sprang von ihrem Stuhl auf, um ihre Kinder zurückzuhalten, die wie zwei Marionetten artig die Stufen hinabstiegen. Carl, der Kleinere der beiden, hielt seinen geliebten Teddy an sich gedrückt. »Nein! Ich werde nicht zulassen, dass man mich von meinen Kindern trennt!« Yuna stellte sich vor die beiden, eine kämpfende Löwin.

Doch der Sheriff stieß sie zur Seite. Packte die Kinder an den

Unterarmen und zerrte sie in Richtung des Wagens. Carls Teddy fiel auf den Boden.

»Sheriff, seien Sie bitte so gnädig, und lassen Sie die Familie beisammen«, versuchte ihr Vater zu beschwichtigen. »Die Kinder …«

Von einer Sekunde auf die andere rastete Sheriff Sawyer aus. »Die Bälger steigen jetzt sofort in den verdammten Wagen, oder ich verhafte euch alle!« Er riss die Wagentür auf, stieß den kleinen Carl auf die Rückbank und die Tür hinter ihm zu. Aus dem Wagen war Carls herzzerreißendes Weinen zu hören. Dann zerrte er Paul, den zweiten Jungen, auf die andere Seite des Fords.

Auf einmal, ehe Lizzy reagieren konnte, war Miguel hinter ihm und packte ihn am Kragen. »Es sind Kinder!«, sagte er. »Unschuldige, kleine Kinder!«

Sawyer sprach gefährlich leise. »Lass mich los, oder ich knall dich ab.«

Lizzy wurde eiskalt, als sie mit ansehen musste, wie der Wagen davonfuhr, die Gesichter und Hände der beiden kleinen Jungs an die Fensterscheiben gedrückt. Wie Yuna auf dem Boden zusammenbrach. Wie sie verzweifelt in den Teddy schluchzte, den Carl verloren hatte.

»Woher hast du diese Gelassenheit genommen, Vater, als du dem Sheriff ins Gesicht gelogen hast?«, fragte Max. »Hätte er einen Blick in die Scheune geworfen, hätte er das ganze Hab und Gut von den Jokanashis gesehen, und wir wären dran gewesen!«

»Glaub mir, ich war alles andere als gelassen«, antwortete sein Vater. »Doch wäre Sawyer uns auf die Schliche gekommen, wären wir alle dran gewesen. Wenn es um den Schutz der Familie geht, dann entwickelt wohl ein jeder Vater fast übermenschliche Kräfte.«

Philipp wandte sich Miguel zu und sah ihn ernst an. »Es war

ehrenhaft von dir, wie du dich für Yunas Kinder eingesetzt hast. Doch ich befürchte, du wirst dich auf Ärger einstellen müssen.«

19

2006

Stella

Fast eine Stunde lang hatte Max Stella in der Küche beim Frühstück von früher erzählt. Die Zeit war nur so verflogen.

Auf einmal, als Stella die schmutzigen Teller aufeinanderstellte und Max für die leckeren Pfannkuchen dankte, verzog er das Gesicht und fasste sich ans Herz.

Ob er Schmerzen habe, fragte Stella überflüssigerweise. Ihre Panik versetzte sie in eine Art Schockstarre. Alles, was in ihrem Kopf hämmerte, war: Nein! Nein, nein, nein …!

Verdammt, konzentrier dich! Was hatte sie im Erste-Hilfe-Kurs gelernt? Herzdruckmassage? Wie sollte man sich auch an etwas erinnern, das schon fast zehn Jahre her war! Oder was stand noch mal auf diesem Plakat beim Arzt? Immer erst die 112 wählen …

Stella hatte schon den Telefonhörer in der Hand, als Max leise sagte: »Geht schon wieder.«

»Bist du dir sicher? Mir wäre es lieber, wenn …«

»Ganz sicher. Mach dir keine Sorgen. Ich habe heute ohnehin einen Arzttermin.«

»Bei dem Wetter?«

Es schneite und schneite und schneite. Im Radio wurde durchgesagt, man solle zu Hause bleiben. Auf den Straßen herrschte Verkehrschaos. Schulen waren geschlossen worden. Die Nachbarskinder bauten einen Schneemann auf dem Gehweg oder auf der Straße – es war nicht mehr zu unterscheiden. Innerhalb kürzester Zeit war der Schneemann jedoch nur noch ein formloser weißer Klumpen. Für gewöhnlich liebte Stella extreme Wetterverhältnisse und die Dramatik, die unweigerlich damit einherging. Doch gerade fürchtete sie sich.

Trotz all der Warnungen verließ Max zehn Minuten später das Haus. Stella sah ihm durch das Wohnzimmerfester nach, unsicher, ob sie ihn nicht lieber doch hätte begleiten sollen. Aber er hatte sich vehement geweigert. Schon war er in dem wirbelnden Weiß nur noch undeutlich auszumachen und schließlich ganz verschwunden.

Zum Glück gab es eine Freundin, die kein Wetter davon abhalten konnte, in die Tram zu steigen, zu Stella zu fahren, über den Schneeberg zu klettern, den der Pflug vor die Einfahrt geschoben hatte, und über die gefrorene Eisschicht zu schlittern, bis sie endlich vor dem Kranz aus Tannen- und Poinsettiazweigen stand, der an der Haustür hing. Eingepackt wie ein Eskimo, hielt Judith einen selbst gebackenen, unglaublich köstlich duftenden Marzipanstollen in die Höhe wie eine Trophäe. Außerdem war er noch leicht warm, wie Stella feststellte, als Judith ihr den in Klarsichtfolie eingepackten Stollen in die Hand drückte.

»Guck mal in meine Tasche. Ich hab uns *Titanic* mitgebracht«, sagte ihre Freundin, während sie sich die Stiefel von den Füßen zog und vor der Tür ausklopfte. »An so einem kalten Tag brauchen wir Jack. Der wird es uns schön warm machen.«

Schon war Judith zielstrebig in der Küche verschwunden und hantierte dort mit Geschirr, wie dem Klirren zu entnehmen war, während Stella noch immer an der Haustür stand und sich vom Wirbeln der Schneeflocken verzaubern ließ. Der Anblick war wunderschön. Die Flocken kamen von überall, rechts, links, oben, unten …

Titanic war ein Phänomen. Bereits wenn Oma Kate das erste Mal in Erscheinung trat, flossen die Tränen. Man wusste ja, welches Schicksal der alten Dame widerfuhr, man wusste ja um Jack und den tragischen Untergang des Dampfers der Träume, und trotzdem hoffte man doch jedes Mal, dass ein Wunder geschah und Jack am Ende gerettet wurde und mit Rose fünf Kinder in die Welt setzen würde.

Godzilla wusste ihre Rührseligkeit auszunutzen und streckte sich lang zwischen ihnen aus, und Judith und Stella trösteten sich damit, ihm den Bauch zu kraulen, wenn wieder diese herzzerreißend schöne Musik einsetzte, die einen emotional zerstörte …

»Sie nannten die *Titanic* das ›Schiff der Träume‹, und das war sie auch. Ja, das war sie …«, sagte Old Rose, während Judith den Stollen in daumendicke Scheiben schnitt und dabei den von ihr zubereiteten Kakao anpries: »Du trinkst gerade eine himmlische Mischung aus allem, was gut ist: Amaretto, Schokostreusel und Zimt. Übersetzt heißt das: hundert Kalorien mit nur einem Schluck – genau, was du brauchst.«

Stella nippte und grinste. In diesem Moment war sie zufrieden mit der Welt. »Kalorien sind sehr, sehr lecker.«

»Oh Mann, die alte Rose, wie sie so erzählt, das bringt mich um … Das Leben ist ungerecht …«, schniefte Judith.

»Denk immer daran: Sie hat die einzig wahre Liebe erfahren dürfen.«

»Trotzdem …« Judith tupfte sich mit der Spitze ihrer Kuscheldecke die Tränen aus dem Gesicht. »Alte Leute, die auf ihr Leben zurückblicken …«

»Das brauchst du mir gerade nicht zu erzählen …«

»Stimmt, davon hast du ja zurzeit die Volldröhnung!«

»Jep. Sosehr ich es liebe, es ist auch oft ziemlich aufwühlend.«

»Hat dein mysteriöser Onkel Max denn inzwischen gesagt, was er hier will?«

»Wohl eher, was er nicht will: nämlich, dass die Villa verkauft wird.«

»Das ist doch super! Dann zieht ihr beide an einem Strang!«

»Und ich soll ihm einen Gefallen tun.«

»Und was soll das für ein Gefallen sein?« Judith brach ein Stück Stollen ab, hob damit Sahne von ihrem Kakao und ließ es inklusive brummende Propellergeräusche wie bei einem Kleinkind auf Stella zufliegen.

Stella öffnete brav den Mund und redete dann kauend weiter. »Ich holl hafür horgen, hass heine Heschwister him herzeihen.«

»Du sollst dafür sorgen, dass ihm seine Geschwister verzeihen?«, übersetzte Judith. »Das ist alles? Das ist doch ein Klacks! Ruf einfach deine Oma Lizzy an, und sag ihr, es tue Max unendlich leid, und dann sagst du noch was zur Vergebung der Sünden und postweihnachtliche Friedenszeit und so weiter, und die Sache ist geritzt!«

Stella schluckte. »Wenn's nur so einfach wäre ... Gestern hat David angerufen und wollte Max sprechen. Schon nach fünf Minuten ist das Gespräch total eskaliert! So einfach ist es also wohl doch nicht. Deshalb will Max, dass wir gemeinsam nach Kalifornien fliegen.«

»Du fliegst wieder nach Kalifornien?!«

Stella, der alles wie meterhohe Weihnachtssternbüsche über den Kopf zu wachsen schien, schob sich ein weiteres Stück Stollen in den Mund, ohne es wirklich zu schmecken. »Max hahlt hohar den Fluhh.«

»Er zahlt sogar den Flug?«

Stella nickte. »Heute Abend bucht er unsere Flüge. Er will so bald wie möglich los.«

»Genial! Du kommst kostenlos nach Kalifornien! Was meinst du denn, könnte Max getan haben, dass seine Geschwister so wütend auf ihn sind?«

»Das«, sagte Stella, »habe ich mich auch schon gefragt.«

»Vielleicht hat er Geld veruntreut.«

»Oder er mag keine Weihnachtssterne.«

»Glaubst du«, fragte Judith, »es hat damit zu tun, dass deine Mutter aus Kalifornien abgehauen ist?«

Stellas Lächeln erlosch. »Ich weiß nicht ... Er scheint sie ziemlich gerngehabt zu haben. Über das, was geschehen ist, versinken ja alle nach wie vor in Schweigen.«

»Umso besser, wenn du noch einmal nach Kalifornien fliegst! Dann kannst du ihnen sagen, sie sollen endlich mal die wahre Geschichte erzählen, so wie die Old Rose in *Titanic*. Und wer weiß, vielleicht triffst du auf dieser Reise auch die Liebe deines Lebens, so wie Rose Jack getroffen hat!« Sie seufzte schmachtend. »Oh Mann, Leo ist wirklich heißer als diese heiße Schokolade mit Sahne.«

Woraufhin Stella, die sich gerade das letzte große Stück ihrer Stollenscheibe in den Mund geschoben hatte, erwiderte: »Und hindestens hehauso lecker wie hieser Stollen.«

Sie waren inzwischen bei der Szene angekommen: Jack, die personifizierte Sehnsucht, lehnte an der Reling, versunken in der ewigen Weite des Ozeans. Rose näherte sich ihm aus dem Hintergrund.

»Geben Sie mir Ihre Hand ...«, sagte Jack. »Jetzt schließen Sie Ihre Augen ... Vertrauen Sie mir?«

»Ich vertraue Ihnen.«

Schon wieder diese Panflöten-Musik, schon wieder flossen die Tränen.

»Jack, ich fliege!«

»Ich finde, wir sollten dir einen Freund suchen«, sagte Judith. Sie wusste ja noch immer nichts von Adam. »Mindestens so einen tollen Kerl wie Jack. Der bringt dich auf andere Gedanken.«

»Wenn überhaupt brauche ich einen Freund, der Geld hat«, witzelte Stella schwach. »Mal im Ernst: Ein Freund ist so ziemlich das Letzte, was ich gerade gebrauchen kann.«

»Ach ja?« Judith hatte diesen ganz bestimmten Blick. Diesen ganz bestimmten ›Ich weiß alles-Blick‹.

»Ja ...« Stella gab vor, von ihrer heißen Schokolade zu trinken, und versuchte dabei eigentlich nur, ihr Gesicht hinter der Tasse zu verstecken.

»Ach, komm schon, Stella! Ich bin deine beste Freundin! Du redest von diesem Adam wie von einem Heiligen!« Sie wischte mit dem Zeigefinger einen Sahneklecks von Stellas Nasenspitze. »Ich vermute, du hast mir nichts sagen wollen, weil er so was wie dein Cousin ist?«

»Das ist es nicht ... Wir sind nicht zusammen ... Es ist immer noch alles so durcheinander und kompliziert, und überhaupt, wie soll das funktionieren? Er lebt in Kalifornien und ich hier ...«

»Dann muss er eben zu dir kommen! Du hast jetzt mehr um die Ohren als er!«

»Aber er liebt Kalifornien! Dort sind all seine Freunde, seine Arbeit, sein Zuhause ...«, seufzte Stella.

»Du hast letztens erst selbst gesagt, dass du dich manchmal einsam fühlst!«

»Und das ist in Ordnung. Ich muss endlich mal lernen, allein zu sein! So bin ich zumindest mit Adam verblieben.«

»Du sollst dich ja auch nicht gleich in die nächste Beziehung stürzen. Such dir einfach einen Kerl, mit dem du für ein paar Stunden alles vergessen kannst, und nicht einen, der Hunderte von Kilometern entfernt ist!«

Stella seufzte, wich Judiths Blick aus und sah draußen im Schneegestöber eine Gestalt, die sich auf das Haus zubewegte. »Wer ist das?«, flüsterte sie zu sich selbst.

Judith sprang vom Sofa auf und ging zum Fenster. »Oh. Mein. Gott«, sagte sie. »Bitte sag mir, dass das Adam ist, dann nehme ich alles zurück!«

Stella quetschte sich neben Judith vor die Fensterbank. Die Scheibe beschlug von ihrem warmen Atem. »Nein«, sagte sie. »Das ist Elliott.«

»Elliott, der Immobilienmakler?«

»Genau der.«

»Oh mein Gott, warum hast du mit keinem Wort erwähnt, wie unsagbar heiß er ist? Den würde ich ja auch gern mal durch meine Wohnung führen und ihn dann in meinem Schlafzimmer einsperren!«

»Judith! Du hast einen Freund! Und hör auf, ständig ›Oh mein Gott!‹ zu sagen. Außerdem ist er ziemlich arrogant«, behauptete Stella und erntete dafür einen zweifelnden Blick. Elliott war nämlich gerade dabei, in der Einfahrt auf und ab zu laufen – oder vielmehr auf und ab zu rutschen, dabei mit sich selbst zu reden und Gesten auszuprobieren. Studierte er etwa Sätze ein? Judith und Stella drückten die Nasen an die Scheibe.

»Was hat er da in der Hand?«, fragte Judith und kniff die Augen zusammen. »Ist das ein Geschenk?«

»Wohl kaum. Ich meine, warum sollte er mir etwas schenken?«

»Vielleicht, weil er ein Gentleman ist?«

»Selbst wenn, dann sind da mit Sicherheit Pralinen drin, und ich mag keine Pralinen.«

In diesem Moment blickte Elliott zu ihnen. Zeitgleich stoben sie auseinander, um sich hinter den Gardinen zu verstecken.

»Glaubst du, er hat uns gesehen?«, flüsterte Judith.

Es klingelte.

Zähneklappernd stand Elliott vor der Tür und versuchte, seine eingefrorenen Mundwinkel zu einem Lächeln zu heben. »Hey.«

»War dir bewusst, dass Winter ist, als du das Haus verlassen hast?«, fragte Stella. Modisch mochte er zwar en vogue sein, aber mal ehrlich: Seine Jacke war aus einem seidenartigen Material, und er trug sie offen. Dafür lag ein Schal um seinen Hals, der so groß war wie eine Bettdecke. An den Füßen trug er feine Lederschuhe mit aalglatten Sohlen, deren Spitzen feucht und dunkel waren.

Als er den Mund öffnete, um etwas zu erwidern, fragte Stella: »Bist du wieder hier, um mein Zuhause zu verkaufen?«

Sein Lächeln bröckelte. Das war Stella Antwort genug. Sie gab der Tür einen dezenten Stoß, die daraufhin langsam vor Elliotts Augen zufiel.

»Hör dir doch erst einmal an, was er zu sagen hat! Er kann doch gar nichts dafür! Er macht nur seinen Job!«, zischte Judith und öffnete die Tür wieder. Dabei hüpfte sie auf einem Bein, weil sie versuchte, in einen ihrer Stiefel zu schlüpfen. »Entschuldige, die Tür ist zugefallen, dieser Wind …«

»Macht nichts.« Elliott schüttelte sich den Schnee aus dem Haar, woraufhin Judiths Augen glänzten, als würden drei Hundewelpen vor ihr durch den Schnee tapsen.

»Du willst schon gehen?«, holte Stella ihre Freundin ins Hier und Jetzt zurück. »Aber wir haben doch noch gar nicht den Film zu Ende angeschaut!«

»Du meinst den Film, den ich schon hundertmal zu Ende geschaut habe und dessen Ende eigentlich niemand sehen will?

Danke, aber ich verzichte. Zumal du offensichtlich Verpflichtungen hast!«

Schon zog Judith den Reißverschluss ihres dicken Mantels hoch, schob sich an Elliott vorbei nach draußen – nicht ohne »Hat mich gefreut, dich kennenzulernen!« zu zwitschern – und schlitterte den freigeschaufelten Weg entlang, um schließlich im zunehmenden Schneegestöber zu verschwinden.

»Ich wollte mich entschuldigen«, sagte Elliott und hielt Stella die bunte Papiertüte hin. »Das ist für dich. Ich hatte ohnehin mit Lizzy telefoniert und die Chance genutzt, um zu fragen, was du so magst.«

In der Zwischenzeit hatte Stella den Inhalt der Tüte hervorgezogen – eine Graphic Novel über David Bowies Leben.

»Liege ich sehr daneben?«

»Nein, gar nicht …« Sein Geschenk war eine astreine Punktlandung. »Danke. Das ist … nett.«

»Ich befürchte, ich war letztes Mal sehr unsensibel. Darf ich vielleicht kurz reinkommen?«

»Ich vermute, du willst dich dabei noch einmal umsehen?«

Max' Ratschlag kam Stella in den Sinn: Wenn Stella Elliott vorführte, was alles renoviert oder ausgetauscht werden musste, würde er die Villa für eine Bruchbude halten und nur zu einem Spottpreis anbieten können – und das wiederum wäre doch nicht im Interesse von Lizzy und David.

Letztendlich war es Elliotts zerknirschtes »Tut mir wirklich leid …«, das Stella weich werden ließ.

Nichts von dem, auf das Stella Elliott hinwies (»Hier schimmelt es, aber ich weiß nicht, warum. Der Fleck da im Parkett, da hat Godzilla mal hingekotzt«), brachte Elliott aus der Ruhe. »Die Feuchtigkeit kommt vermutlich von dem Efeu, der an der Seite des Hauses wächst«, mutmaßte er. »Und über den Fleck stellen wir einfach einen Blumentopf, wenn die Lcute zur Besichtigung kommen.« Der Mann verstand was von seinem Beruf.

Dann das Schlafzimmer ihrer Mutter. In den letzten Wochen hatte Stella vermieden, es zu betreten. Alles in diesem Raum wirkte, als wäre ihre Mutter nur schnell einkaufen gefahren und spätestens am Abend wieder zurück. Noch immer hing ihr Lieblingspullover über der Stuhllehne, noch immer lag der Reiseprospekt auf ihrem Bett. ›Ich hätte Lust, endlich mal wieder in den Urlaub zu fahren. Ich war so lange nicht mehr im Urlaub ...‹

Stella war ganz still geworden. Sie konnte nichts sagen. Fühlte sich wie eine einzige offene Wunde.

»Hatte deine Mutter vor, Lizzy zu besuchen?«, fragte Elliott vorsichtig, und trotzdem erwischte die Frage Stella wie eine Dachlawine.

»Wie kommst du darauf?«

»Der Reiseprospekt ist bei Kalifornien aufgeschlagen, deshalb dachte ich mir ...« Er sah Stella an und verstummte.

»Ich ... ich weiß nicht ... Sie hat nichts gesagt ...«

Hatte ihre Mutter vorgehabt, sich mit ihrer Familie auszusöhnen?

Schweigend gingen sie nebeneinander die Treppe hinab. Im Flur blieb Elliott stehen und sagte: »Es tut mir leid, dass ich dich auf den Reiseprospekt angesprochen habe. Es hat dir wehgetan. Das wollte ich nicht.«

Stella zog die Ärmel ihres Pullovers über die Hände. »Schon gut.«

Sie wich seinem Blick aus – und landete beim Fernseher. Vermutlich, weil sie sich wunderte, woher auf einmal das lustvolle Keuchen kam. Genau genommen kam es aus einem alten Renault, dessen Scheiben beschlagen waren. Rose‘ Hand drückte von innen gegen die Autoscheibe, glitt ab und hinterließ eine

Spur. Oh Mann. Perfektes Timing. Stella sah ihre Mutter vor sich, die sich im Himmel vermutlich gerade unglaublich amüsierte.

Elliott, der ihrem Blick gefolgt war, grinste und zog dabei die Augenbrauen hoch. Stella marschierte in die Küche. »Aktuell macht der Wasserhahn Schwierigkeiten.«

Zur Demonstration stellte Stella ihn an, und ein dünner Strahl spritzte seitlich aus dem Hahn. »Die Armatur ist ja auch ganz schön alt.«

Ihre Mutter hatte den kaputten Wasserhahn immer richten können. Solche Sachen waren für sie nie ein Problem gewesen. Sie hatte ja sogar die Sprinkleranlage im Garten installiert! Stella hatte immer wieder gestaunt, wie selbstständig ihre Mutter war. Zum Ausgleich hatte Stella dafür gesorgt, dass der Kühlschrank voll war, und hinter ihrer Mutter hergeputzt, wenn diese mit ihren dreckigen Gartenschuhen durch das Haus gestiefelt war. Aber Dinge reparieren? Fehlanzeige. Am Hahn zu rütteln war alles, was Stella einfiel.

Elliott sagte noch: »Das würde ich vielleicht lieber lassen, weil ...«

Weiter kam er nicht, denn auf einmal hatte Stella den Hahn in der Hand, und eine Wasserfontäne spritzte aus dem verbliebenen Stummel in Richtung Decke. Aus einem Reflex heraus presste Stella die Hände auf die Bruchstelle, aber das führte nur dazu, dass Elliott und sie innerhalb weniger Sekunden pitschnass waren.

Entschieden schob Elliott sie beiseite, öffnete den Schrank unter dem Waschbecken und drehte den Haupthahn ab. Die Fontäne wurde kleiner und kleiner und versiegte schließlich.

Stella wischte sich mit dem Ärmel das Wasser aus dem Gesicht. Auf einmal platzte ein Lachen aus ihr heraus. Ihre Knie gaben nach, sie sank zu Boden, kippte zur Seite und kugelte sich am

Rande des Wahnsinns auf dem Boden. Elliott lachte mit ihr, wenn auch zurückhaltend, als wäre ihm Stellas Reaktion nicht ganz geheuer.

»Du solltest dir etwas Trockenes anziehen«, sagte er nach einer Weile. »Du kühlst sonst noch aus in den nassen Klamotten.« Sein Blick ruhte sanft auf ihr. Einen Moment lang versank Stella in seinen grünen Augen.

»Was ist?«, fragte sie.

»Nichts … Es war einfach nur schön, wie du gerade gelacht hast.«

Da stand er, dieser unglaublich attraktive Kerl, in einem nassen Hemd, das eng und durchsichtig auf seinem Körper auflag. Und plötzlich kippte Stellas Welt, und Tränen liefen über ihre Wangen. »Tut mir leid«, sagte sie und wischte sich mit den Handflächen über das Gesicht.

»Alles gut«, sagte er, kniete sich vor sie und legte einen Arm um sie.

Stella spürte, dass, wenn Elliott weiter so sanft wäre und über ihr nasses Haar streichen würde, ein Heulkrampf bevorstand. Ein richtiger Heulkrampf. Einer von der Sorte, die den ganzen Tag andauerten. Aber sie wollte nicht weinen, nicht vor Elliott.

Stattdessen küsste sie ihn.

Es geschah einfach. Ehe sie sich's versah, hatte sie ihr Gesicht gehoben, und da lagen ihre Lippen schon auf seinen. Und Elliott küsste sie zurück. Und zwar richtig gut. So gut, wie sein Äußeres es versprach. Er wusste genau, was er mit seiner Zunge anzustellen hatte.

Stella hätte nicht sagen können, was geschehen wäre, wäre in diesem Moment nicht die Haustür zugefallen. Elliotts Kuss hatte Stella vergessen lassen, dass sie nicht mehr allein in diesem Haus lebte. Max machte ordentlich Lärm. Er klopfte sich den Schnee von den Stiefeln. Schniefte ein paarmal. Raschelte mit Tüten und seinem Mantel und rief schließlich: »Hallo, Stella! Ich hoffe, du magst Mandeltörtchen! Ich habe uns ein paar mitgebracht! Bist du in der Küche?«

In der Zwischenzeit war Stella von Elliotts Schoß geklettert, aber sie saßen noch immer auf dem Boden, überwältigt von dem, was geschehen war. Max bog freudig ums Eck und hielt zwei Tüten hoch, die er wieder sinken ließ, als er Stella und Elliott nebeneinander in einer Pfütze sitzen sah. »Was ist denn hier los?«, fragte er.

»Nichts«, erwiderte Stella. »Ein kleines Wasserproblem. Nichts weiter.«

»Sicher?«, fragte Max, und Stella nickte hastig. »Na, dann stelle ich das mal hier hin ...«, sagte er und positionierte die Tüten auf dem Küchentisch. » ... und ziehe mich ins Wohnzimmer zurück.«

Stella sprang vom Boden auf. »Also dann, danke für die Hilfe«, sagte sie zu Elliott, schob ihre Hände in die Jeanstaschen, zog sie wieder hervor und verschränkte sie schließlich hinter ihrem Rücken. »Danke für deine Hilfe. Ohne dich stünde jetzt das Haus unter Wasser.«

»Bist du okay?«, fragte Elliott, der ebenfalls aufgestanden war.

»Klar! Mit geht's super! Du musst jetzt sicher wieder los, oder? Deine Klamotten sind ganz nass, ich hole dir noch was Warmes zum Anziehen ...«

»Schon gut, ich drehe im Auto die Heizung voll auf.«

»Nein, du wirst noch krank.«

»Ehrlich, kein Problem ...«

Aber Stella war schon aus der Küche gelaufen und sprintete die Treppe hinauf. In ihrem Zimmer hämmerte sie den Kopf gegen ihre Schranktür. Atmete einmal tief durch. Und brachte Elliott schließlich ihren wärmsten Pyjama. Der war ihm natürlich ein ganzes Stück zu klein, was eigentlich ziemlich lustig aussah, aber keinem von ihnen war nach Lachen zumute.

»Also dann«, sagte Stella an der Haustür.

»Sehen wir uns denn wieder?«, fragte Elliott.

»Ähm ... ich weiß nicht. Wahrscheinlich schon, oder? Ich meine, allein wegen des Verkaufs und so ...«

»Ich dachte eigentlich eher daran, dass wir vielleicht mal was unternehmen könnten.«

»Oh, okay. Ähm ...« Stella strich sich über den Nacken. »Klar.«

Sein schöner Mund hob sich zu einem noch schöneren Lächeln. Ein Mund, der so gut küsste ...

»Da freue ich mich drauf«, sagte er.

Nachdem Elliott gegangen war, stand Stella noch lange im Flur herum und betrachtete im Spiegel über der Kommode das Lächeln, das sich langsam auf ihren Lippen ausbreitete. Sie glaubte, ein klein wenig zu schweben.

Doch dann dachte sie an Adam, und das Lächeln erlosch.

»Ich sehe mir den Wasserhahn gleich mal an«, sagte Max, der im Flur aufgetaucht war. »Am besten schaust du mir über die Schulter. Deiner Mutter habe ich auch beigebracht, wie man Dinge repariert.«

»Danke.«

»Ich dachte, du bist mit Adam zusammen.«

»Wir sind nicht wirklich zusammen. Wie auch? Wir sind Hunderte von Kilometern voneinander getrennt.«

»Aber du hast Adam doch gern, hast du gesagt.«

Weil Stella darauf nichts zu erwidern wusste, wich ihr Blick auf ihre gepunkteten Socken aus.

»Man kann nicht alles haben, Stella«, sagte Max daraufhin.

»Irgendwann muss man eine Entscheidung treffen. So schwer es manchmal fällt.«

»Und was, wenn ich schreckliche Angst davor habe, die falsche Entscheidung zu treffen?«

Max sah sie nachdenklich an. »Glaub mir, es werden immer Tage kommen, an denen du dir wünschen wirst, du hättest dich anders entschieden. Weil nichts im Leben perfekt ist.«

Damit ließ Max Stella allein. Ihr Blick fiel erneut in den Spiegel, doch sie konnte ihren Anblick nicht mehr ertragen.

20

1963

Inge

Well I'm a roadrunner, honey
I bet you can't keep up with me, sangen die Rolling Stones.

Gestern hatte Inge sich die neue Platte gekauft, die sie nun rauf und runter hörte. Ihre Eltern stritten. Immerhin sprachen sie miteinander. Inge lag auf dem Balkon und reckte eines ihrer langen Beine in die Luft, um zu prüfen, ob sie schon braun geworden war. Sie trug ihren hübschesten Bikini und hatte sich heute Morgen die Beine rasiert.

»Was soll ich deiner Meinung nach noch tun, Tom? Ich kann mich nicht in der Luft zerreißen!«

»Das müsstest du auch nicht, wenn du endlich akzeptieren würdest, dass du Mutter und Ehefrau bist! Aber du denkst nur an deinen Erfolg und hetzt von einem Termin zum nächsten!«

»Wenn du wirklich glaubst, es ginge mir um Erfolg, dann kennst du mich nicht! Es geht mir darum, Frauen eine Stimme zu geben! Ihnen Mut zu machen, für ihre Träume und sich selbst einzustehen! Das *Equal Magazine* ist nicht nur eine Zeitschrift – es ist mein Einsatz für eine gerechtere Welt.«

»Wie ich dieses idealistische Gerede leid bin …«

»Es gab mal eine Zeit, da hast du es gern gehört. Willst du mich denn wirklich mit Schürze am Bügelbrett sehen? Oder mit dem Kochlöffel in der Hand?«

»Als ob du kochen könntest! Sogar darum muss sich unser Hausmädchen kümmern! Welche Frau kann nicht kochen?«

»Ich bin also keine echte Frau?«

»Du weißt, wie ich das meine!«

»Du meinst damit, dass ich meinen Lebenstraum aufgeben soll.«

»Ja. Wenn dir deine Familie etwas bedeutet.«

Inge stellte die Musik lauter.

»Inge, Liebes, sei so lieb, und mach die Musik leiser«, rief ihre Mutter die Treppe hinauf.

Well I'm a roadrunner, man
I bet you can't keep up with me, sangen die Stones.

»Warum ich? Du könntest auch kürzertreten!«

»Ich bin der Mann, Lizzy! Ich verdiene das Geld, um unsere Familie zu versorgen!«

»Exakt gegen diese veralteten Rollenbilder kämpfe ich an!«

Ah, you'll never gonna catch me, baby
Baby, baby, you will see.

Ihr Vater brüllte: »Verdammt, Inge, mach die Musik leiser!«

»Gut. Wir holen jetzt beide tief Luft, beruhigen uns und reden vernünftig über die Sache.«

»Unsere vernünftige Lizzy! In der Rolle hast du dir schon immer besonders gut gefallen. Dabei bist du es mir schuldig, eine gute Frau zu sein! Ich habe mich um dich gekümmert, als du am Boden warst!«

»Ich bin dir nichts schuldig, Tom! Ich habe dich nie dazu gezwungen, mich zu heiraten! Ich wollte nie heiraten, erinnerst du dich?!« Ihre Mutter war nun ebenfalls laut geworden.

Inge spürte eine Träne ihre Wange hinablaufen und wischte sie schnell fort.

»Tja, nun bist du aber verheiratet. Tatsache ist, dass Inges Noten besser wären, wenn jemand zu Hause wäre, um sie zu unterstützen. Eine Mutter, die diese Aufgabe verweigert, ist schlichtweg egoistisch. Warum schaffst du uns kein schönes Zuhause? Dieses Haus ist kalt und unpersönlich wie ein Museum!«

»Ich verweigere mich nicht! Ich strenge mich doch an! Seit ich denken kann, strenge ich mich an! Ich habe alles getan, was in meiner Macht stand! Erst für Theresa, dann für meine Arbeit und für dich und Inge!«

»Hörst du nicht, wie hysterisch du klingst?« Ihr Vater sprach nun betont ruhig. »Du übernimmst dich mit all dem, was du dir aufhalst. Ich denke dabei auch an dich, Lizzy. Du hast recht: Du hast immer gekämpft, und das habe ich an dir bewundert. Aber es ist an der Zeit, dass du dich mal zurücklehnst und durchatmest und dein Leben als Hausfrau genießt. Es liegt allein an dir. Diese Ehe, diese Familie könnte funktionieren, wenn du nicht so stur sein und alles mit Gewalt erreichen müsstest. Entscheide dich, was dir wichtiger ist: deine Familie oder deine Arbeit.«

Eine Zeit lang war es still. Inge stellte die Musik leiser und schlich in den Flur. Der Körper ihrer Mutter bebte, wie immer, wenn sie versuchte, die Tränen zu unterdrücken.

»Tu es für dich«, fuhr ihr Vater fort. »Aber vor allem: Tu es für Inge.«

»Ich würde für Inge alles tun«, gab Lizzy schließlich mit dünner Stimme zurück.

»Dann sei ihr endlich eine Mutter.«

Die Spannung wich aus Lizzys Schultern. Sie nickte. »Ich ... ich werde mir mehr Mühe geben.«

»Warum lasst ihr euch nicht einfach scheiden?«, hörte Inge sich auf einmal sagen.

»Was?« Ihre Mutter fuhr herum. Klammerte sich am Treppengeländer fest und sah zu Inge auf, die langsam Stufe für Stufe herunterkam.

»Warum lasst ihr euch nicht einfach scheiden?«, wiederholte sie. »Ihr liebt euch doch nicht mehr.«

»Deine Mutter hat ein Herz aus Stein. Sie kann gar nicht lieben«, sagte ihr Vater. »Oder verzeih, ich vergaß, nur mir gegenüber ist sie so kalt. Dem Mexikaner gegenüber warst du nie so. Wie hieß er noch mal? Miguel?«

Inge verstand nicht, wovon ihr Vater sprach, aber es war klar, dass er ihre Mutter hatte verletzen wollen. Und dass es ihm gelungen war, denn ihre Mutter taumelte wie angeschossen einen Schritt zurück, fing sich wieder und hob dann drohend den Zeigefinger.

»Wage es nicht ...« Sie hatte es noch nie ertragen, wenn jemand sie weinen sah, deshalb stürmte sie aus dem Haus und knallte die Tür hinter sich zu.

»Sie hat so furchtbar viel Temperament und einen eigensinnigen Kopf. Das tut keiner Frau gut«, sagte ihr Vater. »Werde bloß nicht wie deine Mutter.«

»Wenn sie so schlimm ist, warum hast du sie dann überhaupt geheiratet?«, fragte Inge. Sie zitterte leicht. Je nachdem, wie gereizt ihr Vater war, könnte sie für eine so unerzogene Frage schon mal eine Ohrfeige kassieren.

Einen Augenblick lang dachte ihr Vater darüber nach. Kurz schien es, als würde er etwas sagen wollen, doch dann ließ er Inge ebenfalls allein.

Es gab nur einen Ort, an den ihre Mutter sich zurückzog, wenn sie traurig war: ihren Zauberort, so nannte sie ihn.

»Das ist mein Lieblingsplatz«, hatte sie mal erzählt, als sie Inge vor vielen Jahren zu dem Weihnachtssternfeld an den Klippen geführt hatte. »Früher, bevor es die Gewächshäuser gab, hatten wir noch mehr Felder. Im Winter leuchtete hier alles rot, so weit das Auge reichte. Kannst du dir das vorstellen?«

Inge hatte genickt und ihre kleine Hand in die ihrer Mutter geschoben. Ihre Mutter hatte mit so viel Sehnsucht, so viel Liebe gesprochen, dass dieser Ort wohl etwas ganz Besonderes sein musste. In ihrer kindlichen Fantasie hatte Inge sich vorgestellt, dass er vielleicht eine Art Tor zu einer anderen Welt war, und nur sie beide konnten die Magie hier wahrnehmen. Auf einmal hatte vor Inges Augen alles geschimmert und geglänzt, und sie hatte sich ausgemalt, wie ein paar Feen zwischen den Weihnachtssternen herumschwirrten. Waren nicht sogar ihre Flügelschläge zu hören? Ihr Flüstern?

»Ein rotes leuchtendes Meer«, hatte ihre Mutter gesagt. »Manchmal, wenn die Sonne schräg stand und die Klippen im goldenen Dunst des späten Abendlichts lagen, wusste man nicht, wo die Weihnachtssterne endeten und wo das richtige Meer begann. Zwei so unterschiedliche Ozeane, die einfach ineinander übergingen, als gäbe es keinen Unterschied zwischen ihnen. Ein Zauberort.«

Nun, fast acht Jahre später, setzte Inge sich an derselben Stelle neben ihre Mutter ins hohe Gras und zog die Beine an.

»Das war nicht nett von dir«, sagte ihre Mutter.

»Dass ich gesagt habe, ihr sollt euch scheiden lassen? Es ist die Wahrheit.«

Sie schwiegen eine Weile und blickten auf das Meer hinaus. Das Abendlicht lag über den Feldern, und die Pflanzen warfen lange Schatten. Inge spürte das Foto in der hinteren Tasche ihrer Jeansshorts. Vor ein paar Wochen hatte sie es zufällig auf dem Speicher gefunden, als sie nach ihrer Hängematte gesucht hatte. War jetzt der richtige Zeitpunkt, ihre Mutter darauf anzusprechen? Deshalb hatte sie es doch überhaupt erst mitgenommen. Es war ein Familienfoto, aufgenommen im Dezember 1940. Ihre Mutter war darauf etwa zwanzig Jahre alt. Sie war die Einzige, die nicht direkt in die Kamera sah, sondern zu dem jungen Mann blickte, der am Holzgerüst der Veranda lehnte und ihren Blick erwiderte.

»Ist das der Mexikaner, von dem Vater gesprochen hat?«

Ihre Mutter nahm das Foto, presste eine Hand auf den Mund. Ihr leises Lachen war so voller warmer Erinnerung, so voller Gefühl, dass es Inge in der Brust eng wurde. »Wo hast du denn das gefunden?«

»Es lag auf dem Speicher in einem Schuhkarton, zusammen mit anderen alten Fotos. Also, ist das Miguel?«

»Ja«, hauchte ihre Mutter. Tränen standen in ihren Augen. »Mein Vater wollte, dass er zusammen mit uns abgelichtet wird, aber Miguel hat sich geweigert. Also hat mein Vater ihn ausgetrickst und den Fotografen heimlich gebeten, ein Bild von weiter weg zu schießen, damit der Winkel bis zur Veranda reicht, wo Miguel stand.«

»Was hat Papa gegen ihn? Erzähl mir davon ...«, bat Inge und legte den Kopf auf die Schulter ihrer Mutter.

»Ach, Liebes ... Es ist schon so lange her ...«

»Warst du in Miguel verliebt? Ist Papa deshalb so schlecht auf ihn zu sprechen?«

»Ich habe lange geglaubt, Miguel wäre so etwas wie ein Bruder für mich. Leider begreift man oft erst, dass man jemanden liebt, wenn man dabei ist, diesen Menschen zu verlieren ...«

21

1942

Lizzy

Es gab Monate, in denen sich ein ganzes Leben entschied. Und manchmal war es nur ein Tag, der alles veränderte.

Es begann damit, dass Lizzy auf den Stufen saß, die zur Veranda hinaufführten, und Kaffeebohnen mahlte. Sie genoss den aromatischen Duft und konnte es kaum erwarten, heißes Wasser über das feine Pulver zu gießen, zuzusehen, wie es durch das feste Papier lief, einen Schuss Sahne und einen Teelöffel Zucker hinzuzufügen und dann jeden Schluck im Licht der aufgehenden Sonne zu genießen. Das war ihr Morgenritual, ihre zehn Minuten, in denen sie durchatmen konnte.

Da bemerkte sie Esperanza. Das junge Mädchen schoss auf einem Fahrrad die Einfahrt hinauf.

»Um Gottes willen!«, rief Lizzy ihr entgegen. »Du hast es ja eilig!«

»Miguel ...«, stieß das junge Mädchen keuchend hervor. Trotz ihrer dunklen Haut wirkte ihr Gesicht seltsam bleich. »Sie haben ... Miguel eingesperrt ...«

Es dauerte keine Minute, bis Lizzy ihr Fahrrad aus dem Gewühl der Scheune gezerrt hatte und darauf den Weg in den Ort hinabschoss. Zwei Wachmänner unterbrachen missmutig ihre Plauderei, als Lizzys Bremsen laut quietschten und sie knapp vor den Stufen ihr Fahrrad zum Stehen brachte. Achtlos ließ sie es auf den Boden fallen.

»He, Fräulein!«, beschwerte sich einer, aber Lizzy nahm ihn kaum wahr. Sie stieß die hohe Holztür auf und stürmte in den Vorraum. Der Mann, der im Vorzimmer hockte, verschüttete vor Schreck seinen Kaffee. »Ich will zu Miguel Echeverría«, sagte sie.

Mit dem gelangweilten Blick von jemandem, der Tag um Tag hinter dieser dicken Glasscheibe verbringen musste, rückte der Mann seine runde Brille auf der Nasenspitze zurecht. »Sind Sie ein Familienmitglied?«

Lizzy zögerte. Es war wohl besser, bei der Wahrheit zu bleiben. »Nein.«

»Dann kann ich Sie leider nicht zu ihm lassen.«

»Hören Sie, hier liegt ein Irrtum vor ...«

Ihm war anzusehen, dass er diesen Satz nicht das erste Mal hörte. Gebäckkrümel hingen in seinem Bart.

»Können Sie mir nicht wenigstens sagen, was nun mit ihm passiert?«

»Er wird morgen ins Gefängnis nach Los Angeles verlegt.«

»Was? Aber er ist kein Verbrecher! Er hat überhaupt nie etwas Unrechtes getan!«

Der Mann zuckte mit den Schultern. ›Liegt nicht in meiner Macht.‹

Da hörte sie Miguel ihren Namen rufen. Leise nur, wie eine Frage. »Lizzy?«

Der Mann war nun damit beschäftigt, den verschütteten Kaffee mit einem Taschentuch aufzuwischen. Das war ihre Chance. Ehe Lizzy begriff, was sie da tat, stürmte sie die Treppe hinauf, die zu den Zellen führte, immer zwei Stufen auf einmal nehmend. Ihr Herz schlug ihr bis zum Hals.

Sie hatten Miguel in die hinterste von insgesamt drei Zellen gesteckt. Er kauerte auf dem Boden. Mit ihm war noch ein Dunkelhäutiger eingesperrt, der auf der einsamen Pritsche schlief und nur kurz die Augen öffnete, als Lizzy die Gitterstäbe umklammerte. Ein Lichtstreif fiel auf Miguels Gesicht, als er sich erhob, und offenbarte eine aufgeplatzte Lippe und ein geschwollenes violettes Auge.

»Was haben sie dir angetan?«, rief Lizzy entsetzt. Sie war so furchtbar wütend! Wütend auf den Sheriff, auf diese Stadt, auf sämtliche Bürger, ja auf ganz Amerika, ein Land, das eine solche Ungerechtigkeit zuließ! So wütend, dass sie an den Stäben rüttelte, dass Tränen in ihre Augen traten, dass sie sich vorstellte, wie sie auf Sheriff Sawyer einprügelte – oh, wäre er vor ihr gestanden, sie hätte es getan!

»Beruhige dich, Lizzy.« Durch die Stäbe hindurch griff Miguel nach ihrer Hand. Ihr zuliebe versuchte er sich an einem Lächeln. »Halb so schlimm, Señorita. Du musst dir keine Sorgen machen. Alles wird gut.«

»Keine Sorgen?! Ich komme fast um vor Sorgen! Was werfen sie dir überhaupt vor?«

»Wiederholter tätlicher Angriff auf Sheriff Sawyer.«

»Aber du hast ihn nicht wiederholt angegriffen! Du hast ihn überhaupt nie angegriffen!«

»Du weißt, wie's hier läuft, Lizzy. Sie kamen in den frühen Morgenstunden, stürmten unser Zuhause und haben mich mitgenommen. Früher oder später war das wohl zu erwarten. Sheriff Sawyer hat die Leute im Reservat auf dem Kieker …«

»Nein … Nein, nein, nein! Wo ist der Sheriff!«

»Lizzy, beruhige dich! Ich will nicht, dass du da mit reingezogen wirst. Geh nach Hause! Bitte …«

»Ich lasse dich nicht allein! Ich spreche mit Sawyer. Hier liegt ein Missverständnis vor!«

»Ein Missverständnis? Soso ...« Sheriff Sawyer lehnte am Ende des Flurs an der Wand, die Arme vor der Brust verschränkt. Die zwei Wachmänner bauten sich hinter ihm auf. »Dann erläutern Sie mir doch einmal das Missverständnis, Fräulein Elisabeth Licht.«

Lizzy reckte ihr Kinn. »Miguel hat lediglich versucht, unschuldige Kinder zu schützen!«

Sawyer stieß sich von der Wand ab und schlenderte langsam auf sie zu. »Er hat mich angegriffen. Er sollte mir dankbar sein, dass ich ihn überhaupt so lange auf freiem Fuß gelassen habe.«

»Das ist doch reine Willkür!« Die Verzweiflung ließ Lizzy laut werden.

»Sie sollten sich beruhigen, Fräulein Licht. Und vor allem sollten Sie mit solchen Aussagen vorsichtig sein. Die Kinder sind nicht unschuldig, sie sind japanischer Abstammung. Wie Sie vielleicht wissen, befindet sich Amerika mit Japan im Krieg. Wenn Sie Japaner in Schutz nehmen, stellen Sie sich also auf die Seite des Feindes. Und jetzt verlassen Sie das Revier, ansonsten muss ich Sie ebenfalls einsperren.«

»Ich werde nicht gehen, ehe ...«

Sawyer hob langsam die Hand, um den Wachmännern ein Zeichen zu geben. Die beiden packten Lizzy und zerrten sie die Treppen hinab zum Ausgang. Lizzy erschrak über die Vehemenz ihrer Gefühle: Es war brennender Hass, den sie empfand, gemischt mit Verzweiflung und Panik – eine gefährliche Mischung, die eine Sicherung bei ihr durchbrennen ließ. Immer wieder schrie sie Miguels Namen. Wehrte sich mit Händen und Füßen, bis ihr einer der Wachmänner eine Ohrfeige verpasste, die Sterne vor ihren Augen tanzen ließ. Draußen stießen sie Lizzy die Stufen hinab. Hart schlug sie auf dem Boden auf. Ihre Handflächen brannten. »Glaubt nicht, dass ich stillhalten werde. Ich habe keine Angst vor euch!«

Einer der Männer kam langsam auf sie zu. Lizzy wurde schlecht.

Da stellte sich auf einmal jemand schützend vor sie. »Wagen Sie es nicht, sich meiner Tochter noch einen Schritt zu nähern.«

Die Entschlossenheit, mit der ihre Mutter dem Wachmann gegenübertrat, ließ ihn tatsächlich innehalten. »Dann schaffen Sie Ihre Tochter von hier weg.«

Ihre Mutter half Lizzy vom Boden auf, klopfte den Staub von ihrem Kleid. »Komm, Liebes, gehen wir nach Hause.«

»Aber Miguel ...«

»Wir können nichts für Miguel tun.«

Obwohl sich am Himmel ein Gewitter zusammenbraute, lief Lizzy ohne ein Ziel vor Augen los. Ihre Mutter folgte ihr. Den Weg an den Feldern entlang, immer weiter, bis die ersten Regentropfen fielen, bis ein Schauer über sie hinwegjagte, Blitze über den Himmel zuckten und Donner die Erde erschütterte. Völlig durchweicht kamen sie schließlich wieder zu Hause an. Wortlos führte ihre Mutter sie in die Küche an den Kamin, öffnete Lizzys Zopf und half ihr aus ihrer Kleidung.

Nur im Unterkleid saß Lizzy auf der Bank und zitterte. »Danke, dass du da warst«, sagte sie mit schwacher Stimme zu ihrer Mutter und sah zu ihr auf. »Was ist denn nur los mit mir? Ich hätte den Wachmann verprügeln können, so hasserfüllt war ich! Manchmal ergreifen mich so heftige Gefühle, dass ich mich selbst kaum wiedererkenne.«

»Du erinnerst mich daran, wie ich früher war.«

»Du? Aber du nimmst doch immer alles stoisch hin. Du bist nie wütend, enttäuscht oder verzweifelt!«

»Ich bin so ziemlich jeden Tag meines Lebens wütend.«

»Ist das wahr?«

»Ist es. Ich habe nur gelernt, damit umzugehen. Du wirst in

deinem Leben noch öfters so schreckliche Tage durchstehen müssen. Lass nicht zu, dass sie deine Seele angreifen und dich bitter machen. Ich weiß, das ist schwer, aber meine Lizzy ist stark.«

»Aber sie werden Miguel fortbringen …«, weinte Lizzy. »Und ich habe nichts getan.«

»Du kannst nichts tun. Es herrscht Krieg, Lizzy. Alle, die eine Bedrohung darstellen, werden fortgebracht. Ich habe davon gehört, dass sie auch vereinzelt Italiener und Deutsche aufgegriffen haben. Wir müssen uns ruhig verhalten. Miguel würde nicht wollen, dass du dich seinetwegen in Gefahr begibst. Wir werden eine Lösung finden«, versprach sie, und Lizzy bemühte sich, ihr zu glauben.

22

1942

Lizzy

Noch am selben Tag schickte Tom ein Taxi zur Weihnachtsstern-Ranch und ließ Lizzy zu sich nach Hause holen. Eigentlich stand ihr nicht der Kopf nach einem Treffen mit ihm, nicht heute, nicht an diesem Tag, an dem sie die Uhr ticken hörte. Seit ihrem letzten Gespräch, in dem Tom ihr einen Heiratsantrag gemacht hatte, hatten sie einander nicht gesehen. Hatte er ihr nun verziehen? Was sonst könnte er von ihr wollen?

»Tom hat Kontakte«, betonte Theresa regelmäßig, und allein an der Art, wie sie das Wort Kontakte aussprach, war herauszuhören, dass es sich um wichtige, einflussreiche Menschen handeln musste. Nur deshalb stieg Lizzy in das Taxi.

In seinem Arbeitszimmer stand sie am Fenster, rieb sich nervös mit dem Daumen über die Handfläche und wartete. Geistesabwesend sah sie auf die drei Mädchen hinab, die unter einem Feigenbaum fröhlich Seil sprangen. Die Schatten auf der Straße wurden lang, die Sonne senkte sich hinab. Ihr lief die Zeit davon. Morgen früh würden sie Miguel nach Los Angeles ins Gefängnis bringen. Was also tun? Noch einmal Sheriff Sawyer aufsuchen und ihn auf Knien anflehen, Gnade walten zu lassen? Vor dem Präsidium demonstrieren? Alles würde sie tun. Alles – nur nicht noch einmal diesen Schmerz fühlen, diese Angst um Miguel haben, nicht wissen, was mit ihm war …

Die Tür ging auf, und Tom kam herein. »Entschuldige, dass du warten musstest. Du weißt, morgen stellen sich die Kandidaten öffentlich vor … Kann ich dir etwas anbieten? Kaffee? Tee?«

Lizzy lehnte dankend ab. »Du wolltest mich sprechen?«

Er hätte von ihrem »Aufstand« im Präsidium gehört, sagte er und wies auf den Stuhl vor seinem Schreibtisch. Er selbst setzte sich direkt vor sie auf die Kante. »Schlimme Sache, das mit Miguel.«

»Das ist es. Er hat nichts Unrechtes getan. Im Gegenteil. Er war mutig und ehrenhaft.«

Tom nickte, als wisse er Bescheid. »Das ändert nichts an der Tatsache, dass sie ihn mindestens ein Jahr, wenn nicht sogar zwei ins Gefängnis stecken werden. Und danach weisen sie ihn sicher nach Mexiko aus.« Er drehte einen seiner goldenen Manschettenknöpfe. »Mein Vater und ich gehen hin und wieder mit dem Polizeipräsidenten golfen. Er ist uns noch einen Gefallen schuldig.«

Lizzys Herz schlug schneller. »Heißt das, du könntest ihn bitten …« Sie wagte nicht weiterzusprechen.

»Ich weiß, dass dir viel an Miguel liegt. Und deshalb bin ich gewillt, dir zu helfen.«

»Oh Tom! Das würdest du tun?« Lizzy rutschte auf ihrem Stuhl nach vorne und legte die Hände auf seine Knie.

»Aber ich verlange dafür etwas im Gegenzug.«

»Und was soll das sein?«

Verzweiflung glänzte in Toms Augen, die er mit einer stolzen, fast herablassenden Miene zu kaschieren versuchte. »Ich helfe Miguel, wenn du Ja zu mir sagst.«

Lizzys Kopf schwirrte. »Das ist Erpressung.«

»Nenn es, wie du willst. Du könntest es schlechter treffen. Ich biete dir ein gutes Leben.«

Lizzy sprang von ihrem Stuhl auf, fasste sich an die Stirn, lief vor dem Schreibtisch auf und ab. »Du hast etwas Besseres verdient, Tom. Eine Frau, die dich aufrichtig liebt.«

»Aber ich will nur dich.«

Lizzy dachte daran, wie Miguel und sie eines Abends nebeneinander am Strand die Sterne betrachtet hatten. »Sieht der Himmel in Mexiko genauso aus?«, hatte Lizzy gefragt.

»Ich weiß nicht«, hatte Miguel geantwortet. »Ich weiß nur, wie der Himmel hier aussieht. Das hier ist mein Zuhause. Nicht Mexiko.«

»Also?«, holte Tom sie ins Hier und Jetzt zurück. »Nimmst du mein Angebot an?«

»Dann ... dann will ich dich heiraten.« Lizzy glaubte, an den Worten zu ersticken.

»Schön.« Tom lächelte kurz. Er legte den Zeigefinger unter ihr Kinn und hob es mit einer Sanftheit an, die Lizzy erstaunte. »Schau mich nicht so traurig an.«

Dann blickte er aus dem Fenster hinaus auf die Straße, wo drei Mädchen miteinander spielten. »Wie schön es sein muss, so frei zu sein«, sagte er und verließ den Raum.

Am nächsten Morgen lief Lizzy bereits vor Sonnenaufgang vor der verschlossenen Tür des Reviers auf und ab. In ihren Rucksack hatte sie eine Thermoskanne mit Kaffee gepackt, der ihren Rücken wärmte und immer wieder eine Woge starken Kaffeedufts in ihre Nase steigen ließ. Ihr Magen knurrte, aber sie wollte mit dem Kaffee und den belegten Broten Miguel überraschen, der gewiss nichts zu essen bekommen hatte und ganz ausgehungert sein musste.

Langsam wurde es heller, das Licht der Laternen verblasste. Gemächlichen Schrittes kam der Mann aus dem Vorzimmer an, um das Gebäude aufzusperren. Ein Orchester an Klirren und Rascheln setzte ein, als er den reichlich bestückten Schlüsselbund aus der Tasche seines Jacketts zog und mehrmals im Schloss drehte. »Der Mexikaner ist nicht mehr hier«, brummte er.

Lizzys Herz, das gerade noch vor Aufregung wie wild in ihrer Brust gehämmert hatte, setzte aus. »Was? Wo ist er?«

»Sie haben ihn noch gestern Nacht auf freien Fuß gesetzt.«

Warum hatte Miguel ihr nicht Bescheid gegeben? Er musste doch wissen, dass Lizzy vor Sorge fast umkam! Sie trat in die Pedale ihres Fahrrads und düste so schnell sie konnte in Richtung Reservat.

Das Leben erwachte hier gerade erst. Zwei Frauen warteten vor dem Waschhaus. Durch das gekippte Fenster eines Bungalows zog der Geruch von gebratenem Speck nach draußen. Miguels Mutter wusch in einem Holzeimer Kleidung aus. Von ihren starken Armen tropfte Seifenschaum herab, als sie in ihrer Arbeit innehielt und Lizzy ansah. Sie wartete ausdruckslos, bis das völlig aufgelöste Mädchen vor ihr zu Atem gekommen war.

»Ich suche Miguel«, stieß Lizzy hervor.

»Der ist nicht hier. Ist gleich heute Morgen losgezogen, weiß nur der liebe Gott, wohin.« Ihre Augen gaben Lizzy die Schuld an allem.

»Hat er nichts gesagt?«

»Kaum ein Wort hat er gesprochen.«

»Wenn er zurückkommt, können Sie ihm ausrichten, dass ich ihn suche?«

Ohne eine Antwort zu geben, machte sie sich wieder daran, die Kleidung zu scheuern. Ungeschickt stieg Lizzy auf ihr Fahrrad. Sie spürte die Blicke der Frauen vor dem Waschhaus auf sich. Kurz nachdem sie den Zaun passiert hatte, hörte sie ihren Namen. Es war Esperanza, die ihr nachrannte. »Ich glaube, er ist am Hafen«, keuchte sie. »Er war ganz komisch. Er hat sich schon immer zu viele Gedanken gemacht, das tut ihm nicht gut.«

Nebel hatte sich herabgesenkt, als Lizzy den Hafen erreichte. Er schien sämtliche Farbe aus den Palmen, dem Hibiskus und dem roten Gestein zu saugen und eins zu werden mit den Pflastersteinen und Wellenbrechern des Hafens. Miguels bunt gestrichenes Segelboot war der einzige Farbfleck in all dem Grau. Er war gerade dabei, ein Brett abzuschleifen. Die Bremsen von Lizzys Fahrrad quietschten. Miguel sah von dem Brett auf, fuhr mit seiner Arbeit fort, hielt dann doch wieder inne. Sägespäne hingen an seinem Hemd und in seinem dunklen Haar.

»Hier steckst du«, sagte sie.

Miguel putzte sich die Hände an einem Lappen ab. Er schien sie stumm etwas zu fragen, schien in ihrem Gesicht nach einer Antwort zu suchen. Eine Antwort worauf?

»Sieht gut aus, dein Boot«, sagte sie. »Dein Vater wäre sicher gewaltig stolz auf dich.«

Miguels Vater hatte einst begonnen, das Segelboot zu bauen, und hatte einiges an Arbeit und Zeit hineingesteckt. Jeden Penny, den die Familie nicht unbedingt benötigte, hatte er in Werkzeug und Holz investiert. Dann hatte das Boot zwei Jahre lang einsam und vergessen am Hafen herumgelegen, doch nun, nach Miguels Rückkehr, erstrahlte es in neuem Glanz.

»Ich bin so gut wie fertig«, sagte Miguel.

Das Boot war in den Farben Mexikos gestrichen: Der Bauch war grün, die Mitte weiß und die obere Umrahmung rot.

»Rot steht für das Blut der Helden der mexikanischen Unabhängigkeit. Weiß steht für die Einheit«, wiederholte Lizzy das, was Miguel ihr einmal erklärt hatte. »Und Grün für die Hoffnung.«

Miguel nickte. »Ich muss dir wohl danken«, sagte er. »Es ist dein Verdienst, dass sie mich rausgelassen haben, nicht wahr?«

»Nicht wirklich. Eigentlich hat Tom das geregelt.«

Normalerweise mochte sie es, wenn Miguel sie so intensiv ansah, aber sonst lächelte er dabei. Nun war er ganz ernst, und Lizzy fühlte sich, als hätte sie einen schrecklichen Fehler begangen, und Miguel hätte sie durchschaut.

»Fährst du ein Stück mit mir?«, fragte sie und blinzelte ins Sonnenlicht.

Er zögerte. »Wohin willst du denn?«, fragte er sie schließlich.

»Wo auch immer du hinwillst. An deinen Lieblingsort, wenn du denn einen hast.«

Leichtfüßig sprang Miguel von der Mauer des Quais auf das Boot, reichte Lizzy die Hand, und sie nahm sie an. Normalerweise rollte sie mit den Augen, wenn Frauen ihre Unsicherheit ausspielten, um sich die Nähe eines Mannes zu erschleichen, aber nun taumelte sie gegen ihn, mehr bewusst als aus Versehen. »Ups«, murmelte sie und entlockte Miguel damit endlich ein kleines Schmunzeln.

»Du solltest dich schämen, Lizzy Licht«, sagte er.

Normalerweise war Miguel wie ein Sonnenschein, normalerweise war sein Blick warm, und nichts konnte ihn daran hindern zu lächeln, normalerweise neckte er Lizzy liebevoll, normalerweise hatten sie sich immer so viel zu sagen, dass so gut wie nie Schweigen aufkam, und wenn doch, dann nur, weil sie die Gegenwart des anderen so sehr genossen, dass sie dieses Hochgefühl nicht mit Worten ruinieren wollten. Nichts von dem traf nun ein, als sie mit dem Boot aufs Meer hinausfuhren, immer weiter, bis die Fischer am Hafen, die nach ihrem morgendlichen Fang die Kühlkisten nach Hause schleppten, nur noch winzige, undeutliche, bedeutungslose Punkte waren.

Ewig hätte Lizzy mit Miguel die Küste entlangtuckern können; ein Leben hätte sie mit ihm auf diesem Boot verbringen können. Sie würden morgens im Meer baden und sich von dem Fisch ernähren, den sie gefangen hatten, und nachts würde Miguel sie lieben – ein Gedanke, der sie erschauern ließ, hatte sie zuvor noch nie gewagt, so weit zu denken. Bisher hatte Miguel sie in ihren Träumen nur berührt, an der Wange, an der Taille, vielleicht mal ein zarter, kleiner Kuss.

Als sie langsamer wurden, fürchtete sie, Miguel würde ihr nun sagen, dass es genug war, dass sie nun wieder umkehren, zurück ins Altbekannte fahren würden, aber er deutete die Felsen hinauf und sagte über den lauten Motor, der nun im Leerlauf brummte, hinweg: »Das hier ist mein Lieblingsort.«

Da war es, Miguels erstes kleines Liebesbekenntnis, denn von hier aus waren die rot flammenden Poinsettia-Felder auszumachen.

»Mein Großvater Guyapi hat immer gesagt, dass diese Stelle an den Klippen etwas ganz Besonderes ist«, fuhr er fort. »Denn manchmal, je nachdem, wie die Sonne steht, verbinden sich zwei Meere: das rote Meer der Weihnachtssterne und das blaue Meer des Pazifiks. Es scheint, als gingen sie ineinander über, obwohl sie doch von den Klippen getrennt sind. Zwei so unterschiedliche Ozeane werden wie durch Magie eins. Ein Zauberort.«

Das war doch ein Liebesbekenntnis, oder nicht?

Sollte Lizzy einfach die Hand ausstrecken und sie an Miguels Wange legen? Würde er sein Gesicht wie in ihren Träumen an ihre Handfläche schmiegen und die Augen schließen?

»Tut mir leid«, sagte Miguel. »Ich bringe dich jetzt besser nach Hause.« Er ließ den Motor wieder ins Wasser. Das laute Brummen übertönte all die Worte, die sie einander hätten näherbringen können. Bis hierher und keinen Schritt weiter.

Lizzys Brust war erfüllt von so viel Gefühl, dass sich das straffe Mieder über ihrem Herzen dehnte. Sie stellte den Motor wieder ab, sah zu ihm auf. Und dann tat sie es einfach. Stellte sich auf die Zehenspitzen und küsste ihn.

Und Miguel küsste sie zurück. Einen kurzen Moment lang, ehe er seine Stirn gegen ihre lehnte, die Augen noch immer geschlossen, ehe er innerlich Anlauf nahm und sie sanft, aber bestimmt von sich schob. »Lass das.«

»Warum?« Sie wollte ihn wieder küssen, aber er hielt sie zurück.

»Du weißt, warum.«

Einen Moment lang lebte sie in der sorgenvollen Welt seiner braunen Augen. »Lass uns von hier verschwinden, Miguel«, hörte sie sich sagen. Auf einmal war sie wie im Rausch. »Wir fahren einfach mit deinem Boot davon! Wir packen ein paar Dinge zusammen, und morgen früh ...«

»Was ist los, Lizzy?«, unterbrach er sie. Sein ernster Blick ließ keine Geheimnisse mehr zwischen ihnen zu.

»Was soll los sein?«

»Ich frage mich, was du dafür geben musstest, dass sie mich freigelassen haben.«

Lizzy versuchte sich an einem unbekümmerten Lächeln. »Nichts musste ich geben.«

Miguel glaubte ihr nicht. Auf einmal war er wütend. »Verdammt, Lizzy, was hast du getan?!«

»Ich habe das Richtige getan! Du bist hier, und das ist alles, was zählt.«

»Es zählt nicht, Lizzy, weil ich nicht zähle. Weil ich in diesem Land nichts wert bin. In den vergangenen Jahren haben sie Hunderttausende von meinen Landsmännern gezwungen, nach Mexiko zurückzukehren! Man will uns hier nicht. Du solltest mich endlich vergessen.«

»Ich hab's doch schon versucht und bin gescheitert!«

»Lizzy, welche Zukunft hätten wir? Ich darf nicht mal Land besitzen. Unsere Kinder dürften nicht auf eine normale Schule gehen …«

»Sonst noch was?«

»Ja.« Das, was er nun sagen würde, schien ihm Schmerzen zu bereiten. »Du wirst einen anderen Mann kennenlernen und dich bedingungslos in ihn verlieben. Du wirst für ihn leben und für ihn sterben. Und ich werde mich für dich freuen.«

23

1942

David

Am folgenden Tag fand die Wahl des Bürgermeisters statt – ein großer Tag für Tom. Um zwölf, pünktlich wie ein Schweizer Uhrwerk, trat Tom auf die Bühne vor dem Bahnhofsgebäude, um seine Rede zu halten. Jung und Alt hatten sich versammelt. Sogar Max, der generell alle Politiker als Lügner abstrafte, wollte sich dieses Spektakel nicht entgehen lassen. Er und ihr Vater hatten David aus einem Reflex heraus zwischen sich genommen, wie früher, weil er immer der Kleinste gewesen war.

Miguel tauchte neben ihnen auf. »Hab ich was verpasst?«, fragte er.

»Nur die Rede von einem anderen Schwätzer. Also nicht wirklich«, antwortete Max. »Die üblichen leeren Versprechungen von Politikern.«

»Pass lieber auf, was du sagst«, mahnte David seinen Bruder. »Immerhin hat unsere Schwester die Rede für Tom geschrieben.«

»Eben. Eigentlich sollte sie dort oben stehen und nicht dieser Lackaffe.«

»Reiß dich zusammen, Max«, maßregelte ihn ihr Vater. »Tom ist immerhin der Schwager deines Bruders!«

David klatschte, ohne ein Wort von dem zu hören, was Tom von sich gab. Immer wieder zog es seine Aufmerksamkeit zu dem

Plakat auf der Litfaßsäule. Defend your country – Verteidige dein Land, stand groß darauf gedruckt.

»Es war schon wieder einer bei uns, der mir die Ranch abkaufen wollte«, erzählte sein Vater nebenbei. »Der Typ stand einfach vor unserer Tür und hatte schon einen Vertrag in der Hand. Die Leute werden immer dreister. Für uns heißt das, dass wir vorsichtig sein müssen.«

Der Mann auf dem Plakat sah sehr männlich aus und zeigte mit dem Finger direkt auf David.

»Ich habe vor, mich freiwillig zu melden«, hörte David sich auf einmal sagen.

Sein Vater lächelte, wandte sich wieder der Bühne zu und klatschte – doch plötzlich, als würde er erst zeitverzögert verstehen, was David gesagt hatte, verlor sein Gesicht an Farbe. »Was sagst du da?«

»Ich werde in den Krieg ziehen«, sagte David.

»Bist du von allen guten Geistern verlassen?« Das kam von Max.

»Es werden dringend Soldaten gesucht, und …«

Max lachte. »Du kannst nicht mal einen Sack Erde hochheben und hast Angst vor Pferden! Was glaubst du, passiert mit jemandem wie dir im Krieg? Du überlebst keinen Tag.«

David sah zu seinem Vater, der ihn für gewöhnlich gegen Max' scharfe Worte verteidigte. Doch diesmal waren sie einer Meinung: »Dein Bruder hat recht. Das kommt nicht infrage.«

David erhoffte sich von Miguel Unterstützung, doch es war bereits zu erwarten gewesen, dass er sich einer Meinung enthielt. Das hier war eine Familienangelegenheit.

Es war nicht so, dass seine Eltern David jemals etwas verboten hatten. Sein Vater hatte ihn nie gezwungen, sein Leben der Ranch zu verschreiben – und dennoch hatte David genau das getan. Es war einfach passiert. Ebenso, wie ihm die Ehe mit Theresa einfach passiert war. Hätte er sich wie Max mehr um seine eigenen Interessen gekümmert, dann wäre er vielleicht nun ein erfolgreicher Pianist. Oder hätte in Deutschland studiert. Wer weiß, vielleicht hätte er auch eine ganz andere Seite an sich entdeckt und würde etwas Verwegenes machen und mit einem Zirkus durch die Welt reisen! Hätte, hätte, hätte ...

David fühlte sich, als hätte er noch nie in seinem Leben eine selbstbestimmte Entscheidung getroffen.

Sein Vater stimmte erneut ins Klatschen ein. Seiner Ansicht nach war die Diskussion beendet. Und das machte David wütend. »Meine Entscheidung steht bereits fest. Es wird mich niemand davon abbringen«, sagte er.

»Wenn du in den Krieg ziehst, ziehe auch ich in den Krieg«, sagte Max.

»Was? Nein!«

»Dann bleib hier!«

Tom legte auf der Bühne eine dramatische Pause ein.

»Dahinten steht Lizzy ja«, sagte Miguel. Er bemühte sich, sich die warmen Gefühle, die er für sie hegte, nicht anmerken zu lassen, aber es war hoffnungslos. »Vielleicht würdigt Tom ja doch ihre harte Arbeit.«

»Glaubst du?«, zweifelte Max.

»Meine verehrten Bürger von Encinitas, das Beste kommt bekanntlich zum Schluss«, prophezeite Tom. »Lizzy, komm doch bitte auf die Bühne.«

Da war sie, Davids kleine Schwester, und noch ehe Tom weitersprach, ahnte David, dass etwas auf sie zurollte. Und Miguel schien es auch zu ahnen, denn sein hoffnungsvoller Blick hatte sich verdunkelt.

»Es ist mir eine große Freude, meine Verlobung mit Elisabeth Licht bekannt zu machen«, verkündete Tom.

24

1942

Lizzy

Eine Stunde lang war Lizzy bereits mit ihrer Mutter und Theresa in dem kleinen Laden für Brautmode in San Diego und probierte Kunstwerke aus Tüll, Chiffon und Seide an. »Es wird nicht gespart!«, hatte Tom oft genug wiederholt.

Manchmal ertappte Lizzy sich bei dem Wunsch, das Militär würde Tom einziehen. Ein böser, sündiger Gedanke, und doch fühlte sie so, denn er hatte die Grausamkeit besessen, Lizzy ihrer Freiheit zu berauben. Der Freiheit, selbst zu wählen.

»Wie wunderschön du aussiehst!«, rief Theresa aus, beide Hände ans Gesicht gelegt, und wirbelte zu Lizzys Mutter herum, die auf dem Kanapee saß und an ihrem Tee aus Rosenblättern nippte. ›Dort draußen herrscht Krieg, und wir trinken Tee aus Rosenblättern!‹, sagte deren Gesichtsausdruck. Sie gab sich Mühe, sich nicht anmerken zu lassen, wie unzufrieden sie mit Lizzy war. Gestern Abend war sie zu Lizzy ans Bett gekommen, um mit ihr von Mutter zu Tochter zu sprechen. Ein gewagtes Unterfangen, und wie immer hatte das Gespräch in einem Streit geendet. »Du liebst Tom nicht, das kannst du mir nicht weismachen. Zwingt er dich zu dieser Heirat?«

»Tut er nicht! Und du täuschst dich. Ich liebe ihn.«

»Gut, belüg dich nur selbst! Und Miguel …«

»Hör auf, seinen Namen zu sagen!«

»Warum? Glaubst du, es hilft dir, wenn wir nicht darüber sprechen? Irgendwann wird es dich einholen. Du hast nur ein Leben, Lizzy, verschwende es nicht ...«

Es ist Miguels Leben, das ich gerettet habe.

Am Ende hatte ihre Mutter fast gebettelt: »Ich begreife es nicht! Du hast immer gesagt, du willst nicht heiraten! Woher auf einmal dieser Sinneswandel?«

»Ich bin mit Tom groß geworden. Mit ihm an meiner Seite kann ich vielleicht etwas erreichen«, hatte Lizzy gesagt, doch es klang, als würde sie selbst nicht wirklich daran glauben.

»Ist sie nicht wunderschön?«, rief Theresa erneut aus.

»Dieses Cremeweiß gefällt mir nicht«, kommentierte ihre Mutter.

Lizzy war nach Weinen zumute. »Es ist irgendwie ... so überwältigend. All der Tüll und die Perlen und Schleifen ...«

Seufzend schob Theresa Lizzy zurück in die Umkleide, half ihr aus dem Kleid heraus und in das nächste hinein. Und das war das Kleid, das alles änderte. Ein Kleid, derart schön, dass sogar ihre Mutter vergaß, wie unzufrieden sie war. Auf einmal waren sie alle kurz davor zu weinen.

Der obere Teil aus matter Seide hatte schmale Träger und war sehr schlicht gehalten, doch genau das war perfekt, denn es war wie ein geschmackvoller Rahmen, der sagte: ›Bestaunt alle meine zarten Schlüsselbeine und meinen schönen vollen Busen!‹ In der Taille saß ein mit feiner Spitze verziertes Band, und ab da fächerte das Kleid dank eines Petticoats weit auf und schwang bei jeder Bewegung um ihre Knöchel.

»Das ist es, oder?«, fragte Lizzy.

»Ja«, erwiderte ihre Mutter. »Das ist es. Das kaufen wir.«

Ein letztes Mal sah Lizzy in den dreigeteilten Spiegel – drei

Versionen einer jungen Frau, die doch tatsächlich lächelte. »Es wird alles gut«, sagte sie zu sich selbst.

»Ich helfe dir aus dem Kleid«, kam ihre Mutter Theresa zuvor und zog vor deren Nase den Kabinenvorhang zu. Also noch eine Unterredung, wie ein Nachbeben. Mit geschickten Fingern knöpfte sie das Kleid am Rücken auf, doch ihr eindringlicher Mutterblick reflektierte wie ein Lichtstrahl über den Spiegel auf Lizzy.

»Hat Miguel dir erzählt, dass er Encinitas verlassen will?«, fragte sie schließlich.

»Was …?« Lizzys Stimme war kaum zu hören.

»Wusste ich's doch, dass ihr nicht mehr miteinander sprecht.«

»Und wann will er von hier fort?«

»Das weiß ich nicht. Seine Schwester hat es mir heute Morgen erzählt, als ich sie in der Stadt getroffen habe. Er will wohl mit seinem Boot aufbrechen.«

Lizzy ergriff das Handgelenk ihrer Mutter. Ihr war schwindelig. »Bring mich nach Hause …«

Theresa hatte einige Mühe, in der plötzlichen Hektik Lizzys Adresse zu hinterlassen, an die das Kleid geschickt werden sollte, während Lizzy ihre Mutter drängte, schon mal Moudys Motor zu zünden. Da war es wieder, das Gefühl, die Zeit riesle durch ihre Finger wie Sand. Inzwischen hatte ihre Mutter begriffen, dass es niemandem helfen würde, wenn sie ihre Tochter weiterhin mit Vorwürfen überschütten würde. Während sie Moudy nach Hause lenkte, sah sie immer wieder zu Lizzy hinüber.

»Du hast wirklich ein zauberhaft schönes Kleid für die Hochzeit«, sagte Theresa, die das angespannte Schweigen nicht verstand und offenbar das Gefühl hatte, es mit guter Laune stopfen zu müssen.

»Gerade könnte ich es in Fetzen reißen«, murmelte Lizzy leise.

Anstatt darauf etwas zu erwidern, fuhr ihre Mutter Lizzy zärtlich über den Hinterkopf.

Das war zu viel.

Sie solle anhalten, drängte Lizzy, sie brauche dringend frische Luft, sie wolle laufen, es wäre doch ohnehin nur noch ein Katzensprung nach Hause. Ihre Mutter hielt das für keine gute Idee, nicht in Lizzys Verfassung, aber die hatte schon die Tür geöffnet, obwohl Moudy noch in voller Fahrt war. Kaum war der Wagen außer Sichtweite, lief Lizzy los. Sie kochte vor Wut. Sie würde Miguel zur Rede stellen. Schon wieder wollte er einfach verschwinden, ohne sich von ihr zu verabschieden! Höchstwahrscheinlich war er gerade am Hafen, beschäftigt mit den letzten Vorbereitungen für seine Abreise. Und wenn er nicht dort war, würde sie auf ihn warten. Sollte er ihr doch ins Gesicht sagen, dass er abhauen würde, dieser Feigling! Sie hatte für ihn alles aufgegeben, woran sie glaubte!

Als sie den Hafen erreichte, war Miguel gerade dabei, einen Sack mit Kartoffeln an Deck zu tragen. Sie hasste sein Boot, das sie vor Kurzem noch bewundert hatte. Dort lag es, bereit für den Aufbruch, das Holz fröhlich bunt.

Es ging ein zorniger Wind, der ihre Arme mit Gänsehaut überzog. »Hattest du vor, dich von mir zu verabschieden, oder wärst du wie damals einfach nur still und heimlich verschwunden?«, schrie sie Miguel entgegen.

»Du meinst, so wie du vorgehabt hast, mir davon zu erzählen, dass du mit Tom verlobt bist? Herzlichen Glückwunsch.« Er spuckte die Worte regelrecht aus.

Sie nickte und zeigte damit, dass sie seinen Zorn nachvollziehen konnte, aber bereit für einen Waffenstillstand war. »Ich wusste nicht, wie ich es dir sagen soll.«

Miguel kletterte mit dem Kartoffelsack unter Deck, Lizzy

folgte ihm die steile Leiter hinab. Auf der untersten Sprosse blieb sie vor Staunen stehen. »Das ist ja unglaublich!«

Obwohl der Raum sehr klein war, war es Miguel gelungen, ein Waschbecken sowie zwei Herdplatten zu integrieren, außerdem Tisch und Eckbank. Alles war auf das Nötigste rationiert, alles gab es nur ein einziges Mal: Ein Topf und eine Pfanne hingen an Haken an der Wand, daneben ein schmales Regal mit einer Konservendose mit Tomaten, eine mit Bohnen, eine mit eingelegtem Thunfisch.

Wo er denn eigentlich schlafe, wollte Lizzy wissen.

»Der Tisch ist höhenverstellbar. Ich kann ihn hinabsenken, dann schließt er zur Bank auf.«

Lizzy bat ihn darum, es ihr vorzuführen, also zog Miguel an einem Hebel, und der Tisch sank hinab. »Ziemlich genial«, sagte sie und verteilte die breiten Polster der Eckbank. »So?«

Miguel nickte.

Sie machte es sich bequem. Direkt über ihr war eine Glasscheibe in die Decke eingelassen. »Dann kannst du ja nachts die Sterne sehen. Wie romantisch.«

Miguel hatte durchschaut, was sie da tat, hatte durchschaut, dass sie mit ihm flirtete, ließ es aber nicht zu. »Ich verstehe es nicht, Lizzy. Erklär's mir. Warum auf einmal diese Verlobung?«

Ihr blieb nichts anderes übrig, als schnippisch zu sein, damit er nicht weiter bohrte. »Ich wüsste nicht, was dich das angeht.«

»Es geht mich etwas an. Ich bin dein bester Freund.«

»Freunde wissen nicht voneinander, wie der andere küsst.«

Er kannte sie, kannte ihre Tricks, ließ nicht zu, dass sie ihn vom Thema abbrachte. »Hast du nicht immer gepredigt, dass du nicht heiraten willst? Dass du frei sein, dich nicht von einem Mann abhängig machen willst?

»Es ist doch nur eine Heirat. Was bedeutet das schon! Heiraten ist ein Klischee.« Sie versuchte zu lachen, schaffte es aber nicht.

»Ein Klischee?«, wiederholte Miguel.

»Ja. Etwas, das nachgemacht ist. Das schon so oft getan oder gesagt wurde, dass es keine Bedeutung mehr hat.«

»Du meinst, wie wenn ich dir sagen würde, dass ich dich liebe?«

Lizzy befand sich im freien Fall. »Sagst du es denn?«

Sie konnte seinen Kiefer mahlen sehen. Keine Frage, er war kurz davor, den Rückzug anzutreten – aber es gab kein Zurück mehr. Lizzy hatte für sie beide bereits eine Entscheidung getroffen.

»Schlaf mit mir«, sagte sie, trat ganz dicht an ihn heran, sah zu ihm auf, und als er nicht zurückwich, legte sie ihre Lippen auf seine. Es war aufregend, die Regungen in seinem Gesicht zu beobachten: Wie er die Augen schloss, als würde er in einen Traum fallen, und wie er leicht den Kopf schüttelte, als würde er versuchen, aus ebenjenem Traum wieder aufzuwachen.

Sie knöpfte ihr Kleid auf, streifte es sich von den Schultern und wand sich in dem Stoff, sodass er über ihre Schenkel zu Boden glitt. Sie ging noch weiter, öffnete ihren Büstenhalter und ließ ihn zu dem Kleid fallen. Wer war diese ihr fremde Frau, die so mutig war? Die so selbstbewusst Miguels Hand nahm und auf ihr Brustbein legte, obwohl sie das erste Mal einem Mann nackt gegenüberstand? Aber es fühlte sich gut an. Berauschend. Weil sie bei Miguel sicher war und ihm vertraute.

Sein Widerstand war nur noch schwach. »Wir müssen vernünftig sein ...«

»Der Vernünftige liebt weniger«, wiederholte Lizzy Theresas Worte.

»Oh nein, nicht in diesem Fall.« Sein Blick allein genügte, um ihr einen Schauer über den Körper zu jagen. »Glaub mir, es kostet mich so viel Kraft, nicht die Beherrschung zu verlieren.«

»Dann tu es«, wisperte Lizzy, sank auf das Bett und zog ihn mit sich. »Ich will, dass du die Beherrschung verlierst.«

Miguel stützte sich über ihr ab.

»Du sollst der Erste sein«, wisperte sie dicht an seinem Ohr.

Langsam senkte er sich auf sie hinab. Mit dem Daumen zeichnete er eine Linie entlang ihres Wangenknochens, bis er mit seinen Fingern durch ihr Haar kämmte. Sie spürte seinen Körper angenehm schwer auf ihrem, spürte seine Erregung. »Oh verflucht, Lizzy …«, stöhnte er und küsste sie stürmisch, fast verzweifelt. So hatte sie ihn noch nie erlebt.

Miguel richtete sich auf und zog sich in einer einzigen schnellen Bewegung das Hemd über den Kopf. Lizzy rollte sich auf ihn. Ihre Hand glitt zum Bund seiner Jeans, öffnete den Knopf, nur schnell fort damit …

Seine Wangen waren gerötet, als er sich über ihr positionierte. »Willst du …«

Sie ließ ihn nicht aussprechen. »Ja.«

Sie verloren jegliches Zeitgefühl. Die Nacht brach herein, über ihnen leuchtete das Sternenmeer, und sie waren nicht mehr als ein einsames kleines Licht am Rande eines ewigen Ozeans.

25

2006

Stella

Adam war völlig aus dem Häuschen gewesen, als Stella ihm am Telefon verkündet hatte, sie hätte einen Flug nach Kalifornien gebucht. »Das ist kein Witz? Denn dann würde mein Herz sofort stehen bleiben ... Also du kommst wirklich? Oh Mann, ich freu mich wie verrückt! Ich hab sogar Tränen in den Augen ...«

Nun, vier Tage später, saß Stella im Flugzeug, nippte an ihrem Orangensaft und hörte die CD, die Adam ihr bei ihrem letzten Besuch mitgegeben hatte. Gerade lief *Catch the wind* von Donovan.

To feel you all around me
and to take your hand along the sand.
Ah, but I may as well try and catch the wind

Je mehr sie sich beim Hören der CD auf Adam freute, desto mehr meldete sich ihr schlechtes Gewissen. Warum zum Teufel hatte sie Elliott geküsst?!

Stellas Beine kribbelten, wollten nach fast zwölf Stunden Flug endlich wieder bewegt werden. Sie drückte auf ihrem Discman auf Stopp, zog die Kopfhörer von den Ohren und versuchte, sich mit dem Anblick des atemberaubend schönen Sonnenaufgangs über Kalifornien abzulenken, der die Wolken kupferrot anstrahlte.

»Du solltest nicht so oft diese Dinger auf den Ohren haben.« Max meinte damit ihre Kopfhörer. »Du wirst sonst noch schlecht hören.«

Stella lenkte ab, indem sie ein in Folie eingepacktes, leicht platt gedrücktes Schokohörnchen aus ihrem Rucksack zog. »Hier, hab ich dir aufgehoben. Du hast das Frühstück verschlafen.«

»Das ist lieb, aber nein danke.« Stattdessen zog Max aus seinem Geldbeutel einen Blister Tabletten und schluckte eine davon.

Stella überlegte, Max zu fragen, weshalb er die Tabletten nahm, beschloss jedoch, dass sie einander für solche Fragen noch nicht gut genug kannten. »Lizzy war also eigentlich in Miguel verliebt«, sagte sie stattdessen. »War Miguel es, den man von dem Familienfoto abgeschnitten hat?«

»Du meinst das Foto, das Lizzy dir in dem Kalender geschickt hat? Tom hat darauf bestanden, Miguel zu entfernen, als er das Bild eines Tages in Lizzys Zimmer entdeckt hat. Er hat keine halben Sachen gemacht. Lizzy hatte sich für ihn entschieden, also hatte Miguel nichts mehr in ihrem Leben verloren. Auch nicht auf irgendwelchen Familienfotos.«

»Und Lizzy hat es einfach so gemacht?«

Max lachte. »Natürlich nicht. Sie hat das Foto stattdessen versteckt. Aber Tom hat es in Inges Zimmer gefunden, wie deine Mutter mir erzählt hat. Es gab einen schrecklichen Streit deswegen. Letztendlich war Tom selbst es, der Miguel in seiner Raserei von dem Foto abgeschnitten hat. Er wusste, welche Schmerzen er Lizzy damit zufügen würde, aber genau darum ging es ihm auch.«

»Mir mag einfach nicht in den Kopf gehen, wie sie sich überhaupt auf ihn einlassen konnte!«

»Das waren andere Zeiten, Stella. Und Tom war eigentlich kein übler Kerl. Im Gegenteil.«

»Jedenfalls ist Miguel mit dem Boot davongefahren, und Lizzy hat Tom geheiratet ...«

»Miguel ist zwar mit seinem Boot auf und davon, aber Lizzy war nicht nur stur, sondern auch gerissen. Sie hat zahlreiche Gründe gefunden, die Hochzeit immer weiter aufzuschieben. Tom müsse erst seine Karriere unter Dach und Fach bekommen, sie wolle ihr Studium beenden, im Winter zu heiraten wäre doch nicht schön ... Und dann, tja, dann kam ohnehin alles anders. Aber das führt jetzt zu weit.«

Sie setzten zur Landung an und tauchten ein in die atemberaubend schöne Welt Kaliforniens, wo flüssiges Gold die leuchtend roten Ausläufer der Klippen umspülte. Ein Land, das alles zu sein schien – dessen saftige, sanfte Täler aufstiegen zu thronenden Bergen, wo die Dächer der beeindruckenden Wolkenkratzer und die bunten Segel der Kitesurfer auf dem Meer flimmerten, wo unzählige Autos wie Ameisen über den Highway eilten, auf dem auch Stella schon bald nach Hause fahren würde.

Nach Hause.

Stella war süchtig nach der Atmosphäre in der Ankunftshalle eines Flughafens. Wie sollte man sich nicht freuen, wenn man all die Familien und Freunde sah, die sich in die Arme fielen? Hier und da flossen ein paar Freudentränen, weil man sich so sehr vermisst hatte und nun endlich wieder beisammen war. Kinder rannten auf ihre Väter zu und wollten sie gar nicht mehr loslassen, und Verliebte warteten sehnsüchtig mit Rosen in der Hand. All diese Menschen zu beobachten, hatte auf Stella denselben Effekt wie der Duft frisch gebackener Plätzchen.

»Es ist besser, wenn wir uns schon jetzt trennen«, sagte Max, als sie am Fließband auf ihr Gepäck warteten. »Man sollte uns nicht zusammen sehen.«

»Wir sind eine halbe Stunde zu früh. Der Flieger hat einiges an

Zeit rausgeholt. Wahrscheinlich ist ohnehin noch keiner am Flughafen, um mich abzuholen.«

»Da kennst du deinen Freund aber schlecht.«

»Adam ist nicht mein …« Stella war Max' Blick gefolgt und verstummte.

Inmitten all der Wartenden stand Adam, nicht zu übersehen mit seinem selbst gemalten ›Willkommen zu Hause, Stella!‹-Plakat. Noch waren sie durch eine Tür getrennt. Doch jedes Mal, wenn die Tür aufglitt, war es, als würden Wolken sich öffnen und ihr die Sonne entgegenlächeln.

»Mach schneller«, murmelte sie zum Fließband hinab.

»Ich ziehe mich jetzt still und leise zurück. Du hast meine Handynummer, um mich zu erreichen. Vergiss nicht: Du hast zwei Wochen, um meine Geschwister umzustimmen. Die werden schneller um sein, als dir lieb ist.« Damit tauchte Max im Gedränge ab.

Die Tür öffnete sich wieder. Auch Lizzy war mitgekommen! Tränen stiegen in Stellas Augen. Sogar hören konnte sie Adam, so nah war er schon! »Auf dem Monitor steht, dass sie schon gelandet ist.« Obwohl er die meisten Wartenden überragte, stellte er sich auf die Zehenspitzen, um einen Blick zur Gepäckausgabe zu erhaschen.

Als er Stella entdeckte, schien sein Gesicht sich aufzuhellen, als würde es sämtliches Licht in der Halle einfangen. »Stella!«, rief er, hob das Plakat höher und drückte es dann doch Lizzy in die Hand, um auf das Geländer zu steigen und von dort zu winken. »Hier sind wir!«

Stella winkte zurück. Er machte es ihr wirklich schwer, nicht einfach auf ihr Gepäck zu pfeifen und zu ihm zu rennen. Da kam ihre Reisetasche! Sie riss die Tasche an sich, und dann gab es kein Halten mehr. Sie rannte zu Lizzy und Adam in die Empfangshalle und warf sich in ihre Arme. Adam hob sie hoch, drehte sich mit ihr, dann umarmte sie Lizzy und wieder Adam und noch mal Lizzy, und sie weinte und lachte und weinte und lachte.

»Bestimmt bist du hundemüde«, sagte Lizzy. Tatsächlich hatte Stella im Flugzeug so gut wie nicht geschlafen und konnte es kaum erwarten, in einem richtigen Bett die Augen zuzumachen.

Im Jeep reichte Lizzy Stella eine Tupperbox mit belegten Broten und geschälten Mandarinen. »Ich dachte, du hast mit Sicherheit Hunger.«

»Und wie«, seufzte Stella zufrieden. Was gab es Besseres als von Oma geschmierte Brote?

Vielleicht war es die Erschöpfung der anstrengenden Flugreise, die abebbende Aufregung und Erleichterung darüber, endlich angekommen zu sein, vielleicht war es das beruhigende Motorbrummen und das leise Gespräch zwischen Adam und Lizzy oder aber auch das Gefühl der Geborgenheit – jedenfalls schlief Stella schon bald ein.

»Wir sind da, Liebes«, weckte Lizzy sie sanft.

Kaum hatte sie die Haustür aufgesperrt, stürmten auch schon Romeo und Juliet auf Stella zu und sprangen an ihr hoch. Stella schlüpfte schnell aus ihren Chucks, kniete sich auf den Boden und knuddelte die beiden Collies. »Na, ihr zwei, habt ihr mich vermisst?«

»Überraschung!«, hieß es auf einmal im Chor.

Die gesamte Familie hatte sich im Wohnzimmer unter einer Herzlich-willkommen-Girlande versammelt: David, Theresa, Oscar und seine Freundin Mary.

»Wow«, stieß Stella hervor.

»Da bist du platt, nicht wahr?«, freute sich Oscar.

»Es gibt Häppchen!«, kam von Theresa.

»Bestimmt bist du hungrig!«, von David.

»Vor allem ist sie erschöpft«, sagte Adam.

»Leg erst mal deine Sachen ab«, forderte Lizzy sie auf.

Auf einmal hatte Stella ein Glas warmen Punsch mit Orangenscheiben in der Hand. »Das alles ist sehr ...«

» ... amerikanisch?«, schlug Adam ihr vor.

» ... sehr lieb von euch«, führte Stella ihren Satz zu Ende.

»Ich denke ...« Adam nahm Stella den Punsch aus der Hand und stellte ihn auf den Kaminsims, um ihr dann schützend die Hände auf die Schultern zu legen. » ... Stella muss jetzt erst mal ankommen und sich etwas ausruhen.«

Als Adam sie die Treppe hinaufbegleitete, hörte Stella Lizzy noch sagen: »Ich bin gespannt, was sie sagt!«

Stellas Zimmer war frisch gestrichen. Lindgrün. Und neben dem Bett standen Pantoffeln mit ihrem Namen darauf.

»Wow.« Sie hatte Mühe, begeistert zu klingen.

»Du kennst Lizzy.« Adam fuhr sich verlegen über den Nacken. »Wenn sie sich etwas in den Kopf gesetzt hat, kann sie nichts aufhalten.«

»So viel Mühe, dabei bin ich nur so kurz hier.«

»Vielleicht bleibst du ja doch ein bisschen länger.«

»Du weißt, dass das nicht geht.«

Stella nahm das gerahmte Foto vom Nachttisch. Es zeigte sie und Adam. Es war ein schönes Foto, das aufgenommen worden war, als sie gemeinsam mit Romeo und Juliet am Strand spazieren gewesen waren. Stella sah wirklich glücklich darauf aus.

»Es ist zu viel, nicht wahr?«, fragte Adam zerknirscht.

»Ihr wart auf jeden Fall sehr fleißig.«

»Das war nicht meine Idee, ich schwöre es! Ich habe Lizzy gesagt, dass du vielleicht von alldem überfordert sein wirst, aber ...« Adam wollte ihr das Foto aus der Hand nehmen, aber Stella drückte es an sich.

»Es ist ein schönes Foto.«

Sie verstand sich selbst nicht. Bei Andreas – ihrer letzten Beziehung oder was auch immer das gewesen sein sollte – hatte sie darauf gehofft, dass er irgendwann bereit wäre, sich ein Bild von Stella neben sein Bett zu stellen. Und jetzt?

Als Stella duschte, saß Adam auf dem runtergeklappten Toilettendeckel und erzählte ihr alles, was sich in den letzten Wochen ereignet hatte. »Ich wünschte, ich hätte mir Notizen gemacht. Es gab so viel, was ich dir erzählen wollte – aber jetzt weiß ich nur noch die Hälfte!«

»Vielleicht fällt es dir ja wieder ein. Kannst du mir bitte den Bademantel reichen?« Sie stellte das Wasser ab, öffnete den Duschvorhang einen Spaltbreit und streckte die Hand heraus.

»Ich wollte mich noch einmal dafür entschuldigen, dich verletzt zu haben, indem ich mit Amber nach Mexiko gefahren bin. Sie hat einfach darauf bestanden. Und wenn sie sich was in den Kopf gesetzt hat, dann führt kein Weg daran vorbei! Was hätte ich tun sollen? Jedenfalls war es falsch von mir, es dir nicht zu sagen. Tut mir leid.«

»Schon vergessen.« Der weiche Frotteestoff auf ihrer Haut, der Vanilleduft ihres Shampoos und die feuchte Wärme erinnerten Stella daran, dass sie im Flugzeug so gut wie gar nicht geschlafen hatte. Sie unterdrückte ein Gähnen und strubbelte mit einem Handtuch durch ihr kurzes nasses Haar. »Sagt dir der Name Franc Hammer etwas?«, fragte sie Adam.

»Das ist doch Ray Hammers Sohn, Uroma Feli hatte wohl eine besondere Verbindung zu ihm. Wie kommst du auf ihn?«

»Er und meine Mutter kannten sich recht gut. Mehr als gut.«

»Wer sagt das?«

»Ich habe Fotos mit den beiden darauf gefunden.« Das war gelogen, aber was sollte sie ihm auch sagen? Dass Max ihr von ihm erzählt hatte? »Es könnte doch sein, dass er mein Vater ist.«

Auf Adams Stirn bildeten sich skeptische Falten.

»Was denkst du?«

»Ich weiß es nicht …«, sagte Adam zögerlich.

»Du weißt nicht, ob er mein Vater ist, oder weißt du nicht, was du denkst?«

»Ich weiß nichts über Franc Hammer. Ich finde, du solltest vorsichtig sein. Nur weil du ein paar Fotos gefunden hast, bedeutet das nicht gleich, dass er dein Vater ist. Der Typ war ein Filmstar!«

Stella hatte sich mehr Begeisterung erhofft. So etwas wie ›Wow, das wäre ja verrückt! Lass uns der Sache nachgehen!‹ wäre schön gewesen. Nun ja, sie konnte es kaum erwarten, sich in ihr Bett zu kuscheln, das wunderbar nach Waschmittel duftete. Adam deckte sie zu, schaltete das Licht aus und sagte mit gedämpfter Stimme: »Wir freuen uns alle sehr, dass du bei uns bist.«

Als Adam ihre Zimmertür hinter sich geschlossen hatte, vibrierte Stellas Handy in den Tiefen ihres Rucksacks. Mit letzter Kraft wühlte Stella in dem Durcheinander aus einer Packung Taschentüchern, ihrer Graphic Novel, einem Notizbuch und dem Schokohörnchen, das Max im Flugzeug verschmäht hatte. Wahrscheinlich war es Mechthild, die wissen wollte, ob Stella gut angekommen war.

Fehlanzeige. Es war eine Nachricht von Elliott. ›Alles klar bei dir? Pack etwas Sonne in deinen Koffer, hier ist es bitterkalt! Ich habe übrigens nicht vergessen, dass ein Essen aussteht. Sobald du wieder zu Hause bist, bist du fällig!‹

Stella lächelte. »Wo dieses Zuhause auch immer sein mag …«

26

1943

David

»Das also ist der Ersatz?«, hatte der Divisionskommandeur gesagt, als die Soldaten nacheinander in Anzio von den Booten geklettert waren. Man hatte heraushören können, dass er den Anblick der wenigen blutjungen, von der Schifffahrt geschwächten Soldaten ernüchternd fand.

Davids Beine waren wie Gummi gewesen, als er die schmale Brücke entlanggeschwankt war. Der Wellengang war ziemlich heftig gewesen, und er hatte sich bei der Überfahrt mehrfach übergeben müssen. Es hatte ihn geärgert, dass der Kommandeur die Soldaten kaum beachtet hatte. Erst im Nachhinein konnte er es nachvollziehen. Aus bitterer Erfahrung, dass der Ersatz meist nicht von langer Dauer war, mieden die Soldaten des Regiments Neulinge wie ihn oder Max. Warum wieder einen der Jungen kennenlernen, der doch bald sterben würde?

David hingegen hörte seinen Kameraden gern zu. Es erinnerte ihn daran, dass sie alle Menschen waren. ›Keine Stadt ist besser als New York! Meine Freundin war noch Jungfrau, als ich sie kennenlernte. Und meine hat die größten Brüste, die man je gesehen hat!‹

Er hätte sich gewünscht, jemanden zu haben, der ihm zuhörte.

Die militärische Ausbildung war hart gewesen. Strammstehen, Linksherum, Rechtsherum, Salutieren. Sogar Max hatte schnell gelernt, den Befehlen Folge zu leisten, doch verlor er nie den stolzen, ja fast herablassenden Blick. Die Kommandeure ließen es ihm durchgehen. Vermutlich ahnten sie, dass seine Abneigung nicht gegen sie gerichtet war, sondern gegen den Krieg im Allgemeinen. Außerdem hatte Max schon ein paarmal bewiesen, dass er nicht nur mutig, sondern auch gerissen und schnell war. Er schien eine Art sechsten Sinn zu haben.

Einmal wurde ein kleiner Trupp von ihnen losgeschickt, um Schützengräben auszuheben. Dafür mussten sie ein paar Meter über ein Feld laufen, dessen hohes Gras vom Tau feucht war. Die Sonne schien, und sie waren alle recht frohen Mutes. Durch die Bäume des Waldes, der vor ihnen lag, drang goldenes Abendlicht, als läge dahinter das Paradies verborgen.

»Hast du denn eigentlich jemanden zu Hause?« Ryan wuschelte David durchs Haar. Das hatte er sich von Max abgeschaut.

»Mein Bruder ist sogar verheiratet«, antwortete Max und schnippte seine Lucky Strike zu Boden.

Ryan wollte ein Foto sehen, und David antwortete, er hätte keines.

Auf einmal hörte er sich sagen: »Ich habe mich gar nicht richtig von Theresa verabschiedet. An dem Tag, bevor es losging, aßen wir gemeinsam zu Abend. Ich habe ihr angemerkt, dass ihr etwas auf dem Herzen lag, aber ich habe nicht nachgefragt. Nachts habe ich gespürt, dass sie wach war, dass sie etwas beschäftigt, und einmal hat sie meinen Namen gesagt. Ich tat so, als würde ich tief und fest schlafen und sie nicht hören. Ich weiß nicht, warum ich ihr nicht die Chance gegeben habe, mit mir zu sprechen. Ich weiß es einfach nicht ...«

Stille. Vermutlich dachte jeder dieser jungen Männer an seine eigenen ›Hätte ich doch nur, Warum habe ich nicht …‹ Niemand konnte die Zeit zurückdrehen.

»Schon bizarr«, bemühte sich David, die Stimmung wieder zu heben. »Ich wollte immer nach Europa reisen, und jetzt bin ich schon eine ganze Weile hier. Ich hatte mir irgendwie mehr erhofft.«

Miller, ein sympathischer kräftiger Kerl mit Sommersprossen, sagte: »Ich hatte meiner Elma eine Hochzeitsreise nach Deutschland versprochen. Aber die Krauts werden mich nie wieder sehen, das könnt ihr glauben.« Krauts – so nannten sie die Deutschen. »Wenn dieser Krieg vorbei ist, bringen mich ohnehin keine zehn Pferde mehr von zu Hause fort.«

Auf einmal blieb Max stehen. »Deckung!«, brüllte er und riss David mit sich zu Boden.

Munition hagelte über sie hinweg.

»Los, renn!«, schrie Max, und David rannte.

Es gab keine andere Deckung als den Wald. David stolperte in das Dunkel hinein. Ein Rascheln direkt neben ihm. Nur Miller. Wo zur Hölle war Max? Das Gewehr in Davids Hand zitterte. Er rannte weiter.

Plötzlich, wie aus dem Nichts, tauchte ein Deutscher vor ihm auf. Er war noch jung, keine zwanzig Jahre alt. David sah den Schreck, die Panik in seinen Augen. Sie hatten noch nichts von dieser Welt gesehen und doch schon so viel.

Der Deutsche riss seine Waffe hoch.

Ein Schuss.

»Nicht überlegen. Einfach machen«, hörte David Max' Stimme neben sich.

David blickte auf den reglosen Körper des Deutschen hinab.

Als es vorbei war und die Deutschen tot waren, hatte Max gefragt: »Wo ist Miller?«

Sie fanden ihn ein Stück weiter. Eine Kugel hatte ihn in den Kopf getroffen.

Die Front war ein Käfig, in dem man nervös wartete, was geschehen würde. Über ihnen schwebte der Zufall. Die Unberechenbarkeit, dass es überall zu jeder Zeit vorbei sein könnte. David konnte sich nicht mehr daran erinnern, weshalb er sich freiwillig für den Krieg gemeldet hatte.

• • •

Max

Max' Stiefelspitzen ragten in eine Regenpfütze. Sein Gesicht spiegelte sich darin. Einmal mehr waren sie heute nur knapp dem Tod entkommen, und deshalb war alles neu und stark. Der Anblick der Mohnblumen im Feld, der Klang der Ziehharmonika, der Duft von Zigaretten und Instantkaffee.

»Bring ihn uns wieder«, hatte sein Vater Max angefleht, als sie am Bahnhof Abschied voneinander genommen hatten. »Bitte, hab ein Auge auf David, bring ihn uns wieder ...«

Max hatte versucht, sich nicht anmerken zu lassen, wie getroffen er war. »Ja. Natürlich.«

›Es ist in Ordnung, wenn du draufgehst, solange David heil nach Hause kommt.‹ Das hatte sein Vater doch eigentlich gesagt.

Unsinn, maßregelte er sich selbst. Trotz all der Schwierigkeiten, die sie miteinander hatten, würde sein Vater nie so denken.

Max würde alles dafür tun, damit David unversehrt nach Hause zurückkehrte. Er würde sein Leben für ihn geben. Er war kein Held. Es war leicht, mutig zu sein, wenn man das Gefühl hatte, keinen Platz auf dieser Welt zu haben.

• • •

1944

David

Eine exotische Mischung alliierter Truppen tummelte sich in den Straßen von Neapel, auf der Suche nach Rauschmitteln und Sex. In der Stadt, die noch mit einer dünnen Ascheschicht von dem kürzlich erfolgten Ausbruch des Vesuvs bedeckt war, herrschte eine ausgelassene, ja gar surreale Stimmung. Da liefen Australier mit breitkrempigen Schlapphüten neben marokkanischen Soldaten, die unter dem Befehl der französischen Armee standen. Mit ihren Burnussen in leuchtenden Farben fielen sie besonders auf. In der Via Roma tummelten sich unzählige Zuhälter, Schwarzmarktverkäufer, Bettler und ausgezehrte Prostituierte.

Während sich die jungen GIs dem Anschein nach fest vorgenommen hatten, nicht als Jungfrau zu sterben, saß David am Tisch im Erholungslager und suchte nach Worten. Eine Kerze flackerte vor ihm in einem Flaschenhals. Unter seinen Nägeln saß noch immer der Schmutz des Grabens. Die Töne einer Ziehharmonika klangen von draußen herein. Es roch nach Teer, lauwarmer Luft und geschmolzenem Kerzenwachs.

Bis auf Max war das Lager leer. Sein Bruder hatte die Ruhe genutzt, um sich zu rasieren, und wischte sich nun den Schaum mit einem Handtuch vom Gesicht. »Was machst du da eigentlich?«, fragte er.

»Ich schreibe Millers Frau. Das hätte ich schon längst tun sollen. Aber ich habe bisher nicht die richtigen Worte gefunden.«

David wollte ihr mitteilen, dass ihr Mann mutig für sein Vaterland gekämpft hatte, dass er nicht umsonst gefallen war, aber vor allem sollte sie wissen, wie oft ihr Mann von ihr erzählt hatte.

»Du schreibst einer anderen Ehefrau statt deiner eigenen?«

Die Feder stoppte auf dem Papier. David sah zu Max auf, und Max hielt seinen Blick. Wollte er ihn herausfordern?

»Du hast Theresa noch keinen einzigen Brief geschrieben«, sagte Max. »Denkst du nicht, dass sie nach Monaten, die vergangen sind, auf ein Lebenszeichen von dir wartet?«

»Was geht's dich an?« David war gereizt.

»Nichts«, sagte Max. Dabei hielt er noch zwei Atemzüge lang Davids Blick, als würde etwas in ihm Widerstand leisten, als würde er doch eigentlich sagen wollen, dass David sich nicht gut genug um Theresa kümmerte, dass sie an seiner Seite besser aufgehoben wäre.

Max nahm seine Jacke von der Stuhllehne. »Kommst du?«

»Um mir in einem der Bordelle Gonorrhö zu holen? Nein, danke.«

»Nur auf einen Drink. Es könnte dein letzter sein.« Sein Lächeln war versöhnlich.

Die Worte seiner Mutter kamen David in den Sinn. Er sah sie ganz genau vor sich, wie sie auf dem Dachboden der Scheune im Mondlicht an der Zigarette zog, ein verschwörerischer Moment, ehe sie ihm sagte, wie schnell das Leben doch vorbei wäre, viel zu schnell, und dass es seine Pflicht war, es auszukosten. Und trotzdem sagte David: »Nein, danke. Ich bleibe lieber hier und beende diesen Brief.«

Er gab vor, eifrig zu schreiben, doch kaum war Max gegangen, hielt er inne. Weißt du denn nicht, weshalb du diesen Brief an Millers Frau schreibst?, fragte eine Stimme in ihm. Weil du einsam bist. Weil du Nähe suchst in diesen Trümmern, dem Alltag aus Angst und Tod.

Er überraschte sich selbst, als er seine Jacke schnappte und seinem Bruder hinterherrannte. Max klopfte ihm brüderlich auf die Schulter. »Gute Entscheidung.«

Sie landeten in einem der Bordelle. Ausgezehrte Prostituierte schmiegten sich an vollkommen betrunkene GIs. Schon bald kreiste Alkohol in Davids Adern und machte das Leben leichter. Eine Frauenstimme flüsterte mit italienischem Akzent seinen Namen, versuchte, ihn zu locken. David konnte nicht sagen, dass er nicht versucht war, darauf einzugehen.

Raus an die frische Luft. David atmete tief ein. Ließ eine Lucky Strike aus der Schachtel gleiten, zündete sie an und setzte sich auf die unterste Treppenstufe.

Nach einer Weile kam Max zu ihm nach draußen. Sie teilten sich schweigend die Zigarette, bis Max sagte: »Stimmt es, dass ihr nicht im Guten auseinandergegangen seid? Du und Theresa, meine ich.«

»Wie kommst du darauf?«

»Du hast es angedeutet.«

»Es ist alles in Ordnung zwischen uns.«

Da war er, der Keil, der sich immer tiefer zwischen sie bohrte, die Unwahrheit, die sich zwischen ihnen eingestellt hatte. Denn was, wenn David Max die Wahrheit gesagt hätte? Dass absolut nichts zwischen Theresa und ihm in Ordnung war und dass Max der Grund dafür war. David fühlte sich, als hätte er ein Liebespaar getrennt, wäre aber zu egoistisch, den Platz zu räumen.

»Warum schreibst du ihr dann nicht?«, fragte Max.

»Schreib du ihr doch«, erwiderte David herausfordernd.

»Warum sollte ich?«

David zuckte mit den Schultern. ›Sag du's mir. Wenn du willst, können wir darüber reden. Du kannst mir die Wahrheit sagen, und ich werde dich verstehen, wie ich dich immer verstanden habe. Lass uns vollkommen ehrlich miteinander sein, so ehrlich, wie wir es früher gewesen sind, wenn wir nachts in den Hängematten hinter der Ranch lagen und ich das Gefühl hatte, niemand auf dieser Welt würde mich jemals so verstehen, wie du es tust.‹

»Theresa scheint dich wirklich gernzuhaben und …«, presste er hervor.

»Hör auf!«, fuhr Max ihn an. »Lass den Unsinn!« Er war von der Stufe aufgesprungen, wandte sich ab, um jäh wieder zu David herumzufahren. »Wenn ich jemanden hätte, der zu Hause auf mich wartet, dann würde ich dieser Person schreiben und sehnsüchtig auf die Antwort warten. In dieser Hölle brauchen wir etwas, an dem wir uns festhalten können.«

David fühlte sich schrecklich. »Mutter und Vater schreiben dir doch.«

»Ja …« Max drückte die Zigarette aus.

»Vater hat es beim Abschied nicht so gemeint, als er dich gebeten hat, auf mich zu achten«, sagte David.

»Ich weiß«, erwiderte Max.

»Er hat das gesagt, weil er wusste, wie schlecht meine Chancen stehen. Nicht, weil er mich lieber mag. Uns ist beiden bewusst, dass ich das hier nicht mehr lange mitmache und …«

»Was redest du denn da?« Max wurde wütend.

»Es ist die Wahrheit. Ich hatte keine Ahnung, als ich mir eingebildet habe, ich würde das hier eine Zeit lang mitmachen und gestählt zurückkommen. Ich sei Kanonenfutter, sagen die anderen Privates hinter meinem Rücken. Glaub nicht, dass ich das nicht mitbekomme. Sie haben ja recht.«

»Haben sie nicht. Außerdem passe ich auf dich auf.«

»Und dafür danke ich dir. Aber das kannst du nicht immer. Und ich will auch nicht, dass du dein Leben für mich riskierst.«

David sah sie vor sich, all die Toten, die Berge an Erkennungsmarken, die sie von den Leichen sammelten, um sie zu identifizieren. Es war ihm unbegreiflich, dass man noch nicht seine Marke von seinem toten Körper getrennt hatte. »Das Töten …«, sagte er. »Ich halte das nicht mehr lange aus.«

»Es ist deine verdammte Pflicht, es auszuhalten«, entgegnete Max. »So wie es deine verdammte Pflicht ist, Theresa ein guter Ehemann zu sein.«

• • •

Theresa

Theresa gab sich Mühe, nicht allzu viel nachzudenken, denn wenn die Gedanken erst kreisten, wurden sie schnell zu einem Strudel, der sie in dunkle Tiefen zog. Theresa befasste sich nicht mit dem Gestern, nicht mit dem Morgen, nur mit dem Heute. Und da konzentrierte sie sich auf die kleinen schönen Dinge wie einen Zitronenfalter oder auch einfach nur, dass die Sonne schien oder dass ihr Badewasser heute Morgen exakt die richtige Temperatur gehabt hatte.

Und dennoch hallten ihre Schritte unerträglich laut im Eingangsbereich der einsamen Villa, als sie die Treppe hinabging. Sie blieb stehen und lauschte – kein Geräusch. Sie ging weiter und stampfte nun fest mit den Füßen auf, Hauptsache, Lärm, Hauptsache, Leben in diesem zu großen, zu leeren Puppenhaus, in dem David sie zurückgelassen hatte.

Zweimal am Tag spazierte sie an den Klippen entlang, bis der Weg aufhörte, und noch weiter, an eine besonders steile Stelle, von wo aus der Hafen und Encinitas nur noch undeutlich auszumachen waren, wie ein Flimmern der Luft an besonders heißen Tagen. Unter ihr peitschte das wilde Meer. Hier war es geschehen. Unten an der kleinen Bucht zwischen den spitzen roten Felsen war ihre Mutter ins Wasser gegangen.

Lizzy hatte kaum Zeit für sie. Jede freie Sekunde verwendete sie für ihre Abschlussarbeit, die sich mit dem Thema »Zwangsheirat in Geschichte und Gegenwart« beschäftigte. Sogar Tom bekam sie kaum zu Gesicht. Lizzy arbeitete ja nicht einmal von zu Hause aus, sondern zog sich den ganzen Tag in die stickige, dunkle Bibliothek ihrer Universität zurück und kam erst mit dem letzten Bus nach Hause. Wenn Lizzy sich etwas in den Kopf gesetzt hatte, dann fand sie einen Weg, ihr Ziel zu erreichen – und sie wollte unbedingt einen Abschluss erzielen, mit dem sie sich in der männerdominierten Arbeitswelt Respekt verschaffen konnte, wie sie immer betonte. Theresa beneidete sie um ihre Klugheit und ihren Mut. Sie wünschte, sie hätte ebenfalls etwas, auf das sie stolz sein konnte. Aber in ihrem fünfundzwanzigjährigen Leben hatte sie nichts hervorgebracht.

Auf einmal ein lautes Klirren. Der Wind, der durch die offene Verandatür hereingefahren war, hatte den Spiegel von der Kommode im Wohnzimmer gestoßen. Vorsichtig sammelte Theresa die Scherben vom Boden auf. In einer Scherbe spiegelten sich ihre Augen, umfächert von hauchzarten Falten, die bis vor einer Woche sicher noch nicht dort gewesen waren.

Theresa hatte sich immer auf ihr hübsches Gesicht verlassen können, doch auch das war nun am Verblühen.

• • •

David

Theresa, hatte David seinen Brief begonnen.

Über ein Jahr ist vergangen, in dem du nichts von mir gehört hast. Verzeih. Ich musste mich erst an die neuen Umstände gewöhnen.

Wir sind in Anzio in einem zermürbenden Krieg gefangen. Seit Monaten kämpfen wir hier gegen die Deutschen. Sie versuchen, uns zurück ins Mittelmeer zu schubsen, es wären keine acht Kilometer, aber wir halten tapfer die Stellung …

Ihre Antwort erreichte ihn ein paar Wochen später. Es war ein guter Tag, wie immer, wenn die Post kam, denn die Stimmung war augenblicklich gelöst, ja sogar beschwingt. Fast ein jeder von ihnen hatte ein, zwei Briefe.

»Post für Private Licht«, wurde laut verkündet. Ehe David reagieren konnte, war Max bereits bei dem Soldaten und riss ihm den Brief aus der Hand.

»Von Theresa«, sagte er und warf den Brief auf Davids Matratze.

Sein Anblick zerriss David das Herz. Wenn er gekonnt hätte, hätte er seinen Brief mit Max geteilt wie Sankt Martin seinen Mantel. ›Du kannst vielleicht einen Brief teilen, aber keinen Menschen, begreifst du das denn nicht?‹

Sollte er Max damit trösten, dass Theresa ihm nur einen einzigen Satz geschrieben hatte? *Wie soll ich dir verzeihen, dass du mich verlassen hast?*

Damit hatte er nicht gerechnet. Mit was dann? Dass er ein paar romantische Zeilen bekam wie die anderen Soldaten von ihren Liebsten?

Er schrieb: *Ich glaubte nicht, dass es für dich von Bedeutung ist, ob ich bei dir bin oder am anderen Ende der Welt.*

Ihre Antwort erreichte ihn drei Wochen später: *Nicht von Bedeutung? Wenn du das denkst, brauchst du nicht mehr nach Hause zu kommen!*

Das traf ihn wie eine Kugel in die Brust. Es dauerte Tage, bis David die richtigen Worte für eine Antwort fand. Oder wohl eher den Mut. Wenn nicht dieser schreckliche Krieg der richtige Moment war, ehrlich zu sein, dann würde dieser Moment wohl niemals kommen.

Es hat mir Angst gemacht, dich zu lieben. Als wärest du ein Stern: unerreichbar.

Jetzt, wo ich in der Ungewissheit bin, in der reinen Willkür des Lebens schwebe, frage ich mich, warum ich es nicht einfach getan habe, warum ich dich nicht einfach geliebt habe. Es wäre doch so leicht gewesen.

Sag mir, Theresa, warum begreift man die Dinge meist erst, wenn es bereits zu spät ist?

Ich bin kein Stern, antwortete sie, *ich bin ein Mensch aus Fleisch und Blut. Ich will Geliebte sein, Liebe sein, Frau sein. Anfangs war ich dir wenigstens noch eine Freundin, aber irgendwann nicht einmal mehr das.*

Sie hatten den Befehl erhalten, am nächsten Morgen auszurücken. In dieser Nacht herrschte eine fast nervtötende Ruhe.

Der Morgen dämmerte herauf. Es war fast schön, dieses gelbweiße Licht über dem Schlachtfeld, das noch so friedlich dalag. Doch kaum zeichneten sich die Gesichter im Halbdunkel ab, kam das Winseln der Granaten. Ein metallischer Schrei ertönte, gefolgt vom Krachen und Knallen der Detonationen.

Wie sollte David jemals wieder einen Sonnenaufgang bewundern können?

Soldaten lagen so dicht wie möglich aneinandergedrängt auf der feuchten Erde. Andere hatten sich zu Kugeln zusammengerollt. Kauerten in flachen Gräben. Einer der unerfahreneren Offiziere brach zusammen und rannte mitten im Sperrfeuer winselnd davon. Vor David barst die Erde. Dreck spritzte hoch. Im nächsten Moment knallte unter dem Geprassel von Millionen heißer Metallsplitter ein Helm gegen seinen Schädel. Sein Bewusstsein verschwamm.

Endlich, ein Wunder, die Bombardierung ließ nach. Betäubende Stille. Waren alle um ihn herum tot? Oder wagten sie nur nicht, sich zu bewegen? Es war noch nicht mal ganz hell geworden. Dunst lag über dem Schlachtfeld, das übersät mit zersplitterten Bäumen und aufgekratzt von Einschlagkratern war.

Auf einmal schoss eine Leuchtkugel in den grauen Himmel hinauf und tauchte die Landschaft in ein unheimliches Grün. Fast schön, wäre es nicht so ungemein tödlich. Die Stille wurde durchbrochen von einer neuen ohrenbetäubenden Sinfonie: Maschinengewehre, Gewehrfeuer, Mörser. Durch den Dunst hindurch näherten sich ihnen dunkle Gestalten. Die erste Welle deutscher Sturmtruppen. Zielen, abdrücken, zielen, abdrücken. Klirren und Rasseln von Panzerketten. Die stählernen Ungeheuer kamen schnell heran.

Kaum war das Kreischen einer Granate zu hören, explodierte einer der Panzer. Flammen schossen in den Himmel. In der nächsten Sekunde wurde David zurückgerissen, hinein ins Schützenloch, sonst wäre er wohl verbrannt. Mehrere Leichen lagen dicht vor ihm. Und dahinter Max.

»Danke«, keuchte David. »Du hast mir das Leben gerettet. Mal wieder.«

»Ich lasse dich nicht aus den Augen«, presste Max hervor und verzog schmerzerfüllt das Gesicht. Blut tränkte seine Uniform am Bauch.

Ein Granatsplitter hatte ihn getroffen.

Max verlor sehr viel Blut. Der Arzt im Lazarett sagte später zu David, es sei ein Wunder, dass sein Bruder überlebt habe.

Sag mir, wie soll ich jemals begreifen, dass Max und ich nach all dem Grauen noch immer am Leben sind?, schrieb David Theresa in jener Nacht.

Wie soll ich all das jemals vergessen?

Wie soll ich jemals wieder zu dem werden, der ich war?

Ich habe Angst, dich zu verschrecken, indem ich dir all das schreibe. Aber ich habe das Gefühl, dass du der einzige Mensch bist, dem ich mich anvertrauen kann.

Wenn das so ist, antwortete Theresa, *dann höre ich dir zu. Hab keine Angst, schreib alles auf, öffne dich mir ganz, und wenn es wehtut, dann leg den Finger in die Wunde, und blute dich auf das Papier aus.*

Zuerst hatte es David Angst gemacht, sich derart verletzlich zu zeigen, aber nun spürte er, wie etwas von ihm abfiel, eine schwere Last, die gedroht hatte, ihn zu erdrücken.

Ich bin sechsundzwanzig Jahre alt und habe doch gerade erst begonnen, auf eigenen Beinen zu stehen und die Welt und mein Dasein in ihr zu lieben. Jetzt muss ich darauf schießen. Obwohl Soldaten an meiner Seite kämpfen, fühle ich mich allein. Ich kauere auf dem Schlachtfeld und weine, weil ich spüre, dass mich dieses Leben früher oder später, vielleicht schon beim nächsten Atemzug verlassen wird. Niemals werde ich diese Hölle überleben.

Doch dann liege ich nachts wach und schaue das Foto von dir an, das du mir geschickt hast. Du bist mein Wille, Theresa. Mein Wille, das hier durchzustehen und wieder nach Hause zurückzukehren.

Es war ihm, als würde er sich nackt an Theresas Seite schmiegen, die ihre warmen Arme um ihn legte und ihn hielt. Sie waren Hunderte von Kilometern getrennt und sich dennoch näher als je zuvor.

27

1963

Inge

»Wir sollten über etwas anderes reden«, sagte Max. Sein Hemd klebte an seinem Rücken. Er legte den Weg, der von der Ranch zu den Feldern führte, mit großen orangebraunen Steinen aus, die er selbst mit Hammer und Meißel in Form brachte und mit Beton einfasste.

»Ich bin hart im Nehmen.« Inge, die auf dem Zaun saß, krallte sich an der runden Holzlatte fest.

Sie hatte Max auf seine Zeit im Krieg angesprochen. Nicht das erste Mal. Von ihrer Mutter wusste sie, dass er damals vor seinem Bruder David heimgekehrt und völlig verändert gewesen war. Doch wenn Inge Max danach fragte, wich er aus. Er erzählte nur von den Orten, an denen er und David damals stationiert gewesen waren, oder davon, wie sie sich fast zwei Wochen lang in einer Höhle hatten verstecken müssen.

Über den Boden huschte ein Muster von Lichtern und Schatten, schwankend im Rhythmus der Bewegung der Weihnachtssterne. Der Kirchturm läutete, was bedeutete, dass die Messe zu Ende und die Ernte geweiht war. Es war Thanksgiving. Die Sonne schien warm auf ihre Schultern, Fliegen summten in der Luft, und ein sanfter, flüsternder Wind kam von Südwesten und trug den köstlichen Duft nach Essen mit sich, der über ganz Encinitas zu schweben schien.

»Wie ging's dir nach dem Krieg?«, hakte Inge nach.

»Na ja, wir haben gewonnen. Nach 127 Tagen Patt haben wir endlich aus Anzio ausbrechen können.«

»Das meine ich nicht. Wie ging es dir?«

»Ich habe nur knapp überlebt.«

Inge ließ nicht locker. »Das muss doch etwas mit dir gemacht haben.«

Onkel Max hielt inne. Auf einmal las er etwas Erde vom Boden auf und warf sie nach Inge. »Du bist ein Quälgeist, weißt du das eigentlich?«

Inge quiekte und sprang lachend vom Geländer. Als sie sich wieder beruhigt hatte, kniete sie sich mit ihrer Latzhose neben Max auf den Boden und rührte im Beton. »Warum hat man dich vor Onkel David nach Hause geschickt?«

»Durch meine Verletzungen war ich für den Krieg nicht mehr zu gebrauchen. David wollten sie nicht hergeben aufgrund seiner guten Fremdsprachenkenntnisse. Das war das erste Mal, dass ich froh war, nicht so schlau wie mein Bruder zu sein. Nachdem ich fort war, haben sie ihn als Regimentszeichner eingesetzt.«

Max sah auf zu den sonnenvergoldeten Bergen, und die Berge spiegelten sich in seinen Augen. Dahinter fand Inge das Unaussprechliche, das, worüber ihr Onkel nicht reden konnte, die tiefen Wunden, die der Krieg hinterlassen hatte.

»Warum bist du eigentlich hier das Mädchen für alles und führst nicht mit Onkel David die Geschäfte gemeinsam?«, wechselte sie nun das Thema, da sie spürte, dass es Max schwerfiel, über den Krieg zu sprechen.

Max ließ sich Zeit mit der Antwort und sah sie fest an. »Weil ich besser mit den Händen kann und David besser mit dem Kopf.

Solltest du nicht eigentlich deiner Mutter bei den Vorbereitungen fürs Essen helfen?«

Inge streckte ihm die Zunge heraus. »Du kommst auch, oder?«

»Klar. Truthahn lasse ich mir sicher nicht entgehen.«

Ein Glück. Wenn Onkel Max am Tisch war, war die Stimmung immer locker, und es wurde viel gelacht. Inge erhob sich vom Boden und tänzelte dem keilförmigen Schwarm Wildenten hinterher, der in Richtung Ranch zog.

Im Haus verwoben sich der Duft des Truthahns, der im Ofen schmorte, und die fruchtige Süße des Apfelkuchens, den Lizzy bereits in den frühen Morgenstunden gebacken hatte. Inge zog sich für das Abendessen um und gesellte sich dann zu ihrer Mutter. Die lag auf Oma Felis Bett, um ebenjener dabei zuzusehen, wie sie sich die Wangen puderte. Oma Feli war beim Friseur gewesen und hatte sich das Haar in hübsche Wellen legen lassen.

»Für wen machst du dich denn so schick?«, fragte Inge und verfolgte amüsiert, wie ihre Oma eine Ladung Festiger auf ihr Haar sprühte. »Ich dachte, es kommen nur David, Theresa, Oscar und Max.«

Ihre Mutter grinste wissend. »Deine Oma hat auch einen alten Bekannten eingeladen.«

»Soso, ein alter Bekannter«, echote Inge.

»Ach, ihr albernen Hennen!«, murrte Oma Feli, woraufhin Inge und ihre Mutter gemeinsam losprusteten. »Raus mit euch! Sofort raus!«

»Komm, Liebes, kümmern wir uns um die Dekoration«, sagte ihre Mutter noch immer lachend. Wie schön sie ist, wenn sie lacht, dachte Inge. Das tat sie viel zu selten.

Seit dem letzten Streit ihrer Eltern, in dem ihr Vater ihrer Mutter an den Kopf geworfen hatte, sie würde kein schönes Zuhause schaffen, kannte ihre Mutter, wenn es um Dekoration ging, keine

Gnade mehr. Jedes Mal zog sie Inge mit hinein, als gäbe es nichts Schöneres, als aus Pappe Laubblätter zu schneiden und zu einer Girlande zusammenzufügen, die sie schließlich über dem Tisch aufhängten. ›Give Thanks!‹ stand darauf.

»Sein Name ist Ray Hammer«, flüsterte ihre Mutter ihr zu, als Inge Zierkürbisse und getrocknete Gerste auf dem Tisch verteilte.

»Ray Hammer?! Der Schauspieler?«

Ihre Mutter sah sich einmal um, als könne Oma Feli irgendwo lauern, und fuhr dann fort: »Genau der. Ray war früher ein außerordentlich attraktiver Mann und ist es für sein Alter noch! Wir haben ihm einiges zu verdanken. Aber er ist auch ein richtiger Casanova. Er kommt mit seiner dritten Ehefrau. Vielleicht erinnerst du dich noch an seinen Sohn, den Ray aus seiner ersten Ehe hat. Er war schon einmal hier, als er noch klein war. Vielleicht kommt er heute auch mit.«

Motorbrummen war zu hören, Reifen auf Kies und schließlich Autotüren, die zufielen. »Ich glaube, das sind sie schon!«

Inge warf einen Blick aus dem Fenster und sah einen sehr schick gekleideten Mann neben einem protzigen Aston Martin. Auf der anderen Seite stieg eine Frau aus. Eine von der Sorte, die nur an rohen Karotten knabberte und vermutlich einen Herzinfarkt bekommen würde, wenn sie die Butter und Sahne schmeckte, die Oma Feli großzügig ins Essen rührte. Abgesehen davon war sie geschätzte zwanzig Jahre jünger als Ray. Inge seufzte. Sie würde sich einfach den Bauch mit Essen vollschlagen und sich dann ins alte Kinderzimmer ihrer Mutter zurückziehen und lesen.

Die Willkommenszeremonien erschienen Inge jedes Mal wie ein einstudiertes Theaterstück. Jeder kannte seinen Einsatz und wusste, was er zu sagen hatte.

Auftritt Felizitas Licht. Sie legt die Hände vor Entzückung an die Wangen.

Oma Feli: »Ray! Wie ich mich freue, dass ihr hier seid!«

Küsschen links, Küsschen rechts. Es wird im Rahmen des Anstands und mit Rücksicht auf die Anwesenden geflirtet.

Ray: »Hier hat sich ja gar nichts verändert, nicht mal meine schöne Feli!«

Oma Feli: »Ach, du Schmeichler …«

Auftritt Lizzy Lilienthal. Küsschen links, Küsschen rechts. Händeschütteln mit der Eiskönigin, wie Inge die Drittgattin insgeheim nannte.

Lizzy: »Schön, dass ihr hier seid! Wo ist euer Sohn?«

Ray: »Der dürfte jeden Moment hier sein.«

Inge nutzte gerade das Silbertablett, um ein überzeugendes überglückliches Lächeln zu üben – da lockte sie ein erneutes Motorbrummen zum Fenster zurück. Es war tief und satt und aufregend. Inge spürte es wie ein Vibrieren in der Brust.

Ein Motorrad wirbelte Staub auf und hielt neben dem Cabriolet. Die Eiskönigin hustete. Noch bevor der Typ auf dem Motorrad den Helm vom Kopf gezogen hatte, wusste Inge, wer es war. Erschrocken wich sie vom Fenster zurück. Das war doch nicht möglich! Was hatte der Kerl aus dem Ollywood hier zu suchen? War das wirklich Franc Hammer?

»Immer auf einen großen Auftritt aus«, sagte Ray und lächelte voller väterlichem Stolz.

»Von wem ich das wohl habe?«, konterte sein Sohn und begrüßte seinen Vater mit einer Umarmung. »Mal abgesehen davon, dass in deinem flotten Zweisitzer kein Platz für mich ist.«

»Darf ich euch meinen Sohn Franc vorstellen?«, meinte Ray. »Sieht nett aus, ist aber eine ordentliche Kratzbürste.«

Sie setzten sich in Bewegung, zum Glück erst mal über das Grundstück. Mit leicht zittrigen Knien schlich Inge in die Küche, auf die Seite der Ranch, wo die Gruppe nun haltgemacht hatte. Es hätte Inge nicht gewundert, wenn Oma Feli ein Schild mit »Führung Licht-Ranch« hochgehalten und dabei referiert hätte: ›Zur Linken sehen Sie den Geräteschuppen und dahinter die östlichen Weihnachtssternfelder, die sich über das gesamte Tal erstrecken.‹

Inge spähte aus dem Fenster und versuchte, einen Blick auf Franc zu erhaschen.

»Es duftet schon himmlisch«, schwärmte er mit seiner Stimme, die alles war: tief und melodisch, aber auch leicht rau.

Auf einmal warf er einen Blick in Richtung Küche, als hätte er gespürt, dass Inge ihn beobachtete. Hastig wich sie zurück. Ihr Herz raste. Warum zur Hölle war sie nur so aufgeregt?

Sie blickte an sich herab. Wunderbar. Ihrer Mutter zuliebe sah sie aus wie eine Klosterschülerin! Sie trug einen Rock aus grauer Baumwolle. Dazu eine langweilige weiße Bluse und schwarze Strumpfhosen sowie Ballerinas. Franc hingegen wirkte mit seinen zerschlissenen Jeans, der Lederjacke und den Biker Boots, als wäre er mit seiner Harley direkt vom Filmset hierhergerollt! Wie sollte sie ihm, bieder, wie sie aussah, unter die Augen treten?

Außer sie würde ... Ihr Blick fiel auf den Küchenschrank. Genauer gesagt auf die Schere, mit der sie eben noch die Papierquadrate für die Girlande geschnitten hatte. Tut mir leid, Mama, dachte sie und setzte die Schere an ihrer Strumpfhose an. Ein paar Schnitte hier, ein paar Löcher da, und schon war von »bieder« keine Rede mehr. Die Bluse zog sie aus dem Rock und band sie an den Enden zusammen, sodass ein schmaler Streifen ihres flachen Bauchs zu sehen war. Den Zopf, den ihre Mutter ihr geflochten hatte, öffnete sie, befreite ihre wilde Mähne und fuhr mit den Fingern ein paarmal durch ihre Locken, um sie noch etwas aufzubauschen.

Als ihre Mutter die Bretter der Veranda knarzen hörte, sagte sie: »Das muss Inge sein, meine Tochter! Sie hat ...« Weiter kam sie nicht, denn da sah sie, was Inge angerichtet hatte, sah die Löcher in der Strumpfhose, den nackten Bauch und Inges Blick. »Inge!«, entfuhr es ihr. Dabei strich sie sich mehrmals über ihr himmelblaues Cocktailkleid. »Was ...? Geh hoch, und zieh dich um!«

»Ach, lass sie doch.« Oma Feli grinste.

Franc schmunzelte. Fand er sie albern? Kindisch? Dahin war der Rausch des Gefühls, etwas unheimlich Wagemutiges zu tun. War denn ihr Selbstbewusstsein wirklich von diesem Typen abhängig? Schäm dich, Inge Lilienthal! Da kämpfen Frauen seit über einem halben Jahrhundert für mehr Selbstbestimmung, und dieser Kerl rollt auf seiner Harley an und manipuliert mit einem einzigen Blick nicht nur, wie du dich kleidest, sondern auch, wie du dich fühlst!

Ray hatte einen sympathischen festen Händedruck. Die Eiskönigin nahm ihre Hand, als hätte Inge eine ansteckende Krankheit. Und Franc ... ja, das war nicht einfach nur ein Händedruck! Das war eine warme Handfläche, an den Ballen leicht rau, das waren lange schöne Finger, die sich um ihre schlossen, Blicke, die sich miteinander verwoben, und das alles unanständig lang, Inge würde noch ersticken, wenn er sie nicht endlich freiließ und sie wieder atmen konnte ...

»Lasst uns reingehen, das Essen verkocht sonst«, rettete ihre Mutter sie. »Kommst du, Inge?«

Kurz darauf kamen auch David und Theresa mit ihrem Sohn Oscar. Oscar hatte die auffälligsten Augenbrauen, die Inge je gesehen hatte. Sie waren schwarz und buschig und verliehen seinem Gesicht etwas sehr Ausdrucksstarkes. Wenn er ernst dreinblickte, wurden sie zu zwei geraden dunklen Balken. Wenn er lachte – und er lachte wirklich oft –, dann hüpften sie regelrecht. David und Theresa hatten keine Kinder bekommen können und Oscar adoptiert. Oscar war optisch so ziemlich das Gegenteil von den beiden: Seine Haut war kaffeebraun, seine Augen fast schwarz. Ganz offensichtlich waren seine richtigen Eltern Mexikaner gewesen.

»Hey, Inge«, sagte er, schob die Hände in die Hosentaschen und zog sie dann doch wieder hervor.

»Hey, Oscar. Alles klar? Was macht deine Band?«

»Wir haben zwei neue Songs. Nächste Woche spielen wir ein Konzert in der Schule. Ich würde mich freuen, wenn du kommst.«

Inge zuckte mit den Schultern. »Klar, wenn ich Zeit habe.«

»Spitze. Sieht übrigens Bombe aus, was du da anhast.« Er errötete.

Mit einer kleinen Verspätung kam schließlich auch Max. Er tat Inge ein bisschen leid, als er Oma Felis übliche Fragen über sich ergehen lassen musste wie: »Hast du denn noch immer keine nette Frau gefunden, die du gern mitgebracht hättest?«

Ab jetzt gab es gefühlt keinen Raum mehr im Haus, in den man sich zurückziehen und allein sein konnte. Sogar aus der Speisekammer kam David ihr entgegen, denn er hatte dort die Schinkenkeule gelagert, die er für das Frühstück am kommenden Tag mitgebracht hatte. Oma Feli bat Inge darum, Opa Philipp, der wohl ein kurzes Nickerchen gehalten hatte, von oben herabzuholen.

Es gab wirklich viel zu essen, und Inge aß voller Heißhunger. Die Eiskönigin schob ihr Stück Truthahn nur von einer Seite des Tellers zur anderen. Es war ihr anzusehen, dass sie die Ranch mit den schicken, modernen Villen, die sie vermutlich gewöhnt war, verglich. In Inges Augen konnte keine moderne Villa mit der Ranch mithalten. Sie war ein echtes Zuhause, das Geschichten erzählte: die Kerben im Türrahmen, die das Wachstum von David, Max und ihrer Mutter markierten. Oma Felis altbackene, aber liebevoll selbst genähte Rüschenhäubchen am Lüster. All die Familienfotos.

Oma Feli war neugierig. »Wohnt ihr denn nun fest in Kalifornien?«

»Wir haben eine Villa in Los Angeles«, antwortete Ray. »Aber wir sind so viel in der Welt unterwegs, dass Kalifornien inzwischen eher Urlaub als Zuhause für uns ist. Doch mein Sohn feiert nächste Woche die Premiere seines neuen Films, da sind wir natürlich anwesend.«

»Aber wohnt ihr denn sonst als Familie zusammen?« Oma Feli war anzusehen, dass sie dieses Jetset-Leben befremdlich fand.

»Leider nein. Aber Franc ist ja auch schon alt genug, sein eigenes Leben zu führen.«

Inge rechnete. Ray musste das Alter ihrer Oma haben. Franc war etwa fünfundzwanzig. »Meine erste Frau und ich haben Franc recht spät bekommen«, erklärte Ray, als hätte er Inges Gedanken gehört.

Inge spürte Francs Blick auf sich. Ihr wurde ganz warm, und noch immer klopfte ihr Herz wie verrückt. Sie schob es auf den Kaffee, den sie zum Apfelkuchen getrunken hatte. Als Ray sich den letzten Tropfen Sahne in seine Tasse kippte, war das die Gelegenheit, um Francs Observation zu entkommen.

Doch auf einmal lehnte er am Türrahmen der Küche und sagte: »Kann ich helfen?«

»Du meinst, beim äußerst schwierigen Akt des Sahne-ins-Kännchen-Füllens? Nein danke, das schaffe ich gerade noch so.«

Sein Lächeln war schief. »Jedenfalls bin ich froh, dass du die Sahne holst«, sagte er.

»Und warum das?«, fragte sie verunsichert.

»Weil ich dich endlich alleine antreffen kann und nicht umzingelt von lauter Leuten.«

Er kam näher. Als sie nicht zurückschreckte, machte er noch einen Schritt, bis er dicht vor ihr stand. Ihr wurde heiß und kalt zugleich. »Lass uns von hier verschwinden.«

Sie sollte ihm eine Ohrfeige verpassen. Dafür, dass er ihr auflauerte und unanständig nah kam und sich einbildete, er übe eine gewisse Anziehungskraft auf sie aus. »Wohin?«, wisperte sie.

»Irgendwohin, wo wir allein sind.«

»Es ist doch schon dunkel draußen. Und ich kann hier nicht einfach so weg …«

Inge spürte, wie sich ihre Mundwinkel hoben und seinem Grinsen anpassten. Sie trug die Sahne ins Wohnzimmer und entschuldigte sich, ihr sei etwas schwindelig, sie würde sich gern kurz hinlegen. Um nicht erwischt zu werden, verließen Franc und sie die Ranch über die Hintertür. Inge musste kichern, doch Franc legte ihr eine Hand auf den Mund. »Psst! Du verrätst uns noch!«

»Franc!«, hörten sie seinen Vater rufen. Dunkel zeichnete er sich vor dem Licht der Veranda ab. Dann etwas leiser: »Wo steckt er denn schon wieder?«

Franc nahm Inge an der Hand, sie rannten los und retteten sich in das Weihnachtssternfeld. Nebeneinander streiften sie durch die hohen Pflanzen, deren Blätter im Mondlicht silbern glänzten. Dahinter ging es die Felsen hinab. Die Holzstiegen stammten noch aus Zeiten, in denen Inges Mutter jung gewesen war. Langsam tasteten sie sich vor und fluchten über scharfe Kanten. Inge fühlte sich wie betrunken vor Aufregung. Die ganze Zeit über hielt Franc ihre Hand, damit sie nicht stürzte. Das letzte Stück sprang er, packte sie an der Taille und pflückte sie von der Felswand, als würde sie nichts wiegen. Es war wie in einem Film. Zwei Atemzüge lang hielt er sie fest.

»Danke«, sagte sie leicht benommen und wandte sich von ihm ab, um die Nacht in sich aufzunehmen: das blinkende Meer, das

Licht eines Schiffs am Horizont, wie ein gefallener Stern, und darüber all seine Sternenfreunde, wohlbehütet vom runden Mond. Inge breitete die Arme aus, um die salzige Luft und das Rauschen tief in sich aufzusaugen.

»Und jetzt?«, fragte Franc.

Inge schlüpfte aus ihren Ballerinas. Zog die Strumpfhose unter ihrem Rock aus, und das alles verführerisch langsam und ohne Franc aus den Augen zu lassen. Sie fand ein prickelndes Vergnügen darin, sich selbst in diesem neuen, verwegenen Licht zu betrachten. Francs Kehlkopf hüpfte mehrmals auf und ab, sein Mund war leicht geöffnet. Noch nie hatte Inge so direkt ihre Wirkung auf Männer erfahren.

»Komm«, sagte sie und nahm seine Hand, um ihn zum Wasser zu führen. Sie tanzte in den Wellen, die belebend kalt ihre nackten Füße umspülten.

»Dein Vater war beim Essen gar nicht anwesend«, stellte Franc fest.

»Er ist auf Geschäftsreise. Das ist er oft. Aber das ist besser so. Er und meine Mutter können sich nicht mehr gut leiden.«

»Und du spielst die Toughe und lässt dir nicht anmerken, dass du unter der Situation leidest.«

»Ich ... Was würde das bringen? Es würde alles nur noch schlimmer machen.«

»Aber du zählst doch auch.«

Sie spritzte mit der Fußspitze etwas Wasser in seine Richtung. »Sagt der Richtige. Hast du noch Kontakt zu deiner leiblichen Mutter?«

»Nicht wirklich. Sie ist ein Biest. Mein Vater sucht sich immer solche Frauen aus. Es ist auch nur eine Frage der Zeit, bis er sich von Charlene scheiden lässt. Und dann kommt wieder die Nächste und so weiter und so fort.«

»Klingt ziemlich traurig.«

»Ist es auch. In Hollywood verlernt man, aufrichtige Beziehungen einzugehen. Dort ist alles künstlich, vor allem die Leute selbst. Das langweilt mich.«

Es wäre klug gewesen zu fragen, ob Franc sich dazu imstande sah, eine aufrichtige Beziehung einzugehen. Aber Inge hatte Angst, ihn zu verschrecken, also schwieg sie. Stattdessen knöpfte sie ihre Bluse auf und warf sie in den Sand, sodass sie nur noch im Rock und einem dünnen Unterhemd vor ihm stand. »Und ich? Ich langweile dich nicht?«, fragte Inge.

»Du bist so ziemlich das Spannendste, was ich seit Langem erlebt habe.«

Er ließ seinen Blick wandern, über ihren Busen, der sich unter dem dünnen Stoff abzeichnete ... Mit dem Zeigefinger zeichnete er ihre Unterlippe nach. »Ich finde, wir sollten diesem süßen Mund einmal auf den Grund gehen.«

Und wie gut er küsste! Gewiss hatte er auch viel Übung, aber trotzdem glaubte Inge, dass ihre Lippen füreinander geschaffen waren. Auf einmal war es ihr, als gäbe es gar keine andere Möglichkeit, als mit Franc zu schlafen.

Als hätte er ihre Gedanken gehört, sagte Franc: »Entschuldige meine Direktheit, aber ich würde wahnsinnig gern mit dir schlafen.«

Und sie sagte: »Dann tu es doch.«

Ihr gefiel die Einfachheit, mit der sich ihr Unterhemd, Francs Jeans, sein Shirt und schließlich ihr Rock im Sand mischten. War es die Dunkelheit, die sie so mutig werden ließ? Ihr Blut rauschte in ihren Adern wie das vom Wind aufgepeitschte Meer.

Der Sand war rau unter Inges Rücken. Sie schmeckte das Salz auf seiner Haut. Spürte seine Erregung. Seinen heißen Atem an ihrem Ohr, als er wissen wollte, mit wie vielen Männern sie schon geschlafen habe. Das gehe ihn nichts an, sagte sie, aber er bestand auf einer Antwort.

»Mit ein paar.«

Er durchschaute sie. »Lügnerin.«

»Also gut, ja, ich bin noch Jungfrau.«

»Ich frage deshalb, weil …«

Sie küsste ihn und gab ihm auf diese Weise zu verstehen, dass sie ihn wollte, auch, wenn sie es vielleicht morgen schon bereuen würde. Nein, niemals würde sie diese Nacht bereuen. All die geflüsterten Worte, all ihre Bewegungen und Berührungen kamen so natürlich, so selbstverständlich, dass sie gar keinen Zweifel daran hegen konnte, dass das zwischen ihnen Magie war.

Ja, diese Nacht ließ Inge ans Schicksal glauben.

28

2006

Stella

Am Sonntagmorgen stand Adam unerwartet vor der Tür. »Weißt du eigentlich, was für ein unbeschreibliches Glück du hast?«, fragte er sie. Er klang ziemlich begeistert.

»Habe ich das?«, erwiderte Stella grinsend, während sie auf ihren Platz auf der Terrasse zurückkehrte, wo sie gerade dabei gewesen war, sich die Fußnägel in einer Farbe zu lackieren, die sie an das orangerote Leuchten der kalifornischen Sonne erinnerte. Mit ihren Gedanken war sie noch halb bei Max, mit dem sie gestern Abend lange heimlich telefoniert hatte. Er hatte Stella von ihrer Mutter und deren flammenden Gefühlen zu Franc erzählt. Gefühle, die ihre Mutter wohl überrollt hatten wie eine meterhohe Welle. War es zwischen ihnen die sagenumwobene Liebe auf den ersten Blick gewesen? Traf einen die wahre Liebe wie Amors Pfeil, oder konnte sie auch langsam wachsen, so wie es bei Adam und ihr der Fall gewesen war? Stella wollte sich nicht bedingungslos mit ihm in eine Beziehung stürzen, so wie ihre Mutter es mit Franc getan hatte. Im Gegenteil: Stella fand ja sogar Argumente, die gegen eine Beziehung mit Adam sprachen!

»Ja, hast du«, riss Adam sie aus ihren Gedanken. »Nicht nur, dass du das Glück hast, so eine großartige Familie die deine nennen zu können – inklusive meiner Wenigkeit. Nun ist auch noch der LagunArt-Beach Market! Ein Markt, den jeder, der Encinitas liebt, gesehen haben muss.«

»Wie könnte ich mir das entgehen lassen? Und wie kommen wir …?«

Ehe Stella ihre Frage vollenden konnte, hielt Adam sein Skateboard in die Höhe wie einen Pokal. »Bereit?«

»Und wie«, erwiderte Stella und grinste.

Mit Adam auf dem Skateboard zu fahren brachte Stellas Herz zum Klingen. Wenn die Welt untergehen würde und Stella nur einen letzten Wunsch frei hätte, so würde sie sich wünschen, mit ihm auf dem Skateboard zu fahren, vorbei an dem Nachbarn, der Stella mit der Gießkanne in der Hand grüßte und in dessen Vorgarten noch immer ein von Rentieren gezogener Nikolausschlitten blinkte, vorbei an hohen Palmen, die im Wind knarzten, vorbei an der amerikanischen Flagge, die am Strand flatterte, an den Spaziergängern, Joggern und Touristen, an den Jugendlichen, die in dem kleinen Park auf den Bänken abhingen, durch den Duft von Meer, Sand, buttrigen Waffeln und Pizza, durch die Rufe der Volleyballspieler und Surfer, durch die Motorengeräusche der Einbahnstraße und unter dem Blinken der Leuchtschrift über dem kleinen Kino hindurch, durch diese perfekte, heile Welt, an der alles Negative, alles Unschöne abzuprallen schien. Jeder einzelne von Adams feinen Muskeln war angespannt. Wenn er das Gewicht verlagerte, spürte Stella das, und ihr Körper passte sich seinem an.

Der Markt füllte den riesigen Parkplatz vor dem Einkaufszentrum. Vor dem bunt geschmückten Eingangsbogen hielt Adam Stella jäh zurück. »Der Zeitpunkt ist gekommen, dir etwas zu gestehen.«

»Okay … und was?«

»Mein Vater und seine Freundin sind auch hier.«

»Cool.«

»Und David und Theresa.« Adam machte ein zerknirschtes Gesicht. »Als ich ihnen gesagt habe, dass heute Markt ist, haben sie darauf bestanden mitzukommen, und ich konnte nicht Nein sagen, und jetzt …«

»Schon gut«, beruhigte ihn Stella. »Ich mag deine Familie doch! Unsere Familie.«

Adam atmete erleichtert aus. »Ich könnte schwören, sie belagern einen der Essensstände.«

Sie kämpften sich durch die Menschenmenge hindurch, vorbei an kulinarischen Köstlichkeiten aus der ganzen Welt: von Hotdogs und Pizza über Döner und Sushi bis hin zu Falafel und Hummus. Dieser unwiderstehliche Duft von geschmolzener Butter und Nutella, der Stella das Wasser im Mund zusammenlaufen ließ, kam von dem Stand mit französischen Crêpes. Sie und Adam teilten sich einen der in Papier eingeschlagenen hauchdünnen Pfannkuchen.

Es gab ein Karussell für Kinder, bunt bemalte Artisten auf Stelzen und Bauchtänzerinnen. Eine Band spielte Indie-Rock, der klang, als würde er gemeinsam mit dem Sonnenlicht aus anderen Sphären durch die Wolkendecke hindurchbrechen. Sie erreichten den Kunst-Teil des Marktes: Hier wurde gemalt, geschnitzt, getöpfert. Außerdem war es wohl Tradition, dass ein paar Graffiti-Künstler jedes Jahr aufs Neue eine Wand des Supermarktes verzieren durften. Dieses Jahr sprayten sie das Filmplakat von *Harry Potter und der Feuerkelch*, der vor noch nicht allzu langer Zeit in den Kinos angelaufen war. An einem Stand, an dem man Hemden batiken konnte, fanden sie den Rest der Familie. Oscar war munter dabei, ein ursprünglich weißes Hemd mit einem Holzlöffel in lindgrüne Farbe zu tauchen.

»Ernsthaft, Dad?«, fragte Adam.

»Glaub mir, bei der Arbeit wird mich jeder darum beneiden.«

»Bist du dir da sicher?«

»Ganz sicher. Du solltest dir auch eines machen!«

Es entbrannte eine Diskussion. Stella nutzte die Gelegenheit, um Theresa auf Franc Hammer anzusprechen. Doch es war Oscar, der auf den Namen reagierte wie ein Hund auf eine Hundepfeife. »Franc Hammer?«, wiederholte er und schien auf einmal nur noch halb so viel Freude am Batiken zu haben. »Was ist mit ihm?«

»Er scheint meine Mutter gekannt zu haben.«

Allgemeines betretenes Schweigen.

»Stimmt das denn?«

»Stimmt.« Hatte Adams Vater bis vor einer Minute noch nahezu liebevoll mit dem Holzlöffel in dem Farbwasser gerührt, so stampfte er das Hemd nun regelrecht in die Brühe, und das mit einem Gesichtsausdruck, den Stella aufsetzte, wenn die bayerischen Bauern literweise Kuhdung über ihre Felder spritzten.

»Ich glaube, er ist damals mit meiner Mutter nach Deutschland gegangen.«

Noch einmal veränderte sich Oscars Ausdruck, doch diesmal wurde er mitleidig. »Das bezweifle ich.«

»Aber irgendjemand muss ihr doch geholfen haben! Sie kann doch nicht ganz alleine nach Deutschland abgehauen sein!«

»Sie war achtzehn Jahre alt und damit erwachsen«, sagte David.

Die Stimmung war auf dem Tiefpunkt. David fing an, alles zu bemängeln: den beißenden Geruch der Farbe, das Gedränge, das lange Warten, und überhaupt, er habe schon seit einer halben Stunde Hunger.

»Komm, meine liebe Stella, schlendern wir ein Stück weiter«, schlug Theresa vor, hakte sich bei ihr ein und tätschelte trostvoll ihren Arm.

»Warum ist sich Oscar so sicher, dass Franc nicht mit meiner Mutter nach Deutschland gegangen ist?«, fragte Stella.

»Vielleicht will er es einfach nicht glauben. Eine ganze Woche lang hat er kaum etwas gegessen, nachdem sie fort war.«

Sie waren vor einem Stand stehen geblieben, der wohlduftende Öle und Parfüms in wunderschönen Glasflaschen verkaufte.

»Adam ist so gelöst, wenn er mit dir zusammen ist«, sagte Theresa und schnupperte an einem Parfüm.

»Findest du?« Schmunzelnd sah Stella zu Adam, der auf seinen Vater einredete, dass ein Batikhemd mehr als genug war. Sie träufelte sich etwas von einem Öl mit Lavendel und Rosenblättern auf das Handgelenk und verrieb es mit dem Zeigefinger.

Mit der sanften Eleganz einer Katze fuhr die Besitzerin des kleinen Verkaufsstandes über die bunten Flaschenhälse. Dabei plusterte sie ihr tiefes Dekolleté auf eine Weise auf, die beneidenswert sinnlich wirkte. »Das ist das Öl der Leidenschaft. Es schenkt deiner Beziehung Feuer. Nur zwei Tropfen reichen aus, und eure Liebsten werden nicht mehr von euch lassen können.«

»Oh. Das klingt vielversprechend.« Theresa lächelte verschwörerisch und träufelte sich ebenfalls ein wenig auf ihr Handgelenk.

Sie kaufte zwei Fläschchen: eines für Stella und eines für sich.

»Weißt du«, fuhr Theresa fort, »ich bin in einer Zeit aufgewachsen, in der es für Frauen schwer war, ein aufregendes und erfüllendes Sexualleben zu haben. Sexualität war ein Tabuthema.«

Sie schlenderten weiter. Stella schob die Hände in die Taschen ihrer Jeansjacke. »Du und David«, setzte sie an. »Nach all den Jahren eurer Ehe wirkt ihr noch immer so eng miteinander. Dabei …« Wie sollte sie das, was sie sagen wollte, in Worte fassen, ohne Theresa zu nahe zu treten? »Ihr habt erst mit der Zeit zueinandergefunden, nicht wahr?«

»Ja. Es hat einige Jahre gedauert, bis wir uns wahrhaft geliebt haben.«

»Also keine Liebe auf den ersten Blick – und dennoch die wahre Liebe?«

»Das schließt einander nicht aus. Die wahre Liebe ist vielseitig. Mal trifft sie einen wie ein Pfeil, mal pirscht sie sich langsam an.«

»Was ist euer Geheimnis?«

»Unser Geheimnis ist, dass es keine Geheimnisse zwischen uns gibt. Damals im Krieg haben wir begonnen, uns Briefe zu schreiben, und das halten wir nach wie vor noch so. Wenn es etwas gibt, das uns auf dem Herzen liegt, wenn wir einander sagen wollen, wie sehr wir uns lieben, dann schreiben wir uns.«

»Das ist ziemlich romantisch.«

»Vor allem ist es ehrlich. Und ehrlich sollte die Liebe sein.«

»Vermisst David denn nicht manchmal seinen Zwillingsbruder?«, wagte Stella zu fragen.

»Bestimmt. Sie hatten eine so enge und besondere Verbindung.«

»Was kann also so schlimm sein, dass David es ihm nicht verzeihen kann? Immerhin haben die beiden zusammen den Krieg überstanden.«

Sie waren vor einer jungen Künstlerin stehen geblieben, die mit explosiven Farben eine abstrakte Frau malte. Stella wollte weitergehen, bemerkte aber, dass Theresa ganz versunken war im Anblick, wie die junge Frau die Farben mischte und auf der Leinwand auftrug.

»Schau, wie sie nur einen winzigen Klecks von dem Gelb zu dem Rot mischt, und schon entsteht eine ganz neue Farbe. Und wenn sie diese Farbe auf die Leinwand aufträgt, so wirkt auch gleich das ganze Bild anders. Ist das nicht faszinierend? Ein bisschen wie im richtigen Leben. Jeder von uns hat seine eigene Leinwand, und am Ende wird immer ein einzigartiges Bild rauskommen. Aber wir können auch nichts rückgängig machen. Wenn die Farbe mal auf der Leinwand ist, dann bleibt sie, und wir müssen wohl oder übel mit ihr leben …«

Stella hatte das Gefühl, als würde Theresa ihr etwas sehr Wichtiges sagen wollen.

»Weißt du, Stella, wir alle haben unsere eigene Version der Geschichte. Und wir alle haben damals Fehler begangen«, fuhr Theresa fort. Vorsichtig befühlte sie mit der Spitze ihres Zeigefingers eine Erhebung der getrockneten Farbe. »Trägt David Schuld, weil er mich allein gelassen hat? Trägt Max Schuld, weil er der Versuchung nachgegeben hat? Trage ich die Schuld an allem, weil ich so schrecklich einsam war?«

Nun sah sie Stella ganz direkt an. »Sag mir, Stella, was würdest du tun, wenn du das Gefühl hättest, an Einsamkeit zu ersticken? Glaubst du, du könntest widerstehen, wenn dir jemand Wärme bietet?«

29

1944

Max

Am schlimmsten war Stille. Wenn es still war, war Max nach Schreien zumute. Er war doch nur Lärm gewohnt.

Immer wieder schlugen Bilder aus dem Krieg in seiner Erinnerung ein wie eine Granate. Der Himmel, der über ihm explodierte. Leichen über Leichen, leere, starre Augen … Und dann die Stille, die keine Stille gewesen war, denn hinter den zerrütteten Mauern hatte noch immer der Krieg gewütet.

Sogar nachts spürte Max die Bilder in seinem Kopf wie ein lauerndes Tier. ›Warte nur, sobald du wach bist, greife ich wieder an.‹

Während er hier in Sicherheit war, war sein Bruder noch im Krieg gefangen, und Max konnte nicht mehr auf ihn aufpassen. Manchmal meinte er so etwas wie Vorwurf im Blick seines Vaters zu sehen, aber es war nur sein eigener Vorwurf, der sich in den Augen seines Vaters spiegelte.

Alkohol half. Er trank zu viel, rauchte zu viel. Ließ sein Haar wild wachsen, denn es war ihm gleichgültig, wie er aussah. Im Pub setzten viele diese Miene des Verstehens auf, wenn sie mit ihm sprachen, aber sie verstanden es nicht. So etwas konnte niemand verstehen. Max verstand es ja selbst nicht.

Eines Abends schmiss ihn der Wirt aus dem Pub. Max hatte Streit gesucht, eine Möglichkeit, Dampf abzulassen. Also hatte

Billy ihn am Kragen gepackt, die zwei Treppen vor der Tür hinuntergestoßen und gesagt, er könne wiederkommen, wenn er sich endlich wieder im Griff habe. »Komm mal wieder auf die Beine«, hatte Billy noch gesagt. Es ist ja schon ein paar Monate her, dass du im Krieg warst. Reiß dich mal zusammen, wird schon nicht so schlimm gewesen sein. Wahrscheinlich hatte Billy es gar nicht so gemeint, aber in Max' Ohren hatte es danach geklungen, also hatte er sich auf ihn gestürzt, bis zwei Kerle aus dem Pub Billy zu Hilfe geeilt waren und Max verprügelt hatten. Er hatte sich nicht einmal gewehrt.

Seltsamerweise zog es ihn hin und wieder in die Kirche. Er hatte sich nie besonders für Religion interessiert, war zwar mit dem christlichen Glauben groß geworden und einigermaßen regelmäßig in den Gottesdienst gegangen, aber nur, um seine Eltern zu beruhigen. Nun saß er abends oft auf einer der Bänke und starrte das Kreuz an.

An einem Tag hörte er, wie die Tür leise zugedrückt wurde. Jemand war hereingekommen. Theresa. Da er sich in das dunkelste Eck der Kirche zurückgezogen hatte, bemerkte sie ihn nicht. Sie zündete eine der Kerzen an, die am Seitenflügel der kleinen Kirche aufbewahrt wurden, kniete sich auf die untere der beiden Stufen vor dem Altar und betete. Zweimal war sie bei ihm zu Hause gewesen und hatte nach ihm gefragt, wie seine Mutter ihm ausgerichtet hatte. Warum mied er sie? Weil du dich in ihrer Gegenwart schämst. Theresa war so schön, so rein, so gut.

»Lass nicht zu, dass der Krieg deine Seele zersetzt«, sagte sein Vater einmal zu ihm. »Unterdrücke den Schmerz, die Trauer, den Frust nicht! Du kannst das, was du erlebt hast, nicht leugnen, aber wenn du es betäubst, dann betäubst du auch dich selbst, so lange, bis irgendwann nichts mehr von dir übrig ist.«

War denn überhaupt noch etwas von ihm übrig?

Ja, wenn er sie sah. Theresa. Wenn er sie in der Kirche sah, dann fühlte er, dass er ein Herz hatte. Dass Gutes in ihm war.

Er arbeitete viel. Arbeit gab es zum Glück auf der Ranch ausreichend, denn fast die Hälfte der Arbeiter hatte der Krieg verschlungen. Max tobte sich aus, bis es dunkel war und er seine eigene Hand nicht mehr vor Augen sehen konnte. Allein in den letzten drei Tagen hatte er das Dach der Scheune neu gedeckt, die Fensterläden lackiert und Schlaglöcher auf dem Feldweg mit Kies gefüllt. Eine Zeit lang sah es gut aus, denn er trank weniger. »Ich denke, das Schlimmste ist überstanden«, hörte er seine Mutter eines Abends leise zu Lizzy sagen, als die beiden in der Küche das Essen vorbereiteten.

Sie täuschte sich.

Es war Oktober, und die nächste Weihnachtsstern-Ernte kündigte sich an. Die Arbeit mit den Pflanzen war Max nicht ganz geheuer, so wie wohl einem Handwerker die Arbeit eines Künstlers nicht ganz geheuer war. Er hatte zwar eine Ahnung davon, wie man mit den Weihnachtssternen umzugehen hatte – immerhin war er damit groß geworden –, aber man brauchte Fingerspitzengefühl für diese Pflanzen und vor allem Liebe. Das war Davids Aufgabe. Etwas in Max sträubte sich, in die Fußstapfen seines Bruders zu treten. David sollte verdammt noch mal nach Hause kommen und sich selbst darum kümmern! Ohnehin stand in diesen Zeiten kaum einem der Sinn nach einer hübschen Weihnachtsdekoration. Wenn überhaupt, zierten die Weihnachtssterne die unzähligen Gräber von Söhnen und Ehemännern. Es hieß also sparen. Davon wollte sein Vater aber nichts wissen. »Dein Bruder und ich haben Jahre daran geforscht, wie wir die Weihnachtssterne zu pflegen haben, welcher Ablauf und welche Zusammensetzung des Düngers ihnen am besten bekommen.

Wenn wir nur einen Bruchteil des Ablaufs ändern, werden die Pflanzen krank!«

Immer diese verdammte geheime Formel, auf die sein Vater und David so sehr pochten. Max hatte sich eine Kopie von Davids Aufzeichnungen anfertigen lassen und versucht, sie zu entziffern – aber bei dem Durcheinander aus Zeichnungen und Fachlatein hatte er keine Chance. Außerdem: Was sollte schon passieren, wenn man ein wenig Zink, Magnesium oder Calcium einsparte? Heimlich ließ er einen Teil der Düngezusätze weg.

Sein Vater behielt recht. Wie eingeschnappte Damen ließen die Weihnachtssterne schon bald die Blätter hängen und färbten sich an den Spitzen braun. Wie um Max vollends den Rest zu geben, fegte Ende November ein eisiger Wind von den Bergen herab, zog und zerrte an den Pflanzen, bis sie ihr rotes Gewand abwarfen. Max setzte sich auf den Boden neben das Feld und rauchte eine Zigarette.

Bald meldete sich wieder einer der Züchter bei ihnen, die darauf gierten, die Ranch aufzukaufen. »Die Zeiten sind hart, nicht wahr?«, sagte er und gab vor zu verstehen. Aber er verstand nicht.

Er merkte, dass Max nicht der Richtige für Small Talk war, und kam zur Sache: ob die Familie daran denke zu verkaufen. Es müsse auch nicht die ganze Ranch sein, nur das Wissen, das Know-how. »Wie gelingt es euch, die Weihnachtssterne so langlebig und buschig zu machen? Für eure geheime Formel bin ich bereit, eine Stange Geld zu bezahlen.«

Max machte kurzen Prozess. »Du hast eine Minute, um dich vom Gelände zu schleichen. Wenn nicht, dann wirst du Bekanntschaft mit der hier machen.« Er hatte seine geballte Rechte gehoben.

Nicht mal eine halbe Minute hatte der Mann gebraucht, um in seinen Wagen zu springen. »Du hast sie doch nicht mehr alle!«, hatte er gebrüllt, aber auch erst, als der Motor schon brummte und er schnell davonrauschen konnte.

Hatte Max sie wirklich nicht mehr alle? War er im Krieg wahnsinnig geworden? Er dachte oft an seinen Bruder, der weiß Gott wo steckte und vielleicht sogar nicht mehr lebte. Wem wollte er etwas vormachen? Der Krieg hatte ganz andere Männer das Leben gekostet, und David war dafür gemacht, Blumen zum Erblühen zu bringen, nicht zum Zerstören oder Morden. Max hingegen hatte das, was sein Vater und David sich mit Geduld, Schweiß und Liebe aufgebaut hatten, innerhalb kurzer Zeit zerstört. Er sollte im Krieg und David hier sein.

Also trank Max wieder mehr, ließ sich nun auch einen Bart wachsen und verkam immer mehr zu dem wilden Tier, das in ihm tobte. Er fühlte sich verloren, und niemand konnte ihn erretten.

Oder doch? Warum sonst saß er jeden Abend in der Kirche und hoffte, dass Theresa hereinkäme, um eine Kerze anzuzünden?

30

1945

Theresa

Wenn Theresa David schrieb, schrieb sie nicht dem Mann, den sie geheiratet hatte. Sie schrieb dem Mann, nach dem sie sich, ohne es zu wissen, all die Jahre gesehnt hatte. Einem Mann, bei dem sie sich fallen lassen konnte. Bei dem sie nicht perfekt sein musste, bei dem sie ganz sie selbst sein konnte. Eine junge Frau mit Schwächen, Ängsten und dunklen Seiten.

Sieh diese Zeit, sieh diese Distanz, die uns trennt, als einen Raum, der uns die Möglichkeit bietet, einander zu vermissen, hatte David geschrieben. Ich denke so oft wie nie zuvor an dich. Jeden Tag, jede Stunde, jede Minute.

Ihre Antwort war trotzig und dennoch voller Liebe ausgefallen. *Schön und gut, wir haben bewiesen, dass wir einander vermissen können – nun komm nach Hause! Dieser Raum, von dem du sprichst, wird mir zu groß und dunkel. Ich fürchte mich in ihm.*

Es dauerte eine Weile, bis Theresa begriff, dass sie all die Jahre ihre eigenen Gefühle fehlinterpretiert hatte. Sie hatte geglaubt, sie würde sich zu Max hingezogen fühlen, weil seine grobe Männlichkeit Abenteuer und damit eine Flucht aus ihrem bedeutungslosen Leben versprach. Ihn heimlich zu begehren und hin und wieder mit ihm zu flirten hatte ihr einen Geschmack von einer wagemutigen, begehrenswerten und damit bedeutungsvollen Variante ihrer selbst gegeben. Aber das war es eigentlich gar nicht, was sie in seinen Bann zog. Max war einfach nur ganz er selbst, und das war es, was sie faszinierte. Er überschritt Grenzen, weil ihm danach war, und das brauchte Mut, und Mut war immer faszinierend.

David war auf eine ganz andere Weise mutig, nur war ihr das nicht bewusst gewesen. Er war mutig, weil er sich öffnen konnte. Weil er über Gefühle sprechen konnte, und vielleicht war genau das die größte Mutprobe von allen, denn nie machte man sich verletzlicher.

Als Theresa all das begriff, war es ihr, als hätte sie einen Schlüssel zu ihrem Herzen entdeckt, das nun weit offen stand und in das pures, warmes Licht hineinströmte.

Doch ehe es so weit sein sollte, war es bereits zu spät.

Sie stand mal wieder an den Klippen, den Blick auf die ewige Weite des Ozeans gerichtet, und schämte sich dafür, nicht mal zu wissen, in welche Himmelsrichtung sie sich wenden musste, um zu David zu blicken. Der Wind stieß in ihren Rücken, schob sie einen Schritt dem Abgrund entgegen. Ihr Haar peitschte ihr ins Gesicht, sie versuchte, Sand aus ihren Augen zu blinzeln. Ihre Augen tränten schon, alles war nur noch verschwommen.

Auf einmal hörte sie Hufschläge. Jemand packte sie an der Hand und zog sie vom Abgrund fort, ehe sie taumeln konnte. »Vorsicht«, sagte Max.

Sie sah zu ihm auf, zu ihm, der vom Licht der untergehenden Sonne angestrahlt wurde. Eine Heldenfigur auf einem schwarzen Hengst. Die Muskeln seiner starken Arme zuckten bei der kleinsten Bewegung. Sein Blick war hart. Er hatte etwas von einem unberechenbaren hungrigen Tier. Seit er aus dem Krieg zurückgekehrt war, hatte Theresa kaum ein Wort mit ihm gewechselt. Das letzte Mal am Poinsettia-Day, und nun war schon wieder Ende April …

»Du musst besser auf dich achtgeben. Ich bringe dich nach Hause.« Max stieg ab, packte sie an der Taille und hob sie auf den Hengst, als würde sie nichts wiegen. Er wusste ja nicht, dass Theresa noch nie auf einem Pferd gesessen hatte. Ihr Herz war aufgepeitscht wie die wilde See.

»Woher wusstest du, dass ich an den Klippen bin?«, fragte sie, als er mit einer geschmeidigen Bewegung hinter ihr auf das Pferd stieg.

»Ich war bei den Weihnachtssternfeldern, und da habe ich dich gesehen.«

»Nimmst du mich mit zu den Feldern?«

Das komme nicht infrage.

»Dann laufe ich wieder zu den Klippen zurück!«

Sie reizte seine Nerven, das merkte sie ihm an, aber nun hielt er auf die Felder zu. Es gefiel ihr, dass er um sie herumgreifen musste, um die Zügel zu halten. Unter seiner rauen sonnengebräunten Haut zeichneten sich Sehnen und Muskeln ab. Seine Hüfte, seine Männlichkeit war direkt an sie gepresst. Instinktiv machte ihr Becken Bewegungen in dem Rhythmus, den er vorgab.

Theresa war erleichtert und enttäuscht zugleich, als sie das Feld erreichten. Max stieg ab, packte sie, stellte sie auf die Beine, und das alles so grob, als wäre sie ein Sack Mehl. Er gab ihr das Gefühl, als könne er sie nicht leiden.

Sie drängte sich ihm auf. Ob die Pflanzen noch immer krank seien, fragte sie.

»Sieht ganz so aus.« Sein Blick wanderte über die Weihnachtssterne wie über ein Schlachtfeld. »Ich wünschte, David wäre hier … Wie auch immer. Du solltest wirklich nach Hause. Ich kann dich hier nicht gebrauchen.« Als sie sich nicht bewegte, fügte er hinzu: »Du hast das Feld doch nun gesehen. Geh jetzt. Bitte.«

Es war dieses Bitte, das ihn verriet. Bitte, ich kann mich sonst nicht beherrschen.

Sie folgte ihm leichtfüßig wie eine Katze, die auf Streicheleinheiten hofft. Selber schuld, dachte sie, du hast mich hierhergebracht, in dein Reich geführt, nun musst du dich auch mit mir beschäftigen. Er hatte vor, eine morsche Latte am Zaun auszutauschen. Es war reiner Genuss, dem Spiel seiner Muskeln zuzusehen, wenn er den Hammer hoch- und niederfahren ließ.

»Ich mag es, dich zu sehen.« Dass sie sich so weit vorwagte, erregte sie.

Strom floss durch ihre Adern. Max schien die Elektrizität zu spüren, die von ihr ausging. Sein Blick verfinsterte sich. »Warum solltest du?«

Sie zuckte mit den Schultern.

»Geh nach Hause, und schreib David einen Brief.«

»Das habe ich schon.« Sie schwiegen eine Weile, ehe Theresa fragte: »Wie geht es dir?«

Er sah sie an, als würde ihn die Frage erschrecken. »Hast du nicht davon gehört?«

»Du meinst von deiner Schlägerei mit dem Pub-Besitzer? Du wirst schon einen Grund gehabt haben.«

Aus einer Stelle, in die Max einen Nagel geschlagen hatte, quoll Harz. Theresa drückte ihren Daumen darauf und zerrieb die klebrige, duftende Masse mit dem Zeigefinger. Wie üblich trug Max ein Hemd, das er bis zu den Ellenbogen umgeschlagen und bis zum Brustbein aufgeknöpft hatte. Es war schmutzig von Motoröl und Erde. Hier und da hatte sich der hellbraune Stoff von seinem Schweiß dunkel verfärbt.

Theresa fuhr mit der Zunge die feuchte Innenseite ihrer Unterlippe entlang. Das Tier in ihm nahm es wahr, er riss den Blick zu ihr, der Hammer stoppte in der Luft, erhoben wie eine Waffe.

»Ich bezweifle, dass es besser werden wird«, sagte sie, und er sah sie an. »Du wirst das, was dir widerfahren ist, immer mit dir herumtragen. Und wenn du glaubst, dass du klarkommst, wird die Erinnerung dich völlig unerwartet überrollen. Dir bleibt also nichts, als damit zu leben. Aber du drückst dich. Du versteckst dich ja sogar vor mir in der Kirche. Glaub nicht, dass ich es nicht bemerkt habe.« Sie wusste selbst nicht, warum sie es darauf anlegte, ihn zu provozieren. »Du bist ein Feigling.«

Max packte sie, schüttelte sie. Theresa wehrte sich, schaffte es, ihm eine Ohrfeige zu verpassen. Erschrocken über sich selbst, ließ er von ihr ab. Ein paar Atemzüge lang standen sie voreinander. Auf einmal rannte sie. Rannte hinein in das Feld, aber er war schneller, fing sie und wirbelte sie zu sich herum.

»Lass mich los!«, rief Theresa, dabei war sie fasziniert von der Wildheit in seinen Augen, war erregt von seinem festen Griff. Da war dieses leise Flüstern in ihr, das unbedingt erfahren wollte, wohin es führen könnte, wenn er sich vollends vergaß. Einen Moment lang hörte man ihren heftigen Atem, und auf einmal lagen ihre Lippen auf seinen, seine auf ihren, wer wusste schon, wer zuerst geküsst hatte. Oh, wie leicht war sie in seinen starken Armen! Sie spürte, wie ihre Lippen unter seinem Kuss anschwollen, und im nächsten Moment schon waren sie auf dem Boden, er auf ihr, und sie raffte ihr Kleid und führte seine Hand zur sensiblen Seite ihrer Oberschenkel.

»Es ist schon so lange her«, wisperte Theresa.

»Du solltest jeden Tag geküsst werden. Jede Stunde. Jede Minute. Jede Sekunde ...«

Da wurde er zärtlicher mit ihr, obwohl sie keine Zärtlichkeit verlangte. Er umfasste ihr Gesicht und fuhr mit den Daumen über ihre Unterlippe. Langsam zog er sic aus, und sie berauschte sich daran, in seinen Augen zu sehen, dass er jeden Zentimeter ihres Körpers bewunderte.

Die Sonne stand schräg und schien durch die Spitzen der Weihnachtssterne hindurch. Lichtpunkte wie goldene Edelsteine tanzten über Theresas Haut.

Max liebte sie zurückhaltend, fast mit einer gewissen Scheu. Nach einigen Minuten schmeckte Theresa etwas Salziges und stellte fest, dass er weinte. Sein Gewicht auf ihr, das eben noch angenehm gewesen war, hatte auf einmal etwas Erdrückendes. Theresa spürte den harten, steinigen Boden unter sich.

Als es vorbei war, blieb Max noch lange in ihr, sank auf ihr zusammen, vollkommen friedlich und erlöst. Theresa war wie betäubt. Endlich rollte er sich von ihr, küsste sie auf die Nasenspitze und zog seine Hose an. Sie benetzte ihren Zeigefinger mit Spucke, um einen Fleck auf ihrem weißen Kleid fortzuwischen. Sie rieb ihn nur tiefer in den Stoff hinein. Max reichte ihr die Hand und half ihr vom Boden auf. Er richtete sogar ihr Kleid.

Unerwarteter Kummer tränkte ihr Herz. Was sollte sie nun zu ihm sagen? Wie sollte sie ihm begegnen? Auf einmal, obwohl sie einander so nah gewesen waren, näher als je zuvor, war Max ihr fremd geworden.

Theresa fühlte sich betrogen und beschmutzt, dabei war es doch sie gewesen, die betrogen hatte.

31

1945

Theresa

Am 8. Mai geschah das lang ersehnte Wunder: Das Deutsche Reich kapitulierte. In Europa schwiegen endlich die Waffen, während sie im pazifischen Raum im Krieg gegen Japan noch weiter wüteten. Nun warteten sie alle sehnsüchtig auf Davids Rückkehr. Ganz besonders Theresa, die es kaum erwarten konnte, David, dessen Briefe sie nach wie vor tief berührten, in ihre Arme zu schließen.

Theresa legte die Hände auf ihren Bauch und betrachtete ihn im Standspiegel. Zweimal hatte sie sich unerwartet übergeben, deshalb hatte sie sich untersuchen lassen und herausgekommen war, dass sie ein Kind in sich trug. Encinitas hatte inzwischen sogar ein Geschäft für Babybekleidung zu bieten, dort hatte sie noch am selben Tag zwei Strampelanzüge gekauft. Einen blauen und einen rosafarbenen, für alle Fälle.

Als sie abends die beiden Kleidungsstücke nebeneinander auf ihr Bett legte, zitterte sie. Ihr Herz schien etwas zu wissen, was ihr Kopf noch nicht wahrhaben wollte. Ihr Blick fiel wieder in den Spiegel. Theresa versuchte zu lächeln, doch ihr Lächeln glich einer Grimasse. Sie probte, wie sie es ihrem Vater und Tom sagen würde. Wie sie es David sagen würde. »Ich habe großartige Neuigkeiten …«

Es war ihr, als könnte sie im Spiegel sehen, wie ihr Vater sie mit vor Freude glänzenden Augen auf ihr Haar küsste. Wie Tom sie umarmte. Und David ...

Mit einem Mal brachen Tränen aus ihr hervor. Wie hatte sie David betrügen können, wo sie doch gerade erst diese zarten Bande zueinander geknüpft hatten! Wie sollte sie ihm erklären, dass sie ein Kind von einem anderen Mann erwartete? Noch dazu von seinem Bruder! Er würde sie mit Recht verachten und sich von ihr scheiden lassen ... Und dann wäre sie wieder allein ...

Schluchzend fiel Theresa auf ihr Bett. Ihr ganzer Körper bebte. Sie durfte David nicht verlieren! Das würde sie nicht überleben ...

Noch immer sah sie ihren Vater im Spiegel. Sein Blick war nun eiskalt. »Du weißt, dass du dieses Kind nicht bekommen kannst«, sagte er.

Er war nur eine Einbildung, und doch fühlte Theresa sich von seinen Worten wie angeschossen, als würde sie verbluten. »Nein ...«, schluchzte sie. »Bitte ...«

Es war Theresa, als wäre dieses Kind das einzig Gute, das sie jemals zustande gebracht hatte. Aber auch wenn sie es noch nicht wahrhaben wollte, so wusste sie insgeheim bereits, dass sie es nicht bekommen durfte.

• • •

Lizzy

Die Familie Lilienthal feierte das Kriegsende mit einem Fest. Es wurde jede Gelegenheit genutzt, um das Geschäft des Vaters und Toms politische Karriere zu fördern. Lizzy sollte sich wohl für ihren Verlobten freuen, immerhin war er tatsächlich in den Stadtrat gewählt worden, aber sein Erfolg stieß ihr sauer auf. Sie sollte eine Sektflasche vor all den Leuten öffnen. Sie sollte eine Dankesrede halten. Denn sie war es gewesen, die ihm all seine Reden geschrieben und sein Wahlprogramm zusammengestellt hatte. Aber er sammelte die Lorbeeren ein.

»Lach doch mal!«, zwitscherte Theresa. Sie nahm Lizzys Hand und schwenkte sie. »Du guckst so ernst! Bist du denn nicht stolz auf deinen Verlobten? Dieses Fest ist doch ein Traum!«

Alles, was Rang und Namen hatte, war in der Villa Lilienthal zusammengekommen. Es war »ein Fest nach höchsten Maßstäben«, wie Tom oft genug betont hatte: Bedienstete in weißen Livreen nahmen den Gästen die Jacken ab und führten sie über einen extra für diesen Abend ausgelegten roten Teppich in den Salon, wo Häppchen aus Lachs, Kaviar und einem edlen Trüffelkäse gereicht wurden. Prämierte kalifornische Weine wurden gereicht, Champagner floss in Strömen. Höhepunkt war der Tischbrunnen, aus dem Bowle sprudelte. Nicht zu vergessen die Band, bestehend aus einem Sänger und einer Sängerin, zwei Trompeten, Bass und Cello, die beliebte Hits von den Andrew Sisters oder Frank Sinatra zum Besten gaben. Es war noch früh, doch die ersten Gäste tanzten bereits: Auf das Leben!, hörte man immer wieder, und dann klirrten die Gläser.

Wann immer Lizzy zu Tom sah, lachte er. Er war wirklich glücklich. Er hatte ja auch alles bekommen, was er wollte. Politisch hatte er erreicht, was er sich vorgenommen hatte. Und er war mit Lizzy verlobt. Wie konnte er sich nur darüber freuen, wo ihre Verlobung doch in einer Erpressung wurzelte? Wie soll die Blüte jemals etwas werden, wenn die Wurzel faulig ist?, würde David zu ihrer Situation sagen. Das hätte sie Tom gern gefragt, aber dann sah sie ihn lachen und redete sich ein, dass sie ihn vielleicht doch mit der Zeit würde lieben können.

Sie hatte das Richtige getan. Miguel war frei. Auch wenn er nicht bei ihr war …

»Na, hat unsere Einzelkämpferin eingesehen, dass es sich mit einem Mann an der Seite besser lebt?«, stichelte Susi Richards, eine Freundin von Theresa, die Lizzy nicht ausstehen konnte.

»Nach wie vor glaube ich nicht, dass die Ehe richtig ist«, entgegnete Lizzy trocken. »Wenn wir uns die Gesetze anschauen, wurden sie für eine ganze und eine halbe Person entworfen.«

Susi blinzelte verwirrt.

Also fügte Lizzy ungeduldig hinzu: »Die Frau ist die halbe Person. Vielleicht existiert sie vor dem Gesetz sogar gar nicht.«

Der Garten funkelte wie ein Weihnachtsbaum, denn überall hingen Lampions aus glänzendem Papier, und es trieben Schwimmkerzen auf dem Teich. Am strahlendsten war jedoch Theresa, denn sie trug ein silbernes Kleid, das eng an ihrem Körper anlag, als hätte der Mond sie mit seinem Licht begossen und es zu Seide werden lassen. In den letzten zwei Wochen hatte Lizzy Theresa nur einmal zu Gesicht bekommen. Völlig aufgeweicht hatte sie vor der Haustür gestanden, zitternd mit verlaufenem Make-up. »Ich wusste nicht, dass es regnen würde. David hätte es gewusst. Er weiß immer, wie das Wetter wird. Er spürt es einfach.«

Lizzys Blick schweifte weiter durch die Menge und blieb an Max hängen, der lächelte und mit dem Fuß zur Musik wippte. Er war frisch rasiert und trug ein ordentlich gebügeltes Hemd. Es schien, als wäre er auf einem guten Weg. Er spürte Lizzys Blick auf sich und prostete ihr mit seinem Bier zu.

Die Trompeten legten ein flottes Solo hin. Wer noch nicht tanzte, tat es spätestens jetzt. Ein junger Mann mit Sommersprossen zog Theresa auf die Tanzfläche, drehte sie und wiegte sich mit ihr in den Armen hin und her, und Theresa lachte laut, wobei sie den Kopf in den Nacken warf. Ihr Lachen hatte etwas Verzweifeltes an sich, doch die Gäste schienen sich daran zu erheitern.

Lizzy war bereits aufgefallen, dass Theresas Glas sich auf nahezu magische Weise leerte und wieder füllte. Schon am Nachmittag, als die Leute vom Catering die Stehtische nach draußen getragen und mit weißen Tischdecken überzogen hatten, hatte sie eine Flasche Champagner geöffnet. Als Theresa nun in ein tanzendes Paar hineintaumelte, entschuldigte sie sich und trat nach draußen in den Garten, um sich dort an der frischen Luft zu berauschen. Sie schwankte leicht.

»Alles in Ordnung?«, fragte Lizzy sie, die ihr gefolgt war.

»Ja«, erwiderte Theresa und betastete ihr Haar. »Der Tag heute war nur recht anstrengend. Und ich scheine eines der Häppchen nicht vertragen zu haben, denn mir ist leicht übel.«

»Vielleicht solltest du lieber etwas weniger trinken.«

Theresa streckte ihr die Zunge heraus. »Spielverderberin!«

Lizzy machte es sich zur Aufgabe, Theresa im Blick zu behalten. Sie sah, wie ihre Freundin sich verschämt eine Strähne hinters Ohr klemmte, folgte ihrem Blick und traf auf Max, der wiederum zu Theresa sah – und auf einmal fiel es Lizzy wie Schuppen von den Augen. Konnte es sein, dass …? Nein. Theresa liebte David.

Theresa leerte ein weiteres Glas, und dann noch eines, schwankte immer mehr, ihre Augenlider sanken auf halbmast, und trotzdem gelang es ihr flink, ihr leeres Glas gegen ein volles auszutauschen, als ein Kellner an ihr vorbeikam.

»Stoßen wir darauf an, dass David hoffentlich bald aus dem Krieg nach Hause zurückkehrt«, sprach Herr Lilienthal einen Trinkspruch aus.

»Auf David!«, rief Theresa und fing auf der Tanzfläche an, sich zu drehen. Ihr Gespür für den Rhythmus der Musik war verloren gegangen, sie geriet immer mehr in Schieflage. Die Leute fingen an, über sie zu tuscheln. Von mehreren Seiten kamen sie – Tom,

Max und Lizzy –, um sie von der Tanzfläche zu ziehen. Doch zu spät. Erst fiel ihr Glas zu Boden. Dann verlor sie das Gleichgewicht, versuchte, sich an irgendetwas festzuhalten. Ungünstigerweise griffen ihre Finger die Tischdecke. Theresa stürzte und riss den sprudelnden Brunnen mit Fruchtbowle mit sich zu Boden.

Die Musik stoppte. Mehrere Atemzüge lang war es vollkommen still, ehe Max sich einen Weg durch die gaffende Menge bahnte, sich neben Theresa kniete und ihr das Haar aus dem Gesicht strich. »Hast du dich verletzt?«

»Es tut mir leid«, sagte Theresa. »Das hätte nicht passieren dürfen.«

Lizzy begriff, dass sie eigentlich etwas ganz anderes sagte und dass Max wusste, wovon sie sprach, denn er wich von ihr zurück, als hätte er sich an ihr verbrannt, hielt einen Moment inne und verschwand dann. Lizzy war wie betäubt.

Tom packte Theresa am Arm und stellte sie grob auf die Beine. »Komm mit«, knurrte er. Wie einen Hund zerrte er sie davon, die Treppe hinauf.

Das würde für Gesprächsstoff beim Bäcker sorgen, würde die lokale Klatschpresse füllen, die politischen Gegner würden sich nur so darauf stürzen und Theresas Rausch vorschieben, um die ganze Familie als Säufer darzustellen.

Aber nein, denn Theresas Vater war zu lange Geschäftsmann, um nicht zu wissen, wie man den Kopf aus der Schlinge zog. Er lachte, als hätte er nie etwas Lustigeres erlebt, und rief: »Die Freude über das Ende des Krieges hat sie ihre Vernunft vergessen lassen. Lasst es uns ihr gleichtun! Wo bleibt die Musik?«

Tatsächlich ging es nun umso wilder weiter. Lizzy stahl sich davon, die Treppe hinauf, obwohl sich bei jedem Schritt etwas in ihr sträubte. Der flotte Swing, den die Band ihren Instrumenten entlockte, war im oberen Stockwerk nur noch dumpf zu hören.

Dafür erklang jedoch umso deutlicher Toms wütende Stimme. »Was in Gottes Namen ist los mit dir?! In den letzten Tagen warst du kaum wiederzuerkennen, hast entweder geweint oder warst völlig hysterisch! Und jetzt das!«

Sie hatten sich in das Badezimmer zurückgezogen. Theresa kauerte neben der Toilette auf dem Boden. Ihre Wimperntusche war verlaufen. Dem Anschein nach hatte sie sich übergeben.

In seinem Zorn bemerkte Tom erst, dass Lizzy die nur angelehnte Tür aufgeschoben hatte, als Theresas Aufmerksamkeit nicht mehr ihm, sondern jemandem hinter ihm galt. »Lizzy! Geh zurück zu den anderen Gästen«, wies er sie an.

Doch Lizzy hörte ihn kaum. »Du bist schwanger«, sagte sie zu Theresa.

»Was? Nein! So ein Unsinn!«, antwortete Tom für seine Schwester, aber gleichzeitig nickte Theresa kaum merklich. Schlagartig wurde Tom blass. »Ist das wahr? Ich fasse es nicht ...«

»Seit wann weißt du es?«, fragte Lizzy.

»Ich war vor zwei Wochen beim Frauenarzt.« Theresas Stimme war dünn.

Zu allem Überfluss kam nun auch noch Theresas Vater hinzu. Er wirkte sehr aufgebracht. »Was ist denn nur in dich gefahren, Theresa? Was sollen denn die Leute ...«

»Theresa ist schwanger«, fiel Tom seinem Vater ins Wort.

»Was?!« Herr Lilienthal taumelte einen Schritt zurück, sodass Lizzy schon befürchtete, er würde eine Herzattacke erleiden.

Theresa legte die Hände vors Gesicht.

Vorsichtig, wie einem scheuen Tier, näherte Lizzy sich ihrer Freundin, ging vor ihr in die Hocke und legte eine Hand auf ihr Knie. »Von wem ist das Kind?«

»Du wirst mich hassen, wenn ich dir die Wahrheit sage.«

»Ich kann dich doch gar nicht hassen. Du bist wie eine

Schwester für mich«, erwiderte Lizzy sanft, doch fürchtete sie die Antwort, die sie bereits erahnte. »Es ist von Max, nicht wahr?«, sagte sie schließlich, als Theresa sich noch immer weigerte, es auszusprechen.

»Stimmt das?« Tom ballte die Hände zu Fäusten.

»Beruhige dich«, entgegnete Herr Lilienthal, der sich wieder etwas gefasst hatte. Dann fragte er Theresa: »Weiß Max davon?«

Erneut schüttelte sie den Kopf. »Er will bestimmt kein Kind.«

»Gut.« Herr Lilienthal stützte sich auf dem Waschbecken ab wie ein General, der eine Kriegskarte studiert.

Lizzy erhob sich vom Boden. »Wir müssen es ihm sagen!«

»Das kommt nicht infrage!«, widersprach Herr Lilienthal heftig. »Auch David darf nichts von dieser Schwangerschaft erfahren!«

Lizzy war fassungslos. »Aber sie haben das Recht darauf! Es geht immerhin um meine Brüder! Ich kann sie nicht anlügen! Nicht, wenn es um etwas so Schwerwiegendes geht! Ohnehin, wie sollte Theresa eine Schwangerschaft verheimlichen? Der Krieg ist vorbei, und bald kommt David nach Hause. Wie soll sie ihren Bauch verbergen, der nach und nach wachsen wird?«

»Weder David noch Max werden etwas von der Schwangerschaft mitbekommen«, sagte Herr Lilienthal. »Theresa wird das Kind nie bekommen.«

»Was?« Lizzy wurde eiskalt.

»Zum Glück sind wir mit einem Arzt in Deutschland befreundet, der sich mit solcherlei Eingriffen auskennt. Man hört ja immer wieder von den Scharlatanen, die eigentlich keine Ahnung von ihrem Beruf haben. Ich werde ihn sogleich konsultieren.«

»Du sprichst von Doktor Scheuer?«, fragte Tom.

»Genau von dem.«

»Aber wer ist dieser Doktor Scheuer?«, rief Theresa unter Tränen. Offenbar war zu ihr noch nicht durchgedrungen, was ihr Vater gerade angedeutet hatte. »Bitte, nun sprecht doch …«

»Er ist ein angesehener Frauenarzt in München. Er wird den Eingriff vornehmen«, antwortete Herr Lilienthal.

»Welchen Eingriff?« Theresa zitterte.

»Du wirst das Kind natürlich abtreiben, Theresa! Du hast deinen Ehemann betrogen! Du hast Ehebruch begangen! Was glaubst du, wird David tun, wenn er davon erfährt? Trennen wird er sich von dir, und wie stehst du dann da?«

»David wird mich nicht verlassen. Er ist so ein guter Mann.«

»Oh doch, das wird er. Und es wäre sein gutes Recht. Und wie denkst du, steht eine Frau, die Ehebruch begangen hat, in der Gesellschaft da? Ich meine es nur gut, mein Liebes. Ich muss auch an den Ruf unserer Familie denken. Deutschland ist besiegt, mach dir also keine Sorgen.«

»Nein …« Theresa schüttelte den Kopf. »Nein! Nein, ganz sicher nicht! Ich treibe nicht ab! Niemals!«

»Du musst, mein Liebling«, sagte ihr Vater. »Du hast keine andere Wahl. Ich werde alles sofort in die Wege leiten. Tom, kümmere du dich bitte um die Gäste. Lizzy, könntest du …?«

»Ich kümmere mich um sie«, sagte Lizzy. Ihr Blick war voller Verachtung. Wie konnte Herr Lilienthal es nur wagen, etwas derart Grausames von seiner Tochter zu verlangen?

»Danke.« Herr Lilienthal hielt noch einmal inne. »Ich setze auf deine Loyalität, Elisabeth. Du bist eine kluge Frau und weißt, dass du meine Tochter ruinieren würdest, wenn du deinen Brüdern die Wahrheit sagst. Und das kann doch nicht in deinem Sinne sein, oder?«

Theresa schluchzte umso heftiger, als ihr Vater und Tom gegangen waren, und doch konnte Lizzy sie nicht trösten. Sie sank zu Boden und ließ sich mit dem Rücken gegen die Badewanne fallen.

»Jetzt hasst du mich«, weinte Theresa.

»Nein«, antwortete Lizzy. »Ich verstehe es nur nicht.«

»Ich war einsam ...«

»Einsam?« Auf einmal war Lizzy wütend. »Du kannst zu mir kommen, wenn du einsam bist, oder zu deiner Familie!«

»Das ist etwas anderes! Ich habe menschliche Nähe gebraucht! Liebe, wenn du so willst!«

»Liebst du Max denn?«

»Nein ...«

»Und David? Liebst du ihn?«

»Ich habe die Befürchtung, dass ich gar nicht weiß, was echte Liebe eigentlich ist.«

Theresa hielt sich an Lizzys Arm fest und sah sie an, als hinge ihr Leben davon ab. »Versprich mir, dass du das mit mir durchstehst! Lizzy ... Ich schaffe das nicht ohne dich!«

»Ich kann nicht ...«, sagte Lizzy, obwohl Theresas Anblick ihr das Herz brach. »Wie könnte ich meine Brüder derart hintergehen? Ich kann nicht ... Es tut mir leid.«

32

2006

Stella

»Du glaubst, mich zu kennen«, sagte Franc alias Bryan und warf das Tuch, mit dem er sich die ölverschmierten Hände abgewischt hatte, mit wütender Verzweiflung auf den offen stehenden Motorraum eines sportlichen Alfa Romeo. »Aber du hast keine Ahnung. Ich kann dir nicht das geben, was du brauchst. Du solltest mich vergessen …«

Stella lag auf ihrem Bett und sah sich auf ihrem Laptop *Adrenalin* an, den Film, der Franc Hammer berühmt gemacht hatte. Sie drückte auf Pause und rückte näher an das Display heran. Konnte sie sich in Franc wiederfinden? Seine römische Nase war der ihren ähnlich, aber vielleicht bildete sie sich das auch nur ein.

Der Strand war getupft von bunten Sonnenschirmen und Picknickdecken. Glückliches Kinderjauchzen sowie Rufe besorgter Eltern wurden dann und wann in die Villa getragen, und hin und wieder auch der Duft von Holzkohle und saftigem Fleisch, der einem das Wasser im Mund zusammenlaufen ließ. Die Abendsonne hauchte alles in ein mattes, warmes Licht, und Stella erhob sich gerade von ihrem Bett, um mit Romeo und Juliet Gassi zu gehen, als das Telefon klingelte. »Hey!«, sagte Adam in den Hörer. »Zieh dich an! Ich bin schon auf dem Weg zu dir!«

Klick. Weg war er.

Als Stella fünf Minuten später in den Jeep stieg, fragte Adam im Tonfall eines Chauffeurs: »Wohin, Miss?«

Woraufhin Stella sehnsuchtsvoll antwortete: »Zu den Sternen.« Wie Rose in *Titanic*.

»Wie Sie wünschen!«

Sie fuhren nicht weit, die Strecke reichte gerade mal für *Blowin' in the Wind* von Bob Dylan, *I Want To Hold Your Hand* von den Beatles und *Be My Baby* von The Ronettes.

»Hast du eigentlich die CD gehört, die ich dir gemacht habe?«, fragte Adam.

»Die ganze Flugzeit lang. Ma...« Fast hätte sie gesagt: Max hat sich schon darüber beschwert, dass die Jugend von heute nur noch Kopfhörer aufhat – aber sie bekam noch die Kurve und pickte das erstbeste Wort, das ihr in den Kopf kam: »Magisch.«

Weder Adam noch Lizzy wussten, dass der verstoßene Bruder in einem Hotel in Laguna Beach darauf wartete, dass Stella einen Plan austüftelte, die Geschwister miteinander zu versöhnen. Nur wie dieser Plan aussehen sollte, wusste Stella leider noch nicht. Gestern hatte sie Lizzy gegenüber erwähnt, dass Max in Deutschland ehrlich reumütig gewirkt hatte, woraufhin ihre Oma entgegnet hatte: »Nun, dazu hat er auch allen Grund. Hast du ihm davon erzählt, dass du uns in Kalifornien besuchst?«

»Ähm ... Ja.«

»Und was hat er daraufhin gesagt?«

»Dass er sein ehemaliges Zuhause vermisst«, hatte Stella sich vorgetastet.

Woraufhin Lizzy wieder einmal ausgewichen war: »Ach ... lass uns lieber von etwas anderem sprechen als von meinem Bruder. Das bedrückt mich zu sehr.«

Also musste Stella sich wohl etwas Besonderes einfallen lassen, um die drei Geschwister an einen Tisch zu bekommen.

Adam grinste über das ganze Gesicht. »Magisch?«, wiederholte er. »Dann warte mal ab, was dich jetzt erwartet.«

Stella dachte an das aphrodisierende Duftöl, das Theresa ihr gekauft und das sie sich auf den Hals getupft hatte.

Adam parkte den Jeep außerhalb von Laguna Beach auf einer Anhöhe. Zu beiden Seiten hin funkelte die Stadt wie ein Schwarm Glühwürmchen, aus dem hier und da ein paar goldene Punkte ausgebüxt waren und auf dem im Sonnenuntergang glühenden Ozean funkelten. Adam breitete eine Decke über der Windschutzscheibe und der Motorhaube des Jeeps aus und entkorkte eine Flasche Wein. Sie naschten Manju, ein japanisches Gebäck, das Mary gebacken hatte und das laut Adam aus Mehl, Reis und Buchweizenpulver bestand. Adam versuchte, seine Gesichtsmuskeln zu beherrschen, als Stella in das Gebäck biss, ohne zu wissen, dass es mit roter Bohnenpaste gefüllt war, und platzte dann fast vor Lachen, als er ihre Verwunderung sah. Es war unerwartet lecker.

Sie redeten über so ziemlich alles, nur nicht die wichtigen Dinge: nämlich darüber, wie lange Stella vorhatte, in Kalifornien zu bleiben. Wer ihr überhaupt das Flugticket bezahlt hatte, das sie sich nicht leisten konnte. Dass Stella Elliott geküsst hatte. Oder darüber, wie es weiterging. Mit der Gärtnerei. Mit Stellas Studium. Mit ihnen beiden.

Adam wäre nicht Adam, wenn er nicht extra für diesen Abend eine CD zusammengestellt hätte. Als *Can't Help Falling in Love* von Elvis Presley lief, rutschte Adam von der Motorhaube, verneigte sich und bat Stella um einen Tanz. Das war sehr, sehr kitschig, aber gleichzeitig so unglaublich schön, dass Adam alles mit ihr hätte tun können, mehr noch, Stella erwartete es sogar. Aber Adam wäre auch nicht Adam, hätte er diese Chance ergriffen.

»Ich danke für diesen Tanz«, sagte er.

»Ich habe zu danken.« Stella machte einen spielerischen

Knicks. Der Wind ergriff ihr Kleid und verwandelte es in sanfte Meereswellen.

Sie legten sich wieder auf die Motorhaube, Stella bettete ihren Kopf auf Adams Brust, und er hielt sie im Arm.

Stella wagte es, Adam noch einmal auf Franc Hammer anzusprechen.

»Darüber wollte ich auch mit dir reden«, begann er.

Er bewegte sich unter Stella, und sie begriff, dass er sich aufrichten wollte.

»Schau mal, mein Vater meinte, dass deine Mutter im Jahr 1964 nach Deutschland abgehauen sei.«

»Du hast mit deinem Vater darüber gesprochen?«

»Klar, immerhin kannte er deine Mutter gut. Und du weißt ja, er bezweifelt, dass Franc mit ihr nach Deutschland gegangen ist.«

»Was macht ihn da so sicher?!«

»Franc Hammer war ein Filmstar! Ein Jahr später hat er einen neuen Film herausgebracht und ist quer über den Planeten gereist.«

»Aber dann hat ihn auf einmal niemand mehr gesehen! Er war vom Erdboden verschwunden!«

»Ja, im Jahr 1982. Da warst du schon auf der Welt.«

Es passte Stella gar nicht, dass sie Adam recht geben musste.

»Aber eine winzige Chance besteht doch, oder? Ich meine, es könnte doch trotzdem sein.«

»Klar könnte es sein.« Sie hörte Adam an, dass er nicht daran glaubte.

Stella biss die Zähne zusammen. Auf einmal genoss sie die Nähe nicht mehr. »Lass uns nach Hause fahren«, sagte sie und richtete sich wieder auf.

»Hey, Stella, ich wollte dich nicht verletzen. Ich will nur nicht, dass ...«

»Ich weiß«, schnitt sie ihm das Wort ab. »Ich weiß doch.«

Er wollte nicht, dass sie sich falsche Hoffnungen machte. Dass sie verletzt wurde.

Vor der Villa wartete Adam, bis Stella die Haustür aufgesperrt hatte, und Stella wartete, bis das Licht der Scheinwerfer am Ende der Straße verschwunden war. Ihr Handy vibrierte.

»Alles klar bei dir? Wann kommst du wieder nach Hause?« Die SMS war von Elliott.

Elliotts Frage erinnerte sie daran, dass sie nicht mehr viel Zeit hatte, ihren Teil des Deals mit Max einzuhalten. Genau genommen nur noch eine Woche. Denn in einer Woche würde sie zurück nach Deutschland fliegen. Doch was, wenn Adam tatsächlich recht hatte und Franc Hammer nicht ihr Vater sein konnte? Dann war Max ein Lügner. Stella hatte alles so satt. Sie hatte diese Ungewissheit satt. Die Geheimniskrämerei. Und am allermeisten das Gefühl der Hilflosigkeit. Obwohl es mitten in der Nacht war, rief sie Max an. Zu ihrem Erstaunen nahm er ab.

»Du bist ja noch wach«, war das Erste, das ihr herausrutschte.

»Ich kann oft nachts nicht schlafen«, erklärte er. »Was ist los?«

»Auf einer Skala von eins bis zehn – wie sicher bist du dir, dass Franc Hammer mein Vater ist?«

»Warum fragst du?«

Sie erläuterte ihm das, was Adam ihr dargelegt hatte. Es herrschte Schweigen am anderen Ende der Leitung.

»Bitte«, sagte sie. »Sei ehrlich.«

»Die Wahrheit ist: Ich weiß es nicht. Deine Mutter war auf einmal schwanger. Als ich sie gefragt habe, wer der Vater sei, meinte sie, er hätte ihr nichts bedeutet und sei außerdem auf und davon. Mehr hat sie nicht gesagt.«

Nun war Stella diejenige, die schwieg.

»Bist du wütend auf mich?«

»Gerade bin ich einfach nur traurig. Denn offenbar kann man absolut niemandem in dieser Familie trauen. Jeder schleppt ein Geheimnis mit sich herum oder lügt … Was kommt als Nächstes?«

»Du kannst deiner Familie trauen, Stella. Du kannst mir trauen, das verspreche ich dir! Aber ich hatte gehofft, dass du mir zuhörst, wenn du glaubst, ich wüsste, wer dein Vater ist. Mal ehrlich, hättest du es denn sonst getan? Es tut mir leid.«

Stella atmete schwer aus. »Das bedeutet wohl, ich werde nie erfahren, wer mein Vater ist.«

Es herrschte betretenes Schweigen am anderen Ende der Leitung.

»Waren Franc und meine Mutter denn überhaupt jemals ein Paar? Oder war auch das alles gelogen?«

»Das ist die Wahrheit. Die beiden waren ganz besondere Menschen. Durch ihre Adern floss Feuer. Eine solche Leidenschaft steht meistens unter einem schlechten Stern. Lizzy war gegen die Beziehung, aber tja, was soll ich sagen? Gegen die Liebe ist man einfach machtlos …«

33

1963

Inge

Der Morgen dämmerte glasig-orange herauf. Das Meer, eben noch wie schwarzer Samt, wurde zu einer riesigen Fläche aus Amethyst. Franc sagte, es wäre wohl besser, wenn er Inge nach Hause brachte. Sie stiegen die vom Meer zernagte Holztreppe hinauf, küssten sich, liefen den Weg entlang und konnten nicht aufhören, einander wieder und wieder zu küssen. Inge fragte sich, wie sie jemals ohne Franc hatte sein können.

Auf seinem Motorrad sitzend, schenkte Franc Inge einen letzten langen, tiefen Kuss, und sogleich war ihr Körper ganz weich. Fast hätte sie gebettelt, Franc möge sie mitnehmen und mit ihr in seinem Bett das tun, was er heute Nacht mit ihr getan hatte, doch Franc sagte, er müsse los. Er verließ sie mit dem Versprechen, so bald wie möglich wiederzukommen. Sie hoffte es so sehr, rief sich aber zur Vernunft: Er war ein Filmstar, umringt von bildhübschen Frauen. Frauen, die keine rauen Fußsohlen von den Klippen hatten. Deren ganzer Körper duftete: das Haar nach Festiger, der Hals nach Parfüm, die Hände nach Seife und der große, schlanke Körper nach einer wohlduftenden Creme. Frauen, die Erfahrung darin hatten, Männer um den Finger zu wickeln. Bestimmt war es nur eine Frage der Zeit, bis Franc sie vergessen würde.

»Dann kann ich ja jetzt nach Hause gehen.«

Inge fuhr vor Schreck zusammen. Sie hatte Oscar gar nicht bemerkt, der im Schaukelstuhl auf der Veranda lag. »Was machst du hier?!«

»Wir haben uns Sorgen gemacht. Du warst einfach verschwunden.«

»Hast du etwa die ganze Nacht in diesem Stuhl verbracht?«

Oscar schwieg. Das hieß wohl Ja. Er erhob sich und streckte die Arme über den Kopf, sodass seine Schultern knackten. »Viel Spaß mit deiner Mutter. Sie ist außer sich.«

Damit ging er. Inge sah ihm nach, bis er den Feldweg erreicht hatte.

Die Fliegentür quietschte, und ihre Mutter trat auf die Veranda. Inge wollte ihr von Franc erzählen. Davon, dass er wusste, wie man Fliegen fischte. Dass er Linkshänder war, aber mit rechts Gitarre spielte. Dass er ein schlichtes goldenes Kreuz um den Hals trug und sehr gläubig war – wer hätte das gedacht? Und wie gut er küsste …

Doch an ihrer Mutter war alles ein einziger Vorwurf: der Mund, der zu einem schmalen Strich gepresst war. Die Augenringe. Der Morgenmantel, den sie um ihren Körper schlang, weil sie fror. »Ich habe mir schreckliche, schreckliche Sorgen gemacht.«

»Es tut mir leid.« Inge konnte nichts dagegen tun – sie strahlte bis über beide Ohren. Siehst du denn nicht, dass alles in Ordnung ist? Dass es mir nicht besser gehen könnte?

»Er ist wie sein Vater, Inge. Ein Herzensbrecher.«

Wahrscheinlich hatte ihre Mutter recht. Wahrscheinlich war Franc ein Herzensbrecher, wahrscheinlich hatte er Inge schon jetzt vergessen, wahrscheinlich erlebte er solche kurzweiligen Romanzen einmal pro Monat. Aber Inge wollte sich das Märchen, das sie in der vergangenen Nacht gelebt hatte, nicht kaputt machen lassen. Noch nicht … »Woher willst du das wissen? Den ganzen Abend über hast du dich kaum mit Franc beschäftigt! Franc ist eben nicht wie sein Vater! Er leidet unter all den Scheidungen, die er miterleben musste. Er …«

»Er führt ein ganz anderes Leben als du, Inge. Sein Leben spielt sich zwischen Galas, Filmfesten und Talkshows ab. Ich will dich nur davor bewahren, verletzt zu werden.«

Die Worte ihrer Mutter taten weh, weil Inge das erste Mal verliebt war. So fühlte es sich doch an, verliebt zu sein, oder etwa nicht? Wenn die Welt wunderschön war, ohne Wenn und Aber. War ein Morgenhimmel je faszinierender gewesen? Wie das Werk eines Künstlers. Schaut her, wie viele Farben ich auf meiner Palette mischen kann! War der Wind je wohlwollender gewesen? Riech mal, das hier ist die Süße der Kakteenfrucht, und das hier die Würze des Bodens. Das Brummen, das von den Feldern her kam, die vielversprechende Wärme auf den Schultern, das Knirschen der robusten Arbeiterschuhe auf dem Boden – all das hatte Inge das erste Mal als Teil von sich wahrgenommen, wo sie doch sonst sehnsuchtsvoll den großen Schiffen am Horizont nachgeblickt hatte. Franc war in Los Angeles, gar nicht so weit von ihr entfernt, und das machte Kalifornien zum schönsten Staat Amerikas, ja zum schönsten Staat der ganzen Welt!

Warum gönnte ihre Mutter ihr dieses Glück nicht?

»Du hast ja keine Ahnung!«, rief sie aus. »Woher auch! Du und Papa, ihr habt euch doch nie geliebt! Du hast gar keine Ahnung von der Liebe!«

Sie meinte es nicht so, schämte sich schon jetzt für ihre Worte, die wie heiße Lava aus ihr herausgeschossen waren, deshalb rannte sie davon, wie jedes Mal, wenn sie mit ihrer Mutter stritt. Theresa würde sie verstehen. Schnell lief sie zu ihrer Tante, die mittlerweile ebenfalls in Laguna Beach in einer schicken Villa mit Blick auf das Meer wohnte.

»Inge! Na endlich! Zum Glück hat mich Oscar schon beruhigt.«

»Tut mir leid ...«

Tante Theresa hatte eine ganz besondere Art zu umarmen. Eigentlich waren es nicht mal richtige Umarmungen. Sie schmiegte sich eher an einen und wartete darauf, dass man die Arme um sie schloss. »Wir haben uns schreckliche Sorgen gemacht! Du warst auf einmal spurlos verschwunden!«

In der Küche häufte Theresa Teeblätter in eine Kanne und übergoss sie mit kochendem Wasser. Das, was bei Inges Mutter routiniert und eher wie nebenbei ablief, wirkte bei Theresa wie eine heilige Zeremonie. »Ich hoffe, du magst Oolong-Tee. Dieser hier hat eine sehr angenehme florale Note.«

»Ähm, ja klar«, antwortete Inge. Bei ihnen zu Hause wurde eigentlich nur Kaffee getrunken. Wenn Tee, dann mit Milch und Honig und an kalten Tagen gern mit einem Schuss Rum.

»Du hast die Nacht also mit Franc verbracht?« Theresas wissender Blick kam von schräg unten, während sie einen Löffel Kandiszucker in den Tee rieseln ließ.

»Woher weißt du davon?«

»Ich habe die Blicke gesehen, die er dir zugeworfen hat, und ich habe gesehen, wie du verzweifelt versucht hast, diesen Blicken auszuweichen. Du musst mir natürlich nichts erzählen, wenn du nicht willst. Es geht mich ja auch eigentlich nichts an ...«

»Dir kann ich mehr anvertrauen als meiner Mutter.« Theresa war wie eine Freundin für Inge. Früher hatte Theresa oft auf Inge aufgepasst, wenn ihre Mutter beruflich unterwegs gewesen war. Sie hatten zusammen Muffins gebacken und mit buntem Zuckerguss verziert. Sie hatten sich gemeinsam die Nägel lackiert und anschließend in schicken Restaurants zu Abend gegessen.

»Oh Theresa, es war wie in einem Film!«, schwärmte Inge, bereit, dieses unglaubliche Erlebnis mit jemandem zu teilen – da klingelte das Telefon. »Wer das wohl sein wird?« Ihre Stimme triefte vor Sarkasmus.

Während Theresa mit ihrer Mutter telefonierte, betrachtete Inge die gerahmten Fotos an der Wand. Eines zeigte ihre Mutter und Theresa in jungen Jahren, wobei Theresa den Kopf auf die Schulter ihrer Freundin gelegt hatte. Leise hörte sie Theresas Stimme aus dem Flur: »Ja, sie ist hier. Mach dir keine Sorgen. Sie ist hier gut aufgehoben.« Kurze Stille. »Was soll ich denn tun, wenn sie vor meiner Tür steht? Sie wegschicken? Ich habe genauso ein Recht darauf, sie ... Lizzy? Lizzy, bist du noch dran?«

»Sie hat einfach aufgelegt?«, fragte Inge, als ihre Tante in die Küche zurückkam.

»Sie war sehr emotional, da kann so etwas schon einmal passieren.«

»Warum musst du sie immer verteidigen?«

»Ich kann verstehen, weshalb Lizzy sich so große Sorgen gemacht hat.« Theresa stellte die Kanne sowie zwei Tassen aus hauchzartem chinesischen Porzellan auf ein Silbertablett. »Komm, setzen wir uns auf die Terrasse und halten die Nasen in die Morgensonne.«

Sie kuschelten sich gemeinsam auf die Veranda-Schaukel unter eine Decke. Der Tee duftete angenehm blumig und wohltuend.

Einmal sah David kurz nach dem Rechten. Obwohl es noch sehr früh am Morgen und noch dazu Samstag war, sah er aus, als könnte er direkt zu einem Lunch marschieren: Er trug ein Hemd mit einem Pullunder darüber und dazu eine Bügelfaltenhose. »Lizzy macht sich doch bestimmt Sorgen«, sagte er.

»Lizzy weiß Bescheid«, erwiderte Theresa und fügte nicht ohne Stolz hinzu: »Inge wollte lieber hier sein.«

David zögerte, als würde er sich über etwas wundern. »Dann hole ich mal Brötchen für das Frühstück«, sagte er schließlich.

»Meine Mutter engt mich total ein«, gestand Inge.

»Sie hat Angst, dich zu verlieren.«

Inge rutschte tiefer, legte den Kopf an Theresas Schulter und berichtete ihr von der vergangenen Nacht. Theresas Blick reichte in die Ferne, sie seufzte dann und wann und nickte, als wisse sie ganz genau, wovon Inge sprach.

»Bitte verurteile mich nicht für das, was ich getan habe!«, bettelte Inge. »Ich weiß, das war nicht gerade das, was ein anständiges Mädchen tun würde, aber ich bereue es kein bisschen!«

»Ach, welches Recht hätte ich, dich dafür zu verurteilen? Ich war doch auch einmal jung und unvernünftig ...«

»Warum kann Mama nicht so entspannt sein wie du?«

»Sei nicht so streng mit Lizzy. Sie ist eine außergewöhnlich tolle Frau. Ich habe ihr viel zu verdanken und bewundere sie ...«

Sie schwiegen, denn Theresa war in ihrer Erinnerung an einen weit entfernten Ort gewandert. Inge wünschte, dass ihre Tante ihr berichten würde, woran sie dachte – aber in Theresas Augen spielte sich eine Tragödie ab, und Inge wollte ihr Glücksgefühl noch ein klein wenig länger aufrechterhalten. Also schwieg auch sie.

34

1945

Theresa

»Einen Moment noch«, sagte Theresa zu dem Taxifahrer, der ungeduldig mit den Fingern auf das Steuerrad trommelte.

Sie hielt sich an ihrer Handtasche fest. Ihre Koffer waren bereits eingeladen. Grauer Rauch dampfte aus dem Auspuffrohr des Wagens. Es konnte eigentlich losgehen, und doch wartete Theresa noch voller Hoffnung, dass ihre beste und einzige Freundin sie nicht im Stich lassen würde. Sie verstand, dass Lizzy nichts mehr mit ihr zu tun haben wollte. Theresa hatte ihren Ehemann und damit Lizzys Bruder betrogen. Sie würde das Kind des anderen Bruders, das sie in sich trug, abtreiben. Und doch war da dieser klitzekleine Funken Hoffnung gewesen, dass Lizzy ihr vergeben könnte und sie in der wohl dunkelsten Zeit ihres Lebens nicht alleinließ. Ohne Lizzy würde Theresa diese Reise nicht überstehen.

»Der Zug wartet nicht«, brummte der Taxifahrer.

Theresa beugte sich über den Beifahrersitz. »Ich bin gleich so weit. Ich warte nur auf jemanden.«

Vor ein paar Tagen hatte Tom ihr die Reiseunterlagen auf ihr Bett gelegt. Sie hatte gerade geschlafen oder es zumindest versucht, denn nur, wenn sie schlief, war die Angst vor dem, was ihr bevorstand, erträglich.

»Du wirst etwa einen Monat in Deutschland bleiben«, hatte er gesagt. »Vater besteht darauf, dass du dich nach dem Eingriff in einem Sanatorium erholst. Mit etwas Glück ist David bis dahin noch nicht aus Deutschland nach Hause zurückgekehrt und bekommt nichts von deiner Reise mit.«

»Hat Lizzy sich gemeldet?«, hatte Theresa gefragt.

»Nein, verständlicherweise. Das, was du getan hast, muss ein ziemlicher Schock für sie gewesen sein. Ich habe sie nur einmal getroffen, um ihr zu sagen, dass sie mit niemandem über diese Angelegenheit sprechen darf. Offiziell reist du nach Deutschland, um Verwandte zu besuchen und zu helfen. Das stellt uns in ein gutes Licht.«

»Hören Sie, der Verkehr nach Los Angeles kann ziemlich zäh sein und ...«, sagte der Taxifahrer.

»Schon gut«, unterbrach Theresa ihn. »Ich bin so weit.«

Ein Bein bereits im Wagen, wandte Theresa sich noch einmal zur Villa um. Sie blickte auf den Menschen zurück, der sie in diesen vier Wänden gewesen war und der nach ihrer Reise nicht zurückkehren würde. Körperlich vielleicht, aber nicht seelisch.

»Fahren wir«, sagte sie und stieg ein.

Doch da hörte sie plötzlich eine vertraute Stimme. »Warten Sie! Halt! Ich komme mit!«, rief Lizzy.

Theresa traute ihren Augen kaum. Lizzys Anblick, wie sie mit ihrem Koffer in der Hand und einem prächtigen eingetopften Weihnachtsstern unter dem Arm auf den Wagen zurannte, vollbrachte das Unmögliche: Theresa lächelte.

Lizzy lud ihren Koffer mit einem Schwung auf den Rücksitz. »Nicht weinen!«, keuchte sie mit erhobenem Zeigefinger und musste erst wieder zu Atem kommen. »Nur damit das klar ist: Ich verurteile das, was du getan hast, zutiefst. Und das, was du vorhast, vermutlich noch mehr.«

Theresa nickte und schluckte die Tränen, die in ihr aufgestiegen waren, herunter.

»Ich habe meinen Eltern gesagt, dass ich schon immer mal die Geburtsstadt meiner Mutter sehen wollte. Und gerade jetzt, wo die Deutschen jede helfende Hand gebrauchen können, bietet sich eine solche Reise doch an, nicht wahr? Außerdem könnte ich die Weihnachtssterne bei der Gelegenheit deutschen Züchtern vorstellen. Wir können in der Villa meiner Großeltern ...«

Weiter kam sie nicht, denn Theresa schlang die Arme um Lizzy und umarmte sie. »Ich danke dir, meine allerliebste beste Freundin.«

• • •

Lizzy

Ganze vier Tage waren sie mit dem Zug nach New York unterwegs, ehe sie dort auf das Schiff nach Hamburg gingen. Theresa plapperte ohne Punkt und Komma Bedeutungslosigkeiten vor sich hin. Wie gut die Seeluft der Seele tat, dass einer der Matrosen ihr erzählt hatte, es gäbe ein Kino auf Deck zwei, oder dass das ständige Dröhnen der Schiffsmotoren ihr Kopfschmerzen bereitete. Es war, als befürchte sie, dass Lizzy, wenn auch nur ein Moment der Stille herrschte, sie darauf ansprechen könne, was Theresa in aller Herrgotts Namen dazu getrieben hatte, eine Affäre mit Max anzufangen.

Drei Wochen später hatten sie endlich wieder festen Boden unter den Füßen. Mit dem Zug ging es nach München, und dann noch weiter mit dem Taxi, durch die Trümmer einer Stadt hindurch, die ihre Mutter ihr als eine der prächtigsten Deutschlands beschrieben hatte. Einsame Mauern standen zwischen Landschaften aus Schutt. Gebeugte Gestalten kauerten zwischen den

Trümmern, die Gesichter voll Kummer, Verzweiflung, Ergebenheit. Kinder mit erschreckend ernsten Gesichtern hingen an den Händen ihrer Mütter. Einmal führte ein junges Mädchen einen kleinen Jungen die Straße entlang. Keine Eltern in Sicht. Eine zerstörte Schule. Daneben die Reste dessen, was einmal eine Kirche gewesen sein musste. Lizzy war erleichtert, dass der herabfallende Abend den Anblick nach und nach verschlang.

Silbergraues Licht fiel auf Theresas Gesicht, sie wirkte wie blutleer. Wie so oft in den letzten Tagen betrachtete Lizzy ihre Freundin besonders aufmerksam und fragte sich einmal mehr, wie es so weit kommen konnte. Was war mit dem jungen Mädchen passiert, das so viele Nächte bei ihr verbracht hatte? Nächte, in denen sie sich geschworen hatten, sich immer alles zu erzählen. Wer war die junge Frau, die neben Lizzy im Taxi saß? Sie schien ihr fremd zu sein.

Theresa spürte Lizzys Blick auf sich und lächelte unsicher. Lizzy erwiderte das Lächeln zwar, gab sich aber keine große Mühe zu verbergen, dass ihr eigentlich nicht danach zumute war. Es war alles zu viel. Angefangen von ihrem letzten Gespräch mit Tom vor ihrer Abreise, in dem er ihr unmissverständlich klargemacht hatte, er wolle um keinen Preis, dass Theresas Vergehen seine Verlobung zu Lizzy gefährde. Bis hin zu dem Wissen, ihre beiden Brüder belügen zu müssen. Diese Lüge würde niemals enden, Lizzy würde immer daran denken, wenn sie mit David oder Max sprach, ja vermutlich, wenn sie nur ein Kind sah, und schließlich würde sie die Lüge mit ins Grab nehmen. Eine Vorstellung, die ihr einen eisigen Schauer über den Rücken jagte.

»Sind wir bald da?«, fragte Theresa.

»Ich denke ja.«

Als das Taxi endlich langsamer wurde, drückte Theresa Hände und Nasenspitze gegen die kühle Fensterscheibe. Lizzys Herz schlug kräftig vor Aufregung. Das erste Mal in ihrem Leben war sie Tausende von Kilometern von zu Hause entfernt. Sie war auf sich allein gestellt – oder zumindest so gut wie, denn Theresa würde ihr wohl keine große Stütze sein, die Herausforderungen des Alltags zu bestreiten. Auf einmal war ihr leicht mulmig zumute. Wo würden sie Wasser herbekommen, da doch die Leitungen zerbombt worden waren? Strom würde es wohl auch keinen geben. Und was, wenn das Geld nicht ausreichte, das ihre Mutter ihr mitgegeben hatte? Was würden sie essen?

»Ich kann es kaum glauben, endlich sind wir angekommen!«, jubelte Theresa, als das Taxi hielt. Sie sprang aus dem Wagen und stellte sich auf die Zehenspitzen, um einen Blick auf das schmiedeeiserne Tor zu erhaschen.

Aus Erzählungen ihrer Mutter wusste Lizzy, dass ihr Großvater eine große Leidenschaft für Blumen gehabt hatte. Sie schoben den wuchernden Efeu beiseite, der wie ein Vorhang über dem Tor herabhing. Dahinter lag eine Pracht, die Lizzy innehalten ließ. Ein Märchengarten.

»Da werden wir viel zu tun haben«, sagte Theresa munter. »Ganz schön verwildert.«

Auch wenn Theresa recht haben mochte, so erkannte Lizzy dennoch, mit wie viel Liebe der Garten angelegt worden war. Er war eine verspielte Sinfonie aus Beeten, Brunnen und Hecken, ohne auch nur ansatzweise konstruiert zu wirken. Vom Wind und Regen abgeschlagene Rosenblätter säumten den Kiesweg. Der kleine Engel neben dem Treppenaufgang war von einer moosigen Schicht überzogen. Der Mond erhob sich langsam in der Dämmerung, sein Licht reflektierte auf dem bewegten Wasser im Brunnen.

»Ich bin schon jetzt ganz verliebt in diesen morbiden, geheimnisvollen Charme!« Theresa drehte sich mit ausgebreiteten Armen, als hoffe sie, die Sterne würden auf sie herabrieseln wie Schneeflocken.

Knarzend glitt die Haustür auf. Die Luft in der alten Villa war abgestanden. Leise ächzten die Dielen des Fußbodens, als Lizzy vom Flur in die Wohnstube trat. Die Möbel waren mit weißen Tüchern abgedeckt, auf denen eine dicke Staubschicht lag. Lizzy ließ ihre Hand über die Wand gleiten, versuchte, all die Geschichten von früher zu erspüren, die ihre Mutter ihr erzählt hatte und die in den dicken Mauern steckten: Wie Großmutter Alice ihre Tochter in der Küche all die lateinischen Begriffe für Krankheiten abgefragt hatte, während sie nebenbei eine dreistöckige Torte gezaubert hatte. Oder wie die ganze Familie einmal eine Maus gejagt hatte, die in die alte Villa eingezogen war.

Erst mal galt es, sich einen Überblick über alles zu verschaffen. Als sie die Treppe in den ersten Stock hinaufstiegen, um zu entscheiden, wo sie schlafen würden, fiel Lizzy auf, wie abgetreten die Holzstufen an den Kanten waren. Sie stellte sich vor, wie ihre Mutter als junges Mädchen diese Treppe hinabgeeilt war, um nicht zu spät zu ihrer Vorlesung in der Medizinischen Fakultät zu kommen. Oder wie sie sich in ihrem Zimmer für einen Ball hübsch gemacht und sich dezentes Parfüm auf den Hals getupft hatte. So absurd es klingen mochte – aber es war das erste Mal, dass sie sich wirklich darüber bewusst wurde, dass ihre Mutter vor Lizzys Geburt ein Leben gehabt hatte. Auch sie war einmal ein junges Mädchen mit Träumen und Hoffnungen gewesen. Ein Mädchen, das einiges hatte zurücklassen und aufgeben müssen, um zu dem Leben zu gelangen, das es nun führte.

»Ich kann es kaum glauben, dass wir jetzt hier wohnen«, sagte Theresa, als sie das Wohnzimmer herrichteten. Zum Glück hatten sie noch ein paar Kerzen gefunden, ehe draußen die finstere Nacht eingebrochen war. »Nur wir beide!«

Theresa zog das Laken vom Tisch, sodass der Staub im schräg hereinfallenden Mondlicht schimmerte, und begann, mit geschlossenen Augen ihren Körper zu bewegen, die Arme durch die Luft schwingen zu lassen und sich zu einer Melodie zu drehen, die nur sie hören konnte. Schließlich ließ sie sich erschöpft auf das von einem Laken verhüllte Sofa fallen. »Wenn es vorbei ist, dann will ich nicht in dieses Sanatorium. Ich will hier bleiben, in diesem Zuhause, mit dir.«

»Und wer kümmert sich dann um dich, damit du wieder auf die Beine kommst?«

»Na du!«

Lizzy ließ sich neben Theresa sinken. Ihr ganzer Körper fühlte sich unendlich schwer an, als wäre eigentlich sie diejenige, die schwanger war. Hochschwanger.

»Manchmal glaube ich, dass ich es schon spüre …« Theresa streichelte über ihren noch flachen Bauch. »Aber das kann nicht sein.«

»Ab etwa dem ersten Monat hat das Kind einen Herzschlag«, sagte Lizzy.

Theresa rollte sich auf dem Sofa zusammen, zog Beine und Arme an und machte sich ganz klein. »David hat sich immer Kinder gewünscht.«

»Dann bekomm dieses Kind! Widersetze dich deinem Vater!«

»Es ist so viel leichter, das zu tun, was er sagt. Allgemein ist das Leben so viel leichter, wenn du ein naives Dummchen bist, ist es nicht so? Wenn du die Augen schließt, dich an die Hand nehmen lässt und dir über nichts Gedanken machen musst. Das kann ich gut.«

Lizzy konnte kaum glauben, was sie da hörte.

»Du bist so stark, Lizzy«, fuhr Theresa fort. »Stärker als andere Frauen. So viel stärker, als ich es bin. Du würdest dieses Kind bekommen und die Folgen ertragen. Eine alleinerziehende Frau ist in unserer Gesellschaft nichts wert.«

»Dann muss sich diese Einstellung endlich ändern! Ich habe Respekt vor Frauen, die ein Kind allein großziehen und nebenbei arbeiten, um ihm ein Zuhause und Essen auf dem Tisch zu bieten! Und das werden auch die anderen Leute sehen!«

»Vater und Tom gewiss nicht. Und sie sind meine Familie. Ich kann es nicht riskieren, sie zu verlieren und allein zu sein.« Ihre Lider senkten sich herab, als wäre sie kurz davor einzuschlafen.

»Du wärst nicht allein! Du hättest dein Kind!« All die Argumente, die Lizzy in Gedanken während der Überseefahrt vorbereitet hatte, wurden nun ausgerollt. ›Du wirst es auf ewig bereuen. David wird dich verstehen, es herrschte ja Krieg, alles war ungewiss, er wird dich nicht verlassen, er wird bei dir bleiben …‹

»Ja, vielleicht würde er bei mir bleiben«, sagte Theresa, »weil er anständig ist. Aber er wird sein Leben lang auf mich blicken und sich fragen, wie ich ihm das antun konnte. Und das wird die schlimmste Strafe sein.«

»Keine Strafe im Vergleich zu dem Lebensglück, das du in deinen Armen halten wirst! Du …«

Theresa unterbrach sie klar und gefasst, als wäre ihre Entscheidung in Stein gemeißelt. »Du redest doch immer von der Selbstbestimmung der Frau. Es ist mein Körper, Lizzy, mein Leben, meine Entscheidung.«

• • •

Theresa

»Dürfte ich vielleicht … dürfte ich bei dir im Bett schlafen?«, fragte Theresa. Sie stand im Türrahmen und rieb sich nervös über das Handgelenk.

Um Brennholz zu sparen, hatten sie nur die Schlafzimmer beheizt. Theresa trug ein dünnes Nachthemd, und ihre Füße waren nackt. »Es ist nur, weil ich ... ich fürchte mich manchmal in fremden Häusern. Ich weiß auch nicht, woran das liegt.«

»Komm schon her«, seufzte Lizzy und hob die Bettdecke an.

Sie hatte sich im ehemaligen Kinderzimmer ihrer Mutter eingerichtet, während Theresa im Schlafzimmer ihrer Großeltern untergebracht war. Sie tastete sich durch die Dunkelheit vor, kuschelte sich unter die Decke und rückte eng an Lizzy heran, die mit dem Rücken zu ihr lag. Es beruhigte sie, im Bett von Frau Licht zu schlafen, einer so großartigen, mutigen und klugen Frau. Es ließ Theresa glauben, sie wäre Teil dieser wundervollen Familie.

»Gute Nacht«, flüsterte sie und hielt sich an der Decke fest.

»Nacht«, sagte Lizzy.

Eine Weile war es still, selbst Lizzys Atem war nur ganz leise zu hören.

»Es tut mir alles so unendlich leid, Lizzy«, begann Theresa auf einmal. »Die Wahrheit ist, dass David und ich Schwierigkeiten miteinander hatten.«

Lizzy schien abzuwarten, dass Theresa weitersprach.

»Es war wie tot zwischen uns. Und dann kam der Krieg und änderte alles. David hat mir diese Briefe geschrieben. Wundervolle Briefe! Er war so ehrlich, und auch ich konnte ihm gegenüber ehrlich sein. Wir waren uns so nah ...«

Sie blickte zu Lizzy, von der in der Dunkelheit bis auf die Umrisse nichts auszumachen war. »Das, was ich nun sagen werde, wird furchtbar klingen, und wahrscheinlich wirst du mich für einen schrecklichen Menschen halten. Ich habe mich ehrlich über dieses Kind gefreut. Aber ich will David nicht verlieren. Ich will ein Leben mit ihm. Ich brauche ihn.«

Lizzys Decke knisterte, als sie sich auf den Rücken rollte. »Warum hast du David überhaupt geheiratet?«

Darüber dachte Theresa eine Weile lang nach. »Ich glaube, weil ich nicht mehr einsam sein wollte. Ich wollte Teil von etwas sein. Du hattest dein Studium und dein Engagement, durch das du dich definierst. Und andere Freundinnen führten wundervolle Beziehungen mit großartigen Männern. Ich hatte ... nichts. Ich dachte, durch eine Ehe hätte ich auch endlich etwas zu bieten. Ich habe gehofft, als Ehefrau zu etwas zugehörig zu sein. Ich wusste nicht, dass man auch in einer Beziehung einsam sein kann.«

»Du warst nie einsam. Du hattest mich.«

»Da wusste ich noch nicht, dass eine tiefe Freundschaft ebenso bedeutend sein kann wie eine Beziehung. Nun ja, jedenfalls habe ich mir wohl erhofft, wenn ich mit Max schlafe und er mich begehrt, dann wäre ich etwas wert. Ich habe mich schon immer zu ihm hingezogen gefühlt. Und ich wollte Wärme spüren. Kannst du das verstehen?«

»Ich kann es nachvollziehen, aber verstehen tue ich es nicht. Diese Einsamkeit, von der du sprichst, wirst du nie verlieren, wenn du dein Glück von anderen Menschen abhängig machst.«

»Ja, das leuchtet mir ein, und doch ist es noch ein langer Weg, bis ich es umsetzen kann, so wie du. Du brauchst niemanden in deinem Leben. Sag mir, warum also wirst du Tom heiraten?«

Lizzy brauchte zwei Atemzüge, ehe sie ihre Sprache wiederfand. »Was?«

»Du liebst ihn nicht. Und du wärst stark genug, dein Leben ohne ihn zu meistern.«

»Und ob ich ihn liebe.«

»Ich bin deine Freundin, Lizzy. Ich sehe dir an, wenn du unglücklich bist. Seit der Verlobung mit Tom bist du so schrecklich ernst geworden. Ich denke, diese Reise hier ist für dich eine Art

Flucht. Eine Flucht vor der Verlobung. Weil dein Herz einem anderen gehört.«

»Und wem soll es deiner Meinung nach gehören?«

»Das weißt du doch.«

Lizzy schwieg.

Einen Moment lang lichtete sich die Wolkendecke am Himmel und sandte einen Strahl Mondlicht zu ihnen herein, der Lizzys Profil erhellte. Tränen liefen ihr über die Wangen, die Theresa sanft fortwischte. »Vergiss bitte nie, dass du mein Vorbild bist. Ich glaube fest an dich, meine Schwester.«

Am nächsten Tag begleitete Lizzy Theresa zum Vorgespräch mit dem Amtsarzt Doktor Scheuer. Die Wände der Klinik waren voll mit Plakaten über den Aufbau des menschlichen Körpers, Ernährungstipps für Schwangere und Abbildungen von Neugeborenen.

Theresa hielt sich an ihrer Handtasche fest. Ihr war leicht übel geworden. Gerade als sie Lizzy fragen wollte, ob sie beim Hereinkommen Toiletten gesehen habe, rief die Krankenschwester ihren Namen auf.

Doktor Scheuer hatte einen sehr festen Händedruck und sprach klar, langsam und eindringlich, und dennoch konnte Theresa sich am Ende des Besuchs kaum daran erinnern, was er gesagt hatte. Etwas von einem Paragrafen 218, der Schwangerschaftsabbrüche weitestgehend verbot.

»Sie haben Glück, dass ich einen Termin für Sie finden konnte. Die Damen rennen mir meine Praxis ein. Sie wissen schon, die Soldaten ...«

»Sind diese Frauen denn alle ...« Lizzy hatte Schwierigkeiten, es auszusprechen. »Sind sie denn alle missbraucht worden?«

»Nun ja, mehr oder weniger. Manche von ihnen haben sich den Soldaten regelrecht an den Hals geworfen, ohne über die

Konsequenzen nachzudenken. Andere waren einfach nur unvorsichtig. Was denken sich diese Frauen auch, nachts draußen herumzuspazieren, am Ende noch gar in Röcken, die kaum über das Knie gehen.«

»Sie sind also der Ansicht, dass Frauen abends zu Hause bleiben sollten, und wenn sie es nicht tun, sind sie selber schuld, wenn sie missbraucht werden. Verstehe ich das richtig?«

»Das ist wohl etwas sehr dramatisch ausgedrückt. Tatsache ist doch, dass ein anständiges Mädchen nach Einbruch der Dunkelheit draußen nichts mehr zu suchen hat. Natürlich denken die Männer, dass diese Damen, die sich nachts auf den Straßen herumtreiben, Freiwild sind. Sie kommen in Versuchung und verlieren die Beherrschung.«

»Die armen Männer«, sagte Lizzy, und ihre Stimme war bitter vor Sarkasmus.

Doktor Scheuer, der nicht recht zu wissen schien, wie er auf Lizzys Kommentar reagieren sollte, begann, den morgigen Eingriff zu erklären.

»Morgen schon?«, fragte Theresa.

»Ist das ein Problem? Ihr Vater drängte darauf, den Eingriff so schnell wie möglich vorzunehmen. Wie auch immer. Ich werde das Kind mit einer sogenannten Kürette, einem löffelartigen Instrument, aus der Gebärmutter ausschaben. Nach der Aufdehnung des Muttermundes wird der Fruchtsack mit dem Embryo und die Gebärmutterschleimhaut …«

»Schon gut«, presste Theresa mit erstickter Stimme hervor. »Ich will es eigentlich gar nicht wissen.«

Am nächsten Morgen wachte Theresa noch vor Sonnenaufgang auf. Sie setzte sich ans Fußende des Bettes und sah dabei zu, wie das Schwarz der Nacht langsam verblasste und in ein morgendliches Grau überging. Sie hatte einen Albtraum gehabt. Doktor Scheuer hatte ihr Kind mit einem Suppenlöffel aus ihr herausgeschabt.

Ihr Kind.

Sie spürte Lizzys Blick im Rücken.

»Schau mich nicht so an«, sagte Theresa.

Auch diesmal begleitete Lizzy Theresa in die Klinik. »Ich bin im Wartezimmer«, sagte sie. »Sollte etwas sein …«

Doktor Scheuer redete auf Theresa ein, plauderte, als wären sie bei einem netten Kaffeetrinken, während er seinen Stuhl näher an die Pritsche heran- und weiße Gummihandschuhe über die Hände zog.

In ihr wuchs ein Mädchen heran, das spürte Theresa. Sie hatte schon von diesen Theorien gehört: Wenn eine werdende Mutter Heißhunger nach Süßem hatte, würde es ein Mädchen werden. Das traf schon einmal zu. Außerdem sah Theresa ganz furchtbar aus, und sagte man nicht auch, dass eine Mutter ihrer ungeborenen Tochter während der Schwangerschaft all ihre Schönheit einverleibte?

Ein Mädchen also.

Emma gefiel ihr gut. Oder Hanni. Inge war auch hübsch.

Doktor Scheuer sprach nur vom Embryo.

»Frau Lilienthal, hören Sie mir zu?«, fragte er.

»Sie hat einen Namen«, erwiderte Theresa. »Ihr Name ist Inge.«

• • •

Lizzy

Lizzy sah verwundert auf, als Theresa aus dem Sprechzimmer stürmte. Hastig klaubte sie Hut und Mantel vom Haken und folgte ihrer Freundin, die schon draußen war und vor der Tür auf und ab lief.

Auf einmal blieb Theresa stehen. Sie zitterte. »Lizzy, du würdest es schaffen.«

»Was würde ich schaffen?«

»Und du liebst Tom nicht! Es könnte dir gleichgültig sein, wenn er dich verlässt!«

»Du machst mir Angst. Was ist denn da drinnen …?«

Theresa schien sie gar nicht zu hören. Sie sprach einfach weiter. »Du würdest es schaffen, dieses Kind allein großzuziehen. Also sag mir, Lizzy, willst du dieses Kind haben?«

»Was?«

»Ja oder nein?« Es war ihr vollkommen ernst. »Ich trage es aus, und du ziehst es groß. Einverstanden?«

»Theresa, du kannst mir nicht dein Kind geben!«

»Ja oder nein!«

Es war Lizzy, als hielte die Welt den Atem an. Die Zeitung, die gerade noch über die Straße geblasen worden war, lag nun regungslos auf dem Boden. Nicht ein Motorengeräusch, nicht ein Paar Schuhe, die auf Schutt knirschten, nicht eine einzige Stimme war zu hören. Es war vollkommen still.

Und in diese Stille hinein hörte Lizzy sich sagen: »Ja. Einverstanden.«

35

1945

David

Endlich saß David im Zug nach Encinitas, seinen Tornister neben sich. Ihm war ganz seltsam zumute. Baumwollfelder schimmerten im schrägen Abendlicht. Obstgärten und Scheunen zogen an ihm vorbei. Eine Ebene entfaltete sich vor ihm, ohne Einschlagslöcher von Granaten, ohne Militär, einfach nur reine, wunderschöne Natur. In der Ferne zeichnete sich matt die Silhouette der Bergränder ab.

Erst Ende Juni war es ihm gestattet worden, den Weg über den Atlantik nach Hause anzutreten. Die Wartelisten waren lang gewesen.

Namen der Stationen flogen an ihm vorbei: Städte, die er kannte. Namen seiner verwelkten Jugend. Bald wäre er zu Hause. Sein Herz zitterte. Doch er kam klar – dank der Briefe, an denen er sich festhalten konnte. Sie waren zu einem ordentlichen Bündel zusammengeschnürt. Er musste sie nicht mehr lesen, er kannte sie auswendig. Seine Kameraden hatten sich über ihn lustig gemacht, weil die Sammlung von Briefen und kleinen Blumenbildern, die Theresa gemalt hatte, immer größer geworden war.

Der Zug rollte zwischen den Hügeln hindurch ins Abendlicht hinein, das vom Pazifik her glänzte. Auf einmal sah er sie, die Weihnachtssternfelder. Ein leuchtendes, noch grünes Meer.

Der Kramerladen. Der Pub. Old Johns Werkstatt. Alles noch da. Die Leute machten sich fertig zum Ausstieg. Ein paar Gesichter grüßte David, aber sie erkannten ihn nicht. Schließlich hielt der Zug im Bahnhof. David erschrak, weil das Quietschen der Bremsen wie herannahende Granaten klang. Am Gleis herrschte Hochbetrieb: Die Lok schnaufte, dazwischen Rufe und Geklapper von Gepäck. Die Fahrgäste stiegen aus. David stand am Fenster und schaffte es nicht, sich zu trennen. Er erinnerte sich daran, wie er auf dieser Bank dort drüben gesessen und auf den Zug nach San Diego gewartet hatte. Damals hatte ihm die Welt noch offen und herzlich zu Füßen gelegen, er hatte es nur nicht wahrgenommen.

Er hatte Angst. Angst davor, nicht mehr hierherzupassen. Angst davor, ihr gegenüberzustehen, ihr, Theresa, die sein Wille, seine Rettung gewesen war. In ihren Briefen hatten sie zueinandergefunden, und doch war da der Zweifel, dass sie die Distanz brauchten, um einander zu lieben. Er holte tief Luft und stieg aus.

Eine Frau kämpfte sich zwischen all den Menschen hindurch, seine Mutter. »David!«, rief sie und konnte es kaum glauben. »David …«

»Mama …« Seine Stimme versagte. David hielt sich an den Trägern seines Tornisters fest. Plötzlich bekam er keine Luft mehr, konnte keinen Schritt mehr machen und lud sein ganzes Gewicht in die Umarmung seiner Mutter.

Mama. Dieses eine Wort wog so schwer. Er führte einen inneren Kampf, aber er konnte nichts dagegen tun, die Tränen liefen ihm einfach über die Wangen. Es tat ihm so leid, wie grau das Haar seiner Mutter geworden war. Ein paar Leute guckten schon, so haltlos schluchzte er, aber das war David gleichgültig, wenn mit den Tränen wenigstens ein klein wenig Schmerz herausgespült wurde. Wenn seine Seele wenigstens einen Hauch leichter wurde.

Auch sein Vater war da und schloss die Arme wie eine Schutzwand um sie beide. »Gott sei ewig Dank, dass du wieder zu Hause bist. Dass ihr beide, du und Max, wieder zu Hause seid.«

David wischte sich mit der Handfläche die Tränen aus dem Gesicht. »Wo ist Theresa?«

»Hat sie es dir denn nicht geschrieben?«, fragte seine Mutter.

David wurde flau im Magen. Er schüttelte den Kopf. »Vielleicht hat mich ihr Brief nicht erreicht. Die letzten Tage waren wir nur unterwegs.«

Sein Vater holte tief Luft. »Theresa ist mit Lizzy nach Deutschland gereist. Nach München.«

»Was?«, fragte David.

»Lizzy hatte sich auf einmal in den Kopf gesetzt, beim Wiederaufbau zu helfen und gleichzeitig ein paar Händler aufzusuchen, um ihnen die Weihnachtssterne vorzustellen«, erklärte er. »Und Theresa hat sie begleitet.«

»Lizzy ist auch fort?«

»Niemand konnte die beiden davon abbringen«, sagte seine Mutter. »Wir haben uns alle gewundert.«

Davids Welt schien zu schwanken. Er befürchtete, sich an die Wand lehnen zu müssen. »Wann kommen die beiden denn wieder?«

»Die Rede war eigentlich von einem Monat. Aber der ist schon um.«

Was, wenn Theresa vor ihm geflohen war? Wenn sie noch nicht bereit gewesen war, ihm gegenüberzutreten?

»Und Max?«, fragte David.

»Was stehen wir denn hier am Bahnhof rum?!««, sagte seine Mutter betont fröhlich. »Wie wäre es, wenn du erst mal mit zu uns nach Hause kommst?«

Kaum hatte David zu Hause seinen Tornister abgelegt, eilte er schnellen Schrittes von einem Raum zum nächsten. Es drängte ihn danach, Max zu sehen, als wäre er ohne ihn nicht vollständig, als wäre er ohne seinen Zwillingsbruder ein Stück Treibholz auf dem Meer. »Wo steckt er denn?«

Max lag in seinem Bett. Er wirkte wie betäubt.

»Ist er krank?«, fragte David naiverweise, denn die üble Mischung aus Alkoholdunst und Zigarettenrauch drückte eigentlich schon aus, was los war. Die Vorhänge waren zugezogen. David näherte sich ihm und stieß dabei gegen eine leere Flasche Rum, die gegen das Bett rollte. Geweckt vom Lärm, stöhnte sein Bruder leidvoll. Max' Anblick bereitete David Schmerzen: Sein Bart war ungepflegt, sein Gesicht grau, und dunkle Ringe hingen unter seinen Augen. Als würden sie Zentner wiegen, hoben sich langsam seine Lider. Er blinzelte ein paarmal, ehe er begriff, wer da vor ihm auf dem Boden kniete.

»Bruder«, formten seine trockenen Lippen. Seine Stimme war rau.

»Guten Morgen.« David versuchte sich an einem Lächeln.

Max richtete sich schwerfällig auf und ließ zu, dass David ihn umarmte. Er war so leicht. Es war ihm, als würde er einen vollkommen leeren Menschen in den Armen halten.

»Wurde auch Zeit«, sagte Max.

Max hatte ihm im Krieg immer wieder das Leben gerettet. Nun war es an David, seinen Bruder zu retten.

Einige Tage nach seiner Rückkehr wagte sich David das erste Mal in sein altes Arbeitszimmer. Dort fand er vergilbte Zettel, mit Reißzwecken an Pinnwänden festgemacht. ›Idealtemperatur für die Stecklinge: zwischen 22 und 26 Grad‹, stand auf einem, ›Test: Wie reagieren die Poinsettien auf nächtliches Licht?‹, auf einem anderen.

Daneben ein Regal mit Büchern. Die meisten waren über die Pflanzenzucht, ein paar wenige richtige Literatur. Bücher, die er sich während des Studiums geleistet hatte. Er zog einen Gedichtband heraus und blätterte darin, doch schon bald stellte er ihn wieder zurück. Auch sein Schreibtisch war noch derselbe: Federhalter, Bleistifte, Briefbeschwerer, Tintenfass, Notizen über Notizen und sogar ein paar Zeichnungen von Wurzeln oder einem neuen Bewässerungssystem, das er sich vor Jahren ausgedacht hatte. Er blätterte sich durch das dünne Heft, und tatsächlich, er verlor sich in seinen Aufzeichnungen, tauchte ab in eine andere Zeit, in der seine größte Sorge gewesen war, dass hoffentlich das Wetter mitspielte, damit die Weihnachtssterne gesund blieben.

Und nun waren in seiner Abwesenheit die Feldpflanzen krank geworden. Das war nicht Max' Schuld gewesen. Es lag an diesen verfluchten Eiswinden. Aber sein Bruder wollte ihn nicht hören. David verfluchte die Unberechenbarkeit der Natur. Es musste doch eine Möglichkeit geben, die Pflanzen davor zu schützen!

Nun war die Ranch so gut wie pleite, immerhin hatten sie fast die gesamte Ernte verloren. Abgesehen davon hatten die Arbeiter mitbekommen, dass schon wieder jemand hier gewesen war, um die Ranch aufzukaufen. Sollte David am Ende einfach das verlockende Angebot annehmen? Obwohl er die Arbeit mit den Pflanzen liebte, würde sie ihm ein Leben lang eine Fessel sein. Hatte er nicht mal davon geträumt, Pianist zu werden?

Sein Bruder war nachts mal wieder nicht nach Hause gekommen. Er fand Moudy am Rand eines Weihnachtssternfeldes und Max zusammengerollt auf der Ladefläche. Er schlief seinen Rausch aus. Da es leicht geregnet hatte, hatte er eine Plane über sich gespannt.

Auf einmal hatte David eine Idee. Sein Herz schlug vor Aufregung schneller.

Mehrmals musste er an seinem Bruder rütteln, ehe er endlich aufwachte. »Lass mich«, murmelte Max im Halbschlaf und rollte sich auf die andere Seite, stieß dabei jedoch mit dem Kopf gegen das Gerüst der Ladefläche. »Was zur Hölle!«

»Komm, ich bring dich nach Hause, dort nimmst du erst mal ein Bad und schläfst dich aus. Danach brauche ich dich aber!«

Es war eine Herausforderung, Max zum Beifahrersitz zu schleppen, so mitgenommen, wie er war. Abgesehen davon, dass er erbärmlich nach Alkohol und Schweiß stank. Als Max endlich im Wagen saß, murmelte er wirres Zeug vor sich hin. »Es tut mir leid, Bruder. Es ist meine Schuld. Ich verdiene deine Hilfe gar nicht.«

»Red keinen Unsinn. Nichts ist deine Schuld.«

»Doch … Sie ist wegen mir weg.«

»Vater verachtet mich«, murmelte Max, als David ihn in die Badewanne gepackt hatte. Seine schmutzige Kleidung lag wie eine Pfütze auf dem Boden. Sein Bruder hatte so stark an Gewicht verloren, dass sich seine Rippen abzeichneten. Es bereitete David Schmerzen, Max, der einst so stark, so heldenhaft gewesen war, gebrochen zu sehen.

»Tut er nicht«, antwortete David.

»Für was brauchst du mich denn eigentlich?«

»Ob du's glaubst oder nicht, aber du hast mich auf die rettende Idee gebracht.«

»Und was soll das sein?«

»Das siehst du dann schon.«

Am späten Nachmittag wurde Max von dem Motorbrummen eines Kleinlastwagens geweckt, der in die Einfahrt der Ranch rollte. Spätestens das laute Schlagen der Holzbretter, die neben der Scheune aufeinandergestapelt wurden, sollte ihn aus dem Bett treiben.

»Wofür brauchst du den Kram?«, fragte er David. Die schräg stehende Sonne blendete ihn. Er hielt eine Tasse starken, duftenden Kaffees in der Hand.

»Wir kontrollieren das Wetter.« David grinste verwegen. Er war vom Schleppen der Bretter schon ganz verschwitzt. »Wir bauen Gewächshäuser, um die Pflanzen vor Stürmen oder Blizzards zu schützen.«

»Und auf diese Idee soll ich dich gebracht haben?«

»Ja. Dank der Plane, die du des Nachts zum Schutz über dich gespannt hattest. Das war schlau von dir.«

»Und wer soll diese Gewächshäuser bauen?«

»Na du.«

»Ich?«

»Genau. Du.«

Da warf Max den Kopf zurück und lachte laut. »Hat dir der Krieg die Synapsen im Gehirn verbrannt?«

David lachte mit ihm. Er war zufrieden, denn er musste Max nur in die Augen sehen, um zu wissen, dass er Feuer gefangen hatte.

»Und Vater?«, fragte Max. »Weiß er schon von deiner Investition?«

»Noch nicht. Aber ich werde gleich mit ihm darüber sprechen.«

»Boss«, sagte einer der Arbeiter. John war sein Name. Er wischte sich mit der Mütze den Schweiß von der Stirn und trat unsicher von einem Fuß auf den anderen. »Wir machen uns Sorgen. All das Werkzeug und die Materialien kosten ja ganz schön viel … Werden Sie uns denn diesen Monat unseren Lohn zahlen können?«

»Natürlich«, versprach David. »Pünktlich zum Monatsende erhaltet ihr euren Lohn. Ich habe alles genau kalkuliert.«

Die anderen Arbeiter hatten sich im Halbkreis hinter dem Mann versammelt. David spürte die Verantwortung, die auf seinen Schultern lag. Hatte sie ihn vor dem Krieg zu erdrücken gedroht, fand er nun die Kraft, sich dagegenzustemmen. »Ich danke euch, dass ihr der Ranch in den harten Monaten, die hinter uns liegen, treu geblieben seid. Ich verstehe eure Angst, und ich verstehe es auch, wenn ihr es nicht mehr verantworten könnt, weiterhin für uns zu arbeiten. Doch ich kann euch versichern, dass wir alles dafür tun werden, die Ranch wieder auf Kurs zu bringen. Natürlich könnten wir den Kopf in den Sand stecken – aber was hätten wir dann aus diesen harten Zeiten gelernt? Lasst uns den Tiefpunkt, den wir erreicht haben, als eine Chance sehen. Als eine Chance auf Veränderung. Als eine Chance auf einen Neuanfang, den die Ranch früher oder später ohnehin gebraucht hätte. Ich will, dass wir die schönsten und prächtigsten Weihnachtssterne züchten. Ich will, dass die ganze Welt unsere Poinsettien kennt! Dass irgendwann jeder zur Adventszeit einen Weihnachtsstern bei sich im Wohnzimmer stehen hat! Seid ihr bereit, mit mir dafür zu kämpfen?«

Die Arbeiter tauschten Blicke aus. Erst begann einer zu klatschen, dann stimmte ein Zweiter ein, und auf einmal brachen sie alle in Beifall aus.

»Na dann, an die Arbeit, Männer!«, feuerte John die anderen an.

Davids Herz blühte. Er wandte sich seinem Bruder zu. »Du bist handwerklich geschickt. Wir brauchen deine Hilfe.« Er streckte ihm die Hand hin. »Also? Kann ich auf dich zählen?«

Max grinste und schlug ein. »Du kannst immer auf mich zählen, kleiner Bruder.«

36

1945

Lizzy

Liebe Mama, lieber Papa, schrieb Lizzy.

Es freut mich sehr zu lesen, dass David und Max gut mit der Arbeit an den Gewächshäusern vorankommen. Vermutlich habt ihr ganz recht, wenn ihr schreibt, dass die Arbeit Max ablenkt. Die beiden machen das schon! Ebenso sehr freut es mich zu lesen, dass Katuso und ihre Familie aus den Internierungslagern heimgekehrt sind und es ihnen weitgehend gut geht. Es erfüllt mich mit tiefem Schmerz, dass man sie in diesen Lagern wie Tiere behandelt hat. Ich verstehe, dass sie sich in Amerika nicht mehr heimisch fühlen können und beschlossen haben, nach Japan auszuwandern, auch wenn dich, liebe Mama, diese Entscheidung gewiss sehr traurig macht. Immerhin war Katuso eine hochgeschätzte Freundin von dir. Das Ende, das der Krieg zwischen Amerika und Japan fand, ist von unvorstellbarer Grausamkeit. Unzählige Menschenleben durch eine Bombe innerhalb von Sekunden getötet …

Die meisten Deutschen sind bemüht, sich gut mit den Amerikanern zu stellen. Wann immer ich ein paar Lebensmittel kaufe, werde ich mit Fragen überhäuft: Ob es denn wahr sei, dass es in Kalifornien niemals schneit, und ob es in Amerika wirklich Indianer gäbe? Ob-

wohl der Krieg die Stadt verwüstet hat, fühlen Theresa und ich uns in München sehr wohl.

Vor zwei Tagen war ich bei einem Blumenhändler in der Nähe von Starnberg. Er war begeistert von den Weihnachtssternen und brennt darauf, mit uns Geschäfte zu machen. Eigentlich hatte ich die Hoffnung, nach Italien oder Frankreich reisen zu können, um mich auch dort ein paar Händlern vorzustellen, doch viele Straßen, Brücken und Zugstrecken wurden im Krieg zerstört. Außerdem hörte ich davon, dass die wenigen Züge, die fahren, hoffnungslos überfüllt seien mit Soldaten, Flüchtlingen und Landstreichern. Nicht selten müssen selbst kurze Fahrten für einige Tage unterbrochen werden. Aber wer weiß, vielleicht finde ich noch eine Möglichkeit. Ich werde mein Bestes geben, denn ich sehe schon deutlich vor mir, wie Poinsettien auch endlich hier in Europa Teil der Weihnachtszeit werden. Wäre das nicht wunderbar?

Jedenfalls – deshalb schreibe ich diesen Brief eigentlich – würden Theresa und ich unseren Aufenthalt in München gern noch verlängern. Ich weiß, inzwischen ist schon ein halbes Jahr vergangen, aber die Zeit verfliegt viel zu schnell! Wie lange wir vorhaben zu bleiben, kann ich nicht genau sagen. Vor allem Theresa blüht auf. Sie wächst an den Herausforderungen, mit denen sie hier konfrontiert wird.

Wie auf Kommando rief Theresa in diesem Moment vom Fuß der Treppe zu Lizzy hinauf: »Na, komm schon, Lizzy! Der Haferbrei wird kalt!«

Manchmal, dachte Lizzy, hatten sie beide etwas von einem alten Ehepaar. Während Lizzy sich durch den morgendlichen Nebel vortastete, Holz holte und den Kamin einheizte und nachmittags auf der Suche nach Arbeit durch München streifte, wälzte Theresa die alten Kochbücher ihrer Großmutter, erledigte die Einkäufe, sorgte dafür, dass abends etwas Warmes auf dem Tisch stand, und wischte nebenbei den Staub von den Möbeln. Es schien, als setzte sie alles daran, die perfekte Hausfrau zu werden. Lizzy vermutete, dass es mit dem Brief zusammenhing, den sie von ihrem Vater erhalten hatte.

Es sei eine Schnapsidee, beim Wiederaufbau Deutschlands zu helfen, hatte er geschrieben, dafür sei Theresa doch gar nicht gemacht. Sie könne nicht mal einen Kochlöffel halten, wie wolle sie dann eine Stadt wiederaufbauen? Sie solle unverzüglich auf das nächste Schiff steigen und nach Hause kommen.

Es gehe ihr gut, sie fühle sich wohl und ziehe es vor, noch eine Weile in Deutschland zu bleiben, hatte Theresa geantwortet. Woraufhin ihr Vater wütend geworden war. Wenn sie sich so trotzig verhalte, würde sie kein Geld mehr von ihm erhalten.

Lizzy legte die Füllfeder auf den Tisch, beeilte sich, die Treppe hinabzukommen, und folgte dem Duft von warmem Haferbrei in die Küche. Ihr Mittagessen, wie auch schon die letzten Wochen. »Ich muss mich stärken, um mich gleich mit fünfzig anderen Frauen um die Stelle zu schlagen.«

Theresa trocknete ihre Hände an ihrer Rüschenschürze ab und lud Lizzy eine Portion auf ihren Teller. »Glaubst du, es wird so schlimm?«

Lizzy fiel heißhungrig über den Brei her. »In diesen Zeiten auf jeden Fall!«, sagte sie mit vollem Mund. »Ein Angebot für eine Stellung wie diese ist, als würde sich ein Bäcker auf den Königsplatz stellen und Rosinenbrötchen verschenken!«

Die amerikanische Militärregierung in München suchte eine Sekretärin, wie Lizzy in Erfahrung gebracht hatte.

»Die wären jedenfalls schön dumm, wenn sie dich nicht mit Handkuss nehmen würden.« Sie warf einen Blick in den Ofen, in dem ein Brot buk, und rührte dann in der Kartoffelsuppe, die für das Abendessen auf dem Herd köchelte. »Was wirst du anziehen?«

»Ich wollte eigentlich das hier anlassen.«

»Das da?« Theresas Blick hätte nicht deutlicher ausdrücken können, was sie von Lizzys Kleid hielt. »Dieses Kleid trägst du, seit wir Amerika verlassen haben!«

»Stimmt nicht. Ich habe auch ein anderes getragen«, widersprach Lizzy. »Abgesehen davon ist es eines meiner Lieblingskleider!« Die Rede war von einem schlichten erdbraunen Modell aus angenehmer Baumwolle, das strapazierfähig und warm war.

»Nein«, protestierte Theresa. »So lasse ich dich gewiss nicht zu diesem Vorstellungsgespräch gehen!« Die sonst so zerbrechlich wirkende Theresa wirkte auf einmal ganz schön resolut, wie sie so die Arme in die Hüfte stemmte und den leicht gerundeten Bauch vorschob.

»Aber …«, setzte Lizzy an, doch Theresa unterbrach sie.

»Ich weiß, was du jetzt sagen willst: dass es ja nicht um dein Äußeres geht, sondern um dein Können. Warum also solltest du dich hübsch machen? Ich sage es dir: Männer schauen hübsche Frauen nun mal gern an. Warum meinst du, sind die meisten Sekretärinnen jung und adrett? Das ist die Achillesferse der Männer! Dort schlägst du zu.« Wie ein Ritter mit dem Schwert stieß sie mit dem Kochlöffel zu. »Später kannst du ihnen noch immer beweisen, wie klug du bist!«

Nie würde Lizzy Theresas Blick vergessen, als sie ihren Koffer auf das Bett gewuchtet und geöffnet hatte. Wahrscheinlich hatte Theresa damit gerechnet, dass sich darin ein paar hübsche Kleider, Blusen und feine Strümpfe befänden oder andere Dinge, die man normalerweise auf eine lange Reise mitnahm, wie wohlduftende Seifen oder Cremes. Lizzys Koffer hingegen war bis zum Rand angefüllt mit Poinsettia-Wurzeln.

»Ich glaube, ich träume …«, murmelte Theresa fassungslos.

»Ich wusste ja nicht, dass wir so lange in Deutschland bleiben«, rechtfertigte Lizzy sich. »Und ich hatte doch die Hoffnung, mich Züchtern vorstellen zu können!«

Die beiden jungen Frauen sahen einander an. Dann prusteten sie los und lachten, bis ihre Bäuche schmerzten.

»Aber was wirst du anziehen?«, stieß Theresa nach einer Weile atemlos hervor.

»Meine Mutter meinte, dass sie damals einige Kleider zurücklassen musste. Da wird doch wohl was für mich dabei sein!«

Tatsächlich fanden sie im Schrank drei Kleider, nur waren es üppige Modelle aus einer anderen Zeit, mit Rüschen und Rosetten, die allesamt bis zu den Knöcheln reichten. Kaum vorstellbar, dass dies einmal Alltagskleidung gewesen sein sollte! Oder dass es ein Skandal gewesen wäre, etwas mehr Bein zu zeigen! Abgesehen davon rochen die Kleider allesamt nach Mottenkugeln.

»Nun ja, damit falle ich auf jeden Fall auf«, scherzte Lizzy.

»Du ziehst etwas von mir an. Keine Widerrede!«

»Ich sehe aus wie eine Weißwurst«, sagte Lizzy zehn Minuten später, als sie sich in ein figurbetontes weißes Kleid von Theresa gequetscht hatte, das ihren Busen abdrückte. Es war bereits das zweite Modell, das sie anprobierte.

»Hmm.« Theresa legte den Zeigefinger an ihren Mund und dachte nach. Auf einmal hellte sich ihr Gesicht auf. »Jetzt weiß ich es!«

»Wie viele Kleider und Kostüme hast du denn bitte eingepackt?«

»Eine Frau kann nie genug dabeihaben. Hier, probier das an.«

Das Kostüm, das Theresa herausgesucht hatte, saß trotz der erstaunlich schmal geschnittenen Taille wie angegossen. Lizzy war ganz verliebt in das dezent schimmernde Marineblau. Am besten gefielen ihr jedoch die breiten Schulterpolster. Sie wirkte modern und selbstbewusst.

»Was sagst du?« Theresa presste die Hände vor ihrem Kinn fest aneinander. Ihr ganzer Körper schien zu vibrieren, so begeistert war sie.

»Es ist so ... schick. Und auffällig. Das bin ich nicht. Bestimmt war es auch ziemlich teuer.«

»Woher willst du denn so genau wissen, wer oder was du bist?«

Die Frage erstaunte Lizzy, und ihr fiel so schnell keine Antwort darauf ein.

Es schien Theresa leicht nervös zu machen, dass Lizzy sie so eindringlich ansah, jedenfalls nestelte sie an ihrer Küchenschürze herum. »Auch, wenn du für gewöhnlich schlichte, praktische Kleider trägst, so schließt das nicht aus, dass du auch eine Frau sein kannst, die gern mal Aufmerksamkeit auf sich zieht. Zumal du das Recht dazu hast, so schlau und mutig, wie du bist. Das will ich damit sagen.«

»Eigentlich hast du recht.« Lizzy lächelte. »Das Kostüm ist perfekt.«

»Ehrlich?« Theresa blühte auf. »Ich hatte Angst, etwas Dummes gesagt zu haben! Ich stecke dir noch die Haare hoch und schminke dich.« Als sie Lizzys Blick sah, fügte sie hastig hinzu: »Ein klein wenig nur ...«

Die amerikanische Militärregierung war in der Holbeinstraße stationiert, in einem prächtigen Gebäude mit barockisierenden Formen mit Risaliten, Zwerchgiebeln, Dachreitern und plastischem Dekor. Zwischen all den Trümmern war es eine Wohltat, diesen wunderschönen, unversehrten Bau zu betrachten. Wie eine kurze Verschnaufpause.

Erst einmal beobachten. Zwei Soldaten waren vor dem Eingang postiert. Mit gestrafften Schultern ging Lizzy einen Pfad entlang, der auf der anderen Straßenseite vom Schutt freigeschaufelt war. Mit jedem Schritt stürzten Zweifel auf sie ein. Sie hatte ja nicht mal Zeugnisse dabei, wahrscheinlich würde man sie auslachen ... Schon war sie an dem Gebäude vorbei, ganz flink, damit die Soldaten sie gar nicht erst wahrnahmen. Sie ärgerte sich über ihre Feigheit. An der Kreuzung lief sie auf und ab. Reiß dich zusammen. Du brauchst diese Arbeit. Du musst also da rein, du hast keine Wahl. Tu's einfach. Wie ein Pflaster, das man abreißt. Auf drei. Eins, zwei ...

»Sind Sie für die Stelle als Sekretärin hier?«, fragte einer der Soldaten am Eingang.

»Ja«, sagte sie. »Bin ich.«

»Treppe hoch und dann links. Im Flur stehen Stühle, warten Sie dort, bis Sie an der Reihe sind.«

Lizzy hörte ihr Herz pochen, lauter als das Knarzen der alten Holztreppe unter ihren Füßen. Ein einziger Stuhl war noch frei, der Rest war belegt von aufgeregt schnatternden Frauen, allesamt herausgeputzt mit Lippenstift und ihren besten Kostümen. Lizzy setzte sich und nickte der Dame neben ihr freundlich zu.

Die Tür ging auf, und heraus eilte eine völlig aufgelöste Frau, wie blind vor Tränen, denn sie stolperte fast in das Treppengeländer hinein.

»Die Nächste«, sagte eine Männerstimme mit amerikanischem Akzent. Der Mann machte sich nicht einmal die Mühe, aus seinem Büro zu treten.

Die Frau, die als Nächstes an der Reihe war, klammerte sich an ihrer Tasche fest. So wie sie zur Treppe sah, prüfte sie wohl ihre Fluchtmöglichkeiten. Wie erstarrt erhob sie sich von ihrem Stuhl. Von jedem Schritt schien sie sich erst überzeugen zu müssen. Dann war sie in dem Büro verschwunden.

Lizzy fühlte Übelkeit in sich aufsteigen, so nervös war sie auf einmal.

Die Zeiger der Uhr wanderten weiter und weiter und mit ihnen Lizzys Gedanken. Wäre es klug, ihre deutschen Wurzeln zu verschweigen? Aber woher sollte sie sonst so gut Deutsch sprechen? Warum überhaupt hatte die Frau geweint? War der Mann übergriffig geworden?

Die Tür öffnete sich wieder.

»Kommen Sie einfach am Montag«, sagte der Mann. »Acht Uhr ist Arbeitsbeginn. Irgendjemand wird Sie dann schon einweisen.«

»Danke«, hauchte das junge Ding. Sie machte einen Knicks, machte dann gleich noch einmal einen und eilte beschwingt von dannen.

»Die Stelle ist besetzt«, sagte der Mann. »Gehen Sie nach Hause.«

Das war's. Kein weiteres Wort. Enttäuschtes Gemurmel setzte bei den Frauen ein, aber sie nahmen diese respektlose Behandlung einfach so hin und zogen von dannen.

Ehe die Tür sich wieder schließen konnte, rief Lizzy: »Entschuldigen Sie, aber das ist doch nicht gerecht. Sie haben mir nicht die Chance gegeben, mich Ihnen vorzustellen.«

Langsam ging die Tür wieder auf. Lizzys Puls beschleunigte. Sie erhob sich von ihrem Platz und straffte sich.

Endlich zeigte sich der Mann. Seine tiefe Stimme täuschte, machte ihn älter, dabei war er allerhöchstens Mitte zwanzig. »Nach dem, was Deutschland getan hat, kommen Sie mir allen Ernstes mit Gerechtigkeit?«

Lizzys Hals war ganz trocken. »Hat die Frau deshalb geweint? Weil Sie sie verurteilt haben, ohne sie zu kennen?«

»Ich habe ihr lediglich ein paar Fragen gestellt. Es ist nicht in meinem Interesse, jemanden für mich arbeiten zu lassen, der blind mit Hitler marschiert ist.«

»Wenn Sie alle anklagen, die nicht aktiv Widerstand geleistet haben, aus welchen Gründen auch immer, so bin wohl auch ich schuldig. Aber ich würde Sie gern darauf hinweisen, dass ich gar keine Deutsche bin«, entgegnete Lizzy. »Ich bin Amerikanerin.«

»Und wie kommt es dann, dass Ihr Deutsch nahezu akzentfrei ist?«

»Meine Eltern stammen aus Deutschland. Sie sind vor über dreißig Jahren nach Kalifornien ausgewandert.«

Der Major sah sie fest an. »Wie auch immer. Die Stelle ist besetzt. Gehen Sie nach Hause.«

»Bitte, ich brauche dringend Arbeit.«

»Glauben Sie, Sie sind die Einzige, die eine schwere Zeit durchstehen muss?«

Er machte kehrt und wollte sich in sein Büro zurückziehen, doch Lizzy ließ sich nicht so leicht abwimmeln. »Nein. Aber ich bin wohl die einzige Deutsch-Amerikanerin, die Sie auf die Schnelle finden werden. Bitte, geben Sie mir Arbeit. Ich würde alles tun.«

Ihre Dreistigkeit schien ihn nicht zu verärgern, sondern vielmehr zu erstaunen, vielleicht sogar ein wenig zu verunsichern, denn er blickte zu Boden, als er sprach. »Die Stellen, die noch frei sind, können nur von Männern ausgeführt werden.«

»Nennen Sie mir einen Grund, weshalb nur ein Mann die Arbeit verrichten könnte.«

Als er wieder aufsah und ihr seine Augen zeigte, traf sie die Mattheit, die aus ihnen sprach. »Sie sind ganz schön tough.«

Da war sie, ihre Chance. Haltlos brachte Lizzy alles hervor, was irgendwie zu ihren Gunsten ausgelegt werden konnte. Sie habe Politikwissenschaften studiert. Und politische Reden geschrieben. Sie könne anpacken, und zwar ordentlich, immerhin sei sie auf einer Ranch groß geworden, auf der Weihnachtssterne blühten.

»Weihnachtssterne?«, fragte der Major. »Was soll ich mir darunter vorstellen?«

»Das ist eine Pflanze. Sie blüht zwischen November und Februar und ist leuchtend rot. Sie sieht aus wie ein Stern.«

»Wie ein Stern«, wiederholte er. Bildete Lizzy es sich nur ein, oder war etwas an seinem Gesicht weicher geworden? »Bitte«, sagte er und deutete auf den Stuhl vor seinem Schreibtisch. »Erzählen Sie mir von den Weihnachtssternen.«

Er selbst setzte sich nicht, sondern trat ans Fenster, in militärisch steifer Haltung, die Hände hinter dem Rücken verschränkt. Sein Blick hielt sich an der Sonne fest, die sich langsam hinter den einsamen Mauern und Schuttbergen hinabsenkte.

»Nun ja«, begann Lizzy unsicher. »Eigentlich heißt diese Pflanze Poinsettia, aber meine Eltern haben sie Weihnachtsstern genannt, weil sie wie ein Stern aussieht und zu Weihnachten blüht. ›Ein Stern der Hoffnung in einer kargen Zeit, in der sonst nichts blüht‹, wie meine Mutter sagen würde.«

Der Major schwieg, aber Lizzy spürte, dass er ihr ganz genau zuhörte. Also fuhr sie fort. Lizzy beschrieb die rot leuchtenden Weiten, die, wenn die Abendsonne unterging, direkt ins Meer zu fließen schienen. Je mehr sie erzählte, desto mehr schien etwas von dem Major abzufallen, als wäre er nicht mehr hier, in seinem Büro, in dem sich unzählige Akten auf seinem Tisch stapelten und Präsident Roosevelt von einem gerahmten Bild an der Wand auf seinen Schreibtisch hinabstarrte, sondern als würde die Sonne Kaliforniens auf seine Schultern scheinen, als könnte er sie sehen, die Lastwagen, auf denen sich Wurzeln stapelten, als könnte er es hören, das Rascheln der Blätter, wenn der Wind durch die Felder hindurchfuhr und es klang, als würden Hunderte Schmetterlinge auffliegen. Inzwischen hatte er sich eine Zigarette angesteckt und lehnte sich in dem Stuhl auf der anderen Seite des Schreibtisches zurück. Sein Gesicht war nun ganz entspannt, fast friedlich.

»Das ist es eigentlich auch schon«, endete Lizzy, der nun weiß Gott nichts mehr einfallen wollte. Beim Blick auf die Wanduhr erschrak sie. Schon nach sieben Uhr abends! Wie war nur die Zeit so schnell verflogen? Bestimmt machte Theresa sich schreckliche Sorgen!

»Ich danke Ihnen, dass Sie mir von den Weihnachtssternen erzählt haben«, sagte der Major und drückte seine Zigarette aus. »Es ist sehr löblich von Ihrer Familie, dass Sie die Weihnachtssterne in der Depressionszeit verschenkt haben, um den Menschen etwas Gutes zu tun. Wenn mehr Menschen ähnlich denken würden, wäre diese Welt vielleicht ein besserer Ort.«

»Major«, wagte Lizzy ihn vorsichtig daran zu erinnern, weshalb sie eigentlich hier war. »Haben Sie denn nun eine Arbeit für mich?«

»Sie erwecken den Eindruck, eine kluge und quirlige Frau zu sein, die das Herz am rechten Fleck hat. Wenn wir dieses Land wieder auf den richtigen Weg bringen und von dem Übel befreien wollen, das hier jahrelang geherrscht hat, brauchen wir genau solche Leute. Glauben Sie, dass Sie in einem Beruf, der von Männern dominiert wird, bestehen können?«

Lizzy drückte ihre Hände in ihrem Schoß so fest aneinander, dass die Spitzen ihrer Finger rot anliefen. »Ganz gewiss.«

»Dann hätte ich folgendes Angebot für Sie«, sagte der Major, lehnte sich in seinem Stuhl nach vorne und verschränkte die Hände.

Sein Nachname war Nicol, wie Lizzy noch am selben Abend herausfinden sollte. Major Nicol bestand darauf, sie mit seinem Wagen nach Hause zu bringen. »Es ist zu gefährlich für eine Frau, nachts allein auf den Straßen zu sein«, beharrte er.

Er redete kaum, und wenn er etwas sagte, war es sehr überlegt und präzise. Als sie an der alten Villa angekommen waren, stieg er aus und ging um den Wagen herum, um Lizzy die Tür zu öffnen.

»Ich würde mich gern erkenntlich zeigen«, sagte Lizzy. »Warten Sie einen Moment, bitte.«

Hastig sperrte sie die Haustür auf und erschrak, als sie einer sehr aufgebracht wirkenden Theresa gegenüberstand. »Na endlich! Hast du eine Ahnung davon, welche Sorgen ich mir gemacht habe?« Erst jetzt bemerkte sie das Scheinwerferlicht, das in den Garten fiel. »Wer ist das?«

»Jemand, dem wir einiges zu verdanken haben«, sagte Lizzy und schob sich an Theresa vorbei in Richtung Küche, in der der Weihnachtsstern, den sie aus Kalifornien mitgebracht hatte, auf dem Fensterbrett stand.

Es war schön gewesen, Major Nicol so gelöst von all dem Leid zu sehen, das ihm die vergangenen Jahre offensichtlich zugefügt hatten. Vielleicht, so dachte Lizzy, würde ihm der Weihnachtsstern helfen, hin und wieder seinen Kummer vergessen zu können.

»Hier«, sagte sie und überreichte ihm den Weihnachtsstern. »Für Sie.«

»Ist das … ist es das, was ich denke, dass es das ist?« Das Lächeln, das sich auf seinem Mund ausbreitete, veränderte sein Gesicht fast vollkommen. Es war faszinierend.

»Ja.« Lizzy spürte, wie ihre Wangen vor Aufregung kribbelten. »Noch sind seine Blätter grün, aber ich verspreche Ihnen, dass er bald seine Kräfte sammeln wird und rot erstrahlt. Ein kleines Weihnachtswunder.«

»Danke. Ich kann es kaum erwarten.«

Mit einem Bein war er schon wieder im Wagen, als er noch einmal innehielt. »Sagen Sie, Fräulein Licht, denken Sie ...« Auf einmal wirkte er fast schüchtern. »Denken Sie, es wäre möglich, dass Ihre Familie einige Weihnachtssterne mit dem Flugzeug nach Deutschland schickt? Vielleicht ist es mir möglich, etwas in die Wege zu leiten ... Bestimmt ist in dem ein oder anderen Flugzeug noch etwas Platz.«

»Versprechen kann ich natürlich nichts«, antwortete Lizzy. »Aber ich denke schon, dass das möglich ist.«

»Ja?«, erwiderte er, und seine Augenbrauen hoben sich. »Ich fände es schön, wenn wir die Tradition Ihrer Familie fortführen und die Weihnachtssterne an Menschen verschenken, die der Krieg besonders hart getroffen hat und die ein solches Weihnachtswunder gut gebrauchen könnten. Und Ihre Eltern sind Deutsche, die sich aber ganz offenbar bei uns Amerikanern wohlfühlen. Wie auch immer. Ich finde, das wäre ein schönes Zeichen.«

»Das wäre es.«

Lizzy blickte dem Wagen nach, bis das goldene Licht der Scheinwerfer um die Straßenbiegung verschwunden war.

»Wer. Zur Hölle. War das?« Theresa bibberte in der Kälte. Kein Wunder, sie trug ja auch nur ihren dünnen Morgenmantel.

»Diesem Mann haben wir es zu verdanken«, antwortete Lizzy, »dass ich Arbeit gefunden habe und wir nicht hungern müssen.«

Theresa schlug die Hände vor den Mund. »Was?«

»Sie suchen Mitarbeiter für die *Neue Zeitung* – ein amerikanisches Militärblatt. Fürs Erste soll ich mich um die Kleinanzeigen kümmern und Leserbriefe beantworten.«

»Das ist ja großartig!«, freute sich Theresa und schloss Lizzy in eine feste Umarmung. »Ich kann es kaum glauben! Es war schon immer dein Traum, etwas zu bewegen, und jetzt bist du eine richtige Journalistin, und die Leute werden deine Worte lesen! Ich bewundere dich!«

»Ich bin keine Journalistin. Wie gesagt, nur Leserbriefe und Kleinanzeigen.«

»Ach was, ich spüre das ganz genau! Es ist der erste Schritt von etwas Großem!«

37

1945

Lizzy

Es machte keinen Sinn, es weiter zu leugnen.

Lizzy war verliebt.

Wenn sie morgens in die Redaktion kam und das eifrige Klackern der Schreibmaschinen hörte, dann öffnete sich ihr Herz wie eine Blüte, die morgendliche Sonnenstrahlen einfing. Der Duft nach frischer Druckerschwärze und dem noch warmen Papier erschien ihr köstlicher als jedes Parfüm. Ja, sie liebte sogar den Stress, wenn einer der Journalisten ihr kurz vor Redaktionsschluss einen Artikel auf den Schreibtisch legte, den sie noch geschwind abzutippen hatte. Oder die viel zu kurzen Mittagspausen, in denen ihre Kollegen meist nur schnell einen Kaffee tranken und eine Zigarette rauchten und dabei über so ungemein interessante Themen sprachen. Sie liebte es, wenn abends ihre Fingerspitzen voller Tinte waren von all den Notizen, die sie gemacht hatte, oder Leser persönlich vorbeikamen, um den Starautoren wie Erich Kästner für ihre Arbeit zu danken. Mit derartigen schriftstellerischen Größen in einem Raum zu sein machte Lizzy einerseits ungemein stolz, andererseits schüchterte es sie aber auch ein.

Die *Neue Zeitung* war eine Art Sprachrohr der US-amerikanischen Besatzungsbehörden und hatte zum Ziel, Nationalismus und Militarismus in Deutschland auszuschalten. Sie erschien erst seit Kurzem, genau genommen seit dem 18. Oktober, und wurde in der ehemaligen Druckerei des *Völkischen Beobachters*, der Zeitung der NSDAP, gedruckt. Neben Berichten und Artikeln druckte die Zeitung auch Ausschnitte aus literarischen Texten, die während der NS-Zeit verboten gewesen waren, aber auch Werke von amerikanischen Literaturklassikern wie von Walt Whitman oder Mark Twain.

Major Nicol stattete der Redaktion höchstens einmal in der Woche einen knappen Besuch ab. Vermutlich wollte er nicht den Eindruck erwecken, sie zu kontrollieren. Lizzy fragte sich, welches Leben er wohl führte. Wo genau er herkam. Ob er Amerika vermisste. Ob er verheiratet war oder Familie hatte. Sie hatte keinen Ring an seinem Finger gesehen ... Lizzy hatte die Redaktionsmitglieder beobachtet und festgestellt, dass die meisten ihn mieden, als würde seine kühle Zurückhaltung sie abschrecken. Lizzy hingegen mochte genau das an ihm, aber noch lieber mochte sie es, wenn es ihr gelang, ihm ein Lächeln zu entlocken. Dann sah sie einen völlig anderen, verletzlichen Menschen. Dass er dieses Lächeln zuließ, erschien ihr wie ein Eingeständnis. ›Dir gestatte ich es, diese Seite an mir zu sehen.‹

Nun waren schon zwei Wochen vergangen, in denen sie ihn nicht zu Gesicht bekommen hatte. Lizzy ertappte sich dabei, sich zu fragen, wo er wohl war. Was, wenn er zurück nach Amerika geschickt worden war? Aber hätte er sich nicht von ihr verabschiedet? Warum sollte er?

Die Wahrheit war: Sie vermisste ihn. Sein klares und doch so geheimnisvolles Gesicht.

Wie auch immer. Heute war der Tag. Der Tag, an dem sie endlich all ihren Mut zusammennehmen würde, um einen Artikel anzubieten, den sie selbst verfasst hatte. Unglücklicherweise war sie spät dran, denn die ganze Nacht hatte sie an ebendiesem Artikel gesessen und war in den frühen Morgenstunden darüber auf dem Küchentisch eingeschlafen. Theresa hatte sie geweckt und ihr eine Tasse Kaffee gereicht, die Lizzy schnell heruntergekippt hatte.

»Tu es«, hatte sie gesagt. »Trau dich. Ich glaube an dich.«

Zwar verdiente Lizzy bei der *Neuen Zeitung* ganz gut, aber es war nicht genug, um zwei Erwachsene zu ernähren.

Den ersten Bus hatte sie verpasst, also hatte sie auf den nächsten warten müssen. Als sie nun zum Redaktionsgebäude rannte, rutschte sie mit ihren dünnen Sohlen über den ersten Schnee, der in dieser Nacht gefallen war. Trotz der Eile war Lizzy völlig verzaubert vom Anblick der dicken Flocken, die vom Himmel taumelten. Sogar die bittere Kälte mochte sie, denn ihr Kopf war wundervoll klar. Ihre Wangen brannten in der kühlen Winterluft, ihr heißer Atem gefror zu einer grauen Wolke. Sie versuchte, auf dem platt getretenen Schnee zu bremsen, schlitterte ein wenig und drückte dann die hohe Tür auf.

Die Konferenz hatte schon begonnen. Lizzy entschuldigte sich. Gerhard Götze, ein inzwischen schon über siebzig Jahre alter Herr und sehr angesehener Journalist, unterbrach seinen Monolog und schob seine Brille auf die Nasenspitze, um Lizzy über die Gläser hinweg anzusehen.

»Lassen Sie sich ruhig Zeit«, meinte er trocken. »Richten Sie sich in Ruhe ein. Wir warten solange.«

Lizzy spürte einen weiteren Blick auf sich und sah auf. Genau heute war Major Nicol wieder anwesend. Auf einmal war sie so nervös, dass erst ihre Tasche und dann ihr Notizblock zu Boden fielen. »'tschuldigung«, murmelte Lizzy.

Gerade ging es um einen Text, der sich mit der Schuldfrage befassen sollte. Es mochte sein, dass Lizzy sich nicht mit derart großen moralischen oder philosophischen Themen befasste, aber ihre Arbeit war dennoch nicht weniger wichtig. ›Linker Kinderschuh verloren‹, hatte sie erst gestern für die Kleinanzeigen auf der Schreibmaschine getippt. Das erschien vielleicht zunächst banal, aber wie Lizzy schnell gelernt hatte, war ein im Nachkriegswinter verlorener Schuh ein nahezu unersetzbarer Wertgegenstand.

»Ist damit alles besprochen?«, fragte Herr Götze und fing an, seine Unterlagen aufzulesen.

Lizzy räusperte sich und richtete sich auf. »Ich hätte noch einen Vorschlag.«

Herr Götze hielt kurz inne, legte seine Unterlagen dann wieder auf den Tisch und verschränkte die Hände ineinander. »Wir sind alle ganz Ohr.«

Lizzy straffte die Schultern und versuchte, sich nicht anmerken zu lassen, dass ihre Hände zitterten und sie leicht schwitzte. »Wie wäre es mit einer Reportage über die Frauen, die nach dem Krieg mit anpacken und helfen, die Stadt wieder aufzubauen?«

»Sie wollen über Frauen schreiben, obwohl es doch die Männer gewesen sind, die an der Front ihr Leben eingesetzt haben?«

»Der Krieg ist auch an den Frauen nicht spurlos vorübergegangen. Sind es denn nicht weitgehend sie, die die Stadt wieder aufbauen? Die darum kämpfen, ihre Kinder zu ernähren, weil sie ihre Männer im Krieg verloren haben? Eine Reportage über diese Frauen würde ihnen Mut machen, ihnen vor Augen führen, dass sie Großes leisten, und vor allem zeigen, dass sie nicht allein sind. Dass es dort draußen hundert andere Frauen gibt, die das Gleiche durchstehen.«

»Und wer soll diesen Artikel schreiben?« Herr Götze lehnte sich in seinem Stuhl zurück.

»Nun ja«, sagte Lizzy, »er ist bereits geschrieben …«

Sie erhob sich und legte den fertigen Artikel vor Herrn Götze auf den Tisch. Er überflog ihn, zückte seinen Stift und machte hier und da Notizen.

»Wer hat diesen Artikel geschrieben?«, fragte er und maß Lizzy aufmerksam: ihr mehrfach geflicktes Kleid. Ihre Augenringe. Ihre Wangen, die noch immer brannten, doch nicht mehr vor Kälte.

»Wir veröffentlichen ihn«, beschloss er und erhob sich. »Hier und da müssen wir noch etwas umschreiben und kürzen. Aber im Großen und Ganzen eine gute Arbeit, Fräulein Licht.«

Mit der arbeitsamen Hast von Ameisen verschwanden die Journalisten aus dem Redaktionsraum an ihre Schreibtische, während Lizzy noch immer an Ort und Stelle stand und es kaum glauben konnte.

»Das wurde ja auch Zeit.« Lizzy hatte nicht bemerkt, dass Major Nicol noch immer anwesend war. Für gewöhnlich zog er sich zügig nach der Redaktionskonferenz zurück.

»Entschuldigen Sie?«, fragte Lizzy, die nicht wusste, worauf er anspielte.

»Es wurde Zeit, dass Sie endlich einen eigenen Artikel schreiben, so klug und ehrgeizig, wie Sie sind.«

Lizzy vergaß, wie man atmete. »Sie waren fort?«, fragte sie und schalt sich sogleich selbst, denn das ging sie nichts an.

»Ja«, sagte er. »Aber ich habe gute Neuigkeiten mitgebracht. Bei Ihrem Vorstellungsgespräch erwähnten Sie, dass Sie gern reisen würden, um die Weihnachtssterne auch in anderen Ländern vorzustellen, aber dass dies leider aufgrund der schlechten Verbindungen nur schwer möglich sei. Ich habe für Sie organisiert, dass Sie im Namen der Zeitung reisen dürfen. Das bedeutet für Sie, dass Sie die Schnellzugverbindungen nutzen können. Außerdem erhalten Sie Reisemarken, um Verpflegung einzukaufen.«

Lizzy war sprachlos. »Das … das kann ich nicht annehmen.«

»Ich bitte darum.« Er nickte ihr zum Abschied zu, blieb dann aber doch noch einmal stehen. »Am Weihnachtsabend wird es auf dem Königsplatz ein kleines Fest mit Glühwein und Lebkuchen geben. Ich finde, das wäre eine schöne Gelegenheit, ein paar Weihnachtssterne an die vom Krieg besonders schwer Getroffenen zu verschenken.«

Lizzy nickte. »Ja. Das wäre wundervoll. Ich danke Ihnen.«

Als Major Nicol sie ansah, war ihr, als hätten seine Augen sich verändert. Sie hatte das Gefühl, direkt in seine Seele blicken zu können. »Nein«, sagte er. »Ich danke Ihnen.«

38

1945

Theresa

Theresa hatte es Lizzy angesehen, noch bevor die beiden überhaupt miteinander getanzt hatten. Sie kannte ihre Freundin und wusste, was es bedeutete, wenn sie sich in der Gegenwart eines Mannes derart versteifte.

Es war das erste Weihnachtsfest, das Theresa und Lizzy nicht zu Hause verbrachten. Dafür ging es ihr erstaunlich gut, und das, obwohl Theresa trotz ihres inzwischen kugelrunden Bauchs den ganzen Tag auf den Beinen gewesen war. Gemeinsam mit ein paar Soldaten hatten Lizzy und sie Weihnachtssterne an diejenigen verschenkt, die das Schicksal besonders hart getroffen hatte. Währenddessen hatte ein Chor Weihnachtslieder gesungen, und es war kostenloser Glühwein ausgeschenkt worden.

Eine Horde Kinder scharte sich um die fremdartigen Pflanzen aus Amerika, und ein ganz mutiger Junge hatte seine Fäustlinge abgezogen, um die samtigen Blätter zu befühlen.

»Was ist das?«, fragte er.

»Das ist ein Weihnachtsstern. Eine Wunderpflanze. Sie blüht nur zu Weihnachten, und dann darf man sich etwas wünschen.«

»So was gibt's doch gar nicht.«

»Probier's aus.«

»Egal was?«

»Nun, eine Kleinigkeit zumindest.«

Der Junge schloss die Augen und kniff sie zusammen, so angestrengt dachte er nach. Als er die Augen wieder öffnete, hatte Theresa eine Tafel Schokolade neben den Weihnachtsstern gelegt. Der Junge sah die Schokolade an, blickte dann zu Theresa, dann wieder auf die Schokolade. Seine Augen funkelten.

Lizzy schlang von hinten die Arme um ihre Freundin. »Ich wünschte, mein Vater und David könnten hier sein.«

»Es würde sie gewiss sehr glücklich machen zu sehen, dass ihre geliebten Weihnachtssterne einigen Menschen heute ein kleines Lächeln auf die Lippen zaubern konnten.«

Zweimal war es Lizzy möglich gewesen, mit dem Zug zu reisen, um die Weihnachtssterne Züchtern vorzustellen. Einmal war sie über Leipzig nach Berlin gefahren, ein andermal über Straßburg bis nach Paris!

Es hatte zu schneien begonnen. Ein Zauber, den Theresa tief in ihrem Herzen speichern wollte: den Anblick der herabtaumelnden Schneeflocken, die im Licht der Laternen golden funkelten und deshalb wie Sternenstaub aussahen. Das Knirschen der Schuhsohlen auf dem schneebedeckten Boden. Die Vorfreude darauf, in ein warmes Zuhause zu kommen und sich die Hände am Kamin zu wärmen.

Je später es wurde, desto mehr ließ der Glühwein die Menschen auftauen. Ein paar Musiker spielten nun einen flotten weihnachtlichen Swing, und die ersten Paare hatten zu tanzen begonnen, um sich warm zu halten. Es war ein wundervoller Anblick, an dem Theresa sich kaum sattsehen konnte.

»Wie gern auch ich tanzen würde«, seufzte sie und rieb sich über ihre geschwollenen Unterschenkel. Sie war eine der wenigen, die zwischen den Säulen des Königsplatzes auf einem Stuhl saß. Sie fühlte sich wie ein Wal. Allein der morgendliche Weg durch den schneebedeckten Garten, um ein paar Haferflocken ins Vogelhaus zu streuen, war ein einziger Kampf, der sie zum Schwitzen brachte.

Und obwohl sie schlimmer aussah als je zuvor, ihr Körper geschwollen war, dunkle Ringe unter ihren Augen hingen und sie keine Energie mehr dafür aufbrachte, ihr Haar ordentlich zu legen, fühlte sie sich das erste Mal in ihrem Leben lebendig. Es war ihr, als wisse sie etwas vom Leben, das vielen Frauen verborgen war, als wäre sie tief mit dieser Welt verwurzelt, und nichts und niemand konnte sie erschüttern. Voller Stolz trug sie ihr Kind in sich, als hätte sie etwas Einzigartiges erreicht.

Sosehr Theresa fürchtete, David könnte auf irgendeinem Wege von ihrer Schwangerschaft und dem Ehebruch erfahren, so sehr wünschte sie sich gleichzeitig, ihm von ihrem Glück zu erzählen und es mit ihm zu teilen. Manchmal ertappte sie sich dabei, wie sie mit offenen Augen von einer kleinen, heilen Familie träumte. Wie sie ihrem Baby winzige Socken über die Füßchen zog, wie sie es tröstete, wenn die ersten Zähne kamen, wie sie zu Ostern Süßigkeiten im Garten versteckte oder wie sie ihre Tochter bei ihrem ersten Liebeskummer tröstete.

»Willst du nicht tanzen?«, fragte Theresa Lizzy, die nun schon das fünfte Mal innerhalb der letzten zehn Minuten ihren Rock glättete. »Geh ruhig, und amüsiere dich ein bisschen.«

»Ich schaue lieber zu.« Lizzy hatte behauptet, dass es ihr nichts ausmache, ihn hier nicht anzutreffen. Ihn. Major Nicol. »Bestimmt arbeitet er. Oder ist froh, einen ruhigen Abend zu verbringen«, sagte sie.

»Ich glaube ja, dass er es sich sicher nicht entgehen lässt, einen Abend mit dir zu verbringen.« Es erheiterte Theresa zu sehen, wie helle Röte Lizzys Hals hinauf in ihre Wangen stieg.

»Guten Abend«, sagte auf einmal eine angenehm tiefe Männerstimme. Er war also doch gekommen.

Lizzy brachte kein Wort heraus.

»Ich habe mich gefragt, ob Sie vielleicht gern tanzen würden«, sagte Major Nicol.

Lizzy starrte die Hand an, die er ihr entgegenstreckte. »Oh. Nein.« Unsicher klemmte sie sich eine Haarsträhne hinter das Ohr. »Ich bin recht müde von dem anstrengenden Tag heute.«

»Ach, meine liebe Lizzy«, sagte Theresa. »Wenn ich schon nicht tanzen kann, dann tu wenigstens du es!«

»Ich bin wirklich sehr müde. Eigentlich wollte ich dich gerade fragen, ob wir nach Hause gehen sollen.«

»Es ist ja auch schon spät«, erwiderte der Major und deutete eine steife Verbeugung an. »Entschuldigen Sie. Ich wollte mich nicht aufdrängen.«

»Oh Lizzy«, sagte Theresa. »Den ganzen Abend hast du an meiner Seite verbracht! Wenigstens einen Tanz solltest du genießen! Zeig mir, was ich verpasse.«

Lizzy schaute zu Major Nicol, dann zu den tanzenden fröhlichen Paaren.

Er bot ihr den Arm an. »Es wäre mir ein Vergnügen.«

Ganze drei Lieder hielt er sie in seinen Armen. Obwohl Major Nicol sich korrekt verhielt und den Abstand wahrte, schienen die beiden einander doch ganz nah zu sein. Theresa beobachtete, wie Lizzys Körper weicher wurde, wie sie die Augen schloss und, als ein ruhiges Lied gespielt wurde, ihr Gesicht an seine Schulter schmiegte.

»Du magst ihn«, sagte Theresa, als sie eine halbe Stunde später im Taxi nach Hause saßen.

»Tu ich nicht.«

»Vielleicht nicht so sehr wie Miguel, aber du hast ihn gern.«

Sie fuhren an erleuchteten Fenstern vorbei, in denen Weihnachtsbäume funkelten, an kleinen Feierlichkeiten in Gaststätten, an zahlreichen Kerzen, die auf Trümmern aufgestellt worden waren.

Theresa rechnete schon nicht mehr damit, dass Lizzy etwas entgegnen würde, da hörte sie ihre Freundin leise und mehr zu sich selbst sagen: »Ich bin es leid, dass die Liebe alles zu sein scheint, was zu Frauen passt. Was hat die Liebe mir denn bisher gebracht? Nichts. Also will ich einfach nur frei sein.«

»Freiheit«, wiederholte Theresa nachdenklich. Wann war man schon frei? Wenn einen nichts aufhielt, wenn es keine Schranken oder Regeln gab und man tun und lassen konnte, wonach einem der Sinn stand? Hatte Theresa die Freiheit in ihrer Affäre mit Max gesucht? Ein bisschen Aufregung, ein bisschen Chaos?

Doch was, wenn es auf einmal wirklich keine Regeln mehr gäbe? Gewiss würde sich niemand frei fühlen, im Gegenteil, man würde vielleicht sogar um sein Leben fürchten.

»Dich auf einen Menschen einzulassen schränkt deine Freiheit nicht ein«, sagte Theresa zu Lizzy. »Für mich ist sie ein Raum, in dem man sich sicher und behütet fühlt. Für mich bedeutet David Freiheit. Ich habe lange gebraucht, um das zu begreifen.«

Mindestens einmal in der Woche schrieb er ihr. Seinem letzten Brief hatte er ein unbeschriebenes Blatt hinzugefügt. Theresa hatte es zweimal gewendet und sogar ans Licht gehalten, vielleicht hatte er eine Geheimtinte verwendet. Doch dann las sie seine Worte auf dem beschriebenen Briefpapier und verstand, was er ihr damit hatte sagen wollen. ›*Betrachten wir unsere Ehe wie dieses völlig unberührte Blatt Papier*. Wir werden sie neu schreiben, wir werden uns neu erfinden. Wann immer du bereit bist, zu mir zurückzukehren.‹

Scheinbar zusammenhangslos sagte Lizzy: »Nicht mehr lange, und wir werden nach Kalifornien zurückkehren.«

Obwohl Theresa sich hätte freuen sollen, schnürte sich ihre Brust zu. Sie spürte, wie die kleine Inge gegen ihre Bauchdecke boxte, als wisse sie ganz genau, was Theresa schon bald tun würde. Die Zeit, die so schnell vergangen war, erschien ihr mit einem Mal wie ein Feind.

Vor zwei Tagen hatte Lizzy zu ihr gesagt: »Ich dachte mir, du könntest Inges Taufpatin werden.«

Sie hatte es nur gut gemeint, hatte damit sagen wollen, dass Theresa ein fester Bestandteil in Inges Leben sein sollte. Aber es hatte sich angefühlt, als hätte Lizzy ihr ein Messer in die Brust gestoßen. Sie war nicht Inges Taufpatin, sie war ihre Mutter. Wie hatte sie jemals glauben können, sie wäre in der Lage, ihr Kind fortzugeben?

Die Angst vor dem Tag, an dem sie ihre Tochter würde abgeben müssen, raubte ihr den Schlaf. Sie habe keine andere Wahl, sagte sie sich, sie müsse es tun, wenn sie mit David von vorn anfangen wolle.

Viel zu schnell war er da, der Januar, und mit ihm der Tag der Niederkunft. Sie begann in den frühesten Morgenstunden und zog sich endlos, bis Theresa am Ende ihrer Kräfte angelangt war. Da legte die Hebamme die kleine Inge auf ihre verschwitzte Brust. Theresa hielt ein Wunder in den Armen.

Sie sah zu Lizzy hinüber, die die ganze Zeit über ihre Hand gehalten hatte. Noch nie hatte sie einen Menschen auf diese Weise lächeln sehen, so erleichtert, schüchtern und selig zugleich.

»Willst du …?«, fragte Theresa.

Lizzy schüttelte den Kopf. »Behalte du sie noch. Ich lasse euch einen Moment euren Frieden«, sagte sie.

Und da dämmerte Theresa, was eigentlich hinter ihren Worten steckte: Genieße diesen Augenblick ganz in Ruhe, denn jetzt ist Inge noch dein Kind. Doch sobald wir zu Hause sind, wird sie meines sein.

39

1946

Theresa

Die Motordroschke hielt. Theresa drückte das kleine Bündel fester an sich. Zu fest offenbar, denn es regte sich und gab einen müden Laut von sich. »Schon gut«, flüsterte Theresa und blickte auf das rosige, kleine Gesicht hinab. »Es wird alles gut.«

Lizzy bezahlte den Fahrer. Stieg aus dem Taxi. Streckte den Kopf wieder in den Wagen. »Kommst du?«, fragte sie.

Innerlich sträubte sich Theresa, und doch schaffte sie es, ebenfalls auszusteigen. Alles an diesem Hafen stieß sie ab. Die vielen Menschen, der Lärm, der Geruch nach Meer und Autoabgasen. Aber vor allem das Schiff, das im Hafen Hamburgs lag und aus dessen Schornsteinen bereits Rauch drang. Auch Inge konnte den Trubel nicht leiden, das spürte Theresa ganz genau, denn die Kleine ballte ihre Händchen zu winzigen Fäusten und wurde unruhig.

Einige Menschen tummelten sich bereits auf dem Deck und winkten ihren Lieben zum Abschied. Sie waren spät dran, bald würde der Überseedampfer ablegen. Theresa hatte im Hotel getrödelt. Aber Lizzy hatte wie immer alles unter Kontrolle. Zielstrebig winkte sie einen Kofferjungen herbei, der sich um Theresas Gepäck kümmern sollte, und drückte ihm ein paar Münzen in die Hand.

Theresa fühlte sich wie tot. Es war ihr, als wäre es nicht sie, die gleich auf dieses Schiff steigen müsse, sondern eine leblose Hülle.

Sie standen sich gegenüber und sahen sich an. Theresa blinzelte die Tränen fort.

»Also dann«, sagte Lizzy.

Theresa schluckte. Hielt Inge fester.

»Wir sehen uns in einem Monat«, fügte Lizzy hinzu.

Theresa nickte. »Ja ... Ich freue mich schon darauf. Ich danke dir für alles, Lizzy. Ich weiß, dass ...«

»Schon gut.«

Nicht das erste Mal kam Theresa der Gedanke, Inge zu behalten. David hatte ein gutes Herz, er würde ihre Lage doch verstehen, er würde sie nicht im Stich lassen!

Du hattest eine Affäre mit seinem Bruder, rief sie sich zur Besinnung. Nicht einmal David kann so etwas verzeihen.

Als Theresa sich noch immer nicht rührte, streckte Lizzy die Hände aus, um ihr Inge abzunehmen. Theresa machte einen Schritt zurück, wollte Inge nicht hergeben, aber Lizzy hielt sie schon, also ließ Theresa los, um dem Baby nicht wehzutun.

»Pass gut auf sie auf«, sagte sie. Schmeckte Salz auf ihren Lippen. »Bitte, pass auf sie auf ...«

Sie weinte, wie sie noch nie in ihrem Leben geweint hatte. Streichelte das kleine Gesicht, küsste es auf die Stirn, wollte das kleine Bündel wieder an sich nehmen, aber Lizzy wandte sich leicht ab. »Ich werde Inge wie mein eigenes Kind behandeln«, versprach sie. »Mach dir keine Sorgen.«

»Schreib mir, wenn ihr wieder gut in München angekommen seid! Und wie es euch geht!«, flehte Theresa. »Jeden Tag!«

Lizzy nickte. »Es ist nur ein Monat, dann kommen wir nach.«

Theresa nickte. Weil sie keine andere Wahl hatte, folgte sie dem Kofferjungen durch die Menschenmenge hindurch. Jeder

Schritt war ein Messerstich in ihr Herz. Immer wieder drehte sie sich um, dabei hatten sich schon längst Menschen vor Lizzy geschoben und verdeckten Inge und sie. Als Theresa auf dem Deck des Überseedampfers war, suchte sie so lange, bis sie Lizzy inmitten all der Hüte und dicken Wintermäntel fand. Sie redete gerade auf Inge ein, streichelte über ihren kleinen Kopf.

Das Schiff gab ein lautes Hupen von sich und setzte sich in Bewegung. »Nein!«, sagte Theresa immer wieder. »Nein, bitte, nein, nein, nein!«

Die Leute drehten sich nach ihr um, verfolgten verwirrt und neugierig, wie Theresa die Reling entlangeilte, dorthin, wo sie Inge und Lizzy am längsten würde sehen können. Sie streckte die Hand nach ihnen aus und hatte kurz den absurden Gedanken, ins Wasser zu springen und zurück zum Hafen zu schwimmen. Sie wurde lauter, sodass die Leute um sie herum zu tuscheln begannen. »Mein Kind!«, schrie sie. »Nein!«

Doch sie konnte nichts anderes tun, als mit anzusehen, wie Lizzy mit Theresas Kind in den Armen kleiner und kleiner wurde, zu einem Punkt schrumpfte und irgendwann im Grau des Hafens nicht mehr auszumachen war.

Theresa hatte sich überhaupt keine Gedanken darüber gemacht, wie es sein würde, nach so langer Zeit nach Hause zurückzukehren. Auf der Überfahrt hatte sie nur an Inge denken können. Spürte die Kleine, dass Lizzy nicht ihre leibliche Mutter war? Würde sie darunter leiden, je älter sie wurde?

David und Tom erwarteten sie am Bahnhof von San Diego, ja sogar ihr Vater war anwesend. Bereits als der Zug eingerollt war, hatte sie ihre Familie gesehen. Sie hatte haltlos zu weinen begonnen, hatte es kaum erwarten können, zu ihnen zu gelangen, und gar nicht gewusst, wem sie sich zuerst in die Arme werfen sollte.

»Na, das nenne ich ja mal aufrichtige Freude!«, sagte Tom.

Er hatte ja keine Ahnung.

»Ich befürchte, ich habe meinen Koffer im Zug vergessen«, presste Theresa hervor und tupfte sich mit einem Taschentuch die Tränen aus dem Gesicht.

»Ich kümmere mich darum«, bot Tom sich an.

Während ihr Bruder im knisternden und dampfenden Zug verschwand, um ihren Koffer zu holen, schien David Theresa neu zu erfassen. »Du siehst verändert aus«, stellte er fest.

»Du auch«, sagte sie.

Da lächelte David und wischte mit dem Daumen die Tränen von ihrer Wange. »Komm, lass uns nach Hause gehen.«

Langsam, ganz langsam kam die Erinnerung an ihr Zuhause zurück. Da war ihr Garten, den sie liebevoll angepflanzt hatte. Und ihre Hausschuhe, die auf dem Schuhabtreter hinter der Haustür auf sie zu warten schienen, obwohl sie so lange fort gewesen war. Der Geruch im Haus war ihr fremd geworden. David war sehr liebevoll zu ihr. Er half ihr beim Auspacken des Koffers. Selbst sein Blick war ihr neu.

»Leg dich hin, du bist bestimmt sehr erschöpft«, sagte er und begleitete sie die Treppe hinauf.

Er half ihr aus dem Kleid, suchte ein frisches Nachthemd für sie aus dem Schrank und deckte sie schließlich zu. Als er die Tränen sah, die ihr über die Wangen liefen, legte er sich neben sie und hielt sie fest.

Und als Theresa all die Briefe auf seinem Nachttisch sah, die sie ihm während des Krieges geschrieben hatte, die er aufbewahrt und immer wieder gelesen haben musste, so abgegriffen wie sie aussahen, da drehte sie sich zu ihm um. Erst berührte ihre Nasenspitze die seine, dann legte sie ihre Lippen auf seine. Sie rettete sich in einen Kuss, den er erwiderte, den er ebenso zu brauchen schien wie sie.

Das erste Mal nach über vier Jahren schliefen sie miteinander. Theresa ließ sich fallen, so wie sie sich zuvor in ihren Briefen hatte fallen lassen. Es war ein berauschendes Gefühl, wusste sie doch, dass David sie auffangen würde.

40

1964

Inge

Motorschnurren. Endlich! Darauf hatte Inge gewartet. Nur zwei Stunden war es her, dass Inge Franc angerufen und ihn angefleht hatte, sie zu erretten. Ihr Vater hatte in Inges Zimmer das Foto gefunden, auf dem Miguel zu sehen war. In seiner Wut hatte er eine Schere genommen und den Teil, auf dem Miguel zu sehen war, abgeschnitten. Ihre Mutter hatte ihn davon abzuhalten versucht, mit den Fäusten auf ihn eingeprügelt – aber keine Chance. Franc, Inges Ritter auf seiner schwarzen Harley, hatte alles stehen und liegen lassen und war auf seinem Motorrad zu ihr geeilt, um Inge aus dieser unglückseligen Stimmung zu erretten.

Inge sprang von ihrem Bett auf und warf sich gegen das Geländer des Balkons. Franc zog seinen Helm ab und schickte ein schiefes Lächeln zu ihr hinauf. Ahnte er, wie dringend sie ihn brauchte? Mir nichts, dir nichts war er in ihr Leben spaziert, und auf einmal drehte sich alles um ihn. Er war ihr Fixpunkt geworden. Selber schuld, du wolltest mich unbedingt kennenlernen, nicht andersherum, dachte Inge.

Ihrer Mutter passte das natürlich gar nicht. »Wo fahrt ihr hin?«, fragte sie und hielt sich am Geländer der Treppe fest, die Inge betont gelassen hinunterkam. Nur keine Eile zeigen. Dabei hatte sie keine fünf Minuten gebraucht, um sich in Schale zu werfen: knackige Jeans, Lederjacke, die Locken zu einer wilden Mähne aufgebauscht.

Wenigstens übersprang ihre Mutter inzwischen den Teil, in dem sie Inge deutlich zeigte, was sie von Franc hielt. Immerhin ging das mit ihnen schon fast drei Monate! Und in ein paar Tagen wäre sie endlich volljährig.

»Ich weiß nicht«, entgegnete Inge. »Wo Franc mich hinführt.«

Ihr Vater redete mit Franc gerade ein ernstes Wörtchen.

»Lass gut sein, Papa, ich bin zum Abendessen wieder hier. Versprochen.«

»Das hast du das letzte Mal auch behauptet und warst erst um Mitternacht daheim!«

»Das war aus Versehen! Wir haben die Zeit vergessen!«

Noch ehe ihr Vater die Gelegenheit hatte, weitere Einwände zu erheben, küsste sie Franc. Und zwar auf eine Weise, die deutlich machte, dass sie zusammengehörten und nichts und niemand sie trennen konnte.

Franc setzte ein Lächeln auf, aber sein Charme prallte an ihrem Vater ab. »Meine Tochter steigt nicht auf dieses Motorrad.«

»Ach, Papa«, meinte Inge, stellte einen Fuß auf das seitliche Pedal, hielt sich an Francs Schultern fest und stieg mit Schwung auf, und das alles so routiniert, dass klar wurde, dass Inge nicht das erste Mal auf Francs Harley saß. Eigentlich könnte ihr Vater Franc sogar dankbar sein, denn er hatte sie schon zweimal vom Ollywood nach Hause gefahren, damit sie nicht den Bus nehmen musste.

Francs Lächeln blieb souverän, als würde er rein gar nichts von der Spannung in der Luft mitbekommen. »Keine Sorge, ich passe gut auf Ihre Tochter auf, Sir.«

»Also dann, Dad! Bis heute Abend!«

Franc brachte Inge zu einem geheimen Aussichtspunkt am

Rande von Los Angeles, zu dem ein schmaler Feldweg führte. Sie waren ganz allein zwischen Sträuchern und unzähligen Sternen, die schon bald den Himmel fluteten. »Es ist wunderschön hier!«, schwärmte Inge.

»Dabei ist der Ausblick noch nicht mal die Überraschung, die dich erwartet.«

»Eine Überraschung erwartet mich?«

»Eine Überraschung«, erwiderte er und breitete eine Decke, die er eingepackt hatte, auf dem Boden aus. Sogar eine Flasche Wein hatte er eingepackt! Kurz dachte Inge an ihre Mutter, deren Herz stehen bleiben würde, wenn sie wüsste, dass sie Alkohol tranken – und das, obwohl Franc sie noch auf dem Motorrad nach Hause bringen musste! Aber Inge würde sicher nicht die Spießerin spielen. Sie sah es einfach als Teil des Abenteuers.

Es war recht kalt, aber das war Inges Glück, denn so musste Franc sie warm halten. Sie tranken Wein, küssten sich, wälzten sich auf der Decke und küssten sich wieder. Die Überraschung war das Autokino, das sich am Fuß des steilen Felshangs befand. Nach und nach hatten immer mehr Autos auf der großen Wiese unter ihnen geparkt, doch davon hatten Inge und Franc nicht viel mitbekommen. Sie hatten andere Dinge im Kopf gehabt. Doch nun ging es los – und es lief ein Film mit Franc in der Hauptrolle! Einmal sprang er vom Boden auf und spielte die Szene mit, in der das Liebespaar leidenschaftlich stritt, aber er überdramatisierte bewusst jeden Satz, und Inge kugelte sich vor Lachen.

»Ist es sehr schlimm?«, fragte er später, als Inge sich auf der Decke an ihn schmiegte, den Kopf auf seine Brust und ein Bein über seine Beine gelegt.

»Es geht. Meine Mutter versucht jetzt, neben ihrer Arbeit krampfhaft eine gute Hausfrau zu werden. Sie meint, sie schafft beides … wie auch immer. Ist ja auch egal.«

»Ist es nicht. Jedes Kind hängt an seinen Eltern und wünscht sich insgeheim, dass sie zusammenbleiben, einfach nur, um eine heile Familie zu haben.«

»Du meinst wie die aus der Dr.-Oetker-Werbung?«

»Das wäre doch was.«

»Und wie läuft es bei dir?«

»Fühlt sich gut an, hier so entspannt neben dir zu liegen«, sagte Franc. »Das sollte immer so sein.«

»Das kann es doch.«

»Na ja. Die nächste Woche ist voll mit Presseterminen, zwei Castings und einem Filmfestival.« Er atmete schwer aus. »Ich bin das alles so leid …«

»Dann lass uns abhauen«, sagte Inge auf einmal und richtete sich auf.

Vielleicht sagte sie das nur, um herauszufinden, wie ernst es Franc mit ihr war. Oder wollte sie sich nur beweisen?

»Klar, wohin auch immer du willst.« Es war schwer zu sagen, ob er scherzte.

»Es ist mir egal, wohin. Hauptsache, du bist dabei, dann habe ich überall ein Zuhause. Die Schule habe ich abgeschlossen, und zu Hause hält mich nichts. Meine Mutter würde mich am liebsten einsperren, und mein Vater ist ein emotionaler Kühlschrank.«

»Trotzdem ist es nicht richtig, einfach so abzuhauen.«

»Es ist ja auch nur rein theoretisch. Wenn ich es nicht mehr aushalte. Also?«

»Mit dir gehe ich überall hin«, erwiderte Franc – aber Inge hatte das Zögern in seiner Stimme nicht überhören können.

41

2006

Stella

Woher weiß ich, dass es Liebe ist?

Liebe ... woher weiß ich, dass sie es ist?

Dass es Liebe ist, weiß ich woher?

Wie eine mathematische Gleichung stellte Stella diese eine Frage schon den ganzen Tag in ihrem Kopf um. Auf die Lösung wollte sie aber zum Verzweifeln nicht kommen. Die Beine über der Lehne hängend, lag Stella lang gestreckt auf dem Sofa im Wohnzimmer und starrte den feinen Riss an, der sich durch die Decke zog.

Wie hatte Lizzy wissen können, dass sie Miguel liebte und nur ihn, dass er also die Liebe ihres Lebens war?

Wie hatte Theresa gespürt, dass sie – nachdem ihre Ehe so bedrückend begonnen hatte – ihr Leben doch mit David verbringen wollte?

Was hatte ihre Mutter so sicher gemacht, dass sie nur Franc und niemanden sonst wollte? So sehr, dass sie sogar mit ihm hatte abhauen wollen! Das hatte zumindest Max erzählt.

Und war es nicht so, dass Stella allein durch die Tatsache, nicht genau zu wissen, was Liebe war, bewies, dass sie Adam nicht liebte? Würde sie ihn lieben, dann wüsste sie doch, wie sich Liebe anfühlte, oder nicht? Ihr Kopf rauchte. Was sie jedoch wusste, war, dass sie Adam um keinen Preis verletzen wollte.

Romeo und Juliet sprangen von ihrer Decke auf und stürmten in den Flur, noch ehe Stella überhaupt das tiefe Brummen des Jeeps vernommen hatte. Als eine Autotür zufiel, war es Stella, als würde sie etwas leichter atmen. Als ein Schlüsselbund an der Tür klimperte, breitete sich ein kleines Lächeln auf ihren Lippen aus. Und dann, als sie Adams warme, melodische Stimme hörte, schien alles, was Stella an diesem Tag bedrückt hatte, von ihr abzufallen. »Nicht an mir hochspringen, Romeo! Juliet, da ist nichts für dich drin, du verfressenes kleines Biest!«

Stella rollte sich auf den Bauch und warf einen Blick über die Sofalehne, um Adam dabei zuzusehen, wie er eine Papiertüte außer Reichweite der beiden Hunde hielt und gleichzeitig versuchte, aus seinen Chucks zu schlüpfen. Als er Stella entdeckte, hielt er inne und strahlte sie an. »Hey«, sagte er.

»Hey«, sagte sie.

War dieses wohlige Gefühl, das Stella erfüllte, seit Adam hier war, nur ein Verliebtsein? War dieses Kribbeln in ihrem Bauch, als Adam seinen Pullover auszog und dabei einen verführerischen Teil seines flachen Bauches entblößte, nur Begehren?

Adam ging neben dem Sofa in die Hocke. »Ich dachte, vielleicht hast du Hunger, und habe einfach mal das weltbeste Thai-Curry mitgebracht. Nathapong, der Besitzer, ist schon über siebzig, aber ich schwöre dir, er sieht gerade mal aus wie vierzig, und er hat immer dieses übertrieben freundliche Lächeln, das schon fast unheimlich ist, vor allem, wenn er vor deiner Nase das Gemüse mit einem riesigen Messer klein schneidet. Und seine Frau …«

Adam erzählte und erzählte, und Stella lachte und nickte an den richtigen Stellen, aber eigentlich bewunderte sie sein Gesicht. War es am Ende Liebe, dass Stella nicht aufhören konnte, jede kleine Regung darin zu studieren und immer wieder neue kleine Wunder darin zu entdecken? Dass seine Schokoladenaugen einen grünen Schimmer hatten, aber nur, wenn die Sonne aus einem bestimmten Winkel hineinfiel. Oder dass eine feine Narbe zusätzlich zu den Lachfalten um sein rechtes Auge auffächerte, eine Erinnerung an seinen ersten Sturz mit dem Skateboard als Teenager. Es war Stella ein Rätsel, dass Adam nicht mehr Verehrerinnen hatte. Aber er war einer dieser Typen, die man aufgrund ihrer zurückhaltenden Art erst auf den zweiten, vielleicht sogar dritten Blick wahrnahm und sich dann wunderte, wie man sie hatte übersehen können. Und so, wie sie Adam einschätzte, bemerkte er auch oft gar nicht, dass ein Mädchen mit ihm flirtete.

»Ich hoffe, du magst thailändisches Essen«, sagte Adam unsicher, als Stella nichts erwiderte.

»Ich liebe thailändisches Essen«, antwortete sie und verschwieg, dass sie sich vor einem Jahr beim Thailänder eine Lebensmittelvergiftung geholt hatte und ihr doch eigentlich von dem Geruch von Kokosmilch und Erdnusssoße immer latent schlecht wurde.

»Wo steckt Lizzy?«, fragte Adam.

»Oben im Bad. Sie geht heute Abend wohl aus.«

»Fiesta«, meinte Adam, wobei er das Wort in die Länge zog und dabei diabolisch grinste.

Adams Zauber war, dass er herzzerreißend gut war. Alles an ihm war so liebenswert, dass es schon fast wehtat, weil Stella sich immer, wenn er das Haus verließ, sorgte, jemand würde seine freundliche Art ausnutzen und ihm Böses antun. Sie dachte an ihren Kuss mit Elliott und fühlte sich wie der schlechteste Mensch der Welt. Nicht nur, weil sie Adam noch immer nichts von dem Kuss erzählt hatte, sondern auch, weil Elliott ihr Nachrichten schrieb. Einmal hatte er ihr ein Foto vom Leuchtschild einer Pizzeria *Stella* geschickt. Darunter hatte er geschrieben. »Und wo bist du?«

Deuteten diese leichten Gefühle, die sie zu Elliott hinzogen, darauf hin, dass sie mit Adam am Ende doch nur eine wunderbare Freundschaft verband? Dass sie ihre Verbindung zu Adam zu etwas erhöht hatte, weil sie nach dem Tod ihrer Mutter so schrecklich einsam gewesen war und unbedingt etwas Wärme und Zuneigung gebraucht hatte?

Stella wusste gar nichts mehr. Seit ihre Mutter gestorben war, entglitt sie sich selbst immer mehr, als würde ihr Körper automatisch handeln, während ihr Geist nicht mehr verstand, was eigentlich vor sich ging. Es war so viel, das auf ihr lastete, dass sie sich fühlte, als hätte sie gar nicht die Chance, alles zu begreifen.

Sie setzten sich auf den Boden, aßen von dem Curry und spielten »Ratzfatz«, ein Kinderspiel, das aus ziemlich vielen bunten Steinen und Karten bestand und ganz schön kompliziert war. Die erste Runde hielten sie sich an die Regeln in der Anleitung, bei der zweiten erfanden sie neue hinzu. Stella hatte so viel Spaß, dass sie sich einmal vor Lachen an ihrem Curry verschluckte und Adam ihr auf den Rücken klopfen musste.

Lizzy kam die Treppe hinab. »Kinder, ich treffe mich mit einer Freundin auf ein Glas Wein«, verkündete sie und probierte vor dem Spiegel im Flur mehrere Schals.

»Nimm den rosa Seidenschal. Ich finde, der sieht hübsch aus zu deinem blauen Kostüm«, riet Adam ihr.

Lizzy war ungewöhnlich unsicher. »Oder ziehe ich vielleicht lieber ein anderes Kostüm an?«

»Nein, das steht dir. Außerdem ist es doch egal, wie du aussiehst, wenn du dich nur mit einer Freundin auf ein Glas Wein triffst, nicht wahr?«

Stella dachte noch, dass sie nie Parfüm benutzte, wenn sie sich mit Judith traf ...

»Ich mache mich ja nicht für meine Freundin hübsch, sondern für mich selbst«, erwiderte Lizzy und legte Lippenstift auf.

»Klar.« Adam grinste in sich hinein und erhob sich vom Boden, um Lizzy galant in ihren Mantel zu helfen. »Genieß den Abend.«

Da war es schon wieder, dieses Grinsen! Spätestens, als Adam auf einmal Marvin Gaye zu singen begann, begriff Stella, was hier los war. *Baby, I'm hot just like an oven. I need some lovin'.*

Lizzy ließ sich nicht aus der Ruhe bringen. »Sei nicht so frech, und lass einer alten Dame ihre Ruhe! Kümmere dich lieber darum, dass Stella einen schönen Abend hat. Holt euch Wein aus dem Keller, und kuschelt euch auf das Sofa.«

Sie spielten noch eine Runde »Ratzfatz«. Adam sperrte Stella ins Gefängnis, und sie musste eine Runde aussetzen. Irgendwie, warum auch immer, fand sie, dass sie das verdient hatte, und beschloss, ein Geständnis abzulegen. »Adam«, setzte sie an. »Ich muss dich etwas fragen. Nimm mir die Frage bitte nicht übel, ich meine sie überhaupt nicht vorwurfsvoll.«

»Klingt irgendwie ernst.«

»Nein, eben nicht. Ich würde es sogar verstehen, wenn es so wäre ...«

»Wenn was wie wäre?«

»Wenn du etwas mit Amber gehabt hättest, während ich in Deutschland war.«

»Was? Wie kommst du denn darauf? Ich hatte nichts mit Amber!« Adam war ruhig und ernst, fast besorgt.

Prompt schämte Stella sich noch mehr. »Ich meine ja nur. Hätte sein können.«

»Was soll die Frage, Stella? Irgendwie macht mir das Angst.«

»Angst?«

»Ja. Ich weiß auch nicht. Ich denke nicht, dass sich ein normales Paar solche Fragen stellt.«

»Wir sind auch kein normales Paar, Adam.«

»Ja, das haben wir ja schon mal geklärt. Aber was sind wir denn dann?«

»Muss man denn den Dingen immer einen Namen geben?«

»Platon hat gesagt: Der Name macht das Ding aus oder so ähnlich. Ein Tisch wird erst zum Tisch, wenn du ihn Tisch nennst, verstehst du?«

»Nicht so ganz, befürchte ich.«

»Heißt: Ich würde mich freuen, wenn wir das, was zwischen uns ist, Beziehung nennen könnten und es dann auch eine Beziehung wäre.«

Stella machte ein Gesicht, das Adam zurückrudern ließ. »Entschuldige, ich weiß, ich wollte dich nicht stressen ... Es ist nur ... Egal. Vergiss es.«

»Mir tut es leid. Ich finde nur, dass eine Beziehung alles noch komplizierter machen würde. Wir sind so weit voneinander entfernt. Du weißt, dass ich nicht vorhabe, nach Kalifornien zu ziehen. Was, wenn ich wieder in Deutschland bin? Wir werden beide einsam sein. Ich war schon einsam, als wir nur zwei Wochen voneinander getrennt waren! Ich will nicht, dass du leidest. Im Gegenteil. Ich will, dass du das Leben genießt. Du hast das Recht dazu. Und deshalb habe ich nach Amber gefragt.«

»Okay, ich habe das Gefühl, dass wir der Sache langsam näher kommen. Du glaubst also, dass ich was mit Amber hatte, weil ich mich einsam fühle. Aber wenn du das denkst und du dich auch manchmal einsam fühlst, dann ...«

Stella flehte Adam mit ihrem Blick an, es nicht auszusprechen.

» … dann hast du darüber nachgedacht, was mit einem anderen Kerl anzufangen?«

Sie sah ihn einfach nur an.

Adam schluckte. » … dann hattest du was mit einem anderen Typen?«

»Es ist einfach so passiert! Ich war so traurig und durcheinander, weil Max sich in der Villa eingenistet hatte, und dann war da dieser Wasserschaden, und Elliott hat ihn repariert und …«

»Warte mal … Du hattest was mit Elliott?!« Adam sprang vom Boden auf, drehte sich um, ging ein paar Schritte auf die Tür zu und kam wieder zurück. »Was genau lief da?«

»Wir haben uns geküsst, mehr nicht.«

Adam machte noch mal ein paar Schritte, raufte sein Haar und sagte dann: »Danke, dass du's mir gesagt hast. Ich verstehe das ja sogar irgendwie. Ja, ehrlich.«

»Was?« Erst war Stella fassungslos, dann aufgebracht. Warum schrie Adam sie nicht an? Warum war er wie immer so unendlich verständnisvoll? »Mehr hast du dazu nicht zu sagen?«

»Was willst du denn hören?«

»Dass ich Mist gebaut habe!«

»Das hast du, ja! Und glaub mir, ich könnte Elliott den Hals umdrehen, aber du hast einiges durchgemacht, und ich will nicht böse auf dich sein. Nicht, wenn ich dich bald wieder gehen lassen muss und wir nur noch ein paar Tage gemeinsam haben.« Auf einmal wurde Adam ganz blass. »Oder magst du Elliott?«

»Nein! Es ist nur, dass er mich, glaube ich, irgendwie …« Sie zuckte hilflos mit den Schultern. »Ich weiß auch nicht …«

Das Schweigen, das folgte, ließ sie beide spüren, dass etwas zwischen ihnen in Schieflage geraten war.

»Ich glaube, ich fahre jetzt besser nach Hause«, sagte Adam. Und das tat er dann auch.

Als Lizzy eine Stunde später nach Hause kam, summte sie vergnügt, zumindest, bis sie Stella sah. Ohne Adam. In derselben Position, in der sie schon den Nachmittag auf dem Sofa verbracht hatte. Mit dem einzigen Unterschied, dass sie ihren Schlafanzug trug.

»Wo steckt denn Adam?«, fragte sie verwundert.

»Gegangen«, antwortete Stella.

»Schon so früh?«

»Hm.«

»Ist etwas vorgefallen? Habt ihr euch gestritten?«

Stella richtete sich auf. »Erzähl mir lieber von deinem Date.«

Lizzy setzte sich neben Stella auf das Sofa und lächelte auf ihre Hände hinab. »Es ist ja kein richtiges Date gewesen. Henry ist einfach nur ein Gentleman, den ich von früher kenne. Wir haben uns über viele Jahre Briefe geschrieben, aber seit geraumer Zeit treffen wir uns ab und zu.«

»Also nichts im Vergleich zu dem, was du für Miguel empfunden hast?«

Lizzys Lächeln veränderte sich. Plötzlich sah sie traurig aus. »Nein. Nichts im Vergleich zu dem, was ich für Miguel empfunden habe. Es ist ... anders. Aber auch schön.« Lizzy betrachtete Stella aufmerksam. »Was ist los, Liebes? Dir liegt doch etwas auf dem Herzen.«

Stella schmiegte sich an Lizzys Schulter. Wohl auch, um ihr nicht ins Gesicht sehen zu müssen. »Ich weiß auch nicht ... Ich habe irgendwie das Gefühl, als würde mir alles entgleiten. Als hätte ich über nichts mehr die Kontrolle. Am wenigsten über mich selbst.«

»Wir sind da und passen auf dich auf.«

»War das zwischen dir und Miguel eigentlich wahre Liebe?«, wechselte Stella das Thema.

»Ja. Ich denke schon.«

»Hast du ihn denn, nachdem er mit seinem Boot davongefahren ist, jemals wiedergesehen? Oder hat er davon erfahren, dass du mit einem Kind aus Deutschland heimgekehrt bist?«

Bereits bei ihrem ersten Besuch in Kalifornien hatte Stella erfahren, dass eigentlich Theresa ihre Mutter zur Welt gebracht und damit ihre richtige Oma war. Inzwischen wusste sie, wie es dazu gekommen war. Es hatte sie tief bewegt zu erfahren, was Lizzy und Theresa gemeinsam durchgemacht hatten. Und es hatte ihr vor Augen geführt, dass hinter jedem Menschen eine Geschichte stand, die ihn zu der Person machte, die er war.

»Ja, ich habe ihn wiedergesehen.«

»Und?«

»Nun ja. Die Welt hatte sich weitergedreht, wir waren beide zu anderen Menschen geworden. Aber in den Tiefen unserer Herzen waren wir doch noch immer dieselben …«

42

1946

Lizzy

Es war erstaunlich, wie schnell sich Neuigkeiten in Encinitas verbreiteten. An einem Samstag kam Lizzy völlig erschöpft von der langen Reise mit Inge im Kinderwagen und ihrem Koffer am Bahnhof in Encinitas an. Bereits am Montagmorgen begrüßte sie der Bäcker mit: »Hab gehört, du hast Nachwuchs?«

Es hätte Lizzy nicht gewundert, wenn die Schlagzeile der Lokalzeitung gelautet hätte: ›Lizzy Licht hat ein uneheliches Kind geboren! Nach einem längeren Aufenthalt in Deutschland kehrt sie mit einem Bastard zurück.‹

Wie es nun mal so üblich war, wurde das Gerücht auf seiner Runde durch Encinitas immer weiter ausgeschmückt und wuchs wie ein Schneeball. Es sei das Kind eines Soldaten, eines amerikanischen Generals, Lizzy hätte eine Ehe zerstört, wie könne sie nur, dieses Flittchen!

Es war ebenso erstaunlich, wie gleichgültig Lizzy das Gerede war. Sie hatte genügend andere Probleme und würde gewiss nicht ihre Energie damit verschwenden, sich über diese Holzköpfe zu ärgern!

Wirklich trafen sie bloß die fragenden Blicke ihrer Familie. Lizzy hatte in ihrem letzten Brief, den sie vor ihrer Abreise geschickt hatte, lediglich erwähnt, dass sie »noch jemanden mitbringen würde«. Ihre Mutter hatte sofort an einen Mann gedacht. Sie hatte es als ein Zeichen dafür gesehen, dass Lizzy endlich zur Vernunft gekommen war und eingesehen hatte, dass Tom nicht der Richtige für sie war. Ihr Vater hatte an einen Hund oder eine Katze gedacht. Niemand hatte ein Kind erwartet, entsprechend still war es geworden, als Lizzy ihren Koffer die zwei Stiegen hinabgewuchtet und keuchend gefragt hatte, ob ihr jemand mit dem Kinderwagen helfen könne.

David war als Erster über seine Verwunderung hinweggekommen. »Natürlich. Wo soll ich anpacken?«

»Da hast du uns aber … nun ja, da hast du uns eine ganz schöne Überraschung mitgebracht«, hatte ihr Vater gesagt und die Hände in die Taschen seiner Hose geschoben.

»Darf ich vorstellen? Das ist Inge.« Lizzy hatte sich Mühe gegeben, möglichst viel Selbstbewusstsein in ihre Stimme zu legen. Ganz nach dem Motto: Das ist jetzt so, also kommt klar damit.

Unglücklicherweise war Tom ebenfalls auf die Idee gekommen, Lizzy am Bahnhof in Empfang zu nehmen. Sogar einen Strauß roter Rosen hatte er mitgebracht, der herabsank, als ihm dämmerte, zu wem das Kind gehörte, das all den Trubel am Gleis nicht leiden konnte und mit hochrotem Kopf und aus vollem Halse schrie. »Du hast ein Kind?«, hatte er gefragt.

»Ja«, hatte Lizzy gesagt, wollte noch etwas hinzufügen, wusste aber nicht, was.

»Inge«, hatte ihre Mutter den Namen wiederholt, als müsse sie ihn für sich austesten. »Was für ein hübscher Name.« Sie war absolut vernarrt in Kinder und schon jetzt in ihre Enkelin verliebt.

Lizzy war ihr sehr dankbar gewesen. Aber das hier war lediglich die Ruhe vor dem Sturm. Sie hatte nur in das Gesicht ihres Vaters blicken müssen, um zu wissen, dass ihr eine Unterredung bevorstand.

Dann war da noch Theresa gewesen. Sie hatte gar nicht erst um Erlaubnis gefragt, so wie Lizzys Mutter, sondern Inge einfach aus dem Kinderwagen gepflückt und so voller Liebe betrachtet, dass es an ein Wunder grenzte, dass keiner der Anwesenden Verdacht schöpfte.

Tom hatte erst wieder gesprochen, als sie seinen Wagen erreicht hatten. »Ich muss gestehen, dass ich … verwirrt bin.«

»Das denke ich mir.« Lizzy sagte, dass es ihr leidtue, aber sie war sich nicht sicher, ob Tom sie hörte.

»Ich muss nachdenken«, sagte er. »Ich … Mein Ruf … Die Stadtverwaltung, du weißt …«

»Ja. Sicher.« Sie brachte es nicht übers Herz, ihn darauf hinzuweisen, dass die Verlobung ihr nie etwas bedeutet hatte. Und dass sie deshalb nicht enttäuscht wäre, würde er sie lösen.

Ihre Mutter hatte Lizzy noch vor dem Abendessen durchschaut. »Wenn du bereit bist, mir die Wahrheit zu sagen, bin ich jederzeit für dich da«, hatte sie mit gesenkter Stimme gesagt, als sie sich später gemeinsam um den Abwasch kümmerten.

Lizzy hatte innegehalten und ihre Mutter angesehen.

»Ach, meine Lizzy, ich habe drei Kinder zur Welt gebracht. Wie willst du mir etwas vormachen?«

Lizzy hatte den Kopf auf die Schulter ihrer Mutter fallen lassen. Wie gut sich das angefühlt hatte! Als könne sie tatsächlich auf diese Weise etwas von ihrer Last abgeben.

»Mach dir keine Sorgen, wir schaffen das schon. Ich kümmere mich um alles. Auch darum, dass es niemand mitbekommt.«

»Danke …«

»Wirst du uns irgendwann erzählen, wie du zu diesem Kind gekommen bist?«

Lizzys Augenlider hatten sich hinabgesenkt. »Ich kann leider nicht. Ich habe es versprochen.«

Ihre Mutter hatte diese Antwort erstaunlich gefasst hingenommen, Lizzy umarmt und auf die Stirn geküsst. »Wie auch immer. Inge ist jetzt ein Teil unserer Familie.«

Schon in der ersten Woche zurück in heimatlichen Gefilden musste Lizzy erfahren, dass sich so gut wie alles im Leben um Geld drehte. Eine Packung Windeln: zwei Dollar. Das Gehalt der Amme: 90 Dollar. Eine eigene Wohnung: gar nicht daran zu denken. Abgesehen davon, dass sich niemand fand, der einer alleinerziehenden und arbeitslosen Mutter eine Wohnung vermietete.

Es war in Ordnung, mit Inge auf der Ranch zu wohnen, auch wenn Lizzy davon geträumt hatte, sich eine Wohnung in der Stadt, vielleicht sogar in San Diego oder Los Angeles zu leisten. Es war sogar in Ordnung, dass Lizzy kaum Privatsphäre hatte, dass sie sich manchmal fühlte wie ein Teenager, wenn ihre Mutter ohne zu klopfen in ihr Zimmer trat und fragte: »Hast du noch Wäsche?«

Was Lizzy jedoch ziemlich schnell gegen den Strich ging, war die Tatsache, dass sie vom Geld ihrer Familie abhängig war. Wie auch früher half Lizzy auf der Ranch aus, das war für sie ganz selbstverständlich, nur bestanden ihr Vater und David darauf, ihr nun einen Lohn zu zahlen. Einmal hatte ihr Vater scherzhaft gemeint: »Hier, dein Taschengeld.« Es hatte lustig sein sollen, und Lizzy hatte sich bemüht zu lachen. »Ja, Dad, wie in alten Zeiten.« Aber es war demütigend gewesen.

Sie brauchte dringend Arbeit, aber als Frau musste Lizzy schon dankbar sein, wenn man sie überhaupt zu einem Vorstellungsgespräch einlud. Sobald sie erwähnte, dass sie eine Tochter hatte, hieß es: »Warum haben Sie das nicht früher gesagt? Nein, Sie sollten sich zu Hause um Ihr Kind kümmern.«

Einmal fragte Lizzy ihre Mutter, ob sie etwas von Miguel gehört habe.

Ihre Mutter sah sie verwundert an. »Du weißt es nicht?«

»Was weiß ich nicht?«

Frau Licht zögerte. »Das soll er dir selbst sagen.«

»Heißt das etwa, er ist hier? Hier in Encinitas?«

»Ja, soweit ich weiß. Es ist ohnehin längst überfällig, dass ihr zwei euch wiederseht, findest du nicht auch?«

Lizzy, die erst einmal verarbeiten musste, dass Miguel zurückgekehrt war, ohne dass sie davon wusste, war ganz nervös geworden. Was, wenn die alten Wunden wieder aufrissen?

Ach was, Lizzy Licht! Du hast so viel erlebt und erreicht, du bist ein völlig neuer Mensch! Du wirst dich freuen, ihn zu sehen, aber mehr auch nicht.

Es sollte eine Woche vergehen, ehe Lizzy erfuhr, was ihre Mutter nicht hatte aussprechen wollen. Sie stieg gerade in den Bus nach San Diego, wo sie sich in einer Anwaltskanzlei vorstellen wollte, die halbtags eine Schreibkraft suchte. Nicht das, was ihr eigentlich vorschwebte, aber die Illusion, in Kalifornien für eine Zeitung zu arbeiten, bröckelte langsam, aber sicher. Sie hatte ihr Ticket bezahlt und schwankte durch den anfahrenden Bus zu den hinteren Reihen, als sie Miguel sah. Er saß auf einer Bank.

Lizzy kämpfte sich durch den engen Gang hindurch wieder nach vorne. »Halten Sie!«

Der Busfahrer sah sie an, als wäre sie nicht ganz bei Verstand. Sein Fuß blieb auf dem Gaspedal. »Ma'am, setzen Sie sich. Ich kann hier nicht anhalten.«

»Bitte, machen Sie eine Ausnahme, und lassen Sie mich aussteigen!«

»Ich habe meine Vorschriften. Ich muss ...«

»Nun halten Sie schon diesen verfluchten Bus an!«

Sobald das Gefährt hielt, sprang Lizzy hinaus und rannte, so schnell sie konnte, zurück, wobei sie Miguels Namen rief. Er war sofort hellwach, suchte die Straße nach ihr ab. Das schräge Nachmittagslicht hauchte seine markanten Wangenknochen golden an. Er war wunderschön. »Lizzy«, formten seine Lippen. Er kam ihr entgegen.

»Miguel!«, sagte sie wieder. »Oh Miguel!«

Sie redeten durcheinander.

»Seit wann bist du wieder hier?«, rief Lizzy.

»Du siehst ganz anders aus«, erwiderte Miguel.

»Warum hast du nie geschrieben?«, fragte sie flüsternd.

»Ich hätte dich fast nicht erkannt«, hauchte er.

»Wie geht es dir?«, brachte Lizzy schließlich hervor.

Und Miguel sah sie fest an und sagte: »Du bist schöner als je zuvor.«

»Sag das nicht«, erwiderte sie und versuchte, seinem Blick auszuweichen.

Erst jetzt fielen Lizzy sein ordentliches weißes Hemd und die graue Bügelfaltenhose an ihm auf.

»Wo arbeitest du?«, wich sie aus.

»In der Bücherei. Das bringt gutes Geld, und ich kann kostenfrei alle Bücher ausleihen. Das habe ich dir zu verdanken. Du hast immer an mich geglaubt. Du hast mir beigebracht, dass man alles im Leben erreichen kann, wenn man nur will.«

»Habe ich das?«

»Und du?«, fragte er. »Du warst lange in Deutschland, wie ich gehört habe.«

»Ja.« Sie nestelte nervös an ihrem dünnen Schal. »Gemeinsam mit Theresa.«

»Und Tom? Was hat er dazu gesagt? Seid ihr denn schon verheiratet?«

»Nein, sind wir nicht. Es ist … es ist alles etwas komplizierter geworden. Und du? Gibt es jemanden, den du gernhast?«

»Nun ja …«

In diesem Moment trat eine junge Frau aus dem Laden. Es war Lucía Morales, die sich bei Miguel einhakte. »Oh Lizzy! Wie schön, dich zu sehen!«

Auch Lucía hatte davon gehört, dass Lizzy lange in Deutschland gewesen war. Sie stellte ein paar Fragen, die Lizzy alle höflich beantwortete, doch mit jeder Antwort fiel es ihr schwerer, Freundlichkeit vorzutäuschen.

»Wir sollten los«, sagte Lucía nach einer Weile zu Miguel. »Wir sind spät dran.«

Sie hatten also noch etwas vor. Vielleicht waren sie irgendwo zum Essen eingeladen. Hatten neue Freunde und Bekannte. Waren eine feste Einheit.

Da bemerkte Lizzy, dass Lucía kugelrund war. Der Laden, vor dem Miguel gewartet hatte, war ein Geschäft für Kinderbekleidung.

»Bald ist es so weit«, erklärte Lucía, der Lizzys Blick nicht entgangen war. »Höchstens eine Woche noch. Wir sind schon ganz aufgeregt.« Sie strahlte Miguel an und nahm seine Hand.

»Herzlichen Glückwunsch«, presste Lizzy hervor.

»Und du startest nun als Journalistin durch«, sagte Miguel. Ehrliche Bewunderung war in seinen Augen zu lesen. »Ich wusste immer, dass aus dir mal was Großes wird.«

»Na ja …« Es tat so weh, dass Tränen in Lizzys Augen schossen. Sie wandte ihr Gesicht ab. Sah der Gruppe Schulmädchen nach, die aufgeregt plaudernd auf der anderen Straßenseite hinabflatterte. Eine Stille entstand, die Lizzy verletzlicher machte, als sie es je gewesen war.

»Ich habe das Gefühl, dass ihr zwei etwas zu klären habt«, meinte Lucía. Sie sprach sanft, als wüsste sie Bescheid, wüsste, welchen inneren Kampf Lizzy führte, dass sich haarfeine Risse durch ihr Herz zogen und es nur eine Frage der Zeit war, bis es bersten würde. »Ich werde einfach ein Stück die Straße hinunterspazieren.«

Lizzy hätte Miguel sagen können, dass sie Mutter geworden war. Sie hätte lügen und behaupten können, ihr wäre es noch nie besser gegangen. Aber wem hätte das was gebracht? Es wäre doch nur ein jämmerlicher Versuch gewesen, ihm denselben Schmerz zuzufügen, den er ihr gerade zufügte. Wie hatte Miguel sie so schnell ersetzen können?

»Ich sollte jetzt gehen …«, sagte sie.

Miguel hielt sie am Unterarm fest, doch Lizzy wich zurück, als hätte sie sich an der Berührung verbrannt. »Ich war so dumm …«, sprudelte es auf einmal aus ihr heraus. »Ich habe mir die ganze Zeit etwas vorgemacht!«

»Was hast du dir vorgemacht?«

Es war leichter, wütend auf ihn zu sein, als sich einzugestehen, dass sie nach all der Zeit, die vergangen war, noch immer Gefühle für ihn hatte. »Dass … Ach, lass mich einfach, Miguel.«

Lizzy hatte es schon immer gehasst, dass sie nicht sonderlich groß war, aber jetzt, wo sie einfach nur von hier wegwollte, hasste sie ihre kurzen Beine mehr denn je. Es war Miguel ein Leichtes, sie zu überholen und sich ihr in den Weg zu stellen. »Was hast du erwartet, Lizzy? Du warst verlobt!«

»Ja, das war ich. Und ich hatte die Hoffnung, dass ich irgendwann über dich hinwegkommen würde! Und jetzt sieh mich an!«

Miguel erschrak, als er die Tränen sah, die nun haltlos über ihre Wangen liefen. »Jetzt habe ich dich schon wieder verletzt, obwohl das immer das Letzte war, was ich wollte.«

Lizzys Schultern sanken hinab. Jegliche Spannung ließ auf einmal von ihr ab. »Du hast mich nicht verletzt.« Sie wischte sich über das Gesicht. »Ich ... Tut mir leid.« Sie holte tief Luft. Fing sich wieder. »Ich freue mich für dich. Herzlichen Glückwunsch.«

Miguel, der sie seit jeher gekannt hatte wie niemand sonst, spürte, dass die Lizzy, die hier gerade vor ihm stand, die schwächste Version ihrer selbst war. »Weißt du, Lizzy«, begann er. »Du warst schon immer etwas ganz Besonderes. Du hast dich nie unterkriegen lassen. Du hast stets gekämpft. Du warst mir ein Vorbild.«

»Das stimmt doch gar nicht«, brach es aus ihr hervor. »Mag sein, dass ich in Deutschland als Journalistin gearbeitet habe. Aber das war reines Glück. Hier in Kalifornien will mich keiner.« Es war seltsam befreiend, ihr Scheitern auszusprechen.

»Davon lässt du dich doch wohl nicht unterkriegen«, sagte er. »Du findest schon einen Weg.«

Lizzy hoffte, Miguel würde in ihren Augen erkennen, wie wichtig sein Glaube in ihre Fähigkeiten für sie war. Aussprechen konnte sie es nicht, ohne in Tränen auszubrechen.

»Und jetzt?«, fragte er.

»Wir sind und bleiben Freunde.«

»Freunde wissen nicht voneinander, wie der andere küsst«, wiederholte Miguel die Worte, die Lizzy einst zu ihm gesagt hatte. »Wir waren nie nur Freunde. Wir waren immer mehr.«

»Miguel, es wird Zeit«, hörten sie Lucía rufen, und so machte Lizzy sich langsam schlendernd auf den Nachhauseweg.

Einmal wandte sie sich zu Miguel um und sah, dass auch er stehen geblieben war, um ihr nachzublicken.

43

1946

Lizzy

Eines Morgens, als ihre Mutter rief, es sei Post für Lizzy angekommen, rechnete Lizzy damit, es handle sich um einen Brief von Major Nicol. Nach wie vor stand sie mit ihm in Kontakt, und auch wenn seine Antworten auf sich warten ließen, so waren sie stets ausführlich und sorgsam geschrieben. Doch an jenem Tag, als Lizzy die Post auf dem Küchentisch durchsah, war sie sich sicher zu träumen. Auf einem der Briefe stand: *An Señorita Licht.*

Lizzys Herz drohte ihr aus der Brust zu springen, so heftig schlug es auf einmal. Sie eilte ins Haus, die Treppe hinauf, zog ihre Zimmertür hinter sich zu und sich selbst auf ihr Bett zurück, die Beine in einer Art Schutzposition angewinkelt. Mehrmals musste sie die wenigen Zeilen lesen, ehe sie die Worte begriff.

Erinnerst du dich noch an meinen Lieblingsort? Das Weihnachtssternfeld an den Klippen.

Leerzeile, Leerzeile, Leerzeile, wie ein Zögern, ein tiefes Luftholen, ein Mut-Sammeln.

Schließlich ein ganzes Stück weiter unten: *Wie wäre es, wenn wir uns dort treffen?*

Ihre Hand zitterte ein klein wenig, als sie ihm einen Antwortbrief schrieb: *Sehr gern.* Als hätten sie keine Zeit mehr zu verlieren, fügte sie hinzu: *Samstag, fünf Uhr?*

Nun stand sie hier, an besagtem Feld, und wartete. Es war so warm, dass sie unter ihrer Bluse schwitzte, dass die Luft in der Ferne flirrte und die Farmen und Berge, ja einfach alles ganz unwirklich erscheinen ließ.

Sie hörte die Kirchturmglocken schlagen.

Eigentlich war Miguel immer überpünktlich gewesen, auf die Sekunde genau, aber Zeiten änderten sich und mit ihnen die Menschen. Gut, dann kam er eben zu spät. Was waren schon ein paar Minuten im Vergleich zu den Jahren, die sie gewartet hatte?

Was genau erwartete sie eigentlich?

Dass er dir sagt, er hätte dich nie vergessen. Mehr noch, dass er jede Stunde, Minute, Sekunde an dich denkt. Dass ihr zusammengehört, nur ihr, und niemand sonst. Denn nach all dem, was geschehen ist, was ihr durchgemacht habt, denkst du immer noch nur an ihn.

Die Glocken läuteten ein zweites Mal, eine Viertelstunde war vergangen.

Doch was, wenn er ihr das Erhoffte sagte? Wie sollte es dann weitergehen? Er war verheiratet. War Vater eines Kindes. Miguel war verantwortungsbewusst. Er dachte immer nur an andere, niemals an sich selbst. Nein, er würde seine Familie nicht verlassen.

Aber warum dann dieses Treffen? Nur sie beide? Wollte er am Ende an ihre Freundschaft anknüpfen? Oh Miguel, ich will deine Freundschaft nicht mehr!

Ihr Herz würde ihr noch aus der Brust springen ... Warum konnten ihre Hände nicht aufhören zu zittern?

Wieder läutete die Kirchturmglocke.

Bestimmt hatte ihn etwas aufgehalten, das Baby vielleicht, oder er stand im Stau, der Verkehr war ja manchmal katastrophal.

Als eine Stunde vergangen war, musste sie es einsehen: Entweder Miguel hatte ihr Treffen vergessen, oder er hatte es sich anders überlegt. Sie hoffte ja sogar, dass er einen Unfall gehabt hatte, nichts Schlimmes natürlich, aber dann könnte sie wenigstens sagen: »Oh Gott, du Armer! Mach dir keine Sorgen, wir holen das nach.«

Es tat so weh.

Erst jetzt, als die Wut und Enttäuschung ihr Herz zu verätzen drohten, begriff sie, wie groß die Hoffnung gewesen war, die sie sich gemacht hatte. Zu Hause zerrte sie sich den Schal vom Hals und warf ihn achtlos auf die Treppe. Sie hörte Inge in der Wohnstube weinen und ihre Mutter beruhigend auf sie einreden. Lizzy wollte nur noch in ihr Zimmer. Sie wollte sich in ihr Bett verkriechen und nie wieder daraus hervorkommen. Im Haus knarzte es leise, als die abgekühlte Abendluft das Holz zusammenzog.

Es konnten keine zehn Minuten vergangen sein, ehe ihre Mutter an ihre Tür klopfte. Lizzy antwortete nicht. Trotzdem kam ihre Mutter herein.

»Ich wollte nach dir sehen«, sagte sie.

»Ich will allein sein.«

»Du solltest jetzt nicht allein sein.«

Lizzy schlug die Augen auf. Rollte sich auf die andere Seite, sah ihre Mutter an. »Ist denn etwas geschehen?«

»Ich dachte, du wüsstest es. Ich dachte, weil du …« Ihre Mutter trat näher und kniete sich vor Lizzys Bett. Lizzy war wie betäubt. Zeitverzögert drang zu ihr durch, dass sie etwas sagte.

Miguel hatte einen Unfall. Gestern Nacht.

Er und seine Frau waren auf der Autobahn, als ein Lastwagen die Kontrolle verlor und in sie hineinraste.

»Aber er lebt doch noch?«, fragte Lizzy.

Ihre Mutter kämpfte gegen die Tränen an, die in ihre Augen gestiegen waren.

Lizzy fühlte sich, als hätte man ihre Wurzeln herausgerissen, als wäre sie nun allem Unheil dieser Welt hilflos ausgesetzt. Als wäre sie nur noch ein halber Mensch. Sie konnte nicht einmal mehr in ihrem Bett schlafen, als wäre sie es nicht wert, sie, die nicht gespürt hatte, dass Miguel gestorben war.

Wochenlang konnte sie nicht mehr klar denken. Einmal schlief sie sogar neben dem Poinsettia-Feld auf dem Boden ein, dort, wo sie sich hätten treffen sollen. Es war ihre Mutter, die sie fand. Sie kniete sich neben Lizzy und strich ihr den Dreck von der Wange. »Komm, gehen wir nach Hause.«

»Warum ist das Leben nur so ungerecht?«, sprach Lizzy die Frage aus, die sie seit Tagen quälte. »Warum war ich so lange so schrecklich ernst und dumm? Ich habe unsere Gefühle einfach nicht beachtet, als wären sie es nicht wert, dabei waren sie das Beste, was mir jemals passiert ist – und ich habe sie nicht zugelassen! Und jetzt ist es für immer zu spät! Ich kann die Zeit nicht mehr zurückdrehen, und das macht mich so unglaublich wütend, auf mich selbst, aber auch auf dieses Leben, das so etwas zugelassen hat!«

»Ich weiß«, sagte ihre Mutter und streichelte über Lizzys Wange. »Du bist so eine edle, gute Seele, Lizzy. Lass dich nicht vom Leben unterkriegen. Das würde auch Miguel nicht wollen. Versprichst du mir das?«

Lizzy nickte. »Versprochen.«

44

1946

Lizzy

In Notsituationen entwickelt der Körper oft erstaunliche Kräfte, die einen überleben lassen. Kräfte, auf die man, nachdem etwas Zeit vergangen ist, erstaunt zurückblickt.

Lizzy hatte einmal von einem jungen Mädchen gelesen. Beim Spielen im Wald hatte sich die Sicherung von einem Stapel geschichteter Baumstämme gelöst. Einer der Stämme war auf ihren Bruder gestürzt. Sein Gewicht drohte, ihn zu erdrücken, und niemand war in der Nähe gewesen. In seiner Verzweiflung hatte das Mädchen selbst versucht, den Baumstamm von ihrem Bruder zu rollen – und es geschafft. Noch Monate wurde darüber gerätselt, wie ein so kleines Mädchen einen so schweren Baumstamm hatte bewegen können.

War es eine ähnliche Kraft, die Lizzy dazu drängte, nach New York zu ziehen? Immer öfter hatte sie das Gefühl, in ihrem gewohnten Umfeld würde ihr die Decke auf den Kopf fallen. Als würde sie in Encinitas versauern oder ihr Können verschwenden. Sie musste einfach raus, musste auf eigenen Beinen stehen, musste Herausforderungen bewältigen und daran wachsen, musste neue, interessante Menschen kennenlernen, an sich selbst neue Seiten entdecken! Kein Zweifel, sie würde Encinitas vermissen – zumindest die gewaltige Naturschönheit. Nicht vermissen würde sie das Gerede in der Stadt. Hatten die Leute denn wirklich nichts Besseres zu tun, als hinter ihrem Rücken über sie zu lästern? Keiner besaß den Mut, Lizzy direkt ins Gesicht zu sagen, es wäre eine Schande, ein uneheliches Kind großzuziehen. Dabei kannten sie ja noch nicht mal die ganze Wahrheit.

Theresa tauchte jeden Tag auf der Ranch auf, um Inge zu bewundern. Einerseits war das verständlich, andererseits störte Lizzy sich daran. Sie hatte Inge voll und ganz als ihr Kind akzeptiert, ja manchmal glaubte sie sogar, Inge selbst auf die Welt gebracht zu haben. Indem Theresa auftauchte, erinnerte sie Lizzy daran, dass eben doch nicht sie Inges Mutter war, und das war schmerzlich.

Lizzy spürte, dass Unheil drohte, wenn sie dieser unglückseligen Situation nicht ein Ende bereitete. Ein Plan wuchs in ihr heran: Sie würde nach New York gehen. Dort würde sie alles auf eine Karte setzen. Sie würde eine Zeitschrift herausbringen, die Frauen mehr Interessen zusprechen sollte, als sich nur mit Küche, Kindern und Kirche zu befassen, eine Zeitschrift, die das Vertrauen der Frauen in sich selbst bestärkte, allgemein Feminismus zu einer Selbstverständlichkeit machte und ihn aus diesem sonderbaren, den Männern angsteinflößenden Sumpf hob.

Es graute ihr schon davor, ihre Familie in ihr Vorhaben einzuweihen. Ihre Mutter würde versuchen, ihr einzureden, dass Inge in einer Großstadt nur Gefahren ausgesetzt, hingegen auf dem wunderschönen Land behütet wäre. Aber nichts und niemand würden Lizzy von ihrem Vorhaben abbringen.

Den ganzen Nachmittag verbrachte Lizzy in der Küche, wälzte die Kochbücher ihrer Mutter, fluchte über Zwiebeln, die ihre Augen tränen ließen, über ihr Talent, alles anbrennen zu lassen, und die Hitze, die sich trotz gekippter Fenster im Raum staute. Wie schaffte ihre Mutter es nur, scheinbar gleichzeitig Fleisch anzubraten, Teig zu kneten, der bettelnden Katze Futter in den Napf zu füllen und die Küche nicht im Chaos versinken zu lassen? Sie musste zehn Arme haben!

Lizzys Plan war es jedenfalls, ihrer Familie ein köstliches Mahl zu kredenzen und nebenbei zu erwähnen, dass sie Geld brauche, um den überaus waghalsigen Versuch zu unternehmen, eine Zeitschrift zu gründen. Während sie in der Soße rührte, stupste sie Inges Kinderwiege mit dem Fuß an.

Wie immer, wenn ihre Familie von der Arbeit nach Hause kam, platzten sie alle auf einen Schlag herein. Lizzy schloss hastig die Küchentür, damit Inge von dem plötzlichen Trubel nicht geweckt wurde, aber es war aussichtslos, denn kaum hatte sie der Tür den Rücken zugewandt, flog sie wieder auf, und Max streckte den Kopf herein. »Riecht ja gar nicht mal so übel, Schwesterchen!«

»Verzieh dich«, schimpfte sie, schob ihn aus der Küche und die Tür zu, die keine zwei Sekunden später erneut aufging. Zum Glück war es nur ihre Mutter. »Wie schön es ist, einmal nicht kochen zu müssen.«

Als der Braten auf dem Tisch stand, saßen auf einmal alle wie durch ein Wunder am Tisch. Endlich kehrte Ruhe ein.

Max tat so, als würde es ihn Überwindung kosten, von dem Braten zu probieren, und nachdem er ein paarmal zögerlich gekaut hatte, spielte er den Sterbenden.

»Werd endlich erwachsen«, fauchte Lizzy.

»Hast du was ausgefressen, oder warum versuchst du so verzweifelt, dich gut mit uns zu stellen?«, neckte er sie.

»Max, ärgere deine Schwester nicht!«

»Warum geht ihr gleich davon aus, dass etwas hinter meinen guten Absichten steckt?«

»Weil wir dich kennen, du kleine Hexe!«, mischte sich nun

auch noch David ein. »Deine Kochkünste beschränken sich auf Kaffee.«

»Lass dich nicht von deinen Brüdern ärgern«, ergriff ihre Mutter nun das Wort. »Aber ein bisschen wundern wir uns schon. Gibt es denn nun einen Grund dafür, dass du uns so verwöhnst?«

Nun war es also so weit.

»Den gibt es«, antwortete Lizzy und holte tief Luft, die wieder aus ihrer Luftröhre wich, als Max ein Licht aufgegangen war. »Natürlich! Das Essen ist ein Zeichen! Braten! Du hast wieder einen Braten in der Röhre! Du bist schwanger!«

»Nein!«, rief Lizzy aus. Manchmal könnte sie ihrem Bruder den Hals umdrehen. »Ich bin nicht schwanger!«

Zu allem Überfluss spuckte Inge den Kartoffelbrei, mit dem Lizzy sie gerade gefüttert hatte, auf ihren Latz aus.

Und dann sprach Lizzy es einfach aus: »Ich werde nach New York ziehen.«

Es war erstaunlich, wie schnell es still sein konnte.

»Nach New York?«, fragte ihre Mutter. »Aber du bist doch gerade erst wieder aus Deutschland zurückgekehrt!«

»Bin ich nicht, Mum. Ich bin schon seit fast einem Jahr wieder hier.«

»Aber was willst du dort tun?«

»Ich habe vor, eine Zeitschrift herauszubringen. Eine Zeitschrift, die Frauen dabei helfen soll, endlich eine Stimme in unserer Gesellschaft zu finden.«

»Aber warum musst du dafür nach New York gehen? Du hast hier alles, was du brauchst, und wir unterstützen dich, wo wir nur können.«

»Aber ich will auf eigenen Beinen stehen!«

»Weiß Theresa schon Bescheid?«, fragte David. »Sie wird es

nicht gern hören, wenn ihre beste Freundin nicht mehr in Reichweite ist.«

Ja, Theresa wusste es. Und sie hatte es gar nicht gut aufgenommen. »Was ist mit Inge?«, hatte sie ausgerufen. »Sie ist dann so schrecklich weit fort von mir. Nein, das kannst du nicht tun!« Nachdem ihr klar geworden war, dass all ihr Protest nichts nutzte, hatte sie sich auf das Sofa geworfen und bitterlich geweint.

»Ich finde deine Idee sehr gut«, sagte ihr Vater. Er legte eine Hand auf die seiner Frau. »Erinnere dich nur mal daran, wie du dich gefühlt hast, als du jung warst, Liebes. Du wolltest unbedingt in der Stadt studieren. Auf dem Land ist dir die Decke auf den Kopf gefallen!«

»Das war etwas anderes. Man gründet nicht mal eben so eine Zeitschrift.«

Aber Lizzy sah ihr an, dass sie weich geworden war. Dankbar zwinkerte sie ihrem Vater zu. »Ich habe mir schon Gedanken gemacht. Ich werde ein paar Texte schreiben und diese dann einem Verlag anbieten.«

»Wenn du dir sicher bist, dass diese Entscheidung die richtige für dich ist, unterstützen wir dich natürlich.« Ihre Mutter legte ihre Hand auf Lizzys, nahm die Hand ihres Mannes, um sie ebenfalls daraufzulegen, es folgte David und schließlich, wenn auch leicht widerspenstig, Max. »Wir sind eine Familie. Wir halten zusammen.«

45

1947

Theresa

Seit ein paar Tagen hütete Theresa ein Geheimnis.

Sie musste ständig an ihn denken. Fast jeden Nachmittag besuchte sie ihn. Meist blieb sie nicht einmal eine Stunde, aber danach war ihre Welt wie in rosafarbene Watte gepackt. Wie gern hätte sie David die Glücksgefühle anvertraut, mit denen er sie erfüllte – aber wie hätte ihr Mann verstehen sollen, dass sie ein Kind liebte, das nicht ihr gehörte?

Es war alles Lizzys Schuld! Warum hatte sie auch mit Inge nach New York ziehen müssen, ans andere Ende Amerikas, unendlich weit fort von ihr? Der Schmerz darüber, ihr Kind abzugeben, hatte doch gerade erst nachgelassen. Theresa hatte sich daran gewöhnt, Inge nur jeden zweiten Tag zu sehen, Lizzy zuliebe, der sie so unbeschreiblich viel verdankte. Sie hatte sogar gelernt, sich in der Anwesenheit anderer zu mäßigen und dieses kleine, wunderschöne Mädchen nicht zu sehr zu lieben, sodass niemand Verdacht schöpfte. Nun war die Wunde in ihrem Herzen wieder aufgerissen.

Aber dann hatte sie ihn gesehen. Miguels Sohn, den er und seine Frau nach ihrem Tod zurückgelassen hatten.

Er hatte im Kinderwagen gelegen, mitten in Encinitas, völlig allein, keine Menschenseele weit und breit. Zu diesem Zeitpunkt hatte Theresa noch gar nicht gewusst, wer dieses kleine, hübsche Kerlchen mit der flaumigen Schokoladenhaut und den dunklen Perlenaugen war.

»Wo ist denn deine Mutter?«, hatte Theresa gefragt und sich verwundert umgesehen.

Just in diesem Moment war eine kleine, rundliche und offenbar mexikanischstämmige Frau aus dem Lebensmittelladen gekommen.

»Entschuldigen Sie«, hatte Theresa höflich, jedoch mit einer gewissen Schärfe in der Stimme gesagt. »Sie können nicht einfach …«

Da hatte sie erkannt, wer diese Frau war. Über sechs Jahre waren vergangen, seit Theresa im Reservat von ihren köstlichen Enchiladas gegessen hatte.

»Sie sind Miguels Mutter, nicht wahr?« Etwas sanfter, aber mit Nachdruck hatte Theresa gesagt: »Es ist doch gefährlich, ein kleines Kind einfach so alleine im Kinderwagen zurückzulassen. Was, wenn ihn jemand entführt?«

»Wer sollte ein Mexikaner-Kind wollen?« Ihr spanischer Akzent hatte ihre Worte noch schärfer klingen lassen. »Und selbst wenn jemand ihn nehmen würde – vermutlich hätte Oscar es besser dort.«

»Ich befürchte, ich verstehe nicht …«[2]

Die zwei Frauen hatten sich angesehen. Schließlich hatte Theresa versöhnlich gefragt: »Haben Sie … haben Sie alles bekommen, was Sie gebraucht haben? Fehlt noch etwas? Ich meine, sonst könnte ich …« Auf einmal war Theresa ihr Angebot aufdringlich, ja fast unverschämt erschienen.

»Etwas Milch könnten wir noch gebrauchen.«

Also hatte Theresa zwei Tüten Milch gekauft, außerdem noch eine Packung Butterkekse, etwas Obst sowie eine wohlduftende

Creme, die besonders zarte Babyhaut versprach. Miguels Mutter hatte die zwei vollen Tüten betrachtet, hatte dann Theresa angesehen und schließlich wieder die Tüten.

»Ich trage das natürlich«, hatte Theresa gesagt.

Sie hatten den Weg zum Reservat über geschwiegen. Immer wenn Theresa geglaubt hatte, ihr wäre etwas eingefallen, womit sie das Schweigen hätte füllen können, war es ihr im nächsten Moment schon wieder unangebracht oder besserwisserisch erschienen. Was sollte sie einer Frau, die zwei Kinder in den bescheidensten Verhältnissen großgezogen hatte, schon über Kindererziehung erklären?

»Danke«, hatte Miguels Mutter gesagt, als sie ankamen. Der kleinen Holzhütte war deutlich anzusehen, dass Miguel, der stets alles repariert und instand gehalten hatte, nicht mehr lebte. Ein Fensterladen fehlte, die Regenrinne war heruntergebrochen, und eine leere Gasflasche lag neben der engen Veranda, in deren Holz eine Lücke klaffte. Ansonsten hatte sich in den sieben Jahren, die vergangen waren, nichts im Reservat verändert. Noch immer vegetierte am Maschendrahtzaun, der die Siedlung umgab, der völlig verrostete Truck vor sich hin. Noch immer liefen Hühner und Hunde frei herum. Traumfänger klangen leise im Wind, und es roch nach Frittierfett. Bis auf die Waschmaschine, die auf der Veranda der benachbarten Holzhütte stand, war es, als wäre die Zeit hier stehen geblieben.

»Dürfte ich denn ...«, hatte Theresa angesetzt und kaum selbst bemerkt, wie es sie zur Tür gedrängt hatte, als würde ein unsichtbares Band sie zu Oscar ziehen. »Dürfte ich denn wiederkommen?«

Wahrscheinlich hatte Miguels Mutter nur eingewilligt, weil sie gehofft hatte, Theresa würde regelmäßig Essen mitbringen. Selbst wenn, Theresa tat es gern, und Zeit mit Oscar zu verbringen ließ sie in diesen Stunden vergessen, dass Inge fast dreitausend Meilen von ihr entfernt war. Sie fühlte sich schlecht deswegen, als würde sie Inge ersetzen. So war es nicht, gewiss nicht, aber Oscars fröhliches, liebenswertes Wesen machte ihr Leben etwas leichter. Theresa hatte ja sogar versucht, noch einmal schwanger zu werden, sie schlief fast jede Nacht mit David. Doch es war, als würde ihr Körper nach dem, was sie getan hatte, streiken.

Sollte David sich wundern, wohin sie nachmittags verschwand, so ließ er es sich nicht anmerken. Er hatte ohnehin viel um die Ohren. Seit er mit Max' Hilfe die Gewächshäuser errichtet hatte, florierte das Geschäft im wahrsten Sinne des Wortes. Die zwei Brüder waren nun in der Lage, Temperatur und Lichteinstrahlung auf die Pflanzen zu kontrollieren, und das bekam den Weihnachtssternen ausgesprochen gut. Sie waren schöner denn je. Außerdem hatte David große Freude daran, die Poinsettia mit anderen Pflanzen zu kreuzen.

Pünktlich um drei Uhr klopfte Theresa jeden Tag an die Tür der Holzhütte im Reservat. Sie hatte das Gefühl, dass Oscar die Weihnachtssternfelder besonders mochte, denn wann immer er das leuchtende Rot sah, war er noch munterer als sonst. Also spazierte sie meist mit ihm an den Feldern entlang, jedoch nur, wenn sie Gewissheit hatte, David und Max würden in den Gewächshäusern arbeiten.

»Dein Vater hat die Weihnachtssterne ebenso geliebt«, sagte Theresa dann, als würde sie Oscar etwas völlig Neues erzählen.

Miguels Mutter vertraute ihr an, dass Esperanza vor einem halben Jahr mit einem älteren Mann auf und davon sei und sie seitdem nie wieder etwas von ihr gehört habe. Und dass, nachdem ihre Mutter ein Jahr zuvor gestorben war, sie eigentlich am liebsten zu ihrer Familie nach Mexiko wolle, denn was hielt sie außer Oscar in Encinitas? »Ich kann ihn nicht mitnehmen. In Mexiko gibt es noch weniger Geld als hier, aber wenigstens habe ich dort meine Lieben.«

»Aber Sie würden Oscar doch nicht in ein Waisenhaus geben?«

Miguels Mutter machte eine Geste, die wohl hieß: Welche Wahl habe ich schon? »Sie haben Oscar sehr gern«, sagte sie dann.

»Ja«, hauchte Theresa, die ganz verzaubert davon war, wie Oscars kleine Finger immer wieder versuchten, nach dem Armband zu greifen, das sie von ihrem Handgelenk gestreift hatte und über seinem Gesicht baumeln ließ.

»Nehmen Sie ihn doch.«

Sicher, sich verhört zu haben, sah Theresa zu Miguels Mutter auf. »Was? Ich? Nein. Das geht nicht. Was soll mein Ehemann sagen? Nein.«

Es vergingen zwei Tage, in denen Theresa sich vom Reservat fernhielt. Schließlich wagte sie es, David von Oscar zu erzählen. Er saß neben ihr im Bett und studierte die Zeitung, als sie sich in ihrem hübschesten Seidennachthemd an ihn schmiegte und hauchte: »Ich habe Miguels Sohn kennengelernt. Sein Name ist Oscar, und er ist ein ganz reizender Junge!« Natürlich erwähnte sie mit keinem Wort, dass sie Oscar fast jeden Tag besucht hatte. »Miguels Mutter möchte ihn in ein Waisenhaus geben. Ist das nicht schrecklich?«

»Das ist es«, antwortete David. »Der arme Kerl. Aber wie soll Miguels Mutter ihn schon versorgen? Miguel hat immer das Geld für die Familie verdient.«

Theresa streichelte Davids Brust. »Nun ja, ich dachte, dass ...«

»Was dachtest du?«

» ... dass vielleicht wir ihn adoptieren könnten?«

David sah sie an. »Ein Kind ist kein Zeitvertreib, Theresa. Hast du dir wirklich Gedanken darüber gemacht, was das bedeuten würde?«

»Und ob ich das habe!«, schmollte sie.

»So leid es mir für Oscar tut, aber das ist keine Entscheidung, die man so schnell fällen kann. Lass uns ein andermal darüber reden.«

Doch je mehr Theresa darüber nachdachte, desto mehr erschien es ihr, als wäre Oscar ihre Chance, das, was sie mit Inge verbrochen hatte, wiedergutzumachen. Ihre Chance auf ein Kind. Ihre Chance auf das Leben, das sie sich doch eigentlich immer gewünscht hatte.

Sie würde diese Chance gewiss nicht verstreichen lassen.

46

1947

David

Wie immer, wenn David einen klaren Kopf brauchte, zog er sich in die Gewächshäuser zurück. Nach wie vor erfüllte es ihn nahezu mit Ehrfurcht, wenn er die Tür zu der hohen, gläsernen Halle öffnete und in den Duft von feuchtwarmer Erde und Dünger trat. Ähnlich hatte er sich als kleiner Junge gefühlt, wenn er die Kirche betreten hatte.

Ein Kind war er wohl nicht mehr, spätestens der Krieg hatte ihm die Unschuld genommen. Nun war David eher wie ein Vater, der stolz auf all seine Kinder blickte, während er die Reihen entlangschritt, auf denen die Pflanzen sich nach und nach für ihren großen Auftritt zur Weihnachtszeit herausputzten. Wie junge Damen, die sich für einen pompösen Ball schön machten, kleideten die Poinsettien sich in ein leuchtendes Rot, strafften die Brust, sich dessen wohl bewusst, wie schön sie waren, und schmückten sich zur Krönung mit zarten Blüten im Kern der sternförmig angeordneten Blätter.

Wie gern dachte David an die Zeit zurück, in der Max und er mit der Hilfe einer kleinen Gruppe Arbeiter die zwei Gewächshäuser gebaut hatten. Seine Mundwinkel hoben sich zu einem Grinsen, als er sich daran erinnerte, wie deftig sie dann und wann geflucht hatten, wenn mal wieder eine der Eisenverstrebungen nicht richtig zugeschnitten worden war oder eine Glasplatte kippte und in tausend Scherben zersprang. Wie verrückt das Unterfangen gewesen war! Denn eigentlich hatten sie nicht die leiseste Ahnung davon gehabt, wie man ein Gewächshaus baute! Aber Max war Feuer und Flamme für das Projekt gewesen, und nach und nach war er wieder zu dem vor Energie nur so strotzenden Mann geworden, der er vor dem Krieg gewesen war.

David dachte an Theresa, die sich so sehr ein Kind wünschte, aber nicht schwanger wurde. Er spürte, wie sehr sie darunter litt, und das wiederum war ihm ein unerträglicher Zustand. Zumal er sich selbst Kinder wünschte. Er ahnte, wie ernst es Theresa damit war, Miguels Sohn Oscar zu adoptieren. Auch wenn er anfangs gezögert hatte, so glaubte er nun, dass es das Schicksal nicht anders wollte, dass Theresa durch eine himmlische Fügung Oscar gesehen und ihn sogleich ins Herz geschlossen hatte, weil er für sie beide bestimmt war.

David dankte Gott im Stillen, wie nah Theresa und er einander inzwischen waren. Sie waren zu einer festen Einheit zusammengewachsen, und würde man David von Theresa trennen, so würde er nach und nach verwelken und schließlich eingehen.

David war am Ende des Gewächshauses angelangt und betrat einen Raum, den er sein »Labor«, Theresa liebevoll sein »Spielzimmer« nannte. Recht hatten sie wohl beide auf gewisse Weise. Hier experimentierte er nach Lust und Laune, testete neue Zusammensetzungen von Düngemitteln aus oder forschte daran, wie viel Lichteinstrahlung und Wärme den Pflanzen guttat. Seit etwa einem Jahr versuchte er sich daran, die Poinsettia mit anderen Pflanzen zu kreuzen.

Ein Orchester an Schlüsselklimpern setzte ein, als er die Tür aufsperrte. Er knipste das Licht an. Für den Bruchteil einer Sekunde glaubte er zu träumen. »Das ist doch nicht möglich«, murmelte er.

Sein letzter Versuch war gewesen, eine Poinsettia mit einem Fleißigen Lieschen zu kreuzen, einer sehr hübschen Zierpflanze. Tatsächlich hatte sich Anfang des Jahres ein Spross gebildet, der jedoch Mühe gehabt hatte heranzuwachsen. Wie ein Küken hatte David seine Kreation gepäppelt, aber nur wenig Hoffnung gehabt, dass wirklich etwas daraus werden würde. Doch nun hatten sich über Nacht die kleineren und eher rundlichen Blätter gefärbt und schmückten sich mit einem zarten Rosarot.

Die Pflanze war wunderschön.

»Max! Vater!«, rief er, stieß das Fliegengitter der Ranch auf und stürmte mit den Schuhen ins Haus. In seiner Aufregung nahm er sogar in Kauf, dass seine Mutter ihn und seine dreckigen Arbeitsschuhe mit dem Besen hinausjagen würde! »Kommt schnell ins Gewächshaus! Ich habe großartige Neuigkeiten!«

Nie würde David den Blick seines Vaters vergessen, als er ihm die einzigartige Pflanze präsentiert hatte. Sein Herz hatte geglüht.

»Unsere erste Kreuzung, kannst du das glauben?«, rief David voller Begeisterung aus. »Wir haben einen neuen Meilenstein in der Geschichte unserer Ranch erreicht! Und das ist nur der Anfang. Wir brauchen einen Namen für die Sorte. Ich finde, du solltest dir einen aussuchen.«

Voller Liebe sah sein Vater seine Frau an, ein Blick wie ein warmer Raum, angefüllt mit wundervollen Erinnerungen. »Felizitas«, sagte er. »Wir nennen sie Felizitas.«

• • •

Theresa

Wie ein junges Schulmädchen schwang Theresa ihre Tasche hin

und her, als sie an jenem Tag auf dem Weg ins Reservat war, und sie hüpfte sogar dann und wann – bis sie das Weinen hörte. Es war das Weinen eines Babys. Sie rannte. Wie sie befürchtet hatte, kam das Weinen aus der Holzhütte am Rand der Siedlung. Die Holzhütte, in der Miguels Mutter lebte.

Ohne anzuklopfen, öffnete sie die dünne Plastiktür. »Was ist los?«

Sie konnte ihren eigenen Augen kaum trauen: Oscar war in feuchte Tücher gewickelt. Er sah aus wie eine winzige Mumie mit hochrotem leidverzerrten Gesicht.

Ehe sie sich's versah, hatte sie ihre Tasche achtlos auf den Boden geworfen und kniete neben seiner Wiege, die mehr von einem Schweinetrog hatte als von den verspielten bunten Modellen, die Theresa oft genug in Schaufenstern bewundert hatte. »Was ist denn mit ihm?«

»Er hat Fieber. Ging in der Nacht los.« Miguels Mutter saß auf der Eckbank, eine Hand auf den Tisch gelegt.

Theresa befühlte Oscars Stirn. »Er glüht ja regelrecht! Was sagt der Arzt?«

Miguels Mutter sah sie an und wartete, bis bei ihr der Groschen fiel.

»Guyapi war der Heiler der Siedlung«, antwortete Theresa sich selbst. »Und Guyapi lebt nicht mehr. Einen Doktor können Sie nicht bezahlen.«

Theresa konnte sehen, dass die Kraftreserven von Miguels Mutter völlig erschöpft waren. Es war seltsam kalt in der Hütte, die Vorhänge waren zugezogen. Die Lampe an der Wand leuchtete nur noch schwach. Eine Lampe, die vielleicht mal hübsch gewesen sein mochte, nun aber verstaubt und an den Plastikrändern vergilbt war.

»Ich habe alles gegeben, was ich hatte«, sagte Miguels Mutter leise, so als spräche sie zu sich selbst. »Und für was?«

»Was? Warum tun Sie denn nichts?« Selten war Theresa so außer sich gewesen.

»Ich habe getan, was in meiner Macht stand, um aus dem, was er uns gegeben hat, das Beste zu machen. Und nun sitze ich hier ganz allein. Ist es ein Fluch? Liegt über meiner Familie ein Fluch?«

»Was reden Sie da?« Es war Theresa, als würde ihr die Zeit wie Sand zwischen den Fingern hindurchrieseln.

»Ich konnte nichts verhindern, nichts. Wenn Gott meint, ihn sich holen zu müssen, dann wird er ihn holen.«

»Oscar ist ein Geschenk! Begreifen Sie das nicht?« Sie hatte ihn aus der Wiege gehoben und seinen glühenden Körper ganz vorsichtig an ihre Brust gelegt. »Ich bringe ihn zu einem Arzt.«

Der Arzt, Doktor Ronan, konnte nicht viel tun. Er riet Theresa, Oscar einen feuchten Lappen auf die Stirn zu legen und ihm viel Flüssigkeit einzuflößen. Außerdem solle Theresa in der Nacht unbedingt ein Auge auf ihren Sohn haben, wie er sagte, und ihn kontaktieren, sollte das Fieber steigen.

»Oh, ich … Das ist nicht mein …« Sie hielt inne. »Selbstverständlich. Danke, Herr Doktor.«

Als Theresa auf dem Weg zurück ins Reservat war, betrachtete sie die ganze Zeit über Oscars Gesicht. Er schlief nun fest, tief erschöpft von den Qualen der letzten Stunden. Mit jedem Schritt wurde Theresa langsamer, bis sie auf einmal stehen blieb. Das Reservat war keine fünfzig Meter mehr entfernt. Es widerstrebte ihr, Oscar dort zurückzulassen, in dieser engen Holzhütte mit der vergilbten Lampe.

Sie setzte sich in Bewegung. Du hast keine andere Wahl, sagte sie sich.

Aber hatte sie denn wirklich keine Wahl? Es wäre doch nur für eine Nacht. War es nicht vielleicht sogar ihre Pflicht, Oscar zu behüten? Ein paar Tage, bis er wieder auf den Beinen war. War es nicht das, was Miguel sich für sein Kind wünschen würde? Dass es in einer heilen Familie aufwuchs?

Sie war schneller geworden, und ehe sie sich's versah, war sie am Eingang des Reservats vorbeigegangen und sagte leise zu Oscar: »Ich bringe dich nach Hause.«

47

1947

Lizzy

Lizzy zerknüllte den Brief, den sie gerade überflogen hatte, und warf ihn auf ihr Bett, auf dem sich ein paar ihrer wertvollsten Kleider aneinanderreihten. *Ich bitte Sie, den Betrag unverzüglich zu begleichen, ansonsten sehe ich mich gezwungen, Ihnen den Mietvertrag zu kündigen. Hochachtungsvoll, Mr Ridley.*

Lizzy rieb sich über die müden Augen. Sie konnte nicht erneut ihre Familie um Geld bitten. Denn dann würde ihre Mutter versuchen, ihr einzureden, es sei doch für alle das Beste, wenn Lizzy wieder nach Hause ziehen würde. An der Wand stapelten sich die unverkauften Ausgaben ihrer Zeitschrift. Die Verlage hatten ihr alle abgesagt. Nette Idee, aber die Gesellschaft sei noch nicht so weit. Wenn Lizzy etwas über »So wird der Sonntagsbraten besonders zart« oder »Drei simple Haushaltsmittel für einen glänzenden Fußboden« schreiben würde, könnte sie sich gern wieder melden. Der Laut, den sie von sich gab, war eine Mischung aus Knurren und Weinen. Inge wachte davon auf und quengelte prompt, weil man sie geweckt hatte.

»Schon gut«, versuchte Lizzy, sie zu beruhigen, nahm sie aus der Wiege und lief mit ihr durch den Raum.

Auch nach all den Absagen hatte Lizzy sich nicht unterkriegen lassen. Selbst ist die Frau, hatte sie sich gesagt, dann bringe ich meine Zeitschrift eben alleine heraus, ohne die Hilfe eines Verlags. Das war vor zwei Monaten gewesen. Sämtliche Texte der zwanzigseitigen Zeitschrift hatte sie verfasst und in einer kleinen Druckerei vervielfältigen lassen. Neben den gewöhnlichen Zeitungsläden hatte sie das *Equal Magazine* – so hieß ihre Zeitschrift – in Frauenboutiquen und Friseursalons ausgelegt, in Universitäten und politischen Vereinen, in Tennisklubs, Tanzvereinen und sogar in Kirchen. Gestern hatte die Dame aus dem Friseursalon angerufen, Lizzy möge doch bitte ihre Zeitschriften wieder abholen, es würde sich niemand dafür interessieren. Im Gegenteil, manche Frauen würden regelrecht entsetzt sein, wenn sie doch eigentlich auf der Suche nach einem schönen Rezept seien und dann unerwartet auf solch aufmüpfiges Gedankengut stießen! Also hatte Lizzy erneut ihre Anlaufstellen abgeklappert und bis auf drei verkaufte Exemplare alle Zeitschriften wieder eingesammelt.

Lizzy hatte so hart gearbeitet, dass sie keine Zeit gehabt hatte, Bekanntschaften zu schließen und Freunde zu finden. Sie vermisste ihre Familie, sie vermisste Theresa, das Gemeinschaftshaus und die Tatsache, dass man sich in Encinitas auf der Straße grüßte, und ja, sie vermisste sogar das elendige Getratsche der Waschweiber. Wenn sie durch New York lief, begegneten ihr nur fremde, verschlossene Gesichter. Alle waren im Stress und die Gebäude so hoch, dass die Straßen kalt und dunkel waren.

Major Nicol hatte ihr geschrieben, es würde ihr nicht stehen aufzugeben, sie sei eine Kämpferin. Aber irgendwann gingen wohl auch Lizzy die Kraftreserven aus.

»Wir zwei müssen uns überlegen, wie es weitergeht«, sagte sie leise zu Inge. »Kannst du deinen süßesten Blick bei Mr Ridley aufsetzen? Vielleicht schaffen wir es noch einmal, ihn zu erweichen und um einen kleinen Aufschub bei der Mietzahlung zu bitten.« Sie trat ans Fenster und suchte in den spiegelglatten Flächen der

Hochhäuser nach einer Lösung. »War ich verrückt, dass ich das hier gewagt habe?«

Sie hörte eine Autotür zuschlagen. Ein marineblauer Packard, dessen Lack glänzte, als wäre er gerade erst vom Fließband gerollt, hatte vor dem Mietshaus geparkt. Ein Mann in einem makellosen cremeweißen Anzug stieg aus.

»Das ist doch nicht ...«, entfuhr es Lizzy. »Das ist doch nicht möglich!«

Sie setzte Inge auf die Spieldecke, warf einen Blick in den Spiegel neben dem Kleiderschrank, räumte eine Kaffeetasse und eine Schüssel mit den Resten von Inges Obstbrei vom Sofatisch, warf wieder einen Blick in den Spiegel, überlegte, ob die Zeit genügte, um sich umzuziehen, denn ihre Bluse war alles andere als frisch geplättet, und sie trug eine Hose, und überhaupt, ihr Haar war eine einzige Katastrophe ... da klingelte es bereits.

Es war das erste Mal, dass Lizzy Tom nach ihrem Treffen am Bahnhof vor einem Jahr gegenüberstand. Die Begegnungen hin und wieder sonntags in der Kirche, als Lizzy noch in Encinitas gelebt hatte, zählte sie nicht dazu. Tom hatte freundlich, aber distanziert gegrüßt. Einmal war er nach der Predigt direkt auf sie zugekommen, und sie hatte gedacht, jetzt passiert es, jetzt verlangt er seinen Ring zurück, um sie vor allen Anwesenden zu demütigen und sich so nachträglich an ihr zu rächen. Aber er hatte nur David sprechen wollen, der hinter ihr gestanden hatte. Kurz darauf war sie nach New York gezogen. Über ein halbes Jahr war seitdem vergangen, so rasend schnell, als wären es nur zwei Wochen gewesen.

»Entschuldige den Überfall«, sagte Tom zur Begrüßung. »Mit mir hast du vermutlich nicht gerechnet.«

»Nein, eher nicht. Aber komm rein.« Ihre Stimme war eine Nuance höher gerutscht. »Es ist etwas unordentlich. Inge und ich haben nicht mit Besuch gerechnet …«, sagte sie, als ob sie so die Hälfte der Schuld auf ihre Tochter schieben könnte.

Es war alles so falsch.

Es war falsch, dass sie vor Aufregung an ihren Fingernägeln kaute, während sie in der Küche Kaffee zubereitete.

Es war falsch, dass Tom ihre Abwesenheit nutzte, um sich im Chaos ihrer Wohnung umzusehen, die gleichzeitig auch ihr Arbeitszimmer war. Wie als Zeugnis ihres Scheiterns reihten sich die unverkauften Exemplare des *Equal Magazine* an der Wand zu hohen Türmen.

Es war falsch, dass Lizzy in all ihrer Nervosität zur Rabenmutter wurde. Genau heute war Inge danach, sich mit einem jener Zeitschriften-Türme zu beschäftigen und ihn zum Einsturz zu bringen. Tom konnte gerade noch verhindern, dass sie unter all dem Papier begraben wurde.

Endlich kehrte Ruhe ein. Inge lag in der Wiege und schlief, der Kaffee dampfte aus der Kanne auf dem Sofatisch, und Lizzy konnte nicht mehr tun, als sich neben Tom zu setzen und ihn zu fragen, weshalb er sie aufgesucht hatte.

»Ich hatte geschäftlich in New York zu tun und dachte, du würdest dich vielleicht freuen, mich zu sehen. Theresa hat mir deine Adresse gegeben. Ich hoffe, das ist in Ordnung für dich.«

»Ja. Natürlich. Das Geschäft läuft gut?«

»Alles tipptopp. Mein Vater hat sich weitgehend aus der Firma zurückgezogen und die Verantwortung mir übertragen. Dann noch die Arbeit in der Stadtverwaltung … Langweilig wird mir jedenfalls nicht!«

Es war falsch, wie sehr Lizzy sich freute, Tom zu sehen. Er hatte sie erpresst. Er hatte seine Schwester dazu genötigt, ihr Kind abzutreiben. Damit verkörperte er alles, gegen das Lizzy kämpfte. Und doch musste sie sich eingestehen, dass sie oft an ihn gedacht hatte. Und das wiederum ärgerte sie. Was war nur los mit ihr? Sie verstand sich selbst nicht.

Kurz herrschte ein angespanntes Schweigen.

»Lizzy«, setzte Tom auf einmal an. Seine Stimme klang jetzt ganz anders, viel weicher und leiser. Er räusperte sich. Seine Augenbrauen waren zwei ernste Striche. »Ich bin hier, um dir ein Angebot zu machen.«

Im Nachhinein erschien Lizzy das, was daraufhin geschehen war, noch immer unwirklich. Sie hatte sich sogar selbst zwischenzeitlich heimlich in den Arm gekniffen, um zu überprüfen, ob sie nicht doch alles nur träumte. Bei Träumen war es auch oft im Nachhinein so, dass alles ganz verschwommen war und man sich nicht mehr recht an die Reihenfolge der Geschehnisse erinnern konnte.

Vor ihrem inneren Auge sah Lizzy, wie sie steif neben Tom auf dem Sofa saß, den Rücken gerade hielt und die Beine ordentlich anwinkelte.

»Nun ja …« Toms Blick irrlichterte nervös umher. Seinen Hut hielt er mit beiden Händen fest. »Wie ich von Theresa gehört habe, kämpfst du mit all deiner Kraft dafür, dir deinen Traum zu erfüllen«, sagte er. Es war nicht herauszuhören, wie er dazu stand.

»Ja«, erwiderte sie.

»Einen Herausgeber hast du aber noch nicht gefunden, oder?«

»Nein, die meisten haben mich ausgelacht. Der letzte meinte, er wäre nach wie vor lieber eine Frau in diesem Land als ein Mexikaner oder ein Schwarzer oder ein Angehöriger einer religiösen Minderheit – welchen Sinn hätte eine feministische Frauenzeitschrift also?«

»Und wie geht es nun für dich weiter?«

Lizzy zuckte mit den Schultern. »Irgendetwas wird mir schon einfallen.«

»Ich habe ein paar Verbindungen zu Zeitungen in Los Angeles. Wenn du möchtest, könnte ich dort einmal nachfragen, ob eine Stelle frei wäre.«

Lizzy versuchte zu lächeln. Wusste er denn nicht, dass sie nicht irgendeine Stelle suchte? Dass es ihr um mehr ging? »Ja. Vielleicht. Wie geht es Theresa?«, wechselte sie das Thema.

»Gut, denke ich. Sie und David haben Miguels Sohn adoptiert.«

»Was? Ehrlich?« Lizzy schlug die Hände vor den Mund. Tränen schossen in ihre Augen. »Das wusste ich nicht. Ich ...« Ihr Blick fiel auf Theresas Brief, der ungeöffnet auf dem Nachttisch neben ihrem Bett lag. Sie war einfach nicht dazu gekommen, ihn zu lesen, und hatte ihn dann vergessen ...

»Du kannst dir vorstellen, wie Vater zunächst reagiert hat. Aber ich muss sagen, Oscar ist ein außergewöhnlich liebes Kind.« Tom nickte, wie um sich selbst zu bestätigen. »Lizzy, ich habe dir nie mein Beileid ausgesprochen. Vermutlich ist Miguels Verlust nach wie vor schwer für dich. Auch wenn ich nicht sagen kann, dass ich Miguel sonderlich vermisse, so war er dennoch ein anständiger Kerl.«

Lizzy biss die Zähne zusammen. Konzentrierte sich darauf zu nicken. Zu atmen. Dieser Augenblick würde schon vorübergehen, so wie die Beerdigung irgendwie vorübergegangen war und all die Nächte, in denen sie an die Zimmerdecke gestarrt und gehofft hatte, der Schlaf möge sich ihrer endlich erbarmen und sie betäuben.

»Und wie ist das Muttersein?«

»Inge ist ein liebes Mädchen. Es geht uns gut.«

Die Wahrheit war, dass Lizzy sich schrecklich einsam fühlte.

»Lizzy, mit Verlaub, aber wie willst du das alles alleine schaffen?«, streute Tom Salz in die Wunde.

»Ich werde es schon hinkriegen ...«

»Du hast es doch nun versucht. Komm wieder nach Hause.«

Lizzy erhob sich hastig, strich ihre Hose glatt und floh auf die andere Seite des viel zu kleinen Raumes, um dort etwas aus ihrem Nachttisch zu holen. Alles, damit Tom die Tränen nicht sah, die in ihren Augen brannten. Als sie ihn in den Händen hielt, war es bereits zu spät: Tom hatte ihn gesehen, den Verlobungsring, den er ihr einst geschenkt hatte. »Ich würde es verstehen, wenn du ihn zurückhaben möchtest«, sagte sie.

»Es hätte mich nicht gewundert, wenn du ihn in deiner Lage verkauft hättest.«

Lizzy schämte sich dafür, tatsächlich kurz darüber nachgedacht zu haben.

»Lizzy, ich will nicht leugnen, wie verletzt ich damals war, als ich dich mit dem Kind gesehen habe. Versetze dich mal in meine Lage: Vater und ich hatten Theresa geraten, ein uneheliches Kind abzutreiben, und dann kommst du mit einem Bastard nach Hause! Ausgerechnet du!«

»Inge ist kein Bastard. Sie ist meine Tochter.« Sie streckte die flache Hand aus und hielt ihm den Ring auffordernd hin.

Tom sah sie überrascht an. »Lizzy, ich will dich nach wie vor heiraten.« Mit rührendem Selbstzweifel fügte er hinzu: »Wenn du denn noch willst.«

Wie war es möglich, dass er, ein erfolgreicher Mann, sie, eine gescheiterte Frau mit einem unehelichen Kind, ehelichen wollte? Ging es ihm nur ums Prinzip? Am Ende doch noch zu bekommen, was er vor langer Zeit einmal gewollt hatte, schlichtweg, weil er es gewohnt war zu erreichen, was er sich in den Kopf gesetzt hatte?

»Du brauchst einen Mann an deiner Seite, der für dich sorgt.«

»Niemand muss für mich sorgen. Ich sorge für mich allein.«

»Ich bezweifle nicht, dass du das könntest, Lizzy. Aber denk doch an Inge. Wie willst du ihr ein gutes Leben finanzieren?«

»Ich finde schon eine Lösung. Im Notfall suche ich mir irgendwo eine Anstellung.« Sie war in ihrem Stolz verletzt und emotional aufgewühlt, und das war keine gute Kombination.

»Und glaubst du, die kleine Inge wünscht sich, dass ihre Mutter für einen Hungerlohn arbeitet und kaum Zeit für sie hat? Wünscht sie sich denn nicht eine heile Familie? Wünscht sie sich nicht sonntags ein großes Frühstück? Wünscht sie sich nicht einen Vater, der ihr auf dem Jahrmarkt in San Diego Süßigkeiten und einen Luftballon kauft, sie auf den Schultern trägt und sie Prinzessin nennt?«

Lizzy warf einen Blick in die Kinderwiege, in der Inge inzwischen friedlich schlief. War es selbstsüchtig von ihr, ihrem Traum nachzujagen? Was mutete sie Inge damit zu? Was würde sie ihrer Tochter jemals bieten können?

»Bin ich denn so schrecklich?«, fragte Tom.

War er nicht. Und jemanden so zu lieben, wie sie Miguel geliebt hatte, war doch ohnehin nicht möglich …

»Du musst nicht immer nur die Starke spielen, Lizzy. Auch du darfst mal Schwäche zeigen«, sagte Tom sanft.

Dieser eine Satz ließ sie unendlich müde werden. Jetzt weinte sie ja doch vor ihm. »Du bringst überzeugende Argumente vor.«

Tom nahm innerlich Anlauf und sagte: »Begreifst du denn wirklich nicht, dass das meine Art ist, dir zu sagen, dass ich dich liebe?«

Lizzy blickte auf einen Fleck im Teppich hinab.

»Du musst mir nicht jetzt antworten«, sagte Tom. »Ich wünsche mir nur, dass du darüber nachdenkst. Versprichst du mir das?«

Sie nickte.

Mit einer Zärtlichkeit, die Lizzy von ihm nicht kannte, strich Tom ihr über die Wange. »Ich wusste, dass du vernünftig sein würdest.«

48

2006

Stella

»Dann hast du Tom letztendlich geheiratet, um meiner Mutter ein gutes Leben bieten zu können?«, fragte Stella.

Es rauschte und gluckerte, als die Milch aufgeschäumt wurde. Dann setzte ein kurzweiliges Brummen ein, als ein Espresso in die Schaumportion floss, und fertig war Stellas Cappuccino, gezaubert von Davids erstklassigem Kaffeeautomaten in seinem Büro in der Weihnachtsstern-Ranch.

»Ja und nein«, antwortete Lizzy. »Es kamen wohl mehrere Dinge zusammen. Meine Familie erschien mir unendlich weit weg. Ich war schrecklich einsam. Ich dachte, es würde helfen, geliebt zu werden …«

Langsam machten sie sich auf zu der lang gezogenen Empore. Von dort aus konnten sie die Eingangshalle des gläsernen Hauptgebäudes überblicken.

»Es war ein sehr schönes Hochzeitsfest, und am schönsten war es für mich zu sehen, wie glücklich Tom war«, fuhr Lizzy fort. »Ich habe ihn noch nie so ehrlich lächeln sehen. Und das machte auch mich glücklich, denn es ließ mich glauben, dass er und ich, dass wir es schaffen würden, uns aufrichtig zu lieben. Tja, ich habe mich getäuscht … Aber immerhin konnte ich zu Hause auch

Oscar aufwachsen sehen, Miguels Sohn, und das hat mich sehr glücklich gemacht.«

»Es ist schon verrückt, wie alles kam ...«

»Das kann man wohl sagen!« Lizzys Blick fiel auf die Kette an Stellas Hals. »Oh, wo hast du die denn her?«

»Meine Mutter hat sie mir geschenkt. Sie ist mein Glücksbringer.«

Es war eine schlichte Kette mit einem selbst geschnitzten Sternanhänger. Lizzy betrachtete sie mit einem sanften Lächeln. »Ich bin mir sicher, dass sie dir Glück bringen wird. Bist du denn aufgeregt?«

»Ich denke schon.« Stella wagte es, einen Blick über die Brüstung der Empore zu werfen, zog aber schnell den Kopf wieder ein, als ein Mädchen zu ihr hinaufsah. Warum nur hatte sie sich von Lizzy hierzu überreden lassen?

Dafür, dass ihre Oma heute Morgen noch über schlimme Kopfschmerzen geklagt hatte, wirkte sie nun recht munter. »Ausgerechnet heute, wo ich doch eine Gruppe junger Botanik-Studenten in der Firma herumführen muss!«, hatte sie gejammert. »Ich weiß gar nicht, wie ich das machen soll ...«

»Kann das nicht Adam übernehmen?«, hatte Stella gefragt.

»Adam hat heute Vorlesungen an der Uni.«

Lizzy hatte die ganze Palette an Seufzern ausgepackt. Ach herrje, so was aber auch ... Bis Stella es nicht mehr ausgehalten und angeboten hatte zu helfen, wenn es ihr irgendwie möglich war.

»Ach, Liebes, würdest du die Studenten-Gruppe wirklich übernehmen?«

Davon war eigentlich nicht die Rede gewesen, und doch versorgte sie sich gerade mit Koffein, um wach und munter zu werden, während sie auf die Gruppe von etwa fünfzehn Erstsemestern hinabblickte, die sich benahmen wie Teenager. Die Mädchen posierten vor dem riesigen Poinsettia-Herz, das daran erinnerte, dass der Valentinstag nahte, und knipsten Fotos von sich und ihren Freundinnen. Und die Jungs buhlten um die Aufmerksamkeit der Mädchen. Zwei von ihnen drehten sich sogar im Gebäude Zigaretten!

»Hey, Matthew, deine Eltern sind doch dieses Wochenende nicht zu Hause, nicht wahr?«, rief einer seinem Kumpel zu. »Das schreit nach einer Poolparty!«

»Zu der du sicher nicht eingeladen wirst! Du hast erst vor einem Monat auf meine Terrasse gekotzt!«

Lizzy verfolgte, wie schnell Stella ihren Cappuccino trank, als wäre Schnaps darin. »Mach dir keine Sorgen«, versuchte sie Stella zu beruhigen. »Sie wollen nur die Ranch und die Arbeitsabläufe sehen und ein bisschen über die Geschichte erfahren, das ist alles.«

Das war es gar nicht, was Stella beschäftigte. Klar, sie war nervös, ziemlich sogar, aber ein anderes Gefühl mischte sich dazu: Neid. Sie blickte auf diese aufgedrehte Meute hinab und war neidisch. Aber worauf? Auf dieses Sich-in-Szene-Setzen? Gewiss nicht. Das fand sie albern und anstrengend. Nein, sie war neidisch auf das Leben, das diese Studenten dort unten ihrer Vorstellung nach führten. In ihrer Fantasie sah es aus wie in einem dieser typischen Highschool-Filme. Den Vormittag hing man ein paar Stunden in den stickigen, aber alten und deshalb wunderschönen Vorlesungssälen in der Universität ab, nachmittags verbrachte man ein, zwei Stunden zwischen unzähligen schlauen Büchern in der Bibliothek, aber eher um seinem Schwarm durch flüchtigen Blickkontakt näherzukommen. Abends traf man sich in angesagten Kneipen, wachte am nächsten Tag verkatert auf und schwor sich, nie wieder auch nur einen Tropfen Alkohol anzurühren. Man lebte in den Tag hinein.

Auch Stella hatte ihre Studienzeit bisher genossen, so war es nicht. Trotzdem fragte sie sich auf einmal, ob sie etwas verpasst hatte. Wie eine Mutter war sie immer mit den Gedanken zu Hause gewesen. Sie war immer als Erste von Partys nach Hause gegangen, weil sie am nächsten Morgen in der Gärtnerei helfen musste. Sie hatte Vorlesungen so gelegt, dass sie die Morgenstunden nutzen konnte, um mit ihrer Mutter im Blumengroßhandel einzukaufen. Und sie war immer in einer Beziehung beziehungsweise etwas Vergleichbarem gewesen.

»Hättest du Lust, Stella, Schätzchen?«, holte Lizzy sie ins Hier und Jetzt zurück.

»Hm?«

»Zur Feier des Tages heute Abend essen zu gehen.«

»Klingt gut.« Stella drückte das Klemmbrett mit ihren Notizen an ihre Brust.

War es am Ende vielleicht sogar eine Chance, dass die Gärtnerei eingestürzt war? Ein Wink des Schicksals? Ein Ausweg aus der Verantwortung? Einfach loslassen, die Erdanziehungskraft nicht mehr spüren, sich im Universum verlieren.

Stella holte tief Luft, drückte Lizzy die leere Tasse in die Hand und machte sich auf zur geschwungenen Treppe, die zur Eingangshalle hinabführte. Die Studenten merkten ihr genau an, dass sie eigentlich gar nicht bei der Sache war. Anfangs, als Stella ihnen das Labor präsentierte, hörten sie noch zu. In den Gewächshäusern schwärmten sie bereits auseinander, kicherten und blödelten herum wie Schüler am Wandertag. Und schließlich, als Stella ihnen voller Stolz die alte Ranch zeigte, zückten ein paar von ihnen gelangweilt ihre Handys. Nur ein einziges Mädchen machte sich Notizen. Stella lächelte ihr dankbar zu.

Endlich vernahm sie das fröhliche Plaudern der Arbeiter, das bedeutete, dass Mittagszeit war und sie die Studenten in die Mensa entlassen konnte. Sie selbst zog sich zurück. In einem der Gewächshäuser war eine kleine Oase errichtet, ein Pavillon, der umgeben war von einem Beet aus weißen Weihnachtssternen. Stella legte sich auf die Bank, starrte die Eisenverstrebungen über sich an und lauschte dem Plätschern des Brunnens und dem Surren der Klimaanlage.

»Stella?«, hörte sie Lizzys warme, sanfte Stimme nach ihr rufen. »Bist du hier?«

Stella hätte wohl antworten sollen, aber sie konnte einfach nicht. Trotzdem fand Lizzy sie, und Stella versuchte sich an einem entschuldigenden Lächeln, das aber nur beschämt und geknickt war.

»Hier steckst du also«, sagte Lizzy. »Ich habe dir etwas zu essen mitgebracht.« Sie hielt ein Tablett in beiden Händen. Der Geruch von gebratenem Burgerfleisch und Pommes ließ Stella spüren, wie ausgehungert sie war. »Die Alternative wäre Maroneneintopf mit ungarischer Salami gewesen.«

Stella richtete sich auf und schmunzelte. »Ist die Mensaküche nach wie vor so experimentierfreudig?«

»Der Koch schafft es zumindest immer wieder, uns zu überraschen.« Lizzy stellte das Tablett auf dem Tisch ab. »Darf ich dir Gesellschaft leisten?«

Stella nickte, und Lizzy setzte sich neben sie. Sie wartete wohl darauf, dass Stella erzählte, wie es bisher gelaufen war. Wie sollte sie Lizzy beibringen, dass es ihr vor einer Gruppe pubertierender Studenten graute? Sie nahm die obere Brötchenhälfte von dem Hamburger ab, drückte den Ketchup aus dem Päckchen auf das Fleisch und wartete … bis sie das erwartungsvolle Schweigen nicht mehr aushielt und genau in dem Moment mit ihren Sorgen herausplatzte, als auch Lizzy zu sprechen begann. »Ich befürchte, ich …«

»Ich finde es so wunderbar, dass …«

Sie lachten, dann setzte Lizzy erneut an. »Ich finde es wunderbar, dass du uns heute in der Ranch unterstützt.«

Stella konzentrierte sich darauf, ein paar Pommes nebeneinander auf den Bürger zu legen, das Brötchen daraufzudrücken und einen großen Bissen zu nehmen.

»Ich finde, du passt hervorragend hierher. Auch David und Oscar sehen das so. Wir könnten deine Unterstützung gut gebrauchen.«

Stella schluckte. »Ich befürchte, ich kann das nicht.«

»Du kannst was nicht?«

»Diese Studentenführungen. Hier arbeiten … Ich weiß auch nicht.«

Lizzy sah aus, als hätte Stella gerade mit der Familie gebrochen. »Aber … aber ich dachte, es macht dir Spaß …«

»Macht es ja auch. Ich weiß auch nicht …«

»Dann steck den Kopf nicht zu früh in den Sand.«

»Aber …«

»Nichts aber! Diese Erstsemester können Quälgeister sein. Zeig ihnen, wie der Hase läuft!«

»Leichter gesagt als getan.«

»Ich weiß, dass es schwer ist, Stella. Ich habe auch oft genug jemanden gebraucht, der mich daran erinnert hat, welches Potenzial in mir steckt. Vor allem wir Frauen neigen immer dazu zu vergessen, was wir auf dem Kasten haben, und uns selbst kleinzureden. Wie sollen andere an einen glauben, wenn man es selbst nicht tut? Also halte dir doch mal vor Augen, was alles in dir steckt! Du bist lustig und klug und hilfsbereit. Du bist eine hervorragende Swingtänzerin. Du kennst Frida Kahlos Biografie besser als jeder andere. Du hast dein Studium gemeistert und nebenbei deiner Mutter tüchtig unter die Arme gegriffen. Du …«

»Das ist doch alles nicht wichtig«, unterbrach Stella sie.

»Da bin ich anderer Meinung. Ich finde, es macht dich zu einer ganz wunderbaren Version deiner selbst. Ich finde, es ist durchaus erlaubt, sich auch mal auf die Schulter zu klopfen, wenn man nur ein paar wichtige Mails geschrieben oder einen leckeren Kuchen gebacken hat! Wir erwarten zu viel von uns selbst! Oder schlimmer noch: Wir konzentrieren uns nur auf die Dinge, die uns nicht gelungen sind. Das ist doch nicht gesund!

Hast du dir mal vor Augen geführt, was du in den letzten Wochen alles geleistet hast? Du hast das Haus in München alleine versorgt und dich um sämtliche Formalitäten gekümmert. Du hast mit deiner Trauer gekämpft und trotzdem die Gärtnerei am Laufen gehalten. Dann überrumpeln wir dich mit einem Immobilienmakler, was mir nach wie vor sehr leidtut, und zu guter Letzt überrascht dich auch noch mein werter Bruder Max! Wenn das nicht viel ist, weiß ich auch nicht. Du kannst ruhig stolz auf dich sein!«

»Meinst du?«, sagte Stella kleinlaut.

»Ich bin mir sogar sicher. Und jetzt iss in Ruhe deinen Burger, und dann geh zurück zu der Studentengruppe, und zeig ihnen, wer die Hosen anhat.«

Stella salutierte scherzhaft. »Ich wünschte, ich hätte deinen Kampfgeist.«

Lizzy lächelte sanft. »Den hast du. Der steckt nämlich in unserer Familie. Aber meine Mutter musste auch mich immer wieder daran erinnern, dass ich ihn besitze.«

Es dauerte, bis die Studenten bemerkten, dass Stella vor ihrem Tisch in der Mensa stand. Nach und nach verstummten sie.

»Darf ich vorstellen?« Stella präsentierte den Weihnachtsstern, den sie mitgebracht hatte. »Nummer eins der in Amerika meistverkauften Topfpflanzen.«

»Sorry, aber das bezweifle ich«, meldete sich ein Typ in Baseballjacke und -cap zu Wort. »Weihnachtssterne gibt es doch nur drei, höchstens vier Monate im Jahr.«

»Da hast du recht. Weihnachtssterne gibt es etwa von November bis Februar zu kaufen. Umso bemerkenswerter, dass sie die Liste anführen, nicht wahr?«

»Und was ist mit Rosen?«, entgegnete er.

»Weltweit liegen Rosen nur auf Platz drei der meistverkauften Pflanzen. Weihnachtssterne mit zehn Prozent auf Platz zwei, geschlagen von Orchideen.« Stella machte eine kleine Kunstpause. »Vor hundert Jahren kannte kaum jemand Weihnachtssterne, auch nicht unter dem ursprünglichen Namen Poinsettia. Mein Urgroßvater hat die Pflanzen gemeinsam mit seiner Frau und später seinen Kindern zu dem gemacht, was sie nun sind: ein Teil von Weihnachten. Er hat dieses Unternehmen aufgebaut, und zwar allein damit …« Stella hielt ihre Hände hoch. »Damals gab es noch keine Maschinen wie heute, die beim Eintopfen oder Bewässern helfen.«

Stella schenkte den Studenten ein strahlendes Lächeln. »Und damit ihr nachempfinden könnt, wie das damals so war, werden wir den Rest des Nachmittags ein wenig in der Erde graben.«

Es war eine Wohltat, den Studenten dabei zuzusehen, wie sie die Spaten in das kleine ungenutzte Feld hinter der Ranch gruben, wie sie auf dem Boden knieten, um Stecklinge zu setzen, wie sie mit den Händen vorsichtig Erde über das zarte Wurzelgeflecht schoben und festdrückten, wie die Jungs Säcke mit Spezialerde aus einem der großen Unterstände und Gießkannen mit Wasser herbeischleppten. Mit Genugtuung stellte Stella fest, dass nun deutlich weniger geflirtet und geplaudert wurde.

»Wusstet ihr, dass es zu Ehren des Weihnachtssterns sogar einen jährlichen Feiertag gibt?«, fragte sie in die Runde. »Den National Poinsettia-Day am zwölften Dezember. So weit haben es nur wirklich großartige Erfindungen geschafft wie Kaffee, Donuts oder Schaumbäder.«

Die Studenten lachten. Endlich hörten sie ihr zu, als sie davon erzählte, wie ihr Urgroßvater die bloßen Wurzelstöcke in Kisten geladen und mit einem Lastwagen zur Bahnstation gebracht hatte, um sie von dort an Züchter in ganz Amerika zu versenden.

Als der Bus vorrollte, um die Studenten wieder einzusammeln, winkte Stella freundlich und zufrieden und machte sich dann auf den Weg zu den Toiletten, um sich die Hände zu waschen. Durch das Kippfenster, das zum Hinterhof ausgerichtet war, hörte Stella auf einmal leise ihren Namen.

»Ich finde es wichtig, Stella mehr einzubinden. Sie gehört hierher, das muss sie spüren.« Das kam von Lizzy.

Stella stellte das Wasser ab und schlich sich zögernd zu der Kabine, über der das Fenster lag. Kein Zweifel, dieses Gespräch war nicht für ihre Ohren bestimmt – sollte sie also lieber gehen?

»Willst du nun jeden Tag Kopfschmerzen vortäuschen, damit sie einspringt? Du kannst sie nicht zwingen«, sagte David.

»Es hat ihr Spaß gemacht auszuhelfen. Auch wenn sie anfangs Schwierigkeiten hatte, so hat sie am Ende förmlich geglüht! Ich habe sie beobachtet! Sie gehört hierher! Zu uns!«

»Es ist ihre Entscheidung.«

Stella stieg auf den hinuntergeklappten Toilettendeckel, um näher am Fenster zu sein.

»Ach, sie ist doch aktuell gar nicht in der Lage, eine Entscheidung zu fällen! Ich habe sie vorgestern in der Einkaufshalle nur gefragt, ob sie lieber von Ben & Jerry's *Peanut Butter & Cookies* oder *Chocolate Fudge Brownie* haben möchte, und ihr liefen die Tränen runter!«

Genau dieselbe Frage hatte ihr immer ihre Mutter gestellt, wenn sie zusammen einkaufen gewesen waren. Nur deshalb hatte Stella geweint.

»Stella braucht jemanden, der sich um sie kümmert! Der sie an die Hand nimmt!«

»Lizzy, Stella ist erwachsen.«

»Das habt ihr alle damals auch über Inge gesagt! Sie ist erwachsen, es ist ihre Entscheidung, von zu Hause abzuhauen!‹ Und was ist dann passiert?«

Ein paar Atemzüge lang war es still. Kurz dachte Stella schon, die beiden wären vielleicht gegangen. Erst als David sanft sagte: »Ach, Lizzy, komm mal her«, begriff Stella, dass Lizzy weinte.

»Ich werde nicht noch einmal denselben Fehler begehen«, schluchzte sie.

Lizzy hatte Stella die Kopfschmerzen vorgespielt, damit Stella auf der Ranch aushalf. Damit sie sich immer mehr an das Leben in Laguna Beach gewöhnte, ein Teil davon wurde und Wurzeln schlug. Weil Lizzy wollte, dass Stella blieb. Auf einmal hatte Stella das Gefühl, keine Luft mehr zu bekommen.

Am Abend, als sie und Lizzy aus dem Jeep stiegen, nahm Stella all ihren Mut zusammen und sagte: »Ich weiß, du wünschst dir, dass ich länger in Kalifornien bleibe. Aber ich werde mein Flugticket nicht umbuchen. In vier Tagen fliege ich nach Hause zurück. Das steht fest.«

49

1948

Lizzy

Am 4. November, genau genommen an Thanksgiving, feierte Gudrun Wallis ihren achtzigsten Geburtstag. Und Lizzy feierte mit ihr. Sie saß in Gudruns kleiner Wohnstube auf dem Sofa, ihren Notizblock auf dem Schoß und einen Teller mit Kürbiskuchen auf der linken Hand balancierend. Mit der Gabel teilte sie ein Stück ab, ehe sie Gudrun nach ihrem Geheimnis fragte, wie man so ein beachtliches Alter erreichte und gleichzeitig so fit blieb. »Die Liebe«, erwiderte Gudrun, und ihr Blick schweifte zu dem Foto auf der dunkel lackierten Kommode. Es zeigte Gudruns Ehemann, der im Alter von nur fünfzig Jahren eines Morgens einfach nicht mehr aufgewacht war. »Die wahre Liebe hält uns im Herzen jung.«

»Wahre Liebe«, murmelte Lizzy, als sie später auf dem Fußgängerweg vor Gudruns Haus in die schräg stehende Sonne blinzelte. »Wir lieben nur einmal im Leben«, hatte Gudrun gesagt. »Vielleicht manchmal zu spät, manchmal zu früh. Aber die anderen Male ist die Liebe immer ein bisschen herbeigezwungen.«

Ihre Tasche erschien Lizzy unendlich schwer, obwohl außer ihrem Block und ein paar Stiften kaum etwas darin war. Verflog die Zeit schneller, je älter man wurde?, fragte sie sich. Wie war es möglich, dass über ein Jahr vergangen war, seitdem sie mit eingezogenem Schwanz von New York nach Hause zurückgekehrt war? Seitdem arbeitete Lizzy bei der Lokalzeitung in San Diego. Eine Stelle, die Tom ihr besorgt hatte.

»Schau nicht so«, hatte Tom gesagt, als er Lizzys Gesicht gesehen hatte, nachdem er ihr die Neuigkeit verkündet hatte. »Dieser Job ist vielleicht nicht das, was du dir vorgestellt hattest, aber du arbeitest ja nur halbtags in der Redaktion, also hast du auch noch Zeit für Inge. Und deine Kollegen scheinen wirklich nett zu sein. Die Themen, über die du schreibst, sind nicht unwichtig.«

»Ach, Vereinsfeiern und entlaufene Katzen sind wichtig?«

»Das sind sie, auf ihre Weise. Komm, lass uns anstoßen. Auf deine neue Stelle als Journalistin!«

Es war Tom gelungen, Lizzy ein kleines Lächeln zu entlocken. Sogar ein Glas Sekt hatte sie mit ihm getrunken.

Lizzy holte tief Luft und machte sich auf den Weg nach Hause, um sich für das Abendessen bei ihren Eltern in Schale zu werfen. Ihr Zuhause – das war seit fast neun Monaten nicht mehr die alte Ranch, sondern eine zweistöckige Villa in Laguna Beach. Manchmal glaubte sie, wenn sie durch die Glasfront des Wohnzimmers blickte, müsse sie nur einen Schritt machen, und das Meer würde an ihren Zehen kitzeln. Dabei ging es erst einmal die Holzstiegen hinab und über den Sandstrand, auf dem Lizzy am Wochenende mit Inge endlose Spaziergänge unternahm.

»Das können wir uns doch gar nicht leisten«, hatte Lizzy gesagt, als Tom und sie eine Woche nach der Hochzeit die Villa besichtigt hatten. Tom war sehr zielstrebig gewesen, als würde er eine imaginäre Liste abhaken. Heirat – erledigt. Hauskauf – erledigt.

»Ach, papperlapapp!«, hatte Tom erwidert. »Mein Vater gibt etwas dazu. Ich will, dass du glücklich bist.«

»Ich brauche nicht viel, um glücklich zu sein. Komm, lass uns nach etwas anderem suchen.«

Doch alles, was danach kommen würde, wäre nur eine Enttäuschung gewesen. Lizzy hatte sich in die lichtdurchflutete Villa mit dem bunten, nach Feigen- und Orangenbäumen duftenden Garten verliebt und sich dafür geschämt, sich so viel vom Leben zu wünschen.

»Du siehst aus wie drei Tage Regenwetter«, bemerkte ihre Mutter, als Lizzy ihr eine Stunde später in der Küche zur Hand ging.

Lizzy zog sich eine Schürze über ihr Kleid und stibitzte eine der frisch geschälten Karotten. »Es ist zum Haareraufen! Ich kann gar nicht sagen, wie oft ich allein in diesem Monat über achtzigste oder neunzigste Geburtstage berichtet habe. Als ob es keine anderen Themen gäbe! Ich weiß, ich sollte dankbar sein. Für Inge, für Tom, für das Leben, das er mir ermöglicht, und die Arbeit, die ich ausüben darf.« Sie lief nun in der Küche auf und ab. »Es ist nur ... Ich wollte immer etwas in dieser Welt verändern ...«

Ihre Mutter sah sie aufmerksam an.

»Wie schaffst du das? Immer hältst du allen den Rücken frei, während sie ihr Leben leben und das tun, wonach ihnen der Sinn steht. Du verlangst nie mehr! Du denkst nie an dich.«

»Es ist leichter, wenn man die Menschen liebt, denen man den Rücken freihält«, sagte ihre Mutter und streichelte Lizzys Wange.

Ehe Lizzy etwas darauf erwidern konnte, hörten sie einen Wagen auf dem Grundstück vorfahren. Ein schickes glänzendes Cabrio.

»Du hast Ray Hammer eingeladen?«, fragte Lizzy verwundert.

»Er ist für ein paar Tage in Kalifornien, und wir sehen uns doch sonst das ganze Jahr über nie. Er hat so viel mit seiner Fernsehshow zu tun.«

Ray war inzwischen nicht mehr nur Schauspieler, sondern auch Moderator der *Happy Sunday Morning Show*. Lizzy hatte noch nicht ganz herausgefunden, was das Konzept des Formats war. Auf die Bühne wurden Leute eingeladen, die besondere Talente hatten oder etwas Besonderes erzählen konnten. Letzten Sonntag war ein Mann dort gewesen, der Bauchredner war, und davor eine Frau, die Krebs gehabt und ihn besiegt hatte. Während die Leute redeten, wurde gebruncht. Als aufmerksamer Gastgeber schenkte Ray Kaffee nach. Von den Brötchen und Croissants aß jedoch nie jemand, und Lizzy hatte fest vor, Ray zu fragen, ob sie nur Attrappen waren.

Wie auch immer, die Show kam gut an, die Einschaltquoten waren geradezu erstaunlich.

»Ich mag ihn nicht sonderlich«, gestand Lizzy und warf einen heimlichen Blick aus dem Fenster nach draußen auf den Hof, wo Ray sich nun breitbeinig umsah und den Staub von seiner Sonnenbrille pustete. Es hatte eine Weile gedauert, bis Lizzy verstanden hatte, warum sie ihn nicht sonderlich leiden konnte. »Er hat immer so viel jüngere Freundinnen. Wenn sich ältere Männer wesentlich jüngere Freundinnen suchen, hat das meiner Meinung nach etwas mit Macht zu tun. Es ist ganz sicher nicht nur der dehnungsstreifenfreie Modelkörper, den sie attraktiv finden, sondern ein Machtgefälle, das sich aus einem Mehr an Erfahrung, Status, Einfluss und Geld ergibt.«

»Seine Frau hat er nun immerhin schon sieben Jahre, und sie sind verheiratet, das heißt doch, er hat sie wirklich gern, oder nicht?«, sagte ihre Mutter.

»Sie haben ja auch ein Kind zusammen. Ist ihre Ehe inzwischen denn wenigstens offiziell?« Ray hatte sich bisher darum bemüht, dass die Medien von seinem Status als vergebener Mann keinen Wind bekamen.

»Mehr oder weniger, glaube ich.«

»Also nein. Wie war noch der Name seiner Frau? Madison?« Rays Lebensgefährtinnen hatten für Lizzy immer alle Madison geheißen, was daran lag, dass sie alle gleich aussahen: blond. Blauäugig. Braun gebrannt.

Der Blick ihrer Mutter hatte etwas Mahnendes. »Ihr Name ist Anette.«

Anette war gerade damit beschäftigt, die Katze von sich fernzuhalten, die ihr um die Beine schlich.

»Feli! Lizzy!«, rief Ray und breitete die Arme aus, genauso, wie er es immer in seiner Talkshow tat, wenn die Gäste hinter dem Vorhang hervorkamen und die Bühne betraten. »Sieh dich an, du wirst auch mit jedem Jahr hübscher! Ganz wie die Mutter! Das muss an der guten Luft und dieser wunderschönen Natur liegen. Anette, hast du schon mal so etwas Schönes gesehen? Diese Weihnachtssternfelder sind wirklich eine Pracht.«

Erst jetzt bemerkte Lizzy den kleinen Jungen, der sich hinter seiner Mutter versteckt hatte.

»Oh, endlich habt ihr mal euren Sohn mitgebracht!« Ihre Mutter war ganz verzückt. »Du musst Franc sein, nicht wahr?«

Der Junge klammerte sich an Anettes Rock fest und sah mit großen Augen zu ihr auf. »Mummy, darf ich auf dem Hof spielen?«

»Mein Liebling«, antwortete Anette mit der Stimme eines Engels. »Willst du wirklich deine schöne Kleidung für immer ruinieren und als Einziger schmutzig am Tisch sitzen? An Thanksgiving?«

Franc schüttelte unsicher den Kopf. Lizzy fragte sich, wie man es einem kleinen Jungen antun konnte, ihn von oben bis unten in Weiß zu kleiden. Für ihre Brüder wäre die Farbe geradezu eine Herausforderung gewesen.

»Ich hörte, auch du hast inzwischen Nachwuchs?«, fragte Ray Lizzy.

»Ja, eine Tochter. Ihr Name ist Inge. Sie ist auch schon zwei Jahre alt und schläft gerade oben in meinem alten Kinderzimmer.«

»Und wo ist dein Ehemann?«, fragte Anette.

»Tom kommt etwas später. Er arbeitet«, entgegnete Lizzy. »Er ist unter anderem in der Stadtverwaltung tätig. An Feiertagen wie heute hat er so viele Termine, dass ich ihn kaum zu Gesicht bekomme.«

Wie jedes Mal, wenn Ray zu Besuch war, führte ihre Mutter ihn über das Grundstück und durch die Gewächshäuser. Lizzy beobachtete Franc, dessen Augen umherlichterten, als würde er sich vorstellen, was man hier Tolles aushecken könnte. Sie wollte ihn gerade fragen, ob er vielleicht Lust hätte, die Pferde auf der Koppel zu sehen, als Anette sich an Lizzy wandte: »Ich hörte, du arbeitest?«

»Ja, halbtags«, antwortete Lizzy.

»Ah ja«, meinte Anette daraufhin und ließ deutlich herausklingen, was sie davon hielt.

»Du musst wissen …« Ray lief nun rückwärts die Weihnachtssternreihe entlang, sodass er ihnen ins Gesicht sehen konnte. » … dass Anette einen kirchlichen Verein gegründet hat, der sich für den Erhalt der Familie einsetzt«, erklärte Ray.

»Ich finde nur, dass Frauen, die arbeiten, bedenken sollten, dass kein Kindermädchen der Welt eine liebende, fürsorgliche Mutter ersetzen kann«, rechtfertigte sich Anette.

»Aber …«, setzte Lizzy an, doch Ray fiel ihr ins Wort.

»In meiner nächsten Sendung tritt sie sogar mit ihrem Verein auf, ist das nicht wundervoll?«

»Wundervoll«, war alles, was Lizzy hervorbrachte. Sie

schluckte ihre Widerworte herunter, auch wenn sie schwer in ihrem Magen liegen würden.

Als ihre Mutter Ray stolz Davids Labor und die darin heranwachsende Weihnachtssternsorte »Felizitas« präsentierte, blieb Lizzy im Gewächshaus zurück. Sie war nicht mehr dazu in der Lage, freundlich zu lächeln.

Pünktlich auf die Sekunde fuhren Theresa und David vor. David setzte sich den kleinen Oscar auf die Schultern, und Oscar lachte ein zuckersüßes Kinderlachen. Theresa bot sich an, bei den letzten Vorbereitungen in der Küche zu helfen, woraufhin ihre Mutter meinte: »Sehr gern. Lizzy, magst du dann vielleicht die Gäste fragen, ob sie Wein oder lieber Bier trinken möchten?«

»Schon verstanden«, meinte Lizzy und legte das Messer beiseite, mit dem sie gerade eine Zwiebel malträtiert hatte.

Mit einer Verspätung von zehn Minuten kam Max, der Lizzy hochhob, als wäre sie ein kleines Mädchen, und gleich nach Inge fragte, in die er ganz vernarrt war. Ihr Vater versorgte die Gäste mit Getränken, dann kam noch Tom, der etwas außer Atem war und sich mehrmals für sein spätes Erscheinen entschuldigte, und schließlich saßen sie alle um den großen Tisch herum versammelt. Der köstliche Duft von Truthahn und Kürbiskuchen breitete sich in der Ranch aus und mit ihm freudige Lebendigkeit. Es wurde viel gelacht, über alte Zeiten geredet, angestoßen und reichlich gegessen.

»Ray erzählte mir vorhin, dass er darüber nachdenkt, ein Weihnachtsstern-Special am Poinsettia-Day zu machen«, berichtete ihre Mutter.

»Wie dekoriere ich festlich mit Weihnachtssternen?«, verkündete Ray den Titel voller Begeisterung. »Die Frauen werden es lieben! Dann wird Anette noch etwas zu christlichen Werten erzählen und wie wichtig ein heimeliges Zuhause für Kinder und Ehemann ist, und das wird die Sendung des Jahrhunderts!«

»So viel Aufmerksamkeit in nur kurzer Zeit bekommen wir so schnell gewiss nicht mehr.« Etwas an der Art ihrer Mutter zu sprechen schien so, als wisse sie etwas, das Lizzy noch verborgen war. »Wäre das nicht großartig?«

Lizzy sah sie an und versuchte, in ihrem Blick zu lesen, was sie ihr zu sagen versuchte.

»Ich finde«, fuhr ihre Mutter fort, »dass jemand aus unserer Familie etwas über die Geschichte der Weihnachtssterne sagen sollte und wie es uns gelungen ist, die Poinsettia zu dem zu machen, was sie heutzutage ist. Wäre das möglich, Ray? Du hast doch so viel Einfluss! Das ist doch sicher machbar, nicht wahr?« Sie fragte so süßlich, dass Ray, der selbst nach all den Jahren noch immer hin und weg von ihrer Mutter war, niemals hätte Nein sagen können.

»Ich denke schon. Doch. Ja. Gewiss.« Er nippte an seinem Wein. »Aber sosehr ich David schätze, wäre es mir doch lieber, wenn eine Frau in der Sendung auftreten würde. Ihr versteht, die Einschaltquoten ... Und die Leute werden dich lieben, Feli!«

»Oh nein, ich dachte da nicht an mich.«

Da begriff Lizzy, was ihrer raffinierten Mutter vorschwebte. »Lass mich auftreten«, platzte es aus ihr heraus. »Bitte, Ray.«

Sie spürte, dass alle sie ansahen.

»Du?«, fragte Ray.

»Ich weiß alles über die Geschichte der Weihnachtssterne. Ich weiß, wie man sie anpflanzt, wie man sie großzieht, wie man sie pflegt.«

»Das befürchte ich«, murmelte Ray, und Lizzy wusste nicht, wie sie das deuten sollte.

»Ich meine es ernst.«

Ray war skeptisch. »Aber für das Fernsehen gehört auch eine Portion Charme und Esprit dazu. Wir brauchen jemanden, der kokett und witzig ist.«

»Kokett und witzig«, wiederholte Lizzy.

»Ja. Die Leute aus dem Publikum werden Fragen stellen, ich werde Fragen stellen, und eigentlich interessiert sich niemand für die Antwort. Wir wollen einfach nur unterhalten werden. Wir wollen inspiriert werden.«

»Und du meinst, ich wäre nicht inspirierend?«

»Nein, das will ich natürlich nicht sagen. Kannst du denn überhaupt dekorieren?«

»Natürlich«, erwiderte Lizzy, verschränkte die Hände ordentlich im Schoß und schenkte Ray ein süßliches Lächeln, das sie sich von ihrer Mutter abgeschaut hatte. »Das kann doch jede Frau! Es liegt uns im Blut, nicht wahr, Anette?«

»Es ist gar nicht kompliziert. Du musst einfach immerzu lächeln. Reiß hier und da mal einen lockeren Witz. Stell dich naiver, als du bist. Versuch, dich daran zu erinnern, wie du als junges Mädchen warst«, riet Ray ihr. »Bekommst du das hin?«

Lizzy nickte, während eine Visagistin ihr das Haar hochsteckte und es mit Unmengen von Haarspray fixierte.

»Großartig! Dann zeig der Welt dort draußen, wie wunderbar man mit Weihnachtssternen dekorieren kann!«

Hätte Ray sie nur einmal genau angesehen, hätte er vielleicht in Lizzys schuldbewussten Augen entdeckt, dass sie kein bisschen daran dachte, das naive Mädchen zu spielen. Aber er war zu sehr damit beschäftigt, seine perfekt sitzende Frisur im Spiegel zu überprüfen und dann seine Stimme aufzuwärmen, indem er As und Os machte und dabei seinen Mund unnatürlich weit aufriss und zwischendurch die Zähne bleckte.

Alles auf eine Karte, dachte Lizzy.

»Sie sind fertig«, sagte die Visagistin und begann, ihre Puderdosen, Lippenstifte, Pinsel und Bürsten einzupacken.

Die Frau, die Lizzy aus dem Spiegel entgegenblickte, war wirklich hübsch mit dem weihnachtssternrot geschminkten Kussmund, den langen schwarzen Wimpern und dem Rouge auf den Wangen. Diese Frau war mutig und stark.

Sie hörte Tom mit gedämpfter Stimme vor der Tür leise mit Ray diskutieren. »Bist du dir sicher, dass das eine gute Idee ist? Lizzy ist nicht für den großen Auftritt gemacht.«

»Sie schafft das schon. Mach dir keine Sorgen.«

»Aber was, wenn sie sich ungeschickt anstellt und sich lächerlich macht? Es geht hier immerhin um den Ruf der Ranch.«

Wohl eher um deinen Ruf in der Stadtverwaltung, dachte Lizzy.

Die Tür ging auf, und ein junger, drahtiger Mann mit Klemmbrett kam herein. »Wir sind so weit. Auf Position bitte.«

Lizzys Position war hinter dem roten Vorhang, wo sie warten sollte, bis Ray sie ankündigte. Ihre Hände waren kalt und feucht. Und sie hatte das Gefühl, auf die Toilette zu müssen, obwohl sie in der letzten Stunde dreimal gegangen war und nicht einen Tropfen mehr getrunken hatte. Dafür war ihr Hals nun ganz trocken.

Das Geräusch hoher Absätze ließ sie herumfahren. In einem weihnachtsbaumgrünen Seidenkleid und roten Handschuhen stolzierte Anette auf Lizzy zu. Sie sah umwerfend aus.

»Ach, hier steckst du«, sagte sie. »Eigentlich wollte ich dir noch ein paar Tipps geben, wie du besonders gut vor der Kamera wirkst, aber meine Hochsteckfrisur hat mich aufgehalten. Du schaffst das schon! Viel Erfolg. Wir sehen uns gleich auf der Bühne.«

Sie folgte dem jungen Mann hinter den Vorhang. Dabei erhaschte Lizzy einen Blick auf die bereits gut gefüllten Sitzreihen. Ihr wurde leicht übel.

Es ging los. Das Orchester spielte einen flotten Swing, der für Stimmung sorgte. Durch den schmalen Spalt zwischen Vorhang und Wand konnte Lizzy sehen, was auf der Bühne vor sich ging, und doch bekam sie kaum etwas mit, so nervös war sie. Sie hörte, wie Ray das Publikum begrüßte, wie tosender Beifall einsetzte. Sie sah Anette neben Ray auf dem Sofa sitzen und locker mit ihm plaudern, als wären da nicht gerade Hunderte Augen auf sie gerichtet.

»Ich mache mir ernsthaft Sorgen um die Zukunft der amerikanischen Familie«, sagte Anette und legte eine Hand auf ihr Herz. »Was ist mit den armen Kindern, die von der Schule nach Hause kommen, und niemand ist da, um ihnen ein warmes Essen zu zaubern? Mami ist im Büro oder gar in der Fabrik.«

»Auch du bist Mutter eines Sohnes, nicht wahr?«, hakte Ray nach.

Als ob er das nicht wüsste ...

»Ja, unseres Sohnes Franc«, betonte Anette. »Er ist die Liebe meines Lebens.«

Ray wirkte etwas unbehaglich. Das Publikum war entzückt und klatschte. Das Orchester spielte erneut.

Meine Damen und Herren, wissen Sie, dass heute ein besonderer Tag ist? Wir feiern heute den Poinsettia-Day. Die Poinsettia – das ist diese wunderschöne Pflanze hier, die Sie gewiss schon mal zur Weihnachtszeit in dem ein oder anderen Café oder Restaurant gesehen haben. Man nennt sie auch Weihnachtsstern. Einer Familie ist es zu verdanken, dass wir unsere Wohnstuben zur besinnlichen Weihnachtszeit mit diesen wundervollen Sternen schmücken dürfen ...

Hatte Ray gerade ihren Namen gesagt?

»Los, los, los!«, drängte der junge Mann mit dem Klemmbrett und schob Lizzy nach draußen.

Auf einmal stand sie auf der Bühne. Eine junge Frau, eingeschüchtert und orientierungslos, die auf einmal vergessen hatte, weshalb sie hier war. Jemand hakte sich bei ihr unter und führte sie. Es war Ray. Er sagte etwas und sah sie dann erwartungsvoll an.

»Was?«, fragte sie.

Das Publikum lachte. Lizzy sah auf und kniff die Augen zusammen, geblendet von all dem Licht. Es war ihr unmöglich, ihre Familie unter all den dunklen Silhouetten auszumachen.

»Ich habe dich gefragt, ob du schon ein paar Weihnachtsvorbereitungen getroffen hast. Hast du Plätzchen gebacken oder dein trautes Heim dekoriert?«

»Ich ... ich habe Plätzchen gebacken. Aber sie sind verbrannt.«

Erneutes Lachen.

Inzwischen waren Ray und sie bei Anette an dem geschwungenen Tresen angekommen. Darauf reihten sich mehrere Weihnachtssterne aneinander, in Töpfen sowie als Schnittblumen. Daneben standen Weihnachtskugeln, Schleifen, Scheren und buntes Papier zur Verfügung. Es war Lizzy, als sähe sie all das zum ersten Mal.

»Ich sage dir was«, sagte Ray. »Hier und jetzt hast du gemeinsam mit Anette die Chance zu beweisen, dass eine gute Hausfrau in dir steckt, meine liebe Elisabeth.«

»Lizzy«, sagte sie. »Einfach nur Lizzy.«

Wieder lachten die im Gegenlicht unsichtbaren Menschen.

»Also gut, Lizzy, dann zeig uns doch mal, was man alles Schönes mit Weihnachtssternen kreieren kann, und erzähl uns parallel ein wenig davon, warum wir heute den Poinsettia-Day feiern.«

»Nun ja ... mein Vater hat Pflanzen schon immer geliebt, und die Poinsettia kannte damals noch so gut wie niemand. Zunächst wollte er sie nur etwas genauer erforschen …« Lizzy schaffte es doch tatsächlich, einer Geschichte, die eigentlich sehr romantisch war, ihren Glanz zu nehmen.

Endlich hatten sich ihre Augen etwas an das Licht gewöhnt, und sie konnte ihre Mutter in der ersten Reihe ausmachen. Ihr Anblick gab Lizzy Kraft. »Es begann alles an dem Tag, an dem meine Mutter beschloss, heimlich in den frühen Morgenstunden zu einem Wasserfall zu reiten. Sie lebte noch nicht lange in Kalifornien und wollte die Gegend besser kennenlernen. Ihr Ausflug endete höchst dramatisch. Sie wurde von einem Bären bedroht! Doch mein Vater rettete sie. Damals waren sie aber noch kein Paar …«

»Wie spektakulär! Bestimmt war deine Mutter hin und weg von ihrem Helden!«

»Mal mehr, mal weniger. Jedenfalls bot mein Vater ihr daraufhin an, ihr die Gegend zu zeigen, damit sie nicht ein zweites Mal alleine loszog und sich in Gefahr brachte. Bei diesem Ausritt entdeckte meine Mutter einen Poinsettia-Strauch und war ganz verliebt. Und mein Vater beschloss daraufhin, die Pflanze zu züchten.«

»Das ist ja sehr romantisch! Und dann beschloss er, sich nur auf diese eine Pflanze zu konzentrieren?«

Lizzy nickte.

»Eine mutige Entscheidung. Immerhin kannte noch niemand die Poinsettia.«

»Ja. Mein Vater hätte auch eigentlich die Molkerei meines Großvaters fortführen können, aber er wollte seinem Traum nachgehen.«

»Und deine Mutter hat ihn dabei unterstützt, nicht wahr?«

»Ja«, sagte Lizzy.

Wenn nur nicht dieses verdammte Scheinwerferlicht gewesen

wäre! Es brannte regelrecht auf sie hinab. Lizzy begann zu schwitzen.

»Sie hat die Familie versorgt und deinem Vater dabei geholfen, seinen Traum zu verwirklichen. Respekt«, sagte Ray. Dann zu Anette: »Das dürfte doch in deinem Sinne sein.«

»Ich finde das ausgesprochen ehrenwert von deiner Mutter«, zwitscherte Anette. Wie hatte sie es nur geschafft, innerhalb kürzester Zeit ein so raffiniertes Gesteck aus Engelshaar, Weihnachtskugeln, Tannenzapfen und Poinsettiazweigen zu zaubern? Lizzy hatte gerade mal ein paar Schnittblumen mit einer roten Schleife zusammengebunden.

»Meine Damen und Herren, einen Applaus für Felizitas Licht, Mutter von drei Kindern!«

»Blumen und Kinder, was wünscht sich eine Frau mehr?«, zwitscherte Anette kokett.

Da passierte es. Lizzy kam ungeschickt mit dem Ellenbogen gegen eine der Topfpflanzen und stieß sie zu Boden. Einen Moment lang stand sie einfach nur da und starrte auf das Missgeschick vor ihren Füßen, auf die verteilte Erde und die wunderschöne Pflanze. Das Publikum gab die verschiedensten Laute von sich, die meisten waren erschrocken, wenige missbilligend, ein paar Frauen kicherten.

Lizzy bückte sich und kehrte die Erde mit ihren Händen zusammen. Irgendwie war es Anette gelungen, Kehrbesen und -schaufel zu organisieren, und so blieb Lizzy nichts anderes übrig, als dabei zuzusehen, wie diese schöne Frau in ihrem schönen Kleid den von ihr verursachten Dreck aufkehrte. Lizzys Handflächen waren ganz braun von der Erde.

»Die Nervosität«, hörte sie Ray sagen.

Was mache ich hier nur?, fragte sich Lizzy. Tränen schnürten ihre Kehle zu.

Es war alles so falsch. Es war falsch, dass sie dieses schicke und teure Kleid trug, das gar nicht zu ihr passte, dass ihr Gesicht mit einer zentimeterdicken Schicht Puder zugekleistert war und dass die Luft im Studio immer dicker wurde, und überhaupt war es falsch, dass sie hier stand, um Blumensträuße zu binden!

›Du schaffst das schon, Señorita‹, hörte sie Miguels Stimme auf einmal.

Ihre Knie zitterten, als Lizzy sich langsam wieder vom Boden erhob. Sie sah zu ihrer Mutter, die ihr aufmunternd zulächelte. »Sei einfach ganz du selbst«, hatte sie im Auto zu Lizzy gesagt.

»Was wünscht sich eine Frau mehr?«, wiederholte Lizzy leise Anettes Worte.

»Was sagst du? Du musst schon lauter reden, damit das Publikum dich hört.« Ray lächelte sein Zahnpastalächeln. Er wirkte nun leicht nervös.

»Was wünscht sich eine Frau mehr?«, sagte Lizzy noch einmal, diesmal mit erhobener, fester Stimme. »Kinder und Blumen – wünscht sich eine Frau denn wirklich nicht mehr? Warum werden Frauen immer nur auf Küche und Kinder reduziert? Sie haben Geist, sie haben Verstand, sie haben Ambitionen – ebenso wie Männer!«

Anette hatte offenbar das Gefühl, sich verteidigen zu müssen, denn sie sagte mit einem leicht angespannten Lächeln: »Frauen sind aber keine Männer.«

»Aber sie sind Menschen, da stimmst du mir doch zu, Anette? Und im vierzehnten Zusatzartikel unserer Verfassung heißt es doch, dass vor dem Gesetz alle Menschen gleich zu behandeln sind. Und doch existieren viele Gesetze, die davon ausgehen, dass Frauen zu Hause zu sein haben und Männer arbeiten gehen, und dass das für immer so bleiben soll! Das hat nichts mit Gleichheit zu tun!«

»Eine Frau, die zu Hause bleibt, um sich um die Kinder zu kümmern, tut etwas Ehrenhaftes. Oder würdest du etwa sagen, sie sei unterdrückt? Ich fühle mich gewiss nicht unterdrückt. Ich freue mich daran, meinen Pflichten als Mutter und Ehefrau nachkommen zu dürfen.«

»Weil es deine Entscheidung ist. Aber eine Frau wird unterdrückt, wenn sie zu Hause bleiben muss, dabei jedoch eigentlich von etwas anderem träumt.«

»Nun, meine Damen«, versuchte Ray einzugreifen. »Wir merken, hier treffen zwei sehr unterschiedliche Ansichten aufeinander, aber …«

»Wenn Frauen arbeiten und damit ihren eigenen Interessen nachgehen, ist das meiner Ansicht nach schlichtweg egoistisch«, unterbrach Anette ihn scharf. »Was ist mit den Vätern? Auf einmal haben sie keine Arbeit mehr, denn Mami arbeitet für die Hälfte des Lohnes! Und was ist das für ein Mann, der kein Geld mehr verdient, um seine Familie zu ernähren? Was macht das mit einer Ehe? Die Scheidungsrate würde steigen. Der Stoff, aus dem unsere Gesellschaft besteht, würde sich auflösen. Wir müssen uns also fragen: Welches Land wollen wir für unsere Kinder und Enkel? Welche Zukunft wollen wir ihnen bieten? Auf dem Spiel steht nichts weniger als die amerikanische Familie! Für mich ist das keine Zukunft. Für mich ist das ein rücksichtsloser radikaler Wandel unserer Gesellschaft auf Kosten unserer Kinder.«

»Was daran ist radikal? Es geschieht doch schon längst, Anette. Als meine Mutter studiert hat, waren weniger als fünf Prozent der Studenten an deutschen Universitäten weiblich. Inzwischen sind es mehr als fünfmal so viele! Meine Mutter musste noch Kleider tragen, die bis zu den Knöcheln reichen – und schau dich an: Dein Kleid reicht gerade mal bis knapp über die Knie!«

Ein paar Leute im Publikum klatschten, jemand pfiff sogar. Lizzy wurde mutiger.

»Inzwischen bin ich verheiratet«, fuhr Lizzy fort. »Aber ich habe ein Jahr lang als alleinerziehende Mutter mit einem unehelichen Kind gelebt.«

Sie sah, wie Tom den Kopf sinken ließ, als könne er nicht fassen, was Lizzy da gerade tat.

»Ich habe versucht, Arbeit zu finden und Geld zu verdienen, um meiner Tochter und mir ein gutes Leben zu ermöglichen. Aber niemand wollte mir eine Chance geben. Als ich sagte, ich hätte eine kleine Tochter, hieß es, ich wäre zu abgelenkt, um zu arbeiten. Man hielt mir vor, ich würde nur an Kindergeburtstage denken. Männer mit Kindern werden hingegen für verantwortungsbewusst gehalten. Ist das etwa gerecht?«

»Das ist ein weites Feld«, versuchte Ray, Lizzy zu bremsen, aber Lizzy sah, dass ihr einige Zuschauer gebannt folgten.

»›Welche Zukunft wollen wir unseren Kindern bieten?‹, hast du gefragt, Anette. Wollen wir unseren Kindern nicht eine Zukunft bieten, in der alles möglich ist? Wenn Männer weniger arbeiten und sich mehr um die Kinder kümmern, erfahren Kinder, dass nicht nur Mütter, sondern auch Väter eine liebende Seite haben. Und wenn ihre Mutter arbeitet, sehen sie, dass auch das möglich ist. Das ist für mich die Gleichheit, von der unser Gesetz spricht. Wenn wir keine demokratischen Familien haben, werden wir auch niemals Demokratie in unserer Gesellschaft haben. Es geht also nicht nur um Gleichberechtigung zwischen den Geschlechtern, es geht tiefer.«

Einen Moment lang war es still.

»Nun wenden wir uns wieder den Weihnachts...«

Weiter kam Ray nicht, denn das Publikum brach in tosenden Beifall aus. Ein paar Frauen pfiffen laut. Jubelten. Zwei, drei erhoben sich sogar von ihren Plätzen, und auf einmal stand der Großteil des Publikums und applaudierte.

Lizzy sah zu ihrer Mutter, die sich mit einer Hand stolz die Tränen aus dem Gesicht wischte.

50

1964

Inge

Inge hatte einiges mit ihrer Mutter gemein: Sie waren beide stur und kämpferisch, liebten den Duft frischer Bettwäsche, hassten Ungerechtigkeit und waren süchtig nach Kaffee und dem Gefühl, barfuß über Sand zu laufen. Sie waren beide Nachteulen und Langschläfer.

Doch heute war Inge mit dem ersten Sonnenstrahl, der durch den Spalt zwischen ihren Vorhängen hindurchgefallen war, aufgewacht. Seit in der Küche Töpfe klapperten, rieben ihre Füße unruhig aneinander. Der verführerische Duft von frisch aufgebrühtem Kaffee drang unter ihrer Tür hindurch und ließ ihren Magen knurren. Keine Chance. Sie hielt es nicht mehr aus, schlug die Decke um und schwang sich aus dem Bett.

Heute war ihr nach ihrem hübschesten Kleid zumute. Vor ihrem holzumrahmten Standspiegel bändigte sie ihre Mähne mithilfe eines hübschen hellblauen Bandes. Hatte sie sich über Nacht verändert? Sah sie erwachsener aus? Jedenfalls strahlte sie bis über beide Ohren.

Voller Überschwang rutschte sie das Treppengeländer hinab, kam im Flur schwungvoll auf und erschrak ihre Mutter halb zu Tode, die es gerade noch schaffte, den Teller in ihren Händen auszubalancieren und nicht die Hälfte des frisch geschnittenen Obstes auf dem Boden zu verteilen.

»Inge!«

»'tschuldigung!«

»Nur Flausen im Kopf! Selbst mit achtzehn Jahren noch!« Ihre Mutter platzierte den Teller auf dem gedeckten Tisch im Wohnzimmer und breitete die Arme aus, um Inge in eine feste und lange Umarmung zu schließen. »Happy Birthday. Ist das zu glauben, dass mein kleines Mädchen jetzt schon erwachsen ist?«

Gleichzeitig nahmen sie den leicht verbrannten Geruch wahr. »Das Kartoffelbrot!«, rief ihre Mutter aus und eilte in die Küche.

»Du hast sogar gebacken?« Inge war erstaunt.

»Für meine volljährige Tochter muss ich mir doch Mühe geben!«, antwortete ihre Mutter aus der Küche.

»Musst du denn gar nicht in die Redaktion?«

Ihre Mutter hatte vor siebzehn Jahren eine eigene Zeitschrift gegründet, die sich für Frauenrechte einsetzte.

»Heute nicht. Ich habe mir freigenommen.«

Überwältigt vor Freude sank Inge auf ihren Platz und ließ den Blick über den reich gedeckten Tisch schweifen: Es gab Croissants, Marmelade von Oma Feli, Rührei, Obst und starken Kaffee, von dem Inge sich gleich einschenkte und – wie ihre Mutter es zu tun pflegte – einen Schuss Sahne sowie einen Würfel Zucker hinzufügte. Von einem solchen Geburtstag hatte sie immer geträumt.

Auf einem Holzbrett trug ihre Mutter das leicht verkohlte Brot ins Wohnzimmer, und Inge musste lachen. »Ach, Mama, es wird wohl nie eine gute Hausfrau aus dir!«

»Sag das bitte nicht deinem Vater! Er nimmt es nur wieder als Anlass, mich als Rabenmutter und miserable Ehefrau darzustellen.«

»Wo steckt er denn eigentlich?«

»In der Arbeit. Er lässt dich umarmen und freut sich darauf, abends mit uns fein essen zu gehen. Hier …« Ihre Mutter legte eine Schatulle vor Inge auf den Tisch. »Für dich.«

Darin lag eine Kette: ein offenbar selbst geschnitzter Stern an einem zarten Lederband. »Die ist ja traumhaft! Wo hast du die denn her?«

»Ein guter Freund hat sie mir einst geschenkt.«

»Miguel?«, riet Inge, und ihre Mutter senkte den Blick.

»Sie bedeutet mir sehr viel, deshalb würde ich mich freuen, wenn du sie trägst«, sagte ihre Mutter, setzte sich neben Inge und half ihr dabei, die Kette anzulegen.

Inge schlang die Arme um den Hals ihrer Mutter. »Und mir bedeutet es viel, dass du sie an mich weitergibst.«

Als wären dieses bedeutungsvolle Geschenk, das Frühstück und die einfache Tatsache, dass Inge Zeit mit ihrer Mutter verbrachte, nicht schon perfekt genug, zog ihre Mutter noch eine Karte hervor und lächelte milde.

»Von wem …« Da las Inge es schon. »Von Franc! Oh, er hat tatsächlich an meinen Geburtstag gedacht!« Die Karte war offenbar in Florida abgeschickt worden.

»Das ist wirklich nett von ihm«, musste sogar ihre Mutter zugeben.

Ja, dieser Morgen war ein Traum! Doch Träume waren zerbrechlich. Erst fiel Inge auf, dass ihre Mutter kaum etwas aß. Sie tunkte ihr Croissant in den Kaffee, bis es ganz aufgeweicht war, und legte es auf den Teller, ohne auch nur einmal davon abzubeißen. Dann bemerkte Inge, dass ihre Mutter immer wieder zum Telefon blickte, als erwarte sie einen dringenden Anruf.

»Alles in Ordnung?«, fragte Inge.

»Ja. Natürlich.«

»Mama, ich kenne dich doch! Hat es mit dem *Equal Magazine* zu tun? Seid ihr in der Redaktion an einer Sache dran?«

Ihre Mutter seufzte. »Mehr oder weniger. Es gibt da dieses Ehepaar, Mr und Ms Loving. Er ist Weißer, sie hat indianische und afroamerikanische Vorfahren. Die beiden haben geheiratet, was jedoch gegen das Gesetz in Virginia verstößt. Der sogenannte Racial Integrity Act verbietet die Eheschließung zwischen Weißen und Nichtweißen. Das Gericht hat das Paar dazu verurteilt, aus Virginia fortzuziehen oder sich scheiden zu lassen. Seit Jahren kämpfen die beiden inzwischen für ihre Liebe.«

»Was? Die beiden dürfen nicht verheiratet sein, nur weil sie unterschiedliche Hautfarben haben?«

»Ja. Das Gericht begründet die Entscheidung unter anderem damit, dass Gott aus gutem Grund unterschiedliche Rassen geschaffen hat, weil er nicht beabsichtigte, dass diese sich mischen.«

»Ist das dein Ernst?!«

»Ist es. Es interessiert das Gericht nicht, dass die beiden sich lieben. Sie lieben sich wirklich. Welche Rolle spielt es da, welche Abstammung oder Hautfarbe sie haben?«

Bildete Inge es sich ein, oder glänzten Tränen in den Augen ihrer Mutter?

»Du musst den beiden helfen«, forderte Inge ihre Mutter auf.

»Das habe ich schon versucht. Wir haben einen vierseitigen Artikel über ihre dramatische Liebesgeschichte veröffentlicht, als das Ehepaar einen Antrag zur Aufhebung des Urteils eingereicht hat. Aber das Gericht bleibt bisher hart, weil die Richter allesamt konservative, verbohrte Dickschädel sind! Gleichberechtigung ist ein Wort, das nicht in ihrem Vokabular vorkommt!«

»Du bist auch ein Dickschädel.«

Ihre Mutter lachte auf. »Aber was richtet eine kleine Maus schon im Vergleich zu einem Elefanten aus?«

Inge traute ihren Ohren kaum. Ihre Mutter war gewiss keine kleine Maus! Seit sie vor sechzehn Jahren in der *Happy Sunday Morning Talkshow* von Ray Hammer aufgetreten war, galt sie – wenn auch eher unfreiwillig – als eine der Galionsfiguren der Frauenbewegung. Vor allem junge Mädchen bewunderten Lizzy Licht für ihren Mut, sich den gängigen Gepflogenheiten zu widersetzen. Sie bewies, dass es möglich war, als Ehefrau und Mutter eine berufliche Karriere anzustreben und sich selbst zu verwirklichen. Die Leserschaft des *Equal Magazine* war nach und nach gewachsen, und inzwischen bestand die Redaktion aus acht Mitarbeiterinnen.

Sooft sich Inge gewünscht hatte, dass ihre Mutter mehr Zeit für sie hätte und nicht immer nur von ihrer Arbeit reden würde, so stolz war sie auf sie.

»Wie auch immer. Mit Moral gewinnt man heutzutage keinen Blumentopf!« Ihre Mutter rieb sich die müden Augen. »Erst müssen die Menschen umdenken, dann ändern sich auch langsam die Gesetze.«

»Ich glaube, du liegst falsch«, sagte Inge, woraufhin ihre Mutter sie interessiert und auch überrascht ansah. »Schau dir meine Generation an. Wir gehen auf die Straße, wir verlangen, dass sich etwas ändert! So wie damals die Frauen zu Omas Zeiten. Der Fehler war nur, dass Frauen immer leiser wurden und anfingen, nett zu bitten, als wären Frauenrechte Süßigkeiten, die von Richtern nett verteilt werden. Du bist doch eine Kämpferin, Mama! Du hast immer gepredigt, dass man sich nicht unterkriegen lassen darf! Führe den Menschen vor Augen, dass es um mehr geht als um dieses Ehepaar, dass es um Gleichberechtigung geht und damit jeder von uns indirekt von diesem Fall betroffen ist!«

Inge legte ihre Hand auf den Arm ihrer Mutter. »Kämpfe für dieses Ehepaar, das sich liebt und ein glückliches Leben verdient!« Als sie bemerkte, dass ihre Mutter nachdenklich auf den geschnitzten Holzanhänger sah, der jetzt um ihren Hals lag, fügte sie hinzu: »Tu es für Miguel.«

»Du hast recht«, sagte ihre Mutter. Und dann wiederholte sie es noch einmal etwas lauter. »Du hast recht!« Sie erhob sich von ihrem Stuhl, legte den Zeigefinger an die Unterlippe und begann, auf und ab zu laufen. »Wenn man uns nicht hören will, müssen wir lauter werden! Wir könnten im Namen des *Equal Magazine* zu einer Demonstration aufrufen, was meinst du?«

»Das klingt schon eher nach dir!«

»Ich muss das sofort in die Wege leiten ... Ich muss ...« Sie verstummte und sank wieder auf ihren Stuhl zurück. »Nein, nicht heute. Heute feiern wir deinen Geburtstag.«

»Mama, mach dir keine Gedanken um mich. Ich komme klar.«

»Das weiß ich doch. Aber ich will diesen besonderen Tag mit dir verbringen. Du bist mir wichtiger als meine Arbeit!«

Das wusste Inge. Trotzdem tat es auf seltsame Weise gut und weh zugleich, es zu hören. »Theresa meinte ohnehin, dass ich mir bei ihr mein Geschenk abholen soll«, beruhigte sie ihre Mutter. »Und ich kenne dich doch. Am Ende bist du mit deinen Gedanken nur in der Redaktion. Also ist es besser, wenn du deine Arbeit erledigst, und heute Abend hast du den Kopf frei, und wir feiern.«

»Ich danke dir, Liebes.«

»Hast du Papa denn eigentlich mal geliebt?«, fragte Inge auf einmal. Es war, als hätte sich ihr Mund verselbstständigt. Sie ruderte zurück, versuchte, ihre ungezogene Frage zu erklären. »Ich meine, du wolltest doch eigentlich nie heiraten, das war immer gegen deine Prinzipien, von jemandem abhängig zu sein. Und doch hast du es getan. Und dann war da noch Miguel ...«

Ihre Mutter legte eine Hand an Inges Wange. »Ich bin froh, dass ich geheiratet habe, auch wenn es nie mein Plan war. Wer weiß, vielleicht schreibe ich irgendwann einen Artikel darüber. Vergiss nicht, Feminismus bedeutet, die Möglichkeit zu haben zu wählen, was in deinem Leben richtig für dich ist. Und zu heiraten war in meinem damaligen Lebensabschnitt das Richtige für mich.«

Als ihre Mutter eine halbe Stunde später ins Auto stieg und in Richtung Los Angeles fuhr, winkte Inge ihr, setzte sich dann wieder an den Tisch, trank ihren Kaffee aus und las die Karte, die Franc ihr geschrieben hatte. Er sei gestresst, es gehe ihm aber gut, vor allem, wenn er an sie denke. *Ich hoffe, dich bald wieder küssen zu dürfen, mein Geburtstagskind.*

Gegen Mittag klingelte Inge bei Theresa, die einen kitschigen Geburtstagstisch mit Luftballons, Girlanden, Rosen und Zuckerguss-verzierten Kirschtörtchen hergerichtet hatte.

»Rate mal, wer heute eine Krankschreibung für die Schule erbettelt hat, um mit dir deinen achtzehnten Geburtstag feiern zu können«, lachte Theresa und legte die Hände auf Oscars Schultern, der im Türrahmen stand und am Saum seines Pullunders zupfte.

»Einen Tag kann die Schule schon mal auf mich verzichten«, rechtfertigte er sich. »Ich fehle sonst nie!«

Theresas Geschenk war in einem großen silbernen Karton verpackt und mit einer rosafarbenen Schleife verziert, die Inge eifrig aufzog. Als sie den Deckel anhob, verschlug es ihr die Sprache. In dem Karton lag ein atemberaubendes Kleid.

»Ich musste sofort an dich denken, als ich dieses leuchtende, leidenschaftliche Rot sah«, schwärmte Theresa. »Es ist perfekt für den nächsten Poinsettia-Ball! Ist das Kleid nicht wundervoll, Oscar?«

»Wundervoll«, murmelte Oscar.

»Komm, Inge, probiere es gleich für mich an!«

Das Kleid war ein Traum. Es war schulterfrei, und der ungemein leichte Stoff ließ den Rock bei der kleinsten Bewegung um Inges Knie tanzen. Sie drehte sich, nahm Oscars Hände und tanzte mit ihm durch den Raum, bis sie lachend taumelte, weil ihr leicht schwindelig war.

»Ich habe eine Kette, die dazu passt!«, fiel Theresa ein. »Ich hole sie schnell.«

Als ihre Tante die Treppe hinauf verschwunden war, fragte Inge Oscar: »Gefalle ich dir?«

Sein Kehlkopf hüpfte mehrmals auf und ab, ehe er antwortete. »Du ... siehst ganz in Ordnung aus.«

Inge lachte und strubbelte Oscar durch die Haare.

»Ich habe auch noch etwas für dich«, sagte Oscar.

Inge hatte sich schon über die Poinsettia gewundert, die zwischen den Luftballons auf dem Geburtstagstisch stand. Es war keine typische Poinsettia, sondern sie hatte kleinere, leicht eingedrehte Blätter. Oscar hielt Inge die Topfpflanze entgegen. »Hier, für dich.«

»Ist das eine Kreuzung?«

»Ja. Ich habe sie mit meinem Vater für dich kreiert. Wir haben eine Poinsettia mit einer Dahlie gekreuzt ... und auf den Namen Inge getauft. Ich finde, sie ist die Hübscheste von all unseren Kreuzungen.«

Inge war sprachlos.

»Freust du dich?«

»Das ist ... das Liebenswerteste, was jemals ein Mann für mich getan hat!« Sie küsste Oscar auf die Wange.

Oscar errötete, Inge errötete, sie sahen sich an, und auf einmal war Inge ganz durcheinander. Zum Glück ging in diesem Moment die Tür auf, und David trat ein.

»Theresa, hast du die Telefonnummer von ...« Er verstummte, als er begriff, dass seine Frau gar nicht anwesend war. »Inge! Ich war mir sicher, dass ... Du hast exakt die gleiche Stimme wie Theresa.«

»Echt? Ist ja lustig. Man sagt uns ja auch oft, dass wir uns ähnlich sehen. Obwohl meine Haare ganz anders sind.«

»Ja ...« David war blass geworden.

»Dad«, sagte Oscar durch seine zusammengebissenen Zähne hindurch. »Geburtstag ...«

»Oh. Ja. Natürlich. Entschuldige, Inge. Ich war ganz in Gedanken. Alles Gute.«

Es war fast unheimlich, wie David Inge ansah, als Theresa ihr kurz darauf die Kette um den Hals legte. So, als würde er sie das erste Mal sehen. Wirklich sehen.

Als Inge sich mit Oscar zum Spiegel im Flur aufmachte, hörte sie noch, wie David zu Theresa sagte: »Ich befürchte, wir müssen reden.«

• • •

David

Es regnete. David stand in der Einfahrt, spürte die Tropfen kaum und versuchte, die Tragweite dessen zu verstehen, was seine Frau ihm gerade gestanden hatte.

Theresa trat unter das Vordach der Terrasse. »Komm wieder rein.« Ihre Stimme war flehend.

Er wandte sich nicht zu ihr um. Spürte Theresas Zögern im Rücken und atmete auf, als sie sich zurückzog.

Was sollte er tun?

Die Tropfen schlugen in sein Gesicht, als er in Richtung Himmel blickte. Hatte seine Mutter nicht oft gesagt, dass David sie an ihren Vater erinnerte? ›Dann sag mir, Großvater, was du in meiner Situation tun würdest.

Nehmen wir an, du wärst hinter ein Geheimnis gekommen, das dir deine Frau, deine Schwester, deinen Bruder fremd werden lässt. Aber du bist schlau genug, um zu wissen, dass sie alle dir nur nichts gesagt haben, um dich zu schützen. Was tust du? Distanzierst du dich von ihnen?

Nehmen wir an, du wärst hinter ein Geheimnis gekommen und müsstest dich nun entscheiden, ob du es für dich behältst oder die Geheimnisträger auffliegen lässt. Doch wenn du sie auffliegen lässt, zerstörst du nicht nur deine, sondern auch eine andere Familie. Was würdest du tun?

Nehmen wir an, du würdest den Menschen, die du liebst, den Boden unter den Füßen wegreißen.

Nehmen wir an, du hättest einen Krieg überlebt und bräuchtest nun deine kleine, heile Welt wie die Luft zum Atmen – aber wenn du die Wahrheit sagst, zerfällt diese kleine, heile Welt zu Staub.

Nehmen wir einfach an, du würdest alles verlieren, was dir wichtig ist.

Was tust du?‹

Theresa erwartete ihn hinter der Fliegentür, nahm ihm seine durchweichten Schuhe ab, um sie vor die Heizung zu stellen, und sagte, sie würde ihm ein heißes Bad einlassen. In ihren Augen las er die Frage, die sie ihm stumm stellte.

»Wir müssen es ihr sagen«, beschloss er. »Wir müssen es Inge sagen.«

»Bitte, David ... Wie soll ich ihr erklären, dass sie meine Tochter ist? Wie soll sie es verstehen? Es würde sie unnötig aus der Bahn werfen! Wie soll sie Lizzy oder mir jemals verzeihen? Wir würden sie verlieren …«

»Sie hat ein Recht zu erfahren, wer ihre richtigen Eltern sind. Ebenso, wie Max das Recht darauf hat zu erfahren, dass er ihr Vater ist«, entgegnete er. »Das Jahr hat gerade erst begonnen. Ich gebe euch Zeit bis zum Poinsettia-Day. Ihr habt also fast ein Jahr. Dann will ich, dass ihr Inge und Max die Wahrheit gesagt habt.«

51

1964

David

David hatte einen »Alter-Mann-Moment«, wie Inge scherzen würde. »Das ist, wenn ältere Herren im Park auf einer Bank sitzen, auf ihr Leben zurückblicken und dabei ganz sentimental werden«, hatte sie ihm mal erklärt. Frech war sie, aber sie zählte zu der Sorte Mensch, der man das durchgehen ließ. Ein Lächeln nur, vielleicht ein Zwinkern noch, und man war entschädigt.

Mit seinen sechsundvierzig Jahren war David gewiss noch nicht alt. Und die Bank, auf der er saß, stand auch nicht in einem Park, dafür jedoch an dem für ihn wohl wichtigsten Ort. Es war die Besucherbank vor der Weihnachtsstern-Ranch. Vor David thronte das Hauptgebäude, lichtdurchflutet dank der Glasfront. Darin befanden sich die Büros und die Kantine. Wie glänzende Goldbarren lagen dahinter die Gewächshäuser, auf deren Dächern sich der glühende Abendhimmel spiegelte.

David erlaubte sich einen Moment lang, stolz zu sein. Wer hätte gedacht, dass die Poinsettia tatsächlich einmal weltweit bekannt werden würde? Wie Plätzchen und Glühwein waren die roten Sterne nicht mehr aus der Weihnachtszeit wegzudenken und erfüllten die Menschen mit nahezu kindlicher Vorfreude, so wie sein Vater es sich immer gewünscht hatte.

Zu seiner Rechten lag die wunderschöne Ranch. Ach, wie oft

hatte ihre Mutter geschimpft, wenn sie als Kinder auf der breiten Veranda Fangen gespielt hatten! Davor die Regentonne, in der sie an besonders heißen Tagen gebadet hatten.

Genug jetzt, du hattest deinen Alter-Mann-Moment!

Eins noch: die rot glühenden Weihnachtssternfelder. Einmal hatte ein Blumenhändler, der aus Frankreich angereist war, gesagt: »Ich hatte ja schon davon gehört – aber diese Pracht mit eigenen Augen zu sehen ... Es ist, als hätte der Herr im Himmel einen Künstler beauftragt, als er diese rot glühende Landschaft schuf.«

David war von einem Gefühl ergriffen, das man nur hatte, wenn man auf sein Zuhause blickte, dorthin, wo alles einst begonnen hatte, und einem das Herz leicht und schwer zugleich wurde.

Sein Vater, der neben ihm saß, war wohl kurz eingenickt, denn sein Kopf fuhr hoch, und er sah sich um, als müsse er sich erst wieder zurechtfinden.

»Kaum zu glauben, nicht wahr?«, sagte David und faltete den Brief, den er in den Händen hielt, ein weiteres Mal auf.

Sehr geehrter Herr Licht,
bald ist wieder Weihnachten, und Hunderte Weihnachtssterne werden über die Erdkugel verteilt die Wohnzimmer zieren. Ein Familienunternehmen wie Ihres, das seit Generationen einen Traum verfolgt und beeindruckende Leistungen im Bereich der Blumenzucht vollbracht hat, verdient eine besondere Auszeichnung. Es ist uns eine große Freude, Ihnen mitteilen zu dürfen, dass wir Sie in die Floriculture Hall of Fame der Society of American Florists aufnehmen werden.

David hatte es kaum glauben können, als er den Brief erhalten hatte. »Ist das nicht großartig? Das ist die renommierteste Auszeichnung der Branche!«

»Wirklich großartig«, fügte sein Vater hinzu, und ein Lächeln breitete sich auf seinen Lippen aus. Er hatte denselben feuchten Glanz in den Augen, wie David ihn wohl haben musste.

»Du kannst ordentlich stolz auf dich sein«, sagte David, woraufhin sein Vater mit dem Finger auf David deutete.

»Du ebenso.«

David lachte. »Ich habe nur das fortgeführt, was du aufgebaut hast.«

»Wir sind beide richtig tolle Kerle«, scherzte sein Vater, und David hätte weinen können vor Freude.

»Am Poinsettia-Day in einem Monat findet uns zu Ehren eine Feierlichkeit statt. Aber nun komm«, sagte David. »Ich muss noch einiges dafür vorbereiten. Immerhin soll dieser Abend unvergesslich werden!«

52

1964

Inge

Konnte man vor Glück sterben?

Franc war hier. Er hatte sich extra einen Abend freigenommen, um bei der Preisverleihung der Society of American Florists in Los Angeles anwesend zu sein! Inge stellte sich vor, wie die Gäste staunen und hinter vorgehaltener Hand wispern würden: »Ist das nicht dieser junge Filmstar?« Und nicht nur das: Inge würde ihn offiziell als ihren Freund vorstellen! Wurde ja auch Zeit. Immerhin trafen sie sich nun schon seit über einem Jahr!

Leise drang ruhige Musik in den ersten Stock hinauf, in dem die Waschräume lagen. Der Veranstaltungsort war perfekt, er erinnerte ein wenig an die Palazzi Venedigs und schenkte ihr umso mehr das Gefühl, eine Prinzessin auf einem Ball zu sein.

»Wünsch mir Glück«, flüsterte Inge ihrem Spiegelbild zu und straffte die Schultern.

Sie hatte sich extra noch ein paar Filme im Kino angesehen, um sich bei den Hollywood-Diven abzuschauen, wie man einen großen Auftritt hinlegte. Eine Hand ließ sie über das mattgolden schimmernde Treppengeländer gleiten, mit der anderen fasste sie den Saum des roten Kleides, das Theresa ihr zu ihrem achtzehnten Geburtstag geschenkt hatte. Inge setzte ihr strahlendstes Lächeln auf und schritt langsam, Stufe für Stufe, in den Saal hinab, hinein in das goldene Licht der verspielten Kronleuchter, das von überall reflektierte: von dem weißen Marmor auf dem Boden, dem blitzblank polierten Gedeck auf den langen Tischen und dem teuren Schmuck der Damen.

Inge berauschte sich an den Blicken, die man ihr zuwarf: bewundernde, neidvolle, interessierte Blicke – und inmitten all dieser festlich gekleideten Leute fand sie Franc, ihren Anker. Einen Moment lang sah er sie einfach nur an, ehe sich sein rechter Mundwinkel zu einem verzauberten Lächeln hob, er sich in Bewegung setzte und auf sie zusteuerte. Wie durch Magie glitt die Menge auseinander und machte ihm den Platz frei.

Auf der letzten Stufe machte Inge spaßeshalber einen Knicks. »Guten Abend, der Herr.«

»Guten Abend, die Dame. Sie sehen atemberaubend aus. Ich kann es kaum erwarten, Ihnen dieses Kleid auszuziehen.«

Inge warf den Kopf in den Nacken und lachte so laut, dass sie nur noch mehr Aufmerksamkeit auf sich zog. Sie verpasste Franc einen spielerischen Klaps auf die Schulter, um sich dann in seine Umarmung fallen zu lassen. »Davon erzählst du mir lieber, wenn wir allein sind.«

Sie küssten sich, und Inge war es, als würde sie schweben. »Ich bin so froh, dass du hier bist«, murmelte sie an seinen Lippen. »Ohne dich wäre es bestimmt ganz furchtbar langweilig. Du darfst nicht von meiner Seite weichen.«

Ihr Kuss wurde tiefer und heißhungrig, bis sich jemand neben ihnen räusperte. Es war Onkel Max, der in seinem Anzug und mit dem ordentlich zusammengebundenen Haar ungewohnt, aber sehr gut aussah.

»Darf ich meine Nichte für einen Tanz leihen?«

»Du kannst tanzen?« Inge war erstaunt.

»Deine Mutter hat mich früher auf den Poinsettia-Festen oft

genug dazu gezwungen.« Zarte Falten fächerten um seine Augen auf, als er lachte.

Inge sah fragend zu Franc, woraufhin der abwehrend die Hände hob. »Mach dir um mich keine Gedanken. Ich komme alleine klar!«

Also hielt Onkel Max ihr den Arm hin, und Inge hakte sich bei ihm ein. Zum Glück hatte die Band inzwischen ihren Rhythmus beschleunigt und spielte flottere Musik, nämlich *Barbara Ann* von den Beach Boys. Max war ein großartiger Tänzer, einfach deshalb, weil es ihm egal war, was andere über ihn dachten. Er drehte Inge dreimal hintereinander, und als sie ihm sagte, er sei doch verrückt, gleich noch zweimal, bis alles um sie herum verschwamm und sie Tränen lachend in ein Paar hineintaumelte. Sie entschuldigte sich vielmals, lehnte sich mit dem Rücken an die kühle Glastür, die zur Veranda hinausführte, und wartete, bis sich ihr Atem wieder beruhigt hatte. Ihr Herz schlug kräftig und schnell. Mit Sicherheit war ihre Hochsteckfrisur ruiniert!

Da fiel ihr Blick auf David, der hinter all den tanzenden Paaren einsam an einem Tisch saß und Inge ansah. Sie lächelte ihm zu, aber er schien zu sehr in seinen Gedanken versunken zu sein, um ihr Lächeln zu erwidern.

Sie wurden dazu aufgerufen, Platz zu nehmen, da das Essen serviert wurde. Zum Glück saß Franc zu einer Seite neben Onkel Max, der sich im Gegensatz zu ihren Eltern gut mit ihm verstand. Dafür saßen ihre Eltern ihnen direkt gegenüber, aber immerhin lag ein üppiges Gesteck aus weißen Weihnachtssternen zwischen ihnen. Zu Inges Rechter quasselte Oscar ohne Punkt und Komma, wie immer, wenn er leicht aufgedreht war. »Bei den Kreuzungen fasziniert mich besonders, wie unterschiedlich die gekreuzte Pflanze im Vergleich zu den Originalpflanzen aussieht. Aber wenn man genau guckt, kann man doch ganz genau eine Ähnlichkeit erkennen.« Er nahm einen Schluck Rotwein. »Wirklich eine sehr edle Sorte.«

Inge verkniff sich ein Grinsen. »Ja. Sicher.«

»Dad, muss ich wirklich mit auf die Bühne?«, fragte Oscar seinen Vater mit leidendem Gesichtsausdruck.

»Keine Widerrede. Du gehörst zur Familie und trägst deinen Teil zum Unternehmen bei.«

»Aber Mama gehört auch zur Familie und muss nicht auf die Bühne!«

»Da täuschst du dich. Ich werde sie am Ende meiner Rede ebenso zu mir bitten. Und auch Max wird nicht entkommen.«

»Ist das dein Ernst?« Max lockerte seine Krawatte.

»Mein voller Ernst. Auch dir hat die Ranch viel zu verdanken. Ohne dich hätte ich die Gewächshäuser niemals errichten können.«

»Tja. Dumm gelaufen. Du entkommst der Bühne nicht!«, neckte Inge ihren Onkel noch, da hörte sie David auf einmal sagen: »Und auch dich würde ich gern auf der Bühne sehen, Inge.«

Kurz herrschte Stille.

»Mich?« Inge war verwirrt. »Aber warum?«

»Inge? Wieso Inge?«, fragte Theresa und machte große Augen.

»Was hat meine Tochter zum Erfolg des Unternehmens beigetragen?«, sprach ihr Vater die Frage aus, die Inge selbst auf der Zunge gelegen hatte. Nur wäre es nicht so demütigend gewesen, hätte sie sie selbst gestellt.

»Ich finde es … richtig«, sagte David.

»Richtig …«, hauchte Theresa.

»David, bitte …« Der Ton ihrer Mutter hingegen war scharf. »Nur weil es dir richtig erscheint, heißt das nicht, dass es auch für Inge richtig ist.«

»Habe ich irgendetwas nicht mitbekommen?«, fragte Inge vorsichtig, da schlug der Vorstand der Society of American Florists – Mr Declare, ein liebenswerter grauhaariger Mann – mit seinem Messer gegen sein Weinglas. Die Gäste verstummten.

Während Mr Declare ein Gedicht von Goethe zitierte und ein paar Worte über Träume und Entscheidungen im Leben sagte, fragte Inge sich, was hier eigentlich los war. Mächtiger Beifall setzte ein. David hakte sich bei seinem Vater unter, führte ihn auf die Bühne und begann seine Rede. Er dankte für die große Ehre, in diesem wundervollen Rahmen das Lebenswerk seines Vaters feiern zu dürfen. Seine Finger konnten nicht davon ablassen, an seiner mit der Schreibmaschine getippten Rede zu nesteln, sodass, als er einmal umblätterte, die drei Blätter zu Boden segelten.

»Die Aufregung«, entschuldigte er sich, ordnete die Notizen und fuhr fort. »Vor ein paar Wochen dachte ich darüber nach, wie schnell die Zeit doch vergeht. Ehe man sich's versieht, ist man erwachsen, steckt Hals über Kopf in Arbeit und trägt die Verantwortung für ein Unternehmen. Ein, zwei Tage später hat man schon einen erwachsenen Sohn, der dieses Unternehmen weiterführen wird. Ich habe gelernt, dass man aus jedem Tag das Beste machen sollte, weil die Zeit viel zu schnell vergeht und man ohnehin nichts im Leben in der Hand hat. Aber ich habe auch gelernt, wie wichtig Familie ist. Ohne meine Familie wäre ich nicht der Mann, der ich heute bin. Gewiss würde ich nicht hier oben stehen. Ich danke euch allen von Herzen.«

Begeisterter Applaus setzte ein. David machte eine Geste, die bedeutete, dass sie auf die Bühne kommen sollten. Wie mechanisch erhob sich Inge von ihrem Stuhl. Eigentlich hatte sie nie Probleme damit gehabt, Aufmerksamkeit auf sich zu spüren. Doch als sie nun die Bühne betrat, hämmerte ihr Herz gegen ihre Brust.

Ihre Mutter hatte Inge beigebracht, auf ihren Instinkt zu vertrauen, und Inge wagte zu behaupten, sie hätte einen guten Instinkt. Und der schlug Alarm. Die Situation eben am Tisch war seltsam gewesen. Es war ihr, als wäre etwas in Gang gesetzt worden, ein Unheil, das heranrollte wie eine unerwartet hohe Welle an den Strand. Sie befürchtete, dass ihr dieses Unheil früher oder später den Boden unter den Füßen wegreißen würde.

• • •

David

David ahnte, dass es so weit war. Als hätte sein Unterbewusstsein mitgerechnet. So wie man manchmal spürte, wie viel Uhr es war, wie viele Glockenschläge vom Kirchturm zu hören sein würden, auf welche Ziffer die Zeiger vorrücken würden. Heute oder nie. Inge hatte ein Recht auf die Wahrheit.

David fühlte sich wie eines der Rosenblätter, die vom letzten Regen zu Boden geschlagen worden waren und langsam neben dem hellen Kiesweg verrotteten. Seit Tagen schon fühlte er so. Seit Monaten. Seit er die Wahrheit herausgefunden hatte. Er hatte Theresa und Lizzy bis heute Zeit gegeben. Länger würde er es nicht mehr aushalten, seinen Bruder und Inge, ja auch seinen Sohn und seine Eltern zu belügen.

Der Abend war ein Kunstwerk, eine Sinfonie der Sinneseindrücke. Der Mond stand hell und voll am Himmel und überzog die Weihnachtssterne auf der Terrasse mit einem silbrigen Schimmer. Es duftete nach dem geschmolzenen Wachs der hohen weißen Kerzen, deren Feuerzungen im sanften Wind zitterten. Durch die offen stehende Flügeltür drangen leise Musik und das Summen unzähliger Gespräche nach draußen.

»Was für ein traumhaft schöner Abend«, schwärmte seine Mutter und nippte an ihrem Glas Champagner. Sie hatte leicht gerötete Wangen vor lauter Aufregung und hörte gar nicht auf zu lächeln.

David nickte gedankenversunken.

Ja, der Abend war perfekt. »Dürfte ich dich kurz unter vier Augen sprechen?«, sagte er zu Theresa, die wie immer dicht an seiner Seite war.

»Natürlich«, sagte sie gefasst, als hätte sie damit gerechnet.

Auf dem Weg nach drinnen nahm David ein paar Glückwünsche entgegen, sammelte Lizzy ein und führte seine Frau und seine Schwester die Treppe hinauf in eines der Büros, das man ihm zur Verfügung gestellt hatte, um seine Rede zu proben.

»Ich befürchte«, begann David und drückte die Tür hinter ihnen zu, »dass ich nicht länger lügen kann.«

»Von was sprichst du?«, fragte Lizzy. Sie war ganz ernst.

»Das weißt du doch.«

Lizzy presste die Lippen zusammen, wie sie es immer tat, wenn sie hoch konzentriert war.

»Ich hatte euch eine Frist bis zum Poinsettia-Day gesetzt«, fuhr David fort und verschränkte die Arme hinter dem Rücken. »Heute ist es so weit. Ich muss darauf bestehen, dass wir zeitnah mit Inge und Max sprechen.«

»Nein!«, entfuhr es Lizzy.

»Max ist unser Bruder!« Noch nie zuvor war David seiner Schwester gegenüber laut geworden. »Und wenn du Inge wirklich liebst wie eine Tochter, dann solltest du nur an sie denken und nicht an dich. Und sie verdient die Wahrheit.«

Theresa sank auf die breite Fensterbank und faltete die Hände im Schoß. Der Mond umhüllte sie mit seinem silbernen Schein und schien sämtliche Farbe aus ihrem Gesicht zu ziehen.

»Gib uns noch etwas Zeit …«, bettelte Lizzy voller Verzweiflung. »Es ist nicht der richtige Zeitpunkt … Ein paar Wochen nur …«

»Der richtige Zeitpunkt wird nie kommen. Ich halte diese Lügen nicht mehr aus …«

»Du lügst doch gar nicht! Du verschweigst nur die Wahrheit!«

»Macht es das besser? Inge ist Theresas Tochter! Und sie ist Max' Tochter!« David rieb sich mit Daumen und Zeigefinger über die Augen. »Max hat ein Recht darauf zu erfahren, dass er Inges Vater ist!«

• • •

Max

Wie betäubt blickte Max auf das Tablett mit Gläsern voller prickelndem Champagner hinab, das er in den Händen hielt. Blickte auf die Türklinke.

Er hörte kaum, wie die Gläser auf dem Boden zerschellten, begriff kaum, dass er das Tablett losgelassen hatte.

Im nächsten Moment wurde die Tür aufgerissen. Max sah sie einfach nur an. Seine zwei Geschwister und die wohl einzige Liebe seines Lebens.

Er tat das, was er am besten konnte: abhauen.

David eilte ihm nach. »Max, warte! Bitte!«

Max wirbelte herum und stieß David zurück, sodass sein Bruder taumelte und auf die unterste Treppenstufe stürzte. »Ihr habt mir verschwiegen, dass ich ein Kind habe!«

»So wie du es offenbar nie für nötig befunden hast, mir zu sagen, dass du mit meiner Frau …« David brach ab, sah sich nervös um.

Die Musik spielte fröhlich weiter, als wäre nichts vorgefallen. Nur ein paar Gäste schauten verwirrt.

Max ging langsam auf Inge zu und legte ihr die Hand auf die Schulter. »Überlege dir gut, wem du in dieser Familie traust«, sagte Max zu ihr. »Meine Tochter …«

53

2006

Stella

Stella hatte sich das Aufeinandertreffen der drei Geschwister in ihrer Fantasie genau ausgemalt. In ihrer Vorstellung würde dieser Tag einer der besten und glorreichsten ihres Lebens sein. Die drei Geschwister, die so lange voneinander getrennt gewesen waren, würden endlich wieder zueinanderfinden. Und das wäre ihr Verdienst! Sie konnte sie schon spüren, all die Umarmungen, die man einander schenken würde. Sah sich schon die Taschentücher für die Freudentränen, die vergossen werden würden, verteilen. Sie versuchte, sich am süßen Duft der Quarktörtchen zu beruhigen, die sie für das geplante Picknick gebacken hatte und die durch den geflochtenen Korb hindurch gemeinsam mit dem Kaffee ihren Schoß wärmten.

Stella hatte den Tag bis ins kleinste Detail geplant. Abfahrt von zu Hause: 11 Uhr. Das war schon mal schiefgegangen, was auf Romeos Kappe ging. Denn der hatte seine Liebe für Quarktörtchen entdeckt, war an Stella hochgesprungen und hatte ihr dabei eine Laufmasche in die Strumpfhose gerissen. Obwohl Stella geschworen hatte, Laufmaschen seien glücklicherweise hochmodern, hatte Lizzy darauf bestanden, dass Stella sich umzog. »Du bist doch ein ordentliches Mädchen!«

Stella hatte sich vorgestellt, wie sie Lizzy während der Fahrt bitten würde, von früher zu erzählen, um sich einzustimmen sozusagen. Irgendwann würde Lizzy ihre Neugier, weshalb Stella so geheimnistuerisch war, nicht mehr aushalten. ›Nun sag doch schon, was du mit uns vorhast!‹, würde sie betteln. Doch Stella würde schweigen und genießen. Gegen 12 Uhr kämen sie an der Ranch an, wo Max sie erwarten würde. Sprachlos vor Glück würde Lizzy die Hände vor den Mund schlagen. Theresa würde zu weinen anfangen, David als Erster die Stimme wiederfinden und seinen verloren geglaubten Bruder in die Arme schließen. »Wo warst du nur so lange?«

David hatte darauf bestanden, dass Stella neben ihrem Freund auf dem Beifahrersitz saß, was unangenehm gewesen war. Seit sie Adam den Kuss mit Elliott gestanden hatte, hatten sie sich nicht mehr gesehen.

Ein blauer Fleck hatte sich an ihrem Handgelenk gebildet, an dem sie unentwegt zupfte. Dabei gab es doch eigentlich keinen Grund, nervös zu sein. Oder? Was sollte Max schon Schreckliches verbrochen haben? Bestimmt hatte sich der Familienstreit nur über all die Jahre unnötig hochgeschaukelt.

Doch was, wenn alles in einer Katastrophe enden würde? Wenn Stella gerade einen schrecklichen Fehler beging? Max hatte ihr noch nicht erzählt, weshalb seine Geschwister den Kontakt zu ihm abgebrochen hatten …

»Alles in Ordnung?«, fragte Adam, als er den Jeep langsam auf eine rote Ampel zurollen ließ.

»Alles bestens.« Stella schluckte. Ihr Hals war ganz trocken.

Lizzy schwärmte vom fröhlichen Frühlingsgesang der Vögel, als der Jeep auf den Parkplatz der Ranch rollte, doch Stella hörte das Zwitschern nicht, sie hörte nur ihr kräftig schlagendes Herz.

»Ich habe mir gedacht, dass wir in der alten Ranch ein kleines Picknick machen.« Sie setzte ein strahlendes Lächeln auf, das sich falsch anfühlte, und hob demonstrativ den Korb mit den Törtchen an.

»Und in der Ranch erwartet uns dann die Überraschung, von der du gesprochen hast?« Beschwingt hakte Theresa sich bei Adam ein und ließ sich von ihm die drei Stufen hinaufführen.

Die alte Ranch war inzwischen zu einer Art Museum geworden, das nur für besondere Anlässe oder Besucher, die sich für die Geschichte der Familie interessierten, geöffnet wurde. Das Sonnenlicht fiel schräg durch die Fenster herein, sodass man den Staub tanzen sehen konnte, den sie aufgewirbelt hatten. Es war ein märchenhafter Anblick, in Kombination mit dem kleinen »Zauberwald«, den Stella in der Wohnstube dekoriert hatte. Sie hatte den Raum mit Poinsettiazweigen und Lichterketten verziert. Und natürlich überall Weihnachtssterne platziert – die weißen, weil Weiß die Farbe des Friedens war.

»Wie überaus zauberhaft!«, schwärmte Theresa und drehte sich einmal um sich selbst. »Wie viel Mühe du dir gemacht hast!«

Stella deckte den Wohnzimmertisch mit dem Geschirr, das sie eingepackt hatte, schenkte allen Kaffee ein und sagte, sie sollten schon mal von den Törtchen essen, sie sei gleich zurück, und dann gäbe es die Überraschung. Sie fühlte Adams Blick auf sich, der zu spüren schien, dass Stella nicht ganz sie selbst war. Während der Rest ihrer Familie eifrig zu plaudern begann, blieb er stehen, als wollte er sofort einsatzbereit sein, sollte Stella zusammenbrechen oder zu weinen anfangen.

Reiß dich zusammen, beruhigte sie sich selbst. Es wird schon alles gut gehen. Endlich wird die Familie wieder komplett sein – mit dir!

Draußen musste Stella ein paarmal blinzeln, ehe sich ihre Augen an die kräftige Abendsonne gewöhnt hatten. Im Gegenlicht sah sie eine Gestalt langsam auf sich zukommen. Es war Max.

Sie lächelte tapfer. »Sie sind schon ganz aufgeregt.«

Max betrachtete die Ranch, als würde er sie das erste Mal sehen. Wie lange war er nicht mehr hier gewesen? Was ging ihm wohl durch den Kopf?

»Mach dir keine Sorgen«, munterte sie ihn auf.

Er nickte. »Ich danke dir.«

Er schien einen inneren Kampf mit sich auszufechten, als er die drei Stufen zur Veranda hinaufstieg. Kurz zögerte er, ehe er die Fliegentür öffnete und eintrat.

Da stand Stella nun und fühlte sich ganz seltsam. Jetzt konnte sie nichts mehr rückgängig machen.

»Max«, hörte sie David sagen.

Ein erdrückendes Schweigen setzte ein, das vom Quietschen der Fliegentür gebrochen wurde, als Stella ebenfalls eintrat. Die Temperatur im Raum schien um mindestens fünf Grad gesunken zu sein.

»Ist mein Bruder die Überraschung, die du versprochen hast?«, fragte David sie.

»Ich habe Stella gebeten, dieses Treffen zu organisieren«, antwortete Max an ihrer Stelle.

»Du hättest vorher mit uns reden sollen, Stella, ehe du uns … in diese Lage bringst.« Tränen standen in Davids Augen, aber es waren keine Freudentränen.

Stella schmeckte Blut. Sie hatte sich die Innenseite ihrer Unterlippe aufgebissen. »Ich dachte nur … ich dachte …«

»Schon gut, Liebes«, versuchte Lizzy, sie zu trösten. »Bestimmt hast du es gut gemeint.«

Max machte einen Schritt auf Lizzy, David und Theresa zu. »Gebt ihr mir eine Chance, mit euch zu reden?«, sagte er.

David erhob sich, um mit seinem Bruder auf Augenhöhe zu sein. »Wir wollten schon einmal mit dir reden, erinnerst du dich?

Aber du hast dich geweigert und beschlossen, lieber das zu zerstören, was unsere Familie mit Liebe und Schweiß aufgebaut hat!«

»Was hättest du in meiner Lage gemacht? Als ich die Wahrheit erfahren habe, da …«

»Wir waren deine Familie!« David war außer sich. So hatte Stella ihn noch nie erlebt. »Was haben wir alles gemeinsam durchgestanden! Und du … du hast uns einen Dolch ins Herz gestoßen! Mal davon abgesehen, Bruder, dass du überhaupt daran Schuld trägst, dass wir dich anlügen mussten! Du hast mit meiner Frau …!« Er brach ab. Schüttelte den Kopf. »Ich möchte die alten Wunden nicht aufreißen. Theresa, Lizzy, kommt. Adam, bring uns bitte nach Hause.«

Adam versuchte zu vermitteln. »Wir atmen jetzt alle einmal durch und …«

»Adam, bitte, ich will nach Hause!«

»David, hören wir unseren Bruder doch wenigstens an …«, sagte Lizzy besänftigend.

»Ebendieser Bruder, für den ich mein Leben gelassen hätte, hat mit meiner Frau geschlafen! Wegen ihm ist deine Tochter abgehauen, Lizzy! Wegen ihm hätten wir fast alles verloren, was wir hatten!«

»Und was ist mit euch?«, verteidigte sich Max. »Ihr tut so, als hätte nur ich Fehler begangen. Aber habt ihr jemals darüber nachgedacht, was ihr mir angetan habt?«

Hatte Stella gerade richtig gehört? Max hatte eine Affäre mit Theresa gehabt? »Bitte sprecht euch aus«, sagte sie kleinlaut. »Es tut Max aufrichtig leid.«

»Stella, du hast von diesen Angelegenheiten keine Ahnung«, maßregelte David sie.

»Dann klärt mich doch endlich auf!« Sie war verzweifelt.

David zögerte. Atmete schwer aus. »Also gut«, sagte er schließlich. »Dann reden wir …«

54

1964

Inge

Als Onkel Max Inge die Haustür öffnete, hatte der Regen Inge von oben bis unten aufgeweicht. »Endlich«, sagte sie und schob sich an ihm vorbei ins Innere des kleinen Bungalows, der auf halbem Wege zwischen Laguna Beach und Los Angeles lag. Es war einer dieser Bungalows, die man innerhalb weniger Wochen aus dem Boden gestampft hatte und die aussahen, als würde der nächste stärkere Sturm sie davonpusten wie ein Laubblatt.

Max schien schon länger keinen Besuch mehr gehabt zu haben. In der Küche türmte sich Geschirr. Staubige Schuhabdrücke führten direkt zum Sofa, das eine Ablage für so ziemlich alles war, was anderswo keinen Platz mehr gefunden hatte.

»Was willst du hier?«, fragte er. Die Frage klang wie ein Vorwurf.

»Was wohl? Du bist mein Vater. Ich wollte dich sehen.«

»Sie haben also mit dir geredet.«

»Mussten sie wohl nach deinem Auftritt auf der Feier vor drei Tagen.«

Max trat von einem Bein auf das andere. »Hör mal, Inge, geh zurück zu deiner Mutter und deinem Vater.«

»Das werde ich sicher nicht tun. Du bist der Einzige, der mich nicht belogen hat. Dad ... Tom wusste doch auch, dass ich nicht sein Kind bin. Und sogar Oma hat es wohl geahnt!«

»Und wo willst du wohnen, wenn du nicht nach Hause zurückwillst?«

»Ich komme bei Franc unter.«

Sie schwiegen beide. Inge öffnete das Fenster, um frische Luft hereinzulassen. »Ich helfe dir jetzt erst mal, etwas Ordnung in diese Bude zu bekommen.«

»Das wirst du nicht. Du gehst jetzt wieder nach Hause.«

Inge überhörte ihn geflissentlich. »Wann hast du das letzte Mal etwas Ordentliches gegessen? Wir könnten zusammen kochen.«

»Inge. Ich weiß nicht, was das hier werden soll ... Aber wenn du vorhast, irgendwie ... ich weiß auch nicht, eine Verbindung zu mir herzustellen ... Du verschwendest deine Zeit. Ich haue von hier ab. In Deutschland haben wir ein hübsches Haus in München. Dort werde ich erst mal unterkommen.«

Inge nagte an der Innenseite ihrer Unterlippe. Ruhig bleiben. Nicht schon wieder weinen. »Warum?«

»Was will ich noch hier?«

»Ich bin hier.«

Wenigstens war Max anständig genug, ein schlechtes Gewissen zu haben. »Wir kennen uns doch kaum«, sagte er kleinlaut. »Jedenfalls nicht genug, um eine richtige Vater-Tochter-Bindung zu haben.«

Inge spürte, dass das hier ihre einzige Chance war. Die Chance, Max davon zu überzeugen, dass sie es wert war, sich mit ihr zu beschäftigen. Dass sie eine gute Tochter sein würde, wenn er es zuließ. »Auf was hast du Lust? Bratkartoffeln? Nudeln?«

Max' Protest ignorierend, fing Inge an, in der Küche zu hantieren. Ohne auch nur das Gesicht zu verziehen, brachte sie den Müll nach draußen, spülte das schmutzige Geschirr und kehrte grob den Boden. Im Kühlschrank war außer Bier und Fischkonserven nichts zu finden. Sie seufzte. »Ich gehe einkaufen und nehme den Schlüssel mit. Du verkrümelst dich solange ins Bad und rasierst dich. Abgemacht?«

Sie hatte Widerstand erwartet. Aber Max wandte ihr den Rücken zu, um sein vorsichtiges Lächeln zu verbergen. »Einverstanden.«

In einem Supermarkt um die Ecke holte Inge Kartoffeln, Zwiebeln und Speck und kehrte dann noch einmal um, um auch etwas Obst zu kaufen, denn Max' Gesichtsfarbe ließ darauf schließen, dass er nicht sonderlich auf sich achtete.

»Nicht schlecht«, sagte sie, als sie wieder beim Bungalow ankam, drückte mit dem Fuß die Tür zu und hob die volle Einkaufstüte auf die Ablage. Max war geduscht, rasiert und trug frische Kleidung. »Eins noch ...«

»Was denn noch?«, stöhnte er.

Inge schob ihn zurück ins Bad, setzte die Schere an sein zotteliges und noch feuchtes Haar an und schnitt seine Mähne ab.

Max protestierte. »Keine Sorge, ich weiß, was ich tue!« Penny und sie hatten sich oft gegenseitig die Haare geschnitten, wenn im Ollywood nichts los und ihnen langweilig gewesen war.

Jetzt sah er schon viel besser aus. »Während ich uns etwas koche, räumst du den Tisch auf, damit wir dort essen können.«

»Aye, aye, Sir.«

Das Gute am Kochen war, dass Max und Inge nicht miteinander sprechen mussten. Früher hatten sie ungezwungen reden können, aber jetzt war alles anders. Vom einen Tag auf den anderen war Max ihr Vater geworden.

Doch der Duft von Bratkartoffeln, Speck und Spiegelei weckte seine Lebensgeister. »Lizzy hat dich gut erzogen«, meinte er.

»Sie hat sich so gut wie nie Zeit für mich genommen. Ihre Zeitschrift war ihr meist wichtiger.« Das war nicht fair, Inge war immer stolz auf ihre Mutter gewesen. Aber sie war auch oft alleine gewesen. Und über ihre Mutter herzuziehen war eine Möglichkeit, Dampf abzulassen.

»Lizzy liebt dich wie verrückt.«

»Sie hat mich mein Leben lang belogen. Auch dich, vergiss das nicht.«

Als es draußen bereits dämmerte, war es Zeit für Inge aufzubrechen. Max bestand darauf, sie mit seinem alten Mustang nach Los Angeles zu bringen. »Um diese Uhrzeit lasse ich dich sicher nicht allein mit dem Bus fahren.«

Die Stimmung im Auto war seltsam. Fieberhaft überlegte Inge, was sie vorbringen könnte, um Max davon zu überzeugen, dass er in Kalifornien bleiben sollte. Ihretwegen. Dass sie ihn nicht enttäuschen würde. Wie ähnlich sie sich waren: Sie hatten beide einen starken Willen, und sie beide nahmen beim Essen die Gabel in die rechte Hand, und sie hatten die gleichen gesunden Zähne, mit denen sie Bierflaschen öffnen konnten.

Ehe Inge auch nur ein Wort gesagt hatte, hielt der Mustang. Sie warf einen Blick auf den Zettel mit Francs Adresse. Ja, das musste es sein. Sie bemühte sich, sich ihr Staunen nicht anmerken zu lassen. Max sollte nicht wissen, dass Inge das erste Mal hier war, obwohl sie schon über ein Jahr mit Franc zusammen war. Aber Franc mochte es, im Freien zu sein. Etwas zu unternehmen, das Abenteuer und Spaß versprach. Viel konnte man nicht sehen, denn das Anwesen lag verborgen hinter einer hohen Mauer und einem abweisenden Eisentor mit integrierter Kamera.

Max pfiff. »Nicht schlecht.«

»Danke für alles«, sagte Inge leise.

»Ich habe zu danken.« Max war anzusehen, dass er noch etwas hinzufügen wollte.

Es herrschte Schweigen.

»Wann …«, setzte Inge an. »Wann hast du vor, von hier zu verschwinden?«

»Übermorgen«, sagte er.

»Übermorgen!«, keuchte Inge.

Er nickte. »Ich packe morgen ein paar Sachen zusammen und übergebe meinem Vermieter die Schlüssel. Und übermorgen fahre ich in der Früh zum Flughafen und nehme den nächstbesten Flieger.«

Es kümmerte Inge nicht, woher Max das Geld für den Flug hatte, geschweige denn dafür, sich ein neues Leben in München aufzubauen. Alles, was für sie zählte, war, dass sie gerade erst erfahren hatte, wer ihr Vater war, und nun verschwand er schon wieder aus ihrem Leben.

»Du kannst nicht einfach so von hier abhauen«, hörte sie sich sagen. »Du hast eine Tochter.«

»Ich bin kein guter Vater, Inge. Ich kann das nicht.«

Was antwortete man seinem Vater, der einem erklärte, dass er einen nicht als Tochter haben wollte?

»Tut mir leid«, sagte Max leise.

Inge stieß die Wagentür auf, knallte sie hinter sich zu. »Dann hau doch ab!«

Nach dem ersten Schock fielen Inge hundert Dinge ein, die sie ihm an den Kopf hätte werfen sollen. Dass er sich nicht einzubilden brauchte, er würde ihr etwas bedeuten, sie war auch zuvor ohne ihn klargekommen, ihn, der außer seiner Arbeit auf der Weihnachtsstern-Ranch nichts vorzuweisen hatte, der auf fast jedem Familienfest angetrunken war und zu feige, eine feste Bindung einzugehen. Aber da war der Mustang schon ums Eck gebogen.

Sie schrie. Stand mitten auf der Straße, umgeben von schicken Villen, in denen Lichter brannten und Pärchen auf dem Sofa einen Film guckten oder Mami Vanillepudding kochte, während Papi mit den Kindern das neue Murmelspiel ausprobierte. Sie schrie sich den Frust, die Trauer, die Wut von der Seele.

»He, beruhige dich.« Franc stand auf einmal neben ihr und umarmte sie. »Es ist ja alles gut. Atme tief durch.«

Ihr entging nicht, dass seine Augen nervös von Fenster zu Fenster irrlichterten, um festzustellen, ob die Nachbarn spionierten. Inge bekam kaum noch Luft, weil sie schluchzte und gleichzeitig zu erzählen versuchte, was vorgefallen war.

»Gehen wir erst mal rein«, sagte Franc.

Hinter einer Reihe junger Palmen funkelte das Wasser eines Pools. Eigentlich hatte Inge gehofft, Franc noch besser zu kennen, wenn sie erst einmal bei ihm zu Hause gewesen war. Wenn sie wusste, ob er ordentlich war, Kunst liebte, kochen konnte oder welche Bücher er las. Aber das moderne Haus, in dem er lebte, wirkte völlig unberührt. Die Küche war blitzblank, als wäre sie noch nicht einmal benutzt worden. Die Fotografien von den Stränden Kaliforniens hatte eine Stylistin ausgesucht, wie Franc erzählte. Er wusste nicht mal, ob und wo er Tee hatte. Aber das war schon wieder lustig, und sie hielten sich beide vor Lachen die Bäuche, als sie einen ganzen Schrank mit den verschiedensten Teesorten fanden.

Inge genoss es, von Franc umsorgt zu werden, und als er sie fragte, ob sie noch etwas Honig in ihren Tee mochte, sagte sie aus Prinzip Ja, weil sie sich fühlen wollte wie ein kleines Kind, das krank war und dem man versprach, dass am nächsten Tag alles ganz anders aussehen würde.

Als es tiefe Nacht war, lagen sie noch immer wach nebeneinander im Bett. Franc hatte die Arme hinter dem Kopf verschränkt, Inge hatte sich an seine nackte Brust gekuschelt. Sie hatte ihn gefragt, wie viel Zeit er in dem Haus verbringe, und er hatte geantwortet: »Je nachdem. Wenn ich nicht gerade einen Film drehe, dann vielleicht zwei, drei Tage die Woche. Ich bin viel unterwegs …« Er seufzte. »Ich bin das alles hier so leid …«

»Das hast du schon mal gesagt.« Inge rollte sich auf den Bauch und stützte sich auf die Unterarme. »Lass uns gemeinsam durchbrennen.«

»Wie in einem Film?« Er lachte und zog an seiner Zigarette. »Und wohin sollen wir?«

»Wir könnten mit Max nach Deutschland gehen. Das Haus dort soll groß sein! Groß genug für uns alle! Stell dir das mal vor!«

Franc lachte und strich ihr über das Haar. »Und meine Karriere?«

»Die führst du in Deutschland fort. Sie werden sich um dich reißen!«

»Obwohl ich kein Wort Deutsch spreche?«

»Klar.« Als er nichts mehr dazu sagte, drängte sie ihn: »Ich meine es ernst, Franc. Du bist hier unglücklich, ich bin hier unglücklich. Lass uns von hier abhauen, egal, wohin. Wir könnten nach Lust und Laune weiterziehen. Wie die Hippies.«

Er dachte nach.

»Sag was!«

»Leben wir dann in einer Höhle am Strand?« Der Gedanke schien ihn zu amüsieren. Ein gutes Zeichen.

»Oder in einem Bungalow mit Rüschengardinen und einem kleinen Gasherd.«

»Und abends sitzen wir am Lagerfeuer, singen Lieder und feiern unsere Freiheit.«

»Und wir lieben uns wie verrückt.« Inzwischen saß sie auf ihm und übersäte sein Gesicht mit Küssen. Sie liebte ihn so sehr, diesen Mann, der für sie gemacht war, für sie ganz allein, dessen war sie sich sicher. »Also, was sagst du?«

»Das meinst du doch nicht ernst, Inge, oder?«

Ihr Lächeln bröckelte. »Doch. Eigentlich schon. Zumindest den Teil mit dem Haus in München.« Sie rutschte von seinem Schoß.

»Mal langsam, Inge. Das zwischen uns ist ja schon irgendwie sehr ... eng geworden, findest du nicht? Und jetzt kommst du auch noch damit an! Das ... das ist mir einfach zu viel.«

»Zu viel«, echote sie.

Er redete langsam auf sie ein, als müsse er sich selbst erst darüber klar werden, was ihm vorschwebte. Inge würde sich an ihm festklammern, dabei hatte er doch immer bewundert, wie stark und unabhängig sie war. Er fühle sich eingeengt. Wolle sich auf seine Filmkarriere konzentrieren. Wäre nicht für feste Beziehungen gemacht.

»Schon gut«, unterbrach sie den Rechtfertigungsschwall.

»Ehrlich?« Er wirkte erstaunt. So, als wäre er es gewohnt, dass Frauen, denen er diesen Monolog hielt, ihm eine Szene machten.

»Ganz ehrlich.« Es wunderte sie nichts mehr.

»Was machst du da?«, fragte er.

»Ich sammle meine Kleidung vom Boden auf.«

Das verwirrte ihn nun doch. »Und warum?«

»Ich haue ab.«

Das Schlimmste war wohl, dass ihre Mutter ... dass Tante Lizzy recht gehabt hatte. Franc war einer dieser jungen Männer, die ausschließlich um sich selbst kreisten. Die nicht wussten, was es bedeutete, sich auf einen anderen Menschen einzulassen und mit ihm durch dick und dünn zu gehen. Diese bedingungslose, alles riskierende Liebe, von der Inge immer geträumt hatte, existierte nicht. Und deshalb ging sie. Es war eine Sache von wenigen Minuten. Franc versuchte, sie aufzuhalten, er hätte es nicht so gemeint, er könne doch nicht ohne sie sein, aber es klang auswendig gelernt und künstlich. Wie aus einem kitschigen Drehbuch.

»Wo willst du denn um diese Uhrzeit hin?!«, rief er.

Es gab nur noch einen Menschen, zu dem sie gehen konnte.

Nachts als junge Frau allein in Los Angeles auf der Straße zu sein war absolut verrückt, aber das war Inge in diesem Moment egal. Es machte ihr nicht mal etwas aus, dass um diese Uhrzeit kein Bus mehr fuhr. Erst am Sunset Boulevard fand sie eine Haltestelle mit Bank, auf der sie sich zusammenrollte und wartete. Die Nacht war bitterkalt. Um vier Uhr morgens kam endlich der erste Bus angefahren. Um sechs Uhr morgens stieg Inge in Laguna Beach aus.

Am Horizont zeichnete sich bereits ein schwacher heller Streifen ab, als Inge Kiesel an Oscars Fenster warf. Es dauerte eine Weile, bis das Licht anging und Oscar, noch sichtlich verschlafen, seinen Kopf nach draußen streckte. »Inge … Was machst du hier?«

»Ich brauche deine Hilfe.«

»Ähm … ja … klar … Warte, ich komme runter.«

»Aber weck niemanden auf!«

In Schlafshorts und T-Shirt stand Oscar eine halbe Minute später vor ihr und bibberte in der Kälte. Er wollte etwas sagen, doch Inge kam ihm zuvor. »Du musst mir einen Gefallen tun«, sagte sie. »Und du darfst niemandem davon erzählen. Kann ich mich auf dich verlassen?«

Er nickte. »Immer.«

Es war zu erwarten gewesen, dass Oscar versuchen würde, Inge von ihrem Vorhaben abzuhalten. Dass er auf sie einreden würde, ihrer Familie zu verzeihen. Aber Inge blieb eisern. Von wem sie diese Sturheit hatte, konnte sie nicht sagen. Von Lizzy? Tom? Max? Sie fühlte sich, als wisse sie überhaupt nicht mehr, wer sie war.

Sie machten aus, dass Oscar Inge am nächsten Tag vor Sonnenaufgang abholen würde. Den Tag über verkroch sich Inge zu Hause in ihrem Zimmer, die Tür hatte sie abgeschlossen. Wenn Lizzy klopfte und leise sagte, wie unendlich leid es ihr tue, reagierte sie nicht. Sie packte ein paar Dinge in einen Rucksack: Kleidung, Kosmetikartikel, Fotos. Die Nacht über machte sie kaum ein Auge zu. Pünktlich um fünf Uhr morgens hielt Oscars Ford Taunus, den David und Theresa ihm zur bestandenen Führerscheinprüfung geschenkt hatten, vor der Villa.

»Bist du dir …«, setzte Oscar an, als Inge die Wagentür hinter sich zugezogen hatte.

»Ja, ich bin mir sicher«, schnitt sie ihm das Wort ab. »Ganz sicher. Fahr los. Mal ehrlich, Lizzy und Tom haben sich eh nie sonderlich für mich interessiert. Ihre Arbeit war ihnen immer wichtiger. Und mit Franc ist auch Schluss. Wen habe ich hier also noch?«

›Mich‹, stand in Oscars Augen geschrieben, aber er traute sich nicht, es auszusprechen.

Er hatte Brote belegt und bestand darauf, dass Inge wenigstens eines davon aß. Außerdem hatte er sein Sparschwein geschlachtet. Das Geld, das er sich während der Ferien mühevoll mit einem Job an der Kinokasse erarbeitet hatte, gab er Inge. »Nimm es. Du kannst es gebrauchen.«

»Nein, ich …«

»Keine Widerrede. Ansonsten kann ich dich nicht gehen lassen.«

Oscar fuhr Inge zum Flughafen. Dort warteten sie im Wagen wie zwei Spione, den Blick auf die Eingangshalle geheftet. Sie hofften, dass Max ihnen nicht durch die Lappen ging. Es war noch keine sieben Uhr.

»Das werde ich dir nie vergessen«, sagte Inge.

»Hast du denn überhaupt genug Geld für den Flug?«

»Für einen Hinflug nach München wird es schon reichen.« Zwar hatte sie ihren Verdienst im Ollywood meist gleich in Schallplatten investiert, aber ein bisschen hatte sie doch beiseitegelegt. Und mit dem Geld, das Oscar ihr gegeben hatte, würde sie erst mal über die Runden kommen.

»Sehen wir dich denn wieder?«, fragte Oscar.

Sie zuckte mit den Schultern. »Ich weiß nicht. So schnell wohl nicht.«

Er blickte auf seine Hand, blickte auf ihre Hand, die ganz nah neben seiner lag, und umfasste dann fest das Lenkrad.

In diesem Moment kam ein Taxi vorgefahren. Ein Mann stieg aus. Er hatte nicht mehr als eine Reisetasche bei sich. »Da ist er!«

Schon war Inge aus dem Wagen gestiegen. Ein Teil von ihr hatte die Hoffnung gehabt, Max wäre erleichtert und überglücklich, sie hier zu sehen.

Aber er war wütend. »Was zur Hölle machst du hier?!«

»Ich komme mit dir. Nach München.« Sie reckte ihr Kinn.

»Vergiss es.«

»Vergiss du es! Du wirst mich jetzt nicht mehr los. Also akzeptier es lieber!«

»Du bist doch verrückt! Was ist mit deiner Mutter? Also Lizzy … Und was ist mit Franc?«

»Was ist mit dir?«, konterte sie. »Allein bist du doch nicht überlebensfähig.«

»Früher habe ich Wochen allein in den Bergen verbracht, nur ich, das Feuer und eine Herde Schafe.«

»Früher, früher … Ist mir egal, wie toll du früher warst. Deine

Wohnung war jedenfalls verwahrlost, als ich bei dir war. Ich werde für dich sorgen.«

»Verdammt, merkst du nicht, wie wichtig es Inge ist, bei dir zu sein?«, platzte es aus Oscar heraus, der aus dem Auto gestiegen war. Inge und Max waren gleichermaßen überrascht. »Du bist ihr Vater! Sosehr ich Theresa und David liebe – ich würde alles dafür geben, bei meinen richtigen Eltern sein zu können. Ihr habt einander noch! Also sei ihr verdammt noch mal ein Vater! Sonst ...«

»Was sonst?« Max zog eine Augenbraue hoch. Sein Blick fiel auf Oscars geballte Fäuste.

»Sonst ... Wer bist du sonst?«

Seine Worte schienen Max ernsthaft zu treffen.

Inge spürte, dass sie Max fast so weit hatte. »Vergiss nicht, vielleicht bin ich der einzige Mensch, den du noch hast.« Das war unfair, das redete Inge ihm nur ein, um ihn zu überzeugen.

»Mir soll's gleich sein«, brummte er schließlich.

Inge würde also tatsächlich ihrer Heimat den Rücken kehren. Sie würde mit Max, ihrem Vater, in München leben. Sie konnte nicht sagen, was sie fühlte. Sie hörte das Hupen eines Autos, hörte das laute, hohe Summen eines Flugzeugs, das abhob, fühlte den Wind, der sie zum Abschied streichelte und ihre Arme mit Gänsehaut überzog. Sie atmete tief ein, um die kalifornische Luft ein letztes Mal in sich aufzusaugen – dabei hatte der Geruch von Autoabgasen und der Pommestüte am Boden nichts mit dem einzigartigen Duft von Strand, Palmen und Sonnencreme zu tun, den Inge gewohnt war.

Vielleicht nahm sie deshalb das erste Mal wahr, wie gut Oscar roch, der sie fest umarmte. Er roch nach warmer Haut und einem dezenten Waschmittel.

»Ich lass euch zwei mal allein. Wir sehen uns drinnen«, rief Max über seine Schulter, schon auf halbem Weg zur Eingangstür.

»Also dann«, sagte Oscar.

»Also dann«, sagte Inge.

Oscar wirkte unsicher. Auf einmal nahm er all seinen Mut zusammen, um Inge einen Abschiedskuss auf die Wange zu geben, aber Inge drehte ihr Gesicht zu ihm, sodass sich ihre Lippen berührten.

»Danke für alles«, sagte sie. »Das werde ich dir nie vergessen.«

• • •

David

Am nächsten Tag, als David wie jeden Morgen beim Frühstück das *Floristic Magazine* aufschlug, fiel ihm seine Tasse aus der Hand. Er merkte kaum, wie ihm der heiße Kaffee die Oberschenkel verbrühte. ›Das Geheimnis der Weihnachtssterne ist gelüftet!‹, lautete eine Überschrift.

»Liebster, was ist denn?« Theresa war zu ihm geeilt. Wahrscheinlich befürchtete sie, David habe eine Herzattacke erlitten – er stand auch kurz davor.

»Nach Jahren vergeblicher Verhandlungen hat sich die Licht-Ranch endlich dazu bereit erklärt, das über Jahrzehnte gesammelte Wissen über die Weihnachtssternzucht an einen ihrer größten Konkurrenten zu verkaufen«, las er vor. »Der Verkaufspreis ist nicht bekannt, wird jedoch im hohen fünfstelligen Bereich vermutet.«

»Max …«, sagte David, »er hat die geheime Formel verkauft. Er hat uns ruiniert.«

55

2006

Stella

»Zuvor lagen ganze neunzig Prozent des Marktanteils in unseren Händen, doch nachdem Max unsere Aufzeichnungen und damit all unser Wissen, unsere Erfahrung und unseren Vorsprung verkauft hatte, bluteten wir langsam aus«, beendete David seine Erzählung.

»Ich verstehe nicht ganz«, sagte Stella. »Die Ranch ist doch nach wie vor bekannt für eure Weihnachtssterne …«

»Nicht so, wie es früher einmal gewesen ist. Jeder Züchter war seitdem in der Lage, ebenso volle, buschige Weihnachtssterne zu ziehen. Und einige haben sie günstiger angeboten.«

»Aber wir haben uns nicht unterkriegen lassen!« Lizzy war bemüht, David, dessen Gemüt sich immer mehr verfinstert hatte, aufzumuntern. Liebevoll tätschelte sie sein Knie. »Wettbewerb schürt den Ehrgeiz. Mein Bruder ist ein Genie! Er hatte die Idee, die Kreuzungen, an denen er jahrelang gearbeitet hatte, patentieren zu lassen. Damit hatten wir vielleicht nicht mehr allein die schönsten Weihnachtssterne, aber zumindest die außergewöhnlichsten!«

»Nur leider hat unser Vater das nicht mehr erlebt. Er starb kurz nach Max' Verrat.«

»David!«, maßregelte Lizzy ihren Bruder.

»Du willst doch wohl nicht andeuten, dass das meine Schuld war!« Max machte einen entschiedenen Schritt auf David zu.

»Ich schlage vor, dass wir uns jetzt alle erst einmal beruhigen.« Lizzy machte eine beschwichtigende Geste.

Es fiel Stella schwer, all das, was man ihr gerade erzählt hatte, zu begreifen. Sie sah zu Max und traute sich, die Frage zu stellen, die sie nicht mehr aus dem Kopf bekam. »Ist meine Mutter deine Tochter und nicht Davids? Bist du mein Opa?«

Max nickte.

Was würde in dieser Familie als Nächstes kommen? Stella war die Geheimnisse und Lügen so leid. Tränen brannten in ihren Augen.

»Als du dahintergekommen bist, hast du die geheime Formel verkauft und bist mit dem Geld, das du dafür bekommen hast, und meiner Mutter nach Deutschland gegangen«, fuhr sie fort.

»Ich habe mich so … hintergangen gefühlt. Die Menschen, die mir am meisten bedeutet haben, hatten mich jahrelang belogen. Aber ich weiß, dass das, was ich getan habe, falsch war. Und deshalb bin ich hier: Ich möchte euch um Vergebung bitten.«

»Nach all den Jahren?«, sagte David. »Etwas spät, findest du nicht?«

»Es ist nicht so, dass ich es nicht schon versucht hätte! Was soll ich tun? Auf Knien vor dir kriechen? Auch das mache ich!« Max sank zu Boden. »Ich war ein Mistkerl. Könnte ich es, so würde ich die Zeit zurückdrehen und alles ungeschehen machen!«

David wandte den Blick von ihm ab, doch zu spät: Stella hatte die Tränen bemerkt, die in seine Augen gestiegen waren.

»Es ist wohl alles etwas viel …«, sagte Lizzy. »Ach, warum hast du uns nicht vorgewarnt, Liebes?«

»Das war Teil des Deals«, antwortete Max für Stella. »Ihr hättet euch doch sonst geweigert, mich zu treffen.«

Was das für ein Deal gewesen sei, fragte Lizzy. Also erzählte Stella von Max' Angebot, ihr seinen Teil der Villa zu überschreiben und zudem die Kosten für die anfallenden Reparaturen zu übernehmen.

»Und von welchem Geld, Max?«, fragte David. »Als unsere Mutter starb, war schon nichts mehr von der Summe, die du damals vom Verkauf der Formel erhalten hast, übrig. Anders kann ich mir deine Dreistigkeit, uns wegen deines Teils der Erbschaft zu schreiben, nicht erklären.«

Es war, als würde die Welt unter Stellas Füßen schwanken. »Ist das wahr?«

Max' Blick hielt sich am Boden fest. »Hättest du mir sonst zugehört? Ich habe so viel falsch gemacht in der Vergangenheit. Ich wollte nur die Chance haben, mit meiner Familie zu reden. Ich wünsche mir nichts sehnlicher, als dass ihr mir vergebt.«

Theresa tupfte sich stumm mit einer Serviette die Tränen aus den Augenwinkeln, David atmete schwer und zitterte. Entschieden erhob sich Lizzy von ihrem Platz, um dem Drama ein Ende zu bereiten. »Wir werden darüber nachdenken. Gib uns etwas Zeit.«

»Und was, wenn ich die nicht habe?«, fragte Max.

»Du wirst sie wohl haben müssen.«

Lizzy, David, Theresa und Adam verließen die Ranch. Stella war die Einzige, die mit Max zurückblieb. Dabei wusste sie nicht mal, was sie sagen sollte. Ihr Kopf war so voll, dass sie ihre Gedanken nicht ordnen konnte.

Auf einmal gab Max ein Keuchen von sich. Aus dem Augenwinkel sah sie, wie er sich ans Herz fasste. Dann fiel er mit dem Oberkörper nach vorne.

»Ruft den Notarzt!«, schrie Stella. »Schnell! Max! Er hat einen Herzinfarkt!«

Stella hatte einen Traum gehabt.

Sie hatte davon geträumt, eine richtige Familie zu haben. An Weihnachten vom Duft frisch gebackener Plätzchen geweckt zu werden, tagsüber mit Lizzy und Adam den Tannenbaum zu schmücken, dem Kinderchor, der von Tür zu Tür zog, zu lauschen und sich abends im Kreis ihrer Liebsten den Bauch vollzuschlagen. Sie hatte sich vorgestellt, wie sie ihren Geburtstag in Kalifornien feierte, mit einem Bilderbuch-Picknick am Strand, wie Lizzy aus dem Korb den Käsekuchen holte, den sie am Tag zuvor heimlich gebacken hatte, und wie sie alle – David, Theresa, Lizzy, Max, Oscar, Mary und Adam – für Stella *Heute kann es regnen, stürmen oder schneien* sangen und Stella Tränen in die Augen stiegen, weil sie so gerührt war.

Nach und nach drang das monotone Piepen der Maschine neben Max' Bett zu ihr durch und holte sie ins Hier und Jetzt zurück. Die Wanduhr zeigte kurz nach zwei Uhr nachts. Lizzy hatte den Kopf auf den kleinen Ecktisch gelegt und schlief. Sie hatte darauf bestanden, gemeinsam mit Stella an Max' Seite zu wachen.

Stella beschloss, sich die Beine zu vertreten und einen Kaffee zu holen. Dabei entdeckte sie die auf der Plastikbank schlafende Gestalt.

Sie ging vor Adam in die Hocke und strich ihm sein dunkles Haar aus dem Gesicht. »Hey.«

Er blinzelte müde. »Hey. Wie spät ist es?«

»Mitten in der Nacht. Warum bist du nicht zu Hause und schläfst dort?«

»Ich wollte in eurer Nähe sein.« Adam richtete sich auf und streckte die Arme über den Kopf, bis seine Schulterblätter knackten.

Stella setzte sich neben ihn. Ihr taten die Ärzte und Krankenschwestern leid, die tagtäglich diesem künstlichen graublauen Licht ausgesetzt waren.

»Wie geht es Max?«, fragte Adam.

»Er ist noch nicht aufgewacht.«

Kurz schwiegen sie beide, bis Adam sagte: »Du hättest zumindest mir sagen sollen, was du vorhast. Dann hätte ich dir helfen können.«

Stella versuchte, das Brennen in ihrer Kehle runterzuschlucken, aber es half nicht, sie bekam kaum noch Luft. »Ich wollte niemanden mit diesem Treffen verletzen. Ich wollte nicht, dass ...« Ihre Stimme brach, ebenso die Kraft, mit der sie die Tränen zurückgehalten hatte.

Adam bettete ihren Kopf auf seine Schulter. Das half. Solange Adam nach warmer Haut und diesem dezenten Waschmittel riechen würde, hatte sie das Gefühl, dass – auch wenn die Welt um sie herum im Chaos versank – im Kern noch alles gut war. »Nicht weinen. Es wird alles gut. Niemand gibt dir die Schuld für das, was passiert ist.«

»Aber es sind doch bestimmt alle böse auf mich!«

»Nein, das sind sie nicht. Die Situation gestern war nur ... überwältigend. Außerdem hast du auch das Recht, enttäuscht zu sein. Erst erfährst du, dass nicht Lizzy deine Oma ist, sondern Theresa. Und dann verschweigt man dir auch noch so lange, dass Max dein richtiger Opa ist. Du musst ja denken, dass es in dieser Familie nur Geheimisse und Lügen gibt!«

»Wusstest du davon?«, wagte Stella zu fragen.

»Nein. Nicht wirklich jedenfalls. Mein Vater hatte sich mal mir gegenüber aus Versehen verplappert, aber als ich nachgehakt habe, hat er sich geweigert, mehr zu erzählen. Er meinte, es wäre das Beste, die Vergangenheit ruhen zu lassen und mich rauszuhalten. Auch ich bin wütend und enttäuscht. Theresa, David und

Lizzy hätten gleich von Anfang an mit offenen Karten spielen sollen. Dann wäre es doch nie zu so einem Drama gekommen!«

»Ich habe keine Kraft mehr, wütend oder enttäuscht zu sein. Max muss wieder gesund werden, das ist jetzt das Wichtigste. Ich würde mir so sehr wünschen, dass alle sich wieder vertragen, ehe ich in zwei Tagen nach Deutschland zurückfliege.«

»Du kehrst also sicher nach Deutschland zurück?«

Stella richtete sich wieder auf und nickte.

»Du kannst dir nicht vorstellen, dass ...«

Sie zuckte mit den Schultern.

Adam stützte sich mit den Ellenbogen auf die Knie und legte die Hände aneinander. »Okay, ich glaube, wir zwei sollten mal reden. Wirklich miteinander reden. Was willst du denn eigentlich, Stella?«

»Ich weiß nicht, ich ...« Stella drückte die Spitzen ihrer Chucks aneinander und schob die Finger unter ihre Oberschenkel.

»Liegt es an mir?«

Sie schüttelte den Kopf.

»Was dann?«

»Ich befürchte, ich weiß gar nichts mehr. Ich bin so durcheinander.«

Adam wartete.

»Hast du mich denn gern?«, fragte er schließlich.

»Natürlich! Daran darfst du auch nie zweifeln!«

»Gut. Das ist doch schon mal gut. Ich habe dich nämlich auch gern. Ich finde dich unglaublich hübsch und süß und witzig und klug, und das Letzte, was ich will, ist, dich traurig zu sehen. Aber ich weiß nicht, was ich machen soll, Stella. Ich habe Angst, dass das Einzige, was ich tun kann, ist, dich gehen zu lassen.«

Sie hatte mit vielem gerechnet, aber nicht damit. Adam nicht mehr in ihrem Leben zu haben war schlichtweg undenkbar.

»Fällt dir nichts dazu ein?«, fragte er.

Ihr wurde schwindelig.

»Scheiße, Stella ...« Adam wischte mit beiden Händen die Tränen fort, die über seine Wangen liefen. »Alles, was ich will, ist, dass du glücklich bist. Und wenn du dir erst einmal darüber klar werden musst, was du willst, dann akzeptiere ich das. Aber ich werde mein Leben weiterleben. Mal sehen, wo es mich hintreibt. Vielleicht ist alles noch beim Alten, wenn du dich entschieden hast. Dann finde ich das wundervoll. Aber vielleicht habe ich bis dahin jemanden kennengelernt oder was auch immer. Ich werde nicht länger warten.«

Nach ihrem Gespräch war Adam gegangen, und Stella hatte sich wieder an Max' Krankenbett gesetzt. Sie hatte die ganze Nacht kein Auge zugemacht. Inzwischen war die Sonne aufgegangen, aber es hätte auch Abend sein können, so grau war es draußen. Vom Flur her drang dumpf die morgendliche Hektik unter der Tür zu ihnen durch: eilige Schritte, Anweisungen, die sich die Krankenschwestern gegenseitig zuriefen, das Brummen von Maschinen und das Klappern des Frühstückswagens – Geräusche der Intensivstation eines Krankenhauses. Der Wind pfiff durch das gekippte Fenster herein, und Stella erhob sich schwerfällig von ihrem Stuhl, um es zu schließen.

Das Geräusch ließ Lizzy aufschrecken. Von ihrem Schal, den sie auf dem Ecktisch als Kopfkissen benutzt hatte, zeichnete sich ein Abdruck auf ihrer Wange ab.

»Guten Morgen«, sagte Stella.

»Guten Morgen, Liebes.« Lizzy streckte den offenbar schmerzenden Rücken durch. »Jetzt bin ich doch tatsächlich eingeschlafen ...«

Stella bot an, ihr einen Kaffee zu holen. Als sie mit einem Becher mit Cappuccino zurückkam, saß Lizzy vor dem Krankenzimmer auf der Bank, auf der Adam gestern geschlafen hatte. »Die Ärztin war gerade hier und meinte, dass Max sich schonen muss, aber dass er wieder auf die Beine kommt. Er hat wohl schon seit Längerem Schwierigkeiten mit dem Herzen. David ist jetzt bei ihm.«

Stella setzte sich neben ihre Oma und reichte ihr den Kaffeebecher. »Glaubst du, es besteht die Chance, dass sie sich aussprechen?«

»Ja. Ich denke, David hat insgeheim all die Jahre nur darauf gewartet, sich mit Max zu versöhnen. Es stimmt zwar, dass er die Familie fast in den Ruin getrieben hätte, aber er ist nicht daran schuld, dass Inge abgehauen ist. Das haben allein wir verschuldet.«

»Wie ging es eigentlich mit dir und Tom weiter, nachdem meine Mutter weg war?«

»Tom hat mir die Schuld daran gegeben, dass Inge uns den Rücken gekehrt hat. Ich sei eine Rabenmutter, hat er gesagt, hätte nur meine Karriere im Sinn gehabt und mich nie um Inge gekümmert. Seine Worte haben mich schwer getroffen.«

»Hast du deshalb deine Karriere aufgegeben?«

»Ich befürchte, ja. Wahrscheinlich habe ich gehofft, dass ich Inge auf diese Weise zu mir zurücklocken kann. Ein Gutes hatten Toms harte Worte jedoch: Ich habe es keine Sekunde länger mit ihm unter einem Dach ausgehalten und die Scheidung eingereicht.«

Stella nickte. Langsam setzte sich das Puzzle in ihrem Kopf zusammen. »Und meine Mutter und Max haben zunächst einmal zusammen in der Villa gewohnt?«

»Zwei Jahre, soweit ich weiß. Es hat meinen Bruder nie lange an einem Ort gehalten. Danach ist er nur hin und wieder zu Besuch gekommen. Wohl auch, als du geboren wurdest.«

»Ich hatte so sehr gehofft, dass er weiß, wer mein Vater ist. Ich hatte die Hoffnung, dass ... dass ich Kontakt zu ihm aufnehmen könnte und ... na ja, mich irgendwie wieder kompletter fühle.«

Lizzy legte einen Arm um Stella. »Wir sind immer für dich da, Liebes. Immer. Weißt du eigentlich, wem die Kette, die deine Mutter dir geschenkt hat, ursprünglich gehört hat? Sie ist von Miguel. Er hat sie für mich geschnitzt, und an Inges achtzehntem Geburtstag habe ich sie ihr vermacht. Es freut mich sehr, dass du sie nun trägst.«

»Ist das wahr?« Stellas Herz ging fast über vor Wärme. Da erinnerte sie sich an den Reiseprospekt, den sie auf dem Bett ihrer Mutter entdeckt hatte. Sie erzählte Lizzy davon. »Ich glaube, sie wollte sich mit euch aussprechen.«

Tränen glänzten in Lizzys Augen. »Das bedeutet mir sehr viel. Ich danke dir.«

»Kaum zu glauben, dass ich in zwei Tagen schon wieder nach Deutschland fliege. Die Zeit ist viel zu schnell vergangen.«

»Du weißt, dass du hier immer ein Zuhause hast ...«

Stella setzte schon an, dass sie dieses Thema nicht schon wieder aufrollen wollte, nicht nach dieser aufwühlenden Nacht, da sprach Lizzy weiter: »Aber ich verstehe, dass dein richtiges Zuhause in München und voller wunderbarer Erinnerungen ist, die du nicht missen willst. Deshalb haben David und ich beschlossen, die Villa nicht zu verkaufen und dir beim Aufbau der Gärtnerei unter die Arme zu greifen.«

»Wirklich?« Stella schlang die Arme um Lizzy. »Danke! Ich bin so froh!«

»Adam wird darüber nicht gerade glücklich sein«, sagte Lizzy, woraufhin Stella ihr von ihrem Gespräch mit ihm erzählte.

»Du hast sehr viel durchgemacht in letzter Zeit«, tröstete Lizzy sie. »Nimm dir Zeit, die Dinge sacken zu lassen. Es wird alles gut, das verspreche ich dir.«

David und Max redeten an diesem Morgen lange miteinander. Einmal, als Stella einen Blick durch das runde Fenster in der Tür warf, sah sie, dass Max weinte und David ihn in die Arme schloss. Erst als die Krankenschwester das Mittagessen brachte, wagten Lizzy und Stella sich zu den beiden Brüdern.

»Wie wir es vereinbart haben, wird mein Teil der Villa auf dich überschrieben«, sagte Max zu Stella. »Das hast du verdient, nach dem, was du für mich getan hast.«

Lizzy drückte Stellas Hand. »Was du für uns getan hast.«

Dann war es so weit. Adam und Lizzy fuhren Stella zum Flughafen. Stella lächelte tapfer auf der Rückbank. Aber sie spürte das Lächeln nicht. Es war ihr, als wäre sie schon gar nicht mehr anwesend.

»Alles in Ordnung?«, fragte Lizzy, als sie in der Schlange vor dem Check-in-Schalter immer weiter vorrückten. »Du bist ziemlich blass.«

»Ich bin nur müde«, log Stella.

Viel zu schnell hielt sie ihr Ticket in den Händen. Zeit für den Abschied. Da Lizzy und David versprochen hatten, bald nach München zu kommen, war es eher ein »Bis bald« als ein »Lebewohl«.

»Passt gut auf Max auf«, sagte Stella, woraufhin Adam witzelte: »Du glaubst doch wohl nicht, dass Großtante Lizzy es sich entgehen lassen würde, ihren Bruder aufzupäppeln?«

Stella drückte Adam, so fest sie konnte, und nach einem kleinen Moment, in dem sie nur seinen Körper umarmte, ließ er sich doch fallen und umarmte auch sie, so fest er konnte. Er flüsterte ihr viele wunderbare Sachen ins Ohr, dass er sie vermissen würde, dass sie auf sich aufpassen solle und er sie bewundere.

»Hier, ich habe noch etwas für dich.«

Adam wäre wohl nicht Adam, hätte er ihr nicht zum Abschied eine CD gebrannt. Stella lächelte und küsste ihn auf die Wange und ging dann, weil sie Angst hatte zu weinen, schnell durch die Absperrung.

Auch Adam würde sie wiedersehen, keine Frage, und trotzdem hatte sich der Abschied von ihm mehr wie ein »Lebewohl« angefühlt.

56

2006

Stella

Für Anfang Februar war das Wetter erstaunlich schön. Der Schnee schmolz und weichte den Boden auf, die Eiszapfen tropften von den Dächern, und die ersten übereifrigen Vögel stimmten frühlingshafte Lieder an. Sogar die italienische Eisdiele am Marktplatz hatte geöffnet, und ein paar ganz Mutige reckten in Decken gehüllt, mit Sonnenbrillen auf den Nasen und einem Eiskaffee vor sich die Gesichter in Richtung Sonne. Wie Blumen, dachte Stella, und der Gedanke stimmte sie glücklich.

Seit einer Woche war Stella aus Kalifornien zurück. Die Prüfungsphase hatte an der Uni begonnen, und es gelang ihr tatsächlich, sich auf das Lernen zu konzentrieren. Außerdem verbrachte sie viel Zeit mit Judith. Einmal meldete sich Elliott bei ihr und fragte, ob Stella Lust hätte, auf eine Theatervorstellung einer Schauspielschule zu gehen. Ein paar Freunde von ihm würden darin auftreten, und anschließend würde feuchtfröhlich gefeiert werden. *Lieber Elliott*, antwortete Stella auf seine SMS, *danke für das nette Angebot. Ich habe zurzeit leider viel um die Ohren und muss erst einmal sehen, wo alles hinführt.* Danach hörte sie nichts mehr von ihm, aber das fiel ihr kaum auf.

Lizzy rief täglich an und erzählte von Max, dem es deutlich besser ging und dem Lizzy jeden Wunsch von den Lippen ablas.

Er hatte Stellas Zimmer bezogen, was sie gut fand, denn sie stellte sich vor, wie die Geschwister auf diese Weise ein klein wenig der verlorenen Zeit nachholen konnten.

Adam rief nicht an. Über Lizzy hatte Stella erfahren, dass er eine Stelle in einer Werbeagentur in New York angenommen hatte, jetzt würde die Suche nach einer Wohnung losgehen. Wenn Stella das nächste Mal nach Kalifornien käme, wäre er höchstwahrscheinlich nicht mehr da.

»Ich soll dich ganz lieb von ihm grüßen«, sagte Lizzy jedes Mal am Ende ihres Telefonats.

Grüßte Adam sie wirklich? Oder behauptete Lizzy das nur, um Stella aufzumuntern? Und selbst wenn er sie grüßte, was bedeutete das? War das eine Art kameradschaftliches Schulterklopfen?

Am Freitagnachmittag klingelte es. Es war Mechthild, eingepackt in eine dicke Jacke, mit einer selbst gestrickten Wollmütze und einem ebenso selbst gestrickten Schal. Sie hatte die rotesten Apfelbäckchen, die Stella je gesehen hatte. »Zieh dir etwas Warmes an. Wir fangen heute an, die Gärtnerei für das Frühlingsgeschäft fit zu machen!«

»Was?« Stella, die gerade erst aufgestanden war, rieb sich die Augen.

»Na los, die kaputten Glasscheiben müssen fort! Timmy ist auch dabei, um uns zu motivieren.«

»Timmy? Sollte der nicht nachmittags in der Werkstatt sein?«

»Tja, die hat seit ein paar Tagen geschlossen.«

Die Miete sei zu hoch, und ein paar Eltern waren der Meinung, dass die Arbeit, die die Behinderten verrichten müssen, unmenschlich sei. »Zum Teil verstehe ich das. Wenn die Kids für einen Hungerlohn beispielsweise die Wäsche von Hotels waschen, ist das zwar produktive Arbeit, aber nicht das, was man sich unter Inklusion vorstellt. Trotzdem ist Timmy traurig. Es hat ihm Spaß gemacht, nachmittags zu arbeiten und sich ein bisschen Geld zu verdienen.« Mechthild schüttelte seufzend den Kopf. »Wie auch immer, uns wird schon was einfallen! Los, zieh dich um! Es gibt reichlich zu tun!«

Das ganze Wochenende verbrachten sie damit, die kaputten Glasscheiben des eingestürzten Gewächshauses zu entsorgen. Das war echte Knochenarbeit, und am Sonntagabend war Stella so erschöpft, dass sie nicht einmal dazu in der Lage war, sich einen Film anzuschauen, sondern sich gleich ins Bett legte.

Mechthild hatte Stella geraten, Tagebuch zu führen oder ihrer Mutter ihre Gedanken in Form von Briefen mitzuteilen, um sich ihre Sorgen und Ängste von der Seele zu schreiben. Die Vorstellung erschien Stella etwas merkwürdig, aber einen Versuch konnte sie ja wagen.

Liebe Mama, schrieb sie also eines Abends.

Ich weiß nicht, ob du's mitbekommen hast, aber in letzter Zeit ist ziemlich viel passiert. Inzwischen haben sich die Puzzlestücke der Familiengeschichte zusammengesetzt. Nun weiß ich endlich, wie es dazu kam, dass du eigentlich Theresas Tochter warst, aber Lizzy dich großgezogen hat. Oder dass Theresa und David Miguels Sohn adoptiert haben. Oder wieso auf einmal niemand mehr etwas mit Max zu tun haben wollte. Die gute Nachricht ist: Alle haben sich ausgesprochen und einander verziehen. Ein verspätetes Weihnachtswunder sozusagen.

Um ehrlich zu sein, mir schwirrt noch immer ziemlich der Kopf von alledem. Deshalb bin ich froh, wieder zu Hause zu sein, um die Dinge erst einmal sacken zu lassen.

Gestern rief Lizzy an, um zu berichten, dass sie Arbeiter bestellt hat, um die Gärtnerei wieder auf Vordermann zu bringen. Mechthild und ich haben schon einiges geschafft, aber nach wie vor ist viel zu tun. Ich wünschte, du wärst hier. Denn du hast immer alles gerichtet. Einen Masterplan, wie es mit der Gärtnerei weitergehen soll, habe ich leider noch nicht ausgetüftelt. Noch drücke ich mich wohl ein wenig davor, mir Gedanken darüber zu machen. Aber ich halte dich auf dem Laufenden!

Deine Stella

Eines Sonntags, als Timmy eigentlich auf der Terrasse Mathe lernen sollte, ertappte Stella ihn dabei, wie auch er einen Brief schrieb. Im Hintergrund lief die CD, die Adam für sie gebrannt hatte.

Sie stellte seine Portion Vanillepudding, den sie für sie beide gekocht hatte, vor ihn auf den Tisch. »An wen ist der?«

»Na ja, da ist dieses Mädchen …«

»Echt?« Stella grinste, setzte sich neben ihn auf die Holzbank und streckte die Füße aus. »Magst du darüber reden?«

Timmy dachte nach. Auf einmal platzte aus ihm heraus: »Wie schaffe ich es, dass sie mehr in mir sieht als nur einen Freund?«

»Ähm … Wie oft siehst du sie denn?«

»Nur einmal im Monat. Ihr Name ist Anna-Mathilda. Ihre Eltern haben einen Bauernhof und liefern dem Café in der Werkstatt Apfelsaft. Das Blöde ist, dass ich nicht mehr viel Zeit habe. Wenn die Werkstatt geschlossen bleibt, dann sehe ich sie vielleicht nie wieder! Wie also bringe ich diese berühmten Schmetterlinge in ihren Bauch?«

Stella fühlte sich, als würde sie über eine Eisfläche laufen. Was sollte sie sagen? Timmy saß im Rollstuhl, konnte nicht allein das Haus verlassen und war sogar darauf angewiesen, dass seine Mutter ihn auf die Toilette begleitete. »Ich befürchte, ich bin nicht gerade die Expertin in Liebesangelegenheiten …«

»Ich rede gern mit Menschen, das mag sie an mir, hat sie gesagt. Aber ich habe Angst, dass sie in mir nur die Verantwortung sieht, die man für mich übernehmen muss. All die Arbeit, die sie mit mir hätte.«

Stella fühlte sich schlecht. Wie oft hatte sie sich selbst bemitleidet, weil sie das Gefühl gehabt hatte, nicht gut oder nicht hübsch genug für jemanden zu sein, während Timmy ganz andere Probleme hatte: Er fürchtete, dass Menschen in ihm nur eine Last sahen. »Ich kann nicht behaupten zu verstehen, wie es dir geht«, begann sie vorsichtig. »Das werde ich auch niemals nachvollziehen können. Aber was ich sagen kann, ist, wie unglaublich mutig du bist. Ich müsste Monate an mir arbeiten, um so mutig zu sein wie du.«

»Alles eine Frage der Perspektive«, meinte Timmy. »Dort draußen sind Menschen, die zu mir sagen würden: ›Freu dich, du kannst das Haus verlassen, ich hingegen bin ans Bett gefesselt.‹ Oder: ›In sechs Wochen bist du noch am Leben, ich vermutlich nicht mehr. Du hast es echt gut, mein Lieber!‹ Also bin ich dankbar für das, was ich habe, anstatt mich darauf zu konzentrieren, was ich nicht habe.«

Stella sah ihn an und wusste nicht, was sie darauf erwidern sollte.

»Ich bin nicht traurig darüber, anders zu sein«, fuhr Timmy fort. »Ich habe zu viel Gutes erlebt. Ohne meine Krankheit hätte ich beispielsweise nie herausgefunden, dass ich wirklich gut Schach spielen kann. Aber das wahre Geschenk ist, dass ich mich nicht damit quäle, über die Zukunft nachzudenken oder mich mit anderen Menschen zu vergleichen. Ich lebe nur in der Gegenwart. Und dafür bin ich dankbar. Das ist es, was mir Selbstvertrauen gibt.«

Stella strubbelte ihm liebevoll durchs Haar. »Anna-Mathilda

wäre ziemlich doof, wenn sie dich nicht absolut großartig finden würde.«

»Wie geht's denn dir eigentlich?«, fragte er.

»Gut«, sagte Stella aus einem Reflex heraus.

»Siehst aber nicht so aus.«

Dabei hatte sie sich heute Morgen im Bad Mühe gegeben. Hatte sogar ein wenig Wimperntusche aufgelegt und trug ein rotes Haarband.

»Liebeskummer?«, mutmaßte Timmy.

»Auch, befürchte ich.«

»Hast du was Dummes gemacht oder er?«

Stella zuckte mit den Schultern. »Wohl eher ich.«

Darüber dachte Timmy nach. »Dort draußen sind Hunderte von Menschen, die ein ganzes Stück klüger sind als du«, sagte er schließlich.

Stella runzelte die Stirn. Das war nicht das, was sie erwartet hatte. »Danke, Timmy ...«

»Ich bin noch nicht fertig. Also, diese Leute sind ein ganzes Stück klüger als du und haben Fehler begangen, die noch hundertmal dümmer sind als das, was du gemacht hast. Weil wir alle Fehler machen.«

»Ganz schön weise für dein Alter.«

»Ich hoffe«, sagte Timmy, »das begreift auch Anna-Mathilda. Übrigens, diese CD ist echt seltsam.«

Stella lachte. »Adam hat sie mir zusammengestellt.« Sie selbst hatte die CD nur ein einziges Mal gehört. Es hatte wehgetan, die Lieder zu hören, da Adam sich noch immer nicht bei ihr gemeldet hatte. Adam, der die Musik in ihrem Leben gewesen war.

Timmy zog die Augenbrauen hoch. »Das wiederum ändert alles.«

Er sah Stella an, als warte er, dass auch bei ihr der Groschen fiel. Aber er fiel nicht. »Nur sechs Lieder – die werden wohl etwas bedeuten!« Er stellte seine Schüssel auf den Tisch und richtete sich in seinem Rollstuhl auf. »Gehen wir sie mal der Reihe nach durch. Nummer eins ist …?«

»*Ain't no mountain* von Marvin Gaye.«

»Das spielt doch ganz klar auf eure Fernbeziehung an! Dass kein Berg, kein Fluss, kein Tal ihn von dir trennen kann.«

Stella musste ihm recht geben, fand aber auch, dass das Zufall sein konnte.

I Wanna Hold Your Hand von den Beatles war als Nächstes an der Reihe. Das Lied hatten sie einmal zusammen im Jeep gehört, und Adam hatte ihre Hand genommen. »Ich glaube, auch dazu fällt mir was ein.«

Je mehr Stella darüber nachdachte, desto mehr Sinn ergaben die Lieder auf der CD und Timmys Theorie. *I can't help falling in love* von Elvis Presley – zu dem Lied hatten sie nachts unter dem Sternenhimmel getanzt.

Sacrifice von Elton John: Als Stella Adam gestanden hatte, Elliott geküsst zu haben.

Don't speak von No Doubt – ihre Trennung im Krankenhaus.

Und schließlich von Paul McCartney *Hope of deliverance*. Die Hoffnung auf Erlösung.

I will always be hoping, hoping
You will always be holding, holding
My heart in your hand
I will understand
And I wouldn't mind knowing, knowing
That you wouldn't mind going, going along with my plan
Hope of deliverance

Auf die Vorderseite der CD hatte Adam ganz klein die einzelnen Titel gekritzelt. Nur neben Nummer sieben, die gar nicht auf der CD war, hatte er ein Fragezeichen gesetzt. Weil ihr letzter Song noch nicht gespielt war. Es war alles offen.

Liebe Mama, schrieb Stella zwei Tage später,

heute hatte ich eine Idee, von der ich dir gern erzählen würde. Ich stelle mir vor, wie ich dich in der Gärtnerei abfange. »Hast du kurz fünf Minuten Zeit?«, würde ich dich fragen. Woraufhin du dir die Handschuhe von den Fingern ziehst und sagst: »Für dich habe ich sogar den Rest meines Lebens Zeit!« In meiner Vorstellung haben sich wie üblich Blätter und etwas Erde in deinen wilden Locken verfangen.

Hier kommt sie, meine Idee: Ich würde es großartig finden, die Gärtnerei sowie die Villa in eine Werkstatt für Menschen mit Behinderung umzuwandeln. Du wirst dir schon denken können, wer sie leiten soll, und ich sehe das Grinsen vor mir, das sich auf deinen Lippen ausbreitet. Mechthild! Die Gute weiß noch nichts von ihrem Glück, aber ich bin mir sicher, dass sie Feuer und Flamme sein wird. Wer wäre besser geeignet als sie? Den Bauernhof kann sie nicht länger halten, und Timmys Werkstatt bleibt wohl vorerst geschlossen. Das ist doch Schicksal, oder nicht? Hast am Ende vielleicht sogar du das alles in die Wege geleitet und mir diesen Geistesblitz geschickt?

Wie auch immer. Ich finde, es gibt nichts Schöneres, als mit Blumen zu arbeiten, und Timmy wird es sicher ähnlich gehen. Die Kids wären an der frischen Luft und könnten auf der Terrasse in der Sonne mittagessen. Und Mechthild könnte mit Timmy in der Villa wohnen! Ich weiß, ich weiß … Es wird viel Arbeit werden, diese Idee umzusetzen. Aber ich habe bereits mit Lizzy und David gesprochen, und sie fanden den Vorschlag spitze! Lizzy war sogar sehr gerührt und meinte, meine Idee hätte ihre Mutter Felizitas, die vor vielen

Jahren in Encinitas das Gemeinschaftshaus gegründet hat, sicher stolz gemacht. Die beiden haben mir ihre Unterstützung zugesagt, und die Werkstatt soll von der Stiftung der Weihnachtsstern-Ranch gefördert werden. Ist das nicht ein wundervoller Gedanke?

Und ich? Tja, ich habe viel über unsere Familiengeschichte nachgedacht. Und dabei ist mir bewusst geworden, dass sich manche Dinge wie ein roter Faden von Generation zu Generation ziehen. Max hatte offenbar ein großes Talent dafür, vor Schwierigkeiten wegzulaufen. Eine Eigenschaft, die du vermutlich von ihm hattest. Und ich wiederum habe diese Eigenschaft wohl von dir. Denn auch ich bin vor der Frage davongelaufen, wie es in Zukunft weitergehen soll. Jetzt weiß ich endlich, was ich will. Ich will dort sein, wo meine Familie ist. Und ich will Adam. Ich bin froh und dankbar, dass mir das klar geworden ist und nicht erst dann, wenn es vielleicht zu spät ist. Ich denke, ich bin so weit, nach Kalifornien zu ziehen. Ich habe nun verstanden, dass ich meine Wurzeln hier nie verlieren werde, ganz egal, wo es mich hintreibt. Viel wichtiger ist es doch, bei den Menschen zu sein, die ich liebe.

Ich wünschte, du wärst bei mir und könntest das alles gemeinsam mit mir erleben. Ich wünschte auch, dass du Adam kennenlernen würdest, denn er ist wirklich großartig. Nur wie das mit uns beiden weitergeht, weiß ich noch nicht. Ich befürchte, dass ich es vermasselt habe, aber Mechthild sagt immer, dass es nichts auf der Welt gibt, das sich nicht aus der Welt schaffen lässt.

Ich denke immer an dich. Ich weigere mich nach wie vor, dich loszulassen, aber das muss ich auch nicht, denn in diesen Tagen spüre ich, dass – wo auch immer du gerade bist – du auch bei mir bist. Ich danke dir, dass du mir meine Familie geschenkt hast.

Ich schreibe dir bald wieder,

deine Stella

57

2006

Stella

Es war Valentinstag. Wolken trieben gemächlich über den strahlend blauen Himmel, und die Luft fühlte sich an wie ein warmes Bad. Es machte Stella nicht mal etwas aus, das Haus zu entrümpeln. Ihre Mutter hatte dazu geneigt, grundsätzlich alles aufzuheben. Bei manchen Dingen wie Urlaubskarten von Freundinnen verstand Stella es ja noch. Aber warum hob man so gut wie abgebrannte Kerzen oder alte Terminkalender auf?

In einem Karton voller Konzerttickets und Landkarten, die längst nicht mehr aktuell waren, fand Stella alte Fotos. Sie zeigten Zelte am Strand, Menschen, die um ein Lagerfeuer herumsaßen und Gitarrenmusik lauschten. Auf ein paar Fotos war auch ihre Mutter abgebildet, in einem weiten, bunten Kleid und einem Haarband in den wilden Locken. Hin und wieder hatte sie erwähnt, dass sie eine Zeit lang einer Hippie-Bewegung angehört hatte und von Ort zu Ort gezogen war. Stella grinste, als sie ein Foto sah, das ihre Mutter mit ein paar anderen Frauen zeigte. Sie tanzten ausgelassen auf einem Konzert. Auf dem nächsten Bild war sie nur im Hintergrund zu sehen – ein Mann hatte die Arme um sie geschlungen. Er war attraktiv und hatte ein sympathisches Lächeln. Doch das war es nicht, weshalb Stella nicht aufhören konnte, ihn anzusehen. Der Grund war: Auf der Rückseite des Fotos stand 1979 geschrieben. Das Bild war also im Jahr vor Stellas Geburt aufgenommen worden. War das bloß ein Zufall? Oder konnte der Mann auf dem Foto ihr Vater sein? Stella nahm sich vor, der Sache nachzugehen, wenn sich ihr Leben etwas beruhigt hatte.

Hätte Stella Adams CD, die ziemlich laut lief, nicht auf Pause gestellt, um zu hören, ob eine alte Spieluhr noch funktionierte (sie funktionierte nicht), hätte sie auch nicht gehört, dass es an der Haustür klingelte. Stella tippte auf den Postboten oder Mechthild. Seitdem Stella ihr von ihrer Idee, eine Werkstatt aus der Gärtnerei zu machen, erzählt hatte, legte sie die Geschäftigkeit einer Ameise an den Tag. Erst hatte Mechthild sich partout geweigert, das Angebot anzunehmen, dann hatte sie es angenommen, es am nächsten Tag wieder abgelehnt, vor Dankbarkeit geweint – und nun war sie nicht mehr aufzuhalten.

Als Stella die Haustür öffnete, glaubte sie zu halluzinieren. Es war Adam. Und er hatte einen tragbaren CD-Player bei sich. »Ad...«

Er legte einen Finger auf seine Lippen und bedeutete ihr, leise zu sein. »Ich habe zu dir gesagt, ich will nicht länger warten. Aber ich will auch nicht ohne dich sein. Also bin ich hier, um dir die fehlende Nummer sieben auf der CD vorzuspielen.«

Er drückte auf Play, und sanfte Klänge von Klavier, Kontrabass und Gitarre setzten ein. Stella wagte es kaum, hinter der Tür hervorzutreten, als hätte sie Angst vor dem Glück, das so völlig unerwartet an ihrer Tür geklingelt hatte. Denn das Lied, das Adam spielte, war *L.O.V.E* von Nat King Cole.

L is for the way you look at me
O is for the only one I see
V is very, very extraordinary

E is even more than anyone that you adore can
Love, is all that I can give to you …

»Was sagst du?«, fragte Adam sie über die Musik hinweg.

Stella kam hinter der Tür hervor, stellte sich auf die Zehenspitzen und küsste Adam. »Danke. Das ist so ziemlich das Süßeste und Romantischste, was jemals jemand für mich gemacht hat.«

»Nicht zu dick aufgetragen?«

Sie schüttelte den Kopf. »In der Liebe ist nichts zu dick aufgetragen.«

Sie küsste ihn erneut, diesmal wie eine Verhungernde. Sie schlang ihre Beine um Adams Hüfte, und gemeinsam stolperten sie ins Haus. Irgendwie gelang es Adam, die Tür zuzustoßen, woran Stella keinen Gedanken verschwendet hätte.

Adam sagte: »Ich habe keine Ahnung, wo dein Schlafzimmer ist.«

Woraufhin Stella unter vielen Küssen murmelte: »Treppe rauf, rechts.«

Später fragte Adam schüchtern, wie Stella dazu stehe, dass er hier bei ihr bleiben wolle.

»Tja, das könnte ein Problem werden«, sagte sie und machte ein zerknirschtes Gesicht. »Wenn ich nämlich bald in Kalifornien leben werde, dann führen wir schon wieder eine Fernbeziehung.«

Schlagartig richtete Adam sich im Bett auf. »Was sagst du da? Heißt das, du ziehst zu uns? Nach Laguna Beach?«

»Sieht so aus.«

Adam half tüchtig bei den Renovierungsarbeiten an der Villa. Er erwies sich als handwerklich erstaunlich geschickt, eine Seite, die Stella noch gar nicht an ihm gekannt hatte, die sie aber ausgesprochen attraktiv fand. Den Großteil ihrer Klamotten und noch ein wenig alten Krimskrams verkaufte Stella auf einem Garagenflohmarkt. Das Geld schenkte sie Mechthild, die es als Start für die »Blumenwerkstatt« gut gebrauchen könnte – so sollte die Gärtnerei von nun an heißen.

Epilog

Laguna Beach, zwei Monate später

Es war ein Samstag Mitte April, genau genommen der Samstag, für den Adam angekündigt hatte, für ein verlängertes Wochenende aus New York nach Hause zu kommen.

»Adam kommt gleich«, sagte Stella beschwingt, als sie auf die Terrasse trat, wo Max, Lizzy und deren Freund Henry zusammensaßen und selbst gemachten Eistee tranken.

Stella hatte sich gefreut, Henry endlich kennenzulernen. Ihr war sogleich seine sehr akkurate Haltung aufgefallen, doch der Groschen war erst gefallen, als er ihr die Hand geschüttelt und sich vorgestellt hatte. »Henry Nicol ist mein Name. Aber sag einfach nur Henry.«

»Warte mal … doch nicht etwa Major Nicol?«

Lizzy lächelte und errötete dabei. »Doch. Er ist es. Wir haben über all die Jahre Briefkontakt gehalten.«

Keine halbe Stunde später hielt der Jeep in der Einfahrt, Adam sprang aus dem Wagen, und Stella warf sich in seine Arme. Beide plapperten sie drauflos, weil sie sich viel zu lange nicht gesehen hatten. Dann lachten sie, und Stella sagte: »Es tut gut, dich zu sehen.« Sie blinzelte die Tränen fort, die in ihre Augen gestiegen waren.

Sie küssten sich lange, obwohl es leicht vom Himmel tröpfelte, aber Stella fand es romantisch, sich im Regen zu küssen.

Den ganzen Vormittag über hatte es geschüttet, doch endlich hatte der Wind die Wolken aufs Meer hinausgeblasen. Die Luft war nun herrlich frisch und voller bunter Aromen von aufgeweichter Erde, feuchtem Sand und nassem Asphalt. Anstatt zum Strand zu fahren, wie Stella es erwartet hatte, fuhren sie mit dem Jeep nach Encinitas zur Weihnachtsstern-Ranch. Adam parkte abseits des Geländes auf einem kleinen Hügel, von dem aus man einen atemberaubend schönen Blick über die roten Weihnachtssternfelder hatte.

Und Adam wäre nicht Adam, hätte er nicht sein Skateboard dabeigehabt. Vor ihnen erstreckte sich ein geteerter Weg, der wohl nur für Arbeitsfahrzeuge gedacht war. Die Sonne glühte auf dem ewig weiten Ozean, und so glühte auch Stellas Herz. Sie sah Adam an, und er sah sie an, und sie lächelten beide.

»Wohin, Miss?«, fragte Adam wie Jack in *Titanic*.

»Zu den Sternen«, hauchte sie und küsste ihn.

Adam nahm ihre Hand. »Dann schließ deine Augen.«

Stella tat wie ihr geheißen, spürte seinen Atem an ihrem Hals und hörte ihn leise sagen: »Jetzt steig hier drauf.« Vorsichtig ließ sie sich von ihm auf das Skateboard lotsen, erst der eine Fuß, dann der andere. »Halt dich an mir fest. Und lass die Augen geschlossen, nicht schummeln.«

Stella lachte, und ihr Lachen klang genau wie das von Rose, als sie an der Spitze der *Titanic* mit geschlossenen Augen auf die Reling stieg und ihr Leben in Jacks Hände legte.

»Vertraust du mir?«, fragte Adam.

»Ich vertraue dir.«

Er nahm ihre Hände, breitete ihre Arme aus und stieß sie vorsichtig an. Sie rollten.

»Okay, jetzt öffne die Augen.«

Der salzige Wind strich über Stellas Gesicht. Sie hatte das Gefühl, Teil der Luft zu sein. Alle Geräusche waren auf einmal wie verschluckt, es gab nur noch Adam und sie auf dieser Welt. Sie dachte an die Villa und die Blumenwerkstatt, auf die ihre Mutter unendlich stolz wäre, dachte an das, was Lizzy zu ihr gesagt hatte, nämlich dass Stella gar nicht mehr aus der Familie wegzudenken war, und daran, was Timmy ihr beigebracht hatte: dass nur das Hier und Jetzt zählte. Und hier und jetzt war Stella grenzenlos, so wie Rose sich wohl auf der *Titanic* gefühlt hatte, grenzenlos und gleichzeitig sicher, denn Adam war bei ihr, und sie vertraute ihm wie niemandem sonst.

Auf einmal wurde ihr bewusst, dass sie es war, die diesen Moment erlebte, diesen Augenblick, der nie wiederkommen würde, und der deshalb einzigartig war. Das war ein unfassbar schönes Geschenk. Stella begann zu weinen und zugleich zu lächeln. Sie war hier, sie war jetzt, und alles war gut.

Adam, der ihre Musik war, sang leise in ihr Ohr:

I can see clearly now the rain is gone
I can see all obstacles in my way
Gone are the dark clouds that had me blind
It's gonna be a bright, bright sunshiny day.